御製

佛光恩照　三千大千　隨緣徧滿
恒沙法界　普度衆生　悉證菩提
身心安泰　年時豐稔　風雨調順
日月升恒　乾坤清寧　百昌蕃熾
上下樂利　中外協和　庶物咸亨
萬善圓成　情與無情　同登正覺

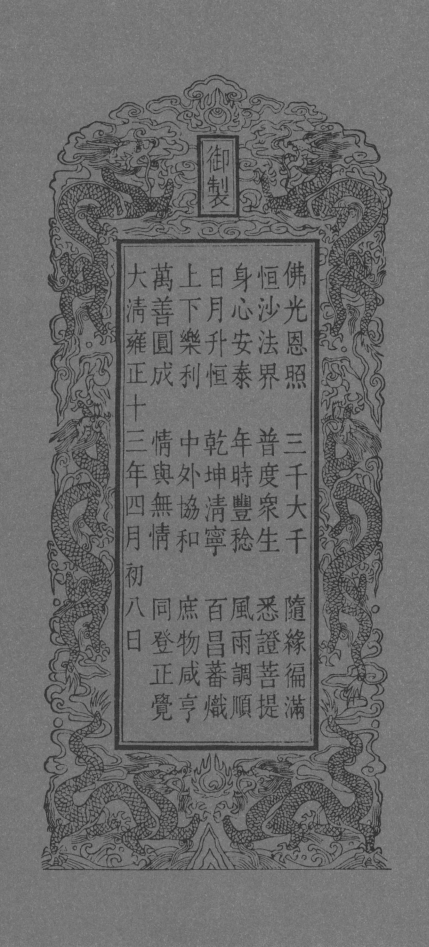

大清雍正十三年四月初八日

第五三册　小乘經　阿含部（五）

佛說長阿含經

姚秦三藏法師佛陀耶舍共竺佛念譯

清刻龍藏佛說法變相圖

佛說長阿含經卷第六

姚秦三藏法師佛陀耶舍共竺佛念譯

第二分四姓經第一

如是我聞一時佛在舍衛國清信園林鹿母講堂與大比丘衆千二百五十人俱爾時有二婆羅門以堅固信往詣佛所出家爲道一名婆悉吒二名婆羅墮爾時世尊於靜室出在講堂上彷徉經行時婆悉吒見佛經行即尋速疾詣婆羅墮而語之言汝知不耶如來今者出於靜室堂上經行我等可共詣世尊所儻聞如來有所言說時婆羅墮聞其語已即共詣世尊所頭面禮足隨佛經行爾時世尊告婆悉吒曰汝等二人出婆羅門種以信堅固於我法中出家修道耶答曰如是佛言汝今在我法中出家爲道諸婆羅門得無嫌

責汝也答曰唯然蒙佛大恩出家修道實自爲彼諸婆羅門所見嫌責佛言彼以何事而嫌責汝尋白佛言彼言我婆羅門種最爲第一餘者卑劣我種清白餘者黒冥我婆羅門種出自梵天從梵口生於現法中得清淨解後亦清淨汝等何故捨清淨種入彼瞿曇異法中耶世尊彼見我於佛法中出家修道以如此言而訶責我佛告婆悉吒汝觀諸人愚冥無識猶如禽獸虛假自稱婆羅門種最爲第一餘者卑劣我種清白餘者黒冥我婆羅門種出自梵天從梵口生現得清淨後亦清淨婆悉吒今我無上正眞道中不須種姓不恃吾我憍慢之心俗法須此我法不爾若有沙門婆羅門自恃種姓懷憍慢心於我法中終不得成無上證也若能捨離種姓除憍慢心則於我法中得成道證堪受正法人惡下流我法不爾佛告婆悉吒有四種姓善惡雜居智者所譽智者所責何謂爲四一者刹利種二者婆羅門種三者居士種四者首陀羅種婆悉吒汝聽刹利種中有殺生者有盜竊者有婬亂者有欺妄者有兩舌者有惡口者有綺語者有慳貪者有嫉妬者有邪見者婆羅門種居士種首陀羅種亦皆如是雜十惡行婆悉吒夫不善行有不善報爲黒冥行則有黒冥報若使此報獨在刹利居士首陀羅種不在婆羅門種者則婆羅門種應得自言我婆羅門種最爲第一餘者卑劣我種清白餘者黒冥我婆羅門種出自梵天從梵口生現得清淨後亦清淨若使行不善行有不善報爲黒冥行有黒冥報此報必在婆羅門種

刹利居士首陀羅種者則婆羅門不得獨稱我種清淨最爲第一婆悉吒若刹利種中有不殺者有不盜不婬不妄語不兩舌不惡口不綺語不慳貪不嫉妬不邪見婆羅門種居士首陀羅種亦皆如是同修十善夫行善法必有善報行清白行必有白報若使此報獨在婆羅門不在刹利居士首陀羅者則婆羅門種應得自言我種清淨最爲第一若使四姓同有此報者則婆羅門不得獨稱我種清淨最爲第一佛告婆悉吒今者現見婆羅門種嫁娶產生與世無異而自詐稱我是梵種從梵口生現得清淨後亦清淨婆悉吒汝今當知今我弟子種姓不同所出各異於我法中出家修道若有人問汝誰種姓當答彼言我是沙門釋種子也亦可自稱我是沙門種

親從口生從法化生現得清淨後亦清淨所以者何大梵名者即如來號如來爲世間眼爲世間智爲世間法爲世間梵爲世間法輪爲世間甘露爲世間法主婆悉吒若刹利種中有篤信於佛信如來至眞等正覺十號具足篤信於法信如來法微妙清淨現可修行說無時節示泥洹要智者所知非是凡愚所能及教篤信於僧性善質直道果成就眷屬成就佛眞弟子法法成就所謂衆者戒衆成就定衆慧衆解脫衆解脫知見衆成就向須陀洹得須陀洹向斯陀含得斯陀含向阿那含得阿那含向阿羅漢得阿羅漢四雙八輩是爲如來弟子衆也可敬可尊爲世福田應受人供養篤信於戒聖戒具足無有缺漏無諸瑕隙亦無玷汙智者所稱具足善寂婆悉

吒諸婆羅門種居士首陀羅種亦應如是篤信於佛信法信衆成就聖戒婆悉吒刹利種中亦有供養羅漢恭敬禮拜者婆羅門居士首陀羅亦皆供養羅漢恭敬禮拜佛告婆悉吒今我親族釋種亦奉波斯匿王宗事禮敬波斯匿王復來供養禮敬於我彼不念言沙門瞿曇出於豪族我性卑下沙門瞿曇出大財富大威德家我生下窮鄙陋小家故致供養禮敬如來也波斯匿王於法觀法明識眞僞故生淨信致敬如來耳婆悉吒今當爲汝說四姓緣天地始終劫盡壞時衆生命終皆生光音天自然化生以念爲食光明自照神足飛空其後此地盡變爲水無不周遍當於爾時無復日月星辰亦無晝夜年月歲數唯有大冥其後此水變成天地光音諸天福盡命終來生此間雖來生此猶以念食神足飛空身光自照於此久住各自稱言衆生衆生其後此地甘泉涌出狀如酥蜜彼初來天性輕躁者見此泉已默自念言此爲何物可試甞之即內指泉中而試甞之如是再三轉覺其美便以手抄自恣食之如是樂著遂無猒足其餘衆生復效食之如是再三復覺其美食之不已其身轉麤肌肉堅鞕失天妙色無復神足履地而行身光轉滅天地大冥婆悉吒當知天地常法大冥之後必有日月星象現於虛空然後方有晝夜晦明日月歲數爾時衆生但食地味久住世間其食多者顏色麤醜其食少者色猶悅澤好醜端正於是始有其端正者生憍慢心輕醜陋者其醜陋者生嫉惡心憎端正者衆生於是各共忿諍是

時甘泉自然枯涸其後此地生自然地肥色味具足香潔可食是時衆生復取食之乆住世間其食多者顔色麤醜其食少者色猶悅澤其端正者生憍慢心輕醜陋者其醜陋者生嫉惡心憎端正者衆生於是各共諍訟是時地肥遂不復生其後此地復生麤厚地肥亦香美可食不如前者是時衆生復取食之乆住世間其食多者色轉麤醜其食少者色猶悅澤端正醜陋迭相是非遂生諍訟地肥於是遂不復生其後此地生自然粳米無有糠糩色味具足香潔可食是時衆生復取食之乆住於世便有男女互共相視漸有情欲轉相親近其餘衆生見已語言汝所爲非汝所爲非即被擯驅遣出於人外過三月已然後還歸佛告婆悉吒昔所非者今以爲是時彼衆生習於非法極情恣欲無有時節以慙愧故遂造屋舍世間於是始有房舍翫習非法婬欲轉增便有胞胎因不淨生世間胞胎始於是也時彼衆生食自然粳米隨取隨生無可窮盡時彼衆生有懈墮者默自念言朝食朝取暮食暮取於我勞勤今欲併取以終一日即尋併取於後等侶喚共取米其人答曰我已併取以供一日汝欲取者自可隨意彼人復自念言此人黠慧能先儲積我今亦欲積粮已供三日其人即儲三日餘粮有餘衆生復來語言可共取米答言吾以先積三日餘粮汝欲取者可往自取彼人復念此人黠慧先積餘粮以供三日吾當效彼積粮以供五日即便往取時彼衆生競儲積已粳米荒穢轉生糠糩刈已不生時彼衆生見此不

悅遂成憂迷各自念言我本初生以念爲食神足飛空身光自照於世住久其後此地甘泉涌出狀如酥蜜香美可食我等時共食之食之轉久其食多者顏色麤醜其食少者色猶悅澤由是食故使我等顏色有異衆生於是各懷是非迭相憎嫉是時甘泉自然枯竭其後此地生自然地肥色味具足香美可食時我曹等復取食之其食多者顏色麤醜其食少者顏色悅澤衆生於是復懷是非迭相憎嫉是時地肥遂不復生其後復生麤厚地肥亦香美可食時我曹等復取食之多食色麤少食色悅復生是非共相憎嫉是時地肥遂不復現更生自然粳米無有糠糩時我曹等復取食之久住於世其懈怠者競共儲積由是粳米荒穢轉生糠糩刈已不生今當如何復相謂言當共分地別立幖幟即尋分地別立幖幟婆悉吒由此因緣始有田地名生彼時衆生別封田地各立疆畔漸生盜心竊他禾稼其餘衆生見已語言汝所爲非汝所爲非自有田地而取他物自今已後勿復爾也其彼衆生猶盜不已其餘衆生復重訶責而猶不已便以手加之告諸人言此人自有田稼而盜他物其人復告此人打我時彼衆人見二人諍已愁憂不悅懊惱而言衆生轉惡世間乃有此不善生穢惡不淨此是生老病死之原煩惱苦報墮三惡道由有田地致此諍訟今者寧可立一人爲主以治理之可護者護可責者責衆共減米以供給之使理諍訟時彼衆中自選一人形體長大顏貌端正有威德者而語之言汝今爲我等作平等

主應護者護應責者責應遣者遣當共集米以相供給時彼一人聞衆人言即與爲主斷理諍訟衆人即共集米供給時彼一人復以善言慰勞衆人衆人聞已皆大歡喜皆共稱言善哉大王善哉大王於是世間便有王名以正法治民故名刹利於是世間始有刹利名生時彼衆中獨有一人作如是念家爲大患家爲毒刺我今寧可捨此居家獨在山林閑靜修道即捨居家入於山林寂默思惟至時持器入村乞食衆人見已皆樂供養歡喜稱讚善哉此人能捨家居獨處山林靜默修道捨離衆惡於是世間始有婆羅門名生彼婆羅門中有不樂閑靜坐禪思惟者便入人間誦習爲業又自稱言我是不禪人於是世人稱不禪婆羅門由入人間故名爲人間婆羅門於是世間有婆羅門種彼衆生中有人好營居業多積財寶因是衆人名爲居士彼衆生中有多機巧多所造作於是世間始有首陀羅工巧之名婆悉吒今此世間有四種名第五有沙門衆名所以然者婆悉吒刹利衆中或時有人自猒己法剃除鬚髮法服修道於是始有沙門名生婆羅門種居士種首陀羅種或時有人自猒己法剃除鬚髮法服修道名爲沙門婆悉吒刹利種中身行不善口行不善意行不善身壞命終必受苦報婆羅門種居士種首陀羅種身行不善口行不善意行不善身壞命終必受苦報婆悉吒刹利種中有身行善口意行善身壞命終必受樂報婆羅門居士首陀羅種中身行善口意行善身壞命終必受樂報婆悉吒刹利種中

身行二種口意行二種身壞命終受苦樂報婆羅門種居士種首陀羅種身行二種口意行二種身壞命終受苦樂報婆悉吒剎利種中有剃除鬚髮法服修道修七覺意道成不久所以者何彼族姓子法服出家修無上梵行於現法中自身作證生死已盡梵行已立所作已辦不復受有婆羅門居士首陀羅種中有剃除鬚髮法服修道修七覺意道成不久所以者何彼族姓子法服出家修無上梵行於現法中自身作證生死已盡梵行已立所作已辦不復受有婆悉吒此四種中皆出明行成就羅漢於五種中爲最第一佛告婆悉吒梵天王頌曰

生中剎利勝　能捨種姓去　明行成就者
世間爲第一

佛告婆悉吒此梵善說非不善說此梵善受非不善受我時即印可其言所以者何今我如來至眞亦說是義

生中剎利勝　能捨種姓去　明行成就者
世間最第一

爾時世尊說此法已婆悉吒婆羅墮無漏心解脫聞佛所說歡喜奉行

第二分轉輪聖王修行經第二

如是我聞一時佛在摩羅醯樓人間遊行與千二百五十比丘漸至摩羅樓國爾時世尊告諸比丘汝等當自熾然熾然於法勿他熾然當自歸依歸依於法勿他歸依云何比丘當自熾然熾然於法勿他熾然當自歸依歸依於法勿他歸依於是比丘內身身觀精勤無懈憶念不忘除世貪憂外身身觀內外身

身觀精勤無懈憶念不忘除世貪憂受意法觀亦復如是是爲比丘自熾然熾然於法不他熾然當自歸依歸依於法不他歸依如是行者魔不能嬈功德日增所以者何乃往過去久遠世時有王名堅固念刹利水澆頭種爲轉輪聖王領四天下時王自在以法治化人中殊特七寶具足一者金輪寶二者白象寶三者紺馬寶四者神珠寶五者玉女寶六者居士寶七者主兵寶千子具足勇健雄猛能伏怨敵不用兵仗自然太平堅固念王久治世已時金輪寶即於虚空忽離本處時典輪者速往白王大王當知今者輪寶離於本處時堅固王聞已念言我曾於先宿耆舊所聞若轉輪聖王輪寶移者王壽未幾我今已受人中福樂宜更方便受天福樂當立太子領四天下別封一邑與下髮師令下鬚髮服三法衣出家修道時堅固念王即命太子而告之曰卿爲知不吾曾從先宿耆舊所聞若轉輪聖王金輪離本處者王壽未幾吾今以受人中福樂當更方便遷受天福今欲剃除鬚髮服三法衣出家爲道以四天下委付於汝宜自勉力存恤民物是時太子受王教已時堅固念王即剃除鬚髮服三法衣出家修道時王出家過七日已彼金輪寶忽然不現其典輪者往白王言大王當知今者輪寶忽然不現時王不悦即往詣堅固念王所到已白王父王當知今者輪寶忽然不現時堅固念王報其子曰汝勿懷憂以爲不悦此金輪寶者非汝父產汝但勤行聖王正法行正法已於十五日月滿時沐浴香湯婇女圍遶昇

正法殿上金輪神寶自然當現輪有千輻光色具足天匠所造非世所有子白父王轉輪聖王正法云何當云何行王告子曰當依於法立法具法恭敬尊重觀察於法以法爲首守護正法又當以法誨諸婇女又當以法護視教誡諸王王子大臣群僚百官及諸人民沙門婆羅門下至禽獸皆當護視又告子曰及汝土境所有沙門婆羅門履行清眞功德具足精進不懈去離憍慢忍辱仁愛閑獨自修獨自止息獨到涅槃自除貪欲化彼除貪自除瞋恚化彼除瞋自除愚癡化彼除癡於染不染於惡不惡於愚不愚可著不著可住不住可居不居身行質直口言質直意念質直身行清淨口言清淨意念清淨正命清淨仁惠無猒衣食知足持鉢乞食以福衆生有如是人者汝當數詣隨時諮問凡所修行何善何惡云何爲犯云何非犯何者可親何不可親何者可作何不可作施行何法長夜受樂汝諮問已以意觀察宜行則行宜捨則捨國有孤老當拯給之貧窮困劣有來求者慎勿違逆國有舊法汝勿改易此是轉輪聖王所修行法汝當奉行佛告諸比丘時轉輪聖王受父教已如說修行後於十五日月滿時沐浴香湯昇高殿上婇女圍遶自然輪寶忽現在前輪有千輻光色具足天匠所造非世所有眞金所成輪徑丈四時轉輪王默自念言我曾從先宿耆舊所聞若剎利王水澆頭種以十五日月滿時沐浴香湯昇寶殿上婇女圍遶自然金輪忽現在前輪有千輻光色具足天匠所造非世所有眞金所成輪徑丈

四是則名爲轉輪聖王今此輪現將無是耶令我寧可試此輪寳時轉輪王即召四兵向金輪寳偏露右臂右膝著地復以右手摩捫金輪語言汝向東方如法而轉勿違常則輪即東轉時王即將四兵隨從其後金輪寳前有四神導輪所住處王即止駕爾時東方諸小國王見大王至以金鉢盛銀粟銀鉢盛金粟來趣王所拜首白言善來大王今此東方土地豐樂人民熾盛志性仁和慈孝忠順唯願聖王於此治正我等當給使左右承受所當時轉輪大王語小王言止止諸賢汝等則爲供養我已但當以正法治勿使偏枉無令國内有非法行此即名曰我之所治時諸小王聞此教已即從大王巡行諸國至東海表次行南方西方北方隨輪所至其諸國王各獻國土亦如東方諸小國比時轉輪王既隨金輪周行四海以道開化安慰民庶已還本國時金輪寳在宫門上虛空中住時轉輪王踊躍而言此金輪寳真爲我瑞我今真爲轉輪聖王是爲金輪寳成就其王久治世已時金輪寳即於虛空忽離本處其典輪者速往白王大王當知今者輪寳離於本處時王聞已即自念言我曾於先宿耆舊所聞若轉輪聖王輪寳移者王壽未幾我今已受人中福樂宜更方便受天福樂當立太子領四天下别封一邑與下髮師令下鬚髮服三法衣出家修道時王即命太子而告之曰卿爲知不吾曾從先宿耆舊所聞若轉輪聖王金輪寳離本處者王壽未幾吾今已受人中福樂當設方便遷受天樂今欲剃除鬚髮服三法衣

出家修道以四天下委付於汝宜自勉力存恤民物爾時太子受王教已王即剃除鬚髮服三法衣出家修道時王出家過七日已其金輪寶忽然不現典金輪者往白王言大王當知今者輪寶忽然不現時王聞已不以爲憂亦復不往問父王意時彼父王忽然命終自此以前六轉輪王皆展轉相承以正法治唯此一王自用治國不承舊法其政不平天下怨訴國土損減人民凋落時有一婆羅門大臣往白王言大王當知今者國土損減人民凋落轉不如常王今國內多有知識聰慧博達明於古今備知先王治正之法何不命集問其所知彼自當答時王即召群臣問其先王治正之道時諸智臣具以事答王聞其言即行舊正以法護世而猶不能拯濟孤老施及下窮時國人民轉至貧困遂相侵奪盜賊滋甚伺察所得將詣王所白言此人爲賊願王治之王即問言汝實爲賊耶答曰實爾我貧窮飢餓不能自存故爲賊耳時王即出庫物以供給之而告之曰汝以此物供養父母并恤親族自今已後勿復爲賊餘人傳聞有作賊者王給財寶於是復行劫盜他物復爲伺察所得將詣王所白言此人爲賊願王治之王復問言汝實爲賊耶答曰實爾我貧窮飢餓不能自存故爲賊耳時王復出庫財以供給之復告之曰汝以此物供養父母并恤親族自今已後勿復爲賊復有人聞有作賊者王給財寶於是復行劫盜他物復爲伺察所得將詣王所白言此人爲賊願王治之王復問言汝實爲賊耶答曰實爾我貧窮飢

餓不能自存故爲賊耳時王念言先爲賊者吾見貧窮給其財寶謂當止息而餘人聞轉更相斆盜賊因滋如是無已我今寧可杻械其人令於街巷然後載之出城刑於曠野以戒後人耶時王即勑左右使收繫之擊鼓唱令遍諸街巷訖已載之出城刑於曠野國人盡知彼爲賊者王所收繫令於街巷刑之曠野時人展轉自相謂言我等設爲賊者亦當如是與彼無異於是國人爲自防護遂造兵仗刀劒弓矢迭相殘害攻劫掠奪自此王來始有貧窮有貧窮已始有劫盜有劫盜已始有兵仗有兵仗已始有殺害有殺害已則顔色顦顇壽命短促時人正壽四萬歲其後轉少壽二萬歲然其衆生有壽有夭有苦有樂彼有苦者便生邪婬貪取之心多設方便圖謀他物是時衆生貧窮劫盜兵仗殺害轉更滋甚人命轉減壽一萬歲一萬歲時衆生復相劫盜爲伺察所得將詣王所白言此人爲賊願王治之王問言汝實作賊耶答曰我不便於衆中故作妄語時彼衆生以貧窮故便行劫盜以劫盜故便有刀兵以刀兵故便有殺害以殺害故便有貪取邪婬以貪取邪婬故便有妄語有妄語故其壽轉減至于千歲千歲之時便有口三惡行始出于世一者兩舌二者惡口三者綺語此三惡業展轉熾盛人壽稍減至五百歲五百歲時衆生復有三惡行起一者非法婬二者非法貪三者邪見此三惡業展轉熾盛人壽稍減三百二百如我今人乃至百歲少出多減如是展轉爲惡不已其壽稍減當至十歲十歲時人女生五

月便出行嫁是時世間酥油石蜜黑石蜜諸甘美味不復聞名粳粮禾稻變成草莠繒絹錦綾劫貝白氎今世名服時悉不現織麤毛縷以爲上衣是時此地多生荆棘蚊虻蠅蝨蛇蚖蜂蠍毒蟲衆多金銀瑠璃珠璣名寶盡沒於地唯有瓦石砂礫出於地上當於爾時衆生之類永不復聞十善之名但有十惡充滿世間是時乃無善法之名其人何由得修善行如是衆生能爲極惡不孝父母不敬師長不忠不義反逆無道者更得尊敬如今能修善行孝養父母敬順師長忠信懷義順道修仁者便得尊敬爾時衆生多修十惡多墮惡道衆生相見常欲相殺猶如獵師見於群鹿時此土地多有溝坑溪澗深谷土曠人希行人恐懼爾時當有刀兵劫起手執草木皆成戈鉾於七日中展轉相害時有智者遠逃叢林依倚坑坎於七日中懷怖畏心發慈善言汝不害我我不害汝食草木子以存性命過七日已從山林出時有存者得共相見歡喜慶賀言汝不死耶汝不死耶猶如父母唯有一子久别相見歡喜無量彼人如是各懷歡喜迭相慶賀然後推問其家其家親屬死亡者衆復於七日中悲泣號咷啼哭相向過七日已復於七日中共相慶賀娛樂歡喜尋自念言吾等積惡彌廣故遭此難親族死亡家屬覆沒今者宜當少共修善宜修何善當不殺生爾時衆生盡懷慈心不相殘害於是衆生色壽轉增其十歲者壽二十歲二十時人復作是念我等由少修善行不相殘害故壽命延長至二十歲今者寧可更增少善當

修何善已不殺生當不竊盜已修不盜則壽命延長至四十歲四十時人復作是念我等由少修善壽命延長今者寧可更增少善何善可修當不邪婬於是其人盡不邪婬壽命延長至八十歲八十歲人復作是念我等由少修善壽命延長今者寧可更增少善何善可修當不妄語於是其人盡不妄語壽命延長至百六十歲百六十時人復作是念我等由少修善壽命延長我今寧可更增少善何善可修當不兩舌於是其人盡不兩舌壽命延長至三百二十歲三百二十歲時人復作是念我等由修善故壽命延長今者寧可更增少善何善可修當不惡口於是其人盡不惡口壽命延長至六百四十六百四十時人復作是念我等由修善故壽命延長今者寧可更增少善何善可修當不綺語於是其人盡不綺語壽命延長至二千歲二千歲時人復作是念我等由修善故壽命延長今者寧可更增少善何善可修當不慳貪於是其人盡不慳貪而行布施壽命延長至五千歲五千歲時人復作是念我等由修善故壽命延長今者寧可更增少善何善可修當不嫉妬慈心修善於是其人盡不嫉妬慈心修善壽命延長至於萬歲萬歲時人復作是念我等由修善故壽命延長今者寧可更增少善何善可修當行正見不生顛倒於是其人盡行正見不起顛倒壽命延長至二萬歲二萬歲時人復作是念我等由修善故壽命延長今者寧可更增少善何善可修當滅三不善法一者非法婬二者非法貪三者邪見於是其

人盡滅三不善法壽命延長至四萬歲四萬歲時人復作是念我等由修善故壽命延長今者寧可更增少善何善可修當孝養父母敬事師長於是其人即孝養父母敬事師長壽命延長至八萬歲八萬歲時人女年五百歲始出行嫁時人當有九種病一者寒二者熱三者飢四者渴五者大便六者小便七者欲八者饕餮九者老時此大地坦然平正無有溝坑丘墟荆棘亦無蚊虻蛇蚖毒蟲瓦石沙礫變成瑠璃人民熾盛五穀平賤豐樂無極是時當起八萬大城村城隣比雞鳴相聞當於爾時有佛出世名爲彌勒如來至眞等正覺十號具足如今如來十號具足彼於諸天釋梵魔若魔天諸沙門婆羅門諸天世人中自身作證亦如我今於諸天釋梵魔若魔天沙門婆羅門諸天世人中自身作證彼當説法初言亦善中下亦善義味具足淨修梵行如我今日説法上中下言皆悉眞正義味具足梵行清淨彼衆弟子有無數千萬如我今日弟子數百彼時人民稱其弟子號曰慈子如我弟子號曰釋子彼時有王名曰儴伕刹利水澆頭種轉輪聖王典四天下以正法治莫不靡伏七寶具足一金輪寶二白象寶三紺馬寶四神珠寶五玉女寶六居士寶七主兵寶王有千子勇猛雄傑能却外敵四方敬順不加兵仗自然泰平爾時聖王建大寶幢圍十六尋上高千尋千種雜色嚴飾其幢幢有百觚觚有百枝寶縷織成衆寶間厠於是聖王壞此幢已以施沙門婆羅門國中貧者然後剃除鬚髮服三法衣出家修道修無

上行於現法中自身作證生死已盡梵行已立所作已辦不受後有佛告諸比丘汝等當勤修善行以修善行則壽命延長顏色增益安隱快樂財寶豐饒威力具足猶如諸王順行轉輪聖王舊法則壽延長顏色增益安隱快樂財寶豐饒威力具足比丘亦如是當修善法壽命延長顏色增益安隱快樂財寶豐饒威力具足云何比丘壽命延長如是比丘修習欲定精勤不懈滅行成就以修神足修精進定意定思惟定精勤不懈滅行成就以修神足是爲壽命延長何謂比丘顏色增益於是比丘戒律具足成就威儀見有小罪生大怖畏等學諸戒周滿備悉是爲比丘顏色增益何謂比丘安隱快樂於是比丘斷除婬欲去不善法有覺有觀離生喜樂行第一禪除滅覺觀內信歡悅斂心專一無覺無觀定生喜樂行第二禪捨喜守護專念不亂自知身樂賢聖所求護念樂行行第三禪捨滅苦樂先除憂喜不苦不樂護念清淨行第四禪是爲比丘安隱快樂何謂比丘財寶豐饒於是比丘修習慈心遍滿一方餘方亦爾周遍廣普無二無量除衆結恨心無嫉惡靜默慈柔以自娛樂悲喜捨心亦復如是是爲比丘財寶豐饒何謂比丘威力具足於是比丘如實知苦聖諦集盡道諦亦如實知是爲比丘威力具足佛告比丘我今遍觀諸有力者無過魔力然漏盡比丘力能勝彼爾時諸比丘聞佛所說歡喜奉行

佛說長阿含經卷第六

音釋

鞕魚孟切堅強也糠糩糠苦剛切糩苦外切糠糩穀皮也斆胡教切學也顦顇顦昨焦切顇秦醉切顦顇憂瘁也莠與久切草之似苗者蠅蝨蠅余陵切青蠅也蝨所櫛切齧人蟲也蚖愚袁切蜥蜴也鉾莫浮切鈎兵也饕餮饕吐刀切餮他結切儴汝洋切柧古胡切棱也

佛說長阿含經卷第七

姚秦三藏法師佛陀耶舍共竺佛念譯

第二分弊宿經第三

爾時童女迦葉與五百比丘遊行拘薩羅國漸詣斯婆醯婆羅門村時童女迦葉在斯婆醯村北尸舍婆林止時有婆羅門名曰弊宿止斯婆醯村此村豐樂民人衆多樹木繁茂波斯匿王別封此村與婆羅門弊宿以爲梵分弊宿婆羅門常懷異見爲人說言無有他世亦無更生無善惡報時斯婆醯村人聞童女迦葉與五百比丘從拘薩羅國漸至此尸舍婆林自相謂言此童女迦葉有大名聞已得羅漢耆舊長宿多聞廣博聰明叡智辯才應機善於談論今得見者不亦善哉時彼村人日日次第往詣迦葉爾時弊宿在高樓上見其村人隊隊相隨不知所趣即問左右持蓋者言彼人何故群隊相隨侍者答曰我聞童女迦葉將五百比丘遊拘薩羅國至尸舍婆林又聞其人有大名稱已得羅漢耆舊長宿多聞廣博聰明叡智辯才應機善於談論彼諸人等群隊相隨欲詣迦葉共相見耳時弊宿婆羅門即勅侍者汝速往語諸人且住當共俱行往與相見所以者何彼人愚惑欺誑世間說有他世言有更生言有善惡報而實無他世亦無更生無善惡報時使者受教已即往語彼斯婆醯村人言婆羅門語汝等且住當共俱詣往與相見村人答言善哉善哉若能來者當共俱行使還尋白彼人已住可行者行時婆羅門即下高樓勅侍者嚴駕與彼村人前後圍遶詣尸舍婆林到已下車

步進詣迦葉所問訊訖一面坐其彼村人婆羅門居士有禮拜迦葉然後坐者有問訊已而坐者有自稱名已而坐者又有叉手已而坐者有默而坐者時弊宿婆羅門語童女迦葉言今我欲有所問寧有閑暇見聽許不迦葉報言隨汝所問聞已當知婆羅門言今我論者無有他世亦無更生無罪福報汝論云何迦葉答曰我今問汝隨汝意答今上日月爲此世耶爲他世耶爲人爲天耶婆羅門答曰日月是他世非此世也是天非人也迦葉答曰以此可知必有他世亦有更生有善惡報婆羅門言汝雖云有他世有更生及善惡報如我意者皆悉無有迦葉問曰頗有因緣可知無有他世無有更生無善惡報耶婆羅門答曰有緣迦葉問曰以何因緣言無他世婆羅門言迦葉我有親族知識遇患困病我往問言諸沙門婆羅門各懷異見言諸有殺生盜竊邪婬兩舌惡口妄言綺語慳貪嫉妬邪見者身壞命終皆入地獄我初不信所以然者初未曾見死已來還說所墮處若有人來說所墮處我必信受汝今是我所親十惡亦備若如沙門語者汝死必入大地獄中今我相信從汝取定若審有地獄者汝當還來語我使知然後當信迦葉彼命終已至今不來彼是我親不應欺我許而不來必無後世迦葉報曰諸有智者以譬喻得解今當爲汝引喻解之譬如盜賊常懷姧詐犯王禁法伺察所得將詣王所白言此人爲賊願王治之王即勑左右收繫其人遍令街巷然後載之出城付刑人者時左右人即時將彼賊付刑

人者彼賊以柔輭言語守衛者汝可放我見諸親里言語辭别然後當還云何婆羅門彼守衛者寧肯放不婆羅門答曰不可迦葉又言彼同人類俱存現世而猶不放況汝所親十惡備足身死命終必入地獄獄鬼無慈又非人類死生異世彼若以輭言求於獄鬼汝暫放我還到世間見親族言語辭别然後當還寧得放不婆羅門答曰不可迦葉又言以此相方自足可知何爲守迷自生邪見耶婆羅門言汝雖引喻謂有他世我猶言無迦葉復言汝頗更有餘緣可知無他世耶婆羅門報言我更有餘緣知無他世迦葉問曰以何緣知答曰迦葉我有親族遇患篤重我往語言諸沙門婆羅門各懷異見説有他世言不殺不盜不婬不欺不兩舌惡口妄言綺語貪取嫉妬邪見者身壞命終皆生天上我初不信所以然者初未曾見死已來還説所墮處若有人來説所墮生我必信耳今汝是我所親十善亦備若如沙門語者汝今命終必生天上今我相信從汝取定若審有天報者汝當必來語我使知然後當信迦葉彼命終已至今不來彼是我親不應欺我許而不來必無他世迦葉又言諸有智者以譬喻得解我今當復爲汝説喻譬如有人墮於深廁身首沒溺王勑左右挽出此人以竹爲篦三刮其身澡豆淨灰次如洗之後以香湯沐浴其體細末衆香坌其身上勑除髮師淨其鬚髮又勑左右重將洗沐如是至三洗以香湯坌以香末名衣上服莊嚴其身百味甘饍以恣其口將詣高堂五欲娛樂其人後能還入廁不

答言不能此處臭惡何可還入迦葉言諸天亦爾此閻浮利地臭穢不淨諸天在上去此百由旬遥聞人臭甚於廁溷婆羅門汝親族知識十善具足然必生天五欲自娱快樂無極寧當復肯還來入此閻浮廁不答曰不也迦葉又言以此相方自足可知何爲守迷自生邪見婆羅門言汝雖引喻謂有他世我猶言無迦葉復言汝頗更有餘緣可知無他世耶婆羅門報言我更有餘緣知無他世迦葉問曰以何緣知答曰迦葉我有親族遇患篤重我往語言沙門婆羅門各懷異見說有後世言不殺不盜不婬不欺不飲酒者身壞命終皆生忉利天上我亦不信所以然者初未曾見死已來還說所墮處若有人來說所墮生我必信耳今汝是我所親五戒具足身壞命終必生忉利天上今我相信從汝取定若審有天福者汝當還來語我使知然後當信迦葉彼命終已至今不來彼是我親不應有欺許而不來必無他世迦葉答言此間百歲正當忉利天上一日一夜耳如是亦三十日爲一月十二月爲一歲如是彼天壽千歲云何婆羅門汝親族五戒具足身壞命終必生忉利天上彼生天已作是念言我初生此當二三日中娱樂遊戲然後來下報汝言者寧得見不答曰不也我死久矣何由相見婆羅門言我不信也誰來告汝有忉利天壽命如是迦葉言諸有智者以譬喻得解我今更當爲汝引喻譬如有人從生而盲不識五色青黄赤白麤細長短亦不見日月星象丘陵溝壑有人問言青黄赤白五色云何盲人答曰

無有五色如是麤細長短日月星象山陵溝壑皆言無有云何婆羅門彼盲人言是正答不答曰不也所以者何世間現有五色青黄赤白麤細長短日月星象山陵溝壑而彼言無婆羅門汝亦如是忉利天壽實有不虚汝自不見便言其無婆羅門言汝雖言有我猶不信迦葉又言汝復作何緣而知其無答曰迦葉我所封村人有作賊者伺察所得將詣我所語我言此人爲賊唯願治之我答言收縛此人著大釜中圍蓋厚泥使其牢密勿令得泄遣人圍遶以火煑之我時欲觀知其精神所出之處將諸侍從繞釜而觀都不見其神去來處又發釜看亦不見神有往來處以此緣故知無他世迦葉又言我今問汝若能答者隨意報之婆羅門汝在高樓寢息卧時頗曾夢見山林江河園觀浴池國邑街巷不答曰夢見又問婆羅門汝當夢時居家眷屬侍衛汝不答曰侍衛又問婆羅門汝諸眷屬見汝識神有出入不答曰不見迦葉又言汝今生存識神出入尚不可見況於死者乎汝不可以目前現事觀於衆生婆羅門有比丘初夜後夜捐除睡眠精勤不懈專念道品以三昧力淨修天眼以天眼力觀於衆生死此生彼從彼生此壽命長短顔色好醜隨行受報善惡之趣皆悉知見汝不可以穢濁肉眼不能徹見衆生所趣便言無也婆羅門以此可知必有他世婆羅門言汝雖引喻説有他世如我所見猶無有也迦葉又言汝頗更有因緣知無他世耶婆羅門言有迦葉言以何緣知婆羅門言我所封村人有作賊者伺察

所得將詣我所語我言此人爲賊唯願治之我勑左右收縛此人生剥其皮求其識神而都不見又勑左右臠割其肉以求識神又復不見又勑左右截其筋脉骨間求神又復不見又勑左右打骨出髓髓中求神又復不見迦葉我以此縁知無他世迦葉復言諸有智者以譬喻得解我今復當爲汝引喻乃往過去久遠世時有一國壞荒毀未復時有商賈五百乘車經過其土有一梵志奉事火神常止一林時諸商人皆往投宿清旦别去時事火梵志作是念言向諸商人宿此林中今者以去儻有遺漏可試往看尋詣彼所都無所見唯有一小兒始年一歲獨在彼坐梵志復念我今何忍見此小兒於我前死今者寧可將此小兒至吾所止養活之耶即抱小兒往

所住處而養育之其兒轉大至十餘歲時此梵志以少因縁欲遊人間語小兒曰我有少縁欲暫出行汝善守護此火愼勿使滅若火滅者當以鑽鑽木取火然之具戒勑已出林遊行梵志去後小兒貪戲不數視火火遂便滅小兒戲還見火已滅懊惱而言我所爲非我父去時具約勑我守護此火愼勿令滅而我貪戲致使火滅當如之何時彼小兒吹灰求火不能得已便以斧劈薪求火復不能得又復斬薪置於臼中擣以求火又不能得爾時梵志於人間還詣彼林所問小兒曰吾先勑汝使守護火火不滅耶小兒對曰我向出戲不時護視火今已滅復問小兒汝以何方便更求火耶小兒報曰火出於木我以斧破木求火不得復斬之令碎置於臼中杵擣求

火復不能得時彼梵志以鑚鑚木出火積薪而然告小兒曰夫欲求火法應如此不應破薪杵碎而求婆羅門汝亦如是無有方便劇剥死人而求識神汝不可以目前現事觀於衆生婆羅門有比丘初夜後夜捐除睡眠精勤不懈專念道品以三昧力修淨天眼以天眼力觀於衆生死此生彼從彼生此壽命長短顔色好醜隨行受報善惡之趣皆悉知見汝不可以穢濁肉眼不能徹見衆生所趣便言無也婆羅門以此可知必有他世婆羅門言汝雖引喻説有他世如我所見猶無有也迦葉復言汝頗更有因緣知無他世耶婆羅門言有迦葉言以何因緣知婆羅門言我所封村人有作賊者伺察所得將詣我所語我言此人爲賊唯願治之我勑左右汝將此人

以秤稱之侍者受命即以秤稱又告侍者汝將此人安徐殺之勿損皮肉即受我敎殺之無損我復勑左右更重稱之乃重於本迦葉生稱彼識神猶存顔色悦豫猶能言語其身乃輕死已重稱識神已滅無有顔色不能言語其身更重我以是緣知無他世迦葉語婆羅門吾今問汝隨意答我如人稱鐵先冷稱已然後熱稱何有光色柔輭而輕何無光色堅鞕而重婆羅門言熱鐵有色柔輭而輕冷鐵無色剛强而重迦葉語言人亦如是生有顔色柔輭而輕死無顔色剛强而重以此可知必有他世婆羅門言汝雖引喻説有他世如我所見必無有也迦葉言汝復有何緣知無他世婆羅門答言我有親族遇患篤重時我到彼語言扶此病人令右脅卧視瞻屈伸

言語如常又使左臥反覆宛轉屈伸視瞻言語如常尋即命終吾復使人扶轉左臥右臥反覆諦觀不復屈伸視瞻言語吾以是知必無他世迦葉復言諸有智者以譬喻得解今當爲汝引喻昔有一國不聞貝聲時有一人善能吹貝往到彼國入一村中執貝三吹然後置地時村人男女聞聲驚動皆就往問此是何聲哀和清徹乃如是耶彼人指貝曰此物聲也時彼村人以手觸貝曰汝可作聲汝可作聲貝都不鳴其主即取貝三吹置地時村人言向者美聲非是貝力有手有口有氣吹之然後乃鳴人亦如是有壽有識有息出入則能屈伸視瞻言語無壽無識無出入息則不能屈伸視瞻語言又語婆羅門汝今宜捨此惡邪見勿爲長夜自增苦惱婆羅門言

我不能捨所以然者我自生來長夜諷誦翫習堅固何可捨耶迦葉復言諸有智者以譬喻得解我今當更爲汝引喻乃往久遠有一國土其土邊疆人民荒壞彼國有二人一智一愚自相謂曰我是汝親共汝出城採穭求財即尋相隨詣一空聚見地有麻即語愚者共取持歸時彼二人各取一擔復過前村見有麻縷其一智者言麻縷成功輕細可取其一人言我已取麻繫縛牢固不能捨也其一智者即取麻縷重而還去復共前進見有麻布其一智者言麻布成功輕細可取彼一人言我已取麻繫縛牢固不能復捨其一智者即捨麻縷取布自重復共前行見有劫貝其一智者言劫貝價貴輕細可取彼一人言我已取麻繫縛牢固齎來道遠不能捨也時一

智者即捨麻布而取劫貝如是前行見劫貝縷次見白氎次見白銅次見白銀次見黃金其一智者言若無金者當取白銀若無白銀當取白銅乃至麻縷若無麻縷當取麻耳今者此村大有黃金衆寶之上汝宜捨麻我當捨銀共取黃金自重而歸彼一人言我取此麻縶縛牢固齎來道遠不能捨也汝欲取者自隨汝意其一智者捨銀取金重擔而歸其家親族遥見彼人大得金寶歡喜奉迎時得金者見親族迎復大歡喜其無智人負麻而歸居家親族見之不悅亦不起迎其負麻者倍增憂惱婆羅門汝今宜捨惡習邪見勿爲長夜自增苦惱如負麻人執意堅固不取金寶負麻而歸空自疲勞親族不悅長夜貧窮自增憂苦也婆羅門言我終不能捨此見也所以者何我以此見多所教授多所饒益四方諸王皆聞我名亦盡知我是斷滅學者迦葉復言諸有智者以譬喻得解我今當更爲汝引喻乃往久遠有一國土其土邊疆人民荒壞時有商人有千乘車經過其土水穀薪草不自供足時商主念言我等伴多水穀薪草不自供足今者寧可分爲二部其一分者於前發引其前發導師言見有一人身體麤大目赤面黑泥塗其身遥見遠來即問汝從何來報言我從前村來又問彼言汝所來處多有水穀薪草不耶其人報言我所來處豐有水穀薪草無乏我於中路逢天暴雨其處多水亦豐薪草又語商主汝曹車上若有穀草盡可捐棄彼自豐有不須重車時彼商主語衆商言吾向前行見有一人目赤面黑泥

塗其身我遥問言汝從何來即答我言我從前村來我尋復問汝所來處豐有水穀薪草不也答我言彼大豐耳又語言我向於中路逢天暴雨此處多水大豐薪草復語我言君等車上若有穀草盡可捐棄彼自豐有不煩重車汝等宜各棄諸穀草輕車速進即如其言各共捐棄穀草輕車速進如是一日不見水草二日三日乃至七日又復不見時商人窮於曠澤爲鬼所食其後一部次復進路商主時前復見一人目赤面黑泥塗其身遥見問言汝從何來彼人答言吾從前村來又問汝所來處豐有水穀薪草不耶彼人答曰大豐有耳又語商人吾於中路逢天暴雨其處多水亦豐薪草又語商主君等車上若有穀草便可捐棄彼自豐有不須重車時商主還語諸商人言吾向前行見有一人道如此事君等車上若有草穀可盡捐棄彼自豐有不須重車時商主言汝等穀草愼勿捐棄須得新者然後當棄所以者何新陳相接然後當得度此曠野時彼商人重車而行如是一日不見水草二日三日至于七日又亦不見但見前人爲鬼所食骸骨狼藉婆羅門彼赤眼黑面者是羅刹鬼也諸有隨汝教者長夜受苦亦當如彼前部商人無智慧故隨導師語自沒其身婆羅門諸有沙門婆羅門精進智慧有所言説承用其教者則長夜獲安如彼後部商人有智慧故得免厄難婆羅門汝今寧可捨此惡見勿爲長夜自增苦惱婆羅門言我終不能捨所見也設有人來强諫我者生我忿耳終不捨見迦葉又言諸有智者以

譬喻得解我今當復爲汝引喻乃昔久遠有一國土其土邊疆人民荒壞時有一人好喜養猪詣他空村見有乾糞尋自念言此處饒糞我猪豚飢今當取草裹此乾糞頭戴而歸即尋取草裹糞而戴於其中路逢天大雨糞汁流下至于足跟衆人見已皆言狂人糞塗臭處正使天陰尚不可戴況於雨中戴之而行其人方怒逆罵詈言汝等自癡不知我家猪豚飢餓汝若知者不言我癡婆羅門汝今寧可捨此惡見勿守迷惑長夜受苦如彼癡子戴糞而行衆人呵諫逆更瞋罵謂他無智婆羅門語迦葉言汝等若謂行善生天死勝生者汝等則當以刀自刎飲毒而死或五縛其身自投高岸而今貪生不能自殺者則知死不勝生迦葉復言諸有智者以譬喻得解

我今當更爲汝引喻昔者此斯婆醯村有一梵志耆舊長宿年百二十彼有二妻一先有子一始有娠時彼梵志未久命終其大母子語小母言所有財寶盡應與我汝無分也時小母言汝爲小待須我分身若生男者應有財分若生女者汝自嫁娶當得財物彼子慇懃再三索財小母答如初其子又逼不已時彼小母即以利刀自決其腹知爲男女語婆羅門言汝今自殺復害胎子汝婆羅門亦復如是既自殺身復欲殺人若沙門婆羅門精勤修善戒德具足久存世者多所饒益天人獲安吾今末後爲汝引喻當使汝知惡見之殃昔者此斯婆醯村有二技人善於弄丸二人捔技一人得勝時不如者語勝者言今日且停明當更共試其不如者即歸家中取其

戲丸塗以毒藥曝之使乾明持此丸詣勝者所語言更可捔技即前共戲先以毒丸授彼勝者勝者即吞其不如者復授毒丸得已隨吞其毒轉行舉身戰動時不如者以偈罵曰

吾以藥塗丸　而汝吞不覺　小技汝爲吞
久後自當知

迦葉語婆羅門言汝今當速捨此惡見勿爲專迷自增苦毒如彼技人吞毒不覺時婆羅門白迦葉言尊者初説月喻我時已解所以往返不時受者欲見迦葉辯才智慧生牢固信耳我今信受歸依迦葉迦葉報言汝勿歸我如我所歸無上尊者汝當歸依婆羅門言不審所歸無上尊者今爲所在迦葉報言今我師世尊滅度未久婆羅門言世尊若在不避遠近其當親見歸依禮拜今聞迦葉言如來滅度今即歸依滅度如來及法衆僧迦葉聽我於正法中爲優婆塞自今已後盡壽不殺不盜不婬不欺不飲酒我今當爲一切大施迦葉語言若汝宰殺衆生撾打僮僕而爲會者此非淨福又如磽确薄地多生荆棘於中種植必無所獲汝若宰殺衆生撾打僮僕而爲大施施邪見衆此非淨福若汝大施不害衆生不以杖楚加於僮僕歡喜設會施清淨衆則獲大福猶如良田隨時種植必獲果實迦葉自今已後常淨施衆僧不令斷絶時有一年少梵志名曰摩頭在弊宿後立弊宿顧語曰吾今欲設一切大施汝當爲我經營處分時年少梵志聞此語已即爲經營爲大施已而作是言願使弊宿今世後世不獲福報時弊宿聞彼梵志經營施已有如是言願

便弊宿今世後世不獲果報即命梵志而告之曰汝審有是言耶答曰如是實有是言所以然者今所設食麤澀弊惡以此施僧若以示王王尚不能以手暫向況當食之現在所設不可喜樂何由後世得淨果報王施僧衣純以麻布若以示王王尚不能以足暫向況能自著現在所施不可喜樂何由後世得淨果報時婆羅門又告梵志自今已後汝以我所食我所著衣以施衆僧時梵志即承教旨以王所食王所著衣供養衆僧時婆羅門設此淨施身壞命終生一下劣天中梵志經營會者身壞命終生忉利天爾時弊宿婆羅門年少梵志及斯婆醯婆羅門居士等聞童女迦葉所說歡喜奉行

佛說長阿含經卷第七

音釋

弊宿 弊毗祭切 叡智 叡以芮切明通達也 澡豆 澡子浩切或云皂荚也 坌 蒲門切塵坲也 廁溷 溷胡困切圊也 釜 奉甫切鍑屬 臠割 臠力兖切塊切肉也 筋脈 筋居欣切骨絡也脈莫白切幕也 鑽鑽 上子筭切錐也下則官切穿也 斧劈 斧方矩切鉞也劈普擊切 秤稱 秤丑正切權衡也稱處陵切量也 穭 力與切自生禾也 刎 武粉切割也 娠 失人切孕也 磽确 磽口交切确克角切磽确瘠薄之地也 澀 所立切不滑也

佛說長阿含經卷第八

姚秦三藏法師佛陀耶舍共竺佛念譯

第二分散陀那經第四

如是我聞一時佛在羅閱祇毗呵羅山七葉樹窟與大比丘衆千二百五十人俱時王舍城有一居士名散陀那好行遊觀日日出城至世尊所時彼居士仰觀日時默自念言今往覲佛非是時也今者世尊必在靜室三昧思惟諸比丘衆亦當禪靜我今寧可往詣烏暫婆利梵志女林中須日時到當詣世尊禮敬問訊并詣諸比丘所致敬問訊時梵志女林中有一梵志名尼俱陀與五百梵志子俱止彼林時諸梵志衆聚一處高聲大論但說遮道濁亂之言以此終日或論國事或論戰鬬兵仗之事或論國家義和之事或論大臣及庶民事或論車馬遊園林事或論坐席衣服飲食婦女之事或論山海龜鼈之事但說如是遮道之論以此終日時彼梵志遥見散陀那居士來即勑其衆令皆靜默所以然者彼沙門瞿曇弟子今從外來沙門瞿曇白衣弟子中此爲最上彼必來此汝宜靜默時諸梵志各自默然散陀那居士至梵志所問訊已於一面坐語梵志曰我師世尊常樂閑靜不好憒閙不如汝等與諸弟子處在人中高聲大論但說遮道無益之言梵志又語居士言沙門瞿曇頗曾與人共言論不衆人何由得知沙門有大智慧汝師常好獨處邊地猶如瞎牛食草偏逐所見汝師瞿曇亦復如是偏好獨見樂無人處汝師若來吾等當稱以爲瞎牛彼常自言有大智慧我以一言窮彼

能使默然如龜藏六謂可無患以一箭射使無逃處爾時世尊在閑靜室以天耳聞梵志居士有如是論即出七葉樹窟詣烏暫婆利梵志女林時彼梵志遙見佛來勑諸弟子汝等皆默瞿曇沙門欲來至此汝等慎勿起迎恭敬禮拜亦勿請坐取一別座與之令坐彼既坐已卿等當問沙門瞿曇汝從本來以何法教訓於弟子得安隱定淨修梵行爾時世尊漸至彼園時諸梵志不覺自起漸迎世尊而作是言善來瞿曇善來沙門久不相見今以何緣而來至此可前小坐爾時世尊即就其坐熙怡而笑默自念言此諸愚人不能自專先立要令竟不能全所以然者是佛神力令彼惡心自然敗壞時散陀那居士禮世尊足於一面坐尼俱陀梵志問訊佛已亦一面坐而白佛言沙門瞿曇從本以來以何法教訓誨弟子得安隱定淨修梵行世尊告曰且止梵志吾法深廣從本以來誨諸弟子得安隱處淨修梵行非汝所及又告梵志正使汝師及汝弟子所行道法有淨不淨我盡能說時五百梵志弟子各各舉聲自相謂言瞿曇沙門有大威勢有大神力他問己義乃問他義時尼俱陀梵志白佛言善哉瞿曇願分別之佛告梵志諦聽諦聽當爲汝說梵志答曰願樂欲聞佛告梵志汝所行者皆爲卑陋離服裸形以手障蔽不受瓦食不受盂食不受兩壁中間食不受二人中間食不受兩刀中間食不受兩盂中間食不受共食家食不受懷妊家食見狗在門則不受其食不受多蠅家食不受請食他言先識則不受其食不食

魚不食肉不飲酒不兩器食一餐一咽至七餐止受人益食不過七益或一日一食或二日三日四日五日六日七日一食或復食菜或復食莠或食飯汁或食糜米或食穢稻或食牛糞或食鹿糞或食樹根枝葉果實或食自落果或披衣或披莎衣或衣樹皮或草襜身或衣鹿皮或露頭髮或被毛編或著塚間衣或有常舉手者或不坐牀席或有常蹲者或有剃髮留髭鬚者或有臥荊棘者或有臥果蓏上者或有倮形臥牛糞上者或一日三浴或有一夜三浴以無數衆苦苦役此身云何尼俱陀如此行者可名淨法不梵志答曰此法淨非不淨也佛告梵志汝謂爲淨吾當於汝淨法中說有垢穢梵志曰善哉瞿曇便可說之願樂欲聞佛告梵志彼苦行者常自計念我行如此當得供養恭敬禮事是即垢穢彼苦行者得供養已樂著堅固愛染不捨不曉遠離不知出要是爲垢穢彼苦行者遥見人來盡共坐禪若無人時隨意坐臥是爲垢穢彼苦行者聞他正義不肯印可是爲垢穢彼苦行者他有正問恡而不答是爲垢穢彼苦行者設見有人供養沙門婆羅門則訶止之是爲垢穢彼苦行者若見沙門婆羅門食更生物就訶責之是爲垢穢彼苦行者有不淨食不肯施人若有淨食貪著自食不見已過不知出要是爲垢穢彼苦行者自稱已善毀呰他人是爲垢穢彼苦行者爲殺盜婬兩舌惡口妄言綺語貪取嫉妬邪見顛倒是爲垢穢彼苦行者懈墮喜忘不習禪定無有智慧猶如禽獸是爲垢穢彼苦行者貢高憍

慢慢增上慢是爲垢穢彼苦行者無有信義亦無反復不持淨戒不能精勤受人訓誨常與惡人以爲伴黨爲惡不已是爲垢穢彼苦行者多懷瞋恨好爲巧僞自怙己見求人長短恒懷邪見與邊見俱是爲垢穢云何尼俱陀如此行者可言淨不耶答曰是不淨非是淨也佛言今當於汝垢穢法中更説清淨無垢穢法梵志言唯願説之佛言彼苦行者不自計念我行如是當得供養恭敬禮事是爲苦行無垢法也彼苦行者得供養已心不貪著曉了遠離知出要法是爲苦行無垢法也彼苦行者禪有常法有人無人不以爲異是爲苦行無垢法也彼苦行者聞他正義歡喜印可是爲苦行無垢法也彼苦行者他有正問歡喜解説是爲苦行離垢法也彼苦行者設見有人供養沙門婆羅門代其歡喜而不呵止是爲苦行離垢法也彼苦行者若見沙門婆羅門食更生之物不呵責之是爲苦行離垢法也彼苦行者有不淨食心不悋惜若有淨食則不染著能見己過知出要法是爲苦行離垢法也彼苦行者不自稱譽不毁他人是爲苦行離垢法也彼苦行者不殺盜婬兩舌惡口妄言綺語貪取嫉妬邪見是爲苦行離垢法也彼苦行者精勤不忘好習禪行多修智慧不愚如獸是爲苦行離垢法也彼苦行者不爲貢高憍慢自大是爲苦行離垢法也彼苦行者常懷信義修反復行能持淨戒勤受訓誨常與善人而爲伴黨積善不已是爲苦行離垢法也彼苦行者不懷瞋恨不爲巧僞不怙己見不求人短不懷邪見亦無

邊見是爲苦行離垢行也云何梵志如是苦行爲是清淨離垢法耶答曰如是實是清淨離垢法也梵志白佛言齊此苦行名爲第一堅固行耶佛言未也始是皮耳梵志言願説樹節佛告梵志汝當善聽吾今當説梵志言唯然願樂欲聞梵志彼苦行者自不殺生不教人殺自不偷盜不教人盜自不邪婬不教人婬自不妄語亦不教人爲彼以慈心遍滿一方餘方亦爾慈心廣大無二無量無有結恨遍滿世間悲喜捨心亦復如是齊此苦行名爲樹節梵志白佛言願説苦行堅固之義佛告梵志諦聽諦聽吾當説之梵志曰唯然世尊願樂欲聞佛言彼苦行者自不殺生敎人不殺自不偷盜教人不盜自不邪婬教人不婬自不妄語教人不妄語彼以慈心遍滿一方餘方亦爾慈心廣大無二無量無有結恨遍滿世間悲喜捨心亦復如是彼苦行者自識往昔無數劫事一生二生至無數生國土成敗劫數終始盡見盡知又自見知我曾生彼種姓如是名字如是飲食如是壽命如是所受苦樂從彼生此從此生彼如是盡憶無數劫事是爲梵志彼苦行者牢固無壞梵志白佛言云何爲第一佛言梵志諦聽諦聽吾當説之梵志言唯然世尊願樂欲聞佛言彼苦行者自不殺生教人不殺自不偷盜教人不盜自不邪婬教人不婬自不妄語教人不欺彼以慈心遍滿一方餘方亦爾慈心廣大無二無量無有結恨遍滿世間悲喜捨心亦復如是彼苦行者自識往昔無數劫事一生二生至無數生國土成敗劫數終始盡見

盡知又自見知我曾生彼種姓如是名字飲食壽命如是所經苦樂從彼生此從此生彼如是盡憶無數劫事彼天眼淨觀衆生類死此生彼顏色好醜善惡所趣隨行所墮盡見盡知又知衆生身行不善口行不善意行不善誹謗賢聖信邪倒見身壞命終墮三惡道或有衆生身行善口意亦善不謗賢聖見正信行身壞命終生天人中行者天眼清淨觀見衆生乃至隨行所墮無不見知是爲苦行第一勝也佛告梵志於此法中復有勝者我常以此法化諸聲聞彼以此法得修梵行時五百梵志弟子各大舉聲自相謂言今觀世尊爲最尊上我師不及時彼散陀那居士語梵志曰汝向自言瞿曇若來吾等當稱以爲瘖牛世尊今來汝何不稱又汝向言當以一言窮彼瞿曇能使默然如龜藏六謂可無患以一箭射使無逃處汝今何不以汝一言窮如來耶佛問梵志汝憶先時有是言不答曰實有佛告梵志汝豈不從先宿梵志聞諸佛如來獨處山林樂閑靜處如我今日樂於閑居不如汝法樂於憒鬧説無益事以終日耶梵志曰聞過去諸佛樂於閑靜獨處山林如今世尊不如我法樂於憒鬧説無益事以終日耶佛告梵志汝豈不念瞿曇沙門能説菩提自能調伏能調伏人自得止息能止息人自度彼岸能使人度自得解脱能解脱人自得滅度能滅度人時彼梵志即從座起頭面作禮手捫佛足自稱己名曰我是尼俱陀梵志我是尼俱陀梵志今者自歸禮世尊足佛告梵志止止且起但汝心解便爲禮敬時彼

梵志重禮佛足在一面坐佛告梵志汝將無謂佛爲利養而説法耶勿起是心若有利養盡以施汝吾所説法微妙第一爲滅不善增益善法又告梵志汝將無謂佛爲名稱爲尊重故爲導首故爲眷屬故爲大衆故而説法耶勿起此心今汝眷屬盡歸於汝我所説法爲滅不善增長善法又告梵志汝將無謂佛以汝置不善聚黑冥聚中耶勿生是心諸不善聚及黑冥聚汝但捨去吾自爲汝説善淨法又告梵志汝將無謂佛黙汝於善法聚清白聚耶勿起是心汝但於善法聚清白聚中精勤修行吾自爲汝説善淨法滅不善行增益善法爾時五百梵志弟子皆端心正意聽佛所説時魔波旬作此念言此五百梵志弟子端心正意從佛聽法我今寧可往壞其意爾時惡魔即以己力壞亂其意爾時世尊告散陀那曰此五百梵志子端心正意從我聽法天魔波旬壞亂其意今吾欲還汝可俱去爾時世尊以右手接散陀那居士置掌中乘虚而歸時散陀那居士尼俱陀梵志及五百梵志子聞佛所説歡喜奉行

第二分衆集經第五

如是我聞一時佛於末羅遊行與千二百五十比丘俱漸至波婆城闍頭菴婆園爾時世尊以十五日月滿時於露地坐諸比丘僧前後圍遶世尊於夜多説法已告舍利弗言今者四方諸比丘集皆共精勤捐除睡眠吾患背痛欲暫止息汝今可爲諸比丘説法對曰唯然當如聖教爾時世尊即四褺僧伽梨偃右脅如師子累足而卧時舍利弗告諸比丘

今此波婆城有尼乾子命終未久其後弟子分爲二部常共諍訟相求長短迭相罵詈各相是非我知此法汝不知此汝在邪見我在正法言語錯亂無有前後自稱己言以爲眞正我所言勝汝所言負我今能爲談論之主汝有所問可來問我諸比丘時國人民奉尼乾者猒患此輩鬬訟之聲皆由其法不眞正故法不眞正無由出要譬如朽塔不可復治此非三耶三佛所說諸比丘唯我釋迦無上尊法最爲眞正可得出要譬如新塔易可嚴飾此是三耶三佛之所說也諸比丘我等今者宜集法律以防諍訟使梵行久立多所饒益天人獲安諸比丘如來說一正法一切衆生皆仰食存如來所說復有一法一切衆生皆由行住是爲一法如來所說當共集之以防諍訟使梵行久立多所饒益天人獲安諸比丘如來說二正法一名二色復有二法一癡二愛復有二法有見無見復有二法一無慚二無愧復有二法一有慚二有愧復有二法一盡智二無生智復有二法二因二緣生於欲愛一者淨妙色二者不思惟復有二法二因二緣生於瞋恚一者怨憎二者不思惟復有二法二因二緣生於邪見　者從他聞二者邪思惟復有二法二因二緣生於正見一者從他聞二者正思惟復有二法二因二緣一者學解脫二者無學解脫復有二法二因二緣一者有爲界二者無爲界諸比丘是爲如來所說當共撰集以防諍訟使梵行久立多所饒益天人獲安諸比丘如來說三正法謂三不善根一者貪欲二者瞋恚三者愚

癡復有三法謂三善根一者不貪二者不恚三者不癡復有三法謂三不善行一者不善身行二者不善口行三不善意行復有三法謂三不善行身不善行口不善行意不善行復有三法謂三惡行身惡行口惡行意惡行復有三法謂三善行身善行口善行意善行復有三法謂三不善想欲想瞋想害想復有三法謂三善想無欲想無瞋想無害想復有三法謂三不善思欲思恚思害思復有三法謂三善思無欲思無恚思無害思復有三法謂三福業施業平等業思惟業復有三法謂三受樂受苦受不苦不樂受復有三法謂三愛欲愛有愛無有愛復有三法謂三有漏欲漏有漏無明漏復有三法謂三火欲火恚火愚癡火復有三法謂三求欲求有求梵行求

復有三法謂三增盛我增盛世增盛法增盛復有三法謂三界欲界恚界害界復有三法謂三界出離界無恚界無害界復有三法謂三界色界無色界盡界復有三法謂三聚戒聚定聚慧聚復有三法謂三戒增盛定增盛慧復有三法謂三三昧空三昧無願三昧無相三昧復有三法謂三相止息相精勤相捨相復有三法謂三明自識宿命智明天眼智明漏盡智明復有三法謂三變化一者神足變化二者知他心隨意說法三者教誡復有三法謂三欲生本一者由現欲生人天二者由化欲生化自在天三者由他化欲生他化自在天復有三法謂三樂生一者衆生自然成辦生歡樂心如梵光音天初始生時二者有衆生以念爲樂自唱善哉如光音

天三者得止息樂如遍淨天復有三法謂三苦行苦苦苦變易苦復有三法謂三根未知根知根知已根復有三法謂三堂賢聖堂天堂梵堂復有三法謂三發見發聞發疑發復有三法謂三論過去有如此事有如是論未來有如此事有如是論現在有如此事有如是論復有三法謂三聚正定聚邪定聚不定聚復有三法謂三憂身憂口憂意憂復有三法謂三長老年耆長老法長老作長老復有三法謂三眼肉眼天眼慧眼諸比丘是爲如來所說正法當共撰集以防諍訟使梵行久立多所饒益天人獲安諸比丘如來說四正法謂口四惡行一者妄語二者兩舌三者惡口四者綺語復有四法謂口四善行一者實語二者輭語三者不綺語四者不兩舌復有四法謂四不聖語不見言見不聞言聞不覺言覺不知言知復有四法謂四聖語見則言見聞則言聞覺則言覺知則言知復有四法謂四種食摶食觸食念食識食復有四法謂四受有現作苦行後受苦報有現作苦行後受樂報有現作樂行後受苦報有現作樂行後受樂報復有四法謂四受欲受我受戒受見受復有四法謂四縛貪欲身縛瞋恚身縛戒盜身縛我見身縛復有四法謂四刺欲刺恚刺見刺慢刺復有四法謂四生卵生胎生濕生化生復有四法謂四念處於是比丘內身身觀精勤不懈憶念不忘捨世貪憂外身身觀精勤不懈憶念不忘捨世貪憂內外身身觀精勤不懈憶念不忘捨世貪憂受意法觀亦復如是復有四法謂四意斷於是比丘

未起惡法方便使不起已起惡法方便使滅未起善法方便使起已起善法方便思惟使其增廣復有四法謂四神足於是比丘思惟欲定滅行成就精進定意定思惟定亦復如是復有四法謂四禪於是比丘除欲惡不善法有覺有觀離生喜樂入於初禪滅有覺觀內信一心無覺無觀定生喜樂入第二禪離喜修捨念進自知身樂諸聖所求憶念捨樂入第三禪離苦樂行先滅憂喜不苦不樂捨念清淨入第四禪復有四法謂四梵堂一慈二悲三喜四捨復有四法謂四無色定於是比丘起一切色想先盡瞋恚想不念異想思惟無量空處捨空處已入識處捨識處已入不用處捨不用處已入有想無想處復有四法謂四法足不貪法足不瞋法足正念法足正定法足復有四法謂四賢聖族於是比丘衣服知足得好不喜遇惡不憂不染不著如所禁忌知出要路於此法中精勤不懈成辦其事無闕無減亦能教人成辦此事是爲第一知足住賢聖族從本至今未常惱亂諸天魔梵沙門婆羅門天及世間人無能毀罵飯食床褥臥具病瘦醫藥皆悉知足亦復如是復有四法謂四攝法惠施愛語利人等利復有四法四須陀洹支比丘於佛得無壞信於法於僧於戒得無壞信復有四法謂四受證見色受證身受滅證念宿命證知漏盡證復有四法謂四道苦遲得苦速得樂遲得樂速得復有四法謂四聖諦苦聖諦苦集聖諦苦滅聖諦苦出要聖諦復有四法謂四沙門果須陀洹果斯陀含果阿那含果阿羅漢果復

有四法謂四處實處施處智處止息處復有四法謂四智法智未知智等智知他心智復有四法謂四辯才法辯義辯詞辯應說辯復有四法謂四識住處色識住緣色色住與愛俱增長受想行中亦如是住復有四法謂四枙欲枙有枙見枙無明枙復有四法謂四無枙無欲枙無有枙無見枙無無明枙復有四法謂四淨戒淨心淨見淨度疑淨復有四法謂四知可受知受可行知行可樂知樂可捨知捨復有四法謂四威儀可行知行可住知住可坐知坐可卧知卧復有四法謂四思惟少思惟廣思惟無量思惟無所有思惟復有四法謂四記論決定記論分別記論詰問記論止住記論復有四法謂佛四不護法如來身行清淨無有闕漏可自防護口行清淨意行清淨命行清淨亦復如是是爲如來所說正法當共撰集以防諍訟使梵行久立多所饒益天人獲安又諸比丘如來說五正法謂五入眼色耳聲鼻香舌味身觸復有五法謂五受陰色受陰受想行識受陰復有五法謂五蓋貪欲蓋瞋恚蓋睡眠蓋調戲蓋疑蓋復有五法謂五下結身見結戒盜結疑結貪欲結瞋恚結復有五法謂五上結色愛無色愛無明憍慢調復有五法謂五根信根精進根念根定根慧根復有五法謂五力信力精進力念力定力慧力復有五法謂滅盡支一者比丘信佛如來至真等正覺十號具足二者比丘無病身常安隱三者質直無有諛諂能如是者如來則示涅槃徑路四者自專其心使不錯亂昔所諷誦憶持不忘五者善於觀

察法之起滅以賢聖行盡於苦本復有五法謂五發非時發虚發非義發虚言發無慈發復有五法謂五善發時發實發義發和言發慈心發復有五法謂五憎嫉住處憎嫉檀越憎嫉利養憎嫉色憎嫉法憎嫉復有五法謂五起解脱一者身不淨想二者食不淨想三者一切行無常想四者一切世間不可樂想五者死想復有五法謂五出要界一者比丘於欲不樂不動亦不親近但念出要樂於遠離親近不怠其心調柔出要離欲彼所因欲起諸漏纏亦盡捨滅而得解脱是爲欲出要瞋恚出要嫉妒出要色出要身見出要亦復如是復有五法謂五喜解脱入若比丘精勤不懈樂閑靜處專念一心未解得解未盡得盡未安得安何謂五於是比丘聞如來説法或聞梵行者説或聞師長説法思惟觀察分别法義心得歡喜得歡喜已得法愛得法愛已身心安隱身心安隱已則得禪定得禪定已得實知見是爲初解脱入於是比丘聞法喜已受持諷誦亦復歡喜爲他人説亦復歡喜思惟分别亦復歡喜於法得定亦復如是復有五法謂五人中般涅槃生般涅槃無行般涅槃有行般涅槃上流阿迦尼吒般涅槃諸比丘是爲如來所説正法當共撰集以防諍訟使梵行久立多所饒益天人獲安又諸比丘如來説六正法謂内六入眼入耳入鼻入舌入身入意入復有六法謂外六入色入聲入香入味入觸入法入復有六法謂六識身眼識身耳鼻舌身意識身復有六法謂六觸身眼觸身耳鼻舌身意觸身復有六法謂

六受身眼受身耳鼻舌身意受身復有六法謂六想身色想聲想香想味想觸想法想復有六法謂六思身色思聲思香思味思觸思法思復有六法謂六愛身色愛身聲香味觸法愛身復有六法謂六諍本若比丘好瞋不捨不敬如來亦不敬法亦不敬衆於戒穿漏染汙不淨好於衆中多生諍訟人所憎惡嬈亂淨衆天人不安諸比丘汝等當自內觀設有瞋恨如彼嬈亂者當集和合衆廣設方便拔此諍本汝等又當專念自觀若結恨已滅當更方便遮止其心勿得使起諸比丘佷戾不諦慳悋嫉妬巧僞虛妄自固已見謬受不捨迷於邪見與邊見俱亦復如是復有六法謂六界地界火界水界風界空界識界復有六法謂六察行眼察色耳聲鼻香舌味身觸意法察復有六法謂六出要界若比丘作是言我修慈心更生瞋恚餘比丘語言汝勿作此言勿謗如來如來不作是說欲使修慈解脫更生瞋恚想無有是處佛言除瞋恚已然後得慈若比丘言我行悲解脫生憎嫉心行喜解脫生憂惱心行捨解脫生憎愛心行無我行生狐疑心行無想行生衆亂想亦復如是復有六法謂六無上見無上聞無上利養無上戒無上恭敬無上憶念無上復有六法謂六思念佛念法念僧念戒念施念天念是爲如來所說正法當共撰集以防諍訟使梵行久立多所饒益天人獲安諸比丘如來說七正法謂七非法無信無慚無愧少聞懈怠多忘無智復有七法謂七正法有信有慚有愧多聞精進總持多智復有七法謂七識住

或有衆生若干種身若干種想天及人是是初識住或有衆生若干種身而一想者梵光音天最初生時是是二識住或有衆生一身若干種想光音天是是三識住或有衆生一身一想遍淨天是是四識住或有衆生空處住識處住不用處住復有七法謂七勤法一者比丘勤於戒行二者勤滅貪欲三者勤破邪見四者勤於多聞五者勤於精進六者勤於正念七者勤於禪定復有七法謂七想不淨想食不淨想一切世間不可樂想死想無常想無無常苦想苦無我想復有七法謂七三昧具正見正思正語正業正命正方便正念復有七法謂七覺意念覺意法覺意精進覺意喜覺意猗覺意定覺意護覺意是爲如來所説正法當共撰集以防諍訟使梵行久立多所饒益天人獲安諸比丘如來説八正法謂世八法利衰毀譽稱譏苦樂復有八法謂八解脱色觀色一解脱内無色想觀外色二解脱淨解脱三解脱度色想滅瞋恚想住空處解脱四解脱度空處住識處五解脱度識處住不用處六解脱度不用處住有想無想處七解脱度有想無想處住想知滅八解脱復有八法謂八聖道正見正思正語正業正命正方便正念正定復有八法謂八人須陀洹向須陀洹斯陀含向斯陀含阿那含向阿那含阿羅漢向阿羅漢是爲如來所説正法當共撰集以防諍訟使梵行久立多所饒益天人獲安諸比丘如來説九正法所謂九衆生居或有衆生若干種身若干種想天及人是是初衆生居復有衆生若干種身而一

想者梵光音天最初生時是是二衆生居復有衆生一身若干種想光音天是是三衆生居復有衆生一身一想遍淨天是是四衆生居復有衆生無想無所覺知無想天是是五衆生居復有衆生空處住是六衆生居復有衆生識處住是七衆生居復有衆生不用處住是八衆生居復有衆生住有想無想處是九衆生居是爲如來所說正法當共撰集以防諍訟使梵行久立多所饒益天人獲安諸比丘如來說十正法所謂十無學法無學正見正思正語正業正命正念正方便正定正智正解脫是爲如來所說正法當共撰集以防諍訟使梵行久立多所饒益天人獲安爾時世尊印可舍利弗所說時諸比丘聞舍利弗所說歡喜奉行

佛說長阿含經卷第八

音釋

龜鼈龜居爲切鼈并列切並介蟲之屬 瞎許鎋切目盲也 瓨下江切長頸甖也 妊汝鴆切孕也 穢胡緘切自生稻也 襜處占切蔽也 蓏郎果切草實也 倮郎果切赤體也 捫莫奔切撫也 摶度官切捉聚也 梔於黃切 佷胡懇切戾也

佛說長阿含經卷第九

姚秦三藏法師佛陀耶舍共竺佛念譯

第二分十上經第六

如是我聞一時佛遊鴦伽國與大比丘衆千二百五十人俱詣瞻婆城止宿伽伽池側以十五日月滿時世尊在露地坐大衆圍繞竟夜說法告舍利弗今者四方諸比丘集皆各精勤捐除睡眠欲聞說法吾患背痛欲少止息卿今可爲諸比丘說法時舍利弗受佛教已爾時世尊即四疊僧伽梨偃右脅臥如師子累足而臥爾時耆年舍利弗告諸比丘今我說法上中下言皆悉眞正義味具足梵行清淨汝等諦聽善思念之當爲汝說時諸比丘受教而聽舍利弗告諸比丘有十上法除衆結縛得至泥洹盡於苦際又能具足五百五十法今當分別汝等善聽諸比丘有一多成法一修法一覺法一滅法一退法一增法一難解法一生法一知法一證法云何一多成法謂於諸善法能不放逸云何一修法謂常自念身云何一覺法謂有漏觸云何一滅法謂是我慢云何一退法謂惡露觀云何一增法謂不惡露觀云何一難解法謂無間定云何一生法謂有漏解脫云何一知法謂諸衆生皆仰食存云何一證法謂無礙心解脫又有二多成法二修法二覺法二滅法二退法二增法二難解法二生法二知法二證法云何二多成法謂知慚知愧云何二修法謂止與觀云何二覺法謂名與色云何二滅法謂無明愛云何二退法謂毀戒破見云何二增法戒具見具云何二難解法有因有緣衆

生生垢有因有緣衆生得淨云何二生法盡智無生智云何二知法謂是處非處云何二證法謂明與解脫又有三多成法三修法三覺法三滅法三退法三增法三難解法三生法三知法三證法云何三多成法一者親近善友二者耳聞法音三者非惡露觀云何三修法謂三三昧有覺有觀三昧無覺有觀三昧無覺無觀三昧云何三覺法謂三受生處欲處色處無色處云何三滅法謂三愛欲愛有愛無有愛云何三退法謂三不善根貪不善根恚不善根癡不善根云何三增法謂三善根無貪善根無恚善根無癡善根云何三難解法謂三難解三摩提相難解三摩提住相難解三摩提起相難解云何三生法謂空無相無作云何三知法謂三受苦受樂受不苦不樂受云何三證法謂三明宿命智天眼智漏盡智諸比丘是爲三十法如實無虛如來知已平等說法復有四多成法四修法四覺法四滅法四退法四增法四難解法四生法四知法四證法云何四多成法謂四天人輪備悉具有天人四輪迴轉生長莊嚴於諸善法一者住中國二者近善友三者宿曾發精願四者宿植善本云何四修法謂四念處比丘內身身觀精勤不懈憶念不忘捨世貪憂外身身觀精勤不懈憶念不忘捨世貪憂內外身身觀精勤不懈憶念不忘捨世貪憂受意法觀亦復如是云何四覺法謂四食摶食觸食念食識食云何四滅法謂四受欲受見受戒受我受云何四退法謂四枙欲枙有枙見枙無明枙云何四增法謂四無枙無欲

枙無有枙無見枙無無明枙云何四難解法謂有四聖諦苦諦集諦盡諦道諦云何四生法謂四智苦智集智滅智道智云何四知法謂知小知大知無量知無邊法云何四證法謂有法須身證有法須念證有法須眼證有法須慧證諸比丘是爲四十法如實無虛如來知已平等說法復有五多成法五修法五覺法五滅法五退法五增法五難解法五生法五知法五證法云何五多成法謂五滅盡枝一者信佛如來至真十號具足二者無病身常安隱三者質直無有諛諂直趣如來涅槃徑路四者專心不亂諷誦不忘五者善於觀察法之起滅以賢聖行盡於苦本云何五修法謂五根信根精進根念根定根慧根云何五覺法謂五受陰色受陰受想行識受陰

云何五滅法謂五蓋貪欲蓋瞋恚蓋睡眠蓋調戲蓋疑蓋云何五退法謂五心礙結一者比丘疑佛疑佛已則不親近不親近已則不恭敬是爲初心礙結又比丘於法於衆於戒有穿漏行不真正行爲汙染行不親近戒亦不恭敬是爲四心礙結又復比丘於梵行人生惡害心心不喜樂以麤惡言而毀罵之是爲五心礙結云何五增法謂五喜本一悅二念三猗四樂五定云何五難解法謂五解脫入若比丘精勤不懈樂閑靜處專念一心未解得解未盡得盡未安得安何謂五若比丘聞佛說法或聞梵行者說或聞師長說思惟觀察分別法義心得歡喜得歡喜已便得法愛得法愛已身心安隱身心安隱已則得禪定得禪定已得如實智是爲初解脫入於是

比丘聞法歡喜已受持諷誦亦復歡喜爲他人說亦復歡喜思惟分別亦復歡喜於法得定亦復如是云何五生法謂賢聖五智定一者修三昧現樂後樂生內外智二者賢聖無愛生內外智三者諸佛賢聖之所修行生內外智四者猗寂滅相獨而無侶而生內外智五者於三昧一心入一心起生內外智云何五知法謂五出要界一者比丘於欲不樂不念亦不親近但念出要樂於遠離親近不怠其心調柔出要離欲因欲起漏亦盡捨滅而得解脫是爲欲出要瞋恚出要嫉妬出要色出要身見出要亦復如是云何五證法謂五無學聚無學戒聚定聚慧聚解脫聚解脫知見聚是爲五十法如實無虛如來知已平等說法復有六多成法六修法六覺法六滅法六退法六增法六難解法六生法六知法六證法云何六多成法謂六重法若有比丘修六重法可敬可重和合於衆無有諍訟獨行無雜云何六於是比丘身常行慈敬梵行者住仁愛心名曰重法可敬可重和合於衆無有諍訟獨行無雜復次比丘口慈意慈以法得養及鉢中餘與人共之不懷彼此復次比丘聖所行戒不犯不毀無有染汙智者所稱善具足持成就定意復次比丘成就賢聖出要平等盡苦正見及諸梵行是名重法可敬可重和合於衆無有諍訟獨行不雜云何六修法謂六念佛念法念僧念戒念施念天念云何六覺法謂六內入眼入耳入鼻入舌入身入意入云何六滅法謂六愛色愛聲愛香愛味觸法愛云何六退法謂六不敬法不敬

佛不敬法不敬僧不敬戒不敬定不敬父母云何六增法謂六敬法敬佛敬法敬僧敬戒敬定敬父母云何六難解法謂六無上見無上聞無上利養無上戒無上恭敬無上念無上云何六生法謂六等法於是比丘眼見色無憂無喜住捨專念耳聲鼻香舌味身觸意法不喜不憂住捨專念云何六知法謂六出要界若比丘作是言我修慈心更生瞋恚餘比丘言汝勿作此言勿謗如來如來不作是說欲使修慈解脫更生瞋恚者無有是處佛言除瞋恚已然後得慈若比丘言我行悲解脫生憎嫉心行喜解脫生憂惱心行捨解脫生憎愛心行無我行生狐疑心行無想行生衆亂想亦復如是云何六證法謂六神通一者神足通證二者天耳通證三者知他心通證四者宿命通證五者天眼通證六者漏盡通證是爲六十法諸比丘如實無虛如來知巳平等說法復有七多成法七修法七覺法七滅法七退法七增法七難解法七生法七知法七證法云何七多成法謂七財信財戒財慚財愧財聞財施財慧財是爲七財云何七修法謂七覺意於是比丘修念覺意依無欲依寂滅依遠離修法修精進修喜修猗修定修捨依無欲依寂滅依遠離云何七覺法謂七識住處若有衆生若干種身若干種想天及人是初識住復有衆生若干種身而一想者梵光音天最初生時是是二識住復有衆生一身若干種想光音天是是三識住復有衆生一身一想遍淨天是是四識住或有衆生空處住是五識住或識處住是六識住

或不用處住是七識住云何七滅法謂七使法欲愛使有愛使見使慢使瞋恚使無明使疑使云何七退謂七非法謂比丘無信無慚無愧少聞懈憜多忘無智云何七增法謂七正法於是比丘有信有慚有愧多聞不懈憜强記有智云何七難解法謂七正善法於是比丘好義好法好知時好知足好自攝好集衆好分別人云何七生法謂七想不淨想食不淨想一切世間不可樂想死想無常想無常苦想苦無我想云何七知法謂七勤勤於戒行勤滅貪欲勤破邪見勤於多聞勤於精進勤於正念勤於禪定云何七證法謂七漏盡力於是漏盡比丘於一切諸苦集滅味過出要如實知見觀欲如火坑亦如刀劍知欲見欲不貪於欲心不住欲漏盡比丘逆順觀察如實覺知如實見已世間貪嫉惡不善法不漏不起修四念處多修多行五根五力七覺意賢聖八道多修多行諸比丘是爲七十法如實不虛如來知已平等説法復有八多成法八修法八覺法八滅法八退法八增法八難解法八生法八知法八證法云何八多成法謂八因緣不得梵行而得智得梵行已智增多云何爲八於是比丘依世尊住或依師長或依智慧梵行者住生慚愧心有愛有敬是謂初因緣未得梵行而得智得梵行已智增多復次依世尊住隨時請問此法云何義何所趣時諸尊長即爲開演甚深義理是爲二因緣既聞法已身心樂靜是爲三因緣既樂靜已不爲遮道無益雜論彼到衆中或自説法或請他説猶復不捨賢聖默然是爲

四因緣多聞廣博守持不忘諸深奥法上中下善義味誠諦梵行具足聞已入心見不流動是爲五因緣修習精勤滅惡增善勉力堪任不捨斯法是爲六因緣有以智慧知起滅法賢聖所趣能盡苦際是爲七因緣觀五受陰生相滅相此色色集色滅此受想行識此識識集識滅是爲八因緣未得梵行而有智得梵行已智增多云何八修法謂賢聖八道正見正志正語正業正命正方便正念正定云何八覺法謂世八法利衰毁譽稱譏苦樂云何八滅法謂八邪邪見邪志邪語邪業邪命邪方便邪念邪定云何八退法謂八懈怠法何謂八懈怠比丘乞食不得便作是念我於今日下村乞食不得身體疲極不能堪任坐禪經行今宜卧息懈怠比丘即便卧息不肯精勤未得欲得未獲欲獲未證欲證是爲初懈怠懈怠比丘得食既足復作是念我朝入村乞食得食過足身體沉重不能堪任坐禪經行今宜寢息懈怠比丘即便寢息不能精勤未得欲得未獲欲獲未證欲證懈怠比丘設少執事便作是念我今日執事身體疲極不能堪任坐禪經行今宜寢息懈怠比丘即便寢息懈怠比丘設欲執事便作是念明當執事必有疲極今者不得坐禪經行當豫卧息懈怠比丘即便卧息懈怠比丘設少行來便作是念我朝行來身體疲極不能堪任坐禪經行我今宜當卧息懈怠比丘即便卧息懈怠比丘設欲少行便作是念我明當行必有疲極今者不得坐禪經行當豫寢息懈怠比丘即尋寢息不能精勤未得欲得未獲

欲獲未證欲證是爲六懈怠比丘設遇小患便作是念我得重病困篤羸瘦不能堪任坐禪經行當須寢息懈怠比丘即尋寢息不能精勤未得欲得未獲欲獲未證欲證懈怠比丘所患已瘥復作是念我病瘥未久身體羸瘦不堪任坐禪經行宜自寢息懈怠比丘即尋寢息不能精勤未得欲得未獲欲獲未證欲證云何八增法謂八不怠云何八精進比丘入村乞食不得食還即作是念我身體輕便少於睡眠宜可精進坐禪經行未得者得未獲者獲未證者證於是比丘即便精進是爲初精進比丘乞食得足便作是念我今入村乞食飽滿氣力充足宜勤精進坐禪經行未得者得未獲者獲未證者證於是比丘即尋精進精進比丘設有執事便作是念我向執事廢我行道今宜精進坐禪經行未得者得未獲者獲未證者證於是比丘即尋精進精進比丘設應執事便作是念明當執事廢我行道今宜精進坐禪經行未得者得未獲者獲未證者證於是比丘即便精進精進比丘設有行來便作是念我朝行來廢我行道今宜精進坐禪經行未得者得未獲者獲未證者證於是比丘即尋精進精進比丘設欲行來便作是念我朝當行廢我行道今宜精進坐禪經行未得者得未獲者獲未證者證於是比丘即便精進精進比丘設遇患時便作是念我得重病或能命終今宜精進未得者得未獲者獲未證者證於是比丘即便精進精進比丘患得小瘥復作是念我病初瘥或更增動廢我行道今宜精進坐禪經行未

得者得未獲者獲未證者證於是比丘即便精進坐禪經行是爲八云何八難解法謂八不閑妨修梵行云何八如來至眞出現於世説微妙法寂滅無爲向菩提道有人生地獄中是爲不閑處不得修梵行如來至眞出現於世説微妙法寂滅無爲向菩提道而有衆生在畜生中餓鬼中長壽天中邊地無識無佛法處是爲不閑處不得修梵行如來至眞等正覺出現於世説微妙法寂滅無爲向菩提道或有衆生生於中國而有邪見懷顛倒心惡行成就必入地獄是爲不閑處不得修梵行如來至眞等正覺出現於世説微妙法寂滅無爲向菩提道或有衆生生於中國聾盲瘖瘂不得聞法是爲不閑處不得修行梵行如來至眞等正覺不出世間無有能説微妙法寂滅無爲向菩提道而有衆生生於中國諸根具足堪受聖教而不值佛不得修行梵行是爲八不閑云何八生法謂八大人覺道當少欲多欲非道道當知足無猒非道道當閑靜樂衆非道道當自守戲笑非道道當精進懈怠非道道當專念多忘非道道當定意亂意非道道當智慧愚癡非道云何八知法謂八除入内有色想觀外色少若好若醜常觀常念是爲初除入内有色想觀外色無量若好若醜常觀常念是爲二除入内無色想外觀色少若好若醜常觀常念是爲三除入内無色想外觀色無量若好若醜常觀常念是爲四除入内無色想外觀色青青色青光青見譬如青蓮華亦如青波羅柰衣純一青色青光青見作如是想常觀常念是爲五

除入內無色想外觀色黃黃色黃光黃見譬如黃華黃波羅柰衣純一黃色黃光黃見常念常觀作如是想是爲六除入內無色想觀外色赤赤色赤光赤見譬如赤華赤波羅柰衣純一赤色赤光赤見常觀常念作如是想是爲七除入內無色想觀外色白白色白光白見譬如白華白波羅柰衣純一白色白光白見常觀常念作如是想是爲八除入云何八證法謂八解脫內有色想觀外色一解脫內無色想觀外色二解脫淨解脫三解脫度色想滅瞋恚想住空處四解脫度空處住識處五解脫度識處住不用處六解脫度不用處住有想無想處七解脫度有想無想處住想知滅八解脫諸比丘是爲八十法如實無虛如來知已平等說法復有九多成法九修法九覺法九滅法九退法九增法九難解法九生法九知法九證法云何九多成法謂九淨滅支法戒淨滅支心淨滅支見淨滅支度疑淨滅支分別淨滅支道淨滅支除淨滅支無欲淨滅支解脫淨滅支云何九修法謂九喜本一喜二愛三悅四樂五定六如實知七除捨八無欲九解脫云何九覺法謂九衆生居或有衆生若干種身若干種想天及人是是初衆生居或有衆生若干種身而一想者梵光音天最初生時是是二衆生居或有衆生一身若干種想光音天是是三衆生居或有衆生一身一想遍淨天是是四衆生居或有衆生無想無所覺知無想天是是五衆生居復有衆生空處住是六衆生居復有衆生識處住是七衆生居復有衆生不用處住是

八衆生居復有衆生住有想無想處是九衆生居云何九滅法謂九愛本因愛有求因求有利因利有用因用有欲因欲有著因著有嫉因嫉有守因守有護云何九退法謂九惱法有人已侵惱我今侵惱我當侵惱我我所愛者已侵惱今侵惱當侵惱我所憎者已愛敬今愛敬當愛敬云何九增法謂九無惱彼已侵我我惱何益已不生惱今不生惱當不生惱我所愛者彼已侵惱我惱何益已不生惱今不生惱當不生惱我所憎者彼已愛敬我惱何益已不生惱今不生惱當不生惱云何九難解法謂九梵行若比丘有信而不持戒則梵行不具比丘有信有戒則梵行具足若比丘有信有戒而不多聞則梵行不具比丘有信有戒有多聞則梵行具足若比丘有信有戒有多聞不能說法則梵行不具足若比丘有信有戒有多聞能說法則梵行具足若比丘有信有戒有多聞能說法不能養衆則梵行不具若比丘有信有戒有多聞能說法能養衆則梵行具足若比丘有信有戒有多聞能說法能養衆不能於大衆中廣演法言則梵行不具若比丘有信有戒有多聞能說法能養衆能於大衆廣演法言則梵行具足若比丘有信有戒有多聞能說法能養衆能在大衆廣演法言而不得四禪則梵行不具比丘有信有戒有多聞能說法能養衆能於大衆廣演法言又得四禪則梵行具足若比丘有信有戒有多聞能說法能養衆在大衆中廣演法言又得四禪不於八解脫逆順遊行則梵行不具若比丘有信有戒有多聞能說

法能養衆於大衆中廣演法言具足四禪於八解脫逆順遊行則梵行具足若比丘有信有戒有多聞能説法能養衆在大衆中廣演法言得四禪於八解脫逆順遊行然不能盡有漏成無漏心解脫智慧解脫於現法中自身作證生死已盡梵行已立所作已辦更不受有則梵行不具若比丘有信有戒有多聞能説法能養衆能在大衆廣演法言成就四禪於八解脫逆順遊行捨有漏成無漏心解脫智慧解脫於現法中自身作證生死已盡梵行已立所作已辦更不受有則梵行具足云何九生法謂九想不淨想觀食不淨想一切世間不可樂想死想無常想無常苦想苦無我想盡想無欲想云何九知法謂九異法因界異生觸異因觸異生受異因受異生想異因想異生集異因集異生欲異因欲異生利異因利異生求異因求異生煩惱異云何九證法謂九盡若入初禪則聲刺滅入第二禪則覺觀刺滅入第三禪則喜刺滅入第四禪則出入息刺滅入空處則色想刺滅入識處則空想刺滅入不用處則識想刺滅入有想無想處則不用想刺滅入滅盡定則想受刺滅諸比丘是爲九十法如實不虛如來知已平等説法復有十多成法十修法十覺法十滅法十退法十增法十難解法十生法十知法十證法云何十多成法謂十救法一者比丘二百五十戒具威儀亦具見有小罪生大怖畏平等學戒心無傾斜二者得善知識三者言語中正多所合受四者好求善法分布不惜五者諸梵行人有所施設輙往佐助

不以爲勞難爲能爲亦教人爲六者多聞聞
便能持未曾有忘七者精勤滅不善法增長
善法八者常自專念無有他想憶本善行若
在目前九者智慧成就觀法生滅以賢聖律
而斷苦本十者樂於閑居專念思惟於禪中
間無有調戲云何十修法謂十正行正見正
志正語正業正命正方便正念正定正解脱
正智云何十覺法謂十色入眼入耳入鼻入
舌入身入色入聲入香入味入觸入云何十
滅法謂十邪行邪見邪志邪語邪業邪命邪
方便邪念邪定邪解脱邪智云何十退法謂
十不善行迹身殺盜婬口兩舌惡罵妄言綺
語意貪取嫉妬邪見云何十增法謂十善行
身不殺盜婬口不兩舌惡罵妄言綺語意不
貪取嫉妬邪見云何十難解法謂十賢聖居

一者比丘除滅五枝二者成就六枝三者捨
一四者依四五者滅異諦六者勝妙求七者
無漏想八者身行已立九者心解脱十者慧
解脱云何十生法謂十稱譽處若比丘自得
信已爲他人説亦復稱歎諸得信者自持戒
已爲他人説亦復稱歎諸持戒者自少欲已
爲他人説亦復稱歎諸少欲者自知足已爲
他人説亦復稱歎諸知足者自樂閑靜爲他
人説亦復稱歎樂閑靜者自多聞已爲他人
説亦復稱歎諸多聞者自精進已爲他人説
亦復稱歎諸精進者自專念已爲他人説亦
復稱歎諸專念者自得禪定爲他人説亦復
稱歎得禪定者自得智慧爲他人説亦復稱
歎得智慧者云何十知法謂十滅法正見之
人能滅邪見諸緣邪見起無數惡亦盡除滅

諸因正見生無數善盡得成就正志正語正業正命正方便正念正定正解脫正智正智之人能滅邪智諸因邪智起無數惡皆悉除滅諸因正智起無數善法盡得成就云何十證法謂十無學法無學正見正志正語正業正命正方便正念正定正解脫正智諸比丘是爲百法如實無虛如來知已平等說法爾時舍利弗佛所印可諸比丘聞舍利弗所說歡喜奉行

佛說長阿含經卷第九

佛説長阿含經卷第十

姚秦三藏法師佛陀耶舍共竺佛念譯

第二分增一經第七

如是我聞一時佛在舍衛國祇樹給孤獨園與大比丘衆千二百五十人俱爾時世尊告諸比丘我與汝等説微妙法上中下言皆悉眞正義味清淨梵行具足謂一增法也汝等諦聽善思念之當爲汝説時諸比丘受教而聽佛告比丘一增法者謂一多成法一修法一覺法一滅法一證法云何一多成法謂不捨善法云何一修法謂常自念身云何一覺法謂有漏觸云何一滅法謂有我慢云何一證法謂無礙心解脱又有二多成法二修法二覺法二滅法二證法云何二多成法謂知慙知愧云何二修法謂止與觀云何二覺法謂名與色云何二滅法謂無明有愛云何二證法謂明與解脱又有三多成法三修法三覺法三滅法三證法云何三多成法一者親近善友二者耳聞法音三者法法成就云何三修法謂三三昧空三昧無相三昧無作三昧云何三覺法謂三受苦受樂受不苦不樂受云何三滅法謂三愛欲愛有愛無有愛云何三證法謂三明宿命智天眼智漏盡智又有四多成法四修法四覺法四滅法四證法云何四多成法一者住中國二者近善友三者自謹愼四者宿植善本云何四修法住四念處比丘内身身觀精勤不懈憶念不忘捨世貪憂外身身觀精勤不懈憶念不忘捨世貪憂内外身身觀精勤不懈憶念不忘捨世貪憂受意法觀亦復如是云何四覺法謂四

食摶食觸食念食識食云何四滅法謂四受欲受我受戒受見受云何四證法謂四沙門果須陀洹果斯陀含果阿那含果阿羅漢果又有五多成法五修法五覺法五滅法五證法云何五多成法謂五滅盡枝一者信佛如來至眞十號具足二者無病身常安隱三者質直無有諛諂直趣如來涅槃徑路四者專心不亂諷誦不忘五者善於觀察法之起滅以賢聖行盡於苦本云何五修法謂五根信根精進根念根定根慧根云何五覺法謂五受陰色受陰受想行識受陰云何五滅法謂五蓋貪欲蓋瞋恚蓋睡眠蓋掉戲蓋疑蓋云何五證法謂五無學聚無學戒聚無學定聚慧聚解脱聚解脱知見聚復有六多成法六修法六覺法六滅法六證法云何六多成法

謂六重法若有比丘修六重法可敬可重和合於衆無有諍訟獨行無雜云何六於是比丘身常行慈及修梵行住仁愛心名曰重法可敬可重和合於衆無有諍訟獨行無雜復次比丘口慈意慈以己供養及鉢中餘與人共之不懷彼此復次比丘聖所行戒不犯不毀無有染汙智者所稱善具足持成就賢聖出要平等盡苦正見及諸梵行是名重法可敬可重和合於衆無有諍訟獨行不雜云何六修法謂六念佛念法念僧念戒念施念天念云何六覺法謂六内入眼入耳入鼻入舌入身入意入云何六滅法謂六愛色愛聲愛香味觸法愛云何六證法謂六神通一者神足通證二者天耳通證三者知他心通證四者宿命通證五者天眼通證六者漏盡通證

復有七多成法七修法七覺法七滅法七證法云何七多成法謂七財信財戒財慚財愧財聞財施財慧財是爲七財云何七修法謂七覺意於是比丘修念覺意依無欲依寂滅依遠離修法修精進修智修定修捨依無欲依寂滅依遠離云何七覺法謂七識住處若有衆生若干種身若干種想天及人此是初識住復有衆生若干種身而一想者梵光音天最初生時是是二識住復有衆生一身若干種想光音天是是三識住復有衆生一身一想遍淨天是是四識住處復有衆生空處住是五識住或識處住是六識住或不用處是七識住云何七滅法謂七使法欲愛使有愛使見使慢使瞋恚使無明使疑使云何七證法爲七漏盡力於是漏盡比丘於一切諸苦集滅味過出要如實知見觀欲如火坑亦如刀劒知欲見欲不貪於欲心不住欲於中復善觀察如實得知如實見已世間貪婬惡不善法不起不滅修四念處多修多行五根五力七覺意賢聖八道多修多行復有八多成法八修法八覺法八滅法八證法云何八多成法謂八因緣未得梵行而得智得梵行已智增多云何爲八如是比丘依世尊住或依師長或依智慧梵行者住生慚愧心有愛有敬是爲初因緣未得梵行而得智得梵行已智增多復次依世尊住隨時請問此法云何義何所趣尊長即爲開演深義是爲二因緣既聞法已身心樂靜是爲三因緣不爲遮道無益雜論彼到衆中或自說法或請他說猶復不捨賢聖默然是爲四因緣名聞廣博

守持不忘諸法深奥上中下善義味誠諦梵行具足聞已入心見不流動是爲五因縁修習精勤滅不善行善行日增勉力堪任不捨斯法是爲六因縁又以智慧知起滅法賢聖所起能盡苦際是爲七因縁又觀五受陰生相滅相此色色集色滅此受想行識此識識集識滅是爲八因縁未得梵行而有智已得梵行智增多云何八修法謂賢聖八道正見正志正語正業正命正方便正念正定云何八覺法謂世八法利衰毁譽稱譏苦樂云何八滅法謂八邪邪見邪思邪語邪業邪命邪方便邪念邪定云何八證法謂八解脱色觀色一解脱内有色想外觀色二解脱淨解脱三解脱度色想滅瞋恚想住空處四解脱度空處住識處五解脱度識處住不用處六解脱度不用處住有想無想處七解脱度有想無想處住想知滅八解脱復有九多成法九修法九覺法九滅法九證法云何九多成法謂九淨滅支法戒淨滅支心淨滅支見淨滅支度疑淨滅支分別淨滅支道淨滅支除淨滅支無欲淨滅支解脱淨滅支云何九修法謂九喜本一喜二愛三悦四樂五定六如實知七除捨八無欲九解脱云何九覺法謂九衆生居或有衆生若干種身若干種想天及人是初衆生居或有衆生若干種身而一想者梵光音天最初生時是是二衆生居或有衆生一身若干種想光音天是是三衆生居或有衆生一身一想遍淨天是是四衆生居或有衆生無想無所覺知無想天是是五衆生居復有衆生空處住是六衆生居復有衆

生識處住是七衆生居復有衆生不用處住是八衆生居復有衆生住有想無想處是九衆生居云何九滅法謂九愛本因愛有求因求有利因利有用因用有欲因欲有著因著有嫉因嫉有守因守有護云何九證法謂九盡若入初禪則聲刺滅入第二禪則覺觀刺滅入第三禪則喜刺滅入第四禪則出入息刺滅入空處則色想刺滅入識處則空想刺滅入不用處則識想刺滅入有想無想處則不用想刺滅入滅盡定則想受刺滅復有十多成法十修法十覺法十滅法十證法云何十多成法謂十救法一者比丘二百五十戒具威儀亦具見有小罪生大怖畏平等學戒心無傾邪二者得善知識三者言語中正多所堪忍四者好求善法分布不恡五者諸梵行人有所施設輒往佐助不以爲勞難爲能爲亦教人爲六者多聞聞便能持未曾有忘七者精勤滅不善法增長善法八者常自專念無有他想憶本善行如在目前九者智慧成就觀法生滅以賢聖律斷於苦本十者樂於閑居專念思惟於禪中間無有調戲云何十修法謂十正行正見正思正語正業正命正方便正念正定正解脱正智云何十覺法謂十色入眼入耳入鼻入舌入身入色入聲入香入味入觸入云何十滅法謂十邪行邪見邪思邪語邪業邪命邪方便邪念邪定邪解脱邪智云何十證法謂十無學法無學正見正思正語正業正命正方便正念正定正解脱正智諸比丘此名一增法我今爲汝等説如是法吾爲如來爲諸弟子所應作者皆

已備悉慈愍慇懃訓誨汝等汝等亦宜勤奉行之諸比丘當在閑居樹下空處精勤坐禪勿自放恣今不勉力後悔何益此是我教勤受持之爾時諸比丘聞佛所說歡喜奉行

第二分三聚經第八

如是我聞一時佛在舍衛國祇樹給孤獨園與大比丘衆千二百五十人俱爾時世尊告諸比丘我與汝等說微妙法義味清淨梵行具足謂三聚法汝等諦聽思惟念之當爲汝說時諸比丘受教而聽佛告比丘三法聚者一法趣惡趣一法趣善趣一法趣涅槃云何一法趣于惡趣謂無仁慈懷毒害心是謂一法將向惡趣云何一法趣于善趣謂不以惡心加於衆生是爲一法將向善趣云何一法趣于涅槃謂能精勤修身念處是爲一法將向涅槃復有二法趣向惡趣復有二法趣向善趣復有二法趣向涅槃云何二法趣向惡趣一謂毀戒二謂破見云何二法趣向善趣一謂戒具二謂見具云何二法趣向涅槃一謂爲止二謂爲觀復有三法趣向惡趣三法向善趣三法向涅槃云何三法向惡趣謂三不善根貪不善根恚不善根癡不善根云何三法向善趣謂三善根無貪善根無恚善根無癡善根云何三法趣向涅槃謂三三昧空三昧無相三昧無作三昧又有四法趣向惡趣四法向善趣四法向涅槃云何四法向惡趣謂愛語恚語怖語癡語云何四法向善趣謂不愛語不恚語不怖語不癡語云何四法向涅槃謂四念處身念處受念處意念處法念處復有五法向惡趣五法向善趣五法向

涅槃云何五法向惡趣謂破五戒殺盜婬泆妄語飲酒云何五法向善趣謂持五戒不殺不盜不婬不欺不飲酒云何五法趣向涅槃謂五根信根精進根念根定根慧根又有六法向惡趣六法向善趣六法向涅槃云何六法向惡趣謂六不敬不敬佛不敬法不敬僧不敬戒不敬定不敬父毋云何六法向善趣謂六敬法敬佛敬法敬僧敬戒敬定敬父毋云何六法向涅槃謂六思念念佛念法念僧念戒念施念天又有七法向惡趣七法向善趣七法向涅槃云何七法向惡趣謂殺生不與取婬泆妄語兩舌惡口綺語云何七法向善趣謂不殺生不盜不婬不欺不兩舌不惡口不綺語云何七法向涅槃謂七覺意念覺意法覺意精進覺意猗覺意定覺意喜覺意捨覺意又有八法向惡趣八法向善趣八法向涅槃云何八法向惡趣謂八邪行邪見邪思邪語邪業邪命邪方便邪念邪定云何八法向善趣謂世正見正思正語正業正命正方便正念正定云何八法向涅槃謂八賢聖道正見正思正語正業正命正方便正念正定又有九法向惡趣九法向善趣九法向涅槃云何九法向惡趣謂九惱有人已侵惱我今侵惱我當侵惱我我所愛者已侵惱今侵惱當侵惱我所憎者已愛敬今愛敬當愛敬云何九法向善趣謂九無惱彼已侵我我惱何益已不生惱今不生惱當不生惱我所愛者彼已侵惱我惱何益已不生惱今不生惱當不生惱我所憎者彼已愛敬我惱何益已不生惱當不生惱今不生惱云何九法向涅

槃謂九喜法一喜二愛三悅四樂五定六實知七除捨八無欲九解脫又有十法向惡趣十法向善趣十法向涅槃云何十法向惡趣謂十不善身殺盜婬口兩舌惡罵妄言綺語意貪取嫉妬邪見云何十法向善趣謂十善行身不殺盜婬口不兩舌惡罵妄言綺語意不貪取嫉妬邪見云何十法向涅槃謂十直道正見正思正語正業正命正方便正念正定正解脫正智諸比丘如是十法得至涅槃是名三聚微妙正法我爲如來爲衆弟子所應作者無不周備憂念汝等故演經道汝等亦宜自憂其身當處閑居樹下思惟勿爲懈怠今不勉力後悔無益諸比丘聞佛所說歡喜奉行

第二分大緣方便經第九

如是我聞一時佛在拘流沙國劫摩沙住處與大比丘衆千二百五十人俱爾時阿難在閑靜處作是念言甚奇甚特世尊所說十二因緣法之光明甚深難解如我意觀猶如目前以何爲深於是阿難即從靜室起至世尊所頭面禮足在一面坐白世尊言我向於靜室默自思念甚奇甚特世尊所說十二因緣法之光明甚深難解如我意觀如在目前以何爲深爾時世尊告阿難曰止止勿作此言十二因緣法之光明甚深難解阿難此十二因緣難見難知諸天魔梵沙門婆羅門未見緣者若欲思量觀察分別其義者則皆荒迷無能見者阿難我今語汝老死有緣若有問言何等是老死緣應答彼言生是老死緣若復問言誰是生緣應答彼言有是生緣若復

問言誰是有緣應答彼言取是有緣若復問言誰是取緣應答彼言愛是取緣若復有問誰是愛緣應答彼言受是愛緣若復問言誰是受緣應答彼言觸是受緣若復問言誰爲觸緣應答彼言六入是觸緣若復問言誰爲六入緣應答彼言名色是六入緣若復問言誰爲名色緣應答彼言識是名色緣若復問言誰爲識緣應答彼言行是識緣若復問言誰爲行緣應答彼言癡是行緣阿難如是緣癡有行緣行有識緣識有名色緣名色有六入緣六入有觸緣觸有受緣受有愛緣愛有取緣取有有緣有有生緣生有老死憂悲苦惱大患所集是爲此大苦陰緣佛告阿難緣生有老死此爲何義若使一切衆生無有生者寧有老死不阿難答言無也是故阿難我以此緣知老死由生緣生有老死我所說者義在於此又告阿難緣有有生此爲何義若使一切衆生無有欲有色有無色有者寧有生不答曰無也阿難我以此緣知生由有緣有有生我所說者義在於此又告阿難緣取有有此爲何義若使一切衆生無有欲取見取戒取我取者寧有有不答曰無也阿難我以此緣知有由取緣取有有我所說者義在於此又告阿難緣愛有取此爲何義若使一切衆生無有欲愛有愛無有愛者寧有取不答曰無有阿難我以此緣知取由愛緣愛有取我所說者義在於是又告阿難緣受有愛此爲何義若使一切衆生無有樂受苦受不苦不樂受者寧有愛不答曰無也阿難我以此緣知愛由受緣受有愛我所說者義在於

此阿難當知因愛有求因求有利因利有用因用有欲因欲有著因著有嫉因嫉有守因守有護阿難由有護故有刀杖諍訟作無數惡我所說者義在於此阿難此爲何義若使一切衆生無有護者當有刀杖諍訟起無數惡不答曰無也是故阿難以此因緣知刀杖諍訟由護而起緣護有刀杖諍訟阿難我所說者義在於是又告阿難因守有護此爲何義若使一切衆生無有守者寧有護不答曰無也阿難我以此緣知護由守因守有護我所說者義在於此阿難因嫉有守此爲何義若使一切衆生無有嫉者寧有守不答曰無也阿難我以此緣知守由嫉因嫉有守我所說者義在於是阿難因著有嫉此爲何義若使一切衆生無有著者寧有嫉不答曰無也阿難我以此緣知嫉由著因著有嫉我所說者義在於此阿難因欲有著此爲何義若使一切衆生無有欲者寧有著不答曰無也阿難我以此緣知著由欲因欲有著我所說者義在於此阿難因用有欲此爲何義若使一切衆生無有用者寧有欲不答曰無也阿難我以此義知欲由用因用有欲我所說者義在於此阿難因利有用此爲何義若使一切衆生無有利者寧有用不答曰無也阿難我以此義知用由利因利有用我所說者義在於此阿難因求有利此爲何義若使一切衆生無有求者寧有利不答曰無也阿難我以此緣知利由求因求有利我所說者義在於此阿難因愛有求此爲何義若使一切衆生無有愛者寧有求不答曰無也阿難我以此

緣知求由愛因愛有求我所說者義在於是又告阿難因愛有求至於守護受亦如是因受有求至於守護佛告阿難緣觸有受此爲何義阿難若使無眼無色無眼識者寧有觸不答曰無也若無耳聲耳識鼻香鼻識舌味舌識身觸身識意法意識者寧有觸不答曰無也阿難若使一切衆生無有觸者寧有受不答曰無也阿難我以是義知受由觸緣觸有受我所說者義在於此阿難緣名色有觸此爲何義若使一切衆生無有名色者寧有心觸不答曰無也若使一切衆生無形色相貌者寧有身觸不答曰無也阿難若無名色寧有觸不答曰無也阿難我以是緣知觸由名色緣名色有觸我所說者義在於此阿難緣識有名色此爲何義若識不入母胎者有名色不答曰無也若識入胎不出者有名色不答曰無也若識出胎嬰孩壞敗名色得增長不答曰無也阿難若無識者有名色不答曰無也阿難我以是緣知名色由識緣識有名色我所說者義在於此阿難緣名色有識此爲何義若識不住名色則識無住處若識無住處寧有生老病死憂悲苦惱不答曰無也阿難若無名色寧有識不答曰無也阿難我以是緣知識由名色緣名色有識我所說者義在於此阿難是故名色緣識識緣名色名色緣六入六入緣觸觸緣受受緣愛愛緣取取緣有有緣生生緣老死憂悲苦惱大苦陰集阿難齊是爲語齊是爲應齊是爲限齊此爲演說齊是爲智觀齊是爲衆生阿難諸比丘於此法中如實正觀無漏心解脫阿難

此比丘當名爲慧解脱如是解脱比丘如來終亦知如來不終亦知如來終不終亦知如來非終非不終亦知何以故阿難齊是爲語齊是爲應齊是爲限齊是爲演說齊是爲智觀齊是爲衆生如是盡知已無漏心解脱比丘不知不見如是知見阿難夫計我者齊幾名我見名色與受俱計以爲我有人言受非我我是受或有言受非我我非受受法是我或有言受非我我非受受法非我但受是我阿難彼見我者言受是我當語彼言如來說三受樂受苦受不苦不樂受當有樂受時無有苦受不苦不樂受有苦受時無有樂受不苦不樂受有不苦不樂受時無有苦受樂受所以然者阿難樂觸緣生樂受若樂觸滅受亦滅阿難苦觸緣生苦受若苦觸滅受亦滅不苦不樂觸緣生不苦不樂受若不苦不樂觸滅受亦滅阿難如兩木相揩則有火出各置異處則無有火此亦如是因樂觸緣故生樂受若樂觸滅受亦俱滅因苦觸緣故生苦受若苦觸滅受亦俱滅因不苦不樂觸緣生不苦不樂受若不苦不樂觸滅受亦俱滅阿難此三受有爲無常從因緣生盡法滅法爲朽壞法彼非我有我非彼有當以正智如實觀之阿難彼見我者以愛爲我彼則爲非阿難彼見我者言受非我我是受者當語彼言如來說三受苦受樂受不苦不樂受若樂受是我者樂受滅時則有二我此則爲過若苦受是我者苦受滅時則有二我此則爲過若不苦不樂受是我者不苦不樂受滅時則有二我此則爲過阿難彼見我者言受非我我

是受彼則爲非阿難彼計我者作是說受非我我非受受法是我當語彼言一切無受汝云何言有受法汝是受法耶對曰非是是故阿難彼計我者言受非我我非受受法是我彼則爲非阿難彼計我者作是言受非我我非受受法非我但受是我者當語彼言一切無受云何有受汝是受耶對曰非也是故阿難彼計我者言受非我我非受受法非我受是我者彼則爲非阿難齊是爲語齊是爲應齊是爲限齊是爲演說齊是爲智觀齊是爲衆生阿難諸比丘於此法中如實正觀於無漏心解脫阿難此比丘當名爲慧解脫如是解脫心比丘有我亦知無我亦知有我無我亦知非有我非無我亦知何以故阿難齊是爲語齊是爲應齊是爲限齊是爲演說齊是爲智觀齊是爲衆生如是盡知已無漏心解脫比丘不知不見如是知見佛語阿難彼計我者齊已爲定彼計我者或言少色是我或言多色是我或言少無色是我或言多無色是我阿難彼言少色是我者定少色是我我所見是餘者爲非多色是我者定多色是我我所見是餘者爲非少無色是我者定言少無色是我我所見是餘者爲非多無色是我者定多無色是我我所見是餘者爲非佛告阿難七識住二入處諸有沙門婆羅門言此處安隱爲救爲護爲舍爲燈爲明爲歸爲不虛妄爲不煩惱云何爲七或有衆生若干種身若干種想天及人此是初識住處諸沙門婆羅門言此處安隱爲救爲護爲舍爲燈爲明爲歸爲不虛妄爲不煩惱阿難若比丘知

初識住知集知滅知味知過知出要如實知者阿難彼比丘言彼非我我非彼如實知見或有衆生若干種身而一想梵光音天是或有衆生一身若干種想光音天是或有衆生一身一想遍淨天是或有衆生住空處或有衆生住識處或有衆生住不用處是爲七識住處或有沙門婆羅門言此處安隱爲救爲護爲舍爲燈爲明爲歸爲不虛妄爲不煩惱阿難若比丘知七識住知集知滅知味知過知出要如實知見彼比丘言彼非我我非彼如實知見是爲七識住云何二入處無想入非想非無想入阿難是爲此二入處或有沙門婆羅門言此處安隱爲救爲護爲舍爲燈爲明爲歸爲不虛妄爲不煩惱阿難若比丘知二入處知集知滅知味知過知出要如實知見彼比丘言彼非我我非彼如實知見是爲二入阿難復有八解脱云何八色觀色初解脱内色想觀外色二解脱淨解脱三解脱度色想滅有對想不念雜想住空處四解脱度空處住識處五解脱度識處住不用處六解脱度不用處住有想無想處七解脱滅盡定八解脱阿難諸比丘於此八解脱逆順遊行入出自在如是比丘得俱解脱爾時阿難聞佛所説歡喜奉行

第二分釋提桓因問經第十

如是我聞一時佛在摩竭國菴婆羅村北毗陀山因陀婆羅窟中爾時釋提桓因發微妙善心欲來見佛今我當往至世尊所時諸忉利天聞釋提桓因發微妙善心欲詣佛所即尋詣帝釋白言善哉帝釋發妙善心欲詣如

來我等亦樂侍從詣世尊所時釋提桓因即告執樂神般遮翼曰我今欲詣世尊所汝可俱行此忉利諸天亦當與我俱詣佛所對曰唯然時般遮翼持瑠璃琴於帝釋前忉利天衆中鼓琴供養時釋提桓因忉利諸天及般遮翼於法堂上忽然不現譬如力士屈伸臂頃至摩竭國北毗陀山中爾時世尊入火燄三昧彼毗陀山同一火色時國人見自相謂言此毗陀山同一火色將是如來諸天之力時釋提桓因告般遮翼曰如來至眞甚難得覩而能垂降此閑靜處寂默無聲禽獸爲侶此處常有諸大神天侍衛世尊汝可於前鼓瑠璃琴娛樂世尊吾與諸天尋於後往對曰唯然即受教已持瑠璃琴於先詣佛去佛不遠鼓瑠璃琴以偈歌曰

跋陀禮汝父　汝父甚端嚴　生女時吉祥
我心甚愛樂　本以小緣故　欲心於中生
展轉遂增廣　如供養羅漢　釋子專四禪
常樂於閑居　正意求甘露　我專念亦爾
能仁發道心　必欲成正覺　我今求彼女
必欲會亦爾　我心生染著　愛好不捨離
欲捨不能去　如象爲鉤制　如熱遇涼風
如渴得冷泉　如取涅槃者　如水滅於火
如病得良醫　飢者得美食　充足生快樂
如羅漢遊法　如象被深鉤　而猶不肯伏
奔突難禁制　放逸不自止　猶如清涼池
衆華覆水上　疲熱象沐浴　舉身得清涼
我前後所施　供養諸羅漢　世有福報者
盡當與彼共　汝死當共死　汝無我活爲
寧使我身死　不能無汝存　忉利天之主

釋今與我願　稱汝禮節具　汝善思察之
爾時世尊從三昧起告般遮翼言善哉善哉
般遮翼汝能以清淨音和瑠璃琴稱讚如來
琴聲汝音不長不短悲和哀婉感動人心汝
琴所奏衆義備有亦説欲縛亦説梵行亦説
沙門亦説涅槃爾時般遮翼白佛言我念世
尊昔鬱鞞羅尼連禪水邊阿遊波陀尼俱律
樹下初成佛道時有尸漢陀天大將子及執
樂天玉女共於一處但設欲樂我於爾時見
其心爾即為作頌頌説欲縛亦説梵行亦説
沙門亦説涅槃時彼天女聞我偈已舉目而
笑語我言般遮翼我未見如來我曾於忉利
天法講堂上聞彼諸天稱讚如來有如是德
有如是力汝常懷信親近如來我今意欲與
汝共爲知識世尊我時與一言之後不復與
語時釋提桓因作是念此般遮翼已娛樂如
來訖我今寧可念於彼人時天帝釋即念彼
人時般遮翼復生念言今天帝釋乃能念我
即持瑠璃琴詣帝釋所帝釋告曰汝以我名
并稱忉利天意問訊世尊起居輕利遊步强
耶時般遮翼承帝釋教即詣世尊所頭面禮
足於一面住白世尊言釋提桓因及忉利諸
天故遣我來問訊世尊起居輕利遊步强耶
世尊報曰使汝帝釋及忉利天壽命延長快
樂無患所以然者諸天世人及阿須倫諸衆
生等皆貪壽命安樂無患爾時帝釋復自念
言我等宜往禮覲世尊即與忉利諸天往詣
佛所頭面禮足却住一面時帝釋白佛言不
審我今去世尊遠近可坐佛告帝釋曰汝天
衆多但近我坐時世尊所止因陀羅窟自然

廣博無所障礙爾時帝釋與忉利諸天及般遮翼皆禮佛足於一面坐帝釋白佛言一時佛在舍衛國婆羅舍爾時世尊入火燄三昧我時以少因緣乘千輻寶車詣毗樓勒天王所於空中過見一天女叉手在世尊前立我尋語彼女言若世尊三昧起者汝當稱我名字問訊世尊起居輕利遊步強耶不審彼女後竟爲我達此心不世尊寧能憶此事不佛言憶耳彼女尋以汝聲致問於我吾從定起猶聞汝車聲帝釋白佛言昔者我以少緣與忉利諸天集在法堂彼諸舊天皆作是言若如來出世增益諸天衆減損阿須倫衆今我躬見世尊躬身自知躬自作證如來至真出現於世增益諸天衆減損阿須倫衆此有瞿夷釋女於世尊所淨修梵行身壞命終生忉利天宮即爲我子忉利諸天皆稱言瞿夷大天子有大功德有大威力復有餘三比丘於世尊所淨修梵行身壞命終生於卑下執樂神中常日夕來爲我給使瞿夷見已以偈觸嬈曰

汝爲佛弟子　我本在家時　以衣食供養
禮拜致恭恪　汝等名何人　躬受佛教誡
淨眼之所說　汝不觀察之　我本禮敬汝
從佛聞上法　生三十三天　爲帝釋作子
汝等何不觀　我所有功德　本爲女人身
今爲帝釋子　汝等本俱共　同修於梵行
今獨處卑賤　爲吾等給使　本爲弊惡行
今故受此報　獨處於卑賤　爲吾等給使
生此處不淨　爲他所觸嬈　聞已當患猒
此處可猒患　從今當精進　勿復爲人使

二人勤精進　思惟如來法　捨彼所戀著
觀欲不淨行　欲縛不眞實　誑惑於世間
如象離羈絆　超越忉利天　釋及忉利天
集法講堂上　彼已勇猛力　超越忉利天
釋歎未曾有　諸天亦見過　此是釋迦子
超越忉利天　患猒於欲縛　瞿夷說此言
摩竭國有佛　名曰釋迦文　彼子本失意
其後還得念　三人中一人　故爲執樂神
二人見道諦　超越忉利天　世尊所說法
弟子不懷疑　俱共同聞法　二人勝彼一
自見殊勝已　皆生光音天　我觀見彼已
故來至佛所

帝釋白佛言願開閑暇一決我疑佛言隨汝所問吾當爲汝一一演說爾時帝釋即白佛言諸天世人乾沓和阿脩羅及餘衆生等盡與何結相應乃生怨讎刀杖相向佛告帝釋言怨結之生皆由貪嫉故使諸天世人阿脩羅餘衆生等刀杖相加爾時帝釋即白佛言實爾世尊怨結之生由貪嫉故使諸天世人阿脩羅餘衆生等刀杖相加我今聞佛所說疑網悉除無復疑也但不解此貪嫉之生何由而起何因何緣誰爲原首從誰而有從誰而無佛告帝釋貪嫉之生皆由愛憎愛憎爲因愛憎爲緣愛憎爲首從此而有無此則無爾時帝釋即白佛言實爾世尊貪嫉之生皆由愛憎愛憎爲因愛憎爲緣愛憎爲首從此而有無此則無我今聞佛所說迷惑悉除無復疑也但不解愛憎何由而生何因何緣誰爲原首從誰而有從誰而無佛告帝釋愛憎之生皆由於欲因欲緣欲欲爲原首從此而

有無此則無爾時帝釋白佛言實爾世尊愛憎之生皆由於欲因欲緣欲欲爲原首從此而有無此則無我今聞佛所説迷惑悉除無復疑也但不知此欲復何由而生何因何緣誰爲原首從誰而有從誰而無佛告帝釋愛由想生因想緣想想爲原首從此而有無此即無爾時帝釋白佛言實爾世尊愛由想生因想緣想想爲原首從此而有無此則無我今聞佛所説無復疑也但不解想復何由而生何因何緣誰爲原首從誰而有從誰而無佛告帝釋想之所生由於調戲因調緣調調爲原首從此而有無此則無帝釋若無調戲則無想無想則無欲無欲則無愛憎無愛憎則無貪嫉若無貪嫉則一切衆生不相傷害帝釋但緣調爲本因調緣調調爲原首從此有想從想有欲從欲有愛憎從愛憎有貪嫉以貪嫉故使群生等共相傷害帝釋白佛言實爾世尊由調有想因調緣調調爲原首從此有想由調而有無調則無若本無調者則無想無想則無欲無欲則無愛憎無愛憎則無貪嫉無貪嫉則一切群生不相傷害但想由調生因調緣調調爲原首從調有想從想有欲從欲有愛憎從愛憎有貪嫉從貪嫉使一切群生共相傷害我今聞佛所説迷惑悉除無復疑也爾時帝釋復白佛言一切沙門婆羅門盡除調戲在滅迹耶爲不除調戲在滅迹耶佛告帝釋一切沙門婆羅門不盡除調戲在滅迹也所以然者帝釋世間有種種界衆生各依已界堅固守持不能捨離謂已爲實餘者爲虚是故帝釋一切沙門婆羅門

不盡除調戲而在滅迹爾時帝釋白佛言實爾世尊世間有種種衆生各依已界堅固守持不能捨離謂已爲是餘爲虚妄是故一切沙門婆羅門不盡除調戲而在滅迹我聞佛言疑惑悉除無復疑也帝釋復白佛言齊幾調在滅迹耶佛告帝釋調戲有三一者口二者想三者求彼口所言自害害他亦二俱害捨此言已如所言不自害不害他不二俱害知時比丘如口所言專念不亂想亦自害害他亦二俱害捨此想已如所想不自害不害他二俱不害知時比丘如所想專念不亂帝釋求亦自害害彼亦二俱害捨此求已如所求不自害不害他不二俱害知時比丘如所求專念不亂爾時釋提桓因言我聞佛所説無復狐疑又白佛言齊幾名賢聖捨心佛告帝釋捨心有三一者喜身二者憂身三者捨身帝釋彼喜身者自害害他亦二俱害捨此喜已如所喜不自害不害他二俱不害知時比丘專念不忘即名受具足戒帝釋彼憂身者自害害彼亦二俱害捨此憂已如所憂不自害不害他二俱不害知時比丘專念不忘即名受具足戒復次帝釋彼捨身者自害害他亦二俱害捨此捨已如所捨不自害不害他二俱不害知時比丘專念不忘是即名爲受具足戒帝釋白佛言我聞佛所説無復狐疑又白佛言齊幾名賢聖律諸根具足佛告帝釋眼知色我説有二可親不可親耳聲鼻香舌味身觸意法我説有二可親不可親爾時帝釋白佛言世尊如來略説未廣分别我以具解眼知色我説有二可親不可親耳聲

鼻香舌味身觸意法有二可親不可親世尊如眼觀色善法損減不善法增如此眼知色我說不可親耳聲鼻香舌味身觸意知法善法損減不善法增我說不可親世尊如眼見色善法增長不善法減如是眼知色我說可親耳聲鼻香舌味身觸意知法善法增長不善法減我說可親佛告帝釋善哉善哉是名賢聖律諸根具足帝釋白佛言我聞佛所說無復狐疑復白佛言齊幾比丘名爲究竟究竟梵行究竟安隱究竟無餘佛告帝釋爲愛所苦身得滅者爲究竟究竟梵行究竟安隱究竟無餘帝釋白佛言我本長夜所懷疑網今者如來開發所疑佛告帝釋汝昔頗曾詣沙門婆羅門所問此義不帝釋白佛言我自憶念昔者曾詣沙門婆羅門所諮問此義昔我一時曾二集講堂與諸天衆共論如來爲當出世爲未出世時共推求不見如來出現于世各自還宮五欲娛樂世尊我復於後時見諸大神天自恣五欲已漸各命終時我世尊懷大恐怖衣毛爲竪時見沙門婆羅門處在閑靜去家離俗我尋至彼所問言云何名究竟我問此義彼不能報彼既不知逆問我言汝爲是誰我尋報言我是釋提桓因彼復問言汝是何釋我時答言我是天帝釋心有所疑故來相問耳時我與彼如所知見說於釋義彼聞我言更爲我弟子我今是佛弟子得須陀洹道不墮餘趣極七往返必成道果唯願世尊記我爲斯陀含說此語已復作頌曰

由彼染穢想　故生我狐疑　長夜與諸天

推求於如來　見諸出家人　常在閑靜處
謂是佛世尊　故往稽首言　今我故來問
云何爲究竟　問已不能報　道迹之所趣
今日無等尊　是我久所求　已觀察已行
心已正思惟　唯聖先已知　我心之所行
長夜所修業　願淨眼記之　歸命人中上
三界無極尊　能斷恩愛刺　今禮日光尊

佛告帝釋汝憶本得喜樂念樂時不帝釋答曰如是世尊憶昔所得喜樂念樂世尊我昔曾與阿須倫共戰我時得勝阿須倫退我時則還得歡喜念樂計此歡喜念樂唯有穢惡刀杖喜樂鬪訟喜樂今我於佛所得喜念樂無有刀杖諍訟之樂佛告帝釋汝今得喜樂念樂於中欲求何功德果爾時帝釋白佛言我於喜樂念樂中欲求五功德果何等五即説偈言

我後若命終　捨於天上壽　處胎不懷患
使我心歡喜　佛度未度者　能説正眞道
於三佛法中　我要修梵行　以智慧自居
心自見正諦　得達本所趣　於是長解脱
但當勤修行　習佛眞實智　設不獲道證
功德猶勝天　諸有神妙天　阿迦尼吒等
下至末後身　必當生彼處　今我於此處
受天清淨身　復得增壽命　淨眼我自知

説此偈已白佛言我於喜樂念樂中欲得如是五功德果爾時帝釋語忉利諸天曰汝於忉利天上梵童子前恭敬禮事今於佛前復設此敬者不亦善哉其語未久時梵童子忽然於虛空中天衆上立向天帝釋而説偈曰

天王清淨行　多利益衆生　摩竭帝釋主

能問如來義

時梵童子說此偈已忽然不現是時帝釋即從座起禮世尊足遶佛三帀却行而退忉利諸天及般遮翼亦禮佛足却行而退時天帝釋少復前行顧語般遮翼曰善哉善哉汝能先於佛前鼓琴娛樂然後我及諸天於後方到我今以汝補汝父位於乾沓和中最爲上首當以彼跋陀乾沓和王女與汝爲妻世尊說此法時八萬四千諸天遠塵離垢諸法法眼生時釋提桓因忉利諸天及般遮翼聞佛所說歡喜奉行

佛說長阿含經卷第十

音釋

婉 於阮切順也 恪 苦各切謹也 羈絆 羈居宜切馬絡也絆博慢切馬 讎 下流切禁也仇也

佛説長阿含經卷第十一

姚秦三藏法師佛陀耶舍共竺佛念譯

第二分阿㝹夷經第十一

如是我聞一時佛在冥寧國阿㝹夷土與大比丘衆千二百五十人俱爾時世尊著衣持鉢入阿㝹夷城乞食爾時世尊默自念言我今乞食於時如早今宜往詣房伽婆梵志園觀比丘須時至然後乞食爾時世尊即詣彼園時彼梵志遥見佛來即起奉迎共相問訊言善來瞿曇不面來久今以何縁乃能屈顧唯願瞿曇就此處坐爾時世尊即就其座時彼梵志於一面坐白世尊言先夜離車子善宿比丘來至我所語我言大師我不於佛所修梵行也所以然者佛疏外我彼人見向説瞿曇過雖有此言我亦不受佛告梵志彼善宿所言知汝不受耳昔我一時在毗舍離獼猴池側集法堂上時此善宿來至我所語我言如來外我我不於如來所修梵行也我時告曰汝何故言我不於如來所修梵行如來外我耶善宿報我言如來不爲我現神足變化時我語言吾可請汝於我法中淨修梵行當爲汝現神足耶汝復曾語我如來當爲我現神足變化然後我當修梵行耶時善宿報我言不也世尊佛告善宿我亦不語汝言汝於我法中淨修梵行當爲汝現神足變化汝亦不言爲我現神足者當修梵行云何善宿如汝意者謂如來能現神足爲不能現耶我所説法彼法能得出要盡苦際不耶善宿白佛言如是世尊如來能現神足非爲不能所可説法能得出要盡諸苦際非爲不盡是故

善宿我所說法修梵行者能現神足非爲不能出要離苦非不能離汝於此法欲何所求善宿言世尊不能隨時教我我父祕術世尊盡知恪不教我佛言善宿我頗曾言汝於我法中修梵行者教汝父術耶汝頗復言教我父術者當於佛所修梵行耶答曰不也是故善宿我先無此言汝亦無言今者何故作此語耶云何善宿汝謂如來能說汝父祕術爲不能說耶所可說法能得出要盡苦際不耶善宿報言如來能說父之祕術非爲不能說法出要能盡苦際非爲不能佛告善宿若我能說汝父祕術亦能說法出要離苦汝於我法中復欲何求又告善宿汝先於毗舍離跋闍土地無數方便稱歎如來稱歎正法稱歎衆僧譬如有人八種稱歎彼清涼池使人好樂一冷二輕三柔四清五甘六無垢七飲無饜八便身汝亦如是於毗舍離跋闍土稱歎如來稱歎正法稱歎衆僧使人信樂善宿當知今汝退者世間當復有言善宿比丘多有知識又是世尊所親亦是世尊弟子不能盡形淨修梵行捨戒就俗處卑陋行梵志當知我時備語不順我教捨戒就俗梵志一時我在獼猴池側法講堂上時有尼乾子字伽羅樓在彼處止人所宗敬名稱遠聞多有知識利養備具時善宿比丘著衣持鉢入毗舍離城乞食漸漸轉到尼乾子所爾時善宿以深遠義問尼乾子彼不能答便生瞋恚善宿自念我觸嬈此人將無長夜有苦惱報耶梵志當知時善宿比丘於乞食後執持衣鉢來至我所頭面作禮在一面坐善宿爾時亦不以

此緣告我我語之曰愚人汝寧可自稱為沙門釋子耶善宿尋報我言世尊何故稱我為愚不應自稱為釋子耶我告之曰愚人汝曾往至尼乾子所問深遠義彼不能報便生瞋恚汝時自念我今觸此尼乾將無長夜有苦惱報耶汝有是念不善宿白佛言彼是羅漢何緣乃有此嫉恚心我時答曰愚人羅漢何緣有嫉恚心非我羅漢有嫉恚心汝今自謂彼是羅漢彼有七苦行長夜執持何謂七一盡形壽不著衣裳二盡形壽不飲酒食肉而不食飯及與麨麵三盡形壽不犯梵行四盡形壽毗舍離有四石塔東名憂園塔南名象塔西名多子塔北名七聚塔盡形不離四塔為四苦行而彼後當犯此七苦行已於毗舍離城外命終譬如野干疥癩衰病死丘冢間彼尼乾子亦復如是自為禁法後盡犯之本自誓言盡形不著衣服後還著衣本自誓言盡形壽不飲酒噉肉不食飯及麨麵而後盡食本自誓言不犯梵行而後亦犯本言不越四塔東憂園塔南象塔西多子塔北七聚塔今盡違離不復親近彼人自違此七誓已出毗舍離城冢間命終佛告善宿曰愚人汝不信我言汝自往觀自當知耳佛告梵志一時比丘善宿著衣持鉢入城乞食乞食已還出城於空塚間見尼乾子於彼命終見已來至我所頭面禮足在一面坐不以此事而語我言梵志當知我爾時語善宿曰云何善宿我先所記尼乾子如我語不對曰如是如世尊言梵志當知我與善宿現神通證而彼言世尊不為我現又一時我在冥寧國白土之邑

時有尼乾子名究羅帝在白土住人所宗敬名稱遠聞多得利養時我著衣持鉢入城乞食時善宿比丘隨我後行見究羅帝尼乾子在糞堆上伏舐糠糟梵志當知時善宿比丘見此尼乾子在糞堆上伏舐糠糟已作是念言世間諸有阿羅漢向阿羅漢道者無有及此比尼乾子其道最勝所以者何此人苦行乃能如是除捨憍慢於糞堆上伏舐糠糟梵志時我右旋告善宿曰汝愚人寧可自稱爲釋子耶善宿白佛言世尊何故稱我爲愚不應自稱爲釋子耶佛告善宿汝愚人觀此究羅帝蹲糞堆上伏食糠糟汝見已作是念諸世間阿羅漢及向阿羅漢者此究羅帝最爲尊上所以者何今此究羅帝乃能苦行除捨憍慢蹲糞堆上伏舐糟糠汝有是念不答我言實爾善宿又言何故世尊於阿羅漢所生嫉妬心佛告愚人我不於羅漢所生嫉妬心何爲於羅漢所生嫉妬心汝今愚人謂究羅帝真阿羅漢此人却後七日當腹脹命終生起屍餓鬼中常苦飢餓其命終後以葦索繫抴於冢間汝若不信者可先往語之時善宿即往詣究羅帝所語言彼沙門瞿曇記汝却後七日當腹脹命終生起屍餓鬼中死已以葦索繫抴於冢間善宿語曰汝當省食勿使彼言當也梵志當知時究羅帝至滿七日腹脹而死即生起屍餓鬼中死已以葦索繫抴於冢間爾時善宿聞佛語已屈指計日至七日已時善宿比丘往至倮形村中到已問其村人曰諸賢究羅帝今何所在報曰已取命終問曰何患命終耶答曰腹脹問曰云何殯

送答曰以葦索繫拑於冢間梵志時善宿聞此語已即往冢間欲至未至時彼死屍並動膝脚忽爾而蹲時彼善宿故前到死屍所語言究羅帝汝命終耶死屍答言我已命終問曰汝以何患命終死屍答言瞿曇記我七日後腹脹命終我如其言至滿七日腹脹命終善宿復問汝生何處屍即報言彼瞿曇所記當生起屍餓鬼中我命終已生起尸餓鬼中善宿問曰汝命終時云何殯送屍答曰瞿曇所記以葦索繫拑於冢間實如彼言以葦索繫拑於冢間時死屍語善宿曰汝雖出家不得善利瞿曇沙門説如此事汝常不信作是語已死屍還卧梵志時善宿比丘來至我所頭面禮足在一面坐不以此緣語我我尋語曰如我所記究羅帝者實爾以不答曰實爾如世尊言梵志我如是數數爲善宿比丘現神通證而彼猶言世尊不爲我現神通佛告梵志我於一時在獼猴池側講堂上時有梵志名曰波梨子在彼處止人所宗敬名稱遠聞多有利養於毗舍離大衆之中作如是説沙門瞿曇自稱智慧我亦智慧沙門瞿曇自稱有神足我亦有神足沙門瞿曇得超越道我亦得超越道我當與彼共現神足沙門現一我當現二沙門現二我當現四沙門現八我現十六沙門現十六我現三十二沙門現三十二我現六十四隨彼沙門所現多少我盡能倍梵志時善宿比丘著衣持鉢入城乞食見波梨梵志於大衆中作如是言沙門瞿曇自稱智慧我亦智慧沙門瞿曇自稱有神足我亦有神足沙門瞿曇得超越道我亦得

超越道我當與彼共現神足沙門現一我當現二沙門現四我當現八乃至隨沙門所現多少我盡能倍時善宿比丘乞食已來至我所頭面禮一面坐語我言我於晨朝著衣持鉢入城乞食時聞毗舍離波梨子於大衆中作如是說言沙門瞿曇有大智慧我亦有大智慧沙門瞿曇有神足我亦有神足瞿曇現一我當現二乃至隨瞿曇所現多少我盡能倍具以此事而來告我我語善宿言彼波梨子於大衆中不捨此語不捨此見不捨此慢來至我所者終無是處若彼作是念我不捨此語不捨此見不捨此慢而至沙門瞿曇所者彼頭即當破爲七分欲使彼人不捨此語不捨見慢而能來者無有是處善宿言世尊護口如來護口佛告善宿汝何故言世尊護口如來護口善宿言彼波梨子有大威神有大德力脫當來者將無見世尊虛耶佛告善宿如來所言頗有二耶對曰無也又告善宿若無二者汝何故言世尊護口如來護口善宿白佛言世尊爲自見彼波梨子爲諸天來語佛言我亦自知亦諸天來語故知此毗舍離阿由大將身壞命終生忉利天彼來語我言波梨梵志子不知羞慚犯戒妄語在毗舍離於大衆中作如是誹謗言阿由陀大將身壞命終生起尸鬼中然我實身壞命終生忉利天波梨子我先自知亦諸天來語故知佛告愚人善宿汝不信我言者入毗舍離隨汝唱之我食後當如詣波梨梵志子所佛告梵志時彼善宿過其夜已著衣持鉢入城乞食時彼善宿向毗舍離城中衆多婆羅門沙門

梵志具説此言波梨梵志子於大衆中説如此言沙門瞿曇有大智慧我亦有大智慧沙門瞿曇有大威力我亦有大威力沙門瞿曇有大神足我亦有大神足沙門現一我當現二乃至沙門隨所現多少我盡當倍而今沙門瞿曇欲詣彼波梨子所汝等大衆盡可詣彼時波梨梵志在道而行善宿見已速詣其所語言汝於毗舍離大衆中作如是言沙門瞿曇有大智慧我亦有大智慧乃至沙門瞿曇隨所現神足多少我盡能倍瞿曇聞此言今欲來至汝所汝可速歸報言我當歸耳我當歸耳作此語已尋自惶懼衣毛爲竪不還本處乃詣道頭婆梵志林中坐繩牀上愁悶迷亂佛告梵志我於食後與衆多離車沙門婆羅門梵志居士詣波梨子住處就座而坐於彼衆中有梵志名曰遮羅時衆人喚彼遮羅而告之曰汝詣道頭林中語波梨子言今衆多離車沙門婆羅門梵志居士盡集汝林衆共議言梵志波梨子於大衆中自唱此言沙門瞿曇有大智慧我亦有大智慧乃至瞿曇隨現神足多少我盡能倍沙門瞿曇故來至汝林中汝可來看於是遮羅聞衆人語已即詣道頭林語波梨子言彼衆多離車沙門婆羅門梵志居士盡集在汝林衆共議言梵志波梨子於大衆中自唱此言沙門瞿曇有大智慧我亦有大智慧乃至沙門瞿曇現神足隨現多少我盡能倍瞿曇今在彼林中波梨今者寧可還也爾時波梨梵志即報遮羅曰當歸當歸作是語已於繩牀上轉側不安爾時繩牀復著其足彼乃不能得離繩牀況

能行步至世尊所時遮羅語波梨言汝自無智但有空聲爲言當歸當歸尚自不能離此繩牀何由能得至大衆所呵責波梨子已即還詣大衆所報言我以持衆人聲往語波梨子彼報我言當歸當歸即於繩牀上動轉其身牀即著足不能得離彼尚不能離其繩牀何由能得來到此衆爾時有一頭摩離車子在大衆中坐即從座起偏露右臂長跪叉手白彼大衆言大衆小待我今自往將彼人來佛言我爾時語頭摩離車子言彼人作如是語懷如是見起如是慢欲使此人來至佛所無有是處頭摩子正使汝以革繩重繫群牛共挽至彼身碎彼終不能捨如是語如是見如是慢來至我所若不信我言汝往自知爾時頭摩離車子故往至波梨子所語波梨子言衆多離車沙門婆羅門梵志居士盡集汝林衆共議言梵志波梨子於大衆中口自唱言沙門瞿曇有大智慧我亦有大智慧乃至沙門瞿曇現其神足隨所現多少我盡能倍瞿曇沙門今在彼林汝可還歸爾時波梨子即報言當歸當歸作是語已於繩牀上動轉其身爾時繩牀復著其足彼乃不能自離繩牀況復行步至世尊所頭摩語波梨子言汝自無智但有空聲爲言當歸當歸尚自不能離此繩牀何由能得至大衆所頭摩復語波梨子曰諸有智者以譬喻得解乃往久遠有一師子獸王在深林中住師子清旦初出窟時四向顧望奮迅三吼然後遊行擇肉而食波梨子彼師子獸王食已還林常有一野干隨後食殘氣力充足便自言彼林中師子竟

是何獸能勝我耶我今寧可獨擅一林清旦出窟四向顧望奮迅三吼然後遊行擇肉食耶彼尋獨處一林清旦出窟奮迅三吼然後遊行欲學師子吼而作野干鳴波梨子汝今亦爾蒙佛威恩存生於世得人供養而今更與如來共競時頭摩子以偈責數曰

野干稱師子　自謂爲獸王　欲作師子吼
還出野干聲　獨處於空林　自謂爲獸王
欲作師子吼　還出野干聲　跪地求穴鼠
穿塚覓死屍　欲作師子乳　還出野干聲

頭摩告曰汝亦如是蒙佛恩力存生於世得人供養而今更與如來共競時彼頭摩子以四種喻面呵責已還詣大衆報言我以持衆人聲喚波梨子彼報我言當還當還即於繩牀上動轉其身牀即著足不能得離彼尚不能自離繩牀何由能得來到此衆爾時世尊告頭摩子言我先語汝欲使此人來至佛所無有是處正使汝以革繩重繫群牛共挽至身碎壞彼終不肯捨如是語如是見慢來至我所梵志時我即與彼大衆種種說法示教利喜於彼衆中三師子吼身昇虛空還詣本處佛告梵志或有沙門婆羅門言一切世間梵自在天所造我問彼言一切世間實梵自在天所造耶彼不能報還問我言瞿曇此事云何我報彼言或有此世間初壞敗時有餘衆生命盡行盡從光音天命終乃更生餘空梵處於彼起愛生樂著心復欲使餘衆生來生此處其餘衆生命盡行盡復生彼處時彼衆生自作是念我今是大梵王忽然而有無作我者我能盡達諸義所趣於千世界最得

自在能作能化微妙第一爲人父母我先至此獨一無侶由我力故有此衆生我作此衆生彼餘衆生亦復順從稱爲梵王忽然而有盡達諸義於千世界最得自在能作能化微妙第一爲人父母先有是一後有我等此大梵王化作我等此諸衆生隨後壽終來生此間其漸長大剃除鬚髮服三法衣出家爲道彼入定意三昧隨三昧心憶本所生彼作是語此大梵天忽然而有無有作者盡達諸義於千世界最得自在能作能化微妙第一爲人父母彼大梵天常住不移無變易法我等梵天所化是以無常不得久住爲變易法如是梵志彼沙門婆羅門以此緣故各言彼梵自在天造此世界梵志造此世界者非彼所及唯佛能知又過此事佛亦盡知雖知不著苦集滅味過出要如實知之以平等觀無餘解脫名曰如來佛告梵志或有沙門婆羅門作是言戲笑懈怠是衆生始我語彼言云何汝等實言戲笑懈怠是衆生始耶彼不能報逆問我言瞿曇此事云何時我報言或有光音衆生喜戲笑懈怠身壞命終來生此間漸漸長大剃除鬚髮服三法衣出家修道彼便入心定三昧以三昧力識本所生便作是言彼餘衆生不喜戲笑常在彼處永住不變由我等數喜戲笑致此無常爲變易法如是梵志彼沙門婆羅門以是緣故言戲笑是衆生始如是佛盡知之過是亦知知而不著以不著苦集滅味過出要如實知之以平等觀無餘解脫名曰如來佛告梵志或有沙門婆羅門言失意是衆生始我語彼言汝等實言失

意是衆生始耶彼不知報還問我言瞿曇此事云何我語彼言或有衆生展轉相看已便失意由是命終來生此間漸漸長大剃除鬚髮服三法衣出家修道便入心定三昧以三昧力識本所生便作是言如彼衆生以不展轉相看不失意故常住不變我等於彼數數相看已便失意致此無常爲變易法如是梵志彼沙門婆羅門以是緣故言失意是衆生始如此唯佛知之過是亦知知已不著苦集滅味過出要如實知之以平等觀無餘解脱故名如來佛告梵志或有沙門婆羅門言我無因而出我語彼言汝等實言本無因出耶彼不能報逆來問我我時報曰或有衆生無想無知若彼衆生起想則便命終來生此間漸漸長大剃除鬚髮服三法衣出家修道便入心定三昧以三昧力識本所生彼作是語我本無有今忽然有此世間本無今有此實餘虚如是梵志沙門婆羅門以此緣故言無因出唯佛知之過是亦知知已不著苦集滅味過出要如實知之以平等觀無餘解脱故名如來佛告梵志我所説如是或有沙門婆羅門於屏處誹謗我言沙門瞿曇自稱弟子入淨解脱成就淨行彼知清淨不遍知淨然我不作是説我弟子入淨解脱成就淨行彼知清淨不遍知淨梵志我自言我弟子入淨解脱成就淨行彼知清淨一切遍淨是時梵志白佛言彼不得善利毀謗沙門瞿曇言沙門自言我弟子入淨解脱成就淨行彼知清淨不遍知淨然世尊不作是語世尊自言我弟子入淨解脱成就淨行彼知清淨一切遍

淨又白佛言我亦當入此淨解脫成就淨行一切遍知佛告梵志汝欲入者甚爲難也汝見異忍異行異欲依餘見入淨解脫者難可得也但使汝好樂佛心不斷絶者則於長夜常得安樂爾時房伽婆梵志聞佛所説歡喜奉行

第二分善生經第十二

如是我聞一時佛在羅閱祇耆闍崛山中與大比丘衆千二百五十人俱爾時世尊到時著衣持鉢入城乞食時羅閱祇城内有長者子名曰善生清旦出城詣園遊觀初沐浴訖舉身皆濕向諸方禮東西南北上下諸方皆悉周遍爾時世尊見長者子善生詣園遊觀初沐浴訖舉身皆濕向諸方禮世尊見已即詣其所告善生言汝以何縁清旦出城於園林中舉身皆濕向諸方禮爾時善生白佛言我父臨命終時遺勑我言汝欲禮者當先禮東方南方西方北方下方上方我奉承父教不敢違背故澡浴訖先叉手東面向東方禮南西北方上下諸方皆悉周遍爾時世尊告善生曰長者子有此方名耳非爲不有然我賢聖法中非禮此六方以爲恭敬善生白佛言唯願世尊善爲我説賢聖法中禮六方法佛告長者子諦聽諦聽善思念之當爲汝説善生對曰唯然願樂欲聞佛告善生若長者長者子知四結業不於四處而作惡行又復能知六損財業是謂善生若長者長者子離四惡行禮敬六方今世亦善後獲善報今世根基後世根基於現法中智者所稱獲三十一果身壞命終生天善處善生當知四結行

者一者殺生二者盜竊三者婬泆四者妄語是四結行云何爲四處一者欲二者恚三者怖四者癡若長者長者子於此四處而作惡者則有損耗佛說是已復作頌曰

欲瞋及怖癡　有此四法者　名譽日損減　如月向于晦

佛告善生若長者長者子於此四處不爲惡者則有增益爾時世尊重作頌曰

於欲恚怖癡　不爲惡行者　名譽日增廣　如月向上滿

佛告善生六損財業者一者躭湎於酒二者博戲三者放蕩四者迷於妓樂五者惡友相得六者懈墮是爲六損財業善生若長者長者子解知四結行不於四處而爲惡行復知六損財業是謂善生於四處得離供養六方今善後善今世根基後世根基於現法中智者所譽獲三十一果身壞命終生天善處善生當知飲酒有六失一者失財二者生病三者鬪諍四者惡名流布五者恚怒暴生六者智慧日損善生若彼長者長者子飲酒不已其家產業日日損減善生博戲有六失云何爲六一者財產日耗二者雖勝生怨三者智者所責四者人不敬信五者爲人踈外六者生盜竊心善生是爲博戲六失若長者長者子博戲不已其家產業日日損減放蕩有六失一者不自護身二者不護財貨三者不護子孫四者常自驚懼五者諸苦惡法當自纏身六者喜生虛妄是爲放蕩六失若長者長者子放蕩不已其家財產日日損減善生迷於妓樂復有六失一者求歌二求儛三者求

琴瑟四者波内卑五者多羅槃六者首呵那是爲妓樂六失若長者長者子妓樂不已其家財産日日損減惡友相得復有六失一者方便生欺二者好喜屛處三者誘他家人四者圖謀他物五者財利自向六者好發他過是爲惡友六失若長者長者子習惡友不已其家財産日日損減懈墮有六失一者富樂不肯作務二者貧窮不肯勤修三者寒時不肯勤修四者熱時不肯勤修五者時早不肯勤修六者時晩不肯勤修是爲懈墮六失若長者長者子懈墮不已其家財業日日損減

佛說是已復作頌曰

迷惑於酒者　還有酒伴黨　財産正聚集
隨已復散盡　飲酒無節度　常喜歌儛戲
晝則遊他家　因此自陷墜　隨惡友不改
誹謗出家人　邪見世所嗤　行穢人所黜
好博著外色　但論勝負事　親惡無反復
行穢人所黜　爲酒所荒迷　貧窮不自量
輕財好奢用　破家致禍患　擲博群飲酒
共伺他婬女　翫習卑鄙行　如月向於晦
行惡能受惡　與惡友同事　今世及後世
終始無所獲　晝則好睡眠　夜覺多悕望
獨昏無善友　不能修家務　朝夕不肯作
寒暑復懈墮　所爲事不究　亦復毀成功
若不計寒暑　朝夕勤修務　事業無不成
至終無憂患

佛告善生有四怨如親汝當覺知何謂爲四一者畏伏二者美言三者敬順四者惡友佛告善生畏伏有四事云何爲四一者先與後奪二者與少望多三者畏故强親四者爲利

故親是爲畏伏四事佛告善生美言親復有四事云何爲四一者善惡斯順二者有難捨離三者外有善來密遮止之四者見有危事便排擠之是爲美言親四事敬順親復有四事云何爲四一者先誑二者後誑三者現誑四者見有小過便加杖之是爲敬順親四事惡友親復有四事云何爲四一者飲酒時爲友二者博戲時爲友三者婬泆時爲友四者歌儛時爲友是爲惡友親四事世尊說此已復作頌曰

畏伏而强親　美言親亦爾　敬順虛誑親

惡友爲惡親　此親不可恃　智者常覺知

宜速遠離之　如避于險道

佛告善生有四親可親多所饒益爲人救護云何爲四一者止非二者慈愍三者利人四者同事是爲四親可親多所饒益爲人救護當親近之善生止非有四事多所饒益爲人救護云何爲四一者見人爲惡則能遮止二者示人正直三者慈心愍念四者示人大路是爲四止非多所饒益爲人救護復次慈愍有四事一者見利代喜二者見惡代憂三者稱譽人德四者見人說惡便能抑制是爲四慈愍多所饒益爲人救護利益有四云何爲四一者護彼不令放逸二者護彼放逸失財三者護彼使不恐怖四者屏相教戒是爲四利人多所饒益爲人救護同事有四云何爲四一者爲彼不惜身命二者爲彼不惜財寶三者爲彼濟其恐怖四者爲彼屏相教戒是爲四同事多所饒益爲人救護世尊說是已復作頌曰

制非防惡親　慈愍存他親　利人益彼親
同事齊己親　此親乃可親　智者所附近
親中無等親　如慈母親子　若欲親可親
當親堅固親　親者戒具足　如火光照人
佛告善生當知六方云何爲六父母爲東方師長爲南方妻婦爲西方親黨爲北方僮僕爲下方沙門婆羅門諸高行者爲上方善生夫爲人子當以五事敬順父母云何爲五一者供奉能使無乏二者凡有所爲先白父母三者父母所爲恭順不逆四者父母正令不敢違背五者不斷父母所爲正業善生夫爲人子當以此五事敬順父母父母復以五事敬視其子云何爲五一者制子不聽爲惡二者指授示其善處三者慈愛入骨徹髓四者爲子求善婚娶五者隨時供給所須善生子於父母敬順恭奉則彼方安隱無有憂畏善生弟子敬奉師長復有五事云何爲五一者給侍所須二者禮敬供養三者尊重戴仰四者師有教勑敬順無違五者從師聞法善持不忘善生夫爲弟子當以此五法敬事師長師長復以五事敬視弟子云何爲五一者順法調御二者誨其未聞三者隨其所聞令善義解四者示其善友五者盡己所知誨授不悋善生弟子於師長敬順恭奉則彼方安隱無有憂畏善生夫之敬妻亦有五事云何爲五一者相待以禮二者威嚴不闕三者衣食隨時四者莊嚴以時五者委付家內善生夫以此五事敬待於妻妻復以五事恭敬於夫云何爲五一者先起二者後坐三者和言四者敬順五者先意承旨善生是爲妻之於夫

敬待如是則彼方安隱無有憂畏善生夫為人者當以五事親敬親族云何為五一者給施二者善言三者利益四者同利五者不欺善生是為五事親敬親族親族亦以五事親敬於人云何為五一者護放逸二者護放逸失財三者護恐怖四者屏相教戒五者常相稱歎善生如是敬親親族則彼方安隱無有憂畏善生主於僮使以五事教授云何為五一者隨能使役二者飲食隨時三者賜勞隨時四者病與醫藥五者縱其休暇善生是為五事教授僮使僮使復以五事奉事其主云何為五一者早起二者為事周密三者不與不取四者作務以次五者稱揚主名是為主待僮使則彼方安隱無有憂畏善生檀越當以五事供奉沙門婆羅門云何為五一者身行慈二者口行慈三者意行慈四者以時施五者門不制止善生若檀越以此五事供奉沙門婆羅門沙門婆羅門當復以六事而教授之云何為六一者防護不令為惡二者指授善處三者教懷善心四者使未聞者聞五者已聞能使善解六者開示天路善生如是檀越恭奉沙門婆羅門則彼方安隱無有憂畏世尊說已重說偈曰

父母為東方　師長為南方　妻婦為西方
親族為北方　僮使為下方　沙門為上方
諸有長者子　禮敬於諸方　敬順不失時
死皆得生天　惠施及軟言　利人多所益
同利等彼己　所有與人共　此四多負荷
任重如車輪　世間無此四　則無有孝養
此法在世間　智者所選擇　行則獲大果

名稱遠流布　嚴飾於牀座　供設上飲食
供給所當得　名稱遠流布　親舊不相遺
示以利益事　上下常和同　於此得善譽
先當習技藝　然後獲財業　財業既已具
宜當自守護　出財未至奢　當選擇前人
欺誑抵突者　寧乞未舉與　積財從小起
如蜂集衆華　財寶日滋息　至終無損耗
一食知止足　二修業勿怠　三當先儲積
以擬於空乏　四耕田商賈　擇地而置牧
五當起塔廟　六立僧房舍　在家勤六業
善修勿失時　如是修業者　則家無損減
財寶日滋長　如海吞衆流

爾時善生白世尊言甚善世尊實過本望踰我父教能使覆者得仰閉者得開迷者得悟冥室燃燈有目得視如來所説亦復如是以無數方便開悟愚冥現清白法所以者何佛爲如來至眞正覺故能開示爲世明導今我歸依佛歸依法歸依僧唯願世尊聽我於正法中爲優婆塞自今日始盡形壽不殺不盜不婬不欺不飲酒爾時善生聞佛所説歡喜奉行

佛説長阿含經卷第十一

音釋

覍奴侯切　饜於豔切足也　嬈乃了切擾也　麨尺沼切乾糧也　冢知隴切墳也　噉徒濫切食也　舐神帋切餂也　蹲祖尊切踞也　抴羊列切拖也　躶郎果切赤體也　奮迅奮方問切迅思晉切　擅時戰切專也　泆弋質切淫放也　躭湎躭都含切湎彌兖切躭湎沉溺也　嗤赤脂切笑也　擠祖稽切推也

佛說長阿含經卷第十二

姚秦三藏法師佛陀耶舍共竺佛念譯

第二分清淨經第十三

如是我聞一時佛在迦維羅衛國緬祇優婆塞林中與大比丘衆千二百五十人俱時有沙彌周那在波波國夏安居已執持衣鉢漸詣迦維羅衛緬祇園中至阿難所頭面禮足於一面立白阿難言波波城内有尼乾子命終未久其諸弟子分爲二分各共諍訟面相毀罵無復上下迭相求短競其知見我能知是汝不能知我行眞正汝爲邪見以前著後以後著前顚倒錯亂無有法則我所爲妙汝所言非汝有所疑當諮問我大德阿難時彼國人民事尼乾者聞諍訟已生厭患心阿難語周那沙彌曰我等有言欲啓世尊今共汝往宣啓此事若世尊有所戒勑當共奉行爾時沙彌周那聞阿難語已即共詣世尊頭面禮足在一面立爾時阿難白世尊曰此沙彌周那在波波國夏安居已執持衣鉢漸來至此禮我足語我言波波國有尼乾子命終未久其諸弟子分爲二分各共諍訟面相毀罵無復上下迭相求短競其知見我能知是汝不能知我行眞正汝爲邪見以前著後以後著前顚倒錯亂無有法則我所言是汝所言非汝有所疑當諮問我時彼國民事尼乾者聞諍訟已生厭患心世尊告周那沙彌曰如是周那彼非法中不足聽聞此非三耶三佛所說猶如朽塔難可朽色彼雖有師盡懷邪見雖復有法盡不眞正不足聽採不能出要非是三耶三佛所說猶如故塔不可朽也彼

諸弟子有不順其法捨彼異見行於正見周那若有人來語彼弟子諸賢汝師法正當於中行何以捨離其彼弟子信其言者則二俱失道獲無量罪所以者何彼雖有法然不眞正故周那若師不邪見其法眞正善可聽採能得出要三耶三佛所說譬如新塔易可杇色然諸弟子於此法中不能勤修不能成就捨平等道入於邪見若有人來語彼弟子諸賢汝師法正當於中行何以捨離入於邪見其彼弟子信其言者則二俱正見獲無量福所以者何其法眞正佛告周那彼雖有師然懷邪見雖復有法盡不眞正不足聽採不能出要非三耶三佛所說猶如杇塔不可杇色彼諸弟子法法成就隨順其行起諸邪見周那若有人來而語其弟子言汝師法正汝所行是今所修行勤苦如是應於現法成就道果彼諸弟子信受其言者則二俱失道獲無量罪所以者何以法不眞正故周那若師不邪見其法眞正善可聽採能得出要三耶三佛所說譬如新塔易爲杇色又其弟子法法成就隨順修行而生正見若有人來語其弟子言汝師法正汝所行是今所修行勤苦如是應於現法成就道果彼諸弟子信受其言二俱正見獲無量福所以者何法眞正故周那或有導師出世使弟子生憂或有導師出世使弟子無憂云何導師出世使弟子生憂周那導師新出世間成道未久其法具足梵行淸淨如實眞要而不布現然彼導師速取滅度其諸弟子不得修行皆愁憂言師初出世成道未久其法淸淨梵行具足如實眞要

竟不布現而今導師便速滅度我等弟子不得修行是爲導師出世弟子愁憂云何導師出世弟子無憂謂導師出世其法清淨梵行具足如實眞要而廣流布然後導師方取滅度其諸弟子皆得修行不懷憂言師初出世成道未久其法清淨梵行具足如實眞要而廣布現然後導師方取滅度使我弟子皆得修行如是周那導師出世弟子無憂佛告周那比丘成就梵行謂導師出世出家未久名聞未廣是謂梵行枝不具足周那導師出世出家既久名聞廣遠是謂梵行枝具足滿周那導師出世出家既久名聞亦廣而諸弟子未受訓誨未具梵行未至安處未獲已利未能受法分布演說有異論起不能如法而往滅之未能變化成神通證是謂梵行枝不具足周那導師出世出家既久名聞亦廣而諸弟子盡受教訓梵行具足至安隱處已獲已利又能受法分別演說有異論起能如法滅變化具足成神通證是爲梵行枝具足滿周那導師出世出家亦久名聞亦廣諸比丘尼未受訓誨未至安處未獲已利未能受法分布演說有異論起不能以法如實除滅未能變化成神通證是爲梵行枝未具足周那導師出世出家亦久名聞亦廣諸比丘尼盡受教訓梵行具足至安隱處已獲已利復能受法分別演說有異論起能如法滅變化具足成神通證是爲梵行枝具足滿周那諸優婆塞優婆夷廣修梵行乃至變化具足成神通證亦復如是周那若導師不在世無有名聞利養損減則梵行枝不具足滿若導師在世

名聞利養皆悉具足無有損減則梵行枝爲具足滿若導師在世名聞利養皆悉具足而諸比丘名聞利養不能具足是爲梵行枝不具足若導師在世名聞利養具足無損諸比丘衆亦復具足則梵行枝爲具足滿比丘尼衆亦復如是周那我出家久名聞廣遠我諸比丘已受教戒到安隱處自獲已利復能受法爲人演説有異論起能如法滅變化具足成神通證諸比丘比丘尼優婆塞優婆夷皆亦如是周那我以廣流布梵行乃至變化具足成神通證周那一切世間所有導師不見有得名聞利養如我如來至眞等正覺者也周那諸世間所有徒衆不見有名聞利養如我衆也周那若欲正説者當言見不可見云何見不可見一切梵行清淨具足宣示布現

是名見不可見爾時世尊告比丘鬱頭藍子在大衆中而作是説有見不見云何名見不見如刀可見刃不可見諸比丘彼子乃引凡夫無識之言以爲譬喻如是周那若欲正説者當言見不見云何見不見汝當正説言一切梵行清淨具足宣示流布見不可見周那彼相續法不具足而可得不相續法具足而不可得周那諸法中梵行酪酥中醍醐爾時世尊告諸比丘我於是法躬自作證謂四念處四神足四意斷四禪五根五力七覺意賢聖八道汝等盡共和合勿生諍訟同一師受同一水乳於如來正法當自熾然快得安樂得安樂已若有比丘説法中有作是言彼所説句不正義理不正比丘聞已不可言是不可言非當語彼比丘言云何諸賢我句如是

汝句如是我義如是汝義如是何者爲勝何者爲負若彼比丘報言我句如是我義如是汝句如是汝義如是汝句亦勝汝義亦勝彼比丘說此亦不得非亦不得是當諫彼比丘當呵當止當共推求如是盡共和合勿生諍訟同一師受同一水乳於如來正法當自熾然快得安樂得安樂已若有比丘說法中有比丘作是言彼所說句不正義不正比丘聞已不可言是不可言非當語彼比丘言云何比丘我句如是汝句如是何者爲是何者爲非若彼比丘報言我句如是汝句如是汝句亦勝彼比丘說此亦不得言是不得言非當諫彼比丘當呵當止當共推求如是盡共和合勿生諍訟同一師受同一水乳於如來正法當自熾然快得安樂得安樂已若有比丘說法中有比丘作是言彼所說句正義不正比丘聞已不可言是不可言非當語彼比丘言云何比丘我義如是汝義如是何者爲是何者爲非若彼報言我義如是汝義如是汝義亦勝彼比丘說此已亦不得言是亦不得言非當諫彼比丘當呵當止當共推求如是比丘盡共和合勿生諍訟同一師受同一水乳於如來正法當自熾然快得安樂得安樂已若有比丘說法中有比丘作如是言彼所說句正義正比丘聞已不得言非當稱讃彼言汝所言是汝所言是是故比丘於十二部經自身作證當廣流布一曰貫經二曰祇夜經三曰受記經四曰偈經五曰法句經六曰相應經七曰本緣經八曰天本經九曰廣經十曰未曾有經十一曰譬喻經十二曰大教

經當善受持稱量觀察廣流分布諸比丘我所制衣若塚間衣若長者衣麤賤衣此衣足障寒暑蚊虻足蔽四體諸比丘我所制食若乞食若居士食此食自足若身苦惱衆患切已恐遂至死故聽此食知足而止諸比丘我所制住處若在樹下若在露地若在房内若樓閣上若在窟穴若在種種住處此處自足爲障寒暑風雨蚊虻下至閑靜懈息之處諸比丘我所制藥若陳棄藥酥油蜜黒石蜜此藥自足若身生苦惱衆患切已恐遂至死故聽此藥佛言或有外道梵志來作是語沙門釋子以衆樂自娛若有此言當如是報汝等莫作此言謂沙門釋子以衆樂自娛所以者何有樂自娛如來呵責有樂自娛如來稱譽若外道梵志問言何樂自娛瞿曇呵責設有此語汝等當報五欲功德可愛可樂人所貪著云何爲五眼知色可愛可樂人所貪著耳聞聲鼻知香舌知味身知觸可愛可樂人所貪著諸賢由是五欲緣生喜樂此是如來至眞等正覺之所呵責也猶如有人故殺衆生自以爲樂此是如來至眞等正覺之所呵責猶如有人私竊偷盗自以爲樂此爲如來之所呵責猶如有人犯於梵行自以爲樂此是如來之所呵責猶如有人故作妄語自以爲樂此是如來之所呵責猶如有人放蕩自恣此是如來之所呵責猶如有人行外苦行非是如來所説正行自以爲樂此是如來之所呵責諸比丘呵責五欲功德人所貪著云何爲五欲眼知色可愛可樂人所貪著耳聞聲鼻知香舌知味身知觸可愛可樂人所貪著

如此諸樂沙門釋子無如此樂猶如有人故殺衆生以此爲樂沙門釋子無如此樂猶如有人公爲盜賊自以爲樂沙門釋子無如是樂猶如有人犯於梵行自以爲樂沙門釋子無如是樂猶如有人故作妄語自以爲樂沙門釋子無如是樂猶如有人放蕩自恣自以爲樂沙門釋子無如是樂猶如有人行外苦行自以爲樂沙門釋子無如是樂若外道梵志作如是問何樂自娛沙門瞿曇之所稱譽諸比丘彼若有此言汝等當答彼言諸賢有五欲功德可愛可樂人所貪著云何爲五眼知色乃至身知觸可愛可樂人所貪著諸賢五欲因緣生樂當速除滅猶如有人故殺衆生自以爲樂有如此樂應速除滅猶如有人公爲盜賊自以爲樂有如此樂應速除滅猶如有人犯於梵行自以爲樂有如是樂應速除滅猶如有人故爲妄語自以爲樂有如此樂應速除滅猶如有人放蕩自恣自以爲樂有如此樂應速除滅猶如有人行外苦行自以爲樂有如是樂應速除滅猶如有人去離貪欲無復惡法有覺有觀離生喜樂入初禪如是樂者佛所稱譽猶如有人滅於覺觀内喜一心無覺無觀定生喜樂入第二禪如是樂者佛所稱譽猶如有人除喜入捨自知身樂賢聖所求護念一心入第三禪如是樂者佛所稱譽樂盡苦盡憂喜先滅不苦不樂護念清淨入第四禪如是樂者佛所稱譽若有外道梵志作如是問汝等於此樂中求幾果功德應答彼言此樂當有七果功德云何爲七於現法中得成道證正使不成臨命終時

當成道證若臨命終復不成者當盡五下結中間般涅槃生彼般涅槃行般涅槃無行般涅槃上流阿迦尼吒般涅槃諸賢是爲此樂有七功德諸賢若比丘在學地欲上求求安隱處未除五蓋云何爲五貪欲蓋瞋恚蓋睡眠蓋調戲蓋疑蓋彼學比丘方欲上求求安隱處未滅五蓋於四念處不能精勤於七覺意不能勤修欲得上人法賢聖智慧增上求欲知欲見者無有是處諸賢學地比丘欲上求求安隱處能滅五蓋貪欲蓋瞋恚蓋睡眠蓋調戲蓋疑蓋於四念處又能精勤於七覺意如實修行欲得上人法賢聖智慧增上求欲知欲見者則有是處諸賢若有比丘漏盡阿羅漢所作已辦捨於重擔自獲己利盡諸有結使正智解脫不爲九事云何爲九一者

不殺二者不盜三者不婬四者不妄語五者不捨道六者不隨欲七者不隨恚八者不隨怖九者不隨癡諸賢是爲漏盡阿羅漢所作已辦捨於重擔自獲己利盡諸有結正智解脫遠離九事或有外道梵志作是說言沙門釋子有不住法應報彼言諸賢莫作是說沙門釋子有不住法所以者何沙門釋子其法常住不可動轉譬如門閫常住不動沙門釋子亦復如是其法常住無有移動或有外道梵志作是說言沙門瞿曇盡知過去世事不知未來事彼比丘彼異學梵志智異智觀亦異所言虛妄如來於彼過去事若在目前無不知見於未來世生於道智過去世事虛妄不實不足喜樂無所利益佛則不記或過去事有實無可喜樂無所利益佛亦不記若過

去事有實可樂而無利益佛亦不記若過去事有實可樂有所利益如來盡知然後記之未來現在亦復如是如來於過去未來現在應時語實語義語利語法語律語無有虚也佛於初夜成最正覺及末後夜於其中間有所言説盡皆如實故名如來復次如來所説如事事如所説故名如來以何等義名等正覺佛所知見所滅所覺佛盡覺知故名等正覺或有是時外道梵志作如是説世間常存唯此爲實餘者虚妄或復説言此世無常唯此爲實餘者虚妄或復有言世間有常無常唯此爲實餘者虚妄或有言此世間非有常非無常唯此爲實餘者虚妄或復有言此世間有邊唯此爲實餘者虚妄或有言世間無邊唯此爲實餘者虚妄或復有言世間有邊無邊唯此爲實餘者虚妄或復有言世間非有邊非無邊唯此爲實餘者虚妄或復有言是命是身此實餘虚或復有言非命非身此實餘虚或復有言命異身異此實餘虚或復有言非異命非異身此實餘虚或復有言如來有終此實餘虚或復有言如來不終此實餘虚或復有言如來終不終此實餘虚或復有言如來非終非不終此實餘虚諸有此見名本生本見今爲汝記謂此世常存乃至如來非終非不終唯此爲實餘者虚妄是爲本見本生爲汝記之所謂末見末生者我亦記之何者末見末生我所記者色是我從想有終此實餘虚無色是我從想有終亦有色亦無色是我從想有終非有色非無色是我從想有終我有邊我無邊我有邊無邊我非有

邊非無邊從想有終我有樂從想有終我無樂從想有終我有苦樂從想有終我無苦樂從想有終一想是我從想有終種種想是我從想有終少想是我從想有終無量想是我從想有終此實餘虚是爲邪見本見本生我之所記或有沙門婆羅門有如是論有如是見此世常存此實餘虚乃至無量想是我此實餘虚彼沙門婆羅門復作如是說如是見此實餘者虚妄當報彼言汝實作此論云此世常存實餘虚耶如此語者佛所不許所以者何此諸見中各有結使我以理推諸沙門婆羅門中無與我等者況欲出過此諸邪見但有言耳不中共論乃至無量想是我亦復如是或有沙門婆羅門作是說此世間自造復有沙門婆羅門言此世間他造或復有言自造他造或復有言非自造非他造忽然而有彼沙門婆羅門言世間自造者是沙門婆羅門皆因觸因緣若離觸因而能說者無有是處所以者何由六入身故生觸由觸故生受由受故生愛由愛故生取由取故生有由有故生生由生故有老死憂悲苦惱大患陰集若無六入則無觸無觸則無受無受則無愛無愛則無取無取則無有無有則無生無生則無老死憂悲苦惱大患陰集又言此世間他造又復言此世間自造他造又言此世間非自造非他造忽然而有亦復如是因觸而有無觸則無佛告諸比丘若欲滅此諸邪惡見者於四念處當修三行云何比丘滅此諸惡於四念處當修三行比丘謂内身身觀精勤不懈憶念不忘除世貪憂外身身觀精

勤不懈憶念不忘除世貪憂内外身身觀憶念不忘除世貪憂受意法觀亦復如是是爲滅衆惡法於四念處三種修行有八解脱云何爲八色觀色初解脱内有色想外觀色二解脱淨解脱三解脱度色想滅有對想住空處四解脱捨空處住識處五解脱捨識處住不用處六解脱捨不用處住有想無想處七解脱滅盡定八解脱爾時阿難在世尊後執扇扇佛偏露右臂右膝著地叉手白佛言甚奇世尊此法清淨微妙第一當云何名云何奉持佛告阿難此經名爲清淨汝當清淨持之爾時阿難聞佛所説歡喜奉行

第二分自歡喜經第十四

如是我聞一時佛在那難陀城波婆梨菴婆林與大比丘衆千二百五十人俱時長老舍利弗於閑靜處默自念言我心決定知過去未來現在沙門婆羅門智慧神足功德道力無有與如來無所著等正覺等者時舍利弗從靜室起往至世尊所頭面禮足在一面坐白佛言向於靜室默自思念過去未來現在沙門婆羅門智慧神足功德道力無有與如來無所著等正覺等者佛告舍利弗善哉善哉汝能於佛前説如是語一向受持正師子吼餘沙門婆羅門無及汝者云何舍利弗汝能知過去諸佛心中所念彼佛有如是戒如是法如是智慧如是解脱如是解脱堂不對曰不知云何舍利弗汝能知當來諸佛心中所念有如是戒如是法如是智慧如是解脱如是解脱堂不答曰不知云何舍利弗如我今如來至眞等正覺心中所念如是戒如是

法如是智慧如是解脱如是解脱堂汝能知不答曰不知又告舍利弗過去未來現在如來至眞等正覺心中所念汝不能知何故決定作是念因何事生是念一向堅持而師子吼餘沙門婆羅門若聞汝言我決定知過去未來現在沙門婆羅門智慧神足功德道力無有與如來無所著等正覺等者當不信汝言舍利弗白佛言我於過去未來現在諸佛心中所念我不能知佛總相法我則能知如來爲我説法轉高轉遠説黑白法緣無緣法照無照法如來所説轉高轉妙我聞法已知一一法於法究竟信如來至眞等正覺信如來法善可分別信如來苦滅衆善成就諸善法中此爲最上世尊智慧無餘神通無餘諸世間所有沙門婆羅門無有能與如來等者況欲出其上世尊説法復有上者謂制法制法者謂四念處四正勤四神足四禪五根五力七覺意八賢聖道是爲無上制智慧無餘神通無餘諸世間所有沙門婆羅門皆無有與如來等者況欲出其上者世尊説法又有上者謂制諸入諸入者謂眼色耳聲鼻香舌味身觸意法如過去如來至眞等正覺亦制此入所謂眼色乃至意法正使未來如來至眞等正覺亦制此入所謂眼色乃至意法今我如來至眞等正覺亦制此入所謂眼色乃至意法此法無上無能過者智慧無餘神通無餘諸世間沙門婆羅門無能與如來等者況欲出其上世尊説法又有上者謂識入胎入胎者一謂亂入胎亂住亂出二者不亂入亂住亂出三者不亂入不亂住而亂出四者

不亂入不亂住不亂出彼不亂入不亂住不亂出者入胎之上此法無上智慧無餘神通無餘諸世間沙門婆羅門無能與如來等者況欲出其上如來說法復有上者所謂道也所謂道者諸沙門婆羅門以種種方便入定意三昧隨三昧心修念覺意依欲依離依滅盡依出要法精進喜猗定捨覺意依欲依離依滅盡依出要此法最上智慧無餘神通無餘諸世間沙門婆羅門無能與如來等者況欲出其上如來說法復有上者所謂爲滅滅者謂苦滅遲得二俱卑陋苦滅速得唯苦卑陋樂滅遲得唯遲卑陋樂滅速得然不廣普以不廣普故名卑陋如今如來樂滅速得而復廣普乃至天人見神變化舍利弗白佛言世尊所說微妙第一下至女人亦能受持盡有漏成無漏心解脫慧解脫於現法中自身作證生死已盡梵行已立所作已辦不受後有是爲如來說無上滅此法無上智慧無餘神通無餘諸世間沙門婆羅門無能與如來等者況欲出其上如來說法復有上者謂言清淨言清淨者世尊於諸沙門婆羅門不說無益虛妄之言言不求勝亦不朋黨所言柔和不失時節言不虛發是爲言清淨此法無上智慧無餘神通無餘諸世間沙門婆羅門無有與如來等者況欲出其上如來說法復有上者謂見定彼見定者諸有沙門婆羅門種種方便入定意三昧隨三昧心觀頭至足觀足至頭皮膚內外但有不淨髮毛及爪甲肺肝腸胃脾腎五藏汗肪髓腦屎尿涕淚臭處不淨無可貪者是初見定諸沙門婆羅門

種種方便入定意三昧隨三昧心除去皮肉外諸不淨唯觀白骨及與牙齒是爲二見定諸沙門婆羅門種種方便入定意三昧隨三昧心除去皮肉外諸不淨及白骨唯觀心識在何處住爲在今世爲在後世今世不斷後世不斷今世不解脱後世不解脱是爲三見定諸沙門婆羅門種種方便入定意三昧隨三昧心除去皮肉外諸不淨及除白骨復重觀識識在後世不在今世今世斷後世不斷今世解脱後世不解脱是爲四見定諸有沙門婆羅門種種方便入定意三昧隨三昧心除去皮肉外諸不淨及除白骨復重觀識不在今世不在後世二俱斷二俱解脱是爲五見定此法無上智慧無餘神通無餘諸世間沙門婆羅門無與如來等者況欲出其上如

來説法復有上者謂説常法常法者諸沙門婆羅門種種方便入定意三昧隨三昧心憶識二十成劫敗劫彼作是言世間常存此爲眞實餘者虚妄所以者何由我憶識故知有此成劫其餘過去我所不知未來成敗我亦不知此人朝暮以無智説言世間常存唯此爲實餘者爲虚是爲初常法諸沙門婆羅門種種方便入定意三昧隨三昧心憶識四十成劫敗劫彼作是言此世間常此爲眞實餘者虚妄所以者何以我憶識故知成劫敗劫我復能知是過去成劫敗劫我不知未來劫之成敗此説知始不説知終此人朝暮以無智説言世間常存唯此眞實餘者虚妄此是二常法諸沙門婆羅門種種方便入定意三昧隨三昧心憶識八十成劫敗劫彼言此世

間常餘者虚妄所以者何以我憶識故知有成劫敗劫復過是知過去成劫敗劫未來劫之成敗我亦悉知此人朝暮以無智說言世間常存唯此爲實餘者虚妄是爲三常存法此法無上智慧無餘神通無餘諸世間沙門婆羅門無有能與如來等者況欲出其上如來說法復有上者謂觀察觀察者謂有沙門婆羅門以想觀察他心爾趣此心爾趣彼心作是想時或虚或實是爲一觀察諸沙門婆羅門不以想觀察或聞諸天及非人語而語彼言汝心如是汝心如是此亦或實或虚是二觀察或有沙門婆羅門不以想觀察亦不聞諸天及非人語自觀已身又聽他言語彼人言汝心如是汝心如是此亦有實有虚是爲三觀察或有沙門婆羅門不以想觀察亦有聞諸天及非人語又不自觀觀他除覺觀已得定意三昧觀察他心而語彼言汝心如是汝心如是如是觀察則爲眞實是爲四觀察此法無上智慧無餘神通無餘諸世間沙門婆羅門無有與如來等者況欲出其上如來說法復有上者所謂教戒教戒者或時有人不違教戒盡有漏成無漏心解脱智慧解脱於現法中自身作證生死已盡梵行已立所作已辦不復受有是爲初教戒或時有人不違教戒盡五下結於彼滅度不還此世是爲二教戒或時有人不違教戒三結盡薄婬怒癡得斯陀含還至此世而取滅度是爲三教戒或時有人不違教戒三結盡得須陀洹極七往反必成道果不墮惡趣是爲四教戒此法無上智慧無餘神通無餘諸世間沙門

婆羅門無有與如來等者況欲出其上如來説法復有上者爲他説法使戒清淨戒清淨者諸有沙門所語至誠無有兩舌常自敬肅捐棄睡眠不懷邪諂口不妄言不爲世人記於吉凶不自稱説從他所得以示於人不求他利坐禪修智辯才無礙專念不亂精勤不怠此法無上智慧無餘神通無餘諸世間沙門婆羅門無有與如來等者況欲出其上如來説法復有上者謂解脱智謂解脱智者世尊由他因縁内自思惟言此人是須陁洹此是斯陀含此是阿那含此是阿羅漢此法無上智慧無餘神通無餘諸世間沙門婆羅門無有與如來等者況欲出其上如來説法復有上者謂自識宿命智證諸沙門婆羅門種種方便入定意三昧隨三昧心自憶往昔無數世事一生二生乃至百千生成劫敗劫如是無數我於其處生名字如是種姓如是壽命如是飲食如是苦樂如是從此生彼從彼生此若干種相自憶宿命無數劫事晝夜常念本所經歷此是色此是無色此是想此是非想此是非無想盡憶盡知此法無上智慧無餘神通無餘諸世間沙門婆羅門無與如來等者況欲出其上如來説法復有上者謂天眼智天眼智者謂沙門婆羅門種種方便入定意三昧隨三昧心觀諸衆生死者生者善色惡色善趣惡趣若好若醜隨其所行盡見盡知或有衆生成就身惡行口惡行意惡行誹謗賢聖信邪倒見身壞命終墮三惡道或有衆生身行善口言善意念善不謗賢聖見正信行身壞命終生天人中以天眼淨觀

諸衆生如實知見此法無上智慧無餘神通無餘諸世間沙門婆羅門無與如來等者況欲出其上如來説法復有上者謂神足證神足證者謂沙門婆羅門以種種方便入定意三昧隨三昧心作無數神力能變一身爲無數身以無數身合爲一身石壁無礙於虚空中結跏趺坐猶如飛鳥出入於地猶如在水履水如地身出煙燄如火積燃以手捫日月立至梵天若沙門婆羅門稱是神足者當報彼言有此神足非爲不有此神足者卑陋下劣凡夫所行非是賢聖之所修習若比丘於諸世間愛色不染捨離此已如所應行斯乃名爲賢聖神足於無喜色亦不增惡捨離此已如所應行斯乃名曰賢聖神足於諸世間愛色不愛色二俱捨已修平等護專念不忘斯乃名曰賢聖神足猶如世尊精進勇猛有大智慧有知有覺得第一覺故名等正覺世尊今亦不樂於欲不樂卑賤凡夫所習亦不勞勤受諸苦惱世尊若欲除弊惡法有覺有觀離生喜樂遊於初禪如是便能除弊惡法有覺有觀離生喜樂遊於初禪二禪三禪四禪亦復如是精進勇猛有大智慧有知有覺得第一覺故名等覺佛告舍利弗若有外道異學來問汝言過去沙門婆羅門與沙門瞿曇等不汝當云何答彼復問言未來沙門婆羅門與沙門瞿曇等不汝當云何答彼復問言現在沙門婆羅門與沙門瞿曇等不汝當云何答時舍利弗白佛言設有是問過去沙門婆羅門與佛等不當答言有設有問未來沙門婆羅門與佛等不當答言有設問現在

沙門婆羅門與佛等不當答言無佛告舍利弗彼外道梵志或復問言汝何故或言有或言無汝當云何答舍利弗言我當報彼過去三耶三佛與如來等未來三耶三佛與如來等我躬從佛聞欲使現在有三耶三佛與如來等者無有是處世尊我如所聞依法順法作如是答將無咎耶佛言如是答依法順法不違也所以然者過去三耶三佛與我等未來三耶三佛與我等欲使現在有二佛出世無有是處爾時尊者鬱陀夷在世尊後執扇扇佛佛告之曰鬱陀夷汝當觀世尊少欲知足今我有大神力有大威德而少欲知足不樂在欲鬱陀夷若餘沙門婆羅門於此法中能勤苦得一法者彼便當豎旛告四遠言如來今者少欲知足今觀如來少欲如來知足如來有大神力有大威德不用在欲爾時尊者鬱陀夷正衣服偏露右臂右膝著地叉手白佛言世尊少有少欲知足如世尊者世尊有大神力有大威德不用在欲若復有餘沙門婆羅門於此法中能勤苦得一法者便能豎旛告四遠言世尊今者少欲知足舍利弗當爲諸比丘比丘尼優婆塞優婆夷數說此法彼若於佛法僧於道有疑者聞說此法無復疑網爾時世尊告舍利弗汝當爲諸比丘比丘尼優婆塞優婆夷數說此法所以者何彼於佛法僧於道有疑者聞汝所說當得開解對曰唯然世尊時舍利弗即便數數爲諸比丘比丘尼優婆塞優婆夷說法以自清淨故故名清淨經爾時舍利弗聞佛所說歡喜奉行

第二分大會經第十五

如是我聞一時佛在釋翅搜國迦維林中與大比丘衆五百人俱盡是羅漢復有十方諸神妙天皆來集會禮敬如來及比丘僧時四淨居天即於天上各自念言今者世尊在釋翅搜迦維林中與大比丘衆五百人俱盡得阿羅漢復有十方諸神妙天皆來會集禮敬如來及比丘僧我等今者亦可共往詣世尊所各當以偈稱讚如來時四淨居天猶如力士屈伸臂頃於彼天没至釋翅搜迦維林中爾時四淨居天到已頭面禮足在一面立時一淨居天即於佛前以偈讚曰

今日大衆會　諸天神普集　皆爲法故來
欲禮無上衆

說此偈已退一面立時一淨居天復作頌曰

比丘見衆穢　端心自防護　欲如海吞流
智者護諸根

說此偈已退一面立時一淨居天復作頌曰

斷刺平愛坑　及塡無明塹　獨遊清淨場
如善象調御

說此偈已退一面立時一淨居天復作頌曰

諸歸依佛者　終不墮惡趣　捨此人中形
受天清淨身

爾時四淨居天說此偈已世尊印可即禮佛足遶佛三帀忽然不現其去未久佛告諸比丘今者諸天大集今者諸天大集十方諸神妙天無不來此禮覲如來及比丘僧諸比丘過去諸如來至眞等正覺亦有諸天大集如我今日當來諸如來至眞等正覺亦有諸天大集如我今日諸比丘今者諸天大集十方

諸神妙天無不來此禮覲如來及比丘僧亦當稱彼名號爲其説偈比丘當知

諸依地山谷　隱藏見可畏　身著純白衣
潔淨無垢穢　天人聞此已　皆歸於梵天
今我稱其名　次第無錯謬　諸天衆今來
比丘汝當知　世間凡智人　百中不見一
何由乃能見　鬼神七萬衆　若見十萬鬼
猶不見一邊　何況諸鬼神　周遍於天下

地神有七千悦叉若干種皆有神足形貌色像名稱懷歡喜心來到比丘衆林中時有雪山神將六千鬼悦叉若干種皆有神足形貌色像名稱懷歡喜心來到比丘衆林中有一舍羅神將三千鬼悦叉若干種皆有神足形貌色像名稱懷歡喜心來到比丘衆林中此萬六千鬼神悦叉若干種皆有神足形貌色像名稱懷歡喜心來到比丘衆林中復有毗波蜜神住在馬國將五百鬼皆有神足威德復有金毗羅神住王舍城毗富羅山邊無數鬼神恭敬圍遶復有東方提頭賴吒天王領乾沓和神有大威德有九十一子盡字因陀羅皆有大神力南方毗樓勒天王領諸龍王有大威德有九十一子亦字因陀羅有大神力西方毗樓博天王領諸鳩槃茶鬼有大威德有九十一子亦字因陀羅有大神力北方天王名毗沙門領諸悦叉鬼有大威德有九十一子亦字因陀羅俱有大神力此四天王護持世者有大威德身放光明來詣迦維林中爾時世尊欲降其幻僞虚妄之心故結呪曰

摩摩拘拘樓樓羅羅摩拘樓羅毗毗樓樓羅

羅毗樓羅旃迦摩世致迦尼延豆尼延豆波
陀那耶盧嗚呼杈奴主　提婆蘇暮　摩頭
邏　支多羅斯那　乾沓波　那羅主　闍
尼沙　尸訶　無蓮陀羅　鼻波蜜多羅
樹塵陀羅　那閻尸訶　升浮樓　輸支婆
遮婆
如是諸王乾沓婆及羅剎皆有神足形貌色
像懷歡喜心來詣比丘衆林中爾時世尊復
結呪曰
阿醯那陀瑟　那頭　毗舍離婆訶　帶叉
蛇婆提　提頭賴吒　帝婆婆訶若黎耶
迦毗羅　攝婆那伽　阿陀伽摩天提伽
伊羅婆陀摩訶那伽　毗摩那伽多咃伽陀
餘那伽羅闍婆訶沙訶　叉奇提婆提羅帝
毗枝大迹閦　毗訶四婆嚀阿婆婆四質多

羅速和尼那求四多　阿婆由那伽羅除阿
四修跋羅薩帝奴阿伽佛陀灑失羅嚀婆耶
憂羅頭婆延樓素槃茺佛頭舍羅茺伽類樓
爾時世尊爲阿修羅而結呪曰
祇陀跋闍訶諦　三物第阿修羅阿失陀婆
延地婆三婆四　伊第阿陀提婆摩天地伽
黎妙　摩訶祕摩　阿修羅陀那祕羅陀鞞
摩質兜樓　修質諦麗　婆羅訶黎無夷連
那婆　舍黎阿細跋黎弗多羅那薩鞞鞞樓
耶那那迷　薩那迷諦婆黎細如羅耶跋兜
樓伊訶菴婆羅迷三摩由伊陀那跋陀若比
丘那三彌涕泥拔
爾時世尊復爲諸天而結呪曰
阿浮提婆茟犁醯陛提豫婆由多陀茺跋樓
茺婆樓尼世帝蘇彌耶舍阿頭彌多羅婆伽

羅那移婆阿邏提婆摩天梯與陀舍提舍伽矛薩鞞那難多羅婆跋那伊地槃大鞞地槃那槃大耶舍卑兜暮陀婆那陀阿醯揵大比丘那婆末弟婆尼鞞弩提步舍伽利阿醯地勇迷那利帝隷富羅息幾大阿陀蔓陀羅婆羅鞞旃大蘇婆尼捎提婆阿陀旃陀富羅翅大蘇黎耶蘇婆尼捎提婆阿陀蘇提耶富羅翅大摩伽陀婆蘇因圖樝阿頭釋拘富羅大樝叔伽伽羅摩羅那阿大鞞摩尼婆嗚婆提奇訶波羅無訶鞞波羅微那阿尼薩陀摩多阿訶黎彌沙阿尼鉢鞞兜歎奴阿樝余提舍阿醯跋沙賒摩摩訶賒摩摩兜沙阿摩兜蹠多摩乞陀波頭灑阿陀摩兜波頭灑阿醯阿羅夜提婆阿陀黎陀夜婆和波羅摩阿波羅阿陀提婆摩天梯夜差摩兜率陀夜摩伽沙尼阿尼藍鞞藍婆折帝樹提那摩伊灑念摩羅提阿陀醯波羅念彌大阿醯婆醯提婆闍蘭提阿奇尸呼婆摩阿栗吒樝耶嗚摩浮浮尼婆和遠遮婆陀暮阿周陀阿尼輸亘尼樝耶兜阿頭阿邏毗沙門伊灑

此是六十天種爾時世尊復爲六十八五通婆羅門結呪曰

羅耶黎沙耶訶醯揵大婆尼伽毗羅跋兜鞞地闍兜阿頭差暮薩提鴦祇鞞地牟尼阿頭閉黎耶差伽尸黎沙婆訶若兜阿頭梵摩提婆提那婆鞞地牟尼阿頭拘薩梨伊尼樝摩闍邏鴦祇羅野般闍樓阿樓嗚猿頭摩訶羅野阿提拘樓祕兜阿頭六閉俱薩梨阿樓伽陵倚伽夷羅檀醯羅否符野福都盧黎灑先陀步阿頭阿提那伽否婆訶移伽耶羅野多

他阿伽度婆羅蔓陀㲉迦牧羅野阿頭因陀羅樓迷婆迦符陀櫨暮摩伽醯阿勑傷俱卑兮阿頭醯蘭若伽否鞞黎味余黎多他阿伽度阿醯婆好羅予彌都盧多他阿伽度婆斯佛離首陀羅予多他阿伽度伊黎耶差摩訶羅予先陀步多他阿伽度般闍婆予婆黎地翅帝羅予多他阿伽度鬱阿蘭摩訶羅予便被婆黎摩黎輸婆醯大那摩阿槃地苫摩剎羅羅予阿具斯利陀那婆地阿頭翅鞞羅予伽尸伊昵彌昵摩訶羅予優婆樓多他阿伽度跋陀婆利摩訶羅予俱薩黎摩提輸尸漢提苦婆利羅予修陀樓多陀阿伽度阿因頭樓阿頭摩羅予余蘇利與他鞞地提步阿呵鞞利四阿頭恒河耶樓波目遮耶暮阿夷㲉阿頭一摩耶舍枇那婆差摩羅予何黎揵度余枇度鉢支余是數波那路摩蘇羅予耶賜多由醯蘭若蘇槃那祕愁度致夜數羅舍波羅鞞陀鬱陀婆訶婆灑婆訶婆婆謀婆訶婆貪覆賒大賒佉闍沙麗羅陀那磨那枝哆哆邏乾沓婆沙訶婆薩多提蘇鞞羅予阿醯提度比丘三彌地婆尼地波尼

爾時復有千五十婆羅門如來亦爲結呪時此世界第一梵王及諸梵天皆有神通有一梵童子名曰提舍有大神力復有十萬餘梵天王各與眷屬圍遶而來復越千世界有大梵王見諸大衆在世尊所尋與眷屬圍遶而來爾時魔王見諸大衆在世尊所懷毒害心即自念言我當將諸鬼兵往壞彼衆圍遶盡取不令有遺時即名四兵以手拍車轂聲如礔礰諸有見者無不驚怖放大風雨雷電礔

礰向迦維林園逮大衆佛告諸比丘樂此衆者汝等當知今日魔衆懷惡而來於是頌曰

汝今當敬順　建立於佛法　當滅此魔衆
如象壞葦叢　專念無放逸　具足於淨戒
定意自惟念　善護其志意　若於正法中
能不放逸者　則度老死地　永盡諸苦本
諸弟子聞已　當勤加精進　超度於衆欲
一毛不傾動　此衆爲最勝　有大智名聞
弟子皆勇猛　爲衆之所敬

爾時諸天神鬼五通仙人皆集迦維園中見魔所爲恠未曾有佛說此法時八萬四千諸天遠塵離垢得法眼淨諸天龍鬼神阿修羅迦樓羅眞陀羅摩睺羅伽人與非人聞佛所說歡喜奉行

佛說長阿含經卷第十二

音釋

緬彌兖切　迭徒結切更互也　閾雨逼切門限也　脾頻眉切土藏也　腎時忍切水藏也　積子智切聚也　翅矢利切　塹七豔切坑也　沓徒合切　苫詩廉切　眤尼質切　枇婢脂切　礔普擊切　礰郎擊切　礔礰與霹靂同

佛說長阿含經卷第十三

姚秦三藏法師佛陀耶舍共竺佛念譯

第三分阿摩晝經第一

如是我聞一時佛遊拘薩羅國與大比丘衆千二百五十人俱至伊車能伽羅俱薩羅婆羅門村即於彼伊車林中止宿時有沸伽羅娑羅婆羅門止郁伽羅村其村豐樂人民熾盛波斯匿王即封此村與沸伽羅娑羅婆羅門以爲梵分此婆羅門七世已來父母眞正不爲他人之所輕毁三部舊典諷誦通利種種經書皆能分別又能善解大人相法祭祀儀禮有五百弟子教授不廢其第一摩納弟子名阿摩晝七世已來父母眞正不爲他人之所輕毁三部舊典諷誦通利種種經書皆能分別亦能善解大人相法祭祀儀禮亦有五百摩納弟子教授不廢與師無異時沸伽羅娑羅婆羅門聞沙門瞿曇釋種子出家成道與大比丘衆千二百五十人俱至伊車能伽羅拘薩羅婆羅門村止伊車林中有大名稱流聞天下如來至眞等正覺十號具足於諸天世人魔若魔天沙門婆羅門中自身作證爲他說法上中下善義味具足梵行清淨如此眞人應往親覲我今寧可觀沙門瞿曇爲定有三十二相名聞流布爲稱實不審以何緣得見佛相復作是念言今我弟子阿摩晝七世已來父母眞正不爲他人之所輕毁三部舊典諷誦通利種種經書盡能分別又能善解大人相法祭祀儀禮唯有此人可使觀佛知相有無時婆羅門即命弟子阿摩晝而告之曰汝往觀彼沙門瞿曇爲定有三十

二相爲虛妄耶時阿摩晝尋白師言我以何驗觀瞿曇相知其虛實師即報曰我今語汝若有具足三十二大人相者必趣二處無有疑也若在家當爲轉輪聖王王四天下以法治化統領民物七寶具足一金輪寶二白象寶三紺馬寶四神珠寶五玉女寶六居士寶七典兵寶王有千子勇猛多智降伏怨敵兵仗不用天下太平國內民物無所畏懼若其不樂世間出家求道當成如來至眞等正覺十號具足以此可知瞿曇虛實時阿摩晝受師教已即嚴駕寶車將五百摩納弟子清旦出村往詣伊車林到已下車步進詣世尊所佛坐彼立佛立彼坐於其中間共談義理佛告摩納曰汝曾與諸耆舊長宿大婆羅門如是論耶摩納白佛此爲何言佛告摩納我坐汝立我立汝坐中間共論汝師論法常如是耶摩納白佛言我婆羅門論法坐則俱坐立則俱立卧則俱卧今諸沙門毀形鰥獨卑陋下劣習黑冥法我與此輩共論義時坐起無在爾時世尊即語彼言卿摩納未被調伏時摩納聞世尊稱卿又聞未被調伏即生忿恚毀謗佛言此釋種子好懷疾惡無有儀法佛告摩納諸釋種子何過於卿摩納言昔我一時爲師少緣在釋種迦維羅衛國時有衆多諸釋諸釋童子以少因緣集在講堂遙見我來輕慢戲弄不順儀法不相敬待佛告摩納彼諸釋子治在本國遊戲自恣猶如飛鳥自於巢林出入自在諸釋種子自於本國遊戲自在亦復如是摩納白佛言世有四姓剎利婆羅門居士首陀羅其彼三姓常尊重恭敬

供養婆羅門彼諸釋子義不應爾彼釋斯細卑陋下劣而不恭敬我婆羅門爾時世尊默自念言此摩納子數數毀罵言及斯細我今寧可説其本緣調伏之耶佛告摩納汝姓何等摩納答言我姓聲王佛告摩納汝姓爾者則爲是釋迦奴種時彼五百摩納弟子皆舉大聲而語佛言勿説此言謂此摩納爲釋迦奴種所以者何此大摩納眞族姓子顔貌端正辯才應機廣博多聞足與瞿曇往反談論爾時世尊告五百摩納若汝師盡不如汝言者當捨汝師共汝論義若汝師有如上事如汝言者汝等宜默當共汝師論時五百摩納白佛言我等盡默聽共師論時五百摩納盡皆默然爾時世尊告阿摩晝乃往過去久遠世時有王名懿摩王有四子一名面光二名象食三名路指四名莊嚴其王四子少有所犯王擯出國到雪山南住直樹林中其四子母及諸家屬皆追念之即共集議詣懿摩王所白言大王當知我等與四子別久欲往看視王即告曰欲往隨意時母眷屬聞王教已即詣雪山南直樹林中到四子所時諸母言我女與汝子汝女與我子即相配匹遂成夫婦後生男女容貌端正時懿摩王聞其四子諸母與女共爲夫婦生子端正王即歡喜而發此言此眞釋子眞釋童子能自存立因此名釋在直樹林故名釋懿懿摩王即釋種先也王有青衣名曰方面顔貌端正與一婆羅門交通遂便有身生一摩納子墮地能言尋語父母當洗浴我除諸穢惡我年大已自當報恩以其初生能言故名聲王如今初生有

能言者人皆怖畏名爲可畏彼亦如是生便能言故名聲王從此已來婆羅門種遂以聲王爲姓又告摩納汝頗從先宿耆舊大婆羅門聞此種姓因緣以不時彼摩納黙然不對如是再問又復不對佛至三問語摩納言吾問至三汝宜速答設不答者密迹力士手執金杵在吾左右即當破汝頭爲七分時密迹力士手執金杵當摩納頭上虛空中立若摩納不時答問即下金杵碎摩納首佛告摩納汝可仰觀摩納仰觀見密迹力士手執金杵立虛空中見已恐怖衣毛爲豎即起移坐附近世尊依恃世尊爲救爲護白世尊言世尊當問我今當答佛即告摩納汝曾於先宿耆舊大婆羅門聞說如是種姓緣不摩納答言我信曾聞實有是事時五百摩納弟子皆各舉聲自相謂言此阿摩晝實是釋迦奴種也沙門瞿曇所說眞實我等無狀懷輕慢心爾時世尊便作是念此五百摩納後必懷慢稱彼爲奴今當方便滅其奴名即告五百摩納曰汝等諸人愼勿稱彼爲奴種也所以者何彼先婆羅門是大仙人有大威力伐懿摩王索女王以畏故即以女與由佛此言得免奴名爾時世尊告阿摩晝曰云何摩納若刹利女七世已來父母眞正不爲他人之所輕毀若與一婆羅門爲妻生子摩納容貌端正彼入刹利種得坐受水誦刹利法不答曰不得得父財業不答曰不得得嗣父職不答曰不得云何摩納若婆羅門女七世已來父母眞正不爲他人之所輕毀與刹利爲妻生一童子顏貌端正彼入婆羅門衆中得坐起受水

不答曰得得誦婆羅門法得父遺財嗣父職不答曰得云何摩納若婆羅門擯婆羅門投剎利種者寧得坐起受水誦剎利法不答曰不得得父遺財嗣父職不答曰不得若剎利種擯剎利投婆羅門寧得坐起受水誦婆羅門法得父遺財嗣父職不答曰得是故摩納女中剎利女勝男中剎利男勝非婆羅門也梵天躬自說偈言

剎利生中勝　種姓亦純眞　明行悉具足

天人中最勝

佛告摩納梵天說此偈實爲善說非不善也我所然可所以者何我今如來至眞等正覺亦說此義

剎利生中勝　種姓亦純眞　明行悉具足

天人中最勝

摩納白佛言瞿曇何者是無上明行具足佛告摩納諦聽諦聽善思念之當爲汝說對曰唯然願樂欲聞佛告摩納若如來出現於世應供正遍知明行足爲善逝世間解無上士調御丈夫天人師佛世尊於一切諸天世人沙門婆羅門天魔梵王中獨覺自證爲人說法上語亦善中語亦善下語亦善義味具足開清淨行若居士居士子及餘種姓聞正法者即生信樂以信樂心而作是念我今在家妻子繫縛不得清淨純修梵行今者寧可剃除鬚髮服三法衣出家修道彼於異時捨家財產捐棄親族剃除鬚髮服三法衣出家修道與出家人同捨飾好具諸戒行不害衆生捨於刀仗懷慙愧心慈念一切是爲不殺捨竊盜心不與不取其心清淨無私竊意是爲

不盜捨離婬欲淨修梵行慇懃精進不爲欲染潔淨而住是爲不婬捨離妄語至誠無欺不誑他人是爲不妄語捨離兩舌若聞此語不傳至彼若聞彼語不傳至此有離別者善爲和合使相親敬凡所言說和順知時是爲不兩舌捨離惡口所言麤獷喜惱他人令生忿結捨如是言言則柔軟不生怨害多所饒益衆人敬愛樂聞其言是爲不惡口捨離綺語所言知時誠實如法依律滅諍有緣而言言不虛發是爲捨離綺語捨于飲酒離放逸處不著香華瓔珞歌舞倡妓不往觀聽不坐高牀非時不食金銀七寶不取不用不娶妻妾不畜奴婢象馬車牛雞犬猪羊田宅園觀不爲虛詐斗秤欺人不以手拳共相牽抴亦不觝債不誣罔人不爲僞詐捨如是惡滅諸諍訟諸不善事行則知時非時不行量腹而食無所藏積度身而衣趣足而已法服應器常與身俱猶如飛鳥羽翮隨身比丘無餘亦復如是摩納如餘沙門婆羅門受他信施更求儲積衣服飲食無有厭足入我法者無如此事摩納如餘沙門婆羅門食他信施自營生業種植樹木鬼神所依入我法者無如是事摩納如餘沙門婆羅門食他信施更作方便求諸利養象牙雜寶高廣大牀種種紋繡綩綖被褥入我法者無如是事摩納如餘沙門婆羅門受他信施更作方便求自莊嚴酥油摩身香水洗沐香粖自塗香澤梳頭著好華鬘染目紺色拭面莊飾鐶紐澡潔以鏡自照雜色革屣上服純白刀仗侍從寶蓋寶扇莊嚴寶車入我法者無如此事摩納如餘沙

門婆羅門食他信施專爲嬉戲綦局博弈八道十道百道至一切道種種戲笑入我法者無如此事摩納如餘沙門婆羅門食他信施但說遮道無益之言王者戰鬬軍馬之事群僚大臣騎乘出入遊園觀事及論卧起行步女人之事衣服飲食親里之事又說入海採寶之事入我法者無如此事摩納如餘沙門婆羅門食他信施無數方便但作邪命諂諛美辭現相毁呰以利求利入我法者無如此事摩納如餘沙門婆羅門食他信施但共諍訟或於園觀或在浴池或於堂上互相是非言我知經律汝無所知我趣正道汝向邪徑以前著後以後著前我能忍汝汝不能忍汝所言說皆不眞正若有所疑當來問我我盡能答入我法者無如此事摩納如餘沙門婆羅門食他信施更作方便求爲使命若爲王王大臣婆羅門居士通信使從此詣彼從彼至此持此信授彼持彼信授此或自爲或教他爲入我法者無如此事摩納如餘沙門婆羅門食他信施但習戰陣鬬諍之事或習刀仗弓矢之事或鬬鷄犬猪羊象馬牛駝諸畜或鬬男女及作衆聲貝聲鼓聲歌聲舞聲緣幢倒絶種種技戲入我法者無如是事摩納如餘沙門婆羅門食他信施行遮道法邪命自活占相男女吉凶好醜及相畜生以求利養入我法者無如是事摩納如餘沙門婆羅門食他信施行遮道法邪命自活名喚鬼神或復驅遣或能令住種種厭禱無數方道恐熱於人能聚能散能苦能樂又能爲人安胎出衣亦能呪人使作驢馬亦能使人聾盲瘖

瘂現諸技術又手向日月作諸苦行以求利養入我法者無如是事摩納如餘沙門婆羅門食他信施行遮道法邪命自活爲人呪病或誦惡術或爲善呪或爲醫方鍼灸藥石療治衆病入我法者無如是事摩納如餘沙門婆羅門食他信施行遮道法邪命自活或呪水火或爲鬼呪或誦刹利呪或誦鳥呪或支節呪或安宅符呪或火燒鼠嚙能呪爲解或誦別死生書或讀夢書或相手面或誦天文書或誦一切音書入我法者無如是事摩納如餘沙門婆羅門食他信施行遮道法邪命自活占相天時言雨不雨穀貴穀賤多病少病恐怖安隱或說地動彗星日月薄食或言星食或言不食如是善瑞如是惡徵入我法者無如是事摩納如餘沙門婆羅門食他信施行遮道法邪命自活或言此國勝彼彼國不如或言彼國勝此此國不如占相吉凶說其盛衰入我法者無如是事但修聖戒無染著心內懷喜樂目雖對色而不取相眼不爲色之所拘繫堅固寂然無所貪著亦無憂患不漏諸惡堅持戒品善護眼根耳鼻舌身意亦復如是善御六觸護持調伏令得安隱猶如平地駕駟馬車善調御者執鞭持控使不失轍比丘如是御六根馬安隱無失彼有如是聖戒得聖諸根食知止足亦不貪味趣以養身令無苦患而不貢高調和其身令故苦滅新苦不生有力無事令身安樂猶如有人以藥塗瘡趣使瘡差不求飾好不以自高摩納比丘如是食足支身不懷慢恣又如膏車欲使通利以用運載有所至到比丘如是食

足支身欲爲行道摩納比丘如是成就聖戒得聖諸根食知止足初夜後夜精進覺悟又於晝日若行若坐常念一心除衆陰蓋彼於初夜若行若坐常念一心除衆陰蓋及至中夜偃右脅而卧念當時起繫想在明心無錯亂至於後夜便起思惟若行若坐常念一心除衆陰蓋比丘有如是聖戒具足得聖諸根食知止足初夜後夜精勤覺悟常念一心無有錯亂云何比丘念無錯亂如是比丘内身身觀精勤不懈憶念不忘除世貪憂外身身觀内外身身觀精勤不懈憶念不忘捨世貪憂受意法觀亦復如是是爲比丘念無錯亂云何一心如是比丘若行步出入左右顧視屈申俯仰執持衣鉢受取飲食左右便利睡眠覺悟坐立語默於一切時常念一心不失威儀是爲一心譬如有人與大衆行若在前行若在中後行常得安隱無有怖畏摩納比丘如是行步出入至於語默常念一心無有憂畏比丘有如是聖戒得聖諸根食知止足初夜後夜精勤覺悟常念一心無有錯亂樂在靜處樹下塚間若在山窟或在露地及糞聚間至時乞食還洗手足安置衣鉢結跏趺坐端身正意繫念在前除去慳貪心不與俱滅瞋恨心無有怨結心住清淨常懷慈愍除去睡眠繫想在明念無錯亂斷除調戲心不與俱内行寂滅滅調戲心斷除疑惑已度疑網其心專一在於善法譬如僮僕大家賜姓安隱解脱免於僕使其心歡喜無復憂畏又如有人舉財治生大得利還還本主物餘財足用彼自念言我本舉財恐不如意今得利

還還主本物餘財足用無復憂畏發大歡喜如人久病從病得瘥飲食消化色力充足彼作是念我先有病而今得瘥飲食消化色力充足無復憂畏發大歡喜又亦如人久閉牢獄安隱得出彼自念言我先拘閉今已解脫無復憂畏發大歡喜又如有人多持財寶經大曠野不遭賊盜安隱得過彼自念言我持財寶過此險難無復憂畏發大歡喜其心安樂摩納比丘有五蓋自覆常懷憂畏亦復如是如負債人久病在獄行大曠野自見未離諸陰蓋心覆蔽闇冥慧眼不明彼即精勤捨欲惡不善法與覺觀俱離生喜樂得入初禪彼以喜樂潤漬於身周遍盈溢無不充滿如人巧浴器盛衆藥以水漬之中外俱潤無不周遍比丘如是得入初禪喜樂遍身無不充滿如是摩納是爲最初現身得樂所以者何斯由精進念無錯亂樂靜閑居之所得也彼捨覺觀便生爲信專念一心無覺無觀定生喜樂入第二禪彼已一心喜樂潤漬於身周遍盈溢無不充滿猶如山頂深泉水自中出不從外來即此池中出清淨水還自浸漬無不周遍摩納比丘如是入第二禪定生喜樂無不充滿是爲第二現身得樂彼捨喜住護念不錯亂身受快樂如聖所説護念樂入第三禪彼身無喜以樂潤漬周遍盈溢無不充滿譬如優鉢羅華鉢頭摩華拘頭摩華芬陀利華始出淤泥而未出水根莖枝葉潤漬水中無不周遍摩納比丘如是入第三禪離喜住樂潤漬於身無不周遍此是第三現身得樂彼捨喜樂憂喜先滅不苦不樂護念清淨

入第四禪身心清淨具滿盈溢無不周遍猶如有人沐浴清潔以新白氎被覆其身舉體清淨摩納比丘如是入第四禪其心清淨充滿於身無不周遍又入第四禪心無增減亦不傾動住無愛恚無動之地譬如密室內外塗治堅閉戶扃無有風塵於內然燈無觸嬈者其燈焰上恬然不動摩納比丘如是入第四禪心無增減亦不傾動住無愛恚無動之地此是第四現身得樂所以者何斯由精勤不懈念不錯亂樂靜閑居之所得也彼得定心清淨無穢柔輭調伏住無動地自於身中起變化心化作異身支節具足諸根無闕彼作是觀此身色四大化成彼身此身亦異彼身亦異從此身起心化成彼身諸根具足支節無闕譬如有人鞘中拔刀彼作是念鞘異刀異而刀從鞘出又如有人合麻爲繩彼作是念麻異繩異而繩從麻出又如有人篋中出蛇彼作是念篋異蛇異而蛇從篋出又如有人從簏出衣彼作是念簏異衣異而衣從簏出摩納比丘亦如是此是最初所得勝法所以者何斯由精進念不錯亂樂靜閑居之所得也彼已定心清淨無穢柔輭調伏住無動地從已四大色身中起心化作化身一切諸根支節具足彼作是觀此身是四大合成彼身從化而有此身亦異彼身亦異此心在此身中依此身住至化身中譬如瑠璃摩尼瑩治甚明清淨無穢若以青黃赤綖貫之有目之士置掌而觀知珠異綖異而綖依於珠從珠至珠摩納比丘觀心依此身住至彼化身亦復如是此是比丘第二勝法所以者何

斯由精勤念不錯亂樂獨閑居之所得也彼以定心清淨無穢柔輭調伏住無動地一心修習神通智證能種種變化變化一身爲無數身以無數身還合爲一身能飛行石壁無礙遊空如鳥履水如地身出煙燄如大火積手捫日月立至梵天譬如陶師善調和泥隨意所在造作何器多所饒益亦如巧匠善能治木隨意所造自在能成多所饒益又如牙師善治象牙亦如金師善練眞金隨意所造多所饒益摩納比丘如是定心清淨住無動地隨意變化乃至手捫日月立至梵天此是比丘第三勝法彼以心定清淨無穢柔輭調伏住無動地一心修習證天耳智彼天耳淨過於人耳聞二種聲天聲人聲譬如城内有大講堂高廣顯敞有聰聽人居此堂内堂内有聲不勞聽功種種悉聞比丘如是以心定故天耳清淨聞二種聲摩納此是比丘第四勝法彼以定心清淨無穢柔輭調伏住無動地一心修習證他心智彼知他心有欲無欲有垢無垢有癡無癡廣心狹心小心大心定心亂心縛心解心上心下心至無上心皆悉知之譬如有人清水自照好惡必察比丘如是以心淨故能知他心摩納此是比丘第五勝法彼以心定清淨無穢柔輭調伏住無動地一心修習宿命智證便能憶識宿命無數若干種事能憶一生至無數生劫數成敗死此生彼名姓種族飲食好惡壽命長短所受苦樂形色相貌皆悉憶識譬如有人從巳村落至他國邑在於彼處若行若住若語若默復從彼國至於餘國如是展轉更還本土不

勞心力盡能憶識所行諸國從此到彼從彼到此行住語默皆悉憶之譬納比丘如是能以定心清淨無穢住無動地以宿命智能憶宿命無數劫事此是比丘得第一勝無明永滅大明法生闇冥消滅光曜法生此是比丘宿命智明所以者何斯由精勤念無錯亂樂獨閑居之所得也彼以定心清淨無穢柔輭調伏住無動處一心修習見生死智證彼天眼淨見諸衆生死此生彼從彼生此形色好醜善惡諸果尊貴卑賤隨所造業報應因緣皆悉知之此人身行惡口言惡意念惡誹謗賢聖信邪倒見身敗命終墮三惡道此人身行善口言善意念善不謗賢聖見正信行身壞命終生天人中以天眼淨見諸衆生隨所業緣往來五道譬如城內高廣平地四交道頭起大高樓明目之士在上而觀見諸行人東西南北舉動所爲皆悉見之譬納比丘如是以定心清淨住無動處見生死智證以天眼淨盡見衆生所爲善惡隨業受生往來五道皆悉知之此是比丘得第二明斷除無明生於慧明捨離闇冥出智慧光此是見衆生生死智證明也所以者何斯由精勤念不錯亂樂獨閑居之所得也彼已定心清淨無穢柔輭調伏住不動地一心修習無漏智證彼如實知苦聖諦如實知有漏有漏集有漏盡如實知趣漏盡道彼如是知如是見欲漏有漏無明漏心得解脱已得解脱得解脱智生死已盡梵行已立所作已辦不受後有譬如清水中有木石魚鼈水性之屬東西遊行有目之士明了見之此是木石此是魚鼈譬納

比丘如是以定心清淨至無動地得無漏智證乃至不受後有此是比丘得第三明斷除無明生於慧明捨離闇冥出大智光是爲無漏智明所以者何斯由精勤念不錯亂樂獨閑居之所得也摩納是爲無上明行具足於汝意云何如是明行爲是爲非佛告摩納有人不能得無上明行具足而行四方便云何爲四摩納或有人不得無上明行具足而持所負籠入山求藥食樹木根是爲摩納不得無上明行具足而行第一方便云何摩納此第一方便汝及汝師行此法不答曰不也佛告摩納汝自卑微不識眞僞而更誹謗輕罵釋子自種罪根長地獄本復次摩納有人不能得無上明行具足而手執澡瓶持杖策術入山林中食自落果是爲摩納不得無上明行具足而行第二方便云何摩納汝及汝師行此法不答曰不也佛告摩納汝自卑微不識眞僞而更誹謗輕慢釋子自種罪根長地獄本復次摩納不得無上明行具足而捨前採藥及捨落果還來向村依附人間起草菴舍食草木葉摩納是爲不得明行具足而行第三方便云何摩納汝及汝師行此法不答曰不也佛告摩納汝自卑微不識眞僞而更誹謗輕慢釋子自種罪根長地獄本是爲第三方便復次摩納不得無上明行具足不食藥草不食落果不食草葉而於村城起大堂閣諸有東西南北行人過者隨力供給是爲不得無上明行具足而行第四方便云何摩納汝及汝師行此法不答曰不也佛告摩納汝自卑微不識眞僞而更誹謗輕慢釋子自

種罪根長地獄本云何摩納諸舊婆羅門及諸仙人多諸技術讚歎稱說本所誦習如今婆羅門所可諷誦稱說一阿吒摩二婆摩三婆摩提婆四鼻波蜜多五伊兜瀨悉六耶婆提伽七婆婆悉吒八迦葉九阿樓那十瞿曇十一首夷婆十二孫陀羅如此諸大仙婆羅門皆掘塹建立堂閣如汝師徒今所居止不答曰不也彼諸大仙頗起城郭圍遶舍宅居止其中如汝師徒今所止不答曰不也彼諸大仙頗處高牀重褥綩綖細輭如汝師徒今所止不答曰不也彼諸大仙頗以金銀瓔珞雜色華鬘美女自娛如汝師徒不彼諸大仙頗駕乘寶車持戟導引白蓋自覆手執寶拂著雜色寶屣又著金鬘白氎如汝師徒今所服不答曰不也摩納汝自卑微不識眞僞而更誹謗輕慢釋子自種罪根長地獄本云何摩納如彼諸大仙舊婆羅門讚歎稱說本所諷誦如今婆羅門所可稱說諷誦阿吒摩等若傳彼所說以教他人欲望生梵天者無有是處猶如摩納王波斯匿與人共議或與諸王或與大臣婆羅門居士共論餘細人聞入舍衛城遇人便說波斯匿王有如是語云何摩納王與是人共言議不答曰不也摩納此人諷誦王言以語餘人寧得爲王作大臣不答曰無有是處摩納汝等今日傳先宿大仙舊婆羅門語諷誦教人欲至生梵天者無有是處云何摩納汝等受他供養能隨法行不答曰如是瞿曇受他供養當如法行摩納汝師沸伽羅娑羅受王村封而與王波斯匿共論議時說三不要論無益之言不以正事

共相諫曉汝今自觀汝及師過且置是事但當求汝所來因緣摩納即時舉目觀如來身求諸相好盡見餘相唯不見二相心即懷疑爾時世尊默自念言今此摩納不見二相以此生疑即出廣長舌相舐耳覆面時彼摩納復疑一相世尊復念今此摩納猶疑一相即以神力使彼摩納獨見陰馬藏爾時摩納盡見相已乃於如來無復狐疑即從座起遶佛而去時沸伽羅婆羅門立於門外遥望弟子見其遠來逆問之言汝觀瞿曇實具相不功德神力實如所聞不即白師言瞿曇沙門三十二相皆悉具足功德神力實如所聞師又問曰汝頗與瞿曇少語議不答曰實與瞿曇言語往返師又問曰汝與瞿曇共論何事時摩納如共佛論具以白師師言我遂得聰明弟子致使如是者我等將入地獄不久所以者何汝語諸欲勝毀呰瞿曇使之不悅於我轉疎汝與聰明弟子致使如是使我入地獄不久於是其師懷忿結心即蹴摩納令墮師自乘車時彼摩納當墮車時即生白癩時沸伽羅婆羅門仰觀日已默自念言今覲沙門瞿曇非是時也須待明日當往覲問於明日旦嚴駕寶車從五百弟子前後圍遶詣伊車林中下車步進到世尊所問訊已一面坐仰觀如來身具見諸相唯不見二相時婆羅門疑於二相佛知其念即出廣長舌相舐耳覆面時婆羅門又疑一相佛知其念即以神力使見陰馬藏時婆羅門具見如來三十二相心即開悟無復狐疑尋白佛言若我行時中路遇佛少停止乘當知我已禮敬世尊

所以者何我受他村封設下乘者當失此封惡聲流布又白佛言若我下乘解劒退蓋幷除幢麾澡瓶履屣當知我已禮敬如來所以者何我受他封故有五威儀若禮拜者即失所封惡名流布又白佛言若我在衆見佛起者若偏露右臂自稱姓字則知我以禮敬如來所以者何我受他封若禮拜者則失封邑惡名流布又白佛言我歸依佛歸依法歸依僧聽我於正法中爲優婆塞自今已後不殺不盜不婬不欺不飲酒唯願世尊及諸大衆當受我請爾時世尊黙然受請時婆羅門見佛黙然知以許可即從座起不覺禮佛遶三帀而去歸設飲食供饍既辦還白時到爾時世尊著衣持鉢與諸大衆千二百五十人往詣其舍就座而坐時婆羅門手自斟酌以種種甘饍供佛及僧食訖去鉢行澡水畢時婆羅門右手執弟子阿摩晝臂至世尊前言唯願如來聽其悔過唯願如來聽其悔過如是至三又白佛言猶如善調象馬猶有蹶倒還復正路比人如是雖有漏失願聽悔過佛告婆羅門當使汝壽命延長現世安隱使汝弟子白癩得除佛言適訖時彼弟子白癩即除時婆羅門以一小座於佛前坐世尊即爲婆羅門說法示教利喜施論戒論生天之論欲爲穢汚上漏爲患出要爲上演布清淨爾時世尊知婆羅門心已調柔清淨無垢堪受道教如諸佛常法說苦聖諦苦集聖諦苦滅聖諦苦出要諦時婆羅門即於座上遠塵離垢得法眼淨猶如淨潔白氎易爲受染沸伽娑羅婆羅門亦復如是見法得法決定道果不

信餘道得無所畏即白佛言我今再三歸依
佛法及比丘僧聽我於正法中爲優婆塞盡
形壽不殺不盜不婬不欺不飲酒唯願世尊
及諸大衆哀愍我故受七日請爾時世尊默
然許之時婆羅門即於七日中種種供養佛
及大衆爾時世尊過七日已遊行人間佛去
未久沸伽羅娑羅婆羅門遇病命終時諸比
丘聞此婆羅門於七日中供養佛已便取命
終各自念此命終爲生何趣爾時衆比丘往
至世尊所禮佛已一面坐白佛言彼婆羅門
於七日中供養佛已身壞命終當生何處佛
告比丘此族姓子諸善普集法法具足不違
法行斷五下結於彼便般涅槃不來此世爾
時諸比丘聞佛所說歡喜奉行

佛說長阿含經卷第十三

音釋

觝都禮切　翮下革切鳥之勁羽也　綩綖綩於阮切綖夷然切綩綖坐褥也　紺古暗切深青也　鏍紐鏍獲頑切紐女久切　屣所綺切履屬　弈羊益切博弈圍棋也　鍼灸鍼職深切以鍼砭刺病也灸舉有切以艾灼體除病也　療力嶠切治也　齧倪結切噬也　漬疾智切浸也　鞘私妙切刀室也　篋詰叶切箱屬　簏盧谷切高篋也　綫私箭切與線同　呰將几切口毀也　蹴子六切躡也　麾許爲切大將旗也　蹶居月切偃也

佛說長阿含經卷第十四

姚秦三藏法師佛陀耶舍共竺佛念譯

第三分梵動經第二

如是我聞一時佛遊摩竭國與大比丘衆千二百五十人俱遊行人間詣竹村止宿在王堂上時有梵志名曰善念善念弟子名梵摩達師徒常共隨佛後行而善念梵志以無數方便毀謗佛法及比丘僧其弟子梵摩達以無數方便稱讚佛法及比丘僧師徒二人各懷異心共相違背所以者何斯由異習異見異親近故爾時衆多比丘於乞食後集會講堂作如是論甚奇甚特世尊有大神力威德具足盡知衆生志意所趣而此善念梵志及其弟子梵摩達隨逐如來及比丘僧而善念梵志以無數方便毀謗佛法及與衆僧弟子梵摩達以無數方便稱讚如來及法衆僧師徒二人各懷異心異見異習異親近故爾時世尊於靜室中以天耳淨過於人耳聞諸比丘有如是論世尊於靜室起詣講堂所大衆前坐知而故問諸比丘汝等以何因緣集此講堂何所論說時諸比丘白佛言我等於乞食後集此講堂衆共議言甚奇甚特如來有大神力威德具足盡知衆生心志所趣而今善念梵志及弟子梵摩達常隨如來及與衆僧而善念以無數方便毀謗如來及法衆僧弟子梵摩達以無數方便稱讚如來及法衆僧所以者何以其異見異習異親近故向集講堂議如此事爾時世尊告諸比丘若有方便毀謗如來及法衆僧者汝等不得懷忿結心害意於彼所以者何若誹謗我法及比丘

僧汝等懷忿結心起害意者則自陷溺是故汝等不得懷忿結心害意於彼比丘若稱譽及佛法衆僧者汝等於中亦不足以爲歡喜慶幸所以者何若汝等生歡喜心即爲陷溺是故汝等不應生喜所以者何此是小緣威儀戒行凡夫寡聞不達深義直以所見如實讃歎云何小緣威儀戒行凡夫寡聞直以所見如實稱讃彼讃歎言沙門瞿曇滅殺除殺捨於刀仗懷慚愧心慈愍一切此是小緣威儀戒行彼寡聞凡夫以此歎佛又歎沙門瞿曇捨不與取滅不與取無有盜心又歎沙門瞿曇捨於婬欲淨修梵行一向護戒不習婬泆所行清潔又歎沙門瞿曇捨滅妄語所言至誠所說眞實不誑世人沙門瞿曇捨滅兩舌不以此言壞亂於彼不以彼言壞亂於此有諍訟者能令和合已和合者增其歡喜有所言說不離和合誠實入心所言知時沙門瞿曇捨滅惡口若有麤言傷損於人增彼結恨長怨憎者如此麤言盡皆不爲常以善言悅可人心衆所愛樂聽無猒足但說此言沙門瞿曇捨滅綺語知時之語實語利語法語律語止非之語但說是言沙門瞿曇捨離飲酒不著香華不觀歌舞不坐高牀非時不食不執金銀不畜妻息僮僕婢使不畜象馬猪羊鷄犬及諸鳥獸不畜象兵馬兵車兵步兵不畜田宅種植五穀不以手拳與人相加不以斗秤欺誑於人亦不販賣券約斷當亦不取受觝債橫生無端亦不陰謀面背有異非時不行爲身養壽量腹而食其所至處衣鉢隨身譬如飛鳥羽翮身俱此是持戒小小因

緣彼寡聞凡夫以此歎佛如餘沙門婆羅門受他信施更求儲積衣服飲食無有厭足沙門瞿曇無如此事如餘沙門婆羅門食他信施自營生業種植樹木鬼神所依沙門瞿曇無如此事如餘沙門婆羅門食他信施更作方便求諸利養象牙雜寶高廣大牀種種文繡氍毹毾㲪綩綖被褥沙門瞿曇無如此事如餘沙門婆羅門食他信施更作方便求自莊嚴酥油摩身香水洗浴香粖自塗香澤梳頭著好華鬘染目紺色拭面莊嚴鐶紐澡潔以鏡自照著寶華屣上服純白戴蓋執拂幢麾莊嚴沙門瞿曇無如此事如餘沙門婆羅門專爲嬉戲棊局博弈八道十道至百千道種種戲法以自娛樂沙門瞿曇無如是事如餘沙門婆羅門食他信施但說遮道無益之言王者戰鬪軍馬之事群僚大臣騎乘出入遊戲園觀及論臥起行步女人之事衣服飲食親理之事又說入海採寶之事沙門瞿曇無如是事如餘沙門婆羅門食他信施無數方便但作邪命諂諛美辭現相毀呰以利求利沙門瞿曇無如此事如餘沙門婆羅門食他信施但共諍訟或於園觀或在浴池或於堂上互相是非言我知經律汝無所知我趣正道汝趣邪徑以前著後以後著前我能忍汝汝不能忍汝所言說皆不真正若有所疑當來問我我盡能答沙門瞿曇無如是事如餘沙門婆羅門食他信施更作方便求爲使命若爲王王大臣婆羅門居士通信使從此詣彼從彼至此持此信授彼持彼信授此或自爲或教他爲沙門瞿曇無如是事如餘沙

門婆羅門食他信施但習戰陣鬭諍之事或習刀仗弓矢之事或鬭鷄犬猪羊象馬牛駝諸獸或鬭男女或作衆聲吹聲鼓聲歌聲舞聲緣幢倒絶種種技戲無不翫習沙門瞿曇無如是事如餘沙門婆羅門食他信施行遮道法邪命自活占相男女吉凶好醜及相畜生以求利養沙門瞿曇無如此事如餘沙門婆羅門食他信施行遮道法邪命自活召喚鬼神或復驅遣種種厭禱無數方道恐熱於人能聚能散能苦能樂又能爲人安胎出衣亦能呪人使作驢馬亦能使人聾盲瘖瘂現諸技術叉手向日月作諸苦行以求利養沙門瞿曇無如是事如餘沙門婆羅門食他信施行遮道法邪命自活或爲人呪病或誦惡術或誦善呪或爲醫方針灸藥石療治衆疾沙門瞿曇無如此事如餘沙門婆羅門食他信施行遮道法邪命自活或呪水火或爲鬼呪或誦刹利呪或誦鳥呪或支節呪或安宅符呪或火燒鼠齧能爲解呪或誦知死生書或誦夢書或相手面或誦天文書或誦一切音書沙門瞿曇無如此事如餘沙門婆羅門食他信施行遮道法邪命自活占相天時言雨不雨穀貴穀賤多病少病恐怖安隱或説地動彗星月蝕日蝕或言星蝕或言不蝕方面所在皆能記之沙門瞿曇無如此事如餘沙門婆羅門食他信施行遮道法邪命自活或言此國當勝彼國不如或言彼國當勝此國不如占相吉凶説其盛衰沙門瞿曇無如是事諸比丘此是持戒小小因緣彼寡聞凡夫以此歎佛佛告諸比丘更有餘法甚深微

妙大法光明唯有賢聖弟子能以此法讚歎如來何等是甚深微妙大光明法賢聖弟子能以此法讚歎如來諸有沙門婆羅門於本劫本見末劫末見種種無數隨意所說盡入六十二見中本劫本見末劫末見種種無數隨意所說盡不能出過六十二見中彼沙門婆羅門以何等緣於本劫本見末劫末見種種無數各隨意說盡入此六十二見中齊是不過諸沙門婆羅門於本劫本見種種無數各隨意說盡入十八見中本劫本見種種無數各隨意說盡不能過十八見中彼沙門婆羅門以何等緣於本劫本見種種無數各隨意說盡入十八見中齊是不過諸沙門婆羅門於本劫本見起常論言我及世間常存此盡入四見中於本劫本見言我及世間常存盡入四見齊是不過彼沙門婆羅門以何等緣於本劫本見起常論言我及世間常存此盡入四見中齊是不過或有沙門婆羅門種種方便入定意三昧以三昧心憶二十成劫敗劫彼作是說我及世間是常此實餘虛所以者何我以種種方便入定意三昧以三昧心憶二十成劫敗劫其中衆生不增不減常聚不散我以此知我及世間是常此實餘虛此是初見沙門婆羅門因此於本劫本見計我及世間是常於四見中齊是不過或有沙門婆羅門種種方便入定意三昧以三昧心憶四十成劫敗劫彼作是說我及世間是常此實餘虛所以者何我以種種方便入定意三昧以三昧心憶四十成劫敗劫其中衆生不增不減常聚不散我以此知我及世間是

常此實餘虚此是二見諸沙門婆羅門因此於本劫本見計我及世間是常於四見中齊是不過或有沙門婆羅門以種種方便入定意三昧以三昧心憶八十成劫敗劫彼作是言我及世間是常此實餘虚所以者何我以種種方便入定意三昧以三昧心憶八十成劫敗劫其中衆生不增不減常聚不散我以此知我及世間是常此實餘虚此是三見諸沙門婆羅門因此於本劫本見計我及世間是常於四見中齊是不過或有沙門婆羅門有捷疾相智善能觀察以捷疾相智方便觀察謂爲審諦以已所見以已辯才作是説言我及世間是常此是四見沙門婆羅門因此於本劫本見計我及世間是常於四見中齊是不過此沙門婆羅門於本劫本見計我及

世間是常如此一切盡入四見中我及世間是常於此四見中齊是不過唯有如來知此見處如是持如是執亦知報應如所知又復過是雖知不著以不著則得寂滅知受集滅味過出要以平等觀無餘解脱故名如來是爲餘甚深微妙大法光明使賢聖弟子眞實平等讃歎如來復有餘甚深微妙大法光明使賢聖弟子眞實平等讃歎如來何等是諸沙門婆羅門於本劫本見起論言我及世間半常半無常彼沙門婆羅門因此於本劫本見計我及世間半常半無常於此四見中齊是不過或有是時此劫始成有餘衆生福盡命盡行盡從光音天命終生空梵天中便於彼處生愛著心復願餘衆生共生此處此衆生既生愛著願已復有餘衆生命行福盡於

光音天命終來生此空梵天中其先生衆生便作是念我於此處是梵大梵我自然有無能造我者我盡知諸義典千世界於中自在最爲尊貴能爲變化微妙第一爲衆生父我獨先有餘衆生後來後來衆生我所化成其後衆生復作是念彼是大梵彼能自造無造彼者盡知諸義典千世界於中自在最爲尊貴能爲變化微妙第一爲衆生父彼獨先有後有我等我等衆生彼所化成彼梵衆生命行盡已來生世間年漸長大剃除鬚髮服三法衣出家修道入定意三昧隨三昧心自識本生便作是言彼大梵者能自造作無造彼者盡知諸義典千世界於中自在最爲尊貴能爲變化微妙第一爲衆生父常住不變而彼梵化造我等我等無常變易不得久住是故當知我及世間半常半無常此實餘虛是謂初見沙門婆羅門因此於本劫本見起論半常半無常於四見中齊是不過或有衆生喜戲笑懈怠數數戲笑以自娛樂彼戲笑娛樂時身體疲極便失意以失意便命終來生世間年漸長大剃除鬚髮服三法衣出家修道彼入定意三昧以三昧心自識本生便作是言彼餘衆生不數戲笑娛樂常在彼處永住不變由我數數戲笑故致此無常爲變易法是故我知我及世間半常半無常此實餘虛是爲第二見沙門婆羅門因此於本劫本見起論我及世間半常半無常於四見中齊是不過或有衆生展轉相看已便失意由此命終來生世間漸漸長大剃除鬚髮服三法衣出家修道入定意三昧以三昧心識本所

生便作是言如彼衆生以不展轉相看不失意故常住不變我等於彼數相看數相看已便失意致此無常爲變易法我以此知我及世間半常半無常此實餘虛是第三見諸沙門婆羅門因此於本劫本見起論我及世間半常半無常於四見中齊此不過或有沙門婆羅門有捷疾相智善能觀察彼以捷疾觀察相智以已智辯言我及世間半常半無常此實餘虛是爲第四見諸沙門婆羅門因此於本劫本見起論我及世間半常半無常於四見中齊是不過諸沙門婆羅門於本劫本見起論我及世間半常半無常盡入四見中齊是不過唯佛能知此見處如是持如是執亦知報應如來所知又復過是雖知不著以不著則得寂滅知受集滅味過出要以平等觀無餘解脱故名如來是爲餘甚深微妙大法光明使賢聖弟子眞實平等讚歎如來復有餘甚深微妙大法光明使賢聖弟子眞實平等讚歎如來何等法是諸沙門婆羅門於本劫本見起論我及世間有邊無邊彼沙門婆羅門因此於本劫本見起論我及世間有邊無邊於此四見中齊是不過或有沙門婆羅門種種方便入定意三昧以三昧心觀世間起邊想彼作是説此世間有邊是實餘虛所以者何我以種種方便入定意三昧以三昧心觀世間有邊是故知世間有邊此實餘虛是謂初見沙門婆羅門因此於本劫本見起論我及世間有邊於四見中齊是不過或有沙門婆羅門以種種方便入定意三昧以三昧心觀世間起無邊想彼作是言世間無

邊此實餘虛所以者何我以種種方便入定意三昧以三昧心觀世間無邊是故知世間無邊此實餘虛是第二見沙門婆羅門因此於本劫本見起論我及世間無邊於四見中齊是不過或有沙門婆羅門以種種方便入定意三昧以三昧心觀世間謂上方有邊四方無邊彼作是言世間有邊無邊此實餘虛所以者何我以種種方便入定意三昧以三昧心觀上方有邊四方無邊是故我知世間有邊無邊此實餘虛是爲第三見諸沙門婆羅門因此於本劫本見起論我及世間有邊無邊於四見中齊是不過或有沙門婆羅門有捷疾相智善於觀察彼以捷疾觀察智以己智辯言我及世間非有邊非無邊此實餘虛是爲第四見諸沙門婆羅門因此於本劫本見起論我及世間有邊無邊此實餘虛於四見中齊是不過此諸沙門婆羅門於本劫本見起論我及世間有邊無邊盡入四見中齊是不過唯佛能知此見處如是持如是執亦知報應如來所知又復過是雖知不著已不著則得寂滅知受集滅味過出要以平等觀無餘解脫故名如來是爲餘甚深微妙大法光明使賢聖弟子眞實平等讚歎如來復有餘甚深微妙大法光明使賢聖弟子眞實平等讚歎如來何者是諸沙門婆羅門於本劫本見異問異答彼彼問時異問異答於四見中齊是不過沙門婆羅門因此於本劫本見異問異答於四見中齊是不過或有沙門婆羅門作如是論作如是見我不見不知善惡有報耶善惡無報耶我以不見不知故作

如是説善惡有報耶無報耶世間有沙門婆羅門廣博多聞聰明智慧常樂閑靜機辯精微世所尊重能以智慧善別諸見設當問我諸深義者我不能答有愧於彼於彼有畏當以此答以爲歸依爲洲爲舍爲究竟道彼諸設問者當如是答此事如是此事實此事異此事不異此事非異非不異是爲初見沙門婆羅門因此問異答異於四見中齊是不過或有沙門婆羅門作如是論作如是見我不見不知爲有他世耶無他世耶諸世間沙門婆羅門以天眼知他心智能見遠事已雖近他他人不見如此人等能知有他世無他世我不知不見有他世無他世若我説者則爲妄語我惡畏妄語故以爲歸依爲洲爲舍爲究竟道彼設問者當如是答此事如是此事實此事異此事不異此事非異非不異是爲第二見諸沙門婆羅門因此問異答異於四見中齊是不過或有沙門婆羅門作如是論作如是見我不知不見何者爲善何者不善我不知不見如是説是善是不善我則於此生愛從愛生恚有愛有恚則有受生我欲滅受故出家修行彼惡畏受故以此爲歸依爲洲爲舍爲究竟道彼設問者當如是答此事如是此事實此事異此事不異此事非異非不異是爲第三見諸沙門婆羅門因此問異答異於四見中齊是不過或有沙門婆羅門愚冥闇鈍他有問者彼隨他言答此事如是此事實此事不實此事異此事不異此事非異非不異是爲四見諸沙門婆羅門因此異問異答於四見中齊是不過或有沙門婆羅

門於本劫本見異問異答盡入四見中齊是不過唯佛能知此見處如是持如是執亦知報應如來所知又復過是雖知不著已不著則得寂滅知受集滅味過出要以平等觀無餘解脫故名如來是爲甚深微妙大法光明使賢聖弟子眞實平等讚歎如來復有餘甚深微妙大法光明使賢聖弟子眞實平等讚歎如來何等是或有沙門婆羅門於本劫本見謂無因而出有此世間彼盡入二見中於本劫本見無因而出有此世間於此二見中齊是不過彼沙門婆羅門因何事於本劫本見謂無因而有於此二見中齊是不過或有衆生無想無知若彼衆生起想則便命終來生世間漸漸長大剃除鬚髮服三法衣出家修道入定意三昧以三昧心識本所生彼作

是語我本無有今忽然有此世間本無今有此實餘虛是爲初見諸沙門婆羅門因此於本劫本見謂無因有於二見中齊是不過或有沙門婆羅門有捷疾相智善能觀察彼以捷疾觀察智觀以已智辯能如是說此世間無因而有此實餘虛此第二見諸有沙門婆羅門因此於本劫本見無因而有有此世間於二見中齊是不過諸有沙門婆羅門於本劫本見無因而有盡入二見中齊是不過唯佛能知亦復如是諸有沙門婆羅門於本劫本見無數種種隨意所說彼盡入是十八見中本劫本見無數種種隨意所說於十八見齊是不過唯佛能知亦復如是復有餘甚深微妙大法光明何等是諸有沙門婆羅門於末劫末見無數種種隨意所說彼盡入四十

四見中於末劫末見種種無數隨意所說於四十四見齊是不過彼沙門婆羅門因何事於末劫末見無數種種隨意所說於四十四見齊此不過諸有沙門婆羅門於末劫末見生有想論說世間有想彼盡入十六見中於末劫末見生想論說世間有想於十六見中齊是不過彼沙門婆羅門因何事於末劫末見生想論說世間有想彼盡入十六見中齊是不過諸有沙門婆羅門作如是論如是見言我此終後生有色有想此實餘虛是爲初見諸沙門婆羅門因此於末劫末見生想論說世間有想於十六見中齊是不過有言我此終後生無色有想此實餘虛有言我此終後生有色無色有想此實餘虛有言我此終後生非有色非無色有想此實餘虛有言我此終後生有邊有想此實餘虛有言我此終後生無邊有想此實餘虛有言我此終後生有邊無邊有想此實餘虛有言我此終後生非有邊非無邊有想此實餘虛有言我此終後生而一向有樂有想此實餘虛我此終後生而一向有苦有想此實餘虛有言我此終後生有樂有苦有想此實餘虛有言我此終後生不苦不樂有想此實餘虛有言我此終後生有一想此實餘虛有言我此終後生有若干想此實餘虛有言我此終後生少想此實餘虛有言我此終後生有無量想此實餘虛是爲十六見諸有沙門婆羅門於末劫末見想論說世間有想於此十六見中齊是不過唯佛能知亦復如是復有餘甚深微妙大法光明何等法是諸有沙門婆羅門於末劫

末見生無想論說世間無想彼盡入八見中於末劫末見生無想論於此八見中齊此不過彼沙門婆羅門因何事於末劫末見生無想論說世間無想於八見中齊此不過諸有沙門婆羅門作如是見作如是論我此終後生有色無想此實餘虛有言我此終後生無色無想此實餘虛有言我此終後生有色無色無想此實餘虛有言我此終後生非有色非無色無想此實餘虛有言我此終後生有邊無想此實餘虛有言我此終後生無邊無想此實餘虛有言我此終後生有邊無邊無想此實餘虛有言我此終後生非有邊非無邊無想此實餘虛是為八見若沙門婆羅門因此於末劫末見生無想論說世間無想彼盡入八見中齊是不過唯佛能知亦復如是

復有餘甚深微妙大法光明何等法是或有沙門婆羅門於末劫末見生非想非非想論說此世間非想非非想彼盡入八見中於末劫末見作非想非非想論說世間非想非非想於八見中齊是不過諸沙門婆羅門因何事於末劫末見生非想非非想論說世間非想非非想於八見中齊是不過諸沙門婆羅門作如是論作如是見我此終後生有色非有想非無想此實餘虛有言我此終後生無色非有想非無想此實餘虛有言我此終後生有色無色非有想非無想此實餘虛有言我此終後生非有色非無色非有想非無想此實餘虛有言我此終後生有邊非有想非無想此實餘虛有言我此終後生無邊非有想非無想此實餘虛有言我此終後生有邊

無邊非有想非無想此實餘虛有言我此終後生非有邊非無邊非有想非無想此實餘虛是爲八見若沙門婆羅門因此於末劫末見生非有想非無想論説世間非有想非無想盡入八見中齊是不過唯佛能知亦復如是復有餘甚深微妙大法光明何等法是諸有沙門婆羅門於末劫末見起斷滅論説衆生斷滅無餘彼盡入七見中於末劫末見起斷滅論説衆生斷滅無餘於七見中齊是不過彼沙門婆羅門因何事於末劫末見起斷滅論説衆生斷滅無餘於七見中齊是不過諸有沙門婆羅門作如是論作如是見我身四大六入從父母生乳哺養育衣食成長摩捫擁護然是無常必歸磨滅齊是名爲斷滅第一見也或有沙門婆羅門作是説言此我不得名斷滅我欲界天斷滅無餘齊是爲斷滅是爲二見或有沙門婆羅門作此説言此非斷滅我色界化身諸根具足斷滅無餘是爲斷滅有言此非斷滅我無色空處斷滅有言此非斷滅我無色識處斷滅有言此非斷滅我無色不用處斷滅有言此非斷滅我無色有想無想處斷滅是第一斷滅是爲七見諸有沙門婆羅門因此於末劫末見言此衆生類斷滅無餘於七見中齊是不過唯佛能知亦復如是復有餘甚深微妙大法光明何等法是諸有沙門婆羅門於末劫末見現在生泥洹論説衆生現在有泥洹彼盡入五見中於末劫末見説現在有泥洹於五見中齊是不過彼沙門婆羅門因何事於末劫末見説衆生現有泥洹於五見中齊是不過諸有

沙門婆羅門作是見作是論說我於現在五欲自恣此是我得現在泥洹是第一見復有沙門婆羅門作是說此是現在泥洹非不是復有現在泥洹微妙第一汝所不知獨我知耳如我去欲惡不善法有覺有觀離生喜樂入初禪此名現在泥洹是第二見復有沙門婆羅門作如是說此是現在泥洹非不是復有現在泥洹微妙第一汝所不知獨我知耳如我滅有覺觀內喜一心無覺無觀定生喜樂入第二禪齊是名現在泥洹是爲第三見復有沙門婆羅門作是說言此是現在泥洹非不是復有現在泥洹微妙第一汝所不知獨我知耳如我除念捨喜住樂護念一心自知身樂賢聖所說入第三禪齊是名現在泥洹是爲第四見復有沙門婆羅門作是說言此是現在泥洹非不是現在泥洹復有微妙第一汝所不知獨我知耳如我樂滅苦滅先除憂喜不苦不樂護念清淨入第四禪此名第一泥洹是爲第五見若沙門婆羅門於末劫末見生現在泥洹論於五見中齊是不過唯佛能知亦復如是諸有沙門婆羅門於末劫末見無數種種隨意所說於四十四見中齊是不過唯佛能知此諸見處亦復如是諸有沙門婆羅門於本劫本見末劫末見無數種種隨意所說盡入此六十二見中於本劫本見末劫末見無數種種隨意所說於六十二見中齊是不過唯如來知此見處亦復如是諸有沙門婆羅門於本劫本見生常論說我世間是常彼沙門婆羅門於此生智謂異信異欲異聞異緣異覺異見異定異忍因此

生智彼以布現則名爲受乃至現在泥洹亦復如是諸有沙門婆羅門生常論言世間是常彼因受緣起愛生愛而不自覺知染著於愛爲愛所伏乃至現在泥洹亦復如是諸有沙門婆羅門於本劫本見生常論言世間是常彼因觸緣故若離觸緣而立論者無有是處乃至現在泥洹亦復如是諸有沙門婆羅門於本劫本見末劫末見各隨所見說彼盡入六十二見中各隨所見說盡依中在中齊是不過猶如巧捕魚師以細目網覆小池上當知池中水性之類皆入網内無逃避處齊是不過諸沙門婆羅門亦復如是於本劫本見末劫末見種種所說盡入六十二見中齊是不過若比丘於六觸集滅味過出要如實而知則爲最勝出彼諸見如來自知生死已盡所以有身爲欲福度諸天人故若其無身則諸天世人無所恃怙猶如多羅樹斷其頭者則不復生佛亦如是已斷生死永不復生

當佛說此法時大千世界三反六種震動爾時阿難在佛後執扇扇佛偏露右臂長跪叉手白佛言此法甚深當以何名云何奉持佛告阿難當名此經爲義動法動見動魔動梵動爾時阿難聞佛所說歡喜奉行

佛說長阿含經卷第十四

音釋

販 方願切買賤賣貴曰販 券 區願切契也 氍毹 氍其俱切毹山芻切氍毹毛布也 毾㲪 毾吐盍切㲪都滕切毾㲪毛席也 彗 徐醉切妖星也 蝕 乘力切日月侵虧也 㨗 疾葉切疾也

佛說長阿含經卷第十五

姚秦三藏法師佛陀耶舍共竺佛念譯

第三分種德經第三

如是我聞一時佛在鴦伽國與大比丘衆千二百五十人俱遊行人間止宿瞻婆城伽伽池側時有婆羅門名曰種德住瞻婆城其城人民衆多熾盛豐樂波斯匿王即封此城與種德婆羅門以爲梵分此婆羅門七世以來父母眞正不爲他人之所輕毀異學三部諷誦通利種種經書盡能分別世典幽微靡不綜練又能善於大人相法占候吉凶祭祀儀禮有五百弟子教授不廢時瞻婆城内諸婆羅門長者居士聞沙門瞿曇釋種子出家成道從鴦伽國遊行人間至瞻婆城伽伽池側有大名稱流聞天下如來至眞等正覺十號具足於諸天世人魔若魔天沙門婆羅門中自身作證爲他說法上中下言皆悉眞正義味具足梵行清淨如此眞人應往覲現今我寧可往與相見作此言已即共相率出瞻婆城隊隊相隨欲往詣佛時種德婆羅門在高臺上遥見衆人隊隊相隨故問侍者彼諸人等以何因緣隊隊相隨欲何所至侍者白言我聞沙門瞿曇釋種子出家成道於鴦伽國遊行人間至瞻婆城伽伽池側有大名稱流聞天下如來至眞等正覺十號具足於諸天世人魔若魔天沙門婆羅門中自身作證爲他人說上中下言皆悉眞正義味具足梵行清淨此瞻婆城諸婆羅門長者居士衆聚相隨欲往問訊瞿曇沙門爾時種德婆羅門即勑侍者汝速持我聲往語諸人卿等小住須

我往至當共俱詣彼瞿曇所時彼侍者即以種德聲往語諸人言諸人且住須我往到當共俱詣彼瞿曇所時諸人報侍者言汝速還白婆羅門言今正是時宜共行也侍者還白諸人已住言今正是時宜共行也時種德婆羅門即便下臺至中門立時有餘婆羅門五百人以少因緣先集門下見種德婆羅門來皆悉起迎問言大婆羅門欲何所至種德報言有沙門瞿曇釋種子出家成道於鴦伽國遊行人間至瞻婆城伽伽池側有大名稱流聞天下如來至眞等正覺十號具足於諸天世人魔若魔天沙門婆羅門中自身作證爲他説法上中下言皆悉眞正義味具足梵行清淨如是眞人宜往覲現我今欲往至彼相見時五百婆羅門即白種德言勿往相見所以者何彼應詣此此不應往今大婆羅門七世以來父母眞正不爲他人之所輕毀若成就此法者彼應詣此此不應詣彼又大婆羅門異學三部諷誦通利種種經書皆能分別世典幽微靡不綜練又能善於大人相法占相吉凶祭祀儀禮成就此法者彼應詣此此不應詣彼又大婆羅門顏貌端正得梵色像成就此法者彼應詣此此不應詣彼又大婆羅門戒德增上智慧成就成就此法者彼應詣此此不應詣彼又大婆羅門所言柔和辯才具足義味清淨成就此法者彼應詣此此不應詣彼又大婆羅門爲大師弟子衆多成就此法者彼應詣此此不應詣彼又大婆羅門常教授五百婆羅門成就此法者彼應詣此此不應詣彼又大婆羅門四方學者皆來

請受問諸技術祭祀之法皆能具荅成就此法者彼應詣此此不應詣彼又大婆羅門爲波斯匿王及瓶沙王恭敬供養成就此法者彼應詣此此不應詣彼又大婆羅門富有財寶庫藏盈溢成就此法者彼應詣此此不應詣彼又大婆羅門智慧明達所言通利無有怯弱成就此法者彼應詣此此不應詣彼爾時種德告諸婆羅門曰如是如是如汝所言我具有此德非不有也汝當聽我説沙門瞿曇所有功德我等應往彼彼不應來沙門瞿曇七世已來父母眞正不爲他人之所輕毀彼成就此法者我等應往彼彼不應來此又沙門瞿曇顏貌端正出刹利種成就此法者我應詣彼彼不應來此又沙門瞿曇生尊貴處出家爲道成就此法者我應詣彼彼不應來此又沙門瞿曇光色具足種姓眞正出家修道成就此法者我應詣彼彼不應來此又沙門瞿曇生財富家有大威力出家爲道成就此法者我應詣彼彼不應來此又沙門瞿曇具賢聖戒智慧成就成就此法者我應詣彼彼不應來此又沙門瞿曇善於言語柔輭和雅成就此法者我應詣彼彼不應來此又沙門瞿曇爲衆導師弟子衆多成就此法者我應詣彼彼不應來此又沙門瞿曇永滅欲愛無有卒暴憂畏已除衣毛不竪歡喜和悅見人稱善善説行報不毀餘道成就此法者我應詣彼彼不應來此又沙門瞿曇恒爲波斯匿王及瓶沙王禮敬供養成就此法者我應詣彼彼不應來此又沙門瞿曇爲沸伽羅娑羅婆羅門禮敬供養亦爲梵婆羅門多利

遮婆羅門鋸齒婆羅門首迦摩納都耶子所見供養成就此法者我應詣彼彼不應來此又沙門瞿曇爲諸聲聞弟子之所宗奉禮敬供養亦爲諸天餘鬼神衆之所恭敬釋種俱利冥寧跋祇末羅酥摩皆悉宗奉成就此法者我應詣彼彼不應來此又沙門瞿曇摻波斯匿王及瓶沙王受三歸五戒成就此法者我應詣彼彼不應來此又沙門瞿曇摻沸伽羅娑羅婆羅門等三歸五戒成就此法者我應詣彼彼不應來此又沙門瞿曇弟子受三自歸五戒不殺諸天釋種俱利等皆受三歸五戒成就此法者我應詣彼彼不應來此又沙門瞿曇遊行之時爲一切人恭敬供養成就此法者我應詣彼彼不應來此又沙門瞿曇所至城郭聚落爲人供養成就此法者我應詣彼彼不應來此又沙門瞿曇所至之處非人鬼神不敢觸嬈成就此法者我應詣彼彼不應來此又沙門瞿曇所至之處其處人民皆見光明聞天樂音成就此法者我應詣彼彼不應來此又沙門瞿曇所至之處若欲去時衆人戀慕涕泣而送成就此法者我應詣彼彼不應來此又沙門瞿曇初出家時父母涕泣愛惜戀恨成就此法者我應詣彼彼不應來此又沙門瞿曇少壯出家捨諸飾好象馬寶車五欲瓔珞成就此法者我應詣彼彼不應來此又沙門瞿曇捨轉輪王位出家爲道若其在家當居四天下統領民物我等皆屬成就此法者我應詣彼彼不應來此又沙門瞿曇明解梵法能爲人說亦與梵天往返言語成就此法者我應詣彼彼不應來此

又沙門瞿曇三十二相皆悉具足成就此法者我應詣彼彼不應來此又沙門瞿曇智慧通達無有怯弱成就此法者我應詣彼彼不應來此彼瞿曇今來至此瞻婆城伽伽池側於我爲尊又是貴客宜往親覲時五百婆羅門白種德言甚奇甚特彼之功德乃能如是耶若彼於諸德中能成一者尚不應來況今盡具宜盡相率共往問訊種德答言汝欲行者宜知是時時種德即嚴駕寶車與五百婆羅門及瞻婆城諸婆羅門長者居士前後圍遶詣伽伽池去池不遠自思惟言我設問瞿曇或不可彼意彼沙門瞿曇當呵我言應如是問不應如是問衆人聞者謂我無智損我名稱設沙門瞿曇問我義者我答或不稱彼意彼沙門當呵我言應如是答不應如是答衆人聞者謂我無智損我名稱設我默然於此還者衆人當言此無所知竟不能至沙門瞿曇所損我名稱若沙門瞿曇問我婆羅門法者我答瞿曇足合其意爾時種德於伽伽池側作是念已即便前行下車步進至世尊所問訊已一面坐時瞻婆城諸婆羅門長者居士或有禮佛而坐者或有問訊而坐者或有稱名而坐者或有叉手向佛而坐者或有默然而坐者衆坐既定佛知種德婆羅門心中所念而告之曰汝所念者當隨汝願佛問種德汝婆羅門成就幾法所言誠實能不虛妄爾時種德默自念言甚奇甚特沙門瞿曇有大神力乃見人心如我所念而問我義時種德婆羅門端身正坐四顧大衆憘怡而笑方答佛言我婆羅門成就五法所言至誠無

有虚妄云何爲五一者婆羅門七世巳來父母眞正不爲他人之所輕毁二者異學三部諷誦通利種種經書盡能分別世典幽微靡不綜練又能善於大人相法明察吉凶祭祀儀禮三者顏貌端正四者持戒具足五者智慧通達是爲五瞿曇婆羅門成此五法所言誠實無有虚妄佛言善哉種德頗有婆羅門於五法中捨一成四亦所言誠實無有虚妄得名婆羅門耶種德白佛言有所以者何瞿曇何用生爲若婆羅門異學三部諷誦通利種種經書盡能分別世典幽微靡不綜練又能善於大人相法明察吉凶祭祀儀禮顏貌端正持戒具足智慧通達有此四法則所言誠實無有虚妄名婆羅門佛告種德善哉善哉若於此四法中捨一成三者亦所言誠實無有虚妄名婆羅門耶種德報言有所以者何用生誦爲若婆羅門顏貌端正持戒具足智慧通達成此三者所言眞誠無有虚妄名婆羅門佛言善哉善哉云何種德若於三法中捨一成二彼亦所言至誠無有虚妄名婆羅門耶答曰有所以者何何用生誦及端正爲爾時五百婆羅門各各舉聲語種德婆羅門言何故呵止生誦及與端正謂爲無用爾時世尊告五百婆羅門曰若種德婆羅門容貌醜陋無有種姓諷誦不利無有辯才智慧善答不能與我言者汝等可語若種德顏貌端正種姓具足諷誦通利智慧辯才善於問答足堪與我共論義者汝等俱默聽此人語爾時種德婆羅門白佛言唯願瞿曇且小停止我自以法往訓此人爾時種德尋告五百

婆羅門曰鴦伽摩納今在此衆中是我外甥汝等見不今諸大衆普共集此唯除瞿曇顔貌端正其餘無及此摩納者而此摩納殺生偷盜淫泆無禮虛妄欺誑以火燒人斷道爲惡諸婆羅門此鴦伽摩納衆惡悉備然則諷誦端正竟何用爲時五百婆羅門默然不對種德白佛言若持戒具足智慧通達則所言至誠無有虛妄得名婆羅門也佛言善哉善哉云何種德若於二法中捨一成一亦所言誠實無有虛妄名婆羅門耶答曰不得所以者何戒即智慧智慧即戒有戒有智然後所言誠實無有虛妄我說名婆羅門佛言善哉善哉如汝所說有戒則有慧有慧則有戒戒能淨慧慧能淨戒種德如人洗手左右相須左能淨右右能淨左此亦如是有慧則有戒有戒則有慧戒能淨慧慧能淨戒婆羅門戒慧具者我說名比丘爾時種德婆羅門白佛言云何爲戒佛言諦聽諦聽善思念之吾當爲汝一一分別對曰唯然願樂欲聞爾時世尊告婆羅門曰若如來出現於世應供正遍知明行成善逝世間解調御丈夫天人師佛世尊於諸天世人沙門婆羅門中自身作證爲他人說上中下言皆悉眞正義味具足梵行清淨若長者長者子聞此法者信心清淨信心清淨已作如是觀在家爲難譬如桎梏欲修梵行不得自在今我寧可剃除鬚髮服三法衣出家修道彼於異時捨家財業棄捐親族服三法衣去諸飾好諷誦毗尼具足戒律捨殺不殺乃至心法四禪現得歡樂所以者何斯由精勤專念不忘樂獨閑居之所得

也婆羅門是為具戒又問云何為慧佛言若比丘以三昧心清淨無穢柔輭調伏住不動處乃至得三明除去無明生於慧明滅於闇冥生大法光出漏盡智所以者何斯由精勤專念不忘樂獨閑居之所得也婆羅門是為智慧具足時種德婆羅門白佛言今我歸依佛法聖衆惟願聽我於正法中為優婆塞自今已後盡形壽不殺不盜不婬不欺不飲酒時種德婆羅門聞佛所說歡喜奉行

第三分究羅檀頭經第四

如是我聞一時佛在俱薩羅國與大比丘衆千二百五十人俱遊行人間至俱薩羅佉㝹婆提婆羅門村北止宿尸舍婆林中時有婆羅門名究羅檀頭止佉㝹婆提村其村豐樂人民熾盛園觀浴池樹木清涼波斯匿王即封此村與究羅檀頭婆羅門以為梵分此婆羅門七世已來父母眞正不為他人之所輕毀異學三部諷誦通利種種經書盡能分別世典幽微靡不綜練又能善於大人相法占候吉凶祭祀儀禮有五百弟子教授不廢時婆羅門欲設大祀辦五百特牛五百牸牛五百特犢五百牸犢五百羖羊五百羯羊欲以供祀時佉㝹婆提村諸婆羅門長者居士聞沙門瞿曇釋種子出家成道從俱薩羅國人間遊行至佉㝹婆提村北尸舍婆林止有大名稱流聞天下如來至眞等正覺十號具足於諸天世人魔若魔天沙門婆羅門中自身作證為他說法上中下言皆悉眞正義味具足梵行清淨如此眞人應往覲現今我等寧可往共相見作此語已即便相率出佉㝹婆

提村隊隊相隨欲詣佛所時究羅檀頭婆羅門在高樓上遥見衆人隊隊相隨顧問侍者彼諸人等以何因緣隊隊相隨欲何所至侍者白言我聞沙門瞿曇釋種子出家成道於俱薩羅國遊行人間詣佉㝹婆提村北尸舍婆林中止有大名稱流聞天下如來至眞等正覺十號具足於諸天世人魔若魔天沙門婆羅門中自身作證爲他說法上中下言皆悉眞正義味具足梵行清淨此村諸婆羅門長者居士衆聚相隨欲往問訊沙門瞿曇爾時究羅檀頭婆羅門即勑侍者汝速持我聲往語諸人言卿等小住須待我往當共俱詣沙門瞿曇所時彼侍者即承教命往語諸人言且住須我往到當共俱詣沙門瞿曇所諸人報使者言汝速還白婆羅門今正是時宜

共行也侍者還白諸人已住言今正是時宜共行也時婆羅門即便下樓出中門立時有餘婆羅門五百人在中門外坐助究羅檀頭施設大祀見究羅檀頭皆悉起迎問言大婆羅門欲何所至報言我聞有沙門瞿曇釋種子出家成道於俱薩羅國人間遊行詣佉㝹婆提村北尸舍婆林有大名稱流聞天下如來至眞等正覺十號具足於諸天世人沙門婆羅門中自身作證爲人說法上中下言皆悉眞正義味具足梵行清淨如此眞人宜往覲現諸婆羅門我又聞瞿曇知三種祭祀十六祀具今我衆中先學舊識所不能知我今欲大祭祀牛羊已備欲詣瞿曇問三種祭祀十六祀具我等得此祭祀法已功德具足名稱遠聞時五百婆羅門白究羅檀頭言大師

勿往所以者何彼應來此此不應往大師七世已來父母眞正不爲他人之所輕毀若成此法者彼應來此此不應詣彼又言大師異學三部諷誦通利種種經書盡能分別世典幽微無不綜練又能善於大人相法占相吉凶祭祀儀禮成此法者彼應詣此此不應詣彼又大師顏貌端正得梵色像成此法者彼應詣此此不應詣彼又大師戒德增上智慧成就成就此法者彼應詣此此不應詣彼又大師所言和輭辯才具足義味清淨成此法者彼應詣此此不應詣彼又大師爲衆導首弟子衆多成此法者彼應詣此此不應詣彼又大師常教授五百婆羅門成此法者彼應詣此此不應詣彼又大師四方學者皆來請受問諸技術祭祀之法皆能具答成此法者彼應詣此此不應詣彼又大師爲波斯匿王及瓶沙王恭敬供養成此法者彼應詣此此不應詣彼又大師富有財寶庫藏盈溢成此法者彼應詣此此不應詣彼又大師智慧明達所言通利無有怯弱成此法者彼應詣此此不應詣彼大師若具足此十一法彼應詣此此不應詣彼時究羅檀頭言如是如是如汝等言我實有此德非不有也汝當復聽我說沙門瞿曇所成功德我等應詣彼彼不應來此沙門瞿曇七世已來父母眞正不爲他人之所輕毀彼成此法者我等應詣彼彼不應來又沙門瞿曇顏貌端正出剎利種成此法者我應詣彼彼不應來又沙門瞿曇生尊貴家出家爲道成此法者我應詣彼彼不應來此又沙門瞿曇光明具足種姓眞正出家

修道成此法者我應詣彼彼不應來又沙門瞿曇生財富家有大威力出家修道成此法者我應詣彼彼不應來又沙門瞿曇具賢聖戒智慧成就成此法者我應詣彼彼不應來又沙門瞿曇善於言語柔輭和雅成此法者我應詣彼彼不應來又沙門瞿曇爲衆導師弟子衆多成此法者我應詣彼彼不應來又沙門瞿曇永滅欲愛無有卒暴憂畏已除衣毛不竪歡喜和悅人見稱善善說行報不毀餘道成此法者我應詣彼彼不應來又沙門瞿曇常爲波斯匿王及瓶沙王禮敬供養成此法者我應詣彼彼不應來又沙門瞿曇爲沸伽羅娑羅婆羅門禮敬供養亦爲梵婆羅門多利遮婆羅門種德婆羅門首伽摩納兜耶子恭敬供養成此法者我應詣彼彼不應

來又沙門瞿曇爲諸聲聞弟子之所宗奉禮敬供養亦爲諸天及諸鬼神之所恭敬釋種俱利冥寧跋祇末羅蘇摩皆悉宗奉成此法者我應詣彼彼不應來又沙門瞿曇波斯匿王及瓶沙王受三歸五戒成此法者我應詣彼彼不應來又沙門瞿曇沸伽羅娑羅婆羅門等受三歸五戒成此法者我應詣彼彼不應來又沙門瞿曇弟子受三歸五戒不敬諸天釋種俱利等皆受三歸五戒成此法者我應詣彼彼不應來又沙門瞿曇所遊行處爲一切人恭敬供養成此法者我應詣彼彼不應來又沙門瞿曇所至城郭村邑無不傾動恭敬供養成此法者我應詣彼彼不應來又沙門瞿曇所至之處非人鬼神不敢觸嬈成此法者我應詣彼彼不應來又沙門瞿曇所

至之處其處人民皆見光明聞天樂音成此法者我應詣彼彼不應來又沙門瞿曇所至之處若欲去時衆人戀慕涕泣而送成此法者我應詣彼彼不應來又沙門瞿曇初出家時父母宗親涕泣戀恨成此法者我應詣彼彼不應來又沙門瞿曇少壯出家捨諸飾好象馬寶車五欲瓔珞成此法者我應詣彼彼不應來又沙門瞿曇捨轉輪王位出家修道若其在家王四天下統領民物我等皆屬成此法者我應詣彼彼不應來又沙門瞿曇明解梵法能爲人說亦與梵天往返語言成此法者我應詣彼彼不應來又沙門瞿曇明解三種祭祀十六祀具我等宿舊所不能知成此法者我應詣彼彼不應來又沙門瞿曇三十二相皆悉具足成此法者我應詣彼彼不應來又沙門瞿曇智慧通達無有怯弱成此法者我應詣彼彼不應來彼瞿曇來至此佉㝹婆提村於我爲尊又是貴客宜往覲現時五百婆羅門白究羅檀頭言甚奇甚特彼之功德乃如是耶若使瞿曇於諸德中成就一者尚不應來況今盡具宜盡相率共往問訊究羅檀頭言欲行者宜知是時時婆羅門即嚴駕寶車與五百婆羅門及佉㝹婆提諸婆羅門長者居士前後圍遶詣尸舍婆林到已下車步進至世尊所問訊已一面坐時諸婆羅門長者居士或有禮佛而坐者或問訊而坐者或有稱名而坐者或有叉手向佛而坐者或有默然而坐者衆坐已定究羅檀頭白佛言欲有所問若有閑暇得見聽者乃敢請問佛言隨意所問時婆羅門白佛言我聞瞿

曇明解三種祭祀及十六種祭具我等先宿耆舊所不能知我等今者欲爲大祭祀已辦五百特牛五百牸牛五百特犢五百牸犢五百羖羊五百羯羊欲以祭祀今日故來問三祭法及十六祭具若得成此祀者得大果報名稱遠聞天人所敬爾時世尊告究羅檀頭婆羅門曰汝今諦聽諦聽善思念之當爲汝説婆羅門言唯然瞿曇願樂欲聞爾時佛告究羅檀頭曰乃往過去久遠世時有刹利王水澆頭種欲設大祀集婆羅門大臣而告之曰我今大有財寶具足五欲自恣年已朽邁士衆强盛無有怯弱庫藏盈溢今欲設大祀汝等説祀法斯何所須時彼大臣即白王言如是大王如王所言國富兵强庫藏盈溢但諸民物多懷惡心習諸非法若於此時而爲祀者不成祀法如遣盗逐盗則不成使大王勿作是念言此是我民能伐能殺能呵能止諸近王者當給其所須諸治生者當給其財寶諸修田業者當給其牛犢種子使彼各各自營王不逼迫於民則民人安隱養育子孫共相娛樂佛告究羅檀頭時王聞諸臣語已諸親近者給其衣食諸有商賈給其財寶修農田者給牛種子是時人民各各自營不相侵惱養育子孫共相娛樂佛言時王復召諸臣語言我國富兵强庫藏盈溢給諸人民使無所乏養育子孫共相娛樂我今欲設大祀汝説祀法悉何所須諸臣白王如是如是如王所説國富兵强庫藏盈溢給諸人民使其無乏養育子孫共相娛樂王欲祀者可語宮內使知時王即如臣言入語宮內我國富兵

强庫藏盈溢多有財寶欲設大祀時諸夫人尋白王言如是如是如大王言國富兵强庫藏盈溢多有珍寶欲設大祀今正是時王出報諸臣言我國富兵强庫藏盈溢給諸人民使其無乏養育子孫共相娯樂今欲大祀已語宮內汝盡語我所須何物時諸大臣即白王言如是如是如王所説欲設大祀已語宮內而未語太子皇子大臣將士王當語之時王聞諸臣語已即語太子皇子群臣將士言我國富兵强庫藏盈溢欲設大祀時太子皇子及諸群臣將士即白王言如是如是大王今國富兵强庫藏盈溢欲設祀者今正是時時王復告大臣曰我國富兵强多有財寶欲設大祀已語宮內太子皇子乃至將士今欲大祀斯何所須諸臣白王如大王言欲設祀者今正是時王聞語已即於城東起新堂舍王入新舍被鹿皮衣以香酥油塗摩其身又以鹿角戴之頭上牛屎塗地坐卧其上及第一夫人婆羅門大臣選一黄牸牛一乳王食一乳夫人食一乳大臣食一乳供養大衆餘與犢子時王成就八法大臣成就四法云何王成就八法彼剎利王七世以來父母眞正不爲他人所見輕毁是爲成就初法彼王顏貌端正剎利種族是爲二法彼王戒德增盛智慧具足是爲三法彼王習種種技術乘象馬車刀矛弓矢戰鬬之法無不具知是爲四法彼王有大威力攝諸小王無不靡伏是爲五法彼王善於言語所説柔輭義味具足是爲六法彼王多有財寶庫藏盈溢是爲七法彼王智謀勇果無復怯弱是爲八法彼剎利

種王成此八法云何大臣成就四法彼婆羅門大臣七世以來父母眞正不爲他人所見輕毁是爲初法復次彼大臣異學三部諷誦通利種種經書皆能分別世典幽微靡不綜練又能善於大人相法占察吉凶祭祀儀禮是爲二法復次大臣善於言語所說柔和義味具足是爲三法復次大臣智謀勇果無有怯弱凡祭祀法無不解知是爲四法時彼王成就八法婆羅門大臣成就四法彼王有四援助三祭祀法十六祀具時婆羅門大臣於彼新舍以十六事開解王意除王疑想云何十六大臣白王或有人言今剎利王欲爲大祀而七世以來父母不正常爲他人所見輕毁設有此言不能汚王所以者何王七世以來父母眞正不爲他人之所輕毁或有人言今剎利王欲爲大祀而顏貌醜陋非剎利種設有此言不能汚王所以者何王顏貌端正剎利種族或有人言今剎利王欲爲大祀而無增上戒智慧不具設有此言不能汚王所以者何王戒德增上智慧具足或有人言今剎利王欲爲大祀而不善諸術乘象馬車種種兵法不能解知設有此言不能汚王所以者何王善諸技術戰陣兵法無不解知或有人言王欲爲大祀而無大威力攝諸小王設有是言不能汚王所以者何王有大威力攝諸小王或有人言王欲大祀而不善於言語所說麤獷義味不具設有此言不能汚王所以者何王善於言語所說柔輭義味具足或有人言王欲大祀而無多財寶設有是言不能汚王所以者何王庫藏盈溢多有財寶或

有人言王欲大祀而無智謀志意怯弱設有是言不能污王所以者何王智謀勇果無有怯弱或有人言王欲大祀不語宫内設有是語不能污王所以者何王欲祭祀先語宫内或有人言王欲大祀而不語太子皇子設有此言不能污王所以者何王欲祭祀先語太子皇子或有人言王欲大祀不語群臣設有此言不能污王所以者何王欲大祀先語群臣或有人言王欲大祀不語將士設有此言不能污王所以者何王欲祭祀先語將士或有人言王欲大祀而婆羅門大臣七世以來父母不正常爲他人之所輕毁設有是語不能污王所以者何我七世以來父母眞正不爲他人所見輕毁或有人言王欲大祀而大臣於異學三部諷誦不利種種經書不能分别世典幽微亦不綜練不能善於大人相法占察吉凶祭祀儀禮設有此言不能污王所以者何我三部異典諷誦通利種種經書皆能分别世典幽微靡不綜練又能善於大人相法占察吉凶祭祀儀禮或有人言王欲大祀而大臣不善言語所説麤獷義味不具設有此言不能污王所以者何我善言語所説柔和義味具足或有人言王欲大祀而大臣智謀不具志意怯弱不解祀法設有是言不能污王所以者何我智謀勇果無有怯弱凡祭祀法無不解知佛告究羅檀頭彼王於十六處有疑而彼大臣以十六事開解王意佛言時大臣於彼新舍以十事行示教利喜於王云何爲十大臣言王祭祀時諸有殺生不殺生來集會者平等施與若有殺生而來者

亦施與彼自當知不殺而來者亦施與爲是故施如是心施若復有偷盜邪滛兩舌惡口妄言綺語貪取嫉妬邪見來在會者亦施與彼自當知若有不盜乃至正見來者亦施與爲是故施如是心施佛告婆羅門彼大臣以此十行示教利喜又告婆羅門時彼刹利王於彼新舍生三悔心大臣滅之云何爲三王生悔言我今大祀已爲大祀當爲大祀今爲大祀多損財寶起此三心而懷悔恨大臣語言王已爲大祀已施當施今施於此福祀不宜生悔是爲王入新舍生三悔心大臣滅之佛告婆羅門爾時刹利王水澆頭種以十五日月滿時出彼新舍於舍前露地然大火積手執油瓶注於火上唱言與與時彼王夫人聞王以十五日月滿時出彼新舍於舍前然大火積手執油瓶注於火上唱言與與彼夫人婇女多持財寶來詣王所而白王言此諸雜寶助王爲祀婆羅門彼王尋告夫人婇女言止止汝便爲供養已我自大有財寶足以祭祀諸夫人婇女自生念言我等不宜將此寶物還於宮中若王於東方設大祀時當用佐助婆羅門其後王於東方設大祀時夫人婇女即以此寶物助設大祀時太子皇子聞王十五日月滿時出新舍於舍前然大火積手執油瓶注於火上唱言與與彼太子皇子多持財寶來詣王所白王言以此寶物助王大祀王言止止汝便爲供養已我自大有財寶足已祭祀諸太子皇子自生念言我等不宜持此寶物還也王若於南方設大祀者當以佐助如是大臣持寶物來願已助王祭祀

西方將士持寶物來願已助王祭祀北方佛告婆羅門彼王大祭祀時不殺牛羊及諸衆生唯用酥乳麻油蜜黑蜜石蜜以爲祭祀佛告婆羅門彼刹利王爲大祀時初喜中喜後亦喜此爲成辦祭祀之法佛告婆羅門彼刹利王爲大祀已剃除鬚髮服三法衣出家爲道修四無量心身壞命終生梵天上時王夫人爲大施已亦復除髮服三法衣出家修道行四梵行身壞命終生梵天上婆羅門大臣教王四方祭祀已亦爲大施然後剃除鬚髮服三法衣出家修道行四梵行身壞命終生梵天上佛告婆羅門時王爲三祭祀法十六祀具而成大祀於汝意云何時究羅檀頭聞佛言已默然不對時五百婆羅門語究羅檀頭言沙門瞿曇所言微妙大師何故默然不答究羅檀頭答言沙門瞿曇所說微妙我非不然可所以默然者自思惟耳沙門瞿曇說此事不言從他聞我默思惟沙門瞿曇將無是彼刹利王耶或是彼婆羅門大臣耶爾時世尊告究羅檀頭曰善哉善哉汝觀如來正得其宜是時刹利王爲大祀者豈異人乎勿造斯觀即吾身是也我於爾時極大施惠究羅檀頭白佛言齋此三祭祀及十六祀具得大果報復有勝者耶佛言有問曰何者是佛言於此三祭祀及十六祀具若能常供養衆僧使不斷者功德勝彼又問於三祭祀及十六祀具若能常供養衆僧使不斷者爲此功德最勝復有勝者耶佛言有又問何者是佛言若以三祭祀及十六祀具幷供養衆僧使不斷者不如爲招提僧起僧房堂閣此施最

勝又問爲三祭祀及十六祀具幷供養衆僧使不斷絕及爲招提僧起僧房堂閣爲此福最勝復有勝者耶佛言有又問何者是佛言若爲三種祭祀十六祀具供養衆僧使不斷絕及爲招提僧起僧房堂閣不如起歡喜心口自發言我歸依佛歸依法歸依僧此福最勝又問齊此三歸得大果報耶復有勝者佛言有又問何者是佛言若以歡喜心受行五戒盡壽不殺不盜不淫不欺不飲酒此福最勝又問齊此三祀至於五戒得大果報耶復有勝者佛言有又問何者是佛言若能以慈心念一切衆生如穀牛頃其福最勝又問齊此三祀至於慈心得大果報耶復有勝者佛言有又問何者是佛言若如來至眞等正覺出現於世有人於佛法中出家修道衆德悉備乃至具足三明滅諸癡冥具足慧明所以者何以不放逸樂閑靜故此福最勝究羅檀頭又白佛言瞿曇我爲祭祀具諸牛羊各五百頭今盡放捨任其自遊隨逐水草我今歸依佛歸依法歸依僧聽我於正法中爲優婆塞自今以後盡形壽不殺不盜不淫不欺不飲酒唯願世尊及諸大衆明受我請爾時世尊默然受之時婆羅門見佛默然受請已即起禮佛繞三帀而去還家供辦種種餚饍明日時到爾時世尊著衣持鉢與大比丘衆千二百五十人俱詣婆羅門舍就座而坐時婆羅門手自斟酌供佛及僧食訖去鉢行澡水畢佛爲婆羅門而作頌曰

祭祀火爲上　諷誦讀爲上　人中王爲上
衆流海爲上　星中月爲上　光明日爲上

上下及四方　諸有所生物　天及世間人
唯佛爲最上　欲求大福者　當供養三佛
爾時究羅檀頭婆羅門即取一小座於佛前坐爾時世尊漸爲說法示教利喜施論戒論生天之論欲爲大患上漏爲礙出要爲上分布顯示諸清淨行爾時世尊觀彼婆羅門志意柔輭陰蓋輕微易可調伏如諸佛常法爲說苦聖諦分別顯示說集聖諦集滅聖諦出要聖諦時究羅檀頭婆羅門即於座上遠塵離垢得法眼淨猶如淨潔白氎易爲受色檀頭婆羅門亦復如是見法得法獲果定住不由他信得無所畏而白佛言我今重再三歸依佛法聖衆願佛聽我於正法中爲優婆塞自今已後盡形壽不殺不盜不淫不欺不飲酒重白佛言唯願世尊更受我七日請爾時世尊默然受之時婆羅門即於七日中手自斟酌供佛及僧過七日已世尊遊行人間佛去未久時究羅檀頭婆羅門得病命終時衆多比丘聞究羅檀頭供養佛七日佛去未久得病命終各自念言彼人命終當何所趣時諸比丘詣世尊所頭面禮足於一面坐而白佛言彼究羅檀頭今者命終當生何所佛告諸比丘彼人淨修梵行法法成就亦不於法有所觸嬈以斷五下分結於彼現涅槃不來此世爾時諸比丘聞佛所說歡喜奉行

佛說長阿含經卷第十五

音釋

桎梏（桎之日切足械也梏古沃切手械也）牸（疾置切牝牛也）羖（公户切牡羊也）澆（古堯切沃也）獷（古猛切惡也）

佛說長阿含經卷第十六

姚秦三藏法師佛陀耶舍共竺佛念譯

第三分堅固經第五

如是我聞一時佛在那難陀城波婆利菴次林中與大比丘衆千二百五十人俱爾時有長者子名曰堅固來詣佛所頭面禮足在一面坐時堅固長者子白佛言善哉世尊唯願今者勑諸比丘若有婆羅門長者子居士來當爲現神足顯上人法佛告堅固我終不教諸比丘爲婆羅門長者居士而現神足上人法也我但教弟子於空閑處靜默思道若有功德當自覆藏若有過失當自發露時堅固長者子復白佛言唯願世尊勑諸比丘若有婆羅門長者居士來當爲現神足上人法佛復告堅固我終不教諸比丘爲婆羅門長者居士而現神足上人法也我但教弟子於空閑處靜默思道若有功德當自覆藏若有過失當自發露時堅固長者子白佛言我於上人法無有疑也但此那難陀城國土豐樂人民熾盛若於中現神足者多所饒益佛及大衆善弘道化佛復告堅固我終不教諸比丘爲婆羅門長者居士而現神足上人法也我但教弟子於空閑處靜默思道若有功德當自覆藏若有過失當自發露所以者何有三神足云何爲三一曰神足二曰觀察他心三曰教戒云何爲神足長者子比丘習無量神足能以一身變成無數以無數身還合爲一若遠若近山河石壁自在無礙猶如行空於虛空中結加趺坐猶如飛鳥出入大地猶如在水若行水上猶如履地身出煙燄如大火

聚手捫日月立至梵天若有得信長者居士見此比丘現無量神足立至梵天當復詣餘未得信長者居士所而告之言我見比丘現無量神足立至梵天彼長者居士未得信者語得信者言我聞有瞿羅咒能現如是無量神變乃至立至梵天佛復告長者子堅固彼不信者有如此言豈非毀謗言耶堅固白佛言此實是毀謗言也佛言我以是故不勑諸比丘現神變化但教弟子於空閑處靜默思道若有功德當自覆藏若有過失當自發露如是長者子此即是我諸比丘所現神足云何名觀察他心神足於是比丘現無量觀察神足觀諸衆生心所念法猥屏所爲皆能識知若有能得信長者居士見比丘現無量觀察神足觀他衆生心所念法猥屏所爲皆悉識知便詣餘未得信長者居士所而告之曰我見比丘現無量觀察神足觀他衆生心所念法猥屏所爲皆悉能知彼不信長者居士聞此語已生毀謗言有乾陀羅咒能觀察他心猥屏所爲皆悉能知云何長者子此豈非謗言耶堅固白佛言此實是毀謗言也佛言我以是故不勑諸比丘現神變化但教弟子於空閑處靜默思道若有功德當自覆藏若有過失當自發露如是長者子此即是我比丘現觀察神足云何爲教戒神足長者子若如來至眞等正覺出現於世十號具足於諸天世人魔若魔天沙門婆羅門中自身作證爲他說法上中下言皆悉眞正義味清淨梵行具足若長者居士聞已於中得信得信已於中觀察自念我不宜在家若在家者鉤鎖

相連不得清淨修於梵行我今寧可剃除鬚髮服三法衣出家修道具諸功德乃至成就三明滅諸闇冥生大智明所以者何斯由精勤樂獨閑居專念不忘之所得也長者子此是我比丘現教戒神足爾時堅固長者子白佛言頗有比丘成此三神足耶佛告長者子我不說有數多有比丘成此三神足者長者子我有比丘在此衆中自思念言此身四大地水火風何由永滅彼比丘倐趣天道往至四天王所問四天王言此身四大地水火風由何永滅長者子彼四天王報比丘言我不知四大由何永滅我上有天名曰忉利微妙第一有大智慧彼天能知四大由何而滅彼比丘聞已即倐趣天道往詣忉利天上問諸天言此身四大地水火風何由永滅彼忉利天報比丘言我不知四大何由永滅上更有天名曰焰摩微妙第一有大智慧彼天能知即往就問又言不知如是展轉至兜率天化自在天他化自在天皆言我不知四大何由而滅上更有天微妙第一有大智慧名梵迦夷彼天能知四大何由永滅彼比丘即倐趣梵道詣梵天上問言此身四大地水火風何由永滅彼梵天報比丘言我不知四大何由永滅今有大梵天王無能勝者統千世界富貴尊豪最得自在能造化物是衆生父母彼能知四大何由永滅長者子彼比丘尋問彼梵天王今何所在彼天報言不知大梵今何所在以我意觀出現不久未久梵王忽然出現長者子彼比丘詣梵王所問言此身四大地水火風何由永滅彼大梵王告比丘言我

梵天王無能勝者統千世界富貴尊豪最得自在能造萬物衆生父母時彼比丘告梵王曰我不問此事自問四大地水火風何由永滅長者子彼梵王猶報比丘言我是大梵天王無能勝者乃至造作萬物衆生父母比丘又復告言我不問此我自問四大何由永滅長者子彼梵天王如是至三不能報彼比丘四大何由永滅時大梵王即執比丘右手將詣屏處語言比丘今諸梵天皆謂我為智慧第一無不知見是故我不得報汝言不知不見此四大何由永滅又語比丘汝為大愚乃捨如來於諸天中推問此事汝當於世尊所問如此事如佛所說善受持之又告比丘今佛在舍衛國給孤獨園汝可往問長者子時比丘於梵天上忽然不現譬如壯士屈伸臂頃至舍衛國祇樹給孤獨園來至我所頭面禮足在一面坐白我言世尊今此四大地水火風何由而滅時我告言比丘猶如商人臂鷹入海於海中放彼鷹飛空東西南北若得陸地便即停止若無陸地更還歸船比丘汝亦如是乃至梵天問如是義竟不成就還來歸我今當使汝成就此義即說偈言

何由無四大　地水火風滅　何由無麤細
及長短好醜　何由無名色　永滅無有餘
應答識無形　無量自有光　此滅四亦滅
麤細好醜滅　於此名色滅　識滅餘亦滅

時堅固長者子白佛言世尊此比丘名何等云何持之佛告長者子此比丘名阿室巳當奉持之爾時堅固長者子聞佛所說歡喜奉行

第三分倮形梵志經第六

如是我聞一時佛在委若國金槃鹿野林中與大比丘衆千二百五十人俱時有倮形梵志姓迦葉詣世尊所問訊已一面坐倮形迦葉白佛言我聞沙門瞿曇呵責一切諸祭祀法罵諸苦行人以爲弊穢瞿曇若有言沙門瞿曇呵責一切諸祭祀法罵苦行人以爲弊穢作此言者是爲法語法法成就不誹謗沙門瞿曇耶佛言迦葉彼若言沙門瞿曇呵責一切諸祭祀法罵苦行人以爲弊穢者彼非法言非法法成就爲誹謗我非誠實言所以者何迦葉我見彼等苦行人有身壞命終墮地獄中者又見苦行人身壞命終生天善處者或見苦行人樂爲苦行身壞命終生地獄中者或見苦行人樂爲苦行身壞命終生天善處者迦葉我於此二趣所受報處盡知盡見我寧可呵責諸苦行者以爲弊穢耶我正說是彼則言非我正說非彼則言是迦葉有法沙門婆羅門同有法沙門婆羅門不同迦葉彼不同者我則捨置以此法不與沙門婆羅門同故迦葉彼有智者作如是觀沙門瞿曇於不善法重濁黑冥非賢聖法彼異衆師於不善法重濁黑冥非賢聖法誰能堪任滅此法者迦葉彼有智者作是觀時如是知見唯沙門瞿曇能滅是法迦葉彼有智者作如是觀如是推求如是論時我於此中則有名稱復次迦葉彼有智者作如是觀沙門瞿曇弟子於不善法重濁黑冥非賢聖法彼異衆師弟子於不善法重濁黑冥非賢聖法誰能堪任滅此法者迦葉彼有智者作如是觀如

是知見唯沙門瞿曇弟子能滅是法迦葉彼有智者作如是觀如是推求如是論時我弟子則得名稱復次迦葉彼有智者作如是觀沙門瞿曇於諸善法清白微妙及賢聖法彼異衆師於諸善法清白微妙及賢聖法誰能堪任增廣修行者迦葉彼有智者作如是觀如是知見唯有沙門瞿曇堪任增長修行是法迦葉彼有智者作如是觀如是推求如是論時我於此中則有名稱迦葉彼有智者作如是觀沙門瞿曇弟子於諸善法清白微妙及賢聖法彼異衆師弟子於諸善法清白微妙及賢聖法誰能堪任增長修行者迦葉彼有智者作如是觀如是知見唯有沙門瞿曇弟子能堪任增長修行是法迦葉彼有智者作如是觀如是推求如是論時我弟子則有名稱迦葉有道有迹比丘於中修行則自知自見沙門瞿曇時說實說義說法說律說迦葉何等是道何等是迹比丘於中修行自知自見沙門瞿曇時說實說義說法說律說迦葉於是比丘修念覺意依止息依無欲依出要修法精進喜猗定捨覺意依止息依無欲依出要迦葉是爲道是爲迹比丘於中修行自知自見沙門瞿曇時說實說義說法說律說迦葉言瞿曇唯有是道是迹比丘於中修行自知自見沙門瞿曇時說實說義說法說律說但苦行穢汚有得婆羅門名有得沙門名等是苦行穢汚有得婆羅門名有得沙門名瞿曇離服倮形以手自障蔽不受瓨食不受杅食不受兩壁中間食不受二人中間食不受兩刀中間食不受兩杅中間食不受共

食家食不受懷妊家食狗在門前不食其食不受有蠅家食不受請食他言先識則不受其食不食魚不食肉不飲酒不兩器食一餐一咽至七餐止受人益食不過七益或一日一食或二日三日四日五日六日七日一食或復食果或復食莠或食飯汁或食麻米或食穢稻或食牛糞或食鹿糞或食樹根枝葉花實或食自落果或被衣或被莎衣或衣樹皮或草苫身或衣鹿皮或留髮或被毛編或著塜間衣或有常舉手者或不坐牀席或有常蹲者或有剃髮留髭鬚者或有卧荊棘上者或有卧果蓏上者或有倮形卧牛糞上者或一日三浴或一夜三浴以無數苦苦役此身瞿曇是爲苦行穢汙或得沙門名或得婆羅門名佛言迦葉離服倮形者以無數方便苦役此身彼戒不具足見不具足不能勤修亦不廣普迦葉白佛言云何爲戒具足云何見具足過諸苦行微妙第一佛告迦葉諦聽善思念之當爲汝說迦葉言唯然瞿曇願樂欲聞佛告迦葉若如來至眞出現於世乃至四禪於現法中而得快樂所以者何斯由精勤專念一心樂於閑靜不放逸故迦葉是爲戒具足見具足勝諸苦行微妙第一迦葉言瞿曇雖曰戒具足見具足過諸苦行微妙第一但沙門法難婆羅門法難佛言迦葉此是世間不共法所謂沙門法婆羅門法難迦葉乃至優婆夷亦能知此法離服倮形乃至無數方便苦役此身但不知其心爲有恚心爲無恚心有恨心無恨心有害心無害心若知此心者不名沙門婆羅門爲難以不知故沙

門婆羅門爲難爾時迦葉白佛言何等是沙門何等是婆羅門戒具足見具足爲上爲勝微妙第一佛告迦葉諦聽諦聽善思念之當爲汝説迦葉言唯然瞿曇願樂欲聞佛言迦葉彼比丘以三昧心乃至得三明滅諸癡冥生智慧明所謂漏盡智生所以者何斯由精勤專念不忘樂獨閑靜不放逸故迦葉此名沙門婆羅門戒具足見具足最勝最上微妙第一迦葉言瞿曇雖言是沙門婆羅門見具足戒具足爲上爲勝微妙第一但沙門婆羅門法甚難甚難沙門亦難知婆羅門亦難知佛告迦葉優婆塞亦能修行此法自言我從今日能離服倮形乃至以無數方便苦役此身不可以此行名爲沙門婆羅門若當以此行名爲沙門婆羅門者不得言沙門甚難婆羅門甚難不以此行爲沙門婆羅門故言沙門甚難婆羅門甚難佛告迦葉我昔一時在羅閱祇於高山七葉窟中曾爲尼俱陀梵志説清淨苦行時梵志生歡喜心得清淨信供養我稱讚我第一供養稱讚於我迦葉言瞿曇誰於瞿曇不生第一歡喜淨信供養稱讚者我今於瞿曇亦生第一歡喜得清淨信供養稱讚歸依瞿曇佛告迦葉諸世間諸所有戒無有與此增上戒等者況欲出其上諸有三昧智慧解脱見解脱慧無有與此增上三昧智慧解脱見解脱慧等者況欲出其上迦葉所謂師子者是如來至眞等正覺如來於大衆中廣説法時自在無畏故號師子云何迦葉汝謂如來師子吼時不勇悍耶勿造斯觀如來師子吼勇悍無畏迦葉汝謂如來勇

悍師子吼時不在大衆中耶勿造斯觀如來在大衆中勇悍師子吼迦葉汝謂如來在大衆中作師子吼不能說法耶勿造斯觀所以者何如來在大衆中勇悍無畏作師子吼善能說法云何迦葉汝謂如來於大衆中勇悍無畏爲師子吼善能說法衆會聽者不一心耶勿造斯觀所以者何如來在大衆中勇悍無畏爲師子吼善能說法諸來會者皆一心聽云何迦葉汝謂如來在大衆中勇悍無畏爲師子吼善能說法諸來會者皆一心聽而不歡喜信受行耶勿造斯觀所以者何如來在大衆中勇悍無畏能師子吼善能說法諸來會者皆一心聽歡喜信受迦葉汝謂如來在大衆中勇悍無畏爲師子吼善能說法諸來會者歡喜信受而不供養耶勿造斯觀如來在大衆中勇悍無畏爲師子吼善能說法諸來會者皆一心聽歡喜信受而設供養迦葉汝謂如來在大衆中勇悍無畏爲師子吼乃至信敬供養而不剃除鬚髮服三法衣出家修道耶勿造斯觀所以者何如來在大衆中勇悍無畏乃至敬信供養剃除鬚髮服三法衣出家修道迦葉汝謂如來在大衆中勇悍無畏乃至出家修道而不究竟梵行至安隱處無餘泥洹耶勿造斯觀所以者何如來於大衆中勇悍無畏乃至出家修道究竟梵行至安隱處無餘泥洹時迦葉白佛言云何瞿曇我得於此法中出家受具戒不佛告迦葉若異學欲來入我法中出家修道者當留四月觀察稱可衆意然後當得出家受戒迦葉雖有是法亦觀其人耳迦葉言若有異學

欲來入佛法中修梵行者當留四月觀察稱可衆意然後當得出家受戒我今能於佛法中四歲觀察稱可衆意然後乃出家受戒佛告迦葉我已有言但觀其人耳爾時迦葉即於佛法中出家受具足戒時迦葉受戒未久以淨信心修無上梵行於現法中自身作證生死已盡梵行已立所作已辦不受後有即成阿羅漢爾時迦葉聞佛所說歡喜奉行

第三分三明經第七

如是我聞一時佛在俱薩羅國人間遊行與大比丘衆千二百五十人俱詣伊車能伽羅俱薩羅婆羅門村止宿伊車林中時有婆羅門名沸伽羅娑羅婆羅門名多梨車以小緣詣伊車能伽羅村此沸伽羅娑羅婆羅門七世以來父母眞正不爲他人之所輕毀異典三部諷誦通利種種經書善能分別又能善於大人相法觀察吉凶祭祀儀禮有五百弟子教授不廢其一弟子名婆悉咤七世以來父母眞正不爲他人之所輕毀異學三部諷誦通利種種經書盡能分別亦能善於大人相法觀察吉凶祭祀儀禮亦有五百弟子教授不廢多梨車婆羅門亦七世以來父母眞正不爲他人之所輕毀異學三部諷誦通利種種經書善能分別亦能善於大人相法觀察吉凶祭祀儀禮亦有五百弟子教授不廢其一弟子名頗羅墮七世以來父母眞正不爲他人之所輕毀異學三部諷誦通利種種經書盡能分別亦能善於大人相法觀察吉凶祭祀儀禮亦有五百弟子教授不廢時婆悉咤頗羅墮二人於淸旦至園中遂共論義

更相是非時婆悉咃語頗羅墮我道眞正能得出要至於梵天此是大師沸伽羅娑羅婆羅門所説頗羅墮又言我道眞正能得出要至於梵天此是大師多梨車婆羅門所説如是婆悉咃再三自稱已道眞正頗羅墮亦再三自稱已道眞正二人共論各不能決時婆悉咃語頗羅墮曰我聞沙門瞿曇釋種子出家成道於拘薩羅國遊行人間今在伊車能伽羅林中有大名稱流聞天下如來至眞等正覺十號具足於諸天世人魔若魔天沙門婆羅門中自身作證爲他説法上中下言皆悉眞正義味具足梵行清淨如是眞人宜往覲現我聞彼瞿曇知梵天道能爲人説常與梵天往返言語我等當共詣彼瞿曇共決此義若沙門瞿曇有所言説當共奉持爾時婆悉咃頗羅墮二人相隨到伊車林中詣世尊所問訊已一面坐爾時世尊知彼二人心中所念即告婆悉咃曰汝等二人清旦至園中作如是論共相是非汝一人言我法眞正能得出要至於梵天此是大師沸伽羅娑羅婆羅門所説彼一人言我法眞正能得出要至於梵天此是大師多梨車所説如是再三更相是非有如此事耶時婆悉咃頗羅墮聞佛此言皆悉驚愕衣毛爲竪心自念言沙門瞿曇有大神德先知人心我等所欲論者沙門瞿曇已先説訖時婆悉咃白佛言此道彼道皆稱眞正皆得出要至於梵天爲沸伽羅娑羅婆羅門所説爲是爲多梨車婆羅門所説爲是耶佛言正使婆悉咃此道彼道眞正出要得至梵天汝等何爲清旦園中共相是非

乃至再三耶時婆悉咤白佛言諸有三明婆羅門說種種道自在欲道自作道梵天道此三道者盡向梵天瞿曇譬如村營所有諸道皆向於城諸婆羅門雖說種種諸道皆向梵天佛告婆悉咤彼諸道爲盡趣梵天不答曰盡趣佛復再三重問種種諸道盡趣梵天不答曰盡趣爾時世尊定其語已告婆悉咤曰云何三明婆羅門中頗有一人得見梵天者不答曰無有見者云何婆悉咤三明婆羅門先師頗有得見梵天者不答曰無有見者云何婆悉咤乃往三明仙人舊婆羅門諷誦通利能爲人說舊諸讚誦歌詠詩書其名阿吒摩婆羅門婆摩婆羅門婆摩提婆婆羅門毗婆審咤婆羅門伊尼羅斯婆羅門蛇婆提伽婆羅門婆婆悉婆羅門迦葉婆羅門阿樓那婆羅門瞿曇摩婆羅門首脂婆羅門婆羅損陁婆羅門彼亦得見梵天不耶答曰無有見者佛言若使三明婆羅門無有一見梵天者若三明婆羅門先無有見梵天者又諸舊大仙三明婆羅門阿咤摩等亦不見梵天者當知三明婆羅門所說非實又告婆悉咤如有婬人言我與彼端正女人交通稱歎婬法餘人語言汝識彼女不爲在何處東方西方南方北方耶答曰不知爲問汝知彼女所止土地城邑村落不答曰不知又問汝識彼女父母及其姓字不答曰不知又問汝知彼女爲是剎利女爲是婆羅門居士首陁羅女耶答曰不知又問汝知彼女爲長短麤細黑白好醜耶答曰不知云何婆悉咤彼人讚歎爲是實不答曰不實如是婆悉咤三明婆羅門所

説亦爾無有實也云何婆悉咤汝三明婆羅門見日月遊行出沒處所叉手供養能作是説此道眞正當得出要至日月所不報曰如是三明婆羅門見日月遊行出沒處所叉手供養而不能言此道眞正當得出要至日月所也如是婆悉咤三明婆羅門見日月遊行出沒之處叉手供養而不能説此道眞正當得出要至日月所而常叉手供養恭敬豈非虛妄耶答曰如是瞿曇彼實虛妄佛言譬如有人立梯空地餘人問言立梯用爲答曰我欲上堂又問堂何所在東南西北耶答云不知云何婆悉咤此人立梯欲上堂者豈非虛妄耶答曰如是彼實虛妄佛言三明婆羅門亦復如是虛誑無實婆悉咤五欲潔淨甚可愛樂云何爲五眼見色甚可愛樂耳聲鼻香舌味身觸甚可愛樂於我賢聖法中爲著爲縛爲是鉤鎖彼三明婆羅門爲五欲所染愛著堅固不見過失不知出要彼爲五欲之所繫縛正使奉事日月水火唱言扶接我去生梵天者無有是處譬如阿夷羅河其水平岸烏鳥得飲有人在此岸身被重繫空喚彼岸言來度我去彼岸寧來度此人不答曰不也婆悉咤五欲潔淨甚可愛樂於賢聖法中猶如鉤鎖彼三明婆羅門爲五欲所染愛著堅固不見過失不知出要彼爲五欲之所繫縛正使奉事日月水火唱言扶接我去生梵天者亦復如是終無是處婆悉咤譬如阿夷羅河其水平岸烏鳥得飲有人欲度不以手足身力不因船栰能得度不答曰不能婆悉咤三明婆羅門亦復如是不修沙門清淨梵行

更修餘道不清淨行欲求生梵天者無有是處婆悉咤猶如山水暴起多漂人民亦無船栰又無橋梁有行人來欲度彼岸見山水暴起多漂人民亦無船栰又無橋梁彼人自念我今寧可多集草木堅牢縛栰自以身力度彼岸耶即尋縛栰自以身力安隱得度婆悉咤此亦如是若比丘捨非沙門不清淨行於沙門清淨行欲生梵天者則有是處云何婆悉咤梵天有恚心耶無恚心耶答曰無恚心也又問三明婆羅門有恚心耶無恚心耶答曰有恚心婆悉咤梵天無恚心三明婆羅門有恚心有恚心無恚心不共同不俱解脫不相趣向是故梵天婆羅門不共同也云何婆悉咤梵天有瞋心無瞋心耶答曰無瞋心又問三明婆羅門有瞋心無瞋心耶答曰有瞋

心佛言梵天無瞋心三明婆羅門有瞋心有瞋心無瞋心不同趣不同解脫是故梵天婆羅門不共同也云何婆悉咤梵天有恨心無恨心耶答曰無恨心又問三明婆羅門有恨心無恨心耶答曰有恨心佛言梵天無恨心三明婆羅門有恨心有恨心無恨心不同趣不同解脫是故梵天婆羅門不共同也云何婆悉咤梵天有家屬產業不答曰無又問三明婆羅門有家屬產業不答曰有佛言梵天無家屬產業三明婆羅門有家屬產業有家屬產業無家屬產業不同趣不同解脫是故梵天婆羅門不共同也云何婆悉咤梵天得自在不得自在耶答曰得自在又問三明婆羅門得自在不得自在耶答曰不得自在佛言梵天得自在三明婆羅門不得自在不得

自在得自在不同趣不同解脫是故梵天婆羅門不共同也佛言彼三明婆羅門設有人來問難深義不能具答實如是不答曰如是時婆悉咤頗羅墮二人俱白佛言且置餘論我聞沙門瞿曇明識梵道能爲人說又與梵天相見往來言語唯願沙門瞿曇以慈愍故說梵天道開示演布佛告婆悉咤我今問汝隨意報我云何婆悉咤彼心念國去此近遠答曰近若使有人生長彼國有餘人問彼國道徑云何婆悉咤彼人生長彼國答彼道徑寧有疑不答曰無疑所以者何彼國生長故佛言正使彼人生長彼國或可有疑若有人來問我梵道無疑也所以者何我常數數說彼梵道故時婆悉咤頗羅墮俱白佛言且置此論我聞沙門瞿曇明識梵道能爲人說又與梵天相見往來言語唯願沙門瞿曇以慈愍故說於梵道開示演布佛言諦聽善思當爲汝說答言唯然願樂欲聞佛言若如來至眞等正覺出現於世十號具足乃至四禪於現法中而自娛樂所以者何斯由精勤專念不忘樂獨閑靜不放逸故彼以慈心遍滿一方餘方亦爾廣布無際無二無量無恨無害遊戲此心而自娛樂悲喜捨心遍滿一方餘方亦爾廣布無際無二無量無有結恨無惱害意遊戲此心以自娛樂云何婆悉咤梵天有恚心無恚心耶答曰無恚心也又問行慈比丘有恚心無恚心耶答曰無恚心佛言梵天無恚心行慈比丘無恚心無恚心無恚心同趣同解脫是故梵天比丘俱共同也云何婆悉咤梵天有瞋心耶無瞋心耶答曰無也

又問行慈比丘有瞋心無瞋心耶答曰無佛言梵天無瞋心行慈比丘無瞋心無瞋心無瞋心同趣同解脱是故梵天比丘俱共同也云何婆悉咤梵天有恨心無恨心耶答曰無又問行慈比丘有恨心無恨心耶答曰無佛言梵天無恨心行慈比丘無恨心無恨心無恨心同趣同解脱是故比丘梵天俱共同也云何婆悉咤梵天有家屬産業不答曰無也又問行慈比丘有家屬産業不答曰無也佛言梵天無家屬産業行慈比丘亦無家屬産業無家屬産業無家屬産業同趣同解脱是故梵天比丘俱共同也云何婆悉咤梵天得自在不耶答曰得自在又問行慈比丘得自在耶答曰得自在佛言梵天得自在行慈比丘得自在得自在得自在同趣同解脱是故梵天比丘俱共同也佛告婆悉咤當知行慈比丘身壞命終如發箭之頃生梵天上佛説是法時婆悉咤頗羅墮即於座上遠塵離垢於諸法中得法眼淨爾時婆悉咤頗羅墮聞佛所説歡喜奉行

佛説長阿含經卷第十六

音釋

猥烏賄切鄙也 倏式竹切疾也 倮郎果切赤體也 瓨户江切長頸甖也 杅羽俱切食器也 妊汝鴆切孕也 莠與久切薉草也 稴胡緘切稻不黏者 髭即移切口鬚也 蓏郎果切蔓實也 悍侯旰切有力也

佛説長阿含經卷第十七

姚秦三藏法師佛陀耶舍共竺佛念譯

第三分沙門果經第八

如是我聞一時佛在羅閱祇耆舊童子菴婆園中與大比丘衆千二百五十人俱爾時王阿闍世韋提希子以十五日月滿時命一夫人而告之曰今夜清明與晝無異當何所爲作夫人白王言今十五日夜月滿時與晝無異宜沐髮澡浴與諸婇女五欲自娛時王又命第一太子優耶婆陀而告之曰今夜月十五日月滿時與晝無異當何所施作太子白王言今夜十五日月滿時與晝無異宜集四兵與共謀議伐於邊逆然後還此共相娛樂時王又命勇健大將而告之曰今十五日月滿時其夜清明與晝無異當何所爲作大將白言今夜清明與晝無異宜集四兵案行天下知有逆順時王又命雨舍婆羅門而告之曰今十五日月滿時其夜清明與晝無異當詣何等沙門婆羅門所能開悟我心時雨舍白王今夜清明與晝無異有富蘭迦葉於大衆中而爲導首多有知識名稱遠聞猶如大海多所容受衆所供養大王宜往詣彼問訊王若見者心或開悟王又命雨舍弟須尼陀而告之曰今夜清明與晝無異宜詣何等沙門婆羅門所能開悟我心須尼陀白言今夜清明與晝無異有末伽梨瞿舍梨於大衆中而爲導首多有知識名稱遠聞猶如大海無不容受衆所供養大王宜往詣彼問訊王若見者心或開悟王又命典作大臣而告之曰今夜清明與晝無異當詣何等沙門婆羅門

所能開悟我心典作大臣白言有阿耆多翅舍欽婆羅於大衆中而爲導首多有知識名稱遠聞猶如大海無不容受衆所供養大王宜往詣彼問訊王若見者心或開悟王又命伽羅守門將而告之曰今夜清明與晝無異當詣何等沙門婆羅門所能開悟我心伽羅守門將白言有波浮陀迦旃那於大衆中而爲導首多有知識名稱遠聞猶如大海無不容受衆所供養大王宜往詣彼問訊王若見者心或開悟王又命優陀夷漫提子而告之曰今夜清明與晝無異當詣何等沙門婆羅門所能開悟我心優陀夷白言有散若夷毗羅梨沸於大衆中而爲導首多所知識名稱遠聞猶如大海無不容受衆所供養大王宜往詣彼問訊王若見者心或開悟王又命弟無畏而告之曰今夜清明與晝無異當詣何等沙門婆羅門所能開悟我心弟無畏白言有尼乾子於大衆中而爲導首多所知識名稱遠聞猶如大海無不容受衆所供養大王宜往詣彼問訊王若見者心或開悟王又命壽命童子而告之曰今夜清明與晝無異當詣何等沙門婆羅門所能開悟我心壽命童子白言有佛世尊今在我菴婆園中大王宜往詣彼問訊王若見者心必開悟王勑壽命言嚴我所乘寶象及餘五百白象耆舊受教即嚴王象及五百象訖白王言嚴駕已備唯願知時阿闍世王自乘寶象使五百夫人乘五百牝象手各執炬現王威嚴出羅閱城欲詣佛所小行進路告壽命曰汝今誑我陷固於我引我大衆欲與怨家壽命白言大王我

不敢欺王不敢謟固引王大衆以與怨家王但前進必獲福慶時王少復前進告壽命言汝欺誑我謟固於我欲引我衆持與怨家如是再三所以者何彼有大衆千二百五十人寂然無聲將有謀也壽命復再三白言大王我不敢欺誑謟固引王大衆持與怨家王但前進必獲福慶所以者何彼沙門法常樂閑靜是以無聲王但前進園林已現阿闍世王到園門下象解劒退蓋去五威儀步入園門告壽命曰今佛世尊爲在何所壽命報言大王今佛在彼髙堂上前有明燈世尊處師子座南面而坐王少前進自見世尊爾時阿闍世王往詣講堂所於外洗足然後上堂黙然四顧生歡喜心口自發言令諸沙門寂然靜黙止觀具足願使我太子優婆耶亦止觀成就與此無異爾時世尊告阿闍世王曰汝念子故口自發言願使太子優婆耶亦止觀成就與此無異汝可前坐時阿闍世王即前頭面禮佛足於一面坐而白佛言今欲有所問若有閑暇乃敢請問佛言大王欲有問者便可問也阿闍世王白佛言世尊如今人乘象馬車習刀矛劒弓矢兵杖戰鬬之法王子力士大力士僮使皮師剃鬚髮師織鬘師車師瓦師竹師葦師皆以種種技術以自存生自恣娛樂父母妻子奴僕僮使共相娛樂如此營生現有果報今諸沙門現在所修現得果報不佛告王曰汝頗曽詣諸沙門婆羅門所問如此義不王白佛言我曽詣沙門婆羅門所問如是義我念一時至富蘭迦葉所問言如人乘象馬車習於兵法乃至種種營生現

有果報今此衆現在修道現得果報不彼富蘭迦葉報我言王若自作若教人作斫伐殘害煑炙切割惱亂衆生愁憂啼哭殺生偷盜婬泆妄語踰牆劫賊放火焚燒斷道爲惡大王行如此事非爲惡也大王若以利劍臠割一切衆生以爲肉聚彌滿世間此非爲惡亦無罪報於恒水南岸臠割衆生亦無有惡報於恒水北岸爲大施會施一切衆利人等利亦無福報王白佛言猶如有人問瓜報李問李報瓜彼亦如是我問現得報不而彼答我無罪福報我即自念言我是刹利王水澆頭種無緣殺出家人繫縛驅遣時我懷忿結心作此念已即便捨去又白佛言我於一時至末伽梨拘舍梨所問言如今人乘象馬車習於兵法乃至種種營生皆現有果報今者此衆現在修道現得報不彼報我言大王無施無與無祭祀法者亦無善惡無善惡報無有今世亦無後世無父無母無天無化衆生世無沙門婆羅門平等行者亦無今世後世自身作證布現他人諸言有者皆是虛妄世尊猶如有人問瓜報李問李報瓜彼亦如是我問現得報不彼乃以無義答我即自念言我是刹利王水澆頭種無緣殺出家人繫縛驅遣時我懷忿結心作此念已即便捨去又白佛言我於一時至阿夷多翅舍欽婆羅所問言大德如人乘象馬車習於兵法乃至種種營生皆現有果報今者此衆現在修道現得報不彼報我言受四大人取命終者地大還歸地水還歸水火還歸火風還歸風皆悉壞敗諸根歸空若人死時牀舁擧身置於冢間

火燒其骨如鴿色或變爲灰土若愚若智取命終者皆悉壞敗爲斷滅法世尊猶如有人問李瓜報問瓜李報彼亦如是我問現得報不而彼答我以斷滅法我即念言我是剎利王水澆頭種無緣殺出家人繫縛驅遣時我懷忿結心作此念已即便捨去又白佛言我昔一時至波浮陀迦旃延所問言大德如人乘象馬車習於兵法乃至種種營生皆現有果報今者此衆現在修道現得報不彼答我言大王無力無精進人無力無方便無因無緣衆生染著無因無緣衆生清淨一切衆生有命之類皆悉無力不得自在無有怨讎定在數中於此六生中受諸苦樂猶如問李瓜報問瓜李報彼亦如是我問現得報不彼以無力答我我即自念言我是剎利王水澆頭種無緣殺出家人繫縛驅遣時我懷忿結心作此念已即便捨去又白佛言我昔一時至散若毗羅梨子所問言大德如人乘象馬車習於兵法乃至種種營生皆現有果報今者此衆現在修道現得報不彼答我言大王現有沙門果報問如是答此事如是此事實此事異此事不異此事非異非不異大王現無沙門果報問如是答此事如是此事實此事異此事非異非不異大王現有無沙門果報問如是答此事如是此事實此事異此事非異非不異大王現非有非無沙門果報問如是答此事如是此事實此事異此事非異非不異世尊猶如人問李瓜報問瓜李報彼亦如是我問現得報不而彼異論答我我即自念言我是剎利王水澆頭種無緣殺出家人

繫縛驅遣時我懷忿結心作是念已即便捨去又白佛言我昔一時至尼乾子所問言大德猶如人乘象馬車乃至種種營生現有果報今者此衆現在修道現得報不彼報我言大王我是一切智一切見人盡知無餘若行若住坐卧覺寤無餘智常現在前世尊猶如人問李瓜報問瓜李報彼亦如是我問現得報不而彼答我以一切智我即自念言我是刹利王水澆頭種無緣殺出家人繫縛驅遣時我懷忿結心作此念已即便捨去是故世尊今我來此問如是義如人乘象馬車背於兵法乃至種種營生皆現有果報今者沙門現在修道現得報不佛告阿闍世王曰我今還問王隨意所答云何大王王家僮使内外作人皆見王於十五日月滿時沐髮澡浴在高殿上與諸婇女共相娛樂作此念言咄哉行之果報乃至是乎此王阿闍世以十五日月滿時沐髮澡浴於高殿上與諸婇女五欲自娛誰能如此及是行報者彼於後時剃除鬚髮服三法衣出家修道行平等法云何大王大王遥見此人來寧復起念言是我僮使不耶王白佛言不也世尊若見彼來當起迎請坐佛言此豈非沙門現得報耶王言如是世尊此是現得沙門報也復次大王若王界内寄居客人食王廪賜見王於十五日月滿時沐髮澡浴於高殿上與諸婇女五欲自娛彼作是念咄哉彼行之報乃如是耶誰能如此及是行報者彼於後時剃除鬚髮服三法衣出家修道行平等法云何大王大王若遥見此人來寧復起念言是我客民食我廪賜

耶王言不也若我見其遠來當起迎禮敬問訊請坐云何大王此非沙門現得果報耶王言如是現得沙門報也復次大王如來至眞等正覺出現於世入我法者乃至三明滅諸闇冥生大智明所謂漏盡智證所以者何斯由精勤專念不忘樂獨閑靜不放逸故云何大王此非沙門得現在果報也王報言如是世尊實是沙門現在果報爾時阿闍世王即從座起頭面禮佛足白佛言唯願世尊受我悔過我爲狂愚癡冥無識我父摩竭瓶沙王以法治化無有偏枉而我迷惑五欲實害父王唯願世尊加哀慈愍受我悔過佛告王曰汝愚冥無識但自悔過汝迷於五欲乃害父王今於賢聖法中能悔過者即自饒益吾愍汝故受汝悔過爾時阿闍世王禮世尊足已還一面坐佛爲說法示教利喜王聞佛教已即白佛言我今歸依佛歸依法歸依僧聽我於正法中爲優婆塞自今已後盡形壽不殺不盜不婬不欺不飲酒唯願世尊及諸大衆明受我請爾時世尊默然許之時王見佛默然受請已即起禮佛遶三帀而還其去未久佛告諸比丘言此阿闍世王過罪損減已拔重咎若阿闍世王不殺父者即當於此座上得法眼淨而阿闍世王今自悔過罪咎損減已拔重咎時阿闍世王至於中路告壽命童子言善哉善哉汝今於我多所饒益汝先稱說如來指授開發然後將我詣世尊所得蒙開悟深識汝恩終不遺忘時王還宮辦諸餚饍種種飲食明日時到惟聖知時爾時世尊著衣持鉢與衆弟子千二百五十人俱往詣

王宮就座而坐時王手自斟酌供佛及僧食訖去鉢行澡水畢禮世尊足白言我今再三悔過我爲狂惑癡冥無識我父摩竭瓶沙王以法治化無有偏枉而我迷於五欲實害父王唯願世尊加哀慈愍受我悔過佛告王曰汝愚冥無識迷於五欲乃害父王今於賢聖法中能悔過者即自饒益吾今愍汝受汝悔過時王禮佛足已取一小座於佛前坐佛爲說法示教利喜王聞佛教已又白佛言我今再三歸依佛歸依法歸依僧唯願聽我於正法中爲優婆塞自今已後盡形壽不殺不盜不婬不欺不飲酒爾時世尊爲阿闍世王說法示教利喜已從座起而去爾時阿闍世王及壽命童子聞佛所說歡喜奉行

第三分布吒婆樓經第九

如是我聞一時佛在舍衛國祇樹給孤獨園與大比丘衆千二百五十人俱爾時世尊清旦著衣持鉢入舍衛城乞食時世尊念言今日乞食於時爲早今我寧可往至布吒婆樓梵志林中觀看須時至當乞食爾時世尊即詣梵志林中時布吒婆樓梵志遙見佛來即起迎逆言善來沙門瞿曇久不來此今以何緣而能屈顧可前就座爾時世尊即就其坐告布吒婆樓曰汝等集此何所作爲爲何講說梵志白佛言世尊昨日多有梵志沙門婆羅門集此婆羅門堂說如是事相違逆論瞿曇或有梵志作是說言人無因無緣而想生無因無緣而想滅想有去來來則想生去則想滅瞿曇或有梵志作是說由命有想生由命有想滅彼想有去來來則想生去則想滅

瞿曇或有梵志作是說如先所言無有是處有大鬼神有大威力彼持想去彼持想來彼持想去則想滅彼持想來則想生我因是故生念念沙門瞿曇必知此義必能善知想知滅定爾時世尊告梵志曰彼諸論者皆有過咎言無因無緣而有想生無因無緣而有想滅想有去來來則想生去則想滅或言因命想生因命想滅想有去來來則想生去則想滅或有言無有是處有大鬼神彼持想來彼持想去持來則想生持去則想滅如此言者皆有過咎所以者何梵志有因緣而想生有因緣而想滅若如來出現於世至眞等正覺十號具足有人於佛法中出家爲道乃至滅五蓋覆蔽心者除去欲惡不善法有覺有觀離生喜樂入初禪先滅欲想生喜樂想梵志以此故知有因緣想生有因緣想滅滅有覺觀內喜一心無覺無觀定生喜樂入第二禪梵志彼初禪想滅二禪想生以是故知有因緣想滅有因緣想生捨喜修護專念一心自知身樂賢聖所求護念清淨入第三禪梵志彼二禪想滅三禪想生以是故知有因緣想滅有因緣想生捨苦捨樂先滅憂喜護念清淨入第四禪梵志彼三禪想滅四禪想生以是故知有因緣想滅有因緣想生捨一切色想滅恚不念異想入空處梵志一切色想滅空處想生以是故知有因緣想滅有因緣想生越一切空處入識處梵志彼空處想滅識處想生故知有因緣想滅有因緣想生越一切識處入不用處梵志彼識處想滅不用處想生以是故知有因緣想滅有因緣想生捨

不用處入有想無想處梵志彼不用處想滅有想無想處想生以是故知有因緣想滅有因緣想生彼捨有想無想處入想知滅定梵志彼有想無想處想滅入想知滅定以是故知有因緣想生有因緣想滅彼得此想已作是念有念爲惡無念爲善彼作是念時微妙想不滅更麤想生彼復念言我今寧可不爲念行不起思惟彼不爲念行不起思惟已微妙想滅麤想不生彼不爲念行不起思惟微妙想滅麤想不生時即入想知滅定云何梵志汝從本已來頗曾聞此次第滅想因緣不梵志白佛言從本已來信自不聞如是次第滅想因緣又白佛言我今生念謂此有想此無想或復有想此想已彼作是念有念爲惡無念爲善彼作是念時微妙想不滅麤想更生彼復念言我今寧可不爲念行不起思惟彼不爲念行不起思惟已微妙想滅麤想不生彼不爲念行不起思惟微妙想滅麤想不生時即入想知滅定佛告梵志言善哉善哉此是賢聖法中次第滅想定梵志復白佛言此諸想中何者爲無上想佛告梵志不用處想爲無上梵志又白佛言諸想中何者爲第一無上想佛言諸言有想諸言無想於其中間能次第得想知滅定者是爲第一無上想梵志又問爲一想爲多想佛言有一想無多想梵志又問先有想生然後智先有智生然後想爲想智一時俱生耶佛言先有想生然後智由想有智梵志又問想即是我耶佛告梵志汝説何等人是我梵志白佛言我不説人是我我自説色身四大六入父母生育乳

哺長成衣服莊嚴無常磨滅法我説此人是我佛告梵志汝言色身四大六入父母生育乳哺長成衣服莊嚴無常磨滅法説此人是我梵志且置此我但人想生人想滅梵志言我不説人是我我説欲界天是我佛言且置欲界天是我但人想生人想滅梵志言我不説人是我我自説色界天是我佛言且置色界天是我但人想生人想滅梵志言我不説人是我我自説空處識處不用處有想無想處無色天是我佛言且置空處識處無所有處有想無想處無色天是我但人想生人想滅梵志白佛言云何瞿曇我寧可得知人想生人想滅不佛告梵志汝欲知人想生人想滅者甚難甚難所以者何汝異見異習異忍異受依異法故梵志白佛言如是瞿曇我異見異習異忍異受依異法故欲解人想生人想滅者甚難甚難所以者何我世間有常此實餘虛我世間無常此實餘虛我世間有常無常此實餘虛我世間非有常非無常此實餘虛我世間有邊此實餘虛我世間無邊此實餘虛我世間有邊無邊此實餘虛我世間非有邊非無邊此實餘虛是命是身此實餘虛命異身異此實餘虛身命非異非不異此實餘虛無命無身此實餘虛如來終此實餘虛如來不終此實餘虛如來終不終此實餘虛如來非終非不終此實餘虛佛告梵志世間有常乃至如來非終非不終我所不記梵志白佛言瞿曇何故不記我世間有常乃至如來非終非不終盡不記耶佛言此不與義合不與法合非梵行非無欲非無爲非寂滅

非止息非正覺非沙門非泥洹是故不記梵志又問云何爲義合法合云何爲梵行初云何無爲云何無欲云何寂滅云何止息云何正覺云何沙門云何泥洹云何名記佛告梵志我記苦諦苦集苦滅苦出要諦所以者何此是義合法合梵行初首無欲無爲寂滅止息正覺沙門泥洹是故我記爾時世尊爲梵志説法示教利喜已即從座起而去佛去未久其後諸餘梵志語布吒婆樓梵志曰汝何故聽瞿曇沙門所説語印可瞿曇言我及世間有常乃至如來非終非不終不與義合故我不記汝何故印可是言我等不可沙門瞿曇如是所説布吒婆樓報諸梵志言沙門瞿曇所説我世間有常乃至如來非終非不終不與義合故我不記我亦不印可此言但彼沙門瞿曇依法住法以法而言以法出離我當何由違此智言沙門瞿曇如此微妙法言不可違也時布吒婆樓梵志又於異時象首舍利弗詣世尊所問訊已一面坐象首舍利弗禮佛而坐時梵志白佛佛先在我所時去未久其後諸餘梵志語我言汝何故聽沙門瞿曇所説語印可瞿曇言我世間常乃至如來非終非不終不合義故我不記汝何故印可是言我等不可沙門瞿曇如是所説我報彼言沙門瞿曇所説我世間有常乃至如來非終非不終不與義合故我不記我亦不印可此言但彼沙門瞿曇依法住法以法而言以法出離我等何由違此智言沙門瞿曇微妙法言不可違也佛告梵志曰諸梵志言汝何故聽沙門瞿曇所説語印可此言有咎所

以者何我所說法有決定記不決定記云何名不決定記我世有常乃至如來非終非不終我亦說此言而不決定記所以然者此不與義合不與法合非梵行初非無欲非無爲非寂滅非止息非正覺非沙門非泥洹是故梵志我雖說此言而不決定記云何名爲決定記我記苦諦苦集苦滅苦出要諦所以者何此與法合義合是梵行初首無欲無爲寂滅止息正覺沙門泥洹是故我說決定記梵志或有沙門婆羅門於一處世間一向說樂我語彼言汝等審說一處世間一向樂耶彼報我言如是我又語彼言汝知見一處世間一向樂耶彼答我言不知不見我復語彼言一處世間諸天一向樂汝曾見不彼報我言不知不見又問彼言彼一處世間諸天汝頗共坐起言語精進修定不耶答我言不我又問彼言彼一處世間諸天一向樂者頗曾來語汝言汝所行質直當生彼一向樂天我以所行質直故得生彼共受樂耶彼答我言不也我又問彼言汝能於己身起心化作他四大身身體具足諸根無闕不彼答我言不能云何梵志彼沙門婆羅門所言爲是誠實爲應法不梵志白佛言此非誠實爲非法言佛告梵志如有人言我與彼端正女人交通稱讚婬女餘人問言汝識彼女不爲在何處東方西方南方北方耶答曰不知又問汝知彼女所止土地城邑村落不答曰不知又問汝識彼女父母及其姓字不答曰不知又問汝知彼女爲是刹利女爲是婆羅門居士首陀羅女耶答曰不知又問汝知彼女形貌爲長

短麤細黑白好醜耶答曰不知云何梵志此人所説爲誠實不答曰不也梵志彼沙門婆羅門亦復如是無有眞實梵志猶如有人立梯空地餘人問言立梯用爲答曰我欲上堂又問堂何所在答曰不知云何梵志彼立梯者豈非虚妄耶答曰如是彼實虚妄佛言諸沙門婆羅門亦復如是虚妄無實佛告布咤婆樓汝言我身色四大六入父母生育乳餔長成衣服莊嚴無常磨滅以此爲我者我説此爲染污爲清淨爲得解汝意或謂染污法不可滅清淨法不可生常在苦中勿作是念何以故染污法可滅盡清淨法可出生處安樂地歡喜愛樂專念一心智慧增廣梵志我於欲界天色界天空處識處不用處有想無想處天説爲染污亦説清淨亦説得解汝意

或謂染污法不可滅清淨法不可生常在苦中勿作是念所以者何染污可滅淨法可生處安樂地歡喜愛樂專念一心智慧增廣爾時象首舍利弗白佛言世尊當有欲界人身四大諸根時復有欲界天身色界天身空處識處不用處有想無想處天身一時有不世尊當有欲界天身時復有欲界人身四大諸根及色界天身空處識處無所有處有想無想處天身一時有不世尊當有色界天身時復有欲界人身四大諸根及色界天身空處識處無所有處有想無想處天身一時有不如是至有想無想處天身時有欲界人身四大諸根及欲界天身色界天身空處識處無所有處天身一時有不佛告象首舍利弗若有欲界人身四大諸根爾時正有欲界人身

四大諸根非欲界天身色界天身空處識處無所有處有想無想處天身如是乃至有有想無想處天身爾時正有有想無想處天身無有欲界人身四大諸根及欲界天身色界天身空處識處無所有處天身象首譬如牛乳乳變爲酪酪爲生酥生酥爲熟酥熟酥爲醍醐醍醐爲第一象首當有乳時唯名爲乳不名爲酪酥醍醐如是展轉至醍醐時唯名醍醐不名爲乳不名酪酥象首於此亦如是若有欲界人身四大諸根時無有欲界天身色界天身乃至有想無想處天身如是展轉有有想無想處天身時唯有有想無想處天身無有欲界人身四大諸根及欲界天身色界天身乃至無所有天身象首於汝意云何若有人問汝言若有過去身時有未來現在身一時有不有未來身時有過去現在身一時有不有現在身時有過去未來身一時有不設有此問者汝云何報象首言設有如是問者我當報言有過去身時唯是過去身無未來現在有未來身時唯是未來身無過去現在有現在身時唯是現在身無過去未來身象首此亦如是有欲界人身四大諸根時無欲界天身色界天身乃至有想無想處天身如是展轉至有想無想處天身時無有欲界人身四大諸根及欲界天身色界天身至不用處天身復次象首若有人問汝言汝曾有過去已滅不未來當生不現在今有不設有是問者汝當云何答象首白佛言若有是問者當答彼言我曾有過去已滅非不有也有未來當生非不有也現在今有非不有也

佛言象首此亦如是有欲界人身四大諸根時無欲界天身乃至有想無想天身如是展轉至有想無想天身時無有欲界人身四大諸根及欲界天身乃至無所有處天身爾時象首白佛言世尊我今歸依佛歸依法歸依僧聽我於正法中爲優婆塞自今以後盡形壽不殺不盜不婬不欺不飲酒時布吒婆樓梵志白佛言我得於佛法中出家受戒不佛告梵志若有異學欲於我法中出家爲道者先四月觀察稱衆人意然後乃得出家受戒雖有是法亦觀人耳梵志白佛言諸有異學欲於佛法中出家受戒者先當四月觀察稱衆人意然後乃得出家受戒如我今者乃能於佛法中四歲觀察稱衆人意然後乃望出家受戒佛告梵志我先語汝雖有是法當觀其人時彼梵志即於正法中得出家受戒如是不久以信堅固淨修梵行於現法中自身作證生死已盡所作已辦不受後有即成阿羅漢爾時布吒婆樓聞佛所説歡喜奉行

第三分露遮經第十

如是我聞一時佛在拘薩羅國人間遊行與大比丘衆千二百五十人俱往詣婆羅婆提婆羅門村北尸舍婆林中止宿時有婆羅門名曰露遮住婆羅林中其村豐樂人民熾盛波斯匿王即封此村與婆羅門以爲梵分此婆羅門七世以來父母眞正不爲他人之所輕毁異典三部諷誦通利種種經書盡能分别又能善於大人相法占候吉凶祭祀儀禮聞沙門瞿曇釋種子出家成道於拘薩羅國人間遊行至尸舍婆林中有大名稱流聞天

下如來至眞等正覺十號具足於諸天世人魔若魔天沙門婆羅門衆中自身作證與他說法上中下善義味具足梵行清淨如此眞人宜往覲現我今寧可往共相見時婆羅門即出彼村詣尸舍婆林中至世尊所問訊已一面坐佛爲說法示教利喜婆羅門聞法已白佛言唯願世尊及諸大衆明受我請爾時世尊默然受請彼婆羅門見佛默然知已許可即從座起遶佛而去去佛不遠便起惡見言諸沙門婆羅門多知善法多所證成不應爲他人說但自知休與他說爲譬如有人壞故獄已更造新獄斯是貪惡不善法耳時婆羅門還至婆羅林已即於其夜具辦種種餚饍飲食時到語剃頭師言汝持我聲語尸舍婆林中白沙門瞿曇曰時已到宜知是時時剃頭師受教即往到佛所禮世尊足白時已到宜知時爾時世尊即著衣持鉢從諸弟子千二百五十人俱詣婆羅林剃頭師侍從世尊偏露右臂長跪叉手白佛言彼露遮婆羅門去佛不遠生惡見言諸有沙門婆羅門多知善法多所證者不應爲他人說但自知休與他說爲譬如有人壞故獄已更造新獄斯是貪惡不善法耳唯願世尊除其惡見佛告剃頭師曰此是小事易開化耳爾時世尊至婆羅門舍就座而坐時婆羅門以種種甘饍手自斟酌供佛及僧食訖去鉢行澡水畢取一小牀於佛前坐佛告露遮汝昨夜去我不遠生惡見言諸沙門婆羅門多知善法多所證者不應爲他人說乃至貪惡不善法實有是言耶露遮言爾實有此事佛告露遮汝勿

復爾生此惡見所以者何世有三師可以自
誡云何爲三一者剃除鬚髮服三法衣出家
修道於現法中可除煩惱又可增益得上人
法而於現法中不除煩惱不得上人法已業
未成而爲弟子説法其諸弟子不恭敬承事
由復依止與共同住露遮而彼諸弟子語師
言師令剃除鬚髮服三法衣出家修道於現
法中可得除衆煩惱得上人勝法而令於現
法中不能除煩惱不得上人勝法已業未成
而爲弟子説法使諸弟子不復恭敬承事供
養但共依止同住而已佛言露遮猶如有人
壞故獄已更造新獄斯則名爲貪濁惡法是
爲一師可以自誡是爲賢聖戒律戒義戒時
戒又告露遮第二師者剃除鬚髮服三法衣
出家修道於現法中可得除衆煩惱又可增
益得上人法而於現法中不能除衆煩惱雖
復少多得上人勝法已業未成而爲弟子説
法其諸弟子不恭敬承事由復依止與共同
住露遮彼諸弟子語師言令師剃除鬚髮服
三法衣出家修道於現法中可得除衆煩惱
得上人法而令於現法中不能除衆煩惱雖
復少多得上人法已利未成而爲弟子説法
使諸弟子不復恭敬承事供養但共依止同
住而已佛言露遮猶如有人在他後行手摩
他背此則名爲貪濁惡法是爲二師可以自
誡是爲賢聖戒律戒義戒時戒又告露遮第
三師者剃除鬚髮服三法衣出家修道於現
法中可除煩惱又可增益得上人法而於現
法中不能除衆煩惱雖復少多得上人法已
利未成而爲弟子説法其諸弟子恭敬承事

依止而住露遮彼諸弟子語師言令師剃除鬚髮服三法衣出家修道於現法中可得除衆煩惱少多得上人法而令於現法中不能除衆煩惱雖復少多得上人法已利未成而爲弟子說法諸弟子恭敬承事共止同住佛言露遮猶如有人捨已禾稼鋤他田苗此則名爲貪濁惡法是爲三師可以自誡是爲賢聖戒律戒義戒時戒露遮有一世尊不在世間不可傾動云何爲一若如來至眞等正覺出現於世乃至得三明除滅無明生智慧明去諸闇冥出大法光所謂漏盡智證所以者何斯由精勤專念不忘樂獨閑居之所得也露遮是爲第一世尊不在世間不可傾動露遮有四沙門果何者四謂須陀洹果斯陀含果阿那含果阿羅漢果云何露遮有人聞法應得此四沙門果若有人遮言勿爲說法設用其言者彼人聞法得果以不答曰不得又問若不得果得生天不答曰不得又問遮他說法使不得果不得生天爲是善心爲不善心耶答曰不善又問不善心者爲生善趣爲墮惡趣答曰生惡趣露遮猶如有人語波斯匿王言王所有國土其中財物王盡自用勿給餘人云何露遮若用彼人言者當斷餘人供不答曰當斷又問斷他供者爲是善心爲不善心答曰不善心又問不善心者爲生善趣爲墮惡道耶答曰墮惡道露遮彼亦如是有人聞法應得四沙門果若有人言勿爲說法設用其言者彼人聞法得果不答曰不得又問若不得果得生天不答曰不得又問露遮遮他說法使不得道果不得生天彼爲是

善心爲不善心耶答曰不善又問不善心者當生善趣爲當墮惡道耶答曰墮惡道露遮若有人語汝言彼婆羅婆提林封所有財物露遮自用勿給人物當自用與他何爲云何露遮設用彼言者當斷餘人供不答曰當斷又問教人斷他供者爲是善心爲不善心耶答曰不善又問不善心者爲生善趣爲墮惡道耶答曰墮惡道露遮彼亦如是有人聞法應得四沙門果若有人言勿爲說法設用其言者彼人聞法得果不答曰不得又問若不得果得生天不答曰不得又問遮他說法使不得果不得生天爲是善心爲不善心耶答曰不善又問不善心者爲生善趣爲墮惡道耶答墮惡道爾時露遮婆羅門白佛言我歸依佛歸依法歸依僧願聽我於正法中爲優婆塞自今已後盡形壽不殺不盜不婬不欺不飲酒佛說法已時露遮婆羅門聞佛所說歡喜奉行

佛說長阿含經卷第十七

音釋

牝 毗忍切女畜也　臠 力兗切塊切肉也　舁 羊朱切對舉也

佛説長阿含經卷第十八

姚秦三藏法師佛陀耶舍共竺佛念譯

第四分世記經第十一

閻浮提洲品第一

如是我聞一時佛在舍衛國祇樹給孤獨園俱利窟中與大比丘衆千二百五十人俱時衆比丘於食後集講堂上議言諸賢未曾有也今此天地何由而敗何由而成衆生所居國土云何

爾時世尊於閑靜處天耳徹聽聞諸比丘於食後集講堂上議如此言爾時世尊於靜窟起詣講堂坐知而故問問諸比丘向者所議議何等事諸比丘白佛言我等食後集法講堂議言諸賢未曾有也今是天地何由而敗何由而成衆生所居國土云何我等集堂議如是事佛告諸比丘言善哉善哉凡出家者應行二法一賢聖默然二講論法語汝等集在講堂亦應如此賢聖默然講論法語諸比丘汝等欲聞如來記天地成敗衆生所居國邑不耶時諸比丘白佛言唯然世尊今正是時願樂欲聞世尊説已當奉持之

佛言比丘諦聽諦聽善思念之當爲汝説佛告諸比丘如一日月周行四天下光明所照如是千世界千世界中有千日月千須彌山王四千天下四千大天下四千海水四千大海四千龍四千大龍四千金翅鳥四千大金翅鳥四千惡道四千大惡道四千王四千大王七千大樹八千大泥犂十千大山千閻羅王千四天王千忉利天王千燄摩天千兜率天千化自在天千他化自在天千梵天是爲

小千世界如一小千世界爾所小千千世界是爲中千世界如一中千世界爾所中千千世界是爲三千大千世界如是世界周帀成敗衆生所居名一佛刹佛告比丘今此大地深十六萬八千由旬其邊無際地止於水水深三千二十由旬其邊無際水止於風風深六千四十由旬其邊無際比丘其大海水深八萬四千由旬其邊無際須彌山王入海水中八萬四千由旬出海水上高八萬四千由旬下根連地多固地分其山直上無有阿曲生種種樹樹出衆香香遍山林多諸賢聖大神妙天之所居止其山下基純有金沙其山四面有四埵出高七百由旬雜色間厠七寶所成四埵邪低曲臨海上須彌山王有七寶階道其下階道廣六十由旬夾道兩邊有七重寶牆七重欄楯七重羅網七重行樹金牆銀門銀牆金門水精牆瑠璃門瑠璃牆水精門赤珠牆瑪瑙門瑪瑙牆赤珠門硨磲牆衆寶門其欄楯者金欄銀桄銀欄金桄水精欄瑠璃桄瑠璃欄水精桄赤珠欄瑪瑙桄瑪瑙欄赤珠桄硨磲欄衆寶桄其欄楯上有寶羅網其金羅網下懸銀鈴其銀羅網下懸金鈴瑠璃羅網懸水精鈴水精羅網懸瑠璃鈴赤珠羅網懸瑪瑙鈴瑪瑙羅網懸赤珠鈴硨磲羅網懸衆寶鈴其金樹者金根金枝銀葉華實其銀樹者銀根銀枝金葉華實其水精樹水精根枝瑠璃華葉其瑠璃樹瑠璃根枝水精華葉其赤珠樹赤珠根枝瑪瑙華葉其瑪瑙樹者瑪瑙根枝赤珠華葉硨磲樹者硨磲根枝衆寶華葉其七重牆牆有四門門有欄

楯七重牆上皆有樓閣臺觀周帀繞遶有園觀浴池生衆寶華寶樹行列華果繁茂香風四起悅可人心鳧鴈鴛鴦異類奇鳥無數千種相和而鳴又須彌山王中級階道廣四十由旬夾道兩邊有七重寶牆欄楯七重羅網七重行樹七重乃至無數衆鳥相和而鳴亦如下階其上級階道廣二十由旬夾道兩邊有七重寶牆欄楯七重羅網七重行樹七重乃至無數衆鳥相和而鳴亦如中階佛告比丘其下階道有鬼神住名曰迦樓羅足其中階道有鬼神住名曰持鬘其上階道有鬼神住名曰喜樂其四出埵高四萬二千由旬四天大王所居宮殿有七重寶城欄楯七重羅網七重行樹七重寶鈴七重乃至無數衆鳥相和而鳴亦復如是須彌山頂有三十三天宮寶城七重欄楯七重羅網七重行樹七重乃至無數衆鳥相和而鳴亦復如是過三十三天由旬一倍有燄摩天宮過燄摩天宮由旬一倍有兜率天宮過兜率天宮由旬一倍有化自在天宮過化自在天宮由旬一倍有他化自在天宮過他化自在天宮由旬一倍有梵迦夷天宮於他化自在天梵迦夷天中間有魔天宮縱廣六千由旬宮牆七重欄楯七重羅網七重行樹七重乃至無數衆鳥相和而鳴亦復如是過梵迦夷天宮由旬一倍有光音天宮過光音天由旬一倍有遍淨天宮過遍淨天由旬一倍有果實天宮過果實天由旬一倍有無想天宮過無想天由旬一倍有無造天宮過無造天由旬一倍有無熱天宮過無熱天由旬一倍有善見天宮過善

見天由旬一倍有大善見天宮過大善見天由旬一倍有色究竟天宮過色究竟天上有空處智天識處智天無所有處智天有想無想處智天齊此名衆生邊際衆生世界一切衆生生老病死受陰受有齊此不過佛告比丘須彌山北有天下名鬱單越其土正方縱廣一萬由旬人面亦方像彼地形須彌山東有天下名弗于逮其土正圓縱廣九千由旬人面亦圓像彼地形須彌山西有天下名俱耶尼其土形如半月縱廣八千由旬人面亦爾像彼地形須彌山南有天下名閻浮提其土南狹北廣縱廣七千由旬人面亦爾像此地形須彌山北面天金所成光照北方須彌山東面天銀所成光照東方須彌山西面天水精所成光照西方須彌山南面天瑠璃所成光照南方鬱單越有大樹王名菴婆羅園七由旬高百由旬枝葉四布五十由旬弗于逮有大樹王名伽藍浮園七由旬高百由旬枝葉四布五十由旬俱耶尼有大樹王名曰斤提園七由旬高百由旬枝葉四布五十由旬又其樹上有石牛幢高一由旬閻浮提有大樹王名曰閻浮園七由旬高百由旬枝葉四布五十由旬金翅鳥王及龍王有樹名俱利睒婆羅園七由旬高百由旬枝葉四布五十由旬阿脩羅王有樹名善晝園七由旬高百由旬枝葉四布五十由旬忉利天有樹名曰晝度園七由旬高百由旬枝葉四布五千由旬須彌山邊有山名伽羅羅高四萬二千由旬縱廣四萬二千由旬其邊廣遠雜色間廁七寶所成其山去須彌山八萬四千由旬

其間純生優鉢羅華鉢頭摩華俱物頭華芬陀利華蘆葦松竹叢生其中出種種香香氣充遍去佉陀羅山不遠有山名伊沙陀羅高二萬一千由旬縱廣二萬一千由旬其邊廣遠雜色間廁七寶所成去佉陀羅山四萬二千由旬其間純生優鉢羅華鉢頭摩華俱物頭華芬陀利華蘆葦松竹叢生其中出種種香香氣充遍去伊沙陀羅山不遠有山名樹臣陀羅高萬二千由旬縱廣萬二千由旬其邊廣遠雜色間廁七寶所成去伊沙陀羅山二萬一千由旬其間純生四種雜華蘆葦松竹叢生其中出種種香香氣充遍去樹臣陀羅山不遠有山名善見高六千由旬縱廣六千由旬其邊廣遠雜色間廁七寶所成去樹臣陀羅山萬二千由旬其間純生四種雜華蘆葦松竹叢生其中出種種香香氣充遍去善見山不遠有山名馬食山高三千由旬縱廣三千由旬其邊廣遠雜色間廁七寶所成去善見山六千由旬其間純生四種雜華蘆葦松竹叢生其中出種種香香氣充遍去馬食山不遠有山名尼民陀羅高千二百由旬縱廣千二百由旬其邊廣遠雜色間廁七寶所成去馬食山三千由旬其間純生四種雜華蘆葦松竹叢生其中出種種香香氣充遍去尼民陀羅山不遠有山名調伏高六百由旬縱廣六百由旬其邊廣遠雜色間廁七寶所成去尼民陀羅山千二百由旬其間純生四種雜華蘆葦松竹叢生其中出種種香香氣充遍去調伏山不遠有山名金剛圍高三百由旬縱廣三百由旬其邊廣遠雜色間廁

七寶所成去調伏山六百由旬其間純生四種雜華蘆葦松竹叢生其中出種種香香氣充遍去大金剛山不遠有大海水海水北岸有大樹王名曰閻浮圍七由旬高百由旬枝葉四布五十由旬其邊空地復有叢林名菴婆羅縱廣五十由旬復有叢林名曰閻婆縱廣五十由旬復有叢林名曰娑羅縱廣五十由旬復有叢林名曰多羅縱廣五十由旬復有叢林名曰那多羅縱廣五十由旬復有叢林名曰爲男縱廣五十由旬復有叢林名曰爲女縱廣五十由旬復有叢林名曰男女縱廣五十由旬復有叢林名曰散那縱廣五十由旬復有叢林名曰栴檀縱廣五十由旬復有叢林名曰佉詸羅縱廣五十由旬復有叢林名曰波㮈娑羅縱廣五十由旬復有叢林名曰毗羅縱廣五十由旬復有叢林名曰香㮈縱廣五十由旬復有叢林名曰爲㮈縱廣五十由旬復有叢林名曰安石榴縱廣五十由旬復有叢林名曰爲甘縱廣五十由旬復有叢林名呵梨勒縱廣五十由旬復有叢林名毗醯勒縱廣五十由旬復有叢林名阿摩勒縱廣五十由旬復有叢林名阿摩梨縱廣五十由旬復有叢林名㮈縱廣五十由旬復有叢林名甘蔗縱廣五十由旬復有叢林名葦縱廣五十由旬復有叢林名竹縱廣五十由旬復有叢林名舍羅縱廣五十由旬復有叢林名舍羅葉縱廣五十由旬復有叢林名木瓜縱廣五十由旬復有叢林名大木瓜縱廣五十由旬復有叢林名解脫華縱廣五十由旬復有叢林名瞻婆縱廣五十由旬復有

叢林名波婆羅羅縱廣五十由旬復有叢林名修摩那縱廣五十由旬復有叢林名波師縱廣五十由旬復有叢林名多羅梨縱廣五十由旬復有叢林名伽耶縱廣五十由旬復有叢林名蒲萄縱廣五十由旬過是地空其空地中復有華池縱廣五十由旬復有鉢頭摩池俱物頭池芬陀利池毒蛇滿中各縱廣五十由旬過是地空其空地中有大海水名鬱禪那此水下有轉輪聖王道廣十二由旬夾道兩邊有七重牆七重欄楯七重羅網七重行樹周帀校飾以七寶成閻浮提地轉輪聖王出于世時水自然去其道平現去海不遠有山名鬱禪其山端嚴樹木繁茂華果熾盛衆香芬馥異類禽獸靡所不有去鬱禪山不遠有山名金壁中有八萬巖窟八萬象王止此窟中其身純白頭有雜色口有六牙齒間金塡過金壁山已有山名雪山縱廣五百由旬深五百由旬東西入海雪山中間有寶山高二十由旬雪山埵出高百由旬其山頂上有阿耨達池縱廣五十由旬其水清泠澄清無穢七寶砌壘七重欄楯七重羅網七重行樹種種異色七寶合成其欄楯者金欄銀桄銀欄金桄瑠璃欄水精桄水精欄瑠璃桄赤珠欄瑪瑙桄瑪瑙欄赤珠桄硨磲欄衆寶爲桄金網銀鈴銀網金鈴瑠璃網水精鈴水精網瑠璃鈴硨磲網七寶爲鈴金多羅樹金根金枝銀葉銀果銀多羅樹銀根銀枝金葉金果水精樹水精根枝瑠璃華果赤珠樹赤珠根枝瑪瑙華果硨磲樹硨磲根枝衆寶華果阿耨達池側皆有園觀浴池衆華積聚種

種樹葉華果繁茂種種香風芬馥四布種種異類諸鳥哀鳴相和阿耨達池底金沙充滿其池四邊皆有梯陛金桄銀陛銀桄金陛瑠璃桄水精陛水精桄瑠璃陛赤珠桄瑪瑙陛瑪瑙桄赤珠陛硨磲桄衆寶陛遶池周帀皆有欄楯生四種華青黃赤白雜色參閒華如車輪根如車轂華根出汁色白如乳味甘如蜜阿耨達池東有恒伽河從牛口出從五百河入于東海阿耨達池南有新頭河從師子口出從五百河入于南海阿耨達池西有婆叉河從馬口出從五百河入于西海阿耨達池北有斯陀河從象口中出從五百河入于北海阿耨達宮中有五柱堂阿耨達龍王恒於中止佛言何故名爲阿耨達阿耨達其義云何此閻浮提所有龍王盡有三患唯阿耨達龍無有三患云何爲三一者舉閻浮提所有諸龍皆被熱風熱砂著身燒其皮肉及燒骨髓以爲苦惱唯阿耨達龍無有此患二者舉閻浮提所有龍宮惡風暴起吹其宮內失寶飾衣龍身自現以爲苦惱唯阿耨達龍王無如此患三者舉閻浮提所有龍王各在宮中相娛樂時金翅大鳥入宮搏撮或始生方便欲取龍食諸龍怖懼常懷熱惱唯阿耨達龍無如此患若金翅鳥生念欲往即便命終故名阿耨達佛告比丘雪山右面有城名毗舍離其城北有七黑山七黑山北有香山其山常有歌儛倡伎音樂之聲山有二窟一名爲晝二名善晝天七寶成柔輭香潔猶如天衣妙音乾沓婆王從五百乾沓婆在其中止善晝窟北有娑羅樹王名曰善住有八千樹

王園遶四面善住樹王下有象王亦名善住止此樹下身體純白七處平住力能飛行其頭赤色雜色毛間六牙纖臃金爲間塡有八千象圍遶隨從其八千樹王下八千象亦復如是善住樹王北有大浴池名摩陀延縱廣五十由旬有八千浴池周帀圍遶其水清涼無有塵穢以七寶塹周帀砌壘遶池有七重欄楯七重羅網七重行樹皆七寶成金欄銀桄銀欄金桄水精欄瑠璃桄瑠璃欄水精桄赤珠欄瑪瑙桄瑪瑙欄赤珠桄硨磲欄衆寶桄其金羅網下垂銀鈴其銀羅網下垂金鈴水精羅網垂瑠璃鈴瑠璃羅網垂水精鈴赤珠羅網垂瑪瑙鈴瑪瑙羅網垂赤珠鈴硨磲羅網垂衆寶鈴其金樹者金根金枝銀葉華實其銀樹者銀根銀枝金葉華實水精樹者

水精根枝瑠璃華實瑠璃樹者瑠璃根枝水精華實赤珠樹者赤珠根枝瑪瑙華實瑪瑙樹者瑪瑙根枝赤珠華實硨磲樹者硨磲根枝衆寶華實又其池底金砂布散遶池周帀有七寶階道金陛銀隥銀陛金隥水精陛瑠璃隥瑠璃陛水精隥赤珠陛瑪瑙隥瑪瑙陛赤珠隥硨磲陛衆寶隥夾陛兩邊有寶欄楯又其池中生四種華青黃赤白衆色參間華如車輪根如車轂華根出汁色白如乳味甘如蜜遶池四面有衆園觀叢林浴池生種種華樹木清涼華果豐茂無數衆鳥相和而鳴亦復如是善住象王念欲遊戲入池浴時即念八千象王時八千象王復自念言善住象王今以念我我等宜往至象王所於是衆象即往前立時善住象王從八千象至摩陀延

池其諸象中有爲王持蓋者有執寶扇扇象王者中有作倡妓樂前導從者時善住象王入池洗浴作倡妓樂共相娛樂或有象爲王洗鼻者或有洗口洗頭洗牙洗耳洗腹洗背洗尾洗足者中有拔華根洗之與王食者中有取四種華散王上者爾時善住象王洗浴飲食相娛樂已即出岸上向善住樹立其八千象然後各自入池洗浴飲食共相娛樂訖已還出至象王所時象王從八千象前後導從至善住樹王所中有持蓋覆象王者有執寶扇扇象王者中有作倡妓樂在前導者時善住象王詣樹王已坐卧行步隨意所遊餘八千象各自在樹下坐卧行步隨意所遊其樹林中有圍八尋者有圍九尋十尋至十五尋者唯善住象王娑羅樹王圍十六尋其八千娑羅樹枝葉墮落時清風遠吹置於林外又八千象大小便時諸夜叉鬼除之林外佛告比丘善住象王有大神力功德如是雖爲畜生受福如是

鬱單越品第二

佛告比丘鬱單越天下多有諸山其彼山側有諸園觀浴池生衆雜華樹木清涼華果豐茂無數衆鳥相和而鳴又其山中多衆流水其水洋順無有卒暴衆華覆上汎汎徐流夾岸兩邊多衆樹木枝條柔弱華果繁熾地生輭草盤縈右旋色如孔翠香如婆師輭若天衣其地柔輭以足蹈地地凹四寸舉足還復地平如掌無有高下比丘彼鬱單越土四面有四阿耨達池各縱廣百由旬其水澄清無有垢穢以七寶塹廁砌其邊乃至無數衆鳥

相和悲鳴與摩陀延池嚴飾無異彼四大池各出四大河廣十由旬其水洋順無有卒暴衆華覆上汎汎徐流夾岸兩邊多衆樹木枝條柔弱華果繁熾地生輭草盤縈右旋色如孔翠香猶婆師輭若天衣其地柔輭以足蹈地地凹四寸舉足還復地平如掌無有高下又彼土地無有溝澗坑坎荊棘株杌亦無蚊虻蚖蛇蜂蝎虎狼惡獸地純衆寶無有石砂陰陽調柔四氣和順不寒不熱無衆惱患其地潤澤塵穢不起如油塗地無有遊塵百草常生無有冬夏樹木繁茂華果熾盛地生輭草盤縈右旋色如孔翠香猶婆師輭若天衣其地柔輭以足蹈地地凹四寸舉足還復地平如掌無有高下其土常有自然粳米不種自生無有糠糩如白華聚猶忉利天食衆物具足其土常有自然釜鍑有摩尼珠名曰餤光置於鍑下飯熟光滅不假樵火不勞人功其土有樹名曰曲躬葉葉相次天雨不漏彼諸男女止宿其下復有香樹高七十里華果繁茂其果熟時皮殼自裂自然香出其樹或高六十里或五十四十極小高五里皆華果繁茂其果熟時皮殼自裂自然香出復有衣樹高七十里華果繁茂其果熟時皮殼自裂出種種衣其樹或高六十里五十四十極小高五里皆華果繁茂出種種衣復有莊嚴樹高七十里華果繁茂其果熟時皮殼自裂出種種嚴身之具其樹或高六十里五十四十里極小高五里皆華果繁茂出種種嚴身之具復有華鬘樹高七十里華果繁茂其果熟時皮殼自裂出種種鬘其樹或高六十里五

十四十里極小高五里亦皆華果繁茂出種種鬘復有器樹高七十里華果繁茂其果熟時皮殼自裂出種種器其樹或高六十里五十四十極小高五里皆華果繁茂出種種器復有果樹高七十里華果繁茂其果熟時皮殼自裂出種種果樹或高六十里五十四十極小高五里皆華果繁茂出種種果復有樂器樹高七十里華果繁茂其果熟時皮殼自裂出種種樂器其樹或高六十里五十四十極小高五里皆華果繁茂出種種樂器其土有池名曰善見縱廣百由旬其水清澄無有垢穢以七寶塹厠砌其邊遶池四面有七重欄楯七重羅網七重行樹乃至無數衆鳥相和而鳴亦復如是其善見池北有樹名菴婆羅周圍七里上高百里枝葉四布遍五十里其善見池東出善道河廣一由旬其水徐流無有洄澓種種雜華覆蔽水上夾岸兩邊樹木繁茂枝條柔弱華果熾盛地生輭草盤縈右旋色如孔翠香如婆師輭若天衣其地柔輭足蹈地時地凹四寸舉足還復地平如掌亦無有高下又其河中有衆寶船彼方人民欲入中洗浴遊戲時脫衣岸上乘船中流遊戲娛樂訖已渡水遇衣便著先出先著後出後著不求本衣次至香樹樹爲曲躬其人手取種種雜香以自塗身次到衣樹樹爲曲躬其人手取種種雜衣隨意所著次到莊嚴樹樹爲曲躬其人手取種種莊嚴以自嚴飾次到鬘樹樹爲曲躬其人手取種種雜鬘以著頭上次到器樹樹爲曲躬其人手取種種寶器取寶器已次到果樹樹爲曲躬其人手取

種種美果或噉食者或口含者或漉汁飲者次到樂器樹樹爲曲躬其人手取種種樂器調弦鼓之並以妙聲和弦而行詣於園林隨意娛樂或一日二日至于七日然後復去無有定處善見池南出妙體河善見池西出妙味河善見池北出光影河亦復如是善見池東有園林名善見縱廣百由旬遶園四邊有七重欄楯七重羅網七重行樹雜色間廁七寶所成其園四面有四大門周帀欄楯皆七寶成園內清淨無有荊棘其地平正無有溝澗坑坎陵阜亦無蚊虻蠅蝨蚖蛇蜂蠍虎狼惡獸地純衆寶無有砂石陰陽調柔四氣和順不寒不熱無衆惱患其地潤澤無有塵穢如油塗地遊塵不起百草常生無有冬夏樹木繁茂華果熾盛地生輭草盤縈右旋色如孔翠香如婆師輭若天衣其地柔輭足蹈地時地凹四寸舉足還復其園常生自然粳米無有糠糩如白華聚衆味具足如忉利天食其園常有自然釜鑊有摩尼珠名曰焰光置於鑊下飯熟光滅不假樵火不勞人功其園有樹名曰曲躬葉葉相次天雨不漏彼諸男女止宿其下復有香樹高七十里華果繁茂其果熟時皮殼自裂出種種香樹有高六十里五十四十至高五里華果繁茂出種種香乃至樂器樹亦復如是其土人民至彼園中遊戲娛樂一日二日至于七日其善見園無人守護隨意遊戲然後復去善見池南有園林名大善見善見池西有園林名曰娛樂善見池北有園林名曰等華亦復如是其土中夜後夜阿耨達龍王數數隨時起清淨雲周

遍世界而降甘雨如犛牛頃以八味水潤澤普洽水不留停地無泥淖猶如鬘師以水灑華使不萎枯潤澤鮮明時彼土於中夜後無有雲翳空中清明海出涼風清淨柔和微吹人身舉體快樂其土豐饒人民熾盛設須食時以自然粳米著於釜中以燄光珠置於釜下飯自然熟珠光自滅諸有來者自恣食之其主不起飯終不盡若其主起飯則盡儩其飯鮮潔如白華叢其味具足如忉利天食彼食此飯無有衆病氣力充足顏色和悅無有衰耗又其土人身體相類顏貌同等不可分別其貌少壯如閻浮提二十許人其人口齒平正潔白䆫緻無間髮紺青色無有瘻落髮垂八指齊肩而止不長不短若其土人民起欲心時則熟視女人而捨之去彼女隨後往詣園林若彼女人是彼男子父親母親骨肉中表不應行欲者樹不曲蔭各自散去若非父親母親骨肉中表應行欲者樹則曲躬迴蔭其身隨意娛樂一日二日或至七日爾乃散去彼人懷姙七日八日便産隨生男女置於四衢大交道頭捨之而去諸有行人經過其邊出指令哸指出甘乳充適兒身過七日已其兒長成與彼人等男向男衆女向女衆彼人命終不相哭泣莊嚴死屍置四衢道捨之而去有鳥名憂慰禪伽接彼死屍置於他方又其土人大小便時地即爲開便利訖已地還自合其土人民無所繫戀亦無畜積壽命常定死盡生天彼人何故壽命常定其人前世修十善行身壞命終生鬱單越壽命千歲不增不減是故彼人壽命正等復次殺生

者墮惡趣不殺者生善趣如是竊盜邪婬兩舌惡口妄言綺語貪取嫉妬邪見者墮惡趣中不盜不婬不兩舌惡口妄言綺語不貪取嫉妬邪見者則生善趣若有不殺不盜不婬不兩舌惡口妄言綺語不貪取嫉妬邪見身壞命終生鬱單越壽命千歲不增不減是故彼人壽命正等復次慳悋貪取不能施惠死墮惡道開心不悋能爲施惠者則生善處有人施沙門婆羅門及施貧窮乞兒瘡病困苦者給其衣服飲食乘轝華鬘塗香牀榻房舍又造立塔廟燈燭供養其人身壞命終生鬱單越壽命千歲不增不減是故彼人壽命正等何故稱鬱單越人爲勝其土人民不受十善舉動自然與十善合身壞命終生天善處是故彼人得稱爲勝鬱單越鬱單越者其義云何於三天下其土最上最勝故名鬱單越

轉輪聖王品第三

佛告比丘世間有轉輪聖王成就七寶有四神德云何轉輪聖王成就七寶一金輪寶二白象寶三紺馬寶四神珠寶五玉女寶六居士寶七主兵寶云何轉輪聖王金輪寶成就若轉輪聖王出閻浮提地刹利水澆頭種以十五日月滿時沐浴香湯上高殿上與婇女衆共相娛樂天金輪寶忽現在前輪有千輻光色具足天金所成天匠所造非世所有輪徑丈四轉輪聖王見已默自念言我曾從先宿諸舊聞如是語若刹利王水澆頭種以十五日月滿時沐浴香湯升法殿上婇女圍遶自然金輪忽現在前輪有千輻光色具足天匠所造非世所有輪徑丈四是則名爲轉輪

聖王今此輪現將無是耶今我寧可試此輪寶時轉輪王即召四兵向金輪寶偏露右臂右膝著地以右手摩捫金輪語言汝向東方如法而轉勿違常則輪即東轉時轉輪王即將四兵隨其後行金輪寶前有四神導輪所住處王即止駕爾時東方諸小國王見大王至以金鉢盛銀粟銀鉢盛金粟來詣王所拜首白言善哉大王今此東方土地豐樂多諸珍寶人民熾盛志性仁和慈孝忠順唯願聖王於此治政我等當給使左右承受所須當時轉輪王語小王言止止諸賢汝等則爲供養我已但當以正法治化勿使偏枉無令國内有非法行自不殺生教人不殺生偷盜邪婬兩舌惡口妄言綺語貪取嫉妒邪見之人此即名曰我之所治時諸小王聞是教已即從大王巡行諸國至東海表次行南方西方北方隨輪所至其諸國王各獻國土亦如東方諸小王比此閻浮地所有名曰土地沃野豐多出珍寶林水清淨平曠之處輪則周行封畫圖度東西十二由旬南北七由旬天神於中夜造城郭其城七重七重欄楯七重羅網七重行樹周帀校飾七寶所成乃至無數衆鳥相和而鳴造此城邑金輪寶復於其城中圖度封地東西四由旬南北二由旬天神於中夜造宮殿宮牆七重七寶所成乃至無數衆鳥相和而鳴亦復如是造宮殿已時金輪寶在宮殿上虛空中住完具而不動轉轉輪聖王踊躍而言此金輪寶眞爲我瑞我今眞爲轉輪聖王是爲金輪寶成就云何白象寶成就轉輪聖王清旦於正殿上坐自然象

寶忽現在前其毛純白七處平住力能飛行其首雜色六牙纖牖眞金間填時王見已念言此象賢良若善調者可中御乘即試調習諸能悉備時轉輪王欲自試象即乘其上清旦出城周行四海食時已還時轉輪王踊躍而言此白象寶眞爲我瑞我今眞爲轉輪聖王是爲象寶成就云何轉輪聖王紺馬寶成就時轉輪聖王清旦在正殿上坐自然馬寶忽現在前紺青色珠毛尾頭頸如象力能飛行時王見已念言此馬賢良若善調者可中御乘即試調習諸能悉備時轉輪聖王欲自試馬寶即乘其上清旦出城周行四海食時已還時轉輪王踊躍而言此紺馬寶眞爲我瑞我今眞爲轉輪聖王是爲紺馬寶成就云何神珠寶成就時轉輪聖王於清旦在正殿上坐自然神珠忽現在前其色清徹無有瑕穢時王見已言此珠妙好若有光明可照宮内時轉輪王欲試此珠即召四兵以此寶珠置高幢上於夜冥中齎幢出城其珠光明照一由旬現城中人皆起作務謂爲是晝轉輪聖王踊躍而言今此神珠眞爲我瑞我今眞爲轉輪聖王是爲神珠寶成就云何玉女寶成就時玉女寶忽然出現顔色從容面貌端正不長不短不麤不細不白不黑不剛不柔冬則身温夏則身涼舉身毛孔出栴檀香口出優鉢羅華香言語柔輭舉動安詳先起後坐不失儀則時轉輪聖王見已無著心不暫念況復親近時轉輪聖王見已踊躍而言此玉女寶眞爲我瑞我今眞爲轉輪聖王是爲玉女寶成就云何居士寶成就時居士丈夫

忽然自出寶藏自然財富無量居士宿福眼能徹視地中伏藏有主無主皆悉見知其有主者能爲擁護其無主者取給王用時居士寶往白王言大王有所給與不足爲憂我自能辦時轉輪聖王欲試居士寶即勅嚴船於水遊戲告居士曰我須金寶汝速與我居士報曰大王小待須至岸上王尋逼言我今須用正爾得來時居士寶被王嚴勅即於船上長跪以右手內著水中水中寶瓶隨手而出如蟲沿樹彼居士寶亦復如是內手水中寶沿手出充滿船上而白王言向須寶用爲須幾許時轉輪聖王見語居士言止止吾無所須向相試耳汝今便爲供養我已時居士聞王語已尋以寶物還投水中時轉輪聖王踊躍而言此居士寶眞爲我瑞我今眞爲轉輪聖王是爲居士寶成就云何主兵寶成就時主兵寶忽然出現智謀雄猛英略獨決即詣王所白言大王有所討伐不足爲憂我自能辦時轉輪聖王欲試主兵寶即集四兵而告之曰汝今用兵未集者集已集者放未嚴者嚴已嚴者解未去者去已去者住時主兵寶聞王語已即令四兵未集者集已集者放未嚴者嚴已嚴者解未去者去已去者住時轉輪聖王見已踊躍而言此主兵寶眞爲我瑞我今眞爲轉輪聖王是爲轉輪聖王七寶成就何謂四神德一者長壽不夭無能及者二者身彊無患無能及者三者顏貌端正無能及者四者寶藏盈溢無能及者是爲轉輪聖王成就七寶及四功德時轉輪聖王久乃命駕出遊後園尋告御者汝當善御而行所以

然者吾欲諦觀國土人民安樂無患時國人民路次觀者復語侍人汝且徐行吾欲諦觀聖王威顏時轉輪聖王慈育民物如父愛子國民慕王如子仰父所有珍奇盡以貢王願垂納受在意所與時王報曰且止諸人吾自有寶汝可自用轉輪聖王治此閻浮提時其地平正無有荆棘坑坎埠阜亦無蚊虻蜂蠍蠅蚤蚖蛇惡蟲石砂瓦礫自然沉沒金銀寶王現於地上四時和調不寒不熱其地柔輭無有塵穢如油塗地潔淨光澤無有塵穢轉輪聖王治於世時地亦如是地出流泉清淨無竭生柔輭草冬夏常青樹木繁茂華果熾盛地生輭草色如孔翠香若婆師輭如天衣足蹈地時地凹四寸舉足還復無空缺處自然粳米無有糠糩衆味具足時有香樹華果茂盛其果熟時果自然裂出自然香香氣馥熏復有衣樹華果茂盛其果熟時皮殼自裂出種種衣復有莊嚴樹華果熾盛其果熟時皮殼自裂出種種莊嚴具復有鬘樹華果茂盛其果熟時皮殼自裂出種種鬘復有器樹華果茂盛其果熟時皮殼自裂出種種器復有果樹華果茂盛其果熟時皮殼自裂出種種果復有樂器樹華果茂盛其果熟時皮殼自裂出衆樂器轉輪聖王治於世時阿耨達龍王於中夜後起大密雲彌滿世界而降大雨如犂牛頃雨八味水潤澤周普地無停水亦無泥淖潤澤沾洽生長草木猶如鬘師水灑華鬘使華鮮澤令不萎枯時雨潤澤亦復如是又時於中夜後空中清明淨無雲翳海出涼風清淨調柔觸身生樂聖王治時此閻

浮提五穀豐賤人民熾盛財寶豐饒無所匱乏當時轉輪聖王以正治國無有阿枉修十善行爾時諸人民亦修正見具十善行其王久久身生重患而取命終時猶如樂人食如小過身小不適而便命終生梵天上時玉女寶居士寶主兵寶及國土民作倡妓樂葬聖王身其王玉女寶居士寶主兵寶國內士民以香湯洗沐王身以劫貝纏五百張氎次如纏之捧舉王身置金棺裏以香油灌置鐵槨裏復以木槨重衣其外積衆香薪重衣其上而闍維之於四衢道頭起七寶塔縱廣一由旬雜色參間以七寶成其塔四面各有一門周帀欄楯以七寶成其塔四面空地縱廣五由旬園牆七重七重欄楯七重羅網七重行樹金牆銀門銀牆金門瑠璃牆水精門水精牆瑠璃門赤珠牆瑪瑙門瑪瑙牆赤珠門硨磲牆衆寶門其欄楯者金欄銀桄銀欄金桄水精欄瑠璃桄瑠璃欄水精桄赤珠欄瑪瑙桄瑪瑙欄赤珠桄硨磲欄衆寶桄其金爲羅網下懸銀鈴銀羅網下懸金鈴瑠璃羅網懸水精鈴水精羅網懸瑠璃鈴赤珠羅網懸瑪瑙鈴瑪瑙羅網懸赤珠鈴硨磲羅網懸衆寶鈴其金樹者銀葉華實其銀樹者金葉華實其瑠璃樹水精華葉水精樹瑠璃華葉赤珠樹者瑪瑙華葉瑪瑙樹赤珠華葉硨磲樹衆寶華葉其四園牆復有四門周帀欄楯又其牆上皆有樓閣寶臺其牆四面有樹木園林流泉浴池生種種華樹木繁茂華果熾盛衆香芬馥異鳥哀鳴其塔成已玉女寶居士寶典兵寶舉國士民皆來供養此塔施諸窮乏

須食與食須衣與衣象馬寶乘給衆所須隨意所與轉輪聖王威神功德其事如是

佛說長阿含經卷第十八

音釋

埵丁果切　厠初吏切閒厠也　俹烏訝切俹倚也　楯食尹切欄檻也　桄古黃切橫木也　鬱單越梵語也此云勝處鬱紆勿切　睒失冉切　佉　詶佉丘伽切詶市流切　砌七計切甃也　壘力軌切疊也　摶撮摶伯各切攫擊也撮麤括切爪取也　阿耨達梵語也此云無熱惱耨乃豆切　纖⿰月庸纖息廉切細也⿰月庸丑凶切圓直也　隥都鄧切登陟之道也　凹幺交切地不平也　杌五骨切木無枝也　蠍許竭切毒蟲也　檜苦外切粗糠也　釜鑊釜扶甫切鑊胡郭切也　蝨所櫛切　⿱殸牛古候切取牛乳也　淖女教切泥　偒息利切盡也　緻直利切密也　痿於爲切　⿰口束色角切吮也　轝羊朱切車也　榻吐盍切牀狹而長曰榻　齎祖稽切持也

佛說長阿含經卷第十九

姚秦三藏法師佛陀耶舍共竺佛念譯

地獄品第四

佛告比丘此四天下有八千天下圍遶其外復有大海水周帀圍遶八千天下復有大金剛山遶大海水金剛山外復有第二大金剛山二山中間窈窈冥冥日月神天有大威力不能以光照及於彼彼有八大地獄其一地獄有十六小地獄第一大地獄名想第二名黑繩第三名堆砰第四名叫喚第五名大叫喚第六名燒炙第七名大燒炙第八名無間其想地獄有十六小地獄小獄縱廣五百由旬第一小獄名曰黑沙二名沸屎三名五百釘四名飢五名渴六名一銅釜七名多銅釜八名石磨九名膿血十名量火十一名灰河十二名鐵丸十三名釿斧十四名犲狼十五名劍樹十六名寒氷云何名想地獄其中衆生手生鐵爪其爪長利迭相瞋忿懷毒害想以爪相攫應手肉墮想爲已死冷風來吹皮肉還生尋活起立自想言我今已活餘衆生言我想汝活以是想故名想地獄復次想地獄其中衆生懷毒害想共相觸嬈手執自然刀劍刀劍鋒利迭相斫刺刳剥臠割身碎在地想謂爲死冷風來吹皮肉更生尋活起立彼自想言我今已活餘衆生言我想汝活以此因緣故名想地獄復次想地獄其中衆生懷毒害想迭相觸嬈手執自然刀劍刀劍鋒利共相斫刺刳剥臠割想謂爲死冷風來吹皮肉更生尋活起立自言我活餘衆生言我想汝活以此因緣故名想地獄復次想地獄

其中衆生懷毒害想迭相觸嬈手執油影刀其刀鋒利更相斫刺㓷剥臠割想謂爲死冷風來吹皮肉更生尋活起立自言我活餘衆生言我想汝活以是因緣名爲想地獄復次想地獄其中衆生懷毒害想迭相觸嬈手執小刀其刀鋒利更相斫刺㓷剥臠割想謂爲死冷風來吹皮肉更生尋活起立自言我活餘衆生言我想汝活以是因緣故名想地獄其中衆生久受罪已出想地獄慞惶馳走求自救護宿罪所牽不覺忽到黑沙地獄時有熱風暴起吹熱黑沙來著其身舉體盡黑猶如黑雲熱沙燒皮盡肉徹骨罪人身中有黑焰起遶身迴旋還入身內受諸苦惱燒炙燋爛以罪因緣受此苦報其罪未畢故使不死於此久受苦已出黑沙地獄慞惶馳走求自救護宿罪所牽不覺忽到沸屎地獄其地獄中有沸屎鐵丸自然滿前驅迫罪人使抱鐵丸燒其身手至于頭面無不周遍復使探撮舉著口中燒其脣舌從咽至腹通徹下過無不燋爛有鐵嘴蟲唼食皮肉徹骨達髓苦毒辛酸憂惱無量以罪未畢猶復不死於沸屎地獄久受苦已出沸屎地獄慞惶馳走求自救護到鐵釘地獄到已獄卒撲之令墮偃熱鐵上舒展其身以釘釘手釘足釘心周遍身體盡五百釘苦毒辛酸號咷呻吟餘罪未盡猶復不死久受苦已出鐵釘地獄慞惶馳走求自救護到飢餓地獄獄卒來問汝等來此欲何所求報言我飢獄卒即捉撲熱鐵上舒展其身以鐵鈎鈎口使開銷銅灌口燋其脣舌從咽至腹通徹下過無不燋爛苦毒辛酸

悲號啼哭餘罪未盡猶復不死久受苦已出
飢地獄慞惶馳走求自救護到渴地獄獄卒
問言汝等來此欲何所求報言我渴獄卒即
捉撲熱鐵上舒展其身以熱鐵鉤鉤口使開
以熱鐵丸著其口中燒其脣舌從咽至腹通
徹下過無不燋爛苦毒辛酸悲號啼哭餘罪
未盡猶復不死久受苦已出渴地獄慞惶馳
走求自救護宿罪所牽不覺忽到一銅鑊地
獄獄卒怒目捉罪人足倒投鑊中隨湯涌沸
上下迴旋從底至口從口至底或在鑊腹身
壞爛熟譬如煮豆隨湯涌沸上下迴轉中外
爛壞罪人在鑊隨湯上下亦復如是號咷悲
叫萬毒並至餘罪未盡故使不死久受苦已
出一銅鑊地獄慞惶馳走求自救護宿罪所
牽不覺忽至多銅鑊地獄多銅鑊地獄縱廣

五百由旬獄鬼怒目捉罪人足倒投鑊中隨
湯涌沸上下迴旋從底至口從口至底或在
鑊腹舉身爛壞譬如煮豆隨湯涌沸上下迴
轉中外皆爛罪人在鑊亦復如是隨湯上下
從口至底從底至口或手足現或腰腹現或
頭面現獄卒以鐵鉤鉤取置餘鑊中號咷悲
叫苦毒辛酸餘罪未畢故使不死久受苦已
出多銅鑊地獄慞惶馳走求自救護宿對所
牽不覺忽至石磨地獄石磨地獄縱廣五百
由旬獄鬼大怒捉彼罪人撲熱石上舒展手
足以大熱石砷其身上迴轉揩磨骨肉糜碎
膿血流出苦毒切痛悲號辛酸餘罪未盡故
使不死久受苦已出石磨地獄慞惶馳走求
自救護宿對所牽不覺忽至膿血地獄膿血
地獄縱廣五百由旬其地獄中有自然膿血

熱沸涌出罪人於中東西馳走膿血熱沸湯其身體手足頭面皆悉爛壞又取膿血而自食之湯其脣口從咽至腹通徹下過無不爛壞苦毒辛酸衆痛難忍餘罪未畢故使不死久受苦已乃出膿血地獄慞惶馳走求自救護宿罪所牽不覺忽至量火地獄量火地獄縱廣五百由旬其地獄中有大火聚自然在前其火燄熾獄卒瞋怒驅迫罪人手執鐵升以量火聚彼量火時燒其手足遍諸身體苦毒熱痛呻吟號哭餘罪未畢故使不死久受苦已乃出量火地獄慞惶馳走求自救護宿對所牽不覺忽到灰河地獄灰河地獄縱廣五百由旬深五百由旬灰河涌沸惡氣熢㶿迴波相搏聲響可畏從底至上鐵刺縱橫鋒長八寸其河岸邊生長刀劒其邊皆有獄卒犲狼又其岸上有劒樹林枝葉華實皆是刀劒鋒刃八寸罪人入河隨波上下迴覆沉没鐵刺刺身內外通徹皮肉爛壞膿血流出苦痛萬端酸毒並至餘罪未畢故使不死久受苦已乃出灰河地獄至彼岸上岸上利劒割刺身體手足傷壞爾時獄卒問罪人言汝等來此欲何所求罪人報曰我等飢餓獄卒即捉罪人撲熱鐵上舒展身體以鐵鉤擗口洋銅灌之燒其脣舌從咽至腹通徹下過無不燋爛復有犲狼牙齒長利來齧罪人生食其肉於是罪人爲灰河所煮利刺所刺洋銅灌口犲狼所食已即便奔馳走上劒樹上劒樹時劒刃下向下劒樹時劒刃上向手攀手絕足蹈足絕劒刃刺身中外通徹皮肉墮落膿血流出唯有白骨筋脉相連時劒樹上有鐵

㭰鳥啄頭骨壞咂食其腦苦毒辛酸號咷悲叫餘罪未畢故使不死還復入灰河獄中隨波上下迴覆沉没鐵刺刺身内外通徹皮肉爛壞膿血流出唯有白骨浮漂於外冷風來吹肌肉還復尋便起立慞惶馳走求自救護宿對所牽不覺忽至鐵丸地獄鐵丸地獄縱廣五百由旬罪人入已有熱鐵丸自然在前獄鬼驅捉手足爛壞舉身火燃苦痛悲號萬毒並至餘罪未畢故使不死久受苦已乃出鐵丸地獄慞惶馳走求自救護宿對所牽不覺忽至釿斧地獄釿斧地獄縱廣五百由旬彼入獄已獄卒瞋怒捉此罪人撲熱鐵上以熱鐵釿斧斫其手足耳鼻身體苦毒辛酸悲號叫喚餘罪未盡猶復不死久受罪已出釿斧地獄慞惶馳走求自救護宿罪所牽不覺忽至犲狼地獄犲狼地獄縱廣五百由旬罪人入已有群犲狼競來摣掣齩齧拖挽肉墮傷骨膿血流出苦痛萬端悲號酸毒餘罪未畢故使不死久受苦已乃出犲狼地獄慞惶馳走求自救護宿對所牽不覺忽至劍樹地獄劍樹地獄縱廣五百由旬罪人入彼劍樹林中有暴風起吹劍樹葉墮其身上著手手絶著足足絶身體頭面無不傷壞有鐵㭰鳥立其頭上啄其兩目苦痛萬端悲號酸毒餘罪未畢故使不死久受苦已乃出劍樹地獄慞惶馳走求自救護宿罪所牽不覺忽至寒氷地獄寒氷地獄縱廣五百由旬罪人入已有大寒風吹其身舉體凍瘃皮肉墮落苦毒辛酸悲號叫喚然後命終佛告比丘黑繩大地獄有十六小地獄周帀圍遶各各縱廣五

百由旬何故名爲黑繩地獄其諸獄卒捉彼罪人撲熱鐵上舒展其身以熱鐵繩絣之使直以熱鐵斧逐繩道斫斫彼罪人作百千段猶如工匠以繩絣木利斧隨斫作百千段治彼罪人亦復如是苦毒辛酸不可稱計餘罪未畢故使不死是故名爲黑繩地獄復次黑繩地獄獄卒捉彼罪人撲熱鐵上舒展其身以鐵繩絣以鋸鋸之猶如工匠以繩絣木以鋸鋸之治彼罪人亦復如是苦痛辛酸不可稱計餘罪未畢故使不死是故名爲黑繩地獄復次黑繩地獄捉彼罪人撲熱鐵上舒展其身以熱鐵繩置其身上燒皮徹肉燋骨沸髓苦毒辛酸痛不可計餘罪未畢故使不死故名黑繩地獄復次黑繩地獄獄卒懸熱鐵繩交橫無數驅迫罪人使行繩間惡風暴起吹諸鐵繩歴絡其身燒皮徹肉燋骨沸髓苦毒萬端不可稱計餘罪未畢故使不死故名黑繩復次黑繩獄卒以熱鐵繩衣驅罪人被之燒皮徹肉燋骨沸髓苦毒萬端不可稱計餘罪未畢故使不死故名黑繩其彼罪人久受苦已乃出黑繩地獄慞惶馳走求自救護宿對所牽不覺忽至黑沙地獄乃至寒氷地獄然後命終亦復如是佛告比丘堆砰大地獄有十六小地獄周帀圍遶各各縱廣五百由旬何故名爲堆砰地獄其地獄中有大石山兩兩相對罪人入中山自然合堆砰其身骨肉糜碎山還故處猶如以木擲木彈却還離治彼罪人亦復如是苦毒萬端不可稱計餘罪未畢故使不死是故名曰堆砰地獄復次堆砰地獄有大鐵象舉身火燃哮呼而來

蹴蹋罪人宛轉其上身體糜碎膿血流出苦毒辛酸號咷悲叫餘罪未畢故使不死故名堆砰復次堆砰地獄其中獄卒捉諸罪人置於磨中以磨磨之骨肉糜碎膿血流出苦毒辛酸不可稱計其罪未畢故使不死故名堆砰復次堆砰地獄獄卒捉彼罪人卧大石上以大石砰骨肉糜碎膿血流出苦痛辛酸萬毒並至餘罪未畢故使不死故名堆砰復次堆砰獄卒取彼罪人卧鐵臼中以鐵杵擣從足至頭皮肉糜碎膿血流出苦痛辛酸萬毒並至餘罪未畢故使不死故名堆砰其彼罪人久受苦已乃出堆砰地獄慞惶馳走求自救護宿對所牽不覺忽至黑沙地獄乃至寒氷地獄然後命終亦復如是佛告比丘叫喚地獄有十六小地獄周帀圍遶各各縱廣五百由旬何故名爲叫喚地獄其諸獄卒捉彼罪人擲大鑊中熱湯涌沸煑彼罪人號咷叫喚苦痛辛酸萬毒並至餘罪未畢故使不死故名叫喚地獄復次叫喚地獄其諸獄卒取彼罪人擲大鐵瓮中熱湯涌沸而煑罪人號咷叫喚苦切辛酸餘罪未盡故使不死故名叫喚復次叫喚地獄其諸獄卒取彼罪人置大鐵鑊中熱湯涌沸煑彼罪人號咷叫喚苦痛辛酸餘罪未畢故使不死故名叫喚復次叫喚地獄其諸獄卒取彼罪人擲小鑊中熱湯涌沸煑彼罪人號咷叫喚苦痛辛酸餘罪未畢故使不死故名叫喚復次叫喚地獄其諸獄卒取彼罪人擲大鏊上反覆煎熬號咷叫喚苦痛辛酸餘罪未畢故使不死故名叫喚久受苦已乃出叫喚地獄慞惶馳走求自

救護宿對所牽不覺忽至黑沙地獄乃至寒氷地獄爾乃命終亦復如是佛告比丘大叫喚地獄有十六小獄周帀圍遶何故名爲大叫喚地獄其諸獄卒取彼罪人著大鐵釜中熱湯涌沸而煑罪人號咷叫喚大叫喚苦痛辛酸萬毒並至餘罪未畢故使不死故名大叫喚地獄復次大叫喚地獄其諸獄卒取彼罪人擲大鐵瓮中熱湯涌沸而煑罪人號咷叫喚大叫喚苦切辛酸萬毒並至餘罪未畢故使不死故名大叫喚地獄復次大叫喚地獄其諸獄卒取彼罪人置鐵鑊中熱湯涌沸煑彼罪人號咷叫喚苦毒辛酸萬毒並至餘罪未畢故使不死故名大叫喚地獄復次大叫喚地獄其諸獄卒取彼罪人擲小鑊中熱湯涌沸煑彼罪人號咷叫喚大叫喚苦痛辛酸萬毒並至故名大叫喚復次大叫喚地獄其諸獄卒取彼罪人擲大鏊上反覆煎熬號咷叫喚大叫喚苦痛辛酸萬毒並至餘罪未畢故使不死故名大叫喚久受苦已乃出大叫喚地獄慞惶馳走求自救護宿對所牽不覺忽至黑沙地獄乃至寒氷地獄爾乃命終亦復如是佛告比丘燒炙地獄有十六小獄周帀圍遶何故名爲燒炙地獄爾時獄卒將諸罪人置鐵城中其城火燃內外俱赤燒炙罪人皮肉燋爛苦痛辛酸萬毒並至餘罪未畢故使不死是故名爲燒炙地獄復次燒炙地獄其諸獄卒將彼罪人入鐵室內其室火燃內外俱赤燒炙罪人皮肉燋爛苦痛辛酸萬毒並至餘罪未畢故使不死是故名爲燒炙地獄復次燒炙地獄其諸獄卒取彼罪人

著鐵樓上其樓火燃内外俱赤燒炙罪人皮肉燋爛苦痛辛酸萬毒並至餘罪未畢故使不死是故名爲燒炙地獄復次燒炙地獄其諸獄卒取彼罪人擲著大鐵陶中其陶火燃内外俱赤燒炙罪人皮肉燋爛苦毒辛酸萬毒並至餘罪未畢故使不死是故名爲燒炙地獄復次燒炙地獄時諸獄卒取彼罪人擲大鏊上其鏊火燃中外俱赤燒炙罪人皮肉燋爛苦痛辛酸萬毒並至餘罪未盡故使不死久受苦已乃出燒炙地獄慞惶馳走求自救護宿罪所牽不覺忽至黑沙地獄乃至寒氷地獄然後命終亦復如是佛告比丘大燒炙地獄有十六小獄周帀圍遶各各縱廣五百由旬云何名大燒炙地獄其諸獄卒將諸罪人置鐵城中其城火燃内外俱赤燒炙罪人重大燒炙皮肉燋爛苦痛辛酸萬毒並至餘罪未畢故使不死是故名爲大燒炙地獄復次大燒炙地獄其諸獄卒將諸罪人入鐵室中其室火燃内外俱赤燒炙罪人重大燒炙皮肉燋爛苦痛辛酸萬毒並至餘罪未畢故使不死是故名爲大燒炙地獄復次大燒炙地獄其諸獄卒取彼罪人著鐵樓上其樓火燃内外俱赤燒炙罪人重大燒炙皮肉燋爛苦痛辛酸萬毒並至餘罪未畢故使不死是故名曰大燒炙地獄復次大燒炙地獄其諸獄卒取彼罪人著大鐵陶中其陶火燃内外俱赤燒炙罪人重大燒炙苦痛辛酸萬毒並至餘罪未畢故使不死是故名爲大燒炙地獄復次大燒炙地獄中自然有大火坑火燄熾盛其坑兩岸有大火山其諸獄卒捉彼

罪人貫鐵釵上豎著火中燒炙其身重大燒炙皮肉燋爛苦痛辛酸萬毒並至餘罪未畢故使不死久受苦已然後乃出大燒炙地獄憧惶馳走求自救護宿對所牽不覺忽至黑沙地獄乃至寒氷地獄爾乃命終亦復如是佛告比丘無間六地獄有十六小獄周帀圍遶各各縱廣五百由旬云何名無間地獄其諸獄卒捉彼罪人剝取其皮從足至頂即以其皮纏罪人身著火車輪疾駕火車輾熱鐵地周行往反身體碎爛皮肉墮落苦痛辛酸萬毒並至餘罪未畢故使不死是故名爲無間地獄復次無間大地獄有大鐵城其城四面有大火起東燄至西西燄至東南燄至北北燄至南上燄至下下燄至上燄熾迴遑無間空處罪人在中東西馳走燒炙其身皮肉燋爛苦痛辛酸萬毒並至餘罪未畢故使不死是故名爲無間地獄復次無間大地獄中有鐵城火起洞然罪人在中火燄燎身皮肉燋爛苦痛辛酸萬毒並至餘罪未畢故使不死是故名爲無間地獄復次大無間地獄罪人在中久乃門開其諸罪人奔走往趣彼當走時身諸支節皆火燄出猶如力士執大草炬逆風而走其燄熾燃罪人走時亦復如是走欲至門門自然閉罪人蹎跌伏熱鐵地燒炙其身皮肉燋爛苦痛辛酸萬毒並至餘罪未畢故使不死是故名爲無間地獄復次無間地獄其中罪人舉目所見但見惡色耳有所聞但聞惡聲鼻有所聞但聞臭惡身有所觸但觸苦痛意有所念但念惡法又其罪人彈指之頃無不苦時故名無間地獄其中衆

生久受苦已　從無間出　慞惶馳走　求自救護
宿對所牽　不覺忽至黑沙地獄　乃至寒氷地
獄　爾乃命終　亦復如是　爾時世尊即說頌曰

身爲不善業　口意亦不善　斯墮想地獄
怖懼衣毛竪　惡意向父母　佛及諸聲聞
則墮黑繩獄　苦痛不可稱　但造三惡業
不修三善行　墮堆碑地獄　苦痛不可稱
瞋恚懷毒害　殺生血污手　造諸雜惡行
墮叫喚地獄　常習衆邪見　爲愛網所覆
造此卑陋行　墮大叫喚獄　常爲燒炙行
燒炙諸衆生　墮燒炙地獄　長夜受燒炙
捨於善果業　善果清淨道　爲衆弊惡行
墮大燒炙獄　爲極重罪行　必生惡趣業
墮無間地獄　受罪不可稱　想及黑繩獄
堆碑二叫喚　燒炙大燒炙　無間爲第八
此八大地獄　洞然火光色　斯由宿惡殃
小獄有十六

佛告比丘　彼二大金剛山間有大風起名爲僧佉　若使此風來至此四天下及八萬天下者　吹此大地及諸名山須彌山王去地十里或至百里　飛颺空中　皆悉糜碎　譬如壯士手把輕糠散於空中　彼大風力若使來者　吹此天下亦復如是　由有二大金剛山遮止此風故使不來　比丘當知　此金剛山多所饒益　亦是衆生行報所致　又彼二山間風　焱熾猛熱　若使彼風來至此四天下者　其中衆生　山河江海　草木叢林　皆當燋枯　猶如盛夏斷生輭草　置於日中　尋時萎枯　彼風如是　若使來至此世界　熱氣燒炙亦復如是　由此二金剛山遮止此風　故使不來　比丘當知　此金剛山多

所饒益亦是衆生行報所致又彼二山間風臭處不淨腥穢酷烈若使來至此天下者熏此衆生皆當失目由此二大金剛山遮止此風故使不來比丘當知此金剛山多所饒益亦是衆生行報所致又彼二山中間復有十地獄一名厚雲二名無雲三名呵呵四名奈何五名羊鳴六名須乾提七名優鉢羅八名拘物頭九名芬陀利十名鉢頭摩云何名厚雲地獄其獄罪人自然生身譬如厚雲故名厚雲云何名曰無雲其彼獄中受罪衆生自然生身猶如段肉故名無雲云何名呵呵其地獄中受罪衆生苦痛切身皆稱呵呵故名呵呵云何名奈何其地獄中受罪衆生苦痛酸切無所歸依皆稱奈何故名奈何云何名羊鳴其地獄中受罪衆生苦痛切身欲舉聲語舌不能轉直如羊鳴故名羊鳴云何名須乾提其地獄中舉獄皆黑如須乾提華色故名須乾提云何名優鉢羅其地獄中舉獄皆青如優鉢羅華故名優鉢羅云何名拘物頭其地獄中舉獄皆紅如拘物頭華色故名拘物頭云何名芬陀利其地獄中舉獄皆白如芬陀利華色故名芬陀利云何名鉢頭摩其地獄中舉獄皆赤如鉢頭摩華色故名鉢頭摩佛告比丘喻如有篅受六十四斛滿中胡麻有人百歲持一麻去如是至盡厚雲地獄受罪未竟如二十厚雲地獄壽與一無雲地獄壽等如二十無雲地獄壽與一呵呵地獄壽等如二十呵呵地獄壽與一奈何地獄壽等如二十奈何地獄壽與一羊鳴地獄壽等如二十羊鳴地獄壽與一須乾提地獄壽等

如二十須乾提地獄壽與一優鉢羅地獄壽等如二十優鉢羅地獄壽與一拘物頭地獄壽等如二十拘物頭地獄壽與一芬陀利地獄壽等如二十芬陀利地獄壽與一鉢頭摩地獄壽等如二十鉢頭摩地獄壽名一中劫如二十中劫名一大劫鉢頭摩地獄中火燄熱熾盛罪人去火一百由旬火已燒炙去六十由旬兩耳已聾無所聞知去五十由旬兩目已盲無所復見瞿波梨比丘以懷惡心謗舍利弗目揵連身壞命終墮此鉢頭摩地獄中爾時梵王說此偈言

夫士之生　斧在口中　所以斬身　由其惡言
應毀者譽　應譽者毀　口爲惡業　身受其罪
技術取財　其過薄少　毀謗賢聖　其罪甚重
百千厚雲壽　鉢頭摩壽　謗聖受斯殃
由心口爲惡

佛告比丘彼梵天說如是偈爲眞正言佛所印可所以者何我今如來至眞等正覺亦說此義

夫士之生　斧在口中　所以斬身　由其惡言
應毀者譽　應譽者毀　口爲惡業　身受其罪
技術取財　其過薄少　毀謗賢聖　其罪甚重
百千厚雲壽　一鉢頭摩壽　謗聖受斯殃
由心口爲惡

佛告比丘閻浮提南大金剛山内有閻羅王宫王所治處縱廣六千由旬其城七重七重欄楯七重羅網七重行樹乃至無數衆鳥相和悲鳴亦復如是彼閻羅王晝夜三時有大銅鑊自然在前若鑊出宫内王見畏怖捨出宫外若鑊出宫外王見畏怖捨入宫内有大

獄卒捉閻羅王卧熱鐵上以鐵鈎擗口使開洋銅灌之燒其脣舌從咽至腹通徹下過無不燋爛受罪訖已復與諸婇女共相娛樂彼諸大臣同受福者亦復如是佛告比丘有三使者云何爲三一者老二者病三者死有衆生身行惡口言惡心念惡身壞命終墮地獄中獄卒將此罪人詣閻羅王所到已白言此是天使所召也唯願大王善問其辭王問罪人言汝不見初使耶罪人報曰我不見也王復告曰汝在人中時頗見老人頭白齒落目視矇矇皮緩肌皺僂脊拄杖呻吟而行身體戰掉氣力衰微見此人不罪人言見王復告曰汝何不自念我亦當爾彼人報言我時放逸不自覺知王復語言汝自放逸不能修身口意改惡從善今當令汝知放逸苦王又告言今汝受罪非父母過非兄弟過亦非天帝亦非先祖亦非知識僮僕使人亦非沙門婆羅門過汝自有惡汝今自受時閻羅王以第一天使問罪人已復以第二天使問罪人言云何汝不見第二天使耶對曰不見王又問言汝本爲人時頗見人疾病困篤卧著牀褥屎尿臭處身卧其上不能起居飲食須人百節酸疼流淚呻吟不能言語汝見是不答曰見王又報言汝何不自念如此病苦我亦當爾罪人報言我時放逸不自覺知王復語言汝自放逸不能修身口意改惡從善今當令汝知放逸苦王又告言汝今受罪非父母過非兄弟過亦非天帝過亦非先祖亦非知識僮僕使人亦非沙門婆羅門過汝自爲惡汝今自受時閻羅王以第二天使問罪人已復

以第三天使問罪人言云何汝不見第三天使耶答曰不見王又問言汝本爲人時頗見人死身壞命終諸根永滅身體挺直猶如枯木捐棄塚間鳥獸所食或衣棺槨或以火燒汝見是不罪人報曰實見王又報言汝何不自念我亦當死與彼無異罪人報言我時放逸不自覺知王復語言汝自放逸不能修身口意改惡從善今當令汝知放逸苦王又告言汝今受罪非父母過非兄弟過亦非天帝亦非先祖亦非知識僮僕使人亦非沙門婆羅門過汝自爲惡汝今自受時閻羅王以三天使具詰問已即付獄卒時彼獄卒即將罪人詣大地獄其大地獄縱廣百由旬下深百由旬爾時世尊即説偈言

四方有四門　巷陌皆相當　以鐵爲獄牆
上覆鐵羅網　以鐵爲下地　自然火焰出
縱廣百由旬　安住不傾動　黑焰熢㶿起
赫烈難可覩　小獄有十六　火熾由行惡

佛告比丘時閻羅王自生念言世間衆生迷惑無識身爲惡行口意爲惡其後命終少有不受此苦世間衆生若能改惡修身口意爲善行者命終受樂如彼天神我若命終生人中者若遇如來當於正法中剃除鬚髮服三法衣出家修道以清淨信淨修梵行所作已辦斷除生死於現法中自身作證不受後有爾時世尊以偈頌曰

雖見天使者　而猶爲放逸　其人常懷憂
生於卑賤處　若有智慧人　見於天使者
親近賢聖法　而不爲放逸　見受生恐畏
由生老病死　無受則解脱　生老病死盡

彼得安隱處　現在得無爲　已度諸憂畏
決定般涅槃

龍鳥品第五

佛告比丘有四種龍何等爲四一者卵生二者胎生三者濕生四者化生是爲四種有四種金翅鳥何等爲四一者卵生二者胎生三者濕生四者化生是爲四種大海水底有娑竭龍王宮縱廣八萬由旬宮牆七重七重欄楯七重羅網七重行樹周帀嚴飾皆七寶成乃至無數衆鳥相和而鳴亦復如是須彌山王與佉陀羅山二山中間有難陀跋難陀二龍王宮各各縱廣六千由旬宮牆七重七重欄楯七重羅網七重行樹周帀校飾以七寶成乃至無數衆鳥相和而鳴亦復如是大海北岸有一大樹名究羅睒摩龍王金翅鳥共有此樹其樹下圍七由旬高百由旬枝葉四布五十由旬此大樹東有卵生龍王宮卵生金翅鳥宮其宮各各縱廣六千由旬宮牆七重七重欄楯七重羅網七重行樹周帀校飾以七寶成乃至無數衆鳥相和悲鳴亦復如是其究羅睒摩羅樹南有胎生龍王宮胎生金翅鳥宮其宮各各縱廣六千由旬宮牆七重七重欄楯七重羅網七重行樹周帀校飾以七寶成乃至無數衆鳥相和悲鳴亦復如是究羅睒摩羅樹西有濕生龍王宮濕生金翅鳥宮其宮各各縱廣六千由旬宮牆七重七重欄楯七重羅網七重行樹周帀校飾以七寶成乃至無數衆鳥相和而鳴亦復如是究羅睒摩羅樹北有化生龍王宮化生金翅鳥宮其宮各各縱廣六千由旬宮牆七重七

重欄楯七重羅網七重行樹周帀校飾以七寶成乃至無數衆鳥相和悲鳴亦復如是若卵生金翅鳥欲摶食龍時從究羅睒摩羅樹東枝飛下以翅摶大海水海水兩披二百由旬取卵生龍食之隨意自在而不能取胎生濕生化生諸龍若胎生金翅鳥欲摶食卵生龍時從樹東枝飛下以翅摶大海水海水兩披二百由旬取卵生龍食之自在隨意若胎生金翅鳥欲食胎生龍時從樹南枝飛下以翅摶大海水海水兩披四百由旬取胎生龍食之隨意自在而不能取濕生化生諸龍食也濕生金翅鳥欲食卵生龍時從樹東枝飛下以翅摶大海水海水兩披二百由旬取卵生龍食之自在隨意濕生金翅鳥欲食胎生龍時於樹南枝飛下以翅摶大海水海水兩披四百由旬取胎生龍食之自在隨意濕生金翅鳥欲食濕生龍時於樹西枝飛下以翅摶大海水海水兩披八百由旬取濕生龍食之自在隨意而不能取化生龍食化生金翅鳥欲食卵生龍時從樹東枝飛下以翅摶大海水海水兩披二百由旬取卵生龍食之自在隨意化生金翅鳥欲食胎生龍時從樹南枝飛下以翅摶大海水海水兩披四百由旬取胎生龍食之隨意自在化生金翅鳥欲食濕生龍時從樹西枝飛下以翅摶大海水海水兩披八百由旬取濕生龍食之化生金翅鳥欲食化生龍時從樹北枝飛下以翅摶大海水海水兩披千六百由旬取化生龍食之隨意自在是爲金翅鳥所食諸龍復有大龍金翅鳥所不能食何者是娑竭龍王難陀龍

王跋難陀龍王伊那婆羅龍王提頭賴吒龍王善見龍王阿盧龍王迦拘羅龍王迦毗羅龍王阿波羅龍王迦嵬龍王瞿迦嵬龍王阿耨達龍王善住龍王優睒迦波頭龍王得叉迦龍王此諸大龍王皆不爲金翅鳥之所搏食其有諸龍近彼住者亦不爲金翅鳥之所搏食佛告比丘若有衆生奉持龍戒心意向龍具龍法者即生龍中若有衆生奉持金翅鳥戒心向金翅鳥具其法者便生金翅鳥中或有衆生持兔梟戒心向兔梟具其法者墮兔梟中若有衆生奉持狗戒或持牛戒或持鹿戒或持瘂戒或持摩尼婆陀戒或持火戒或持月戒或持日戒或持水戒或持供養火戒或持苦行穢汚法彼作是念我持此瘂法摩尼婆陀法火法日月法水法供養火法諸苦行法我持此功德欲以生天此是邪見佛言我說此邪見人必趣二處若生地獄有墮畜生或有沙門婆羅門有如是論如是見我世間有常此實餘虛我及世間無常此實餘虛我及世間有常無常此實餘虛我及世間非有常非無常此實餘虛我世間有邊此實餘虛我世間無邊此實餘虛我世間有邊無邊此實餘虛我世間非有邊非無邊此實餘虛是命是身此實餘虛命異身異此實餘虛非有命非無命此實餘虛無命無身此實餘虛或有人言有如是他死此實餘虛有言無如是他死此實餘虛或言有有如是他死無如是他死此實餘虛又言非有非無如是他死此實餘虛彼沙門婆羅門若作如是論如是見者言世是常此實餘虛者彼於行有我

見命見有身見世間見是故彼作是言我世間有常彼言無常者於行有我見命見身見世間見是故彼言我世間無常彼言有常無常者彼於行有我見命見身見世間見故言世間有常無常彼言非有常非無常者於行有我見命見身見世間見故言我世間非有常非無常彼言我世間有邊者於行有我見命見身見世間見故言命有邊身有邊世間有邊從初受胎至於塚間所有四大身如是展轉極至七生身命行盡我入清淨聚是故彼言我有邊彼言我世間無邊者於行有我見命見身見世間見言命無邊身無邊世間無邊從初受胎至於塚間所有四大身如是展轉極至七生身命行盡我入清淨聚是故言我世間無邊彼作是言此世間有邊無邊

彼於行有我見命見身見世間見命有邊身無邊從初受胎至於塚間所有四大身如是展轉極至七生身命行盡我入清淨聚是故言我有邊無邊彼作是言我世間非有邊非無邊於行有我見命見身見世間見命身非有邊非無邊從初受胎至於塚間所有四大身如是展轉極至七生身命行盡我入清淨聚是故言我非有邊非無邊彼言是命是身者於此身有命於餘身有命見是故言是命是身言命異身異者於此身有命見於餘身無命見是故言命異身異彼言身命非有非無者於此身無命見於餘身有命見是故言非有非無彼言無身命者此身無命見餘身無命見是故言無命無身彼言有如是他死者其人見今有身命後更有身命遊行是故

言有如是他死無如是他死者彼言今世有命後世無命是故言無如是他死有如是他死無如是他死者彼言今世命斷滅後世命遊行是故言有如是他命無如是他命非有非無如是他死者彼言今身命斷滅後身命斷滅是故言非有非無如是他死爾時世尊告諸比丘乃往過去有王名鏡面時集生盲人聚在一處而告之曰汝等生盲寧識象不對曰大王我不識不知王復告言汝等欲知象形類不對曰欲知時王即勑侍者使將象來令衆盲子手自捫摸中有摸象得鼻者王言此是象或有摸象得其牙者或有摸象得其耳者或有摸象得其頭者或有摸象得其背者或有摸象得其腹者或有摸象得其髀者或有摸象得其腨者或有摸象得其跡者或有摸象得其尾者王皆語言此是象也時鏡面王即却彼象問盲子言象何等類其諸盲子得象鼻者言象如曲轅得象牙者言象如杵得象耳者言象如箕得象頭者言象如鼎得象背者言象如丘阜得象腹者言象如壁得象髀者言象如樹得象腨者言象如柱得象跡者言象如臼得象尾者言象如絙各各共諍訟相是非此言如是彼言不爾云云不已遂至鬬諍時王見此歡喜大笑爾時鏡面王即說頌曰

諸盲人群集　於此競諍訟　象身本一體
異想生是非

佛告比丘諸外道異學亦復如是不知苦諦不知集諦盡諦道諦各生異見互相是非謂已爲是便起諍訟若有沙門婆羅門能如實

知苦聖諦苦集聖諦苦滅聖諦苦出要諦彼
自思惟善共和合同一受同一師同一水乳
熾然佛法樂法久住爾時世尊而説偈言

若人不知苦　不知苦所起　亦復不知苦
所可滅盡處　亦復不能知　滅於苦集道
失於心解脱　慧解脱亦失　不能究苦本
生老病死原　若能諦知苦　知苦所起因
亦能知彼苦　所可滅盡處　又能善分別
滅苦集聖道　則得心解脱　慧解脱亦然
斯人能究竟　苦陰之根本　盡生苦死病
受有之根原

諸比丘是故汝等當勤方便思惟苦聖諦苦
集聖諦苦滅聖諦苦出要諦

佛説長阿含經卷第十九

音釋

釿 舉欣切斧釿也　摑 古獲切爪持也　㓟 符碑切削也　雋 即委切與觜同
咂 子合切齧也　號咷 號胡刀切咷徒刀切號咷大哭也　砰 古狎切
熢烰 熢薄紅切烰蒲沒切熢烰煙起貌　摣掣 摣側加切取也掣昌列切牽也
齌齧 齌在詣切齧之沒齒也齧五結切　瘃 陟玉切寒瘡也　絣 補耕切以繩直物也
瓮 烏貢切　燎 力弔切灸也　踼跌 踼徒郎切跌徒結切踼跌失足也
颺 音陽風飛物也　篅 市緣切圌也　皺 側救切皮散也　僂 力主切傴僂也
疼 徒冬切痛也　髀 部禮切股也　腨 時兖切腓腸也　䏶 部禮切與髀同
縆 居登切大索也

佛說長阿含經卷第二十

姚秦三藏法師佛陀耶舍共竺佛念譯

阿須倫品第六

佛告比丘須彌山北大海水底有羅呵阿須倫城縱廣八萬由旬其城七重七重欄楯七重羅網七重行樹周帀校飾以七寶成城高三千由旬廣二千由旬其城門高二千由旬廣千由旬金城銀門銀城金門乃至無數衆鳥相和而鳴亦復如是其阿須倫王所治小城當大城中名輪輸摩跋吒縱廣六萬由旬其城七重七重欄楯七重羅網七重行樹周帀校飾以七寶成城高三千由旬廣二千由旬其城門高二千由旬廣千由旬金城銀門銀城金門乃至無數衆鳥相和而鳴亦復如是於其城内別立義堂名曰七尸利沙堂牆七重七重欄楯七重羅網七重行樹周帀校飾七寶所成義堂下基純以硨磲其柱梁純以七寶其堂中柱圍千由旬高萬由旬當此柱下有正法座縱廣七百由旬雕文刻鏤七寶所成堂有四戶周帀欄楯階庭七重七重欄楯七重羅網七重行樹周帀校飾七寶所成乃至衆鳥相和而鳴亦復如是其義堂北有阿須倫宮殿縱廣萬由旬宮牆七重七重欄楯七重羅網七重行樹周帀校飾以七寶成乃至無數衆鳥相和悲鳴亦復如是其義堂東有園林名曰娑羅縱廣萬由旬園牆七重七重欄楯七重羅網七重行樹周帀校飾以七寶成乃至無數衆鳥相和悲鳴亦復如是其義堂南有一園林名曰極妙縱廣萬由旬如娑羅園其義堂西有一園林名曰睒摩

縱廣萬由旬亦如娑羅園林其義堂北有一園林名曰樂林縱廣萬由旬亦如娑羅園林娑羅極妙二園中間生晝度樹下圍七由旬高百由旬枝葉四布五十由旬樹牆七重七重欄楯七重羅網七重行樹周帀校飾以七寶成乃至無數衆鳥相和而鳴亦復如是又其睒摩樂林二園中間有跋難陀池其水清涼無有垢穢寶塹七重周帀砌廁七重欄楯七重羅網七重行樹周帀校飾七寶所成又其池中生四種華華葉縱廣一由旬香氣流布亦一由旬根如車轂其汁流出色白如乳味甘如蜜無數衆鳥相和而鳴又其池邊有七重階亭門牆七重七重欄楯七重羅網七重行樹周帀校飾七寶所成乃至無數衆鳥相和悲鳴亦復如是其阿須倫王臣下宮殿

有縱廣萬由旬者有九千八千極小宮殿至千由旬宮牆七重七重欄楯七重羅網七重行樹周帀校飾以七寶成乃至無數衆鳥相和而鳴亦復如是其小阿須倫宮殿有縱廣千由旬九百八百極小宮殿至百由旬皆宮牆七重七重欄楯七重羅網七重行樹周帀校飾七寶所成乃至無數衆鳥相和悲鳴亦復如是其義堂北有七寶階道入於宮中復有階道趣娑羅園復有階道趣極妙園復有階道趣睒摩園復有階道趣樂林園復有階道趣晝度樹復有階道趣跋難陀池復有階道趣大臣宮殿復有階道趣小阿須倫宮殿若阿須倫王欲詣娑羅園遊觀時即念毗摩質多阿須倫王毗摩質多阿須倫王復自念言羅阿阿須倫王念我即自莊嚴駕乘寶車

無數大衆侍從圍遶詣羅呵阿須倫王前於一面立時阿須倫王復念彼羅呵阿須倫王彼羅呵阿須倫王復自念言今王念我即自莊嚴駕乘寶車無數大衆侍從圍遶詣羅呵王前於一面立時阿須倫王復念睒摩羅阿須倫王睒摩羅阿須倫王復自念言今王念我即自莊嚴駕乘寶車無數大衆侍從圍遶詣羅呵王前於一面立時王復念大臣阿須倫大臣阿須倫復自念言今王念我即自莊嚴駕乘寶車無數大衆侍從圍遶詣羅呵王前於一面立時王復念小阿須倫小阿須倫復自念言今王念我即自莊嚴與諸大衆詣羅呵王前於一面立時羅呵王身著寶衣駕乘寶車與無數大衆前後圍遶詣娑羅林中有自然風吹門自開有自然風吹地令淨有自然風吹華散地華至於膝時羅呵王入此園已共相娛樂一日二日乃至七日娛樂訖已便還本宮其後遊觀極妙園林睒摩園林樂園林亦復如是時羅呵王常有五大阿須倫侍衛左右一名提持二名雄力三名武夷四名頭首五名摧伏此五大阿須倫常侍衛左右其羅呵王宮殿在大海水下海水在上四風所持一名住風二名持風三名不動四名堅固持大海水懸處虛空猶如浮雲去阿須倫宮一萬由旬終不墮落阿須倫王福報功德威神如是

四天王品第七

佛告比丘須彌山王東千由旬提頭賴吒天王城名賢上縱廣六千由旬其城七重七重欄楯七重羅網七重行樹周帀校飾以七寶

成乃至無數衆鳥相和而鳴亦復如是須彌山南千由旬有毗樓勒天王城名善見縱廣六千由旬其城七重七重欄楯七重羅網七重行樹周帀校飾以七寶成乃至無數衆鳥相和而鳴亦復如是須彌山西千由旬有毗樓博叉天王城名周羅善見縱廣六千由旬其城七重七重欄楯七重羅網七重行樹周帀校飾以七寶成乃至無數衆鳥相和而鳴亦復如是須彌山北千由旬有毗沙門天王王有三城一名可畏二名天敬三名衆歸各各縱廣六千由旬其城七重七重欄楯七重羅網七重行樹周帀校飾以七寶成乃至無數衆鳥相和而鳴亦復如是衆歸城北有園林名加毗延頭縱廣四十由旬園牆七重七重欄楯七重羅網七重行樹周帀挍飾以七寶成乃至無數衆鳥相和而鳴亦復如是園城中間有池名那隣尼縱廣四十由旬其水清澄無有垢穢以七寶塹廁砌其邊七重欄楯七重羅網七重行樹周帀校飾七寶所成中生蓮華青黄赤白雜色光照半由旬其香芬熏聞半由旬又其華根大如車轂其汁流出色白如乳味甘如蜜乃至無數衆鳥相和悲鳴亦復如是除日月宮殿諸四天王宮殿縱廣四十由旬宮牆七重七重欄楯七重羅網七重行樹周帀校飾以七寶成乃至無數衆鳥相和而鳴亦復如是其諸宮殿有四十由旬二十由旬極小縱廣五由旬從衆歸城有寶階道至賢上城復有階道至善見城復有階道至周羅善見城復有階道至可畏城天敬城復有階道至伽毗延頭園復有階道

至隣尼池復有階道至四天王大臣宫殿若毗沙門天王欲詣伽毗延頭園遊觀時即念提頭賴天王提頭賴天王復自念言今毗沙門天王念我即自莊嚴駕乘寶車與無數揵沓和神前後圍遶詣毗沙門天王前於一面立時毗沙門王復念毗樓勒天王毗樓勒天王復自念言今毗沙門王念我即自莊嚴駕乘寶車與無數究槃茶神前後圍遶詣毗沙門天王前於一面立毗沙門王復念毗樓博叉毗樓博叉復自念言今毗沙門天王念我即自莊嚴駕乘寶車無數龍神前後圍遶詣毗沙門王前於一面立毗沙門王復念四天王大臣四天王大臣復自念言今毗沙門王念我即自莊嚴駕乘寶車無數諸天前後導從詣毗沙門天王前於一面立時毗沙門天王即自莊嚴著寶飾衣駕乘寶車與無數百千天神詣伽毗延頭園有自然風吹門自開有自然風吹地令淨有自然風吹華散地華至於膝時王在園共相娛樂一日二日乃至七日遊觀訖已還歸本宫毗沙門王常有五大鬼神侍衛左右一名般闍樓二名檀陀羅三名醯摩跋陀四名提偈羅五名修逸路摩此五鬼神常隨侍衛毗沙門王福報功德威神如是

忉利天品第八

佛告比丘須彌山王頂上有三十三天城縱廣八萬由旬其城七重七重欄楯七重羅網七重行樹周帀校飾以七寶成城高百由旬上廣六十由旬城門高六十由旬廣三十由旬相去五百由旬有一門其一一門有五百

鬼神守衛衛護三十三天金城銀門銀城金門乃至無數衆鳥相和悲鳴亦復如是其大城內復有小城縱廣六萬由旬其城七重七重欄楯七重羅網七重行樹周帀校飾以七寶成城高百由旬廣六十由旬城門相去五百由旬高六十由旬廣三十由旬一一城門有五百鬼神侍衛門側守護三十三天金城銀門銀城金門水精城瑠璃門瑠璃城水精門赤珠城瑪瑙門瑪瑙城赤珠門硨磲城衆寶門其欄楯者金欄銀桄銀欄金桄水精欄瑠璃桄瑠璃欄水精桄赤珠欄瑪瑙桄瑪瑙欄赤珠桄硨磲欄衆寶桄其欄楯上有寶羅網其金羅網下懸銀鈴其銀羅網下懸金鈴瑠璃羅網懸水精鈴水精羅網懸瑠璃鈴赤珠羅網懸瑪瑙鈴瑪瑙羅網懸赤珠鈴硨磲羅網懸衆寶鈴其金樹者金根金枝銀葉華實其銀樹者銀根銀枝金葉華實其水精樹水精根枝瑠璃華葉其瑠璃樹瑠璃根枝水精華葉其赤珠樹赤珠根枝瑪瑙華葉瑪瑙樹者瑪瑙根枝赤珠華葉硨磲樹者硨磲根枝衆寶華葉其七重城城有四門門有欄楯七重城上皆有樓閣臺觀周帀圍遶有園林浴池生衆寶華雜色參間寶樹行列華果繁茂香風四起悅可衆心鳧鴈鴛鴦異類奇鳥無數千種相和而鳴其小城外中間有伊羅鉢龍宮縱廣六千由旬宮牆七重七重欄楯七重羅網七重行樹周帀校飾以七寶成乃至無數衆鳥相和悲鳴亦復如是其善見城內有善法堂縱廣百由旬七重欄楯七重羅網七重行樹周帀校飾以七寶成其堂下基

純以眞金上覆瑠璃其堂中柱圍十由旬高百由旬其堂柱下敷天帝御座縱廣一由旬雜色間廁以七寶成其座柔輭輭若天衣夾座兩邊左右十六座堂有四門周帀欄楯以七寶成其堂階道縱廣五百由旬門郭七重七重欄楯七重羅網七重行樹周帀校飾以七寶成乃至無數衆鳥相和而鳴亦復如是善見堂北有帝釋宮殿縱廣千由旬宮牆七重七重欄楯七重羅網七重行樹周帀校飾以七寶成乃至無數衆鳥相和悲鳴亦復如是善見堂東有園林名曰麤澀縱廣千由旬園牆七重七重欄楯七重羅網七重行樹周帀校飾以七寶成乃至無數衆鳥相和而鳴亦復如是麤澀園中有二石埰天金校飾一名賢二名善賢縱廣各五十由旬其石柔輭輭若天衣善見宮南有園林名曰晝樂縱廣千由旬園牆七重七重欄楯七重羅網七重行樹周帀校飾以七寶成乃至無數衆鳥相和而鳴亦復如是其園內有二石埰七寶所成一名晝二名善晝各縱廣五十由旬其埰柔輭輭若天衣善見堂西有園林名雜縱廣千由旬園牆七重七重欄楯七重羅網七重行樹周帀校飾七寶所成乃至無數衆鳥相和而鳴亦復如是其園中有二石埰一名善見二名順善見天金校飾七寶所成各縱廣五十由旬其埰柔輭輭若天衣善見堂北有園林名曰大喜縱廣千由旬園牆七重七重欄楯七重羅網七重行樹周帀校飾以七寶成乃至無數衆鳥相和而鳴亦復如是其園中有二石埰一名喜二名大喜硨磲校飾縱

廣五十由旬其埰柔輭輭若天衣其麤澀園畫樂園中間有難陀池縱廣百由旬其水清澄無有垢穢七重寶塹周帀砌廁欄楯七重七重羅網七重行樹周帀校飾以七寶成其池四面有四梯陛周帀欄楯間以七寶乃至無數衆鳥相和而鳴亦復如是又其池中生四種華青黃赤白紅縹雜色間廁其一華葉蔭一由旬香氣氛氳聞一由旬根如車轂其汁流出色白如乳味甘如蜜其池四面復有園林其雜園林大喜園林二園中間有樹名晝度圍七由旬高百由旬枝葉四布五十由旬樹外空亭縱廣五百由旬宮牆七重七重欄楯七重羅網七重行樹周帀校飾以七寶成乃至無數衆鳥相和而鳴亦復如是其餘忉利天宮殿縱廣千由旬宮牆七重七重欄楯七重羅網七重行樹周帀校飾以七寶成乃至無數衆鳥相和而鳴亦復如是其諸宮殿有縱廣九百八百極小百由旬宮牆七重七重欄楯七重羅網七重行樹周帀校飾乃至無數衆鳥相和而鳴亦復如是諸小天宮縱廣百由旬有九十八十極小至十二由旬宮牆七重七重欄楯七重羅網七重行樹周帀圍遶以七寶成乃至無數衆鳥相和而鳴亦復如是善見堂北有二階道至帝釋宮殿善見堂東有二階道至麤澀園復有階道至晝樂園觀復有階道至雜園中復有階道至大喜園復有階道至大喜池復有階道至晝度樹復有階道至三十三天宮復有階道至諸天宮復有階道至伊羅鉢龍王宮若天帝釋欲至麤澀園中遊觀時即念三十三天臣

三十三天臣即自念言今帝釋念我即莊嚴駕乘寶車與無數衆前後圍遶至帝釋前於一面立帝釋復念其餘諸天諸天念言今帝釋念我即自莊嚴與諸天衆相隨至帝釋前於一面立帝釋復念伊羅鉢龍王伊羅鉢龍王復自念言今帝釋念我龍王即自變身出三十三頭一一頭有六牙一一牙有七浴池一一浴池有七大蓮華有百一葉一一華葉有七玉女鼓樂弦歌抃儛其上時彼龍王作此化已詣帝釋前於一面立時釋提桓因著衆寶飾瓔珞其身坐伊羅鉢龍王第一頂上其次兩邊各有十六天王在龍頂上次第而坐時天帝釋與無數諸天眷屬圍遶詣麤澀園有自然風吹門自開有自然風吹地令淨有自然風吹華散地衆華積聚華至于膝時天帝釋於賢善賢二石埵上隨意而坐三十三王各次第坐復有諸天不得侍從見彼園觀不得入園五欲娛樂所以者何斯由本行功德不同復有諸天得見園林而不得入不得五欲共相娛樂所以者何斯由本行功德不同復有諸天得見得入不得五欲共相娛樂所以者何斯由本行功德不同復有諸天得入得見五欲娛樂所以者何斯由本行功德同故遊戲園中五欲自娛一日二日至於七日相娛樂已各自還宮彼天帝釋遊觀畫樂園雜園大喜園時亦復如是何故名之爲麤澀園入此園時身體麤澀何故名爲畫樂園入此園時身體自然有種種畫色以爲娛樂何故爲雜園常以月八日十四日十五日除阿須倫女放諸婇女與諸天子雜錯遊戲

是故名爲雜園何故名爲大喜園入此園時娛樂歡喜故名大喜何故名爲善法堂於此堂上思惟妙法受清淨樂故名善法堂何故名爲晝度樹此樹有神名曰漫陀常作伎樂以自娛樂故名晝度又彼大樹枝條四布華葉繁茂如大寶雲故名晝度釋提桓因左右常有十大天子隨從侍衛何等爲十一名因陀羅二名瞿夷三名毗樓四名毗樓婆提五名陀羅六名婆羅七名耆婆八名靈醯嵬九名物羅十名難頭釋提桓因有大神力威德如是閻浮提人所貴水華優鉢羅華鉢頭摩華拘物頭華分陀利華頭乾頭華柔輭香潔其陸生華解脫華薝蔔華婆羅陀華須曼周那華婆師華童女華拘那尼鬱單越弗于逮龍宮金翅鳥宮水陸諸華亦復如是阿須倫宮水中生華優鉢羅華鉢頭摩華拘物頭華分陀利華柔輭香潔陸生華殊好華頻浮華大頻浮華伽伽利華大伽伽利華曼陀羅華大曼陀羅華四天王三十三天燄摩天兜率天化自在天他化自在天所貴水陸諸華亦復如是天有十法何等爲十一者飛去無限數二者飛來無限數三者去無礙四者來無礙五者天身無有皮膚骨體筋脉血肉六者身無不淨大小便利七者身無疲極八者天女不產九者天目不眴十者身隨意色好青則青好黃則黃赤白衆色隨意而現此是諸天十法人有七色云何爲七有人金色有人火色有人青色有人黃色有人赤色有人黑色有人白色諸天阿須倫有七色亦復如是諸比丘螢火之明不如燈燭燈燭之明不如

炬火炬火之明不如積火積火之明不如四天王宮殿城郭瓔珞衣服身色光明四天王宮殿城郭瓔珞衣服身色光明不如三十三天光明三十三天光明不如燄摩天光明燄摩天光明不如兜率天光明兜率天光明不如化自在天光明化自在天光明不如他化自在天光明他化自在天光明不如梵迦夷天宮殿衣服身色光明梵迦夷天宮殿衣服身色光明不如光音天光明光音天光明不如遍淨天光明遍淨天光明不如果實天光明果實天光明不如無想天光明無想天光明不如無造天光明無造天光明不如無熱天光明無熱天光明不如善見天光明善見天光明不如大善見天光明大善見天光明不如色究竟天光明色究竟天光明不如地自在天光明地自在天光明不如佛光明從螢火光至佛光明合集爾所光明不如苦諦光明集諦滅諦道諦光明是故諸比丘欲求光明者當求苦諦集諦滅諦道諦光明當作是學當作是修閻浮提人身長三肘半衣長七肘廣三肘半瞿耶尼弗于逮人身亦三肘半衣長七肘廣三肘半鬱單越人身長七肘衣長十四肘廣七肘衣重一兩阿須倫身長一由旬衣長二由旬廣一由旬衣重六銖四天王身長半由旬衣長一由旬廣半由旬衣重半兩忉利天身長一由旬衣長二由旬廣一由旬衣重六銖燄摩天身長二由旬衣長四由旬廣二由旬衣重三銖兜率天身長四由旬衣長八由旬廣四由旬衣重一銖半化自在天身長八由旬衣長十六由旬廣八由

旬衣重一銖他化自在天身長十六由旬衣長三十二由旬廣十六由旬衣重半銖自上諸天各隨其身而著衣服閻浮提人壽命百歲少出多減瞿耶尼人壽二百歲少出多減弗于逮人壽三百歲少出多減欝單越人盡壽千歲無有增減餓鬼壽七萬歲少出多減龍金翅鳥壽一劫或有減者阿須倫壽天千歲少出多減四天王壽天五百歲少出多減忉利天壽天千歲少出多減焰摩天壽天二千歲少出多減兜率天壽天四千歲少出多減化自在天壽天八千歲少出多減他化自在天壽天萬六千歲少出多減梵迦夷天壽命一劫或有減者光音天壽命二劫或有減者遍淨天壽命三劫或有減者果實天壽命四劫或有減者無想天壽命五百劫或有減者無造天壽命千劫或有減者無熱天壽命二千劫或有減者善見天壽命三千劫或有減者大善見天壽命四千劫或有減者色究竟天壽命五千劫或有減者空處天壽命萬劫或有減者識處天壽命二萬一千劫或有減者不用處天壽命四萬二千劫或有減者有想無想天壽命八萬四千劫或有減者齊此爲衆生齊此爲壽命齊此爲世界齊此名爲生老病死往來所趣界陰入聚也佛告比丘一切衆生以四食存何謂爲四揣細滑食爲第一觸食爲第二念食爲第三識食爲第四彼衆生所食不同閻浮提人種種飯麨麵魚肉以爲揣食衣服洗浴爲細滑食拘耶尼弗于逮人亦食種種飯麨麵魚肉以爲揣食衣服洗浴爲細滑食欝單越人唯食自然粳

米天味具足以爲揣食衣服洗浴爲細滑食龍金翅鳥食黿鼉魚鱉以爲揣食洗浴衣服爲細滑食阿須倫食淨揣食以爲揣食洗浴衣服爲細滑食四天王忉利天燄摩天兜率天化自在天他化自在天食淨揣食以爲揣食洗浴衣服爲細滑食自上諸天以禪定喜樂爲食何等衆生觸食卵生者觸食何等衆生念食有因念得存諸根增長壽命不絶是爲念食何等識食地獄衆生及無色天是名識食閻浮提人以金銀珍寶穀帛奴僕治生販賣以自生活瞿耶尼人以牛羊珠寶市易生活弗于逮人以穀帛珠璣市易自活鬱單越人無有市易治生自活閻浮提人有婚姻往來男娶女嫁瞿耶尼人弗于逮人亦有婚姻男娶女嫁鬱單越人無有婚姻男娶女嫁

金翅鳥阿須倫亦有婚姻男女嫁娶四天王忉利天乃至他化自在天亦有婚姻男娶女嫁自上諸天無復男女閻浮提人男女交會身身相觸以成陰陽瞿耶尼弗于逮鬱單越人亦身身相觸以成陰陽龍金翅鳥亦身身相觸以成陰陽阿須倫身身相近以氣成陰陽四天王忉利天亦復如是燄摩天相近以成陰陽兜率天執手成陰陽化自在天熟視成陰陽他化自在天暫視成陰陽自上諸天無復婬欲若有衆生身行惡口言惡意念惡身壞命終此後識滅泥犂初識生因識有名色因名色有六入或有衆生身行惡口言惡意念惡身壞命終墮畜生中此後識滅畜生初識生因識有名色因名色有六入或有衆生身行惡口言惡意念惡身壞命終墮餓鬼

中此後識滅餓鬼初識生因識有名色因名色有六入或有衆生身行善口言善意念善身壞命終得生人中此後識滅人中識生因識有名色因名色有六入或有衆生身行善口言善意念善身壞命終生四天王天此後識滅四天王天識初生因識有名色因名色有六入彼天初生如此人間一二歲兒自然化現在天膝上坐彼天即言此是我子由行報故自然智生即自念言我由何行今生此間即復自念我昔於人間身行善口言善意念善由此行故今得生天我設於此命終復生人間者當淨身口意倍復精懃修諸善行兒生未久便自覺飢當其兒前有自然寶器盛天百味自然淨食若福多者飯色爲白其福中者飯色爲青其福下者飯色爲赤彼兒以手摘飯著口中食自消化如酥投火彼兒食訖方自覺渴有自然寶器盛甘露漿其福多者漿色爲白其福中者漿色爲青其福下者漿色爲赤其兒所飲漿自消化如酥投火彼兒飲食已訖身體長大與餘天等即入浴池沐浴澡洗以自娛樂自娛樂已還出浴池詣香樹下香樹曲躬手取衆香以自塗身復詣劫貝衣樹樹爲曲躬取種種衣著其身上復詣莊嚴樹樹爲曲躬取種種莊嚴以自嚴身復詣鬘樹樹爲曲躬取鬘貫首復詣器樹樹爲曲躬即取寶器復詣果樹樹爲曲躬取自然果或食或含或漉汁而飲復詣樂器樹樹爲曲躬取天樂器以清妙聲和弦而歌向諸園林彼見無數天女鼓樂弦歌語笑相向其天遊觀遂生染著視東忘西視西忘東其

初生時口自念言我由何行今得生此當其遊戲觀時盡忘此念於是便有婇女侍從若有衆生身行善口言善意念善身壞命終生忉利天此後識滅彼初識生因識有名色因名色有六入彼天初生如閻浮提二三歲兒自然化現在天膝上彼天即言此是我男此是我女亦復如是或有衆生身口意善身壞命終生燄摩天其天初生如閻浮提三四歲兒或有衆生身口意善身壞命終生兜率天其天初生如此世間四五歲兒或有衆生身口意善身壞命終生化自在天其天初生如此世間五六歲兒或有衆生身口意善身壞命終生他化自在天其天初生如此世間六七歲兒亦復如是佛告比丘半月三齋云何爲三月八日齋十四日齋十五日齋是爲三齋何故於月八日齋常以月八日四天王告使者言汝等案行世間觀視萬民知有孝順父母敬順沙門婆羅門宗事長老齋戒布施濟諸窮乏者不爾時使者聞王教已遍案行天下知有孝順父母宗敬沙門婆羅門恭順長者持戒守齋布施窮乏者具觀察已見諸世間不孝父母不敬師長不修齋戒不濟窮乏者還白王言大王世間孝順父母敬事師長淨修齋戒施諸窮乏者甚少甚少爾時四天王聞已愁憂不悅答言咄此爲哉世人多惡不孝父母不事師長不修齋戒不施窮乏減損諸天衆增益阿須倫衆若使者見世間有孝順父母敬事師長勤修齋戒布施貧乏者則還白天王言世間有人孝順父母敬事師長勤修齋戒施諸窮乏者四天王聞已即

大歡喜唱言善哉我聞善言世間若能有孝順父母敬事師長勤修齋戒布施貧乏增益諸天衆減損阿須倫衆何故於十四日齋十四日齋時四天王告太子言汝當案行天下觀察萬民知有孝順父母敬事師長勤修齋戒布施貧乏者不太子受王教已即案行天下觀察萬民知有孝順父母宗敬師長勤修齋戒布施貧乏者具觀察已見諸世間有不孝父母不敬師長不修齋戒不施貧乏者還白王言天王世間孝順父母敬順師長淨修齋戒濟諸窮乏者甚少甚少四天王聞已愁憂不悅言咄此爲哉世人多惡不孝父母不事師長不修齋戒不濟貧乏減損諸天衆增益阿須倫衆太子若見世間有孝順父母敬事師長勤修齋戒布施貧乏者即還白天言天王世間有人孝順父母敬順師長勤修齋戒施諸窮乏者四天王聞已即大歡喜唱言善哉我聞善言世間能有孝事父母宗敬師長勤修齋戒布施貧乏增益諸天衆減損阿須倫衆是故十四日齋何故於十五日齋十五日齋時四天王躬身自下案行天下觀察萬民世間寧有孝順父母宗敬師長勤修齋戒布施貧乏者不見世間人多不孝父母不事師長不勤齋戒不施貧乏時四天王詣善法殿白帝釋言大王當知世間衆生多不孝父母不敬師長不修齋戒不施貧乏帝釋及忉利諸天聞已愁憂不悅言咄此爲哉世人多惡不孝父母不敬師長不修齋戒不施窮乏減損諸天衆增益阿須倫衆四天王若見世間有孝順父母敬事師長勤修齋戒布施

窮乏者還詣善法堂白帝釋言世人有孝順父母敬事師長勤修齋戒布施窮乏者帝釋及忉利諸天聞是語已皆大歡喜唱言善哉世間能有孝順父母敬事師長勤修齋戒布施窮乏者增益諸天衆減損阿須倫衆以是故十五日齋戒是故有三齋爾時帝釋欲使諸天倍生歡喜即說偈言

常以月八日　十四十五日　受化修齋戒
其人與我同

佛告比丘帝釋說此偈非爲善受非爲善說我所不可所以者何彼天帝釋婬怒癡未盡未脫生老病死憂悲苦惱我說其人未離苦本若我比丘漏盡阿羅漢所作已辦捨於重擔自獲已利盡諸有結平等解脫如此比丘應說此偈

常以月八日　十四十五日　受化修齋戒
其人與我同

佛告比丘彼比丘說此偈者乃名善受乃名善說我所印可所以者何彼比丘婬怒癡盡已脫生老病死憂悲苦惱我說其人離於苦本佛告比丘一切人民所居舍宅皆有鬼神無有空者一切街巷四衢道中屠兒市肆及丘塜間皆有鬼神無有空者凡諸鬼神皆隨所依即以爲名依人名人依村名村依城名城依國名國依土名土依山名山依河名河

佛告比丘一切樹木極小如車軸者皆有鬼神依止無有空者一切男子女人初始生時皆有鬼神隨逐擁護若其死時彼守護鬼攝其精氣其人則死佛告比丘設有外道梵志問言諸賢若一切男女初始生時皆有鬼神

隨逐守護其欲死時彼守護鬼神攝其精氣其人則死者今人何故有爲鬼神所觸嬈者有不爲鬼神所觸嬈者設有此問汝等應答彼言世人爲非法行邪見顛倒作十惡業如是人輩若百若千乃有一神護耳譬如群牛群羊若百若千一人守牧彼亦如是爲非法行邪見顛倒作十惡業如是人輩若百若千乃有一神護耳若有人修行善法見正信行具十善業如是一人有百千神護譬如國王國王大臣有百千人衛護一人彼亦如是修行善法具十善業如是一人有百千神護以是緣故世人有爲鬼神所觸嬈者有不爲鬼神所觸嬈者佛告比丘閻浮提人有三事勝瞿耶尼人何等爲三一者勇猛强記能造業行二者勇猛强記勤修梵行三者勇猛强記佛出其土以此三事勝瞿耶尼瞿耶尼人有三事勝閻浮提何等爲三一者多牛二者多羊三者多珠玉以此三事勝閻浮提閻浮提有三事勝弗于逮何等爲三一者勇猛强記能造業行二者勇猛强記能修梵行三者勇猛强記佛出其土以此三事勝弗于逮弗于逮有三事勝閻浮提何等爲三一者其土極廣二者其土極大三者其土極妙以此三事勝閻浮提閻浮提有三事勝鬱單越何等爲三一者勇猛强記能造業行二者勇猛强記能修梵行三者勇猛强記佛出其土以此三事勝鬱單越鬱單越復有三事勝閻浮提何等爲三一者無所繫屬二者無有我所三者定壽千歲以此三事勝閻浮提人閻浮提人亦以上三事勝餓鬼趣餓鬼趣有三事勝閻

浮提何等爲三一者長壽二者身大三者他作自受以此三事勝閻浮提閻浮提人亦以上三事勝龍金翅鳥龍金翅鳥復有三事勝閻浮提何等爲三一者長壽二者身大三者宫殿以此三事勝閻浮提閻浮提以上三事勝阿須倫阿須倫復有三事勝閻浮提何等爲三一者宫殿髙廣二者宫殿莊嚴三者宫殿清淨以此三事勝閻浮提閻浮提人以上三事勝四天王四天王復有三事勝閻浮提何等爲三一者長壽二者端正三者多樂以此三事勝閻浮提閻浮提人亦以上三事勝忉利天焰摩天兜率天化自在天他化自在天此諸天復有三事勝閻浮提何等爲三一者長壽二者端正三者多樂佛告比丘欲界衆生有十二種何等爲十二一者地獄二者畜生三者餓鬼四者人五者阿須倫六者四天王七者忉利天八者焰摩天九者兜率天十者化自在天十一者他化自在天十二者魔天色界衆生有二十二種一者梵身天二者梵輔天三者梵衆天四者大梵天五者光天六者少光天七者無量光天八者光音天九者淨天十者少淨天十一者無量淨天十二者遍淨天十三者嚴飾天十四者小嚴飾天十五者無量嚴飾天十六者嚴勝果實天十七者無想天十八者無造天十九者無熱天二十者善見天二十一者大善見天二十二者阿迦尼吒天無色界衆生有四種何等爲四一者空智天二者識智天三者無所有智天四者有想無想智天佛告比丘有四大天神何等爲四一者地神二者水神三者風

神四者火神昔者地神生惡見言地中無水火風時我知此地神所念即往語言汝當生念言地中無水火風耶地神報言地中實無水火風也我時語言汝勿生此念謂地中無水火風所以者何地中有水火風但地大多故地大得名佛告比丘我時爲彼地神次第說法除其惡見示教利喜施論戒論生天之論欲爲不淨上漏爲患出要爲上敷演開示清淨梵行我時知其心淨柔輭歡喜無有陰蓋易可開化如諸佛常法說苦聖諦苦集諦苦滅諦苦出要諦演布開示爾時地神即於座上遠塵離垢得法眼淨譬如淨潔白衣易受染色彼亦如是信心清淨逮得法眼無有狐疑見法決定不墮惡趣不向餘道成就無畏而白我言我今歸依佛歸依法歸依僧盡形壽不殺不盜不婬不欺不飲酒聽我於正法中爲優婆夷佛告比丘昔者水神生惡見言水中無地火風時地神知彼水神心生此見往語水神言汝實起此見言水中無地火風耶答曰實爾地神語言汝勿起此見謂水中無地火風所以者何水中有地火風但水大多故水大得名時地神即爲說法除其惡見示教利喜施論戒論生天之論欲爲不淨上漏爲患出要爲上敷演開示清淨梵行時地神知彼水神其心柔輭歡喜信解淨無陰蓋易可開化如諸佛常法說苦聖諦苦集諦苦滅諦苦出要諦演布開示時彼水神即遠塵離垢得法眼淨猶如淨潔白衣易爲受色彼亦如是信心清淨得法眼淨無有狐疑決定得果不墮惡趣不向餘道成就無畏白地

神言我今歸依佛歸依法歸依僧盡形壽不殺不盜不婬不欺不飲酒聽我於正法中爲優婆夷佛告比丘昔者火神生惡見言火中無地水風時地神水神知彼火神心生此見共語火神言汝實起此見耶答曰實爾二神語言汝勿起此見所以者何火中有地水風但火大多故火大得名耳時二神即爲說法除其惡見示教利喜施論戒論生天之論欲爲不淨上漏爲患出要爲上歎演開示清淨梵行二神知彼火神其心柔輭歡喜信解淨無陰蓋易可開化如諸佛常法說苦聖諦苦集諦苦滅諦苦出要諦演布開示時彼火神即遠塵離垢得法眼淨猶如淨潔白衣易爲受色彼亦如是信心清淨逮得法眼無有狐疑決定得果不墮惡趣不向餘道成就無畏白二神言我今歸依佛法聖衆盡形壽不殺不盜不婬不欺不飲酒聽我於正法中爲優婆夷佛告比丘昔者風神生惡見言風中無地水火地水火神知彼風神生此惡見往語之言汝實起此見耶答曰實爾三神語言汝勿起此見所以者何風中有地水火但風大多故風大得名耳時三神即爲說法除其惡見示教利喜施論戒論生天之論欲爲不淨上漏爲患出要爲上歎演開示清淨梵行三神知彼風神其心柔輭歡喜信解淨無陰蓋易可開化如諸佛常法說苦聖諦苦集諦苦滅諦苦出要諦演布開示時彼風神即遠塵離垢得法眼淨譬如淨潔白衣易爲受色彼亦如是信心清淨逮得法眼無有狐疑決定得果不墮惡趣不向餘道成就無畏白三神

言我今歸依佛法聖衆盡形壽不殺不盜不婬不欺不飲酒願聽我於正法中爲優婆夷慈心一切不嬈衆生佛告比丘雲有四種云何爲四一者白色二者黑色三者赤色四者紅色其白色者地大偏多其黑色者水大偏多其赤色者火大偏多其紅色者風大偏多其雲去地或十里二十里三十四十至四千里除劫初復時雲上至光音天電有四種云何爲四東方電名身光南方電名難毀西方電名流燄北方電名定明以何緣故虛空雲中有此電光有時身光與難毀相觸有時身光與流燄相觸有時身光與定明相觸有時難毀與流燄相觸有時難毀與定明相觸有時流燄與定明相觸以是緣故虛空雲中有時電光起復以何緣虛空雲中有雷聲起虛空雲中有時地大與水大相觸有時地大與火大相觸有時地大與風大相觸有時水大與火大相觸有時水大與風大相觸以是緣故虛空雲中有雷聲起相師占雨有五因緣不可定知使占者迷惑云何爲五一者雲有雷電占謂當雨以火大多故燒雲不雨是爲占師初迷惑緣二者雲有雷電占謂當雨有大風起吹雲四散入諸山間以此緣故相師迷惑三者雲有雷電占謂當雨時大阿須倫接攬浮雲置大海中以是因緣相師迷惑四者雲有雷電占謂當雨而雲師雨師放逸婬亂竟不降雨以此因緣相師迷惑五者雲有雷電占謂當雨而世間衆庶非法放逸汚清淨行慳貪嫉妬所見顛倒故使天不降雨以此因緣相師迷惑是爲五因緣相師占雨不可

定知

佛説長阿含經卷第二十

音釋

雕都聊切刻鏤也　鏤盧候切雕刻也　垜丁果切射堋也　縹普沼切帛月白色也　氛氲氛撫文切氲於云切氛氲祥氣貌　抃皮變切拊手也　薝蔔薝職廉切蔔蒲北切　眴輸閏切目動也　揣徒官切摶聚也　黿愚袁切　鼉徒河切

佛說長阿含經卷第二十一

姚秦三藏法師佛陀耶舍共竺佛念譯

三災品第九

佛告比丘有四事長久無量無限不可以日月歲數而稱計也云何爲四一者世間災漸起壞此世時中間長久無量無限不可以日月歲數而稱計也二者此世間壞已中間空曠無有世間長久迥遠不可以日月歲數而稱計也三者天地初起向欲成時中間長久不可以日月歲數而稱計也四者天地成已久住不壞不可以日月歲數而稱計也是爲四事長久無量無限不可以日月歲數而計量也佛告比丘世有三災云何爲三一者火災二者水災三者風災有三災上際云何爲三一者光音天二者遍淨天三者果實天若火災起時至光音天光音天爲際若水災起時至遍淨天遍淨天爲際若風災起時至果實天果實天爲際云何爲火災火災始欲起時此世間人皆行正法正見不倒修十善行行此法時有人得第二禪者即踊身上昇於虚空中住聖人道天道梵道高聲唱言諸賢當知無覺無觀第二禪樂第二禪樂時世間人聞此聲已仰語彼言善哉善哉唯願爲我說無覺無觀第二禪道時空中聞其語已即爲說無覺無觀第二禪道此世間人聞彼說已即修無覺無觀第二禪道身壞命終生光音天是時地獄衆生罪畢命終來生人間復修無覺無觀第二禪身壞命終生光音天畜生餓鬼阿須倫四天王忉利天燄天兜率天化自在天他化自在天梵天衆生命終來生

人間修無覺無觀第二禪身壞命終生光音天由此因緣地獄道盡畜生餓鬼阿須倫乃至梵天皆盡當於爾時先地獄盡然後畜生盡畜生盡已餓鬼盡餓鬼盡已阿須倫盡阿須倫盡已四天王盡四天王盡已忉利天盡忉利天盡已炎摩天盡炎摩天盡已兜率天盡兜率天盡已化自在天盡化自在天盡已他化自在天盡他化自在天盡已梵天盡梵天盡已然後人盡無有遺餘人盡無餘已此世敗壞乃成爲災其後天不降雨百穀草木自然枯死佛告比丘以是當知一切行無常變易朽壞不可恃怙有爲諸法甚可猒患當求度世解脱之道其後久久有大黒風暴起吹大海水海水深八萬四千由旬吹使兩披取日宫殿置於須彌山半去地四萬二千由旬安日道中緣此世間有二日出二日出已令此世間所有小河汱澮渠流皆悉乾竭佛告比丘以是當知一切行無常變易朽壞不可恃怙凡諸有爲甚可猒患當求度世解脱之道其後久久有大黒風暴起海水深八萬四千由旬吹使兩披取日宫殿置於須彌山半去地四萬二千由旬安日道中緣此世間有三日出三日出已此諸大水恒河耶婆那河婆羅河阿夷羅婆提河阿摩怯河辛陀河故舍河皆悉乾竭無有遺餘以是當知一切行無常變易朽壞不可恃怙凡諸有爲甚可猒患當求度世解脱之道其後久久有大黒風暴起海水深八萬四千由旬吹使兩披取日宫殿置於須彌山半安日道中緣此世間有四日出四日出已此諸世間所有衆源淵

池善見大池阿耨達大池四方陀延池優鉢羅池拘物頭池分陀利池縱廣五十由旬皆盡乾竭以是故知一切行無常變易朽壞不可恃怙凡諸有爲甚可猒患當求度世解脱之道其後久久有大黑風暴起吹大海水使令兩披取日宮殿置於須彌山半安日道中緣此世間有五日出五日出已大海水稍減百由旬至七百由旬以是可知一切行無常變易朽壞不可恃怙凡諸有爲甚可猒患當求度世解脱之道是時大海稍盡餘有七百由旬六百由旬五百由旬四百由旬乃至百由旬在以是可知一切行無常變易朽壞不可恃怙凡諸有爲甚可猒患當求度世解脱之道時大海水稍稍減盡至七由旬六由旬五由旬乃至一由旬在佛告比丘以是當知一切行無常變易朽壞不可恃怙凡諸有爲甚可猒患當求度世解脱之道其後海水稍盡至七多羅樹六多羅樹乃至一多羅樹佛告比丘以是當知一切行無常變易朽壞不可恃怙凡諸有爲甚可猒患當求度世解脱之道其後海水轉淺七人六人五人四人三人二人一人至腰至膝至于踌踝佛告比丘以是當知一切行無常變易朽壞不可恃怙凡諸有爲甚可猒患當求度世解脱之道其後海水猶如春雨後亦如牛跡中水遂至涸盡不漬人指佛告比丘以是當知一切行無常變易朽壞不可恃怙凡諸有爲甚可猒患當求度世解脱之道其後久久有大黑風暴起吹海底沙深八萬四千由旬令著兩岸飄取日宮殿置於須彌山半安日道中緣此世

間有六日出六日出巳其四天下及八萬天下諸山大山須彌山王皆煙起燋然猶如陶家初然陶時六日出時亦復如是佛告比丘以是當知一切行無常變易朽壞不可恃怙凡諸有爲甚可猒患當求度世解脱之道其後久久有大黑風暴起吹海底砂八萬四千由旬令著兩岸飄取日宫殿置於須彌山半安日道中緣此世間有七日出七日出巳此四天下及八萬天下諸山大山須彌山王皆悉洞然猶如陶家然竈燄起七日出時亦復如是佛告比丘以此當知一切行無常變易朽壞不可恃怙凡諸有爲甚可猒患當求度世解脱之道此四天下及八萬天下諸山須彌山皆悉洞然一時四天王宫忉利天宫炎摩天兜率天化自在天他化自在天梵天宫亦皆洞然佛告比丘是故當知一切行無常變易朽壞不可恃怙凡諸有爲法甚可猒患當求度世解脱之道此四天下乃至梵天火洞然巳風吹火燄至光音天彼初生天子見此火燄皆生怖畏言咄此何物先生諸天語後生天言勿怖畏也彼火曾來齊此而止以念前火光故名光音天此四天下乃至梵天火洞然巳須彌山王漸漸頹落百由旬二百由旬至七百由旬佛告比丘以是當知一切行無常變易朽壞不可恃怙凡諸有爲甚可猒患當求度世解脱之道此四天下乃至梵天火洞然巳其後大地及須彌山盡無灰燼是故當知一切行無常變易朽壞不可恃怙凡諸有爲甚可猒患當求度世解脱之道其此大地火燒盡巳地下水盡水下風盡是故

當知一切行無常變易朽壞不可恃怙凡諸有爲甚可猒患當求度世解脫之道佛告比丘火災起時天不復雨百穀草木自然枯死誰當信者獨有見者自當知耳如是乃至地下水盡水下風盡誰當信者獨有見者自當知耳是爲火災云何火劫還復其後久久有大黑雲在虛空中至光音天周遍降雨滴如車輪如是無數百千歲雨其水漸長高無數百千由旬乃至光音天時有四大風起持此水住何等爲四一名住風二名持風三名不動四名堅固其後此水稍減百千由旬無數百千萬由旬其水四面有大風起名曰僧伽吹水令動鼓蕩濤波起沫積聚風吹離水在於空中自然堅固變成天宮七寶校飾由此因緣有梵迦夷天宮其水轉減至無數百千萬由旬其水四面有大風起名曰僧伽吹水令動鼓蕩濤波起沫積聚風吹離水在於空中自然堅固變成天宮七寶校飾由此因緣有他化自在天宮其水轉減至無數千萬由旬其水四面有大風起名曰僧伽吹水令動鼓蕩濤波起沫積聚風吹離水在虛空中自然堅固變成天宮七寶校飾由此因緣有化自在天宮其水轉減至無數百千由旬有僧伽風吹水令動鼓蕩濤波起沫積聚風吹離水在虛空中自然堅固變成天宮七寶校飾由此因緣有兜率天宮其水轉減至無數百千由旬有僧伽風吹水令動鼓蕩濤波起沫積聚風吹離水在虛空中自然堅固變成天宮由此因緣有焰摩天宮其水轉減至無數百千由旬水上有沫深十六萬八千由旬其

邊無際譬如此間衆源流水水上有沫彼亦如是以何因緣有須彌山有亂風起吹此水沫造須彌山高十六萬八千由旬廣八萬四千由旬四寶所成金銀水精瑠璃以何因緣有四阿須倫宮殿其後亂風吹大水沫於須彌山四面起大宮殿縱廣各八萬由旬自然變成七寶宮殿復何因緣有四天王宮殿其後亂風吹大水沫於須彌山半四萬二千由旬自然變成七寶宮殿以是故名爲四天王宮以何因緣有忉利天宮其後亂風吹大水沫於須彌山上自然變成七寶宮殿復以何緣有伽陀羅山其後亂風起吹大水沫去須彌山不遠自然化成寶山下根入地四萬二千由旬縱廣四萬二千由旬其邊無際雜色間廁七寶所成以是緣故有伽陀羅山復以何緣有伊沙山其後亂風吹大水沫去伽陀羅山不遠自然變成伊沙山高二萬一千由旬縱廣二萬一千由旬其邊無際雜色叅間七寶所成以是緣故有伊沙山其後亂風吹大水沫去伊沙山不遠自然變成樹辰陀羅山高萬二千由旬縱廣萬二千由旬其邊無際雜色叅間七寶所成以是因緣有樹辰陀羅山其後亂風吹大水沫去樹辰陀羅山不遠自然變成阿般尼樓山高六千由旬縱廣六千由旬其邊無際雜色叅間七寶所成以是因緣故有阿般尼樓山其後亂風吹大水沫去阿般尼樓山不遠自然變成尼隣陀羅山高三千由旬縱廣三千由旬其邊無際雜色叅間七寶所成以是因緣有尼隣陀羅山其後亂風吹大水沫去尼隣陀羅山不遠自

然變成比尼陀山高千二百由旬縱廣千二百由旬其邊無際雜色參間七寶所成以是因緣有比尼陀山其後亂風吹大水沫去比尼陀山不遠自然變成金剛輪山高三百由旬縱廣三百由旬其邊無際雜色參間七寶所成以是因緣有金剛輪山何故有一月有七日宮殿其後亂風吹大水沫自然變成一月宮殿七日宮殿雜色參間七寶所成爲黑風所吹還到本處以是因緣有日月宮殿其後亂風吹大水沫自然變成四天下及八萬天下以是因緣有四天下及八萬天下其後亂風吹大水沫在四天下及八萬天下表自然變成大金剛輪山高十六萬八千由旬縱廣十六萬八千由旬其邊無限金剛堅固不可毀壞以是因緣有大金剛輪山其後久久有自然雲遍滿空中周遍大雨滴如車輪其水瀰漫沒四天下與須彌山等其後亂風吹地爲大坑澗水盡入中因此爲海以是因緣有四大海水海水鹹苦有三因緣何等爲三一者有自然雲遍滿虛空至光音天周遍降雨洗濯天宮滌蕩天下從梵迦夷天宮他化自在天宮下至炎摩天宮四天下八萬天下諸山大山須彌山王皆洗濯滌蕩其中諸處有穢惡鹹苦諸不淨汁下流入海合爲一味故海水鹹二者昔有大仙人禁呪海水長使鹹苦人不得飲是故鹹苦三者彼大海水雜衆生居其身長大或百由旬二百由旬至七百由旬呼噏吐納大小便中故海水鹹是爲火災佛告比丘云何爲水災水災起時此世間人皆奉正法正見不邪見修十善業修善

行已時有人得無喜第三禪者踊身上昇於虛空中住聖人道天道梵道高聲唱言諸賢當知無喜第三禪樂無喜第三禪樂時世間人聞此聲已仰語彼言善哉善哉願爲我説是無喜第三禪道時空中人聞此語已即爲演説無喜第三禪道此世間人聞其説已即修第三禪道身壞命終生遍淨天爾時地獄衆生罪畢命終來生人間復修第三禪道身壞命終生遍淨天畜生餓鬼阿須倫四天王忉利天炎摩天兜率天化自在天他化自在天梵天光音天衆生命終來生人間修第三禪道身壞命終生遍淨天由此因緣地獄道盡畜生餓鬼阿須倫四天王乃至光音天趣皆盡當於爾時先地獄盡然後畜生盡畜生盡已餓鬼盡餓鬼盡已阿須倫盡阿須倫盡已四天王盡四天王盡已忉利天盡忉利天盡已炎摩天盡炎摩天盡已兜率天盡兜率天盡已化自在天盡化自在天盡已他化自在天盡他化自在天盡已梵天盡梵天盡已光音天盡光音天盡已然後人盡無餘人盡無餘已此世間敗壞乃成爲災其後久久有大黑雲暴起上至遍淨天周遍大雨純雨熱灰其水沸涌煎熬天上諸天宮殿皆悉消盡無有遺餘猶如酥油置於火中煎熬消盡無有遺餘光音天宮亦復如是以此可知一切行無常爲變易法不可恃怙有爲諸法甚可猒患當求度世解脱之道其後此雨復浸梵迦夷天宮煎熬消盡無有遺餘猶如酥油置於火中無有遺餘梵迦夷宮亦復如是其後此雨復浸他化自在天化自在天兜率天炎

摩天宮煎熬消盡無有遺餘猶如酥油置於火中無有遺餘彼諸天宮亦復如是其後此雨復浸四天下及八萬天下諸山大山須彌山王煎熬消盡無有遺餘猶如酥油置於火中煎熬消盡無有遺餘彼亦如是是故當知一切行無常為變易法不可恃怙凡諸有為甚可猒患當求度世解脱之道其後此水煎熬大地盡無餘巳地下水盡水下風盡是故當知一切行無常為變易法不可恃怙凡諸有為甚可猒患當求度世解脱之道佛告比丘齊遍淨天宮煎熬消盡誰當信者獨有見者乃能知耳梵迦夷宮煎熬消盡乃至地下水盡水下風盡誰當信者獨有見者乃當知耳是為水災云何水災還復其後久久有大黑雲充滿虚空至遍淨天周遍降雨滴如車軸如是無數百千萬歲其水漸長至遍淨天有四大風持此水住何等為四一名住風二名持風三名不動四名堅固其後此水稍減無數百千由旬四面有大風起名曰僧伽吹水令動鼓蕩濤波起沫積聚風吹離水在虚空中自然變成光音天宮七寶校飾由此因緣有光音天宮其水轉減無數百千由旬彼僧伽風吹水令動鼓蕩濤波起沫積聚風吹離水在虚空中自然變成梵迦夷天宮七寶校飾如是乃至海水一味鹹苦亦如火災復時是為水災佛告比丘云何為風災風災起時此世間人皆奉正法正見不邪見修十善業修善行時有人得清淨護念第四禪於虚空中住聖人道天道梵道高聲唱言諸賢護念清淨第四禪樂護念清淨第四禪樂時此

世人聞其聲已仰語彼言善哉善哉願爲我說護念清淨第四禪道時空中人聞此語已即爲說第四禪道此世間人聞其說已即修第四禪道身壞命終生果實天爾時地獄衆生罪畢命終來生人間復修第四禪身壞命終生果實天畜生餓鬼阿須倫四天王乃至遍淨天衆生命終來生人間修第四禪身壞命終生果實天由此因緣地獄道盡畜生餓鬼阿須倫四天王乃至遍淨天趣皆盡爾時地獄先盡然後畜生盡畜生盡已餓鬼盡餓鬼盡已阿須倫盡阿須倫盡已四天王盡四天王盡已如是展轉至遍淨天盡遍淨天盡已然後人盡無餘人盡無餘已此世間敗壞乃成爲災其後久久有大風起名曰大僧伽乃至果實天其風四布吹遍淨天宮光音天宮使宮宮相拍碎若粉塵猶如力士執二銅釪釪釪相拍碎盡無餘二宮相拍亦復如是以是當知一切行無常爲變易法不可恃怙凡諸有爲甚可厭患當求度世解脫之道其後此風吹梵迦夷天宮他化自在天宮宮宮相拍碎如粉塵無有遺餘猶如力士執二銅釪釪釪相拍碎盡無餘二宮相拍亦復如是以是當知一切行無常爲變易法不可恃怙凡諸有爲甚可厭患當求度世解脫之道其後此風吹化自在天宮兜率天宮炎摩天宮宮宮相拍碎若粉塵無有遺餘猶如力士執二銅釪釪釪相拍碎盡無餘彼宮如是碎盡無餘以是當知一切行無常爲變易法不可恃怙凡諸有爲甚可厭患當求度世解脫之道其後此風吹四天下及八萬天下諸山大

山須彌山王置於虛空高百千由旬山山相拍碎若粉塵猶如力士手執輕糠散於空中彼四天下須彌諸山碎盡分散亦復如是以是可知一切行無常爲變易法不可恃怙凡諸有爲甚可猒患當求度世解脫之道其後風吹大地盡地下水盡水下風盡是故當知一切行無常爲變易法不可恃怙凡諸有爲甚可猒患當求度世解脫之道佛告比丘遍淨天宮光音天宮宮相拍碎若粉塵誰當信者獨有見者乃能知耳如是乃至地下水盡水下風盡誰能信者獨有見者乃能信耳是爲風災云何風災還復其後久久有大黑雲周遍虛空至果實天而降天雨滴如車軸霖雨無數百千萬歲其水漸長至果實天時有四風持此水住何等爲四一名住風二名持風三名不動四名堅固其後此水漸漸稍減無數百千由旬其水四面有大風起名曰僧伽吹水令動鼓蕩濤波起沫積聚風吹其永在於空中自然變成遍淨天宮雜色參間七寶所成以此因緣有遍淨天宮其水轉減無數百千由旬彼僧伽風吹水令動鼓蕩濤波起沫積聚風吹其水在於空中自然變成光音天宮雜色參間七寶所成乃至海水一味鹹苦亦如火災復時是爲風災是爲三災是爲三復

戰鬭品第十

佛告比丘昔者諸天與阿須倫共鬭時釋提桓因命忉利諸天而告之曰汝等今往與彼共戰若得勝者捉毗摩質多羅阿須倫以五繫繫縛將詣善法講堂吾欲觀之時忉利諸

天受帝釋教已各自莊嚴時毗摩質多羅阿須倫命諸阿須倫而告之曰汝等今往與彼共戰若得勝者捉釋提桓因以五繫繫縛將詣七葉講堂吾欲觀之時諸阿須倫受毗摩質多羅阿須倫教已各自莊嚴於是諸天阿須倫衆遂共戰鬭諸天得勝阿須倫退時忉利諸天捉阿須倫王以五繫繫縛將詣善法堂所示天帝釋時阿須倫王見天上快樂生慕樂心即自念言此處殊勝可即居止用復還歸阿須倫宮爲發此念時五繫即得解五樂在前若阿須倫生念欲還詣本宮殿五繫還縛五樂自去時阿須倫所被繫縛轉更牢固魔所繫縛復過於是計吾我人爲魔所縛不計吾我人魔縛得解受我爲縛受愛爲縛我當有爲縛我當無爲縛有色爲縛無色爲縛有色無色爲縛我有想爲縛無想爲縛有想無想爲縛我爲大患爲癰爲刺是故賢聖弟子知我爲大患爲癰爲刺捨吾我想修無我行觀彼我爲重擔爲放逸爲有當有我是有爲當無我是有爲有色是有爲無色是有爲有色無色是有爲有想是有爲無想是有爲有想無想是有爲爲大患爲刺爲瘡是故賢聖弟子知有爲爲大患爲刺爲瘡故捨有爲爲無爲行佛告比丘昔者諸天與阿須倫共鬭時釋提桓因命忉利天而告之曰汝等今往與阿須倫共鬭若得勝者捉毗摩質多羅阿須倫以五繫繫縛將詣善法講堂吾欲觀之時忉利諸天受帝釋教已各自莊嚴時毗摩質多阿須倫復命諸阿須倫而告之曰汝等今往與彼共戰若得勝者捉釋提桓因

以五繫繫縛將詣七葉講堂吾欲觀之時諸阿須倫受毗摩質多阿須倫教已各自莊嚴於是諸天阿須倫衆遂共戰鬪諸天得勝阿須倫退忉利諸天捉阿須倫以五繫繫縛將詣善法堂所示天帝釋時天帝釋彷徉遊行善法堂上阿須倫王遥見帝釋於五繫中惡口罵詈時天帝釋傍侍者於天帝前即說偈言

天帝何恐畏　自現已劣弱　須質面毀罵
嘿聽其惡言

時天帝釋即復以偈答侍者曰

彼亦無大力　我亦不恐畏　如何大智士
與彼無智諍

爾時侍者復作偈頌白帝釋言

今不折愚者　恐後轉難忍　宜加以杖捶
使愚自改過

時天帝釋復作偈頌答侍者曰

我常言智者　不應與愚諍　愚罵而智嘿
則爲勝彼愚

爾時侍者復作偈頌白帝釋言

天王所以嘿　恐損智者行　而彼愚騃人
謂王懷怖畏　愚不自忖量　謂可與王敵
没死來觸突　欲王如牛退

時天帝釋復作偈頌答侍者曰

彼愚無知見　謂我懷恐畏　我觀第一義
忍嘿爲最上　惡中之惡者　於瞋復生瞋
能於瞋不瞋　爲戰中最上　夫人有二緣
爲已亦爲他　衆人有諍訟　不報者爲勝
夫人有二緣　爲已亦爲他　見無諍訟者
反謂爲愚騃　若人有大力　能忍無力者

此力爲第一　於忍中最上　愚自謂有力
此力非爲力　如法忍力者　此力不可沮

佛告比丘爾時天帝釋豈異人乎勿造斯觀時天帝釋即我身是也我於爾時修習忍辱不行卒暴常亦稱讃能忍辱者若有智人欲弘吾道者當修忍嘿勿懷忿諍佛告比丘昔者忉利諸天與阿須倫共鬬時釋提桓因語質多阿須倫言卿等何爲嚴飾兵仗懷怒害心共戰諍爲今當共汝講論道義知有勝負時質多阿須倫語帝釋言正使捨諸兵仗止於諍訟共論議者誰知勝負帝釋教言但共論議今汝衆中我天衆中自有智慧知勝負者時阿須倫語帝釋言汝先說偈帝釋報言汝是舊天汝應先說爾時質多阿須倫即爲帝釋而作頌曰

今不折愚者　恐後轉難忍　宜加以杖捶
使愚自改過

時阿須倫說此偈已阿須倫衆即大歡喜高聲稱善唯諸天衆嘿然無言時阿須倫王語帝釋言汝次說偈爾時帝釋即爲阿須倫而說偈言

我常言智者　不應與愚諍　愚罵而智嘿
即爲勝彼愚

時天帝釋說此偈已忉利諸天皆大歡喜舉聲稱善時阿須倫衆嘿然無言爾時天帝語阿須倫言汝次說偈時阿須倫復說偈言

天王所以嘿　恐損智者行　而彼愚騃人
謂王懷怖畏　愚不自忖量　謂可與王敵
沒死來觸突　欲王如牛退

時阿須倫王說此偈已阿須倫衆踴躍歡喜

舉聲稱善時忉利天衆嘿然無言時阿須倫王語帝釋言汝次說偈時天帝釋爲阿須倫而說偈言

彼愚無知見　謂我懷恐畏　我觀第一義
忍嘿爲最上　惡中之惡者　於瞋復生瞋
能於瞋不瞋　爲戰中最上　夫人有二緣
爲已亦爲他　衆人爲諍訟　不報者爲勝
夫人有二緣　爲已亦爲他　見無諍訟者
反謂爲愚騃　若人有大力　能忍無力者
此力爲第一　於忍中最上　愚自謂有力
此力非爲力　如法忍力者　此力不可沮

釋提桓因說此偈已忉利天衆踊躍歡喜舉聲稱善阿須倫衆嘿然無言時天衆阿須倫衆各小退却自相謂言阿須倫王所說偈頌有所觸犯起刀劒鬪生鬪訟根長諸怨結樹三有本天帝釋所說偈者無所觸嬈不起刀劒不生鬪訟不長怨結絕三有本天帝所說爲善阿須倫所說不善諸天爲勝阿須倫負佛告比丘爾時釋提桓因豈異人乎勿造斯觀所以者何即我身是我於爾時以柔輭言勝阿須倫衆佛告比丘昔者諸天復與阿須倫共鬪時阿須倫勝諸天不如時釋提桓因乘千輻寶車怖懼而走中路見睒婆羅樹上有一檪檪有兩子即以偈頌告御者言

此樹有二鳥　汝當迴車避　正使賊害我
勿傷二鳥命

爾時御者聞帝釋偈已尋便住車迴避樹鳥爾時車徑向阿須倫阿須倫衆逢見寶車迴向其軍即相謂言今天帝釋乘千輻寶車迴向我衆必欲還鬪不可當也阿須倫衆即便

退散諸天得勝阿須倫退佛告比丘爾時帝釋者豈異人乎勿造斯觀所以者何即我身是也我於爾時於諸衆生起慈愍心諸比丘汝等於我法中出家修道宜起慈心哀愍黎庶佛告比丘昔者諸天與阿須倫共鬬爾時諸天得勝阿須倫退時天帝釋戰勝還宫更造一堂名曰最勝東西長百由旬南北廣六十由旬其堂百一間間有七交露臺一一臺上有七玉女一一玉女有七使人釋提桓因亦不憂供給諸玉女衣被飲食莊飾之具隨本所造自受其福以戰勝阿須倫因歡喜心而造此堂故曰最勝堂又千世界中所有堂觀無及此堂故名最勝佛告比丘昔者阿須倫自生念言我有大威德神力不少而忉利天日月諸天常在虛空於我頂上遊行自在今我寧可取彼日月以爲耳璫自在遊行耶時阿須倫王瞋恚熾盛即念捶打阿須倫捶打阿須倫即復念言今阿須倫王念我我等當速莊嚴即勑左右備具兵仗駕乘寶車與無數阿須倫衆前後導從詣阿須倫王前於一面立時王復念舍摩黎阿須倫舍摩黎阿須倫復自念言今王念我我等宜速莊嚴即勑左右備具兵仗駕乘寶車與無數阿須倫衆前後導從詣阿須倫王前在一面立時王復念毗摩質多阿須倫毗摩質多阿須倫復自念言今王念我我等宜速莊嚴即勑左右備具兵仗駕乘寶車與無數阿須倫衆前後導從詣王前在一面立時王復念大臣阿須倫大臣阿須倫即自念言今王念我我等宜速莊嚴即勑左右備具兵仗駕乘寶車與

無數阿須倫衆前後導從往詣王前於一面立時王復念諸小阿須倫諸小阿須倫復自念言今王念我我等宜速莊嚴即自莊嚴備具兵仗與無數衆相隨往詣王前於一面立時羅呵阿須倫王即自莊嚴身著寶鎧駕乘寶車與無數百千阿須倫衆兵仗嚴事前後圍遶出其境界欲往與諸天共鬬爾時難陀龍王跋難陀龍王以身纏遶須彌山七帀震動山谷薄布微雲滴滴稍雨以尾打大海水海水波涌至須彌山頂時忉利天即生念言今薄雲微布滴滴稍雨海水波涌乃來至此將是阿須倫欲來戰鬬故有此異瑞耳爾時海中諸龍兵衆無數巨億皆持戈矛弓矢刀劒重被寶鎧器仗嚴整逆與阿須倫共戰若龍衆勝時即逐阿須倫入其宫殿若龍衆退

龍不還宫即騎趣伽樓羅鬼神所而告之曰阿須倫衆欲與諸天共戰我往逆鬬彼今得勝汝等當備諸兵仗衆共併力與彼共戰時諸鬼神聞龍語已即自莊嚴備諸兵仗重被寶鎧與諸龍衆共阿須倫鬬龍得勝時即逐阿須倫入其宫殿若不如時不還本宫即退騎走持華鬼神界而告之言阿須倫衆欲與諸天共鬬我等逆戰彼今得勝汝等當備諸兵仗衆共併力與彼共戰諸持華鬼神既聞龍語已即自莊嚴備諸兵仗重被寶鎧衆共併力與阿須倫鬬若得勝時即逐阿須倫入其宫殿若不如時不還本宫即退騎走常樂鬼神界而告之言阿須倫衆欲與諸天共鬬我等逆戰彼今得勝汝等當備諸兵仗與我併力共彼戰鬬時諸常樂鬼神聞是語已即

自莊嚴備諸兵仗重被寶鎧衆共併力與阿須倫鬬若得勝時即逐阿須倫入其宮殿若不如時不還本宮即退騎走四天王而告之曰阿須倫衆欲與諸天共鬬我等逆戰彼今得勝汝等當備諸兵仗衆共併力與彼共戰時四天王聞此語已即自莊嚴備諸兵仗重被寶鎧衆共併力與阿須倫共鬬若得勝時即逐阿須倫入其宮殿若不如者四天王即詣善法講堂白天帝釋及忉利諸天言阿須倫欲與諸天共鬬今忉利諸天當自莊嚴備諸兵仗衆共併力往共彼戰時天帝釋命一侍天而告之曰汝持我聲往告炎摩天兜率天化自在天他化自在天子言阿須倫王與無數衆欲來戰鬬今者諸天當自莊嚴備諸兵仗助我戰鬬時彼侍天受帝釋敎已即詣炎摩天乃至他化自在天持天帝釋聲而告之曰彼阿須倫無數衆欲來戰鬬今者諸天當自莊嚴備諸兵仗助我戰鬬時炎摩天子聞此語已即自莊嚴備諸兵仗重被寶鎧駕乘寶車與無數巨億百千天衆前後圍遶在須彌山東面住時兜率天子聞此語已即自莊嚴備諸兵仗重被寶鎧駕乘寶車與無數巨億百千天衆圍遶在須彌山南面住時化自在天子聞此語已亦嚴兵衆在須彌山西面住時他化自在天子聞此語已亦嚴兵衆在須彌山北住時天帝釋即念三十三天忉利天三十三天忉利天即自念言今帝釋念我我等宜遠莊嚴即勑左右備諸兵仗駕乘寶車與無數巨億諸天衆前後圍遶詣帝釋前於一面立時天帝釋復念餘忉利諸天餘

忉利諸天即自念言今帝釋念我我等宜速莊嚴即勑左右備諸兵仗駕乘寶車與無數巨億諸天衆前後圍遶詣帝釋前於一面立時帝釋復念妙匠鬼神妙匠鬼神即自念言今帝釋念我我宜速莊嚴即勑左右備諸兵仗駕乘寶車無數千衆前後圍遶詣帝釋前立時帝釋復念善住龍王善住龍王即自念言今天帝念我我今宜往即詣帝釋前立時帝釋即自莊嚴備諸兵仗身被寶鎧乘善住龍王頂上與無數諸天鬼神前後圍遶自出天宮與阿須倫共鬬所謂嚴兵仗刀劒矛矟弓矢斵斤鉞斧旋輪羂索兵仗鎧器以七寶成復以鋒刃加阿須倫身其身不傷但刃觸而已阿須倫衆執持七寶刀劒矛矟弓矢斵斤鉞斧旋輪羂索以鋒刃加諸天身但觸而已不能傷損如是欲行諸天共阿須倫鬬緣欲因如是

佛說長阿含經卷第二十一

音釋

泆澮 泆古泫切伏水也澮古會切水注溝曰澮
恃怙 恃士止切依賴也怙後五切亦恃也
蹲踝 蹲時兗切腓腸也踝胡瓦切腿兩旁曰內外踝
涸 下各切水竭也
漬 疾智切浸也
頹 杜回切推也下墜也
燼 徐刃切火餘也
校飾 校古孝切飾賞職切校飾謂雕校嚴飾也
閒廁 閒古晏切廁初吏切閒廁謂閒錯雜廁也
瀰漫 瀰武移切大水貌漫莫半切水平遠貌
呼噏 呼荒胡切出息也噏許及切入息也
彷徉 彷蒲光切徉與章切彷徉徘徊也又從倚貌
愚騃 騃五駭切愚癡也
卒暴 卒倉沒切急也暴蒲報切驟也亦猝也
觸嬈 觸尺玉切嬈而沼切觸嬈謂犯觸攪嬈也
捶打 捶之累切打音頂捶打並擊也
奔趣 奔博昆切急走也趣逡須切亦奔也又逡遇切向也
斲

斷竹角切削也斤 **斤** 居銀切斧斤也 **鉞斧** 鉞王月切大斧也斧方武切鉞也

矛稍 矛莫浮切鉤兵也稍所角切矛屬

釪 雲俱切音于錞釪樂器形似鐘以和鼓

佛說長阿含經卷第二十二

姚秦三藏法師佛陀耶舍共竺佛念譯

三中劫品第十一

佛告比丘有三中劫何等爲三一名刀兵劫二名穀貴劫三名疾疫劫云何爲刀兵劫此世間人本壽四萬歲其後稍減壽二萬歲其後復減壽萬歲轉壽千歲轉壽五百歲轉壽三百歲二百歲如今人壽於百歲少出多減其後人壽稍減當壽十歲是時女人生五月行嫁時世間所有美味酥油蜜石蜜黑石蜜諸有美味皆悉自然消滅五穀不生唯有稊稗是時有上服錦綾繒絹劫貝芻摩皆無復有唯有麤織草衣爾時此地純生荊棘蚊虻蜂蠍蚖蛇毒蟲金銀瑠璃七寶珠玉自然沒地唯有石沙穢惡充滿是時衆生但增十惡不復聞有十善之名乃無善名況有行善者爾時人有不孝父母不敬師長能爲惡者則得供養人所敬待如今人孝順父母敬事師長能爲善者則得供養人所敬待彼人爲惡更得供養亦復如是時人命終墮畜生中猶如今人得生天上時人相見懷毒害心但欲相殺猶如獵師見彼羣鹿但欲殺之無一善念其人如是但欲相殺無一善念爾時此地溝澗溪谷山陵堆阜無一平地時人行來恐怖惶懼衣毛爲豎時七日中有刀劍劫起時人手執草木瓦石皆變成刀劍刀劍鋒利所擬皆斷展轉相害其中有黠慧者見刀兵相害恐怖逃走避入山林坑澗無人之處七日藏避心口自言我不害人人勿害我其人於七日中食草木根以自存活過七日已還出

山林時有一人得共相見歡喜而言今見生人今見生人猶如父母與一子別久乃相見歡喜踊躍不能自勝彼亦如是歡喜踊躍不能自勝是時人民於七日中哭泣相向復於七日中共相娛樂歡喜慶賀時人身壞命終皆墮地獄中所以者何斯由其人常懷瞋忿害心相向無慈仁故是爲刀兵刼佛告比丘云何爲飢餓刼爾時人民多行非法邪見顚倒爲十惡業以行惡故天不降雨百草枯死五穀不成但有莖稈云何爲飢餓爾時人民收掃田里街巷道陌糞土遺穀以自存命是爲飢餓復次飢餓時其人於街巷市里屠殺之處及丘塚間拾諸骸骨煑汁飲之以此自活是爲白骨飢餓復次飢餓刼時所種五穀盡變成草木時人取華煑汁而飲復次飢餓時草木華落覆在土下時人掘地取華煑食以是自存是爲草木飢餓爾時衆生身壞命終墮餓鬼中所以者何斯由其人於飢餓刼中常懷慳貪無施惠心不肯分割不念厄人故也是爲飢餓刼佛告比丘云何爲疾疫刼爾時世人修行正法正見不顚倒見具十善行他方世界有鬼神來此間鬼神放逸婬亂不能護人他方鬼神侵嬈此世間人撾打捶杖接其精氣使人心亂驅逼將去猶如國王勑諸將帥有所守護餘方有賊寇來侵嬈此放逸之人刼於村國此亦如是他方世界有鬼神來取此世間人撾打捶杖接其精氣驅逼將去佛告比丘正使此間鬼神不放逸婬亂他方世界有大力鬼神來此間鬼神畏怖避去彼大力鬼神侵嬈此人撾打捶杖接其

精氣殺之而去譬如國王若王大臣遣諸將帥使守衛人民將帥清慎無有放逸他方有强猛將帥人兵衆多來破村城掠奪人物彼亦如是正使此間鬼神不敢放逸他方世界有大力鬼神來此間鬼神恐怖避去彼大鬼神侵嬈此人撾打捶杖接其精氣殺之而去時疾疫劫中人民身壞命終皆生天上所以者何斯由時人慈心相向展轉相問汝病差不身安隱不以此因緣得生天上是故名爲疾疫劫是爲三中劫也

世本緣品第十二

佛告比丘火災過已此世天地還欲成時有餘衆生福盡行盡命盡於光音天命終生空梵處於彼生染著心愛樂彼處願餘衆生共生彼處發此念已有餘衆生福行命盡於光音天身壞命終生空梵處時先生梵天即自念言我是梵王大梵天王無造我者我自然有無所承受於千世界最得自在善諸義趣富有豐饒能造化萬物我即是一切衆生父母其後來諸梵復自念言彼先梵天即是梵王大梵天王彼自然有無造彼者於千世界最尊第一無所承受善諸義趣富有豐饒能造萬物是衆生父母我從彼有彼梵天王顔貌容狀常如童子是故梵王名曰童子或有是時此世還成世間衆生多有生光音天者自然化生歡喜爲食身光自照神足飛空安樂無礙壽命長久其後此世忽變成大水周遍彌滿當於爾時天下大闇無有日月星辰晝夜亦無歲月四時之數其後此世還欲變時有餘衆生福盡行盡命盡從光音天命終

來生此間皆悉化生歡喜爲食身光自照神足飛空安樂無礙久住此間爾時無有男女尊卑上下亦無異名衆共生世故名衆生是時此地有自然地水出凝停於地猶如醍醐時地味出亦復如是猶如生酥味甜如蜜其後衆生以手試嘗知爲何味初嘗覺好遂生味著如是展轉嘗之不已遂生貪著便以手掬漸成揣食揣食不已餘衆生見復效食之食之不已時此衆生身體麤澀光明轉滅無復神足不能飛行時未有日月衆生光滅是時天地大闇如前無異其後久久有大暴風吹大海水深八萬四千由旬使令兩披飄取日宮殿著須彌山半安日道中東出西沒周旋天下第二日宮從東出西沒時衆生有言是昨日也或言非昨日也第三日宮繞須彌山東出西沒彼時衆生言定是一日日者義言是前明因是故名爲日日有二義一曰住常度二曰宮殿宮殿四方遠見故圓寒溫和適天金所成玻瓈間廁二分天金純眞無雜內外清徹光明遠照一分玻瓈純眞無雜內外清徹光明遠照日宮殿縱廣五十由旬宮牆及地薄如葦籜宮牆七重七重欄楯七重羅網七重寶鈴七重行樹周帀校飾以七寶成金牆銀門銀牆金門瑠璃牆水精門水精牆瑠璃門赤珠牆碼碯門碼碯牆赤珠門硨磲牆衆寶門衆寶牆硨磲門又其欄楯金欄銀桄銀欄金桄瑠璃欄水精桄水精欄瑠璃桄赤珠欄碼碯桄碼碯欄赤珠桄衆寶欄硨磲桄硨磲欄衆寶桄金網銀鈴銀網金鈴水精網瑠璃鈴瑠璃網水精鈴赤珠網碼碯鈴

碼碯網赤珠鈴硨磲網衆寶鈴衆寶網硨磲鈴其金樹者銀葉華實銀樹者金葉華實瑠璃樹者水精華實水精樹者瑠璃華實赤珠樹者碼碯華實碼碯樹者赤珠華實硨磲樹者衆寶華實衆寶樹者硨磲華實宮牆四門門有七堦周帀欄楯樓閣臺觀園林浴池次第相比生衆寶華行行相當種種果樹華葉雜色樹香芬馥周流四遠雜類衆鳥相和而鳴其日宮殿爲五風所持一曰持風二曰養風三曰受風四曰轉風五曰調風日天子所止正殿純金所造高十六由旬殿有四門周帀欄楯日天子座縱廣半由旬七寶所成清淨柔輭猶如天衣日天子自身放光照于金殿金殿光出照于日宮日宮出光照四天下日天子壽天五百歲子孫相承無有間異其宮不壞終于一劫日宮行時其日天子無有行意言我行住常以五欲自相娛樂日宮行時無數百千諸大天神在前導從歡樂無倦好樂捷疾因是日天名爲捷疾日天子身出千光五百光下照五百光傍照斯由宿業功德故有千光是故天子名爲千光宿業功德云何或有一人供養沙門婆羅門濟諸窮乏施以飲食衣服湯藥象馬車乘房舍燈燭分布時與隨其所須不逆人意供養持戒諸賢聖人由彼種種無數法喜光明因緣善心歡喜如剎利王水澆頭種初登王位善心歡喜亦復如是以此因緣身壞命終爲日天子得日宮殿有千光明故言善業得千光明以何等故名爲宿業光明或有人不殺生不盜不邪婬不欺不兩舌惡口妄言綺語不貪取不

瞋恚邪見以此因緣善心歡喜猶如四衢道
頭有大浴池清淨無穢有人遠行疲極熱渴
來入此池澡浴清涼歡喜受樂彼十善者善
心歡喜亦復如是其人身壞命終爲日天子
居日宮殿有千光明以是因緣故名善業光
明復以何緣名千光明或有人不殺不盜不
婬不欺不飲酒以此因緣善心歡喜身壞命
終爲日天子居日宮殿有千光明以是因緣
故名善業千光明六十念頃名一羅耶三十
羅耶名摩睺多百摩睺多名優波摩日宮殿
六月南行日行三十里極南不過閻浮提日
北行亦復如是以何緣故日光焰熱有十因
緣何等爲十一者須彌山外有佉陀羅山高
四萬二千由旬縱廣四萬二千由旬其邊無
量七寶所成日光照山觸而生熱是爲一緣
日光焰熱二者佉陀羅山表有伊沙陀山高
二萬一千由旬縱廣二萬一千由旬周帀無
量七寶所成日光照山觸而生熱是爲二緣
日光焰熱三者伊沙陀羅山表有樹提陀羅
山上高萬二千由旬縱廣萬二千由旬周帀
無量七寶所成日光照山觸而生熱是爲三
緣日光焰熱四者去樹提陀羅山表有山名
善見高六千由旬縱廣六千由旬周帀無量
七寶所成日光照山觸而生熱是爲四緣日
光焰熱五者善見山表有馬祀山高三千由
旬縱廣三千由旬周帀無量七寶所成日光
照山觸而生熱是爲五緣日光焰熱六者去
馬祀山表有尼彌陀羅山高千二百由旬縱
廣千二百由旬周帀無量七寶所成日光照
山觸而生熱是爲六緣日光焰熱七者去尼

彌陀羅山表有調伏山高六百由旬縱廣六百由旬周帀無量七寶所成日光照山觸而生熱是爲七緣日光焰熱八者去調伏山表有金剛輪山高三百由旬縱廣三百由旬周帀無量七寶所成日光照山觸而生熱是爲八緣日光焰熱復次上萬由旬有天宮殿名爲星宿瑠璃所成日光照彼觸而生熱是爲九緣日光焰熱復次日宮殿光照於大地觸而生熱是爲十緣日光焰熱爾時世尊以偈頌曰

以此十因緣　日名爲千光　光明焰熾熱

佛日之所說

佛告比丘何故冬日宮殿寒而不可近有光而冷有十三緣雖光而冷云何爲十三一者須彌山佉陀羅山中間有水廣八萬四千由旬周帀無量其水生雜華優鉢羅華拘物頭摩華分陀利須乾提華日光所照觸而生冷是爲一緣日光爲冷二者佉陀羅山伊沙陀羅山中間水四萬二千由旬縱廣四萬二千由旬周帀無量有水生諸雜華日光所照觸而生冷是爲二緣日光爲冷三者伊沙陀羅山去樹提陀羅山中間有水廣二萬一千由旬周帀無量生諸雜華日光所照觸而生冷是爲三緣日光爲冷善見山樹提山中間有水廣萬二千由旬周帀無量生諸雜華日光所照觸而生冷是爲四緣日光爲冷五者喜見照馬祀山中間有水廣六千由旬生諸雜華日光所照觸而生冷是爲五緣日光爲冷六者馬祀山尼彌陀羅山中間有水廣千二百由旬周帀無量生諸雜華日光所照觸而

生冷是爲六緣日光爲冷尼彌陀羅山調伏山中間有水廣六百由旬周帀無量生諸雜華日光所照觸而生冷是爲七緣日光爲冷調伏山金剛輪山中間有水廣三百由旬周帀無量生諸雜華日光所照觸而生冷是爲八緣日光爲冷金剛輪山閻浮提地中間有水日光所照觸而生冷是爲九緣日光爲冷閻浮提地河少拘耶尼地水多日光所照觸而生冷是爲十緣日光爲冷拘耶尼河少弗于逮水多日光所照觸而生冷是爲十一緣日光爲冷弗于逮河少鬱單越河多日光所照觸而生冷是爲十二緣日光爲冷復次日宮殿光照大海水日光所照觸而生冷是爲十三緣日光爲冷佛時頌曰

以此十三緣　日名爲千光　其光明清冷　佛日之所說

佛告比丘月宮殿有時圓質盈虧光明損減是故月宮名之爲損月有二義一曰住常度二曰宮殿宮殿四方遠見故圓寒温和適天銀瑠璃所成二分天銀純眞無雜内外清徹光明遠照一分瑠璃純眞無雜内外清徹光明遠照月宮殿縱廣四十九由旬宮牆及地薄如葦韠宮牆七重七重欄楯七重羅網七重寶鈴七重行樹周帀校飾以七寶成乃至無數衆鳥相和而鳴其宮殿爲五風所持一曰持風二曰養風三曰受風四曰轉風五曰調風月天子所止正殿瑠璃所造高十六由旬殿有四門周帀欄楯月天子坐縱廣半由旬七寶所成清淨柔軟猶如天衣月天子身放光明照瑠璃殿瑠璃殿光照于月宮月宮

光出照四天下月天子壽天五百歲子孫相承無有異繼其宮不壞終于一劫月宮行時其月天子無有行意言我行住常以五欲自相娛樂月宮行時無數百千諸大天神常在前導歡樂無倦好樂捷疾因是月天名爲捷疾月天子身出千光明五百光下照五百光傍照斯由宿業功德故有此光明是故月天子名曰千光宿業功德云何世間有人供養沙門婆羅門施諸窮乏飲食衣服湯藥象馬車乘房舍燈燭分布時與隨意所須不逆人意供養持戒諸賢聖人由是種種無數法喜善心光明如剎利王水澆頭種初登王位善心歡喜亦復如是以是因緣身壞命終爲月天子月宮殿有千光明故言善業得千光明復以何業得千光明世間有人不殺不盜不邪婬不兩舌惡口妄言綺語不貪取瞋恚邪見以此因緣善心歡喜猶如四衢道頭有大浴池清淨無穢有人遠行疲極熱渴來入此池澡浴清涼歡喜快樂彼行十善者善心歡喜亦復如是其人身壞命終爲月天子居月宮殿有千光明以是因緣故名善業千光復以何緣得千光明世間有人不殺不盜不婬不欺不飲酒以此因緣善心歡喜身壞命終爲月天子居月宮殿有千光明以是因緣故名善業千光六十念頃名一羅耶三十羅耶名摩睺多百摩睺多名憂婆摩若日宮殿六月南行日行三十里極南不過閻浮提是時月宮殿半南行不過閻浮提月北行亦復如是以何緣故月宮殿小小損減有三因緣故月宮殿小小損減一者月出於維是爲一緣

故月損減復次月宫殿内有諸大臣身著青服隨次而上住處則青是故月減是爲二緣月日日減復次日宫有六十光光照於月宫暎使不現是故所暎之處月則損減是爲三緣月光損減復以何緣月光漸滿有三因緣月光漸滿何等爲三一者月向正方是故月光滿二者月宫諸臣盡著青衣彼月天子以十五日處中而坐共相娛樂明光遍照遏諸天光故光普滿猶如衆燈燭中燃大炬火遏諸燈明彼月天子亦復如是以十五日在大衆中遏絶衆明其光獨照亦復如是三者日天子雖有六十光照於月宫十五日時月天子能以光明逆照使不掩翳是爲三因緣月宫圓滿無有損減復以何緣月有黒影以閻浮樹影在於月中故月有影佛告諸比丘心當如月清凉無熱至檀越家專念不亂復以何緣有諸江河因日月有熱因熱有炙因炙有汗因汗成江河故世間有江河有何因緣世間有五種子有大亂風從不敗世間吹種子來生此國一者根子二者莖子三者節子四者虚中子五者子子是爲五子以此因緣世間有五種子出此閻浮提日中時弗于逮日没拘耶尼日出鬱單越夜半拘耶尼日中閻浮提日没鬱單越日出弗于逮夜半鬱單越日中拘耶尼日没弗于逮日出閻浮提夜半若弗于逮日中鬱單越日没閻浮提日出拘耶尼夜半閻浮提東方弗于逮爲西方閻浮提爲西方拘耶尼爲東方拘耶尼爲西方鬱單越爲東方鬱單越爲西方弗于逮爲東方所以閻浮地名閻浮者下有金山高二十

由旬因閻浮樹生故得名爲閻浮金閻浮樹其果如箄其味如蜜樹有五大觚四面四觚上有一觚其東觚果乾闥婆所食其南觚者七國人所食一曰拘樓國二曰拘羅婆三名毗提四名善毗提五名曼陀六名婆羅七名婆梨其西觚果海蟲所食其北觚果者禽獸所食其上觚果者星宿天所食七大國北有七大黑山一曰裸土二曰白鵠三曰守宮四者仙山五者高山六者禪山七者土山此七黑山上有七婆羅門仙人此七仙人住處一名善帝二名善光三名守宮四名仙人五者護宮六者伽那那七者增益佛告比丘劫初衆生食地味已久住於世其食多者顏色麤悴其食少者顏色光潤然後乃知衆生顏色形貌優劣互相是非言我勝汝汝不如我以其心存彼我懷諍競故地味銷竭又地皮生狀如薄餅色味香潔爾時衆生聚集一處懊惱悲泣拊胸而言咄哉爲禍今者地味忽不復現猶如今人得盛美味稱言美善後復失之以爲憂惱彼亦如是憂惱悔恨後食地皮漸得其味其食多者顏色麤悴其食少者顏色潤澤然後乃知衆生顏色形貌優劣互相是非言我勝汝汝不如我以其心存彼我懷諍競故地皮銷竭其後復有地膚出轉更麤厚色如天華輭若天衣其味如蜜時諸衆生復取共食久住於世食之多者顏色轉損食尠少者顏色光澤然後乃知衆生顏色形貌優劣互相是非言我勝汝汝不如我以其心存彼我懷諍競故地膚銷竭其後復有自然秔米無有糠糩不加調和備衆美味爾時衆

生聚集而言咄哉爲禍今者地膚忽然不復現猶如今人遭禍逢難稱言苦哉爾時衆生亦復如是懊惱悲歎其後衆生便共取秔米食之其身麤醜有男女形互相瞻視遂生欲想共在屏處爲不淨行餘衆生見言咄此爲非云何衆生共衆生有如是事彼行不淨男子者見他訶責即自悔過言我所爲非即身投地其彼女人見其男子以身投地悔過不起女人即便送食餘衆生見問女人言汝持此食欲以與誰答曰彼悔過衆生墮不善行者我送食與之因此言故世間便有不善夫王之名以送飯與夫因名爲妻其後衆生遂爲婬泆不善法增爲自障蔽遂造屋舍以此因緣故始有舍名其後衆生婬泆轉增遂成夫妻有餘衆生壽行福盡從光音天命終來生此間在母胎中因此世間有處胎名爾時先造瞻婆城次造迦尸波羅柰城其次造王舍城日出時造即日出時成以此因緣世間便有城郭郡邑王所治名爾時衆生初食自然秔米時朝刈暮熟暮刈朝熟刈後隨復無有莖稈時有衆生默自念言日日刈穫疲勞我爲今當併取以供數日即時併穫積數日糧餘人於後語此人言今可相與共取糧米此人答曰我已先積不須更取汝欲取者自隨意去後人復自念言前者能取二日餘糧我豈不能取三日糧耶此人即積三日餘糧復有餘人謂言共取糧去來此人答曰我已取三日餘糧汝欲取者自隨汝意此人念言彼人能取三日我豈不能取五日糧耶即取五日糧已時衆生競積餘糧故是時秔米便

生糠糩刈已不生有枯株現爾時衆生集在一處懊惱悲泣拊胷而言咄此爲禍哉自悼責言我等本皆化生以念爲食身光自照神足飛空安樂無礙其後地味始生色味具足時我等食此地味久住於世其食多者顏色轉麤其食少者顏色光澤於是衆生心懷彼我生憍慢心言我色勝汝色不如諍色憍慢故地味銷滅更生地皮色香味具我等食時共取食之久住於世其食多者色轉麤悴其食少者色猶光澤於是衆生心懷彼我生憍慢心言我色勝汝色不如諍色憍慢故地皮銷滅更生地膚轉更麤厚色香味具我等時復共取食之久住於世其食多者色轉麤悴其食少者色猶光澤於是衆生心懷彼我生憍慢心言我色勝汝色不如諍色憍慢故地膚銷滅更生自然秔米色香味具我等時復共取食之朝穫暮熟暮穫朝熟刈以隨生無有載刈由我爾時競共積聚故米生糠糩刈以不生現有故株我等今者寧可各封田宅以分壃畔時即共分田以異壃畔計有彼我其後遂自藏己米盜他田穀餘衆生見已語言汝所爲非汝所爲非云何自藏己物盜他財物即訶責言汝後勿復爲盜如是不已猶復爲盜餘人復訶言汝所爲非何故不休即便以手杖打將詣衆中告衆人言此人自藏秔米盜他田穀盜者復言彼人打我衆人聞已懊惱涕泣拊胷而言世間轉惡乃是惡法生耶遂生憂結熱惱苦報此是生老病死之原遂墮惡趣因有田宅壃畔別異故生諍訟以致怨讎無能決者我等今者寧可立一平

等主善護人民賞善罰惡我等衆人各共減割以供給之時彼衆中有一人形質長大容貌端正甚有威德衆人語言我等今欲立汝爲主善護人民賞善罰惡當共減割以相供給其人聞之即受爲主應賞者賞應罰者罰於是始有民主之名初民主有子名曰珍寶珍寶有子名曰好味好味有子名曰靜齋靜齋有子名曰頂生頂生有子名曰善行善行有子名曰宅行宅行有子名曰妙味妙味有子名曰味帝味帝有子名曰外仙外仙有子名曰百智百智有子名曰嗜欲嗜欲有子名曰善欲善欲有子名曰斷結斷結有子名曰大斷結大斷結有子名曰寶藏寶藏有子名曰大寶藏大寶藏有子名曰善見善見有子名曰大善見大善見有子名曰無憂無憂有子名曰洲渚洲渚有子名曰植生植生有子名曰山岳山岳有子名曰神天神天有子名曰進力進力有子名曰牢車牢車有子名曰十車十車有子名曰百車百車有子名曰牢弓牢弓有子名曰百弓百弓有子名曰養收養收有子名曰善思從善思以來有十族轉輪聖王相續不絶一名伽㝹遮二名多羅業三名阿葉摩四者持地五者技術六者瞻婆七者拘羅娑婆八者般闍羅九者彌私羅十者懿摩伽㝹遮王有五轉輪聖王多羅業王有五轉輪聖王阿葉摩王有七轉輪聖王持地王有七轉輪聖王迦陵伽王有九轉輪聖王瞻婆王有十四轉輪聖王拘羅婆王有三十一轉輪聖王般闍羅王有三十二轉輪聖王彌私羅王有八萬四千轉輪聖王懿摩王

有百一轉輪聖王最後有王名曰大善生從懿摩王有子名烏羅婆烏羅婆有子名渠羅婆渠羅婆有子名尼求羅尼求羅有子名師子頰師子頰有子名曰淨王淨王有子名菩薩菩薩有子名羅睺羅由此本緣有刹利名爾時有一衆生作是念言世間所有家屬萬物皆爲刺棘癰瘡今宜捨離入山行道靜處思惟時即遠離家剌入山靜處樹下思惟日日出山入村乞食村人見已加敬供養衆共稱善此人乃能捨離家累入山求道以其能離惡不善法因是稱曰爲婆羅門婆羅門衆中有不能行禪者便出山林遊於人間自言我不能坐禪因是名曰無禪婆羅門經過下村爲不善法施行毒法因是相生遂便名毒由此因緣世間有婆羅門種彼衆生中習種種業以自營生因是故世間有居士種彼衆生中習諸技藝以自生活因是世間有首陀羅種世間先有此釋種出已然後有沙門種刹利種中有人自思惟世間恩愛汙穢不淨何足貪著也於是捨家剃除鬚髮法服求道我是沙門我是沙門婆羅門種居士種首陀羅種衆中有人自思惟世間恩愛汙穢不淨何足貪著於是捨家剃除鬚髮法服求道我是沙門我是沙門若刹利衆中有身行不善口行不善意行不善行不善已身壞命終一向受苦或婆羅門居士首陀羅身行不善口行不善意行不善彼行不善已身壞命終一向受苦刹利種身行善口行善意行善身壞命終一向受樂婆羅門居士首陀羅身行善口行善意念善身壞命終一向受樂刹利種

中身有二種行口意二種行彼身意行二種已身壞命終受苦樂報婆羅門居士首陀羅身二種行口意二種行彼身意行二種行已身壞命終受苦樂報刹利衆中剃除鬚髮服三法衣出家求道彼修七覺意彼以信堅固出家爲道修無上梵行於現法中自身作證我生死已盡梵行已立所作已辦更不受後有婆羅門居士首陀羅剃除鬚髮服三法衣出家求道彼修七覺意彼以信堅固出家爲道修無上梵行於現法中作證我生死已盡梵行已立更不受後有此四種中出明行成得阿羅漢爲最第一是時梵天說是偈言

刹利生爲最　能集諸種姓　明行成具足
天人中爲最

佛告比丘時彼梵天說此偈爲善說非不善說善受非不善受我所印可所以者何我今如來至眞等正覺亦說此偈

刹利生爲最　能集諸種姓　明行成具足
天人中爲最

爾時諸比丘聞佛所說歡喜奉行

長阿含具足　歸命一切智　一切衆安樂
衆生處無爲　我亦在其例

佛說長阿含經卷第二十二

音釋

稊稗（稊杜奚切穢草也似稗布地而生曰稊稗蒲懈切草似禾而別也）蚊虻（蚊無分切虻莫耕切並齧人之飛蟲也）蠍（許竭切毒蟲也）豎（臣庾切立也又竦也）黠慧（黠胡八切亦慧也）莖稈（莖胡耕切草幹也稈古旱切禾莖也）撾（陟瓜切捶也）差不（差初懈切病瘳也不音否可否也）掬（居六

切謂以兩手捧物也 **揣** 音團謂以手揑聚成團也 **葦籜** 葦于鬼切葭屬盧葦也籜他各切葦之皮籜也 **桄** 古黃切橫木也 **輭** 而兖切柔也 **蔕** 都計切與蔕同本也謂脫葉之處 **簞** 都寒切盛飲食之圓器也 **觚** 古胡切稜也 **秔** 古行切稻之不粘者曰秔 **糠糩** 糠苦剛切糩苦外切糠糩穀皮也 **刈穫** 刈牛制切割也穫胡郭切刈穀曰穫 **壃** 居良切界也 **拊胷** 拊芳武切拍也胷許容切膺也 **牢** 力刀切牢車人名也

別譯雜阿含經

失譯人名附秦録

清刻龍藏佛說法變相圖

別譯雜阿含經初誦卷第一

失譯人名附秦錄

如是我聞一時佛在彌絺羅國菴婆羅園爾時尊者善生初始出家剃除鬚髮來詣佛所頂禮佛足在一面坐佛告諸比丘此族姓子善生有二種端嚴一容貌傀偉天姿挺特二能剃除鬚髮身服法衣深信家法會歸無常出家學道盡諸煩惱具足無漏心得解脫慧得解脫身證無爲生死永盡梵行已立不受後有佛說是已即說偈言

比丘常寂定　除欲離生死　住最後邊身
能破於魔軍　修心斷諸結　端正無等倫

佛說是已諸比丘聞佛所說歡喜奉行

如是我聞一時佛在舍衛國祇樹給孤獨園爾時世尊與無央數大衆圍繞說法當于爾

時有一比丘容色憔悴無有威德來詣佛所頂禮佛足叉手合掌向諸比丘在一面坐時諸比丘皆作是念今此比丘何故如是顏容毀悴無有威德世尊爾時知諸比丘心之所念即告之言汝諸比丘見彼比丘禮我已不時諸比丘白佛言世尊唯然已見佛復告曰汝等今者勿於彼所生下劣想何以故彼比丘者所作已辦獲阿羅漢捨於重擔盡諸有結得正解脫而今汝等不應於彼生輕賤想汝等若當知見如我然後乃可籌量於彼若妄稱量則爲自損爾時世尊即說偈言

孔雀雖以色嚴身　不如鴻鵠能高飛
外形雖有美容儀　未若斷漏功德尊
今此比丘猶良馬　能善調伏其心行
斷欲滅結離生死　受後邊身壞魔軍

佛說是已諸比丘等聞佛所說歡喜奉行

如是我聞一時佛住王舍城迦蘭陀竹林爾時提婆達多獲得四禪而作是念此摩竭提國誰爲最勝覆自思惟今日太子阿闍世者當紹王位我今若得調伏彼者則能控御一國人民時提婆達多作是念已即往詣阿闍世所化作象寶從門而入非門而出又化作馬寶亦復如是又復化作沙門從門而入飛虛而出又化作小兒衆寶瓔珞莊嚴其身在阿闍世膝上時阿闍世抱取鳴嗳唾其口中提婆達多貪利養故即咽其唾提婆達多變小兒形還復本身時阿闍世見是事已即生邪見謂提婆達多神通變化踰於世尊時阿闍世於提婆達多所深生敬信日送五百車食而以與之提婆達多與其徒衆五百人俱

共受其供時有衆多比丘著衣持鉢入城乞食飯食已訖往詣佛所白佛言世尊向以時到入城乞食見提婆達多招集遠近大獲供養佛告諸比丘汝等不應於提婆達多所生願羨心所以者何此提婆達多必爲利養之所傷害譬如芭蕉生實則死蘆竹駏驉懷妊等亦復如是提婆達多得於利養如彼無異提婆達多愚癡無智不識義理長夜受苦是故汝等若見於彼提婆達多爲於利養之所危害宜應捨棄貪求之事審諦觀察當作是解莫貪利養即說偈言

芭蕉生實死　蘆竹葦亦然　貪利者如是
必能自傷損　而此利養者　常爲衰損減
瓔愚爲利養　能害於淨善　譬如多羅樹
斬則更不生

佛說此已諸比丘聞佛所說歡喜奉行

如是我聞一時佛在舍衛國祇樹給孤獨園爾時衆多比丘食時已到著衣持鉢入城乞食時諸比丘聞釋子象首比丘在於城内遇病命終食訖迴還往至佛所禮佛足已在一面坐白佛言世尊我等比丘晨朝著衣持鉢入城乞食聞象首比丘其命已終唯願世尊爲我解說象首比丘爲生何處受何果報佛告諸比丘夫能增長三非法者身壞命終必墮地獄云何名爲三種非法所謂增長慳貪愚癡瞋恚今此比丘犯三非法比丘當知墮於地獄爾時世尊即說偈言

若生不善心　成就貪瞋癡　此身自作惡
還復害於已　如芭蕉生實　自害於其身
若無貪瞋癡　是名爲智慧　不害於已身

是名勝丈夫　是以應除斷　貪瞋癡大患

時諸比丘聞佛所說歡喜奉行

如是我聞一時佛在舍衛國祇樹給孤獨園

爾時長老難陀著鮮淨衣執持好鉢意氣憍慢陵懱餘人自貢高言我是佛弟姨母之子

爾時衆多比丘往至佛所頂禮佛足在一面坐白佛言世尊難陀比丘著鮮淨衣手持淨鉢稱是佛弟云是姨子內自憍矜淩懱餘人佛聞語已遣一比丘往召難陀時一比丘受佛勅已往至其所語難陀言世尊喚汝難陀聞已即詣佛所頂禮佛足在一面立佛告難陀汝實著鮮潔衣手持好鉢稱是佛弟姨母之子憍慢於大人有是事不難陀答言實爾世尊佛告難陀汝今不應作如是事汝今應當樂阿練若處塚間樹下納衣乞食若是我弟姨母所生應當修行如是等事爾時世尊即說偈言

我當云何見　難陀樂苦行　如彼阿練若
塚間坐乞食　山林閑靜處　捨欲而入定

佛說是偈已諸比丘聞佛所說歡喜奉行

如是我聞一時佛在舍衛國祇樹給孤獨園

爾時尊者難陀往至佛所頂禮佛足在一面坐爾時世尊告諸比丘善說法中難陀比丘最爲第一容儀端正豪姓之子難陀比丘最爲第一能捨盛欲難陀比丘最爲第一收攝諸根飲食知量於初後夜精勤修道修念覺意常現在前難陀比丘最爲第一云何名難陀比丘能攝諸根不著色聲香味觸法是名難陀能攝諸根云何名難陀比丘飲食知量食以止飢不爲色力爲修梵行纔自取足如

似脂車又如治癰不爲色力肥鮮端正是名難陀飲食知量云何名難陀比丘於初後夜精勤修道晝則經行夜則坐禪除陰蓋心於其初夜洗足已訖正身端坐繫念在前入于禪定訖於初夜又於中夜右脇著地足足相累繫心在前修念覺意於後夜初正身端坐繫念在前而此難陀於初後夜專心行道等無有異族姓子難陀得最上念覺難陀比丘檢心不散正觀東方南西北方亦復如是檢心觀察不令錯亂苦受樂受不苦不樂受悉知緣起知此諸受起滅久近亦知諸想起滅因緣亦知諸覺當住起滅因緣令諸比丘當作是學守攝諸根飲食知量初中後夜精勤修習修最上念覺當如難陀佛告諸比丘我今教汝學難陀比丘所修之行設有比丘所修之行猶如難陀我今亦當教汝等學爾時世尊即說偈言

若能善攝諸根者　亦能繫念節飲食
是則名爲有智人　善知心起之體相
難陀如是我所歎　汝等應當如是學

佛說是已諸比丘聞佛所說歡喜奉行

如是我聞一時佛在舍衛國祇樹給孤獨園爾時有比丘名曰窒師是佛姑子恃佛故恒懷憍慢不敬長老有德比丘無有慚愧每常多言若諸比丘少有所說便生瞋恚時諸比丘見其如是往詣佛所合掌禮足在一面坐白佛言世尊窒師比丘常生憍慢自說我是佛姑之子輕慢諸餘長老比丘恒多言說若諸比丘少有所說便生瞋恚佛告諸比丘汝等今者可往喚彼窒師比丘諸比丘等受佛

教已往喚室師室師受勑即詣佛所禮佛足已在一面立如來爾時告室師言汝見諸長宿比丘無恭敬心無慚無愧自多言說若諸比丘少有所說便生瞋忿爲實爾不室師白言實爾世尊佛告室師汝今若是我姑之子應於宿德長老諸比丘深生恭敬有慚有愧應自少語聞他所說宜應忍受爾時世尊即說偈言

恒應修善莫生瞋　若生瞋恚名不善
室師汝今於我所　宜應斷瞋及憍慢
習行諸善修梵行　若如是者我慶悅

佛說是已諸比丘聞佛所說歡喜奉行

如是我聞一時佛在舍衛國祇樹給孤獨園爾時毗舍佉沙門般闍羅子於講堂上集諸比丘而爲說法言辭圓滿所說無滯能令大衆聞者悅豫聽之無猒即得悟解時諸比丘聞其所說踊躍歡喜至心聽受供養恭敬檢心專意聽其說法不爲利養及與名稱應義才辯無有窮盡能令聞者憶持不忘時會大衆皆如是聽有諸比丘往詣佛所頂禮佛足在一面立白佛言世尊毗舍佉比丘般闍羅子在講堂上爲衆說法不爲利養名稱讚歎應義辯才無有窮盡能令聞者憶持不忘佛告諸比丘汝可往喚彼毗舍佉般闍羅子時諸比丘受教往喚毗舍佉既受勑已來詣佛所頂禮佛足在一面立佛問毗舍佉言汝實集諸比丘爲其說法乃至令諸比丘至心聽受有是事不答言實爾佛讚之言善哉善哉毗舍佉汝集諸比丘在講堂上爲其說法又復不爲利養名稱言辭圓滿聞者歡喜至心

信受汝自今已後常應如是說法饒益汝諸比丘若多若少應行二事一者應說法要二者若無所說應當默然不得論說諸餘俗事汝等今者莫輕默然而默然者有大利益爾時世尊即說偈言

若諸大衆中　愚智共聚集　若未有所說
人則不別知　若有所顯說　然後乃別知
是故汝今者　常應說法要　熾然於法炬
豎立仙聖幢　諸阿羅漢等　咸妙法爲幢
諸仙勝人等　以善語爲幢

佛說是已諸比丘等聞佛所說歡喜奉行

如是我聞一時佛在舍衛國祇樹給孤獨園當于爾時有衆多比丘集講堂中各作衣服時有一年少比丘出家未久新受具戒在僧中坐不作僧衣時諸比丘作衣已訖往至佛所頂禮佛足在一面坐諸比丘白佛言世尊我等比丘在講堂中裁作衣服此年少比丘在僧中坐不爲衆僧造作衣服佛告年少比丘言汝實不佐衆僧而作衣耶比丘白佛言世尊我隨力所能亦爲僧作爾時世尊知彼比丘心之所念告諸比丘汝等勿嫌年少比丘無所作也彼比丘者所作已辦得阿羅漢諸漏已盡捨於重擔獲於正智心得解脫爾時世尊即說偈言

我涅槃法　終不爲彼　懈怠無智　之所獲得
猶如良馬　上大丈夫　斷除愛結　盡諸煩惱
除袪四取　獲于寂滅　能壞魔軍　住最後身

佛說是已諸比丘聞佛所說歡喜奉行

如是我聞一時佛在舍衛國祇樹給孤獨園時有一比丘名曰長老獨止一房讚歎獨住

時諸比丘往詣佛所頂禮佛足在一面坐白佛言世尊此長老比丘讚歎獨住獨行獨坐佛告比丘汝可喚彼長老比丘時一比丘往至其所語長老言世尊喚汝長老比丘受教勑已來詣佛所頂禮佛足在一面立佛告長老汝實獨住讚歎獨坐行法耶長老白佛言實爾世尊佛復告言汝今云何樂於獨住讚歎獨住長老白佛言世尊我實獨入聚落獨出獨坐佛復告言更有獨住勝汝獨住何等是耶欲本乾竭來欲不起現欲不生是名婆羅門無我我所斷於疑結遠離諸入滅於煩惱爾時世尊即說偈言

一切世間　我悉知之　捨棄一切　盡諸愛結
如此勝法　名爲獨住

佛說是已諸比丘聞佛所說歡喜奉行

如是我聞一時佛在舍衛國祇樹給孤獨園爾時長老僧鉗從驕薩羅國遊行至舍衛國到祇樹給孤獨園爾時本貳知僧鉗來至舍衛國著衣服瓔珞種種莊嚴攜將其子至僧鉗房時尊者僧鉗露地經行到尊者所而語之言我子稚小不能自活故來相見尊者雖與相見不共其語第二第三亦作是說尊者僧鉗雖復相對了不顧視亦不與語本貳即言我來見爾不共我語此是爾子爾自養活著經行道頭棄之而去遠住遙看爾時尊者亦復不共子語本貳復自思念此今沙門善得解脫能斷愛結彼仙所斷盡以獲得不滿所願還來取兒負還向家爾時世尊以淨天耳過於人耳具聞僧鉗本貳所說爾時世尊即說偈言

見來亦不喜　見去亦不憂　捨除愛欲著
最上婆羅門　來時既不喜　去時亦不憂
離垢清淨行　名智婆羅門

佛說是偈已諸比丘聞佛所說歡喜奉行

善生及惡色　提婆并象首　二難陀室師
般闍羅年少　長老并僧鉗

如是我聞一時佛住王舍城仙人山中時尊者阿難處於閑靜默自思惟世尊昔來說三種香所謂根莖華香一切諸香不出此三然三種香順風則聞逆風不聞尊者阿難思惟是已即從座起往至佛所禮佛足畢在一面立白佛言世尊我於向者獨處閑靜默自思惟世尊所說根莖華等三種之香衆香中上然其香氣順風則聞逆則不聞世尊頗復有香逆風順風皆能聞不佛告阿難如是如是世有好香順逆皆聞何者是耶若聚落城邑若男若女修治不殺不盜不婬不妄語不飲酒若諸天及得天眼者盡皆稱歎彼城邑聚落若男若女持五戒者如是戒香順逆俱聞

爾時世尊即說偈言

若栴檀沉水　根莖及華葉　此香順風聞
逆風無聞者　持戒香丈夫　芳馨遍世界
名聞滿十方　逆順悉聞之　栴檀及沉水
優鉢羅跋師　如此香微劣　不如持戒香
如是種種香　所聞處不遠　戒香聞十方
殊勝諸天香　如此清淨戒　不放逸爲本
安住無漏法　正智得解脫　衆魔雖欲求
莫知其方所　是名安隱道　此道最清淨
求離於諸向　捨棄於衆趣

說是偈已諸比丘聞佛所說歡喜奉行

如是我聞一時佛遊摩竭提國與千比丘俱先是婆羅門耆舊有德獲阿羅漢諸漏已盡盡諸有結所作已辦捨於重擔逮得已利如來往至善住天寺祠祀林中頻婆娑羅王聞佛到彼祠祀林間時頻婆娑羅王即將騎隊有萬八千輦輿車乘萬有二千婆羅門居士數千億萬前後圍遶往詣佛所至佛所已捨象馬車釋其容飾往至佛所長跪合掌白佛言世尊我是摩竭提王頻婆娑羅三自稱說佛言如是如是摩竭提王頻婆娑羅時頻婆娑羅禮佛足已在一面坐摩竭提國諸婆羅門及以長者禮佛足已各前就坐時此座中或有舉手或默然坐爾時優樓頻螺迦葉坐於佛所摩竭提人咸生疑惑而作是念爲佛是師爲優樓迦葉是師耶爾時世尊知摩竭提人深心所念即以偈頌問迦葉曰

汝於優樓所　久修事火法　今以何因緣
卒得離斯業

優樓頻螺迦葉以偈答曰

我先事火時　貪嗜於美味　及以五欲色
此皆是垢穢　以是故棄捨　事火祠火法

爾時世尊復說偈言

我知汝不樂　五欲及色味　汝今所信樂
當爲人天說

尊者優樓頻螺迦葉復說偈言

我先甚愚癡　不識至眞法　祠祀火苦行
謂爲解脫因　譬如生盲者　不見解脫道
今遇大人龍　示我正見法　今日始覩見
無爲正眞跡　利益於一切　調御令解脫
佛出現於世　開示於眞諦　令諸含生類

咸得覩慧光

爾時世尊復説偈言

汝今爲善來　所求事已得　汝有善思力
能別最勝法　汝今應觀察　大衆之深心
爲其現神變　使彼生敬信

尊者優樓頻螺迦葉即時入定起諸神通身昇虛空坐卧經行即於東方行住坐卧現四威儀身上出水身下出火身下出水身上出火入火光三昧出種種光色於其東方現其神變南西北方亦復如是現神足已在佛前住頂禮佛足合掌而言大聖世尊是我之師我於今者是佛之子佛言如是如是汝從我學是我弟子佛復命言還就汝座時摩竭提頻婆娑羅王聞佛所説歡喜奉行

如是我聞一時佛在王舍城迦蘭陀竹林爾時有陀驃比丘力士之子世尊于時勑陀驃比丘料理僧事陀驃比丘奉命典知後於一時有一比丘名彌多求於衆僧次應當受請陀驃命時即依僧次遣彌多求比丘應請詣彼值彼設供飲食麤澀如是再三私自惆悵生大苦惱向其姊妹彌多羅比丘尼説陀驃所差因緣每得麤澀苦惱於我即語彌多羅比丘尼言姊妹陀驃比丘三以惡食苦惱於我而汝今者寧不爲我設諸方便報彼怨耶彌多羅比丘尼言我當云何能得相佐彌多求比丘言爲汝計者汝往佛所言陀驃比丘先於我所作非梵行我當證言實爾實爾彌多羅比丘尼言我當云何於淨戒人而作毀謗彌多求言姊妹汝若不能爲我作此事者我自今後更復不能與汝言語比丘尼言汝

意必爾我當從汝彌多求比丘言姊妹我今先去汝可後來彌多求比丘往至佛所禮佛足已在一面坐彌多羅比丘尼復詣佛所禮佛足已在一面立白佛言世尊云何陀驃力士子乃於我所作非梵行彌多求比丘言實爾世尊時陀驃比丘在大衆中佛告陀驃比丘言聞是語不爾時陀驃比丘白佛言世尊佛自知我佛告陀驃汝今不應作如是語若作是事汝當言憶若不作者當言不憶即白佛言世尊我實不憶有如此事時羅睺羅白佛言世尊此陀驃比丘共彌多羅比丘尼作非梵行彌多求比丘證言我見陀驃比丘於彌多羅比丘尼所作非梵行陀驃比丘欲何所道佛告羅睺羅若彼彌多羅比丘尼誣謗於汝言羅睺羅今於我所作非梵行彌多求比丘亦復證言我實見羅睺羅於彼彌多羅比丘尼所作非梵行汝何所道羅睺羅白佛言世尊我若被誣唯言婆伽婆自證知我佛告羅睺羅汝尚知爾況彼清淨無有所犯而當不知作如是語佛告諸比丘汝等可爲陀驃比丘作憶念羯磨彌多羅比丘尼以自言故爲作滅擯爾時諸比丘受佛勅已於彌多求比丘苦切撿校語彌多求比丘言陀驃比丘共彌多羅比丘尼作非梵行爲何處見爲獨見耶爲共人見如是責問彌多求比丘不能得對方言誣誑陀驃比丘先於僧次差我受請三得麤食我今實以貪瞋癡故而生此謗爾時世尊出於靜室在衆僧前敷座而坐諸比丘等白佛言世尊已爲陀驃比丘作憶念羯磨復爲彌多羅比丘尼作滅擯竟已爲

問彌多求知其虛謗爾時世尊即說偈言

若成就一切　所謂虛妄語　則爲棄後世
無惡而不造　寧當以此身　呑食熱鐵丸
不以破戒身　而受淨信施

佛說是已諸比丘聞佛所說歡喜奉行

如是我聞一時佛在王舍城迦蘭陀竹林爾時陀驃比丘往詣佛所於大衆中頂禮佛足白佛言世尊我於今者欲入涅槃唯願世尊聽我滅度如是三請佛告陀驃汝入涅槃我不遮汝時陀驃比丘於如來前作十八種變踊身虛空即於東方現四威儀青黃赤白種種色像或現爲水或現火聚身上出水身下出火身下出水身上出火或現大身滿虛空中或復現小履水如地履地如水南西北方亦復如是作是事已即於空中入火光三昧光炎熾然如大火聚即入涅槃無有遺燼猶如酥油一時融盡爾時世尊即說偈言

譬如熱鐵　椎打星流　散已尋滅　莫知所至
得正解脫　亦復如是　已出煩惱　諸欲汙泥
莫能知彼　所趣方所

佛說是已諸比丘聞佛所說歡喜奉行

如是我聞一時佛遊北摩竭陀國桃河樹林見放牧人稱此林中有鴦掘魔羅賊或傷害人佛告牧人言彼賊或能不見傷害即便前進復見牧人亦作是語佛如前答至於再三佛故答言彼惡人者或不見害佛到林中鴦掘魔羅遥見佛來左手持鞘右手拔刀騰躍而來彼雖奔走如來徐步不能得及鴦掘魔羅極走力盡而語佛言住住沙門佛語之言我今常住汝自不住鴦掘魔羅即說偈言

沙門行不止　自言我常住　我今實自住
爾言我不住　云何爾言住　道我行不住
爾時世尊即說偈言
我於諸衆生　久捨刀杖害　汝惱亂衆生
不捨是惡業　是故我言住　汝名爲不住
我於有形類　捨諸毒惡害　汝不止惡業
常作不善行　是故我言住　汝名爲不住
我於諸有命　捨除衆惱害　汝害有生命
未除黑闇業　以是我言住　汝名爲不住
我樂於已法　攝心不放逸　汝不見四諦
一切所不信　是名我實住　汝名爲不住
鴦掘魔羅復說偈言
我久住曠野　未見如此人　婆伽婆來此
示我以善法　我久修惡業　今日悉捨離
我今聽汝說　順法斷諸惡　以刀內鞘中
投棄於深坑　即便稽首禮　歸命於世尊
信心甚猛利　發意求出家　佛起大悲心
饒益諸世間　尋言汝善來　便得成沙門

爾時鴦掘魔羅族姓子鬚髮自落被服法衣已得出家處於空靜心無放逸專精行道勤修精進以能專精攝心正念修無上梵行盡諸苦際於現法中自身取證明知已法自知我生已盡梵行已立所作已辦不受後有爾時尊者無害已成羅漢得解脫樂即說偈言

我今字無害　後爲大殘害　我今名有實
眞實是無害　我今身離害　口意亦復然
終不害於他　是眞名無害　我本血塗身
故名鴦掘魔　爲大駛流漂　是故歸依佛
歸依得具戒　即逮得三明　具知佛教法
遵奉而修行　世間調御者　治以刀杖捶

鐵鉤及鞭轡　種種諸楚撻　世尊大調御
捨離諸惡法　去離刀杖捶　眞是正調御
度水須橋船　直箭須用火　匠由斤斧正
智以慧自調　若人先造惡　後止不復作
是照於世間　如月雲翳消　若人先放逸
後止不放逸　正念離棘毒　專心度彼岸
作惡業已訖　必應墮惡趣　蒙佛除我罪
得免於惡業　諸人得我說　皆除怨結心
當以忍淨眼　佛說無諍勝

如是我聞一時佛在王舍城迦蘭陀竹林中爾時有一比丘天未明曉往趣河邊襞疊衣服安著一處入河洗浴露形出水於河岸上晞乾其身有天放光照彼河岸語比丘言汝出家未久盛壯好髮何不受五欲樂非時出家比丘答言我今出家正是其時獲於非時天語沙門云何出家是時獲於非時沙門答言佛世尊說五欲是時佛法是非時五欲之樂受味甚少其患滋多憂惱所集我佛法中現身受證無諸熱惱諸有所作不觀時日種少微緣獲大果報天復問言佛云何說五欲是時云何佛法名爲非時比丘答言我旣年稚出家未久學日又淺豈自能宣如來至眞廣大深義婆伽婆今者在近迦蘭陀竹林爾可自往問其疑惑天答之言今佛侍從大威德天盈集左右如我弱劣不能得見汝今爲我往白世尊如來慈矜若垂聽許我當詣彼諮啓所疑比丘答言汝若能往我當爲汝啓白世尊天復答言我隨汝往詣世尊所爾時比丘往詣佛所頂禮佛足在一面立具以天問而白世尊爾時世尊即說偈言

名色中生想　謂為真實有　當知如斯人
是名屬死徑　若識於名色　本空無有性
是名尊敬佛　永離於諸趣
佛問天曰汝解已未天即答言未解世尊佛
復說偈言
勝慢及等慢　并及不如慢　有此三慢者
是可有諍論　滅除此三慢　是名不動想
佛告天曰汝解已未天答佛言未解世尊佛
復說偈言
斷愛及名色　滅除三種慢　不觸於諸欲
滅除於瞋恚　拔除諸毒根　諸想願欲盡
若能如是者　得度生死海
天白佛言我今已解諸比丘聞佛所說歡喜
奉行
如是我聞一時佛在王舍城迦蘭陀竹林爾
時有一比丘於清晨朝往趣河邊脫衣洗浴
還出岸上晞乾其身有天放光照于河岸問
比丘言比丘此是巢窟夜則煙出晝則火然
有婆羅門見是事已破彼巢窟并掘其地時
有智人語婆羅門言以刀掘地見有一龜婆
羅門言取是龜來復語掘地見一蝮蛇語令
捉取復語掘地見一肉段語令挽取復語掘
地見一刀舍婆羅門言此是刀舍語令掘取
復語掘地見楞祇芒毒蟲語令掘取復語掘
地見有二道復語掘出語更掘地見有石聚
語令出石復語掘地見有一龍婆羅門言莫
惱於龍即跪彼龍天語比丘言莫忘我語可
以問佛佛有所說至心憶持所以者何我不
見若天若魔若梵有能分別者除佛及以聲
聞弟子比丘無能得解如是問者爾時比丘

往至佛所頂禮佛足在一面立所聞天語具向佛說世尊云何巢窟夜則煙出晝則火然誰是婆羅門誰是智人云何是刀云何是掘云何爲龜云何蝮蛇云何肉段云何刀舍云何楞祇芒毒蟲云何二道云何石聚云何名龍佛告比丘諦聽諦聽當爲汝說巢窟者所謂是身受於父母精氣四大和合衣食長養乃得成身而此身者會至散敗膖脹蟲爛乃至碎壞夜煙出者種種覺觀晝火然者從身口業廣有所作婆羅門者即是如來有智人者即諸聲聞刀喻智慧掘地者喻於精進龜者喻於五蓋蝮蛇者喻瞋惱害肉段者喻慳貪嫉妬刀舍者喻五欲楞祇芒毒蟲喻如愚癡二道者喻於疑諸石聚者喻於我慢龍者喻於羅漢盡諸有結爾時世尊即說偈言

巢窟名爲身　覺觀如彼煙　造作如火然
婆羅門如佛　智人是聲聞　刀即是智慧
掘地喻精進　五蓋猶如龜　瞋恚如蝮蛇
貪嫉如肉段　五欲如刀舍　愚癡如楞祇
疑者如二道　我見如石聚　汝今莫惱龍
龍是眞羅漢　善答問難者　唯有佛世尊

佛說是已諸比丘聞佛所說歡喜奉行

如是我聞一時佛在波羅柰國仙人鹿野苑中爾時世尊著衣持鉢入波羅柰城見一比丘身意不定諸根散亂時彼比丘遙見佛已低頭慚愧佛乞食已洗足入僧坊中出於靜室坐僧衆中語諸比丘言我於今朝見一比丘不攝諸根時彼比丘遙見我已有慚愧色低頭撿情爲是誰耶時彼比丘即於座起以郁多羅僧著右肩上叉手合掌白佛言世尊

心意不定諸根散者即我身是也佛言善哉比丘見我乃能撿情攝意見諸比丘比丘尼優婆塞優婆夷亦當如是撿情攝意如似見我汝能如是於長夜中安樂利益有一比丘即於佛前而說偈言

比丘乞食入聚落　心意縱亂不暫定
見佛精進攝諸根　是故佛稱爲善哉

如是我聞一時佛在波羅㮈國古仙人住處鹿野苑中爾時世尊時到著衣持鉢入城乞食有一比丘在天祠邊心念惡覺嗜欲在心時佛世尊語比丘言比丘比丘汝種苦子極爲鄙穢諸根惡漏有漏汁處必有蠅集爾時比丘聞佛所說知佛世尊識其心念生大怖畏身毛皆竪疾疾而去佛乞食還食已洗足還僧坊中入靜房坐從靜房出在衆僧前敷座而坐佛告諸比丘我今入城乞食見一比丘在天祠邊心念惡覺嗜欲在心我即語言比丘比丘汝種苦子極爲鄙穢諸根惡漏有漏汁處必有蠅集是時比丘聞佛所說生大驚怖身毛皆竪疾疾而去佛說是已有一比丘從座而起叉手合掌白佛言世尊云何名種苦子云何名爲鄙穢云何名爲惡漏云何名爲蠅集佛言諦聽諦聽當爲汝說瞋恚嫌害名種苦子縱心五欲名爲鄙穢由六觸入不攝戒行名爲惡漏煩惱止住能起無明憍慢無慙無愧起諸結使所謂蠅集爾時世尊即說偈言

若有不攝諸根者　增長欲愛種苦子
作諸鄙穢常流出　親近欲覺惱害覺
若在聚落空閑處　心終無有暫樂時

若於己身修正定　修集諸通得三明
彼得快樂安隱眠　能滅覺蠅使無餘
能修得行住健處　履行聖跡到善方
得正智跡終不還　入於涅槃寂滅樂

佛說是已諸比丘聞已歡喜奉行

如是我聞一時佛住舍衛國祇樹給孤獨園爾時有一比丘著衣持鉢入城乞食食已迴還洗足攝持坐具入得眼林中在一樹下敷草而坐起惡覺觀貪嗜五欲得眼林神知比丘念念於不淨在此林中不應嗜惡作如是念我當寤寤即作是言比丘比丘何故作瘡比丘答言我當覆之林神復語汝瘡如瓨以何覆之比丘答言我以念覺用覆此瘡林神讚言善哉善哉今此比丘善知覆瘡真實覆瘡佛以清淨天耳聞彼林神共比丘語爾時世尊即說偈言

世間嗜惡　邪意所作　瘡疣已生　衆蠅唼食
嗜欲即瘡　覺觀即蠅　我慢依貪　鑽丈夫心
貪利名稱　疑惑所著　不知出要　內心修定
具學諸通　此不作瘡　安隱見佛　能得涅槃

說此偈已諸比丘聞佛所說歡喜奉行

如是我聞一時佛在舍衛國祇樹給孤獨園爾時衆多比丘著衣持鉢入城乞食爾時有一年少新學比丘不以時節入於聚落時諸比丘處處見彼新學比丘而語之言汝今新學未知對治法門云何處處經歷諸家新學比丘白諸比丘言大德諸長老等皆往諸家云何遮我不至諸家時諸比丘乞食食已收攝衣鉢洗足已往至佛所頂禮佛足在一面坐諸比丘等白佛言世尊我等入城乞食見

一年少新學比丘不以時節往至諸家我等語言汝是新學未知對治何緣非時往至他家答我等言諸老比丘亦到諸家何故獨自而遮我耶爾時世尊告諸比丘大曠野中有一大池有諸大象入彼池中以鼻拔取池中藕根淨抖擻已用水洗之然後乃食身體肥盛極得氣力諸小象等亦復食藕不知抖擻并汲水洗合泥土食後轉羸瘦無有氣力若死若近死爾時世尊而說偈言

大象入池時　以鼻拔藕根　抖擻洗去泥
然後方食之　若有諸比丘　具修清白法
若受於利養　無過能染著　是名修行者
猶如彼大象　不善解方便　後受於過患
後受其苦惱　如彼小象等

諸比丘聞佛所說歡喜奉行

阿難與結髮　及以二陀驃　賊并散倒吒
拔殄慙愧根　苦子并覆瘡　小大食藕根

別譯雜阿含經初誦卷第一

音釋

彌絺羅 梵語國名也絺丑尼切
傀偉 傀公回切傀異也偉于鬼切奇偉也
憔悴 憔昨焦切悴秦醉切憔悴謂容貌枯槁瘦瘠也
嗚嘊 嗚汪胡切嘊作答切嗚嘊謂以口唼哺之也
駏驉 駏其呂切驉朽居切馬騍也
妊 汝鴆切孕也
瓔 於盈切瓔孩也
陵懱 陵力膺切懱莫結切陵懱謂陵侮輕懱也
廱 於容切癕也
窒 陟栗切窒師比丘名佛之姑之子也
祛 去魚切逐也撥却也
頻婆娑羅 梵語或云瓶沙此云形牢亦云影堅西域王名也
優樓頻螺 梵語也此云木瓜林謂禱此林神而生故得名也
陀驃 梵語比丘名也驃毘妙切
鴦掘魔羅 梵語也亦云鴦寠剎魔羅此云指鬘
鴦 音央
內鞘 內奴盍切入也鞘私妙切刀室也
鞭轡 鞭卑連切驅馬

箠也轡彼義切馬韁也

襞必益切摺疊衣也

晞香衣切日乾也

膖脹膖匹絳切膖臭也脹知亮切脹滿也

寤寤寤古孝切夢醒也寤五故切寐覺也

瓨戶江切長頸甖也

抖擻抖當口切擻蘇后切抖擻振舉之貌

殄徒典切絕也滅也

別譯雜阿含經初誦卷第二

失譯人名附秦錄

如是我聞一時佛在王舍城住寒林中爾時佛告諸比丘人生壽淺會必歸終應勤行道淨修梵行是故汝等不應懈怠應修善行修於法義及以眞行爾時魔王聞是說已即作是念沙門瞿曇在王舍城住寒林中爲諸聲聞而說法要我當至彼而作壞亂爾時魔王作是念已化爲摩納往至佛所頂禮佛足在一面立而說偈言

人生壽長　無諸嬈惱　常得安隱　無有死徑

佛作是念魔王波旬來作嬈亂即說偈言

人命短促　多諸嬈害　宜急修善　如救頭然
當知波旬　欲來惱觸

爾時魔王聞說偈已即作是念沙門瞿曇知我心念愁憂苦惱深生悔恨便即隱形還于天宮

如是我聞一時佛在王舍城寒林之中爾時佛告諸比丘諸行無常迅速不停無可恃怙是敗壞法應當遠離趣解脫道爾時魔王波旬復作是念沙門瞿曇住王舍城在寒林中爲諸聲聞說如是法我當往彼而爲嬈亂爾時魔王作是念已化爲摩納往至佛所在一面立而說偈言

晝夜恒在　人命常來　如輪軸轉　周迴無已

佛知魔王來作嬈亂即說偈言

命欲日夜盡　壽者多患難　猶如陷下河
速盡無遺餘　是故汝波旬　不應作壞亂

魔作是念佛知我心愁憂苦惱極生悔恨隱形而去還于天宮

如是我聞一時佛在王舍城迦蘭陀竹林爾時世尊於夜後分經行林中於其晨朝洗足已正身端坐繫念在前爾時魔王作是念言沙門瞿曇在王舍城於夜後分林中經行於其晨朝洗足已入於靜室正身端坐繫念在前我今當往而作嬈亂作是念已即便化爲摩納之形在佛前立而說偈言

我心能化作　羅網遍虛空　沙門於我所
終不得解脫

佛作是念魔來嬈亂即說偈言

世間有五欲　愚者爲所縛　能斷此諸欲
永盡一切苦　我已斷諸欲　意亦不染著
波旬應當知　我久壞欲網

爾時魔王聞說偈已不果所願憂愁苦惱隱形而去還于天宮

如是我聞一時佛在王舍城迦蘭陀竹林爾時世尊於初夜後分坐臥經行於其晨朝洗足入房右脇著地足足相累繫心在明修於念覺而生起想爾時魔王波旬即作是念沙門瞿曇在王舍城迦蘭陀竹林中經行坐臥於其晨朝洗足入房右脇著地足足相累繫心在明修於念覺作於起想我當至彼而作嬈亂作是念已化爲摩納在佛前住而說偈言

何以睡眠　何以睡眠　云何睡眠　如入涅槃
如所作辦　而自安眠　乃至日出　故復眠也

佛知天魔來作嬈亂而說偈言

愛網著諸有　遍覆一切處　我今破斯網
諸愛求已斷　一切有生盡　安隱涅槃樂
波旬汝今者　於我復何爲

爾時魔王聞說偈已憂愁苦惱即便隱形還于天宮

如是我聞一時佛在王舍城耆闍崛山中值天雲霧降少微雨電光暉赫處處晃耀爾時世尊即於其夜露地經行魔王波旬而作是念沙門瞿曇在王舍城耆闍崛山值天雲霧降少微雨電光暉赫處處光輝於其夜中露地經行我當往彼而作壞亂爾時魔王作是念已在其山上推大石下欲到佛所時彼大石自然碎壞爾時世尊即說偈言

汝壞靈鷲山　令如粉微塵　巨海及大地
悉皆分碎裂　欲使正解脫　生於怖畏相
欲令毛髮豎　終無有是處

爾時魔王作是念言沙門瞿曇知我所念憂愁苦惱即便隱身還于天宮

如是我聞一時佛在王舍城耆闍崛山爾時世尊於其夜中露地經行洗足已入靜房中整身端坐繫念在前魔王波旬作是念言瞿曇沙門在王舍城耆闍崛山中露地經行我當往彼而作嬈亂爾時魔王即自變形作蟒蛇身其形長大猶如大船雙目晃朗如穚薩羅鉢吐舌睒睒又如掣電出入息聲如大雷震住於佛前以身遶佛引頸舉頭當佛頂上爾時世尊知魔嬈亂而說偈言

我處于閑寂　繫心正解脫　安禪修其身
如昔諸佛法　毒蛇極猛暴　狀貌甚可畏
蚊虻及蝨蚤　種種諸惱觸　不動我一毛
況能令我畏　假使虛空裂　天地皆震動
一切諸衆生　皆生大驚怖　欲令我怖畏
終無有是處　設復有毒箭　中于我心者

當于被箭時　終不求救護　然復此毒箭
亦不能中我

爾時魔王聞佛說偈而作是念瞿曇沙門已知我心生大怖畏憂愁悔恨即變形去還于天宮

如是我聞一時佛在王舍城曼直林中佛於初夜坐禪經行初夜以訖洗足入室右脇著地足足相累繫心在明作於起想魔王波旬知佛心已而作是念沙門瞿曇在王舍城曼直林中於其初夜坐禪經行至中夜前洗足入房右脇著地足足相累繫心在明作於起想我今當往而作壞亂爾時魔王化作摩納在如來前而說偈言

云何無事務　而作於睡眠　安寢不寤寤
如似醉人睡　人無財業者　乃可自恣睡
大有諸財業　歡樂快睡眠

爾時世尊知魔來嬈亂而說偈言

我非無作睡　亦非醉而眠　我無世財故
是以今睡眠　我多得法財　是以安睡眠
我於睡眠中　乃至出入息　皆能有利益
未曾有損減　寤則無疑慮　睡眠無所畏
譬如有毒箭　人射中其心　數數受苦痛
猶尚能得睡　我毒箭已拔　何故而不睡

魔聞是偈作是念沙門瞿曇以知我心心懷憂惱於即還宮

如是我聞一時佛在王舍城毗婆波世山七葉窟中爾時有一比丘名曰求德獨住仙山黑石窟中處於閑靜勤行精進以不放逸斷於我見得時解脫自身作證復還退失第二第三乃至第六亦還退失比丘念言我今獨

處修行精進六反退失若更退失以刀自割魔王波旬知佛在王舍城毗婆波世山七葉窟中瞿曇弟子名曰求德亦在王舍城獨住仙山黑石窟中勤行精進心不放逸得時解脫自身作證得已退失如是六反爾時魔王而作是念求德比丘若第七得必自傷害出魔境界作是念已捉瑠璃琴往到佛所扣琴作偈

大智大精進　有大神通達　於法得自在
威光極熾盛　汝聲聞弟子　今將欲自害
人中最上者　汝今應遮斷　云何樂汝法
何故學他死

爾時魔王說是偈已佛告魔言波旬汝今乃是諸放逸者之大親友汝今所說自爲說耳乃不爲彼比丘說也爾時世尊復說偈言

若人不怯弱　堅修行精進　恒樂於禪定
晝夜修衆善　乾竭愛欲使　壞汝魔軍衆
今捨後邊身　永入於涅槃

爾時魔王憂悲苦惱失瑠璃琴愁毒悔恨還本宮殿佛告諸比丘當共汝等詣仙人山求德比丘所佛將諸比丘詣求德所見求德屍東猶如煙聚佛告諸比丘汝等見此煙聚以不諸比丘言已見世尊屍南西北亦如是聚佛告比丘此是波旬隱形遶求德所覓其心識佛告比丘求德比丘以入涅槃無有神識無所至方爾時魔王化形摩納而說偈言

上下及四方　推求求德識　莫知所至方
神識竟何趣

爾時世尊告波旬言如此健夫破汝軍衆以入涅槃佛說是已諸比丘聞佛所說歡喜奉

行

如是我聞一時佛在優樓比螺聚落尼連禪河菩提樹下成佛未久爾時魔王而作是念佛在優樓比螺聚落尼連禪河菩提樹下成佛未久我當詣彼伺求其便作是念已往詣佛所而說偈言

汝獨處閑靜　閉默常寂然　光顏顯神體
諸根悉悅豫　譬如失財者　後還獲於財
汝今既禪寂　歡喜亦如是　既能遺國榮
亦不悕名利　何不與諸人　而共爲親友

爾時世尊以偈答言

我久獲禪定　其心常寂然　破壞汝欲軍
得於無上財　諸根恒恬豫　心中得寂滅
以壞汝欲軍　修道情歡恬　獨一離憒閙
安用親友爲

爾時魔王復說偈言

汝以獲正道　安隱向涅槃　既以得妙法
宜當戢在懷　誠應獨了知　何以教衆人

爾時世尊復說偈言

人不屬魔者　諮吾彼岸法　我爲正分別
諦實得盡滅　止心不放逸　魔不得其便

爾時魔王復說偈言

譬如白石山　其色類脂膏　羣鳥不別知
飛來而貪食　既不得其味　嘴傷而虛還
我今亦如是　徒求無所爲

爾時魔王說是偈已憂愁苦惱極生悔恨向一空處蹲踞獨坐以箭畫地思作方計時魔三女一名極愛二名悅彼三名適意時魔三女往至魔邊向父說偈

父今名丈夫　何以懷憂愁　我當以欲罥

胥彼如捕象　將來至父所　使父得自在

爾時魔王說偈答言

彼人善斷欲　不可以欲牽　已過魔境界

是故我懷憂

彼魔三女化其形容極爲端嚴往詣佛所即禮佛足在一面立三女同聲俱白佛言我故來供養與佛策使爾時世尊無上斷愛了不顧視第二第三亦作是語佛不觀察時魔三女退在一處自共議論男子之法所好各異或愛小者或愛中者或愛大者即時一女化作六百女人或作小女或作童女或作未嫁女或作已嫁女或作已產女或作未產女化作如是衆多女已俱往佛所白佛言世尊我等今來供養世尊爲其策使給侍手足佛不觀察第二第三亦如是說都不顧視時魔女等復退一處更共語言此必得無上斷愛欲解脫故若不爾者應見我等狂亂吐血或能心裂我等當往其所以偈問難魔女極愛以偈問曰

端拱樹下坐　閑靜獨思惟　爲失於財寶

爲欲求大財　城邑聚落中　都無愛著心

何不與衆人　而共作親友

爾時世尊說偈答言

我以得大財　心中得寂滅　我壞愛欲軍

妙色都不著　獨處而坐禪　最受第一樂

以是因緣故　都不求親友

魔女適意復說偈言

比丘住何處　能度五駛流　六駛流亦通

入何禪定中　得度大欲岸　永離有槅縛

爾時世尊復說偈言

身獲柔輭樂　心得善解脫　心離於諸業
意不復退轉　得斷覺觀法　得離瞋愛捍
得住此處住　能度五駛流　并度第六者
作如是坐禪　能度大欲結　并離有橋流
魔女悅彼復說偈言
已斷於愛結　離衆所著處　多欲度駛流
多欲度死岸　唯有黠慧者　能度如斯難
爾時世尊復說偈言
大精進濟拔　如來正法度　如法得度脫
知者莫不欣
三女不果所願還至父所爾時魔王訶責三
女因說偈言
三女占壞彼　形容猶如電　向彼大精進
如風吹兜羅　以爪欲壞山　齒齚於鐵丸
嬰愚以藕絲　欲懸於太山　佛以度衆著
欲共彼講論　胃極欲捕風　欲下虛空月
以手掬大海　望欲得乾竭　佛以離諸著
欲往共講論　舉脚度須彌　大海中覓地
佛以出諸著　而往共講論
魔王憂愁悔恨於即滅沒還于天宮
如是我聞一時佛在王舍城靈鷲山爾時佛與諸比丘讚歎涅槃法魔王作是念佛在王舍城與諸比丘讚歎涅槃法我今當往而作壞亂作是念已即便化形作一百人五十人極爲端正五十人極爲醜惡時諸比丘皆生驚怪今以何故極爲端正復有極醜佛知魔來欲作壞亂爾時世尊告波旬言汝於長夜生死之中具受如是好惡之形汝當云何得度苦岸如是變化復何用爲若有愛著於男女者汝當變化作衆形相我今都無男女之

相何用變化作衆形爲佛說是已諸比丘聞佛所說歡喜奉行

長壽河帝及胥樾 睡眠經行大毒蛇
無所爲求德魔女 壞亂變形及好惡

如是我聞一時佛在舍衛國祇樹給孤獨園爾時佛告諸比丘堅持七行必得帝釋何以故昔者帝釋爲人之時發初履行孝順父母恭敬尊長所言柔輭斷於兩舌好施無慳恒修實語終不欺誑不起瞋恚設生嫌恨尋思滅之爾時世尊即說偈言

於父母所 極能孝順 於諸尊長 深心恭敬
恒作輭善 恩柔好語 斷於兩舌 慳貪瞋恚
三十三天 各作是語 如是行者 勝我等輩
當知別住 以爲天王

佛說是已諸比丘聞佛所說歡喜奉行

如是我聞一時佛在毗舍離獼猴彼岸大講堂中有一離車名摩訶離來詣佛所禮佛足已在一面坐白佛言世尊頗曾見帝釋不佛言我見離車白佛言有夜叉鬼狀似帝釋世尊所見將無是彼夜叉鬼耶佛告離車是帝釋身我善識之夜叉之形如帝釋者我亦識知帝釋本行及所行事我亦盡知帝釋本爲人時極孝順父母敬於尊長所言柔輭斷於兩舌除去慳嫉常好布施口常實語除於瞋恚不起嫌恨爾時世尊即說偈言

於父母所 極能孝順 於諸尊長 深心恭敬
恒作輭善 恩柔好語 斷於兩舌 慳貪瞋恚
三十三天 各作是語 如是行者 勝我等輩
應當別住 以爲天王

佛說是已諸比丘聞佛所說歡喜奉行

如是我聞一時佛在舍衛國祇樹給孤獨園爾時有一比丘往到佛所頂禮佛足在一面立白佛言世尊云何名帝釋云何作帝釋相佛告比丘帝釋本在人中所有布施生純信心信心施於貧窮沙門婆羅門等其所施時施漿飲食種種餚饍種種華鬘種種諸香燒香塗香財帛牀榻以是因緣時諸天等名爲帝釋比丘復白佛何故名帝釋爲富蘭但那佛告比丘帝釋昔在人中施無猒足數數施故諸天號名爲富蘭但那以何因緣復名帝釋爲摩佉婆佛告比丘帝釋本作婆羅門名摩佉婆又問復何因緣名婆娑婆佛言數數常以衣服施沙門婆羅門以是緣故名婆娑婆又問復何因緣名憍尸迦佛告比丘帝釋本爲人時姓憍尸迦故名憍尸迦復以何緣名舍脂夫佛告比丘帝釋娶毗摩質多羅阿修羅王女名舍脂夫又問復以何緣名爲千眼佛告比丘帝釋本爲人時極大聰明斷事之時須臾之間能斷千事以是因緣故名千眼復以何緣名因陀羅佛告比丘帝釋居天王位斷理天事故名因陀羅爾時世尊告比丘能具上七事以是緣故諸天號曰帝釋佛說是已諸比丘聞佛所說歡喜奉行

如是我聞一時佛在舍衛國祇樹給孤獨園爾時世尊告諸比丘昔所有一夜叉形狀甚小顏色鄙惡身形又黑人不喜見坐帝釋座上爾時三十三天見是夜叉坐於釋處皆大瞋忿種種毀罵爾時夜叉惡相漸滅善色轉生漸漸長大諸天罵詈瞋恚轉多夜叉遂復身形長大顏色鮮盛諸天相將至帝釋所白

帝釋言有一夜叉極爲醜陋身形甚小坐帝釋座我等諸天盡共罵詈而夜叉子顏色轉好身形漸大帝釋語言有是夜叉得諸罵詈形色轉好名助人瞋爾時帝釋還向座所偏袒右肩手擎香爐語夜叉言大仙我是帝釋我是帝釋三自稱名夜叉轉小形色轉惡於是消滅帝釋還復坐帝釋座告諸天言自今以往莫生瞋恚若有惡對愼莫加瞋即說偈言

若他來侵欺　莫還侵欺彼　於來侵害者
皆生於慈心　無瞋無害者　常應親近之
彼即是賢聖　亦賢聖弟子　諸有瞋恚者
爲瞋山所障　若有瞋恚時　能少禁制者
是名爲善法　如轡制惡馬

佛告諸比丘帝釋居天王位受諸欲樂猶能制瞋又常讚歎禁制瞋者況汝比丘信家非家出家入道剃除鬚髮被服法衣而不制瞋讚離瞋者是故比丘當作是學爾時比丘聞佛所說歡喜奉行

如是我聞一時佛在舍衛國祇樹給孤獨園爾時世尊晨朝時到著衣持鉢入城乞食食已洗足攝坐具詣得眼林中遍觀察已於閑靜處在樹下結跏趺坐住於天住爾時耆陀精舍中有二比丘於僧斷事時共生忿諍一小默然忍一瞋熾盛彼熾盛者自見已過而來歸向默忍比丘求欲懺悔默忍比丘不受其懺如是展轉諸比丘等共相論說出大音聲如來爾時住於天住以淨天耳過於人耳遥聞是聲即從座起至於僧中在於僧前敷座而坐佛告諸比丘我於今朝著衣持鉢入

城乞食乃至來入林中靜坐聞諸比丘高聲大喚爲作何事爾時比丘即白佛言世尊者陀精舍有二比丘僧斷事時共生忿諍一比丘者小自默忍其一比丘熾盛多語熾盛比丘自知已過歸誠懺悔默忍比丘不受其懺展轉共道出大音聲佛告比丘云何愚癡不受他懺諸比丘當知昔日釋提桓因在善法堂諸天衆中而說偈言

譬如用瓢器　斟酥以益燈　火然轉熾盛
返更燒瓢器　瞋心亦如是　還自燒善根
我終不含怒　瞋已尋復散　不如水旋流
洄澓無窮已　雖瞋不惡口　不觸汝所諱
所諱如要脉　我終不傷害　調伏於身已
於已即有利　無瞋無害者　彼即是賢聖
亦賢聖弟子　常應親近之　諸有瞋恚者
重障猶如山　若有瞋恚時　能少禁制者
是名爲善業　如轡制惡馬

佛告諸比丘釋提桓因處天王位天中自在尚能修忍讚歎忍者況汝比丘出家毀形而當不忍讚歎於忍佛說是已諸比丘聞佛所說歡喜奉行

如是我聞一時佛在舍衛國祇樹給孤獨園爾時世尊告諸比丘昔釋提桓因將諸天衆將欲往與阿修羅戰時釋提桓因語毗摩質多羅阿修羅王言我等今者不必苟須多將人衆共相傷害但共講論以決勝負毗摩質多羅語釋提桓因言憍尸迦汝等講論若有勝負誰當分別釋提桓因言我等衆中若阿修羅亦有聰哲智慧辯才能掌善惡決勝負者毗摩質多言帝釋汝今先說帝釋答言我

亦能說汝是舊天應當先說毗摩質多羅即說偈言

今我見忍過　愚者謂忍法　彼怖故生忍
便以已爲勝

釋提桓因復說偈言

隨彼言怖畏　已利最爲勝　財寶及諸利
無勝忍辱者

毗摩質多羅復說偈言

愚者無智慧　要當須止制　譬如彼後牛
騰陌先牛上　是故須刀杖　摧伏於愚者

釋提桓因以偈答言

我觀止制愚　默忍最爲勝　極大瞋恚忿
能忍彼自息　無瞋無害者　彼即是賢聖
亦賢聖弟子　常應親近之　諸有瞋恚者
瞋重障如山　若有瞋恚時　能少禁制者
是名爲善業　如轡制惡馬

諸天及阿修羅衆有智慧者詳共平議量其勝負以阿修羅說諍鬬爲本釋提桓因止息諍訟心無忿競以阿修羅負帝釋爲勝佛告諸比丘釋提桓因天中自在長夜忍辱讚忍辱法汝等比丘若能忍辱讚歎忍者稱出家法佛說是已諸比丘聞佛所說歡喜奉行

如是我聞一時佛在舍衛國祇樹給孤獨園爾時世尊告諸比丘往昔之時釋提桓因共阿修羅將欲戰鬬治嚴已辦爾時釋提桓因告諸天言我等諸天若得勝者必以五縛繫阿修羅將詣天宮時阿修羅亦勑已衆我等若勝亦以五縛繫釋提桓因詣阿修羅宮爾時諸天衆勝即以五縛繫毗摩質多羅將詣天宮毗摩質多羅見帝釋時瞋恚罵詈極出

惡言帝釋爾時親聞罵聲默不加報爾時御
者摩得伽即說偈言
釋脂之夫摩佉婆　汝爲怖畏無力耶
毗摩質多面前罵　極出惡言云何忍
爾時帝釋說偈答言
我不怖畏而生忍　亦不以我無力故
而畏毗摩質多羅　我以勝智自修忍
愚者淺識智無及　而常諍訟心不息
若我以力用禁制　與彼愚者同無異
御者復說偈言
嬰愚若放縱　轉劇不休息　如彼後行牛
騰陌前牛上　健者宜以力　禁制彼愚者
帝釋復說偈言
我觀制禁愚　莫過於忍默　瞋恚熾盛時
唯忍最能制　愚者謂有力　而實是無力
愚不識善惡　無法可禁制　我身有勇力
能忍愚劣者　是名第一忍　忍中之善者
微者於有力　不得不行者　是名怖畏忍
不名爲實忍　威力得自在　爲他所毀罵
默然不加報　是名爲勝忍　微劣怖威力
默然不能報　是名爲怖畏　不名爲行忍
嬰愚無智等　惡害以加他　見他默然忍
便以己爲勝　賢聖有智者　謂忍最爲勝
是以聖賢衆　恒讚忍功德　除己并與他
滅除諸難畏　見他瞋恚盛　但能行默忍
彼瞋自然滅　不煩刀仗力　彼此得大利
自利知利他　愚者謂忍怯　賢智之所讚
忍於勝己者　怖畏患害故　若於等己諍
畏俱害故忍　能忍卑劣者　忍中最爲上
佛告諸比丘帝釋於三十三天最爲自在行

於王法尚能修忍讚歎於忍況諸比丘毁形入法應當修忍讚歎於忍若能修忍及讚歎者是出家法佛說是巳諸比丘聞佛所說歡喜奉行

如是我聞一時佛在舍衛國祇樹給孤獨園爾時佛告比丘昔釋提桓因欲詣遊戲園勅御者摩得梨伽汝駕千馬車時摩得梨伽疾駕車巳即白釋言嚴駕巳訖宜知是時帝釋出毗禪延堂上叉手合掌東面向佛摩得梨見帝釋東向合掌心生驚懼失所捉鞭并所執轡帝釋語言汝見何事驚怖乃爾失馬鞭轡摩得梨言摩佉釋脂之夫我見汝叉手東向以是心懼故失鞭轡一切有生皆敬於汝一切地主盡屬於汝四天王及三十三天皆禮敬汝誰復有德勝於汝者叉手合掌東面而立帝釋答言一切敬我信如汝言一切人天所恭敬者號之爲佛我今恭敬禮向於佛爾時帝釋即說偈言

最大名稱世間尊　汝摩得梨應當知
我今於彼生敬信　是故叉手合掌立

摩得梨即說偈言

爾時敬禮世間勝　我亦隨汝恭敬禮

作是語巳合掌禮敬乘輦而去佛告諸比丘帝釋自在處天王位猶尚恭敬禮拜於佛汝諸比丘剃除鬚髮出家學道勤當敬佛應出家法佛說是巳諸比丘聞佛所說歡喜奉行

如是我聞一時佛在舍衛國祇樹給孤獨園爾時世尊告諸比丘昔釋提桓因欲詣遊戲園勅御者摩得梨汝駕千馬車時摩得梨尋駕車巳詣帝釋所即白帝釋言嚴駕巳訖宜

知是時爾時帝釋出毗禪延堂合掌南向時摩得梨見已心亦驚怕失鞭及轡帝釋語言汝見何事驚怖乃爾摩得梨言摩佉釋脂之夫我今見汝合掌南向心懷懼故致失鞭轡一切有生皆敬於汝一切地主盡屬於汝四天王天及三十三天皆禮敬汝誰復有德勝於汝者叉手合掌南向而立帝釋答言一切敬我信如汝言一切天人所恭敬者名之為法我今恭敬禮具足戒法爾時帝釋即說偈言

有諸出家者　以修不放逸　長夜入寂定
修最上梵行　捨棄於三毒　能得解脫法
有如是等法　我今恭敬禮　諸大阿羅漢
遠離於欲者　能滅無明闇　斷除諸結使
并在家修善　不作惡業者　如是正法子
今我皆敬禮

摩得梨言汝禮最勝我願隨禮爾時帝釋作是語已合掌敬禮乘輦而去佛告諸比丘帝釋處於人天而得自在尚能恭敬禮敬於法況汝比丘剃除鬚髮出家學道而當不勤恭敬於法佛說是已諸比丘聞佛所說歡喜奉行

如是我聞一時佛在舍衛國祇樹給孤獨園佛告諸比丘昔釋提桓因欲詣遊戲園勅御者摩得梨汝嚴駕千馬車時摩得梨駕車已訖詣帝釋所白帝釋言嚴駕已訖宜知是時爾時帝釋出毗禪延堂合掌西向時御者摩得梨見是事已亦生驚懼失鞭及轡帝釋語言汝見何事驚怖乃爾摩得梨言摩佉釋脂之夫我見汝故致失鞭轡一切有生皆敬於

汝一切地主盡屬於汝四天王天及三十三天皆禮敬汝誰復有德勝於汝者叉手合掌敬向西方帝釋答言一切敬我如汝所言一切天人所恭敬者名之爲僧令我恭敬信向於僧爾時摩得梨即說偈言

人身膿汗滿　剩於露死屍　恒患飢渴苦
豈羨彼無家　汝今以何故　極能恭敬彼
彼有何威儀　及以道德行　願汝爲我說
我今至心聽

爾時釋提桓因即說偈言

以彼無家故　我實羨於彼　彼亦無庫藏
倉庫及穀米　離諸衆事務　節食諧全命
善護於禁戒　辯說美妙法　勇健無怯心
行聖默然法　諸天阿修羅　恒共有戰諍
一切諸人中　悉各有忿競　令我所敬者
悉皆離刀仗　一切皆積聚　彼悉能遠離
世間所愛著　彼心皆捨棄　我今敬禮者
遠離一切過　摩得梨汝今　應當知此事

爾時摩得梨復說偈言

汝禮者最勝　我亦隨恭敬　摩佉之所禮
我今隨汝禮

說是偈已帝釋乘輿而去佛告諸比丘彼帝釋者處人天自在尚能敬僧況汝比丘出家修道各宜敬僧佛說是已諸比丘聞佛所說歡喜奉行

帝釋摩訶耶　以何因夜叉　得眼得善勝
縛繫及敬佛　敬法禮僧捨

別譯雜阿含經初誦卷第二

音釋

蝨蚤　蝨所櫛切蟣蝨也齧人蟲也蚤子浩切齧人跳蟲也

憒閙　憒古對切心亂也閙奴敎切不靜也

戢　阻立切藏也歛也

嶲　即委切鳥喙也

蹲踞　蹲徂尊切踞居御切蹲踞謂蹲足踞手而坐也

槅　古陌切障也

齒齚　齚側格切齒齧也

罥櫭　罥古泫切網也櫭其亮切罥也施罟於道也

洄澓　洄戶恢切澓房六切洄澓水洄流也

惺　息井切音惺悟也

別譯雜阿含經初誦卷第三

失譯人名附秦錄

如是我聞一時佛在舍衛國祇樹給孤獨園爾時世尊告諸比丘昔阿修羅集諸四兵象馬車步悉皆嚴備鬪戰之具欲詣忉利天宮與諸天共鬪爾時帝釋聞阿修羅莊嚴四兵即告須毗羅天子我聞阿修羅莊嚴四兵汝亦莊嚴四兵往與共鬪須毗羅白言此事最善作是語已縱逸著樂不憶此事帝釋聞阿修羅已來出城復召須毗羅言阿修羅今已出城汝可莊嚴四兵往彼共鬪須毗羅白言憍尸迦此是善事須毗羅仍爾著樂不修戰備阿修羅莊嚴四兵已至須彌山上漸欲近來帝釋復言我聞阿修羅漸來逼近汝將四兵可往擊之須毗羅即說偈言

若有清閑無事處　唯願與我如此處

帝釋即說偈答言

若有如此閑樂處　汝當將我共至彼

須毗羅復說偈言

我今懈怠不欲起　雖具聞知不莊嚴
天女五欲光四塞　唯願帝釋與此願

帝釋以偈答言

若有如此懈惰處　百千天女而圍遶
五欲自恣受快樂　汝若往彼與我俱

須毗羅復說偈言

天王若無事役處　與我無苦受斯樂

帝釋以偈答言

汝須毗羅有如是　我當與汝同是樂
頗曾見聞無事業　而得生活受樂者
汝今若有如是處　可疾速往可隨汝

汝當畏事好閑處　應當速疾向涅槃

聞是語已須毗羅即集四兵出與阿修羅戰時諸天得勝阿修羅退壞阿修羅已種種莊嚴而來還宮佛告諸比丘釋提桓因處天王位得大自在猶自精勤讚歎精進況復汝等信心出家被服法衣而當不勤精進讚歎精進若能精進讚歎精進如是爲應出家之法佛說是已比丘聞佛所說歡喜奉行

如是我聞一時佛在舍衛國祇樹給孤獨園爾時世尊告諸比丘往昔之時遠於聚落阿練若處多有諸仙在中而住離仙處不遠有大阿修羅而共戰鬭爾時毗摩質多羅阿修羅王著五種容飾首戴天冠捉摩尼拂上戴華蓋帶於寶劒衆寶革屣到仙人住處行不由門從壁而入亦復不與諸仙人言語共相問訊還從壁出爾時有一仙人而作是語毗摩質多羅等無恭敬心不與諸仙問訊共語從壁而出復有一仙而作是言阿修羅等若當恭敬問訊諸仙應勝諸天今必不如有一仙問言此爲是誰有一仙言此是毗摩質多阿修羅王仙人復言阿修羅法知見微淺無有法教無尊敬心猶如農夫諸天必勝阿修羅負爾時帝釋後到仙邊即捨天王五種容飾從門而入慰勞諸仙遍往觀察語諸仙言盡各安隱無諸惱耶問訊已訖從門而出復有一仙問言此爲是誰安慰問訊周遍察行然後乃出甚有法教容儀端正一仙答言此是帝釋有一仙言諸天極能敬順爲行調伏諸天必勝阿修羅負毗摩質多羅聞諸仙讚歎諸天毀呰阿修羅甚大瞋恚諸仙聞已往

詣阿修羅所語言我等聞爾甚大瞋忿即說偈言

我等故自來　欲乞索所願　施我等無畏
莫復生瞋忿　我等若有過　願教責數我

毗摩質多以偈答言

不施汝無畏　汝等侵毀我　卑遜求帝釋
於我生毀呰　汝等求無畏　我當與汝畏

爾時諸仙以偈答言

如人自造作　自獲於果報　行善自獲善
行惡惡自報　譬如下種子　隨種得果報
汝今種苦子　後必還自受　我今乞無畏
逆與我怖畏　從今日已往　使我畏無盡

諸仙面與阿修羅論已即乘虛去毗摩質多羅即於其夜夢與帝釋交兵共戰生大驚怕第二亦爾第三夢時帝釋軍衆果來求戰時毗摩質多即共交兵阿修羅敗帝釋逐退至阿修羅宮爾時帝釋種種戰諍既得勝已詣諸仙所諸仙在東帝釋在西相對而坐時有東風仙人向帝釋即說偈言

我身久出家　腋下有臭氣　風吹向汝去
移避就南坐　如此諸臭氣　諸天所不喜

爾時帝釋以偈答言

集聚種種華　以爲首上鬘　香氣若干種
能不生猒離　諸仙人出家　氣如諸華鬘
我今頂戴受　不以爲猒患

佛告諸比丘帝釋居天王位長夜恭敬諸出家者汝諸比丘以信出家亦應當作如是欽敬佛說是已諸比丘聞佛所說歡喜奉行

如是我聞一時佛在舍衛國祇樹給孤獨園爾時釋提桓因顏色殊妙過於人天於其中

夜來至佛所稽首佛足在一面坐時祇洹中晃然大明踰於晝日爾時釋提桓因即說偈言

除滅何事安隱眠　滅除何物無憂愁
滅何一法瞿曇讚　唯願爲我決衆疑

爾時世尊說偈答言

滅除瞋恚安隱眠　滅除瞋恚無憂愁
去除瞋恚𣗥毒根　汝今帝釋應當知
如是瞋恚壞美言　除滅上事聽所讚

釋提桓因聞佛所說遶佛三帀歡喜奉行

如是我聞一時佛在舍衛國祇樹給孤獨園爾時佛告諸比丘月八日四天王遣使者按行天下伺察世間有慈孝父母敬順尊長奉事沙門婆羅門修於善法及行惡者是故宜應修行善法滅除衆惡檢情守戒至十四日四天王復遣太子按行天下至十五日四天王自按行伺察亦復如是時四天王既伺察已往帝釋善法堂上啓白帝釋并語諸天世間人中多有不孝父母不敬沙門婆羅門者不奉事師及家尊長乃至無有多持戒者爾時帝釋及諸天衆聞斯語已慘然不樂諸天咸作是言損諸天衆益阿修羅若世間中有人常能孝順父母供養沙門婆羅門乃至多能持戒四天王上啓帝釋時諸天等極大歡喜咸作是言世間人中修行善事極爲賢善作所應作增益諸天損阿修羅帝釋歡喜即說偈言

月八十四日　及以十五日　并及神足月
受持清淨戒　是人得生天　功德如我身

佛告諸比丘帝釋所說不名善說所以者何

若漏盡阿羅漢所作已辦應作是偈

月八十四日　及以十五日　并及神足月
受持清淨戒　斯人獲勝利　功德如我身

佛與羅漢應說斯偈名稱實說名爲善說佛說是已諸比丘聞佛所說歡喜奉行

如是我聞一時佛在舍衛國祇樹給孤獨園爾時佛告諸比丘往昔之時質多阿修羅王病患瘵困時釋提桓因往詣其所阿修羅語帝釋言願汝使我病差安隱身得平健肥鮮如前帝釋語言汝可教我阿修羅幻化之法我當使汝安隱病差歡樂如前阿修羅言待我問諸阿修羅等若可爾者我當教汝阿修羅王即問諸阿修羅爾時其中有一諂僞阿修羅語毗摩質多羅言帝釋長夜行直善行無諸諂僞汝可語帝釋言汝學阿修羅諂僞幻者當入盧樓地獄帝釋若語汝言我不學彼阿修羅者汝但捨去汝患必愈阿修羅王即用其語說偈語帝釋言

千眼帝釋舍脂夫　若知幻法必當墮
於彼盧樓地獄中　滿足一劫被燒煮

爾時帝釋聞斯語已即言止止不須幻法尋即願言令汝病差安隱無患佛告諸比丘釋提桓因雖處天位尚不諂曲直實行事況汝出家剃除鬚髮而當不離諸諂僞事行質直乎若行質直應出家法佛說是已諸比丘聞佛所說歡喜奉行

如是我聞一時佛在舍衛國祇樹給孤獨園爾時帝釋來詣佛所將欲還時請受一戒何謂一戒若我還宮見諸怨憎設來害我我於彼所終不加害毗摩質多羅既聞帝釋持如

是戒便捉利劒於路而待時釋提桓因聞阿修羅在於路側捉劒而待遥語阿修羅言止止汝今自縛毗摩質多語帝釋言汝於佛所受一戒言若我還宮見諸怨憎設彼害我我於彼所終不加惡豈可不受如是戒耶帝釋答言我雖受戒語汝住住汝今自縛如是之言於戒無犯毗摩質多羅言憍尸迦放我帝釋語言汝作呪誓更於我所不爲怨疾我當放汝毗摩質多羅即說誓言

貪瞋妄語謗賢聖　如是惡報使我得

爾時帝釋聞斯誓已即語毗摩質多羅言我今放汝釋提桓因還至佛所頂禮佛足白佛言世尊毗摩質多羅聞我受戒即捉利劒在於路側伺圖於我時我遥語阿修羅言止止汝今自縛毗摩質多即語我言汝於佛所受於一戒若我還宮見有怨憎設來害我我於彼所終不加惡豈可不受如是戒耶我即答言我雖受戒但語汝住汝今自縛如是之言於戒無犯毗摩質多羅即語我言憍尸迦放我我即語言汝可重誓更於我所莫生憎嫉我當放汝時毗摩質多羅聞我語已即說誓言

貪瞋妄語謗賢聖　如是惡報使我得

我聞其誓即放令去帝釋復白佛言此阿修羅作重誓已從今已後更不作於怨憎惡耶佛告帝釋阿修羅設不作誓猶不爲惡況作誓已爾時帝釋聞佛所說踊躍歡喜即於座没尋還天宮

如是我聞一時佛在舍衛國祇樹給孤獨園爾時佛告諸比丘昔於一時帝釋與阿修羅

戰當于爾時諸天不如阿修羅勝爾時帝釋見已不如尋即迴駕欲還天宮於其道中見簷婆羅樹時樹上有金翅鳥巢爾時帝釋即勑御者摩得梨言此巢中有二鳥卵脱能傷損汝可迴車避於此樹帝釋即向摩得梨而說偈言

汝觀樹上巢　巢中有二卵　今車若往彼
必衝而傷破　我若以此身　入阿修羅陣
喪失於身命　終不傷鳥卵

說是偈已尋即迴車時阿修羅衆見帝釋迴生大恐怖各作是言帝釋向者詐現退散今復迴者必破我軍阿修羅衆即時退散諸天逐退自到其城佛告諸比丘釋提桓因居天王位猶能長夜修於慈忍汝等比丘當如是學諸比丘聞佛所說歡喜奉行

如是我聞一時佛在舍衛國祇樹給孤獨園爾時釋提桓因與跋利婆婁支阿修羅夜詣佛所威光熾盛禮佛足已在一面坐時彼帝釋毗婁支光明普照祇洹猶如晝日時跋利毗婁支在一面坐而說偈言

夫人常精進　所求必使得　既求得義理
安隱受快樂

帝釋亦說偈言

夫人常精勤　所求必使得　既求得事業
修忍最爲勝

爾時帝釋白佛言世尊我等所說何者利益何者無利佛告帝釋善分別者皆是善說汝等今當聽我所說即說偈言

一切衆生皆爲利　各各隨心之所欲
等同利欲適願樂　夫人精勤求必得

既得事業忍最勝　是故應當修行忍
帝釋毗婁支聞佛所說禮佛足已即於彼處而沒還宮

如是我聞一時佛在王舍城迦蘭陀竹林爾時王舍城中有一貧人極爲窮困甚可憐愍於佛法中生清淨信能淨持戒少讀誦經亦能小施有此四事因緣果報身壞命終生忉利天勝妙善處此新生天有三事勝一色貌勝二名稱勝三壽命勝諸天見已皆共恭敬往帝釋所白帝釋言有新生天有三事勝於餘諸天帝釋言我先曾見彼新生天本爲人時貧窮困苦極爲寒悴直心信心向於三寶能淨持戒少多修施今得生此忉利天上爾時帝釋即說偈言

若於三寶生淨信　其心堅固不動轉
持所受戒不毀犯　當知此人不名貧
名爲智慧壽命人　以敬無上三寶故
得生天上受勝樂　是故應當作斯學

爾時諸天聞此偈已歡喜信受作禮還宮

如是我聞一時佛在王舍城耆闍崛山中爾時王舍城有九十六種外道各各祠祀設有檀越信心於外道遮勒者言當先供養我師遮勒若信外道婆羅婆寔者亦言先當供養我師婆羅婆寔若信外道乾陀者咸言此與我師乾陀大嚫後與餘者若信外道名三水者言當供養我師三水若信外道名老聲聞者言先供養我師老聲聞若信外道大聲聞者亦言供養我師大聲聞若信佛者咸言應先供養我師如來及以衆僧時釋提桓因作是念言今王舍城人生大邪見佛僧在世若

生邪見名爲不善帝釋爾時尋自變身爲老婆羅門容貌端正乘以白車駕以白馬諸摩納等圍遶左右向於寺場當中直過時王舍城人咸作是念今此老婆羅門先向何處我等隨從爾時帝釋知諸人等心之所念迴車南旋向靈鷲山到諸乘駕所住之處於中而止下車前進往至佛所頂禮佛足在一面坐

爾時帝釋即說偈言

轉法輪聖王　能度苦彼岸　無怨憎恐怖
我今稽首禮　設人欲修福　當於何處施
又欲精求福　應生淨信敬　今日修布施
來世得善報　於何福田中　少施獲大果

爾時世尊在耆闍崛山中爲天帝釋敷演祠中最爲勝者以偈答言

四果及四向　禪定明行足　功德力甚深
猶如大海水　此名爲實勝　調御之弟子
於大黑闇中　能然智慧燈　常爲諸衆生
說法而示導　是名僧福田　廣大無崖際
若施斯福田　是名爲善與　若施斯福田
是名爲善祀　焚物而祭天　徒費而無福
不名爲善燒　若於福田所　少作諸功業
後獲大富利　乃名爲善燒　帝釋應當知
是名良福田　施僧次一人　後必獲大果
此事是時說　世間解所說　無量功德佛
以百偈讃僧　祠祀中最上　無過僧福田
若人種少善　獲報無有量　是以善丈夫
應當施於僧　能總持法者　是則名爲僧
譬如大海中　多有衆珍寶　僧海亦如是
多饒功德寶　若能施僧寶　是名善丈夫
已獲歡喜信　若能信心施　當知如此人

得三時歡喜　以三時喜故　能度三惡道
除祛諸塵垢　離煩惱毒箭　淨心手自施
自利亦利彼　能設如此祠　是人則名爲
世間明智者　信心既清淨　得至無爲處
世間之極樂　智者得生彼

帝釋聞是偈已踊躍歡喜於坐處没還於天宮帝釋還宮未久之間王舍城中長者婆羅門即從座起偏袒右肩右膝著地合掌向佛而白佛言唯願世尊及比丘僧於明晨朝受大祠歡喜請爾時如來默然許之時王舍城婆羅門長者知佛默然受已請已頂禮佛足各還所止時諸人等既還家已各各辦諸香美飲食清淨香潔供設辦已晨朝敷座具行淨水遣使往詣靈鷲山中白世尊言食時已到爾時如來著衣持鉢衆僧圍遶世尊在前往詣彼城到大祠所既至彼已如來敷座於僧前坐彼城中人敷好牀座與僧而坐爾時諸長者等察衆坐定各行淨水諸婆羅門長者手自斟酌種種香美飲食時諸人等各各勸益

爾時世尊觀諸衆僧飯食已訖即時收鉢付於阿難時諸人等各自敷座在佛前坐專心敬仰求欲聽法爾時如來讚其所施而說偈言

婆羅門經書　祠祀火爲最　外道典籍中
婆比室爲最　於諸世人中　王者最爲首
百川衆流中　巨海名爲最　星辰諸宿中
月光名爲最　於衆明之中　日光最爲最
上下及四方　世間及人天　諸賢聖衆中
佛最第一尊

爾時世尊爲王舍城人種種說法示教利喜諸人踊躍從座而退佛說是已諸比丘聞佛所說歡喜奉行

須毗羅仙人　滅瞋月八日　病并持一戒
鳥巢及婆棃　貧人及大祠

如是我聞一時佛在俱薩羅國漸次遊行至舍衛城祇樹給孤獨園時波斯匿王聞佛來至舍衛國祇樹給孤獨園往詣佛所稽首問訊在一面坐而白佛言世尊我昔聞爾出家求道要成無上至眞等正覺汝爲實有如是語耶將非他人謬傳者乎爲是譏嫌致於毀呰作此語也佛告波斯匿言如此語者是眞實語非爲毀呰亦非增減實是我語實如法說非非法說一切外人亦無有能譏嫌我者波斯匿王復作是言我雖聞爾有如此語猶未能信何故不信自昔諸人有久出家耆老宿舊諸婆羅門富蘭那迦葉末伽棃俱賒棃子删闍耶毗羅胝子阿闍多翅舍欽婆羅迦據多迦旃延尼乾陀闍提弗多羅彼諸宿舊尚自不信得阿耨多羅三藐三菩提況汝年少而出家未久而當得乎佛言大王世有四事小不可輕何者爲四一者王雖小最不可輕二龍子雖小亦不可輕三火雖小亦不可輕四比丘雖小亦不可輕爾時世尊即說偈言

王者雖爲小　具習諸技藝　生處既眞正
亦不雜鄙穢　有大美名稱　一切悉聞知
如此雖言小　其實不可輕　欲護己命者
不應輕於小　刹利雖云小　法應紹王位
既紹王位已　法當行謫罰　是以應敬順

不宜生輕慢　於諸聚落中　及以閑靜處
若見小龍子　形狀雖微細　能大亦能小
亦復能興雲　降注於大雨　若以小故輕
必能縱毒螫　欲護身命者　不宜輕於彼
爲於己利故　宜應自擁護　亦如有小火
若具於衆緣　猛炎甚熾盛　過於大暴風
能焚燒山野　既焚林野已　遇時還復生
欲護己命者　不應輕小火　若於淨戒所
惡口加罵辱　其身及子孫　一切皆毀謗
於未來世中　當同受惡報　是故應自護
莫以惡加彼　刹利具技藝　龍子及與火
比丘持淨戒　此四不可輕　爲護己命故
謹慎應遠離

爾時波斯匿王聞此語已其心戰慄身毛爲竪即從座起偏袒右肩合掌向佛白佛言世尊我於今者實有過罪自知毀犯譬如嬰愚狂癡無知所作不善唯願世尊憐愍我故聽我懺悔佛告波斯匿王言我今愍汝聽汝懺悔時波斯匿王既蒙懺悔心大歡喜作禮而去

如是我聞一時佛在舍衛國祇樹給孤獨園爾時波斯匿王稟性仁孝母初崩背哀號戀慕不自堪勝燒葬母已便自沐浴衣髮故濕於日中時往詣佛所禮佛足已在一面坐佛告王曰王從何來衣髮故濕波斯匿王白佛言世尊我之慈母情特尊敬一旦崩背我送母喪遠至曠野殯葬已訖新洗浴故衣髮猶濕佛告大王汝於母所極愛敬不王即答言實爲愛敬設令有人能使我母復得活者我以象軍車軍馬軍步軍悉以與之贖我母命

心無悔恨設以半國賞之亦不生恨王復言曰佛語誠實一切生者會必歸死佛言實爾實爾生必有死五趣四生無不終者王者臣民婆羅門衆會歸當死灌頂人王威力自在統領國土會歸終歿轉輪聖王王四天下七寶具足亦會當死五通神仙在於山藪飲水食果亦歸於死三十三天極受快樂光色熾盛處天宮殿壽命延長亦歸終歿諸羅漢等捨於重擔逮得已利盡諸有結心得自在正智解脫後邊之身亦歸散滅諸辟支佛獨一無侶常在閑靜亦當散滅諸佛正覺具於十力有四無畏得四無礙能師子吼身亦無常會歸散滅佛言大王我爲大王種種分別生必有死略而言之無生不終佛即說偈言

一切生皆死　壽命必歸終　隨業受緣報
善惡各獲果　修福上昇天　爲惡入地獄
修道斷生死　永入於涅槃　非空非海中
非入山石間　無有地方所　脫之不受死
諸佛與緣覺　菩薩及聲聞　猶捨無常身
何況諸凡夫

時波斯匿王聞佛所說心開意解更不憂愁歡喜而去佛說是已諸比丘聞佛所說歡喜奉行

如是我聞一時佛在舍衛國祇樹給孤獨園爾時波斯匿王在空閑處獨靜思惟夫爲人者云何愛已云何惡已復作是念若身口意行於善業遠離諸惡是名愛已若身口意行不善業作衆惡行名不愛已波斯匿王思惟是已從靜處起往詣佛所頂禮佛足在一面坐即白佛言世尊我獨靜處作是思惟云何

名愛已云何不愛已若能於身口意行善是名愛已若身口意行不善業名不愛已佛言大王實爾若人身口意行惡者是名不愛已何以故彼爲惡者雖有怨讎不必速能有所傷害自造惡業毀害甚深是以自作惡業名爲不愛已又有爲已故作殺盜婬是爲損已若人身口意行善者設作是念我捨所愛居家妻子名不愛已實是愛已何以故如此之人雖有親友父母兄弟恩徹骨髓至其衰老不能相救要自身口意修行善能自濟度是名愛已佛即說偈言

若人自愛已　不以惡加彼　無有造作惡
得於快樂者　若人自愛已　應修諸善業
速疾能獲得　種種諸快樂　夫欲愛已者
應當自擁護　譬如邊表城　曠野多賊盜
得值無難時　應當自隱藏　若其失無難
值難苦無窮

佛說是已諸比丘聞佛所說歡喜奉行

如是我聞一時佛在舍衛國祇樹給孤獨園爾時波斯匿王於空閑處作是思惟云何護已云何不護已復自念言若人修善名爲護已若人行惡名不護已思惟是已即從座起往詣佛所禮佛足已在一面坐白佛言世尊我於靜處作是思惟云何護已云何不護已復作是念若修善行名爲護已若行不善名不護已佛告大王實爾實爾若以四兵象兵馬兵車兵步兵圍遶自身不名護已何以故非內護故若人身口意善雖無四兵是名護已何以故有內護故此內護者勝於外護故名護已佛即說偈言

若人欲自護　當護身口意　修行於善法
有慚亦有愧　不護三業者　邪見及眠睡
障蔽諸善法　隨從於惡魔　則爲自毀傷
是以應自護　修定及智慧　常念佛所教

佛說是已諸比丘聞佛所說歡喜奉行

如是我聞一時佛在舍衛國祇樹給孤獨園爾時波斯匿王於閑靜處作是思惟世界之中少有能得富貴財業設得財業不尚憍奢貞廉知足節於嗜欲不惱衆生如是人少世界多有衆人得勝財業憍逸自恣貪嗜於欲加惱衆生如是人多波斯匿王於閑靜處思惟是已從座而起往詣佛所頂禮佛足在一面坐即白佛言世尊我於靜處作是思惟世界之中若設有人得勝財業心自知足能不憍恣不嗜於欲不惱於人如是人少若復有人得勝基業憍逸自恣貪嗜於欲加惱衆生如是人多佛言大王實爾實爾世界之中多有衆人得封禄已憍慢自恣貪嗜於欲苦楚衆生如是愚人長夜受苦得大損減命終之後必入地獄佛言大王譬如魚師及其弟子於捕魚法善巧方便以細密網截流而施魚鼈黿鼉水性之屬爲網所得此水性等入網之者悉皆集在魚師之手牽挽旋轉任魚師意世間之中多有衆人得勝封禄憍慢自恣貪嗜五欲加惱衆生亦復如是所以者何如斯愚人即入魔網爲網所獲周迴舉動任魔所爲爾時世尊即說偈言

縱逸著事業　荒迷嗜五欲　不知有惡果
如魚入密網　此業已成就　極受大苦惱

佛說是已諸比丘聞佛所說歡喜奉行

如是我聞一時佛在舍衛國祇樹給孤獨園爾時波斯匿王於閑靜處作是思惟世界之中少有於人得勝封禄而不憍恣不嗜五欲不惱衆生世界之中多有衆人得勝基業憍慢自恣貪嗜五欲加惱衆生思惟是已從座處起即詣佛所頂禮佛足在一面坐白佛言世尊我今靜處作是思惟世界之中少有衆人得勝基業而不憍恣不貪五欲不惱衆生多有衆人得勝基業貪嗜五欲加惱衆生佛言大王實如是如是實如汝語譬如獵師鑿穽捕鹿驅入穽中隨意而取世界之中多有衆人得勝基業憍逸自恣貪嗜五欲苦楚衆生亦復如是如斯愚人入於魔穽從魔所爲當入地獄長夜受苦爾時世尊即說偈言

縱逸著事業　荒迷嗜五欲　不知後惡果
如鹿入深穽　極受諸苦惱　行此惡業者
悲苦更苦報　悔恨何所及　修於善業者
後獲妙果報　臨終情歡豫　後則無悔恨

佛說是已諸比丘聞佛所說歡喜奉行

如是我聞一時佛在舍衛國祇樹給孤獨園爾時波斯匿王往詣佛所頂禮佛足在一面坐即白佛言世尊有一長者名摩訶南其家巨富多饒財寶佛問王曰云何大富王曰佛言彼長者家金銀珍寶數千萬億不可稱量況復餘財雖有財富不能飲食所可食者雜糠麤澀若作羹時渾煮韲一罷煮已還取賣爲財用所可衣者唯著麤布五總疎弊以爲內衣乘朽故車連綴樹葉以爲傘蓋未曾見其施沙門婆羅門貧窮乞兒若欲食時要先閉門恐諸沙門婆羅門等來從其乞佛言大

王如此之人非善丈夫何以故得斯財富不能開意正直受樂又復不能孝養供給妻子亦不賜與奴婢僕使又不時時施諸沙門婆羅門亦復不求上業生天之報譬如鹵地有少汪水以鹹苦故無能飲者乃至竭盡世間愚夫亦復如是大得財業不能施用身自受樂亦復未能供養父母及與妻子并其眷屬奴婢僕使親友知識悉不惠與雖豐財寶都無利益佛言大王善丈夫者得於財業能自施用正直受樂亦能供養師長父母及與妻子并其眷屬奴婢僕使親友知識乃至供養沙門婆羅門貧窮乞丐悉能惠施如斯善人所得財寶名爲上業作快樂因生天之緣此人聚財成就大善譬如近城村邑聚落有清冷池流出好水四邊平正多饒林樹種種華果有柔軟草遍布其地一切衆人皆得洗浴并獲好飲飛禽走獸翱翔嬉樂善健丈夫亦復如是乃至生天成就大善爾時世尊即說偈言

譬如鹹鹵土　中有冷汪水　鹹苦不可飲
後自煎涸盡　儜夫亦復爾　雖有多財寶
不能自衣食　亦不施他人　是名爲儜者
有財能布施　譬如平博地　有好清流池
林亦甚蔚茂　人獸同快樂　是名爲智者
如似大牛王　生則受快樂　死則生天上

佛說是已諸比丘聞佛所說歡喜奉行

如是我聞一時佛在舍衛國祇樹給孤獨園爾時城中有大長者名摩訶南無有子胤遇患命終爾時國法若不生男命終之後家財入官以是之故摩訶南所有財產應入國主

時波斯匿王身體坌塵往詣佛所既頂禮已却坐一面佛告王曰今日何故身體坌塵顏容改常而來至此波斯匿王白佛言世尊舍衛城中有大長者名摩訶南昨日命終以無子故所有財寶稅入于官覩其財寶冒涉風塵是以坌身佛問王曰摩訶南實巨富耶王即答言實爾世尊云何大富金銀珍寶數千億萬不可稱計況復餘財雖有珍寶多諸儲積以慳貪故惜不食噉所可食者秕稗雜糠極爲麤澀若作羹時煑薑一羅煑已還取賣爲財用所可著者唯衣麤布五緫麤弊以爲內衣乘朽故車連綴樹葉以爲傘蓋未曾見其修少布施沙門婆羅門貧窮乞兒佛言如此愚人非善丈夫何以故雖有財寶不能開意正直受樂又復不能供養父母及與妻子亦不賜與奴婢僕使又不時時施與沙門及婆羅門亦復不求生天善報佛告王曰此摩訶南乃往昔時已曾於多伽羅瑟辟支佛所種少善根爾時布施飲食不至心施不信心施不手自施不恭敬施撩擲而與布施已訖後復生悔作是念言我之飲食云何與此剃頭沙門不如自與家中僕使於其捨身得生舍衛城第一巨富大長者家雖復生彼富長者家由先施食有悔心故自然不喜著好衣裳亦不喜食於美食鞍馬車乘嚴飾之具悉不喜樂大王當知摩訶南於昔往日其家豪富爲錢財故殺異母弟以是因緣入於地獄無量年歲受諸苦惱由是之故錢財七反常沒於官摩訶南於多迦羅瑟辟支佛所施食因緣受福已盡如大罪人捨身之後入于地

獄摩訶南捨身亦復如是入大叫喚地獄時波斯匿王復白佛言世尊彼摩訶南捨身實入大叫喚地獄耶佛言實入時王聞已悲泣流淚王整衣服偏袒右肩合掌說偈

錢財穀帛幷珍寶　奴婢僕使及眷屬
一切無隨無隨者　亦不能取其少分
爲死所侵捨故屍　一切財寶雖羅列
都無一物是其有　亦復不能持少去
爲有何物隨逐人　譬如有影隨其形
善惡受報必不失　唯此隨人猶如影

爾時世尊以偈答言

善惡隨逐人　譬如影隨形　隨其所趣向
未曾相捨離　譬如少資粮　越險增苦惱
行惡亦如是　不能至善徑　譬如豐資粮
安樂越險道　修福者亦爾　安隱至善處
譬如久別離　至於曠遠處　安隱得還家
其心甚悅豫　妻子及眷屬　歡喜極快樂
修善者亦爾　善業來迎接　亦如彼眷屬
會合得歡喜　是以應積善　當爲後世故
欲得後世福　應修行正行　今不被譏訶
後受於快樂

佛說是已諸比丘聞佛所說歡喜奉行

如是我聞一時佛在舍衛國祇樹給孤獨園當于爾時波斯匿王欲設大祀養千牛王皆繫於柱幷及犢牛水牛乳牛犢及小牛盡各數千牂羖羊等亦復數千種種畜生皆繫祀場時餘國中諸婆羅門聞王大祀自遠而至進集舍衛城時衆多比丘於其晨朝著衣持鉢入城乞食聞波斯匿王欲設大祀養千牛王幷及犢牛水牛乳牛小牛及犢盡各數千

牸羖羊等亦復數千如是種種諸畜生等皆悉繫著於彼祀塲又聞餘國諸婆羅門聞波斯匿王施設大祀一切雲集在舍衛城諸比丘乞食已訖攝於衣鉢洗足已往詣佛所頂禮佛足在一面坐白佛言世尊我等今日入城乞食聞如是事爾時世尊聞是語已即説偈言

月月百千祀　修此以求福　不如一信佛
十六分中一　月月百千祀　修此以求福
不如一信法　十六分中一　月月百千祀
修此以求福　不如一信僧　十六分中一
月月百千祀　修此以求福　不如一慈心
十六分中一　月月百千祀　修此以求福
不如憐衆生　十六分中一　月月百千祀
修此以求福　不如憐鬼神　十六分中一
月月百千祀　不如一善心　憐愍畜生類
十六分中一　月月百千祀　不如於佛説
生信而愛樂　十六分中一　假使修諸祀
及與事火法　修此欲求福　行是諸祠祀
滿足一年中　不如正身立　一禮敬向佛
四分中之一

佛説是已諸比丘聞佛所説歡喜奉行

如是我聞一時佛在舍衛國祇樹給孤獨園爾時波斯匿王又攝刹利毗舍首陀羅沙門婆羅門持戒破戒出家乃至技兒旃陀羅等悉皆繫閉時諸比丘入城乞食聞如是上事食已洗足往詣佛所頂禮佛足在一面坐白佛言世尊我等入城乞食聞波斯匿王收攝刹利毗舍首陀羅沙門婆羅門出家持戒破戒及技兒旃陀羅等悉皆繫閉爾時世尊聞

斯語已即說偈言

王者繫縛人　以鐵木及繩　賢聖觀斯事

深知非牢縛　若戀於妻子　錢財及珍寶

如是繫縛人　堅牢過於彼　妻子及財寶

愚人生繫著　其實如暴流　漂沒諸凡夫

是以宜速逝　趣向於解脫

佛說是已諸比丘聞佛所說歡喜奉行

三菩提及母　愛已及護已　捕魚并鹿穽

慳并及終命　祠祀及繫縛

別譯雜阿含經初誦卷第三

音釋

華屣屣所綺切韋屣皮鞾也　腋羊益切左右肘脇之間曰腋　痿於危切濕病也　差楚懈切病瘳也　嚫梵語具云達嚫此云財施嚫初覲切　波斯匿梵語也此云勝軍王名也匿昵力切　謬靡幼切乖也戾也　謫罰謫陟華切問也責之也罰房越切罪罰也　蟄施隻切蟲行毒也　戰慄慄力質切戰慄謂戰掉恐懼也　藪蘇后切大澤也　鼈并列切介蟲也　黿鼉黿愚袁切似鼈而大曰黿鼉徒何切水蟲有足似蜥蜴而長大曰鼉　鑿穽鑿在各切穿也穽疾政切陷坑也　綴陟衛切聯綴也　翺翔翺五勞切翔似羊切翺翔言飛而回旋也　鹹鹵鹹胡讒切鹽味也鹵郎古切西方鹹地也　儜女耕切弱也　蔚于勿切茂也　秕稗秕補弭切不成粟也稗蒲拜切草似禾而別也　貓牛貓莫交切長髦牛也尾可爲旌旄者也　牂羖牂作郎切牝羊也羖公戶切牡羊也

別譯雜阿含經初誦卷第四

失譯人名附秦錄

如是我聞一時佛在舍衛國祇樹給孤獨園摩竭提國阿闍世王將領四兵來共波斯匿王交陣大戰時阿闍世王韋提希子破波斯匿王所將軍衆波斯匿王單乘一車獨得入城時諸比丘入城乞食見是事已乞食訖洗足往詣佛所頂禮佛足在一面立白佛言世尊我等晨朝入城乞食見阿闍世王及波斯匿王各嚴四兵極大鬪戰波斯匿王所將四兵爲彼所破唯王一身單乘一車獨得入城爾時世尊聞斯事已即說偈言

勝則多怨嫉　負則惱不眠　若無勝負者　寂滅安睡眠

佛說是已諸比丘聞佛所說歡喜奉行

如是我聞一時佛在舍衛國祇樹給孤獨園爾時摩竭提阿闍世王及波斯匿王各嚴四兵交兵大戰波斯匿王大破阿闍世王所將兵并復擒得阿闍世王身波斯匿王既得勝已與阿闍世王同載一車來詣佛所頂禮佛足時波斯匿王白佛言世尊此摩竭提阿闍世王韋提希子我於彼所初無怨嫌彼於我所恒懷憎嫉然其是我親友之子以是之故我今欲放令得還國佛言大王可放令去若能放彼王於長夜有大利益爾時世尊即說偈言

力能破他軍　還爲他所壞　力能侵掠人　還爲他所掠　愚謂爲無報　必受於大苦　若當命終時　乃知實有報

佛說是已諸比丘聞佛所說歡喜奉行

如是我聞一時佛在舍衛國祇樹給孤獨園爾時波斯匿王於閑靜處作是思惟佛所教法極有義利能得現報無有熱惱不待時節能將於人到于善處語諸人言汝等來善示汝妙法夫爲智者自身取證深得解達須善友須善同伴恒應親友如是善友不向惡友幷惡知識遠離惡伴思惟是已從坐處起往詣佛所在一面坐白佛言世尊我於閑處作是思惟佛所教法有大義利能招現報無諸熱惱不待時節乃至不與惡友交遊佛告王曰實爾實爾佛所教法有大義利能招現報乃至不與惡伴交遊我於往時在王舍城者棃跋提林爾時阿難比丘獨在靜處作是思惟善知識者梵行半體阿難起已來至我所頂禮我已而作是言善知識者梵行半體非惡知識惡伴惡友我告阿難止止莫作是語所以者何夫善知識善友善伴乃是梵行全體又善友伴者不與惡知識惡友惡伴而爲徒黨何以故我以善知識故脫於生死是故當知善知識者梵行全體如是之事應分別知佛所說法有大義利能招現報乃至不與惡友惡伴惡知識等而爲伴黨爾時世尊卽說偈言

於諸善法中　不放逸最勝　若當放逸者
賢聖所譏嫌　若不放逸者　獲於天帝位
於諸天中勝　於作無作中　不放逸最勝
若不放逸者　坐禪盡諸漏　逮得於勝果

佛說是已諸比丘聞佛所說歡喜奉行

如是我聞一時佛在舍衛國祇樹給孤獨園爾時波斯匿王於閑靜處作是思惟頗有一

法能得現利及後世利作是念已往詣佛所頂禮佛足退坐一面白佛言世尊頗有一法能得現利後世利不佛告王曰我有一法修行增廣現在未來多所饒益所謂修行不放逸法現得利益來世亦利譬如大地能生百穀一切草木一切善法亦因不放逸生不放逸增長不放逸廣大天王猶如大地一切種子因地而生因地增廣一切衆生因不放逸亦復如是一切根香中黒堅實香最爲第一此事亦爾一切善法因不放逸堅實香中赤栴檀爲第一此事亦爾一切善法因不放逸爲本不放逸者是實法因不放逸者善法生處一切華鬘中乾陀婆黎琴華鬘最爲第一一切善法中不放逸第一餘如上說一切水生華中青蓮華第一一切善法中不放逸第一餘如上說一切畜生跡中象跡最大一切善法中不放逸第一餘如上說如與賊戰能先出鬪名爲第一一切善法不放逸第一餘如上說一切獸中師子第一善法之中不放逸第一餘如上說一切樓觀高波那羅最爲第一善法之中不放逸第一餘如上說一切閻浮提樹閻浮提界上樹最爲第一善法之中不放逸爲第一餘如上說一切薝婆羅樹中鳩羅薝婆羅最爲第一諸善法中不放逸第一餘如上說一切波吒羅樹中錦文芭吒羅爲第一諸善法中不放逸第一餘如上說一切樹中波梨質多羅爲第一諸善法中不放逸第一餘如上說一切山中須彌山第一諸善法中不放逸第一餘如上說一切金中閻浮檀金第一諸善法中不放逸第一餘如

上說一切妙衣迦尸衣第一諸善法中不放逸第一餘如上說一切色中白爲第一諸善法中不放逸第一餘如上說一切鳥中金翅爲第一諸善法中不放逸第一餘如上說一切明中日光爲第一不放逸法亦復如是餘如上說上諸修行善行不放逸者是其根本是其生因是故大王汝今應修不放逸法亦應依止不放逸法王若如是王之夫人及以妃后亦不放逸王子大臣及諸官屬亦復如是若不放逸即是守護中宮外内以不放逸故倉庫盈滿王不放逸則爲自護幷護一切爾時世尊即說偈言

不放逸最勝　放逸多譏嫌　今世不放逸
後世得大利　現利他世利　解知二俱利
是名爲健夫　明哲之所行

佛說是已諸比丘聞佛所說歡喜奉行

如是我聞一時佛在舍衛國祇樹給孤獨園爾時波斯匿王於閑靜處作是思惟世有三法一者可憎二不可愛三不可追念何謂可憎所謂老也何謂不可愛所謂病也何謂不可追念所謂死也波斯匿王思惟是已即從座起往詣佛所頂禮佛已在一面坐白佛言世尊我於靜處作是思惟世有三法一者可憎二者不可愛三者不可追念何謂可憎所謂老也何謂不可愛所謂病也何謂不可追念所謂死也佛告王曰如是如是此三種法實如王言佛言大王世間若無此三佛不出世亦不說法以有此三故佛出世爲衆說法爾時世尊即說偈言

王車嚴飾盛　莊校甚奇妙　久故色毁敗

如身必歸老　實法無衰老　展轉相付故
咄哉老賊惡　端正殊妙色　汝能壞敗也
設壽滿百年　必入于死徑　病來奪其力
老將付與死　是故常樂禪　檢心勤精定
了知生邊際　勝彼魔軍衆　度有生死岸

佛說是已諸比丘聞佛所說歡喜奉行

如是我聞一時佛在舍衛國祇樹給孤獨園爾時波斯匿王往詣佛所頂禮佛足在一面坐白佛言世尊布施之時應與何處佛答王曰修布施者隨意所樂布施於彼王復問佛布施何處得大果報佛答王曰汝問異前我今問汝隨汝意答如出軍陣欲闘戰時如東方有剎利盛壯有力然其不能善解兵法亦復不知善調其身及以射術畏憚前敵生于驚懼每常先退不能住其所止之處射箭不遠設復射箭終無所中不堪處彼大陣之中大王若闘戰時有如此人王當安慰汝親近我當重賞賜王能爾不王言世尊我實不用如是之人何以故闘戰之時所不須故南方有婆羅門西方有毗舍北方有首陀亦復如是如此人等王當用不王言若闘戰時皆所不用佛言若闘戰時東方有剎利來年在盛壯身體長大驍勇有力善解兵法兼知射術種種諸術多諸手技善能調身勇於向敵大膽不懼心無驚畏見敵不退往所住處彎弓遠射能中於物箭不虛發勇悍直進能壞大陣大王若闘戰時當用何者王答佛言用勇健者何以故闘戰之法須勇健故南西北方亦復如是佛告大王如是大王若有沙門婆羅門五支不具不任福田復有五支滿足堪

任福田施得大果得大利益極爲熾盛果報增廣云何名爲具於五支斷除五蓋云何斷除五蓋斷除欲蓋瞋恚睡眠掉悔及疑自知除五欲名斷除五蓋云何滿足五支滿足無學戒定慧解脫解脫知見若能滿足如是五支沙門婆羅門施得大果名大熾然果報深廣爾時世尊即說偈言

譬如有一人　驍勇有大力　兼善解射術
衆技悉備知　鬬戰須此人　當厚賜財寶
并與其爵賞　不擇其種姓　但録其功勲
大王應如是　若能行善者　柔和修忍辱
能見四真諦　得入於聖位　供養黠慧者
不應擇種姓　住處悉應有　飲食并卧具
如此之供養　應有具戒者　於大洪流中
應作浮囊栰　并造作橋船　自渡亦濟他
安置多聞者　譬如有密雲　遍覆於世界
電光甚赫耀　雷音聲遠震　降注于大雨
土地普沾洽　衆卉木叢林　無不蒙潤者
禾稼既滋茂　農夫生悅慶　如是信施主
多聞能惠施　無有慳嫉者　潤澤喻飲食
勸讓益進與　如雷音遠震　譬如降注雨
大獲於子實　能修布施者　大獲於功德
後得涅槃樂

佛說是已諸比丘聞佛所說歡喜奉行

如是我聞一時佛在舍衛國祇樹給孤獨園爾時波斯匿王往詣佛所頂禮佛足在一面坐白佛言世尊婆羅門種常生婆羅門家剎利種常生剎利家不佛答王曰汝今不應作如是語何以故有四種人一者從明入明二者從明入冥三者從冥入明四者從冥入冥

何謂從冥入冥若有衆生生於下賤貧窮之者或生魁膾技巧之家或身羸瘦其形極黑聾盲瘖瘂諸根不具爲他作使不得自在如此之人或身行惡業或口作惡業或心念不善身壞命終墮於地獄是名從冥入冥如前廁出復入一廁我說此人從冥入冥若如此人生於下賤及魁膾技巧或身羸瘦其形極黑聾盲瘖瘂諸根不具爲他走使不得自在是名爲冥若如此人能身行善能口行善能意行善身壞命終得生天上如此人從地而起得昇於牀從牀而起得乘於車從車而起得乘於馬從馬而起得乘於象從象而起得昇宮殿以是緣故我說從冥入明何謂從明入冥若有人生於刹利家或復生於婆羅門家或生大長者家多饒財寶巨富無量庫藏盈溢多諸僕從輔相大臣親友眷屬亦甚衆多身形端正有大威力如是之人是名爲明若此之人身行惡業口行惡業意行惡業身壞命終墮於地獄如人從宮殿下墮於象上從象上下而乘於馬從馬上下而乘於車從車上下而坐於牀從牀而下墮落於地從地而墮墜於糞坑我說此人從明入冥何謂從明入明若有人生於刹利家大婆羅門家或生長者多饒財寶巨富無量庫藏盈溢多諸僕從輔相大臣親友眷屬亦甚衆多身形端正有大威力此名爲明如此之人身行善業口行善業意行善業身壞命終得生天上如似從一宮殿至於宮殿從象至象從馬至馬從車至車從牀至牀如此之人我說從明入明爾時世尊即說偈言

大王汝當知　貧窮不信者　瞋恚懷嫉妬
恒起惡覺觀　邪見無恭敬　沙門婆羅門
持戒及多聞　見則加罵辱　設有少財物
無有奉施心　毀罵施與者　如此之業緣
必墮於地獄　是業墮地獄　名從闇入闇
大王今當知　貧窮好施者　有信無瞋恚
慚愧而好施　沙門婆羅門　持戒及多聞
起敬禮問訊　常行正善行　自施讃施者
受者亦讃歎　如是至後世　生三十三天
此名從此闇　將入於明處　大王又當知
大富而不信　心常懷瞋恚　常起貪嫉妬
邪見不恭敬　沙門婆羅門　持戒及多聞
見則加罵辱　無有奉施心　從此而命終
墮於惡地獄　名從明入闇　大王又當知
大富信無瞋　慚愧得具足　能捨大慳心
沙門婆羅門　持戒及多聞　起敬而問訊
常行於正善　自施讃施者　受者所歎譽
捨此身命已　以是果報故　生三十三天
此名從於明　而入於明處

佛說是已諸比丘聞佛所說歡喜奉行

如是我聞一時佛在舍衛國祇樹給孤獨園波斯匿王於日中時乘駕輦轝往詣佛所身體塵坌爾時世尊而問王言大王何故以日中來至於此身體塵坌王白佛言世尊國事廣大衆務猥多斷理麤訖來詣佛所以是之故身體坌塵佛言大王我今問汝隨汝意答大王譬如有人從東方來稟性正真未曾虛欺爲衆所信設語王言今者東方有大石山上連於天下連於地從東方來其所歷處所有林卉有生之類悉皆摧碎南西北方亦復

如是皆爲衆人深生信心亦相謂言今者四方有大石山一時俱至又無孔穴可逃避處天龍人鬼有生之類咸皆碎滅甚可怖畏佛告王曰當於爾時設何方計而得免難王言世尊當爾之時更無方計唯信佛法修行眞行更無餘方佛言大王如王所說乃至除信佛法更無餘計大王何故作如是語波斯匿王白佛言世尊設如灌頂受王位者象兵馬兵車兵步兵各嚴戰具如此大山無可共鬭刀箭弓矟無可用處若無呪術錢財貢獻如此之事無如之何亦復無有求名捔力諍勝之處是故世尊我言應修善法遠離虛妄除信佛法更無餘計佛言如是大王如是大王老山能壞壯年盛色病山能壞一切强健死山能壞一切壽命衰耗之山能壞一切榮華富貴妻子喪沒眷屬分離錢財亡失大王有如是四方碎壞世間隨逐於人實如汝言唯有修行眞法除於佛法更無餘計爾時世尊即說頌曰

譬如四方有大山　廣大深厚無崖際
從四面來一時至　慞惶奔走無避處
象車馬兵不能拒　呪術財寶不能却
如是大王無常山　老病死山衰滅山
殘滅一切有生類　刹利首陀婆羅門
乃至下賤眞陀羅　在家出家修梵行
及以全戒至毀禁　悉皆殘滅無遺餘
是以智人應修善　遵崇三寶行衆福
身口及意常清淨　現得名譽後生天

佛說是已諸比丘聞佛所說歡喜奉行

如是我聞一時佛在舍衛國祇樹給孤獨園

爾時波斯匿王往詣佛所稽首佛足在一面坐時祇洹中有長髮梵志七人復有裸形尼乾七人復有一衣外道七人身皆長大波斯匿王見諸外道在祇洹中經行彷徉時波斯匿王從座而起合掌敬心向諸外道自說我是波斯匿王如是三說佛告波斯匿王何故見此長髮裸形一衣之人如此恭敬王言世尊我國有此三人阿羅漢中名為最勝佛告王言汝不善知他心所趣云何知是羅漢非羅漢也如共久處用意觀察爾乃可知持戒破戒雖復久處聰智能知愚者不知若其父母親里眷屬有死亡者可分別知若無此事難可了知若遭厄難為人逼迫強令行殺害或為女人私處逼迫而不犯戒可知堅實隨逐觀察乃能可知淨行不淨欲試其智聽其所說唯有智者善能分別唯有智人久處共住爾乃可知王即讚佛言善哉世尊如佛所說久處共住爾乃可知持戒破戒臨難別人觀察其行知淨不淨講說議論乃別其智凡此上說有智能知愚者不知久處乃知非可卒知何以故我所使人亦使著如是形服使遠至他國察彼國中或經八月或至十月作種種事已還來歸國五欲自恣一切所作如前無異是以知佛所說實是善說王又白言世尊我亦先知有如是事但卒不觀察使起恭敬爾時世尊即說偈言

不以見色貌　而可觀察知　若卒見人時
不可即便信　相貌似羅漢　實不攝諸根
形貌種種行　都不可分別　如似塗耳璫
亦復如塗錢　愚者謂是金　其內實是銅

如是諸人等　癡闇無所知　外相似賢聖
內心實毒惡　行時多將從　表於賢勝者
佛說是已諸比丘聞佛所說歡喜奉行
如是我聞一時佛在舍衛國祇樹給孤獨園爾時有五國王共集一處各相謂言五欲之中何者最妙一王說曰色爲第一次王說言聲爲第一次王說言味爲第一第四王言香爲第一第五王言細滑第一諸王心意人各不同各見第一乃相謂言我等心意所美不同各競其理可詣佛所稟受分別波斯匿王而爲上首共詣佛所五王爾時禮佛足已在一面立白佛言世尊我等五王私共議論五欲之中何者第一一王說言色爲第一如此五王所說不同各稱第一所謂不同故來詣佛所諮問斯義何者第一佛說若於色中取其像貌心意封著稱適其意當於爾時設有妙色勝於此者但以所著爲勝不顧色妙聲香味觸亦復如是乃至於觸受其相貌心意計著以爲最勝爾時有一婆羅門名曰畢嶷即從座起偏袒右肩右膝著地合掌向佛白言世尊欲有所說唯願聽許佛告畢嶷宜知是時畢嶷即說偈言

央伽大王畜寶鎧　摩竭提主得大利
佛出其國最上寶　名稱普聞如山王
譬如蓮華新敷榮　光映泉池香遍至
佛亦如日處虛空　光明周普照世界
諦視如來智慧力　猶如猛火燄熾盛
開諸眼目作大明　諸有疑惑來稟化
一切悉得決所疑

五王皆讚美說偈各以上衣以用賞之爾時

五王聞佛所說皆大歡喜從座而去王去已後甲嶷合掌向佛即以五衣奉上於佛唯願納受佛即納受佛說是已諸比丘聞佛所說歡喜奉行

如是我聞一時佛在舍衛國祇樹給孤獨園爾時波斯匿王身體肥大喘息極麤往詣佛所頂禮佛足在一面坐佛告王言王今身體極爲重大至於動轉出入息時極爲大難王白佛言如是如是如世尊教今患此身以爲慚愧用自識訶爾時世尊即說偈言

夫人常當自憶念　若得飲食應知量
身體輕便受苦少　正得消化護命長

爾時烏帶摩納在於衆中王告摩納言汝能受持此偈於我食時常能爲我誦此偈不若能誦者我當賞汝日百金錢我之所食常當聽汝先我前食烏帶摩納爾時答言我能佛重爲波斯匿王種種說法示教利喜默然而住波斯匿王禮佛而退烏帶摩納小在後住受持此偈佛告摩納王若食時恒爲王說如此上偈爾時波斯匿王日日減食身體日日轉小漸得輕便波斯匿王後至佛所身體輕便轉得端正白佛言世尊我於今者奉佛勅教現身之中受無量樂南無佛婆伽婆至眞等正覺知我現報現前利益由節食故

得勝毀壞從佛教　一法福田可猒患
明闇石山著一衣　諸王喘息名跋瞿

如是我聞一時佛在舍衛國祇樹給孤獨園時有摩納名阿修羅鹽往詣佛所不善口意面於佛前加諸罵辱爾時如來見聞是已即說偈言

行善不瞋恚　布施常實語　不瞋不害者
勝於懷惡忿　慳貪及妄語　親近惡人者
當知此衆生　積瞋如丘山　瞋恚如逸馬
制之由轡勒　控轡不名堅　制心乃名堅
是故我今者　名爲善調御

爾時摩納即白佛言我實愚闇所爲不善面於佛前加諸罵辱唯願世尊哀受我懺佛言摩納知汝至心憐愍汝故受汝懺悔使汝從今善法增長無有退轉佛說是已諸比丘聞佛所說歡喜奉行

如是我聞一時佛在舍衛國祇樹給孤獨園時有摩納名曰卑嶷往詣佛所面於佛前不善口意罵詈世尊加諸誹謗種種觸惱爾時如來見聞是已語卑嶷言譬如世間於大節會鋸無提日當於其夜汝於彼時頗有衣服瓔珞種種餚饍餉親戚不卑嶷答言實爾餉與佛告卑嶷若彼不受汝之所餉此餉屬誰卑嶷答言若彼不受我還自取佛言如是如是卑嶷汝於如來至眞等正覺所面加罵辱作諸謗毀種種觸惱汝雖與我我不受取譬如世人有所捨與前者受取是名捨與亦名受取有人雖施前人不受是名爲捨不名爲受若人罵詈瞋打毀呰更還報者是名爲捨是名爲受若人罵詈瞋打毀呰忍不加報是名爲捨不名爲受卑嶷言瞿曇我聞先舊長老宿德威作是言世若有佛無上至眞等正覺面前罵詈終不生惱我今罵汝汝便生惱

爾時世尊即說偈言

無有瞋恚者　於何而得瞋　調順正命者
無瞋汝當知　若瞋不報瞋　鬪戰難爲勝

若不加報者　是則名爲上　不瞋勝於瞋
行善勝不善　布施勝慳貪　實言勝妄語
不瞋不害者　常與賢聖俱　近諸惡人者
積瞋如丘山　瞋恚如狂象　制之如轡勒
轡勒未爲堅　制心乃名堅　是故我今者
名爲善調乘

佛說是已諸比丘聞佛所說歡喜奉行

如是我聞一時佛在舍衛國祇樹給孤獨園爾時世尊在祇洹外露地經行時婆羅突邏闍極爲惡性往詣佛所面於佛前惡口罵辱生大瞋惱加諸毀謗望佛慚恥爾時世尊見罵是已默然而住時婆羅突邏闍見佛默然復作此言汝今默然我已知汝墮於負處爾時如來即說偈言

除祛勝負者　寂滅安隱眠

婆羅門言瞿曇我實有過嬰愚無智所爲不善今我自知唯願世尊聽我懺悔佛告婆羅門汝於面前毀罵如來阿羅訶三藐三佛陀加諸誹謗種種觸惱汝實愚小癡惑無智所作不善我隨汝故受汝懺悔使汝善法增長履行不退受懺悔已婆羅門甚大歡喜頂禮而去

如是我聞一時佛在舍衛國祇樹給孤獨園爾時世尊於其晨朝著衣持鉢入城乞食時婆羅門突邏闍遥見如來疾走往趣到佛所已復於佛前面加罵辱毀謗世尊種種觸惱又復掬土欲以坌佛然所掬土風吹自坌不能汙佛爾時如來見是事已即說偈言

無瞋人所横加瞋　清淨人所生毀謗
如似散土還自坌　譬如農夫種田植

隨所種者獲其報　是人亦爾必得果
婆羅門言我實有過嬰愚無智所爲不善唯願如來聽我懺悔佛言汝於如來阿羅訶三藐三佛陀所面加毀謗癡惑之甚如汝所說我愍汝故受汝懺悔使汝不退善法增長婆羅門蒙佛聽許歡喜而去

如是我聞一時佛遊俱薩羅國還至舍衛國祇樹給孤獨園爾時有婆羅門名曰反戾聞世尊遊俱薩羅還舍衛祇樹給孤獨園時婆羅門而作是念我當往至沙門瞿曇所彼有所說我當反戾時婆羅門作是念已即詣佛所爾時世尊數千億衆前後圍遶而爲說法世尊于時遥見彼婆羅門來默無所說時婆羅門來到佛所語佛言何不說法我欲聽之爾時世尊即說偈言

若求過短者　意欲譏彼闕　汝不清淨心
瞋恚極懷忿　諸佛所說法　終不能解悟
善順離諍訟　弃袪不信心　遠離諸惱害
及以嫉妬想　若能如此者　善聽爲汝說
時婆羅門而作是念瞿曇沙門已知我心即起禮佛而作是言我實有過所念不善唯願世尊受我懺悔爾時世尊以憐愍故受其懺悔反戾歡喜頂禮而去

如是我聞一時佛在舍衛國祇樹給孤獨園爾時無害摩納往詣佛所問訊安慰情報備到致問周訖在一面坐白佛言瞿曇我名無害因此名故得無害不佛言汝身口意都不生害故稱無害爾時世尊即說偈言
身不毀言　口意亦然　是故號汝　名爲無害
佛說是已諸比丘聞佛所說歡喜奉行

如是我聞一時佛在舍衛國祇樹給孤獨園爾時世尊於其晨朝著衣持鉢入舍衛城次第乞食次到婆羅突邏闍大婆羅門家時婆羅門清淨澡手即取佛鉢盛滿美飯以奉世尊於第二日及第三日亦次乞食至婆羅突邏闍婆羅門作是念今此剃髮沙門數來乞食似我知舊佛于爾時知婆羅門心之所念即說偈言

天雨數數降　五穀數數熟　道人數數乞
檀越數數與　數數生天上　數數受果報
婦女數懷妊　數數生子息　數數穀牛乳
數數得酥酪　數數受於生　數數消滅盡
數數至於死　數數悲苦惱　亦復數數燒
數數埋塚墓　得斷後有道　則止不數數
若不數數生　亦不數數死　得不數數憂
亦不數號哭　爾時婆羅門　聞說是偈已
心生最上信　踊躍甚歡喜　即取世尊鉢
盛滿種種食　欲以授與佛　佛不爲其受
所以不受者　爲說法偈故

時婆羅門白佛言世尊我於今者所施之食奉上如來世尊不受當以與誰佛言我不見沙門婆羅門若魔若梵若食此食有能如法得消化者佛復言此食宜應若置無蟲水中無蟲草中時婆羅門承佛教勑尋以此食置無蟲水中即時熾然煙炎俱出滑滑振爆聲大叫裂婆羅門作是言沙門瞿曇所爲神足實爲希有於少食中尚作此變婆羅門見斯事已即詣佛所頂禮佛足白佛言唯願世尊聽我出家佛言善來比丘鬚髮自落法衣著身便成沙門獲具足戒此族姓子信家非家

出家修道晝夜精勤正念覺意在前志念堅固所作已辦梵行已立自身取證不受後有成阿羅漢心善得解脫

如是我聞一時佛在舍衛國祇樹給孤獨園爾時舍衛城中婆私吒婆羅門女於佛法僧前心信清淨歸依三寶心不生疑苦集滅道亦不生疑得見四諦逮第一果見法同等其夫婆羅門姓婆羅突邏闍爲夫所使足趺倒地從地起已叉手合掌向佛方所而作是言南無佛陀如來至眞等正覺眞金之色圓光一尋身體方整如尼拘陀樹說法第一第七仙聖解脫世雄我之世尊爾時其夫婆羅門聞婦此語極生瞋忿而罵詈言汝是顛狂旃陀羅也誰今爲此癡旃陀羅作蠱道也更無如汝極下賤者汝於三明大婆羅門所不能恭敬方禮禿頭瘦黑之人如此沙門共耶那羅延斷人種者極相讚歎汝若信樂極深厚者咄我於今請與汝師共相講論婦語夫言我都不見若沙門婆羅門若天若魔若梵有能與佛共講論者其婦復言南無佛陀如來至眞等正覺眞金之色身體方整圓光一尋如尼拘陀樹說法第一第七仙聖解脫世雄我之世尊汝自知時婆羅門即詣佛所問訊已訖在一面坐說偈問曰

摧壞何物得安眠　除祛何法獲無憂
是何一法能死滅　瞿曇沙門爲我說

爾時世尊說偈答言

摧壞瞋恚得安眠　除滅瞋恚得無憂
瞋恚詐親能死害　摩納如是應當知
滅除瞋恚聖所讚　能害彼者得無憂

爾時世尊爲婆羅門如應說法示教利喜次第爲說施論戒論生天之論欲爲不淨苦惱之本出要爲樂廣示衆善白淨之法時婆羅門聞佛所說心開意解踊躍歡喜佛知摩納心意調濡踊躍歡喜心無狐疑堪任法器爲說一法堪任解悟如諸佛法爲說四諦苦集盡道廣爲說已時婆羅突邏闍聞佛所說如白淨㲲易受染色即於座上見四眞諦了達諸法得法眞際度疑彼岸不隨於他得無所畏即從座起合掌向佛白佛言世尊我已出離今欲歸依佛法僧寶盡我形壽爲優婆塞不殺不盜不婬不妄語不飲酒即於佛所得不壞信禮佛歸家其婦見夫如上歎佛我師如是汝共語耶夫答婦言我不見世間若沙門若婆羅門若天若魔若梵有能與佛共論議者復語婦言與我衣來婦即與之既得衣已往詣佛所頂禮佛足在一面坐白佛言世尊唯願聽我於佛法中出家學道佛即然許命一比丘度使出家既出家已稱出家法獨已專精餘如婆羅突邏闍經中廣說乃至得阿羅漢心得好解脫佛說是已諸比丘聞佛所說歡喜奉行

如是我聞一時佛在舍衛國祇樹給孤獨園爾時有一婆羅門名曰摩佉往至佛所問訊佛已在一面坐爾時摩佉白佛言世尊今我家中若有一人來及三人來衆多人來我盡施與瞿曇我行如是施獲大福不佛時答言實獲大福若施一人及衆多人悉皆施與獲得無量阿僧祇福摩佉婆羅門即說偈言

我今樂設祠　所以施復施　爲來福德故

我今問牟尼　願聞佛所説　我今謂世尊
與梵天齊等　云何得解脱　云何至諸趣
云何階梵天　云何作正禮　及以爲祠王
得生於梵天　壽命長無極
爾時世尊説偈答曰
欲使設祠時　歡喜而施與　作已三時善
緣善故心喜　隨其安心施　悉能離過患
善除於貪欲　正斷欲解脱　若修慈無量
是名具足禮　便得心具足　於善趣亦生
如是祠祀者　是多爲正禮　得生梵天上
壽命極長久
時摩佉婆羅門聞佛所説作禮而去歡喜奉行

如是我聞一時佛在舍衛國祇樹給孤獨園爾時刹利波羅毗空婆羅門往詣佛所問訊世尊在一面坐即説偈言
刹利久修諸苦法　終不能得名爲淨
婆羅門讀三韋陀　如是得名爲清淨
爾時世尊説偈答言
汝謂爲清淨　其實爲不淨
婆羅門問佛汝説清淨道亦説無上清淨云何是清淨道云何是無上清淨佛説偈答言
乾竭欲淤泥　亦竭于瞋癡　是名無上淨
正見正思惟　正語及正業　正命憑正志
正念及正定　如是婆羅門　是名清淨道
數數習正觀　數數修正定　增廣於正定
得斷於貪欲　亦斷瞋恚癡
婆羅門言汝説淨道已亦説無上清淨我今家事所纒辭退還歸佛言婆羅門宜知是時婆羅門聞佛所説歡喜作禮而去

第一阿修羅卑㞼　二種瞋罵及反戾
婆私吒摩佉剎利　以是十種名為十

別譯雜阿含經初誦卷第四

音釋

阿闍世 梵語也此云未生怨闍音蛇 **驍** 古堯切健也 **彎** 烏還切彎與開同持弓關矢也 **悍** 侯旰切勇也有力也 **浮囊** 囊奴當切浮囊渡海具也或以牛羊皮為袋或以巨牛胖皆吹氣令滿以防漂溺 **栿** 房越切箄栿也 **魁膾** 魁苦回切凡為首者曰魁膾古外切切肉也魁膾謂為首之屠殺者 **聾盲** 聾盧紅切耳聵也盲莫耕切目無童子也 **瘖瘂** 瘖於今切庅病不能言也瘂烏下切口不能言也 **輂輦** 輦力展切輂羊諸切王者所乘之車曰輂輦 **猥** 烏賄切遐也雜也 **捔** 古嶽切校也競也 **卑㞼** 梵語娑羅門名也㞼兩力切 **喘息** 喘昌兗切疾息也喘息謂出入喘息疾也 **餉** 式亮切饋也饁也 **跌** 徒結切蹴也蹉跌也 **轂** 古候切謂轂取牛乳也 **湒** 子入切沸湧聲也

調濡 濡音軟調濡謂調和柔軟也

別譯雜阿含經初誦卷第五

失譯人名附秦録

如是我聞一時佛在舍衛國祇樹給孤獨園爾時有一婆羅門往詣佛所問訊佛已在於佛前而說偈言

云何戒具足　威儀不闕減　修習何等業
成就何等法　而能得名爲　三明婆羅門

爾時世尊說偈答曰

能知於宿命　見天及惡趣　盡於生死有
三通并三明　心得好解脫　斷欲及一切
成就上三明　我名爲三明

時婆羅門聞佛所說踊躍歡喜退坐而去

如是我聞一時佛在舍衛國祇樹給孤獨園爾時世尊晨朝著衣持鉢阿難從佛向舍衛城時於糞聚窟中見夫妻二人年紀老大拄杖戰慄如老鸛雀佛遥見已告阿難言汝見夫妻二人極爲老朽在糞窟不阿難白佛言唯然已見佛告阿難如斯老人若年少時在舍衛城中應爲第一長者剃除鬚髮被服法衣應得羅漢若少年時聚積財錢應爲第二長者若出家者剃除鬚髮被服法衣應得阿那含若第三時聚集錢財應爲第三長者剃除鬚髮被服法衣應得須陁洹如今老熟亦不能聚財不能精勤亦不得上人法爾時世尊即說偈言

少不修梵行　亦不聚財寶　猶如老鸛雀
棲止守空池　不修於梵行　壯不聚財寶
念壯所好樂　住立如曲弓

佛說是已諸比丘聞佛所說歡喜奉行

如是我聞一時佛在舍衛國祇樹給孤獨園

爾時有一老婆羅門年耆根熟先於往日多造衆惡極爲麤弊毀犯所禁不修福善不先作福臨終之時無所依止往詣佛所問訊佛已在一面坐而白佛言世尊我於往日多造衆惡極爲麤弊毀犯所禁不能修福久不修善亦復不能先作福德臨終之時無所依止佛言實如汝語老婆羅門言善哉瞿曇當爲我說使我長夜獲於安樂得義得利佛言實如汝說汝於往日身口意業不行於善毀犯禁戒不修福德不能先造臨命終時作所恃怙汝於今者實爲衰老先造衆罪所作麤惡不造福業不修善行不能先造可畏之時所歸依處譬如有人將欲死時思願逃避入善舍宅以自救護如是之事都不可得是故今當身修善行口意亦然若三業善臨命終時即是舍宅可逃避處爾時世尊即說偈言

人生壽命促　必將付於死　衰老之所侵
無有能救者　是以應畏死　唯有入佛法
若修善法者　是則歸依處

佛說是已第二經無差別應求歸依處大人宜修善第三長行別偈則不同偈言

壯盛及衰老　三時皆過去　餘命既無幾
常爲老所患　近到閻王際　婆羅門欲生
二間無住處　汝都無資粮　應作小明燈
依憑於精進　前除於諸使　不復生老死

如是我聞一時佛在舍衛國祇樹給孤獨園爾時有一老婆羅門往至佛所問訊佛已在一面坐白佛言世尊吾今朽邁往昔已來造作衆惡未曾作福未更修善又所不行離於怖畏救護之法善哉瞿曇爲我說法使我命

終有所救護屋宅歸依逃避之處佛告婆羅門世間熾然何謂熾然謂老病死以是之故應身修善口意亦然汝都不修身口意善汝今若能於身口意修於善者即是汝之船濟乃至死時能爲汝救護爲汝屋宅爲汝歸依逃避之處爾時世尊即說偈言

譬如失火家　焚燒於屋宅　宜急出財寶
以置無火處　生老病死火　焚燒於衆生
可應修惠施　賑濟於貧窮　世間金寶等
王賊水火侵　死時悉捨離　無有隨人者
施逐人不捨　猶如堅牢藏　王賊及水火
無能侵奪者　慳貪不布施　是名常睡眠
修施濟匱之　是名爲覺悟

佛說是已諸比丘聞佛所說歡喜奉行

如是我聞一時佛在舍衛國祇樹給孤獨園爾時烏答摩納往至佛所問訊佛已在一面坐而作是言瞿曇我如法乞財供養父母又以正理使得樂處正理供給得大福不佛言如是供養實得大福佛言摩納不限汝也一切如法乞財又以正理供養父母正理使樂正理供給獲無量福何以故當知是人梵天即在其家若正理供養父母是阿闍梨即在其家若能正理供養父母正理得樂一切皆遥敬其家若能正理供養父母正理使樂正理供給當知大天即在其家若能正理供養父母正理與樂供給當知一切諸天即在其家何以故梵天王由正理供養父母故得生梵世若欲供養阿闍梨者供養父母即是阿闍梨若欲禮拜先應禮拜父母若欲事火先當供養父母若欲事天先當供養父母即是

供養諸天爾時世尊即說偈言

梵天及火神　阿闍棃諸天　若供養彼者
應奉養二親　今世得名譽　來世生梵天

如是我聞一時佛在舍衛國祇樹給孤獨園爾時有一摩納名憂比伽往詣佛所稽首問訊在一面坐白佛言世尊婆羅門如法乞財聚設大祀教他設祀如是之祀爲當作祀爲當不作爾時世尊說偈答言

馬脂及人脂　牛脂并美食　吸風開祀門
此六名大祀　作業雖廣大　仙聖所毀呰
羘羊及羖羊　牛王諸小牛　一切殺生類
此不爲正祀　如是是邪祀　衆聖所不過
若設正祀者　終不惱群生　不害有生命
設祀斷諸有　是名爲正祀　若設如是祀
大仙必往彼　施及祀餘塲　宜與彼應供
清淨心惠施　時施施何處　當施勝福田
云何勝福田　所謂修梵行　若能如是施
斯名廣大祀　設如是大祀　以如法聚財
淨水手自與　若能如是施　諸天生信敬
名爲自他利　必獲大果報　如是設大祀
唯有智者能　能生於淨信　亦得心解脫
惱害不能加　得世間衆樂　得生於勝處
是名爲智者　所設之大祀

佛說是已憂比伽摩納聞佛所說歡喜而去

如是我聞一時佛在舍衛國祇樹給孤獨園時有摩納名憂比伽往詣佛所稽首問訊在一面坐白佛言世尊婆羅門如法乞財聚斂大祀教他設祀如是之祀爲當作祀爲當不作爾時世尊說偈答言

施設大祀具　不擾害群生　若能如是祀

所作皆清淨　是名祀深隱　梵行者所受
現於世間中　名聞極遠者　遠離於戰諍
如是祀可讚　諸佛所稱善　祀及祀及道
以清淨惠施　宜施彼應供　施時施何處
斯名廣大祀　諸天所信敬　以如法聚財
淨水手自與　若能如是祀　名爲自他利
必獲大果報　如是之大祀　唯有智者能
能生於淨信　亦得心解脱　惱害不能加
得世間最樂　得生於勝處　名爲有智者

佛説是已憂比伽闍佛所説歡喜而去

如是我聞一時佛在舍衛國祇樹給孤獨園爾時有一摩納名曰佛移往詣佛所稽首問訊在一面坐白佛言世尊爲有幾法教在家人處於家中得現報利并得利樂佛告摩納有四法使在家人得現世報獲利益樂何謂爲四一能精勤二能守護諸根三得善知識四正理養命云何精勤隨所作業家計資生或爲王臣或爲農夫或復治生或復牧人隨其所作不憚勤勞寒暑風雨飢渴飽滿蚊虻蠅蜂雖有勤苦不捨作業爲成業故終不休廢是名精勤云何名爲守護諸根若族姓子如法聚財設有方計不爲王賊水火之所劫奪怨憎之處悉不得侵不生惡子是名守護云何名爲近於善友若族姓子近於善友而此善友資性賢良終不奸盗亦不放逸飲酒醉亂吐出實言不爲欺誑與如此人共爲親友未生憂惱能令不生已生憂惱能使除滅未生喜樂能使得生已得喜樂能使不失是名善友云何名爲正理養命若族姓子知其財物量其多少節其時用入多於出莫苟輕

用譬如有人食憂曇果初食之時樹上甚多既食之已醉眠七日既醒悟已方覺失果宜處以理奢儉得中若有錢財不能衣食不能惠施極自儉用衆人咸言如是之人死如狗死宜自籌量不奢不儉是名正理養命摩納復白佛言修何等法令在家人現受其利後世得福佛告摩納有四種法能獲福報何謂爲四所謂信戒及施聞慧云何名戒能行不殺乃至不飲酒云何名施施沙門婆羅門師長父母貧窮之者乞與衣食牀敷臥具病瘦醫藥種種所須盡能惠與是名爲施云何聞慧如實知苦知苦諦如實知集知集諦如實知道知道諦如實知滅知滅諦是名聞慧具足爾時世尊即說偈言

精心修事業　勤守護不失　親近於善友
能正理養命　信戒施聞慧　除斷於慳貪
若能如是者　速獲清淨道　如是八種法
能得現利喜　於未来之世　亦得天上樂

佛說是已佛移摩納聞佛所說歡喜奉行

如是我聞一時佛在彌絺羅國菴婆羅園爾時婆私吒婆羅門女新喪第六子爲喪子故心意錯亂躶形狂走漸走不已至彌絺羅菴婆羅園爾時世尊與無央數大衆圍遶說法時婆私吒婆羅門女遥見世尊還得本心慚愧蹲地佛告阿難與其鬱多羅僧汝可將來我爲說法阿難受勅即與鬱多羅僧婆私吒婆羅門女尋取衣著往詣佛所頭面禮足爾時世尊爲婆羅門女宣種種法示教利喜如昔諸佛爲說法要施論戒論生天之論欲爲不淨苦惱之本出要爲樂爾時世尊廣爲說

法知彼至心欲離蓋纏爲說四諦苦集滅道此婆私吒女聰明解悟聞法能持譬如淨白氎易受染色婆私吒女即於座上見四眞諦見法到法知法度疑彼岸自已證知法不隨他教信不退轉於佛教法得無所畏即從座起合掌禮佛白佛言世尊我今已得度於三惡盡我形壽歸依三寶爲優婆夷盡壽不殺清淨信向不盜不邪婬不妄語不飲酒亦復如是時彼婦女聞法歡喜禮佛而去更於異時婆私吒喪第七子心不愁憂亦不苦惱亦不追念躶形狂走爾時其夫婆羅突羅闍說偈問言

汝昔喪子時　追念極荼毒　愁憶纏心情
彌時不飲食　今者第七子　遇患而命終
汝備爲慈母　何故不哀念

時婆私吒即便說偈答其夫言

從無量劫來　受身無崖際　由於恩愛故
子孫不可計　處處皆受身　喪失亦非一
生死曠路中　受苦無窮已　我了於生死
往來之所趣　是故於今者　都無哀念情

其夫婆羅門復說偈言

如汝所說者　自昔未曾有　於誰得解悟
而能忘所憂

時婆私吒復以偈答

婆羅門當知　往日三佛陀　於彼彌絺羅
菴婆羅園中　說斷一切苦　并與盡苦道
修八聖道分　安隱得涅槃

時婆羅門復說偈言

我今亦欲詣　菴婆羅園中　諮問彼世尊
除我念子苦

時婆私吒復説偈言

佛身眞金色　圓光遍一尋　永斷衆煩惱
超度生死流　如是大導師　能調伏一切
衆生咸蒙化　故號爲眞濟　汝今宜速往
詣彼世尊所

時婆羅門聞婦所説歡喜踊躍即時嚴駕詣彼園中遥見世尊威光顯赫倍生恭敬到已頂禮在一面坐爾時世尊以他心智觀察彼心知其慇重即時爲説苦集滅道及八正道如此等法能至涅槃時婆羅門聞是法已悟四眞諦已得見法尋求出家佛即聽許既出家已修不放逸於三夜中具得三明佛記彼人得阿羅漢是故更名爲善生也已得三明勑其御者婆羅提言汝可乘於所駕寶車還歸於家語婆私吒汝於我所可生隨喜所以者何佛今爲我說四諦法又蒙出家獲於三明是故於我應生淨信時婆羅提乘車還家時婆私吒見車已還問御者言彼婆羅門見於佛不御者白言婆羅門即於座上見四眞諦既見四諦求索出家佛聽出家得出家已於三夜中獲阿羅漢爾時其婦語御者言汝今能傳是善消息當賜汝馬及千金錢御者白言我今不用馬及金錢我欲願往詣世尊所聽受妙法婆私吒言汝若如是實爲甚善若汝出家速能獲得阿羅漢道婆私吒語其女言汝善持家受五欲樂我欲出家女孫陁利即白母言我父尚能捨五欲樂出家求道我今亦當隨而出家離念兄弟眷戀之心如大象去小象亦隨我亦如是當隨出家執持瓦鉢而行乞食我能修於易養之法不作難

養婆私吒言汝所欲者眞爲吉善所願必成
我今觀汝不久必當得盡於欲離諸結使時
婆羅門婆羅闍婆私吒并孫陀利悉共相隨
俱時出家皆得盡於諸苦邊際
如是我聞一時佛在毗舍離國大林之中爾
時如來著衣持鉢入城乞食食訖攝其衣鉢
并復洗足坐一樹下住於天住時有一婆羅
門名鬱溱羅突邏闍失産乳牛遍處推求經
於六日不知牛處次第求覓趣大林中遥見
如來在樹下坐容貌殊持諸根寂定心意恬
靜獲於最上調伏之意如似金樓威光赫然
見是事已往詣佛所即於佛前而說偈言
云何比丘樂獨靜　如是思惟何所得
爾時世尊說偈答言
我於諸得失　都無有愁憂　汝莫謂於我
與汝等無異
時婆羅門復說偈言
此中眞是梵住處　實如比丘之所說
我欲論於家中事　唯願少聽我所說
沙門汝今者　宴坐林樹間　亦無有失牛
六日之憂苦　當知此沙門　眞爲寂然樂
汝亦不種稻　何憂於灌水　亦不憂稻穗
有出不出者　如是等衆苦　汝今久捨離
亦不種胡麻　又不恐荒穢　汝亦無如是
芸耨之苦惱　當知彼沙門　實爲寂然樂
我室有草敷　數來經七月　中有衆毒蟲
蠍螫生苦惱　汝無如是事　沙門爲快樂
汝無有七子　㦕悷難教授　舉貸負他債
汝無如是事　沙門爲快樂　汝又無七女
或有産一子　或無有子者　喪夫來歸家

無有如是事　當知沙門樂　亦無諸債主
晨朝來至門　債索所負物　無有如是事
沙門爲快樂　汝無有朽舍　遍中諸空器
鼷鼠在中戲　振觸出音聲　擾亂廢我睡
通夕不得眠　汝無有惡婦　醜陋目黄睛
中夜強驅起　日夕常罵詈　或說家寒苦
或云負他債　沙門無此事　當知爲快樂
爾時世尊復說偈言
婆羅門當知　汝言爲至誠　無賊偷我牛
已經於六日　無有如斯事　真實爲快樂
我實無稻田　而生乏水想　又不憂稻穗
有出不出者　我無如是苦　當知爲快樂
我無胡麻田　生草而荒穢　我無如此事
真實爲快樂　我實無草敷　經歷於七月
又無毒蟲出　蠍螫家眷苦　我無如此事
真實爲快樂　我無有七子　憹悷而難教
各自作債負　爲他所敺蹙　我又無七女
或産不産者　喪夫還歸家　我無如此苦
我亦無債主　晨朝來扣門　徵索所負物
又亦無朽舍　滿中諸空器　鼷鼠戲其中
振觸出音聲　擾亂廢我睡　竟宿不得眠
亦無有惡婦　黄眼而醜陋　中夜強驅起
日夕常罵詈　或說我家貧　或云負他債
都無如斯苦　真實爲快樂　婆羅門當知
汝不斷愛憎　不得免是苦　斷欲離於愛
然後得快樂
爾時世尊爲婆羅門種種說法示教利喜廣說如上乃至盡諸有結不受後有時尊者鬱溙羅突邏闍得阿羅漢得解脫樂踊躍歡喜而說偈言

今我極喜樂　大仙所說法　聞法得解脫
都無諸取捨　不虛見世尊　遇佛獲道果

如是我聞一時佛在娑羅婆羅門聚落爾時世尊於其晨朝著衣持鉢欲入娑羅聚落乞食有非時雲起天降於雨如來避雨至彼聚落時聚落中婆羅門長者共集論處遥見佛來咸作是言剃髮道人知何等法佛聞其言即告之曰汝婆羅門有知法者不知法者剎利居士亦復如是爾時世尊說偈言

終不於親友　令其生屈伏　王者亦不取
不應伏者伏　妻不求夫伏　父母衰老至
子應致敬養　不宜生勃逆　無有衆聚處
而無賢良人　無有善丈夫　而不說法語
斷於貪瞋癡　所說皆如法

時諸婆羅門言汝善知婆羅門法來入此衆即時敷座請佛就座爲我說法我等樂聽爾時世尊入其衆中坐其座上爲說種種法示教利喜而說偈言

若默無所說　莫知其愚智　要因於言說
然後乃別知　若說妙法者　說法趣涅槃
是以應言說　熾然於法燈　已立仙聖幢
皆由於言說　言說即聖幢　是以不應默

佛說是已從座而去

如是我聞一時佛遊拘薩羅爾時彼國有婆羅門名曰天敬其聚落中有止客舍爾時尊者優波摩那爲佛侍者止客舍中如來于時微患風動苦於腰脊尊者優波摩那著衣持鉢詣天敬婆羅門家爾時天敬在於門中剃鬚而坐彼婆羅門遥見尊者即說偈言

落髮服法衣　手中執應器　住立我門側

將欲何所求

時尊者優波摩那以偈答言

大羅漢善逝　牟尼患背痛　須少煖藥水

故來從汝乞

時婆羅門即取鉢盛滿酥油黑石蜜一篋煖藥水一車而以與之爾時尊者既得之已齎詣佛所即以此油并煖藥水洗塗佛身飲黑蜜漿背痛即愈時天敬婆羅門於後日朝往詣佛所問訊世尊在一面坐爾時世尊以偈問婆羅門言

云何婆羅門　行婆羅門法　施何獲大果

何者是施時　於何福田中　獲得於勝報

時婆羅門復以偈答言

有多教學者　多聞能總持　父母眞正淨

顏容悉端嚴　如是等名爲　三明婆羅門

若施如斯處　能獲大果報　隨時施衣食

是名勝福田

時婆羅門復以偈問佛

瞿曇說何種　名爲婆羅門　云何爲三明

施何得大果　何者是施時　云何勝福田

爾時世尊以偈答言

明知於三世　見人天惡趣　得盡于生死

并獲諸神通　心智得解脫　是謂爲三明

施彼得大果　是名勝福田

時天敬婆羅門聞佛所說歡喜而去

如是我聞一時佛遊拘薩羅國夜止娑羅林爾時有一婆羅門近林耕植由晨行田因到佛所白佛言世尊我近林耕故樂此林汝今亦樂此娑羅林將非此中而耕種耶時婆羅門即說偈言

汝今欲種植　而樂此林耶　無侶喜空寂
以此林樂耶
爾時世尊說偈答言
我於斯林中　都無有所作　拔斷其根本
一切盡枯摧　於林而無林　已得出於林
我永棄所樂　禪定斷染著
時婆羅門復說偈言
汝實名佛陀　於諸世間尊　善能滅諸結
離於諸畜積　世間之最上　盡後有邊際
汝傾欲華幢　故號爲世尊
婆羅門說是偈已歡喜而去
如是我聞一時佛遊拘薩羅國在娑羅林時有一婆羅門去林不遠五百摩納從其受學時彼婆羅門每念世尊如來何時來遊此林當往諮問釋我疑滯時婆羅門遣諸摩納詣林採薪欲以祀火時諸摩納既至林已見於如來在樹下坐端正殊特容貌和澤如眞金樓暉光赫然時諸摩納覩如來已尋負薪歸白其師言和尚昔日每思見佛今者如來近在此林若欲見者宜知是時時婆羅門聞是語已即詣佛所問訊起居在一面坐即說偈言
深林極茂盛　其中甚可畏　何故獨宴坐
修禪無懼心　又無衆音聲　可以娛自身
云何樂閑居　實爲未曾有　汝爲求大梵
世界自在王　爲求於帝釋　三十三天尊
何故樂獨處　可畏深林中　常修於苦行
將欲何所求
爾時世尊說偈答言
著有所欲者　多懷諸疑惑　於無數境界

各各生染著　一切諸結使　皆因無智起
我斷無智根　吐結欲泥乾　悉斷於志求
亦無諸諂曲　於諸善法中　證知得清淨
正智無上道　修禪離欲者
時婆羅門復說偈言
我今稽首禮　歸依牟尼尊　於諸禪自在
解悟無量覺　於人天中尊　具三十二相
端正無與等　猶彼雪山王　於林得解脫
而不著於林　清淨解脫者　無生拔毒箭
如來所說法　於諸論中上　言說最第一
人中師子吼　敷演四眞諦　廣度於一切
自離於大苦　亦度諸群生　咸令得安樂
願爲說此法　我今歸命禮　得度於彼岸
離諸怖畏者　善來至此林　令我得值遇
天人大導師　能除滅衆生　一切諸煩惱

爾時婆羅門說是偈已歡喜而去
如是我聞一時佛遊拘薩羅國爾時世尊止於孫陀利河岸時彼岸側有住婆羅門往詣佛所問訊已訖在一面坐即白佛言汝欲入此河中浴耶佛問之曰入此河浴有何利益婆羅門言今此河者古仙度處若入洗浴能除衆惡清淨鮮潔名爲大吉佛聞是已即說偈言
非彼孫陀利　得闍及恒河　竭闍婆鉢提
入是諸河浴　終不能洗除　已作之惡業
大力鉢健提　并與愚下劣　設共於中洗
乃至百千年　終不能除惡　煩惱之垢穢
若人心眞淨　具戒常布薩　能修淨業者
常得具足戒　不殺及不盜　不婬不妄語
能信罪福者　終不嫉於他　法水澡塵垢

宜於是處洗　雖於孫陀利　竭闍等諸河
此皆是世水　飲之及沐浴　不能除垢汙
并祛諸惡業　飲浴何用爲　實語而調順
捨瞋不害物　此是眞淨水　若入淨戒河
洗滌衆塵勞　雖不除外穢　能祛於内垢
兇嶮殘害者　嬰愚造諸惡　如是等不淨
穢汙垢惡者　水正洗身垢　不能除此惡

時婆羅門聞佛所說讃言善哉誠如所言夫洗浴者能除身垢爲惡業者非洗能除

如是我聞一時佛遊拘薩羅孫陁利河岸爾時世尊新剃鬚髮宿彼河岸後夜早起以衣覆頭正身端坐繫念在前時彼河岸有祀火婆羅門祀火之法餘應施與諸婆羅門於天欲曉即持祀餘求婆羅門欲以施之遇值於佛爾時世尊聞其行聲即發却覆謦欬出聲此婆羅門既見佛已而作是言此非婆羅門乃是剃髮道人尋欲迴還復作是念夫剃髮者不必沙門婆羅門中亦有剃髮我當至彼問其因緣所生種姓時婆羅門即至佛所問訊言汝生何處爲姓何等爾時世尊以偈答言

不應問生處　宜問其所行　微木能生火
卑賤生賢達　亦生善調伏　慚愧爲善行
精勤自調順　度韋陀彼岸　定意收其心
具足修梵行　晨朝應施與　祠祀之遺餘
汝今婆羅門　若欲修福田　宜當速施與
如是善丈夫

時婆羅門說偈答曰

今我遇善祀　此處眞祀火　我今觀察汝
實度韋陀岸　昔來祠祀殘　每施與餘人

未曾得如汝　勝妙可施處

婆羅門即以此食奉上世尊佛不爲受即說偈言

先無惠施情　施法而後與　如斯之飲食
不應爲受取　常法封如是　故我不應食
所以不受者　爲說法偈故　現諸大人等
盡滅於煩惱　應以衆飲食　種種供養之
欲求福田者　斯處應施與　若欲爲福者
我即是福田

時婆羅門重白佛言今我此食當施與誰佛言我不見世間沙門婆羅門若天若魔若梵能受是食正理消化無有是處佛言宜置于彼無蟲水中時婆羅門受佛教已即持置彼無蟲水中煙𦦨俱起湒湒作聲時婆羅門見是事已生大驚怖身毛爲竪以驚懼故更採取薪以用祀火爾時世尊即到其所而說偈言

汝齊整薪然　謂爲得清淨　薄福無智人
乃然於外火　婆羅門應當　棄汝所然火
宜修內心火　熾然不斷絕　增廣如是火
斯名爲眞祀　數數生信施　汝應如是祀
汝今憍慢重　非車所能載　瞋毒猶如煙
亦如油投火　舌能熾惡言　心爲火伏藏
不能自調順　云何名丈夫　若以信爲河
戒爲律濟渡　如彼清淨水　善人之所讚
若入信戒洗　即汝毗陀呪　能滅衆惡相
得度于彼岸　以法用爲池　瞿曇眞濟渡
清潔之淨水　善丈夫所貴　諸能洗浴者
毗陀功德人　身體不汙濕　得度于彼岸
實語調諸根　隱藏於三業　具修於梵行

忍慚愧最上　信向質直人　斯是法洗浴
是故汝今者　應當如是知
時婆羅門聞佛所說棄事火具即起禮佛合掌白言唯願聽我於佛法中出家受具得爲比丘入於佛法修于梵行佛即聽許令得出家受具足戒時彼尊者勤修尅己專精獨一樂于閑靜離於放逸不樂親近出家在家所以者何此族姓子剃除鬚髮被於法衣正信出家爲修無上梵行現在知見自身證故時此比丘修集定慧得羅漢果盡諸有漏梵行已立所作已辦不受後有

如是我聞一時佛在舍衛國祇樹給孤獨園爾時有一髻髮婆羅突邏闍婆羅門往詣佛所問訊已訖在一面坐即說偈言
外髮悉被髻　內有髻髮不　世間髮所髻
誰有能除者
爾時世尊復說偈言
明智堅立戒　心修於智慧　專精能勤學
年少除髻髮
時婆羅門復說偈言
外髮悉被髻　內有髻髮不　世間髮所髻
誰能斷除者
爾時世尊復說偈言
眼耳鼻舌身　及與於意法　名色都無餘
心意盡滅處　若能如是者　斷除於髻髮

旃陀婆私吒　失牛講集處　天敬娑羅林
聚薪二孫陀　一髻髮爲十

別譯雜阿含經初誦卷第五

音釋

鸛古玩切鳥名也似鶴而頂不丹　匱求位切竭也之也　蠅余陵切青蠅也

躶郎果切赤體也　欝溙羅突邏閣梵語婆羅門名也欝紆勿切溙緇誂切突陀骨切邏郎佐切閣音蛇

稻穗稻徒浩切禾稌也穗徐醉切禾穎也

𢤱悷𢤱力董切悷力計切𢤱悷謂多惡不調也　貸他代切借也　鼷胡鷄切小鼠也

振觸振直庚切撞也觸樞玉切突也　敦蹙敦都昆切追也蹙子六切促也

懌羊益切悅也

別譯雜阿含經卷第六

失譯人名附秦錄

如是我聞一時佛在優樓頻螺聚落尼連河岸菩提樹下成佛未久爾時世尊獨坐思惟而作是念夫人無敬心不能恭順於其尊長不受教誨無所畏憚縱情自逸永失義利若如是者衆苦纏集若人孝事尊長敬養畏慎隨順不逆所願滿足得大義利若如是者觸事安樂復作是念一切世間若天若人若天世界若人世界若魔世界若梵世界沙門婆羅門一切世間有生類中若有戒定慧解脫解脫知見勝於我者我當親近依止於彼供養恭敬遍觀察已都不見於世間人天魔梵沙門婆羅門一切世間有勝於我戒定慧解脫解脫知見爲我依止復作是念我所覺法我今應當親近供養恭敬誠心尊重何以故過去諸佛一切皆悉親近依止供養恭敬尊重斯法未來現在諸佛亦復親近依止斯法供養恭敬生尊重心我今亦當如過去未來現在諸佛親近依止供養恭敬尊重於法爾時梵主天王遥知世尊在優樓頻螺聚落尼連河岸菩提樹下而作是念觀察世間若天若人若魔若梵沙門婆羅門一切生類若有勝我戒定慧解脫解脫知見者我當依止然都不見有能勝我者又復觀察過去未來現在諸佛悉皆親近依止於法供養恭敬生尊重心我今亦當隨三世佛之所應作親近依止供養恭敬尊重於法時梵主天復作是念我當從此處沒往到佛所時梵主天譬如壯士屈伸臂頃來至佛所白佛言世尊實如所

念誠如所念即說偈言

過去現在諸如來　未來世中一切佛
是諸正覺能除惱　一切皆依法爲師
親近于法依止住　斯是三世諸佛法
是故欲尊於已者　應先尊重敬彼法
宜當憶念佛所教　尊重供養無上法

爾時梵王讚歎世尊深生隨喜作禮而去

如是我聞一時佛在優樓頻螺聚落尼連河側菩提樹下成佛未久佛於樹下獨坐思惟而作是念唯有一道能淨衆生使離苦惱亦能除滅不善惡業獲正法利所言法者即四念處云何名爲四念處耶觀身念處觀受念處觀心念處觀法念處若人不修四念處者爲遠離賢聖之法遠離聖道若離聖道即遠離甘露若遠離甘露則不免生老病死憂悲苦惱如是等人我說終不能得離於一切諸苦若修四念處即親近賢聖法者若親近賢聖法即親近賢聖道若親近賢聖道即親近甘露法若親近甘露法即能得免生老病死憂悲苦惱若免生老病死憂悲苦惱如是等人即脫離苦時梵主天遥知如來心之所念作是念言我於今者當至佛所隨喜勸善思惟是已譬如壯士屈伸臂頃來至佛所頂禮佛足在一面立白佛言誠如世尊心之所念唯有一道能淨衆生乃至得免憂悲苦惱時梵主天即說偈言

唯此道出要　斯處可精勤　欲求遠離苦
唯有此一道　若涉斯道者　如鶴飛空逝
釋迦牟尼尊　逮得于佛道　一切正導師
當以此覺道　顯示於衆生　常應數數說

咸令一切知　生有之邊際　唯願說一道
愍濟諸衆生　過去一切佛　從斯道得度
未來及今佛　亦從此道度　云何名爲度
能度瀑駛流　究竟於無邊　調伏得極得
世間悉生死　解知一切界　爲於見眼者
宣明如此道　譬如彼恒河　流赴於大海
聖道亦如是　佛爲開顯現　斯道如彼河
趣於甘露海　昔來未曾聞　轉妙法輪音
唯願天人尊　度老病死者　一切所歸命
爲轉妙法輪

時梵主天頂禮佛足即沒而去

如是我聞一時佛在舍衛國祇樹給孤獨園時梵主天於其中夜光明倍常來詣佛所禮佛足已在一面坐梵主威光照于時會赫然大明即於座上而說偈言

剎利二足尊　種姓眞正者　明行已具足
人天中最勝

佛告梵主言誠如是言誠如是言剎利二足尊種姓眞正者明行已具足天人中最勝時梵主天聞佛所說踊躍歡喜頂禮佛足於彼座沒還于天宮

如是我聞一時佛遊拘薩羅國時彼國中有一阿蘭若住處爾時世尊與諸大衆比丘僧俱在彼止宿於時世尊讚斯住處說阿蘭若住處法時梵主天知如來遊於拘薩羅與比丘衆止宿阿蘭若住處讚歎阿蘭若住處說阿蘭若住處法梵主天王作是念言我今當詣佛所讚歎隨喜時梵主天即於彼沒譬如壯士屈伸臂頃來詣佛所頂禮佛足在一面坐即說偈言

處靜有敷具　應斷於結縛　若不能愛樂
還應住僧中　恒應正憶念　調根行乞食
具足禁戒者　應至空靜處　放捨於怖懼
堅住於無畏　斷除憍慢者　堅心處中住
如是我所聞　不應懷疑惑　一千阿羅漢
於此斷生死　學者二五百　千一百須陀
隨流修正道　終不趣邪徑　不能具宣說
諸道得果者　所以不能施　畏懼不信敬

時梵主天說是偈已頂禮佛足還于天宮

如是我聞一時佛在釋翅迦毗羅衛林與五百大比丘眾俱皆是阿羅漢諸漏已盡所作已辦捨於重擔逮得已利盡於後有無復結使正智解脫復有十世界大威德諸天來至佛所問訊佛僧于時世尊說於隨順涅槃之法有四梵身天各作是念今佛在釋翅迦毗羅衛林與五百比丘僧俱皆是大阿羅漢諸漏已盡所作已辦捨於重擔逮得已利盡於後有無復結使正智解脫復有十世界大威德天來至佛所問訊佛僧世尊爲其說於隨順涅槃之法我於今者當往於彼佛世尊所時梵身天作是念已即於彼沒譬如壯士屈伸臂頃來至佛所頂禮佛足在一面立時第一梵身天而說偈言

今於此林中　集會于大眾　是故我等來
正欲觀眾僧　不以不善心　壞僧破和合

第二梵身天復說偈言

比丘誠實心　宜應務精勤　猶如善御者
制馬令調順　比丘亦如是　應制御諸根

第三梵身天復說偈言

譬如野馬被羈繫　拔杙蹋壍安隱出

諸比丘等亦如是　拔二毒柱斷欲塹
世尊導師之所調　能出是等大龍象

第四梵身天復說偈言

諸有歸依於佛者　人中捨形得天身

時四梵身天各說偈已在於僧中敬心戰慄作禮而去

如是我聞一時佛在王舍城迦蘭陀竹林時梵主天於其中夜威光甚明來至佛所爾時世尊入火光三昧時梵主天作是心念今者如來入於三昧我來至此甚爲非時當爾之時提婆達多親友瞿迦梨比丘謗舍利弗及大目連此梵主天即詣其所扣瞿迦梨門喚言瞿迦棃瞿迦棃汝於舍利弗目連當生淨信彼二尊者心淨柔輭梵行具足汝作是謗後於長夜受諸衰苦瞿迦棃即問之言汝爲是誰答曰我是梵主天瞿迦棃言佛記汝得阿那含耶梵主答言實爾瞿迦棃言阿那含名爲不還汝云何還梵主天復作是念如此等人不應與語而說偈言

欲測無量法　智者所不應　若測無量法
必爲所嬈害

時梵主天說是偈已即往佛所頂禮佛足在一面坐以瞿迦棃所說因緣具白世尊佛告梵主實爾實爾欲測無量法能嬈凡夫爾時世尊即說偈言

夫人生世　斧在口中　由其惡口　自斬其身
應讚者毀　應毀者讚　如斯惡人　終不見樂
迦棃僞謗　於佛賢聖　迦棃爲重　百千地獄
時阿浮陀　毀謗賢聖　口意惡故　入此地獄

時梵主天聞是偈已禮佛而退

如是我聞一時佛在舍衛國祇樹給孤獨園時有二天一名小勝善閑梵二名小勝光梵欲來詣佛時婆迦梵見此二梵即問之曰欲何所至二梵答言我等欲往詣世尊所問訊禮敬時婆迦梵即說偈言

四梵字鶴雀　三梵名爲金　七十二五百
名曰爲餘毗　汝觀我金色　赫然而明盛
所有威光明　暉光蔽梵天　云何不觀我
乃欲詣佛所

爾時二梵以偈答言

汝今有少光　暎蔽于梵天　當知此光色
皆有諸過患　明智得解脫　不樂斯光色

爾時二梵說是偈已來詣佛所頂禮佛足在一面坐二梵白佛言世尊我等欲來見佛時婆迦梵因問我言欲何所至我等答言欲詣佛所時婆迦梵說此偈言

四梵名鶴雀　三梵名爲金　七十二五百
名曰爲餘毗　汝觀我金色　赫然大熾盛
所有身光明　暉光蔽梵天　云何不觀我
乃欲詣佛所

我等即便說偈答言

汝今有少光　暎蔽於梵天　當知此光色
皆有諸過患　智者得解脫　不樂斯光色

佛言梵天實爾實爾彼梵雖復少有光色暎蔽梵天當知光色皆有過患智者解了不應樂此佛爲二梵種種說法示教利喜二梵聞法歡喜頂禮還于天宮

如是我聞一時佛在舍衛國祇樹給孤獨園時婆迦梵生於邪見言此處常堅實不壞不復往來於其生死若有過此不往來者無有

是處爾時世尊知婆迦梵心之所念如來爾時譬如壯士屈伸臂頃尋即往彼婆迦梵宮時婆迦梵語佛言大仙此處是常堅實不壞都無往來若有過此無往來者無有是處佛語梵言此處無常汝今云何橫生常想此處敗壞而復橫生不敗壞想此處不定橫生定想此處往來汝今橫生不往來想更有勝處都無往來汝便橫生更無勝想時婆迦梵即說偈言

七十二梵作勝福　悉皆於此而終歿
一切諸梵皆知我　唯我在此不退沒

爾時世尊復說偈言

汝謂爲長壽　其實壽短促　我知汝壽命
百千尼羅浮

時婆迦梵說偈答言

婆伽婆世尊　汝智實無盡　過於生老憂
爲具眼者說　我先造何業　修何等戒行
在此梵天上　壽命得延長

爾時世尊復說偈言

往昔有羣賊　劫掠壞聚落　剝脫繫縛人
大取於財物　汝當于爾時　甚有大勇力
救解於諸人　然復不加害　尋共彼諸人
一劫中修善　慈仁好惠施　復能持戒行
汝於睡及寤　宜憶本所行　又有人乘船
於彼恒河中　惡龍捉船人　盡欲加毒害
汝時爲神仙　救濟於彼命　此汝昔日時
修戒之所致

時婆迦梵即說偈言

汝實能知我　壽命之脩短　更有諸餘事
汝亦悉知之　汝光甚熾盛　能蔽於諸梵

靡所不了達　故名婆伽婆

爾時世尊爲婆迦梵說種種法示教利喜尋復於彼沒還于祇洹

如是我聞一時佛在舍衛國祇樹給孤獨園時有一梵起大邪見而作是言我此處常不見有能生於我宮況復有能過於我上者爾時世尊入于三昧從閻浮提沒現於梵頂虛空中坐尊者憍陳如以淨天眼觀於世尊爲至何處即知如來在梵頂上虛空中坐時憍陳如亦入是定於此而沒現梵頂上處如來下在於東面時尊者摩訶迦葉以淨天眼觀於如來爲至何處尋知世尊在梵頂上復入此定於此處沒在如來下現梵頂上在於南面尊者目連以淨天眼觀於如來爲至何處尋知世尊在梵頂上即入是定於此處沒現梵頂上處如來下在於西面時尊者阿那律復以淨天眼觀察如來爲至何處尋知世尊在梵頂上亦入是定於此處沒現梵頂上處如來下在於北面爾時世尊告梵天言汝本所見爲捨以不復告梵天汝本心念我不見有能生我宮者況能出過汝今試觀此等大身容貌光明勝汝以不時梵白佛唯然已見而今見之斯等光明昔所不見而今見之斯等光明眞爲殊勝自今已後更不敢言此處常恒無有變易佛告梵天此處無常空不自在佛爲彼梵種種說法示教利喜入如是三昧從彼梵沒還于祇洹尊者憍陳如摩訶迦葉阿那律等亦爲彼梵種種說法示教利喜亦入是定從彼處沒還于祇洹唯尊者大目揵連在彼而坐爾時彼梵問目連言世尊弟

子頗有如汝有大威德神足者不目連答言諸餘聲聞亦有如是威德神足尊者目連即說偈言

牟尼弟子大羅漢　有大威德具三明
得盡諸漏知他心　能現神變化羣生
如是聲聞甚衆多　是故汝今宜恭敬

時尊者目連說是偈已種種說法示教利喜亦入是定從彼梵沒還於祇洹

如是我聞一時佛在拘尸那竭力士生地娑羅林中爾時如來涅槃時到告阿難曰汝可爲我於雙樹間北首敷座于時阿難受佛勑已於雙樹間北首敷座既敷座已還至佛所頂禮佛足在一面坐白佛言世尊我於雙樹間北首敷座所作已竟爾時世尊即從座起往趣雙樹敷上北首右脇而卧足足相累繫心在明起於念覺先作涅槃想爾時拘尸那竭國有一梵志名須跋陀羅先住彼國其年朽邁一百二十時彼國中諸力士輩供養恭敬尊重讚歎謂是阿羅漢時須跋陀羅傳聞人說娑伽婆於今日夜當入涅槃作是念言我於法中有所疑惑唯有瞿曇必能解釋決我所疑作是念已即出拘尸那竭往詣娑羅林尊者阿難在外經行時須跋陀羅見阿難已即詣其所白阿難言我聞他說沙門瞿曇於今日中夜當入無餘涅槃吾今須見諮決所疑阿難答言梵志佛身疲倦汝今擾惱須跋陀羅白阿難言我聞如來今日中夜入無餘涅槃我昔曾聞宿舊仙言若如來至眞等正覺出現於世如優曇鉢華難可值遇我有少疑思得諮決願聽我見如是三請阿難答

言莫擾惱佛爾時世尊以淨天耳遥聞阿難遮須跋陀羅不聽前進佛告阿難莫遮彼人聽其前進隨意問難時須跋陀羅聞佛慈矜聽令前進踊躍歡喜即至佛所問訊已訖在一面坐白佛言世尊我有少疑聽我問不佛言恣汝所問須跋陀羅既蒙聽許白佛言世尊外道六師種種異見富蘭那迦葉末迦梨俱賖梨子阿闍耶毗羅胝子阿闍多翅舍婆羅迦尼陀迦旃延尼乾陀闍提子斯等六師各各自稱已爲世尊意爲實得一切智不爾時世尊即說偈言

三十一出家　爾來過五十　推求諸善法
戒定行明達　一切諸世間　不知實方所
況知實法者　若修八正道　能獲於初果
乃至第四果　若不修八正　初果不可知
況復第四果　我於大衆中　說法師子吼
如此正法外　亦無有沙門　及與婆羅門

佛說是時須跋陀羅遠塵離垢得法眼淨時須跋陀羅整鬱多羅僧合掌向佛白佛言世尊我今已得過三惡道時須跋陀羅白阿難言善哉阿難汝獲大利爲佛弟子給侍第一我於今者亦得善利於佛法中願得出家阿難合掌白佛言須跋陀羅於佛法中願樂出家爾時世尊即告須跋陀羅善來比丘鬚髮自落法衣著身即得具戒得具戒已即成羅漢須跋陀羅即作是念我今不忍見於世尊入般涅槃我當先入須跋陀羅即時先入涅槃如來於後亦入涅槃爾時衆中有一比丘而說偈言

雙樹入涅槃　枝條遍四布　上下而雨華

繽紛散佛上　所以雨華者　世尊入涅槃

釋提桓因復說偈言

諸行無常　是生滅法　生滅滅已　乃名涅槃

時梵主天復說偈言

世間有生類　捨身歸終滅　今者大聖尊
具足于十力　世尊無等倫　今入於涅槃

時尊者阿那律復說偈言

法主意正住　出入息已斷　如來所成就
行力悉滿足　今入於涅槃　其心無怖畏
都捨于諸受　如油盡燈滅　滅有入涅槃
心意得解脫

時衆覩已身毛皆竪佛入涅槃始經七日爾時阿難闍維如來右繞說偈

大悲梵世尊　體同眞淨寶　有大神通力
火出自然身　千氎用纏身　內外二不燒

如是我聞一時佛在舍衛國祇樹給孤獨園時有一比丘尼名曰曠野於其晨朝著衣持鉢入城乞食食訖洗鉢將欲向彼得眼林中時魔王波旬作是心念瞿曇沙門今在舍衛得眼林中其弟子曠野比丘尼入城乞食食訖洗鉢收攝坐具將欲往詣於彼林間我當爲其而作擾亂爾時波旬化作摩納於彼路側問曠野言欲何所詣比丘尼答言我今欲詣閑靜之處爾時摩納聞是語已即說偈言

一切世間中　無有解脫者　汝詣空靜處
將欲何所作　汝今年盛美　不受於五欲
一日衰老至　後莫生憂悔

時比丘尼而作是念此爲是誰欲惱亂我甚爲欺詐爲是人耶是非人乎作是念已入定觀察知是波旬欲來惱亂即說偈言

世間有解脫　我今自證知　波旬汝愚鄙
不解如斯跡　欲如摽利戟　陰賊拔刀逐
汝言受五欲　欲苦可怖畏　欲能生憂愁
欲能生追念　欲能生百苦　欲是衆苦本
斷除一切受　滅諸無明闇　遂證於盡滅
住於無漏法

爾時波旬而作是念曠野比丘尼善知我心懊惱悔恨慙愧還宮

如是我聞一時佛在舍衛國祇樹給孤獨園爾時蘇摩比丘尼著衣持鉢入舍衛城乞食食訖洗鉢收攝坐具向得眼林魔王波旬作是念令蘇摩比丘尼著衣持鉢入城乞食食訖洗鉢收攝坐具向得眼林爾時波旬化作婆羅門在路側立而作是言阿梨耶欲何所至比丘尼答言我今欲詣彼寂靜處爾時波旬即說偈言

仙聖之所得　斯處難階及　非汝鄙穢智
獲得如是處

時比丘尼作如是念此爲是人是非人乎而欲惱我入定觀察知是波旬即說偈言

女相無所作　唯意修禪定　觀見于上法
若有男女相　可說於女人　於法無所能
若無男女相　云何生分別　斷除一切愛
滅諸無明闇　逮證于盡滅　住於無漏法
以是故當知　波旬墮負處

爾時波旬而作是念蘇摩比丘尼善知我心憂愁悔恨慚愧還宮

如是我聞一時佛在舍衛國祇樹給孤獨園爾時翅舍憍曇彌比丘尼著衣持鉢入城乞食食訖洗鉢收攝坐具至得眼林坐一樹下

住於天住爾時魔王波旬作是心念沙門瞿曇在於舍衛國祇樹給孤獨園有比丘尼名翅舍憍曇彌著衣持鉢入城乞食食訖洗鉢收攝坐具至得眼林坐一樹下住於天住作是念已化為摩納欲為擾亂即說偈言

汝今者何為　懷憂坐樹下　歔欷而流淚
將不喪子乎　獨處於林中　欲求男子耶

時比丘尼而作是念此為是誰甚為欺詐為是人耶是非人乎而欲為我作大擾亂入定觀察知是魔王即說偈言

我斷恩愛已　無欲無子想　端坐林樹間
無愁無熱惱　斷除一切愛　滅諸無明闇
逮得於滅盡　安住無漏法　以是故當知
波旬墮負處

爾時波旬而作是念翅舍憍曇彌比丘尼善知我心憂愁悔恨慚愧還宮

如是我聞一時佛在舍衛國祇樹給孤獨園爾時蓮華色比丘尼於其晨朝著衣持鉢入城乞食食訖洗鉢收攝坐具并洗足已入得眼林坐一樹下端坐思惟住於天住爾時魔王而作是念沙門瞿曇在舍衛國祇樹給孤獨園蓮華色比丘尼著衣持鉢入城乞食食訖洗鉢收攝坐具入得眼林中坐一樹下住於天住我當為其而作擾亂作是念已化為摩納往至其所而說偈言

娑羅樹下坐　如華善開敷　獨一比丘尼
汝今坐禪那　更無第二伴　能不畏愚癡

時蓮華色比丘尼即作是念此為是誰擾亂於我甚為欺詐為是人耶是非人乎入定觀察知是波旬即說偈言

百千奸僞賊　皆悉令如汝　不動我一毛
故獨無所畏
爾時魔王復說偈言
我今自隱形　入汝腹中央　或入汝眉間
令汝不得見
時比丘尼復以偈答
我心得自在　善修如意定　斷絕大繫縛
終不怖畏汝　我已吐諸結　得拔三垢根
怖畏根本盡　故我無所畏　我今住於此
都無畏汝心　汝軍衆盡來　我亦不怖畏
斷除一切愛　滅諸無明闇　逮得於滅盡
安住無漏法　以是故當知　波旬墮負處
爾時波旬而作是念蓮華色比丘尼善解我心憂愁悔恨慙愧還宮

如是我聞一時佛在舍衛國祇樹給孤獨園爾時石室比丘尼於其晨朝著衣持鉢入城乞食食訖洗鉢收攝坐具向得眼林爾時魔王而作是念沙門瞿曇在舍衛國祇樹給孤獨園中有石室比丘尼著衣持鉢入城乞食食訖洗鉢收攝坐具向得眼林我當爲其而作擾亂作是念已化爲摩納往至其所而說偈言
衆生是誰造　衆生造作誰　云何名衆生
衆生何所趣
時石室比丘尼聞是偈已而作是念此爲是誰甚爲欺詐爲是人耶是非人乎入定觀察知是魔王以偈答言
衆魔生邪見　謂有衆生想　假空以聚會
都無有衆生　譬如因衆緣　和合有車用
陰界入亦爾　因緣和合有　業緣故聚集

業緣故散滅　斷除一切愛　滅諸無明闇
逮得於盡滅　安住於無漏　以是故當知
波旬墮負處
爾時魔王而作是念此比丘尼善知我心憂
愁悔恨慚愧還宮
如是我聞一時佛在舍衛國祇樹給孤獨園
時有比丘尼名曰鼻𥠖在舍衛國王園精舍
於其晨朝著衣持鉢入城乞食食訖洗鉢收
攝坐具向得眼林於時魔王而作是念沙門
瞿曇在舍衛國祇樹給孤獨園有鼻𥠖比丘
尼著衣持鉢入城乞食食訖洗鉢收攝坐具
向得眼林我當爲其而作擾亂作是念已化
爲摩納即於路側而說偈言
誰造於色像　色像造作誰　色像從何出
色像何所趣

時比丘尼聞斯偈已而作是念此爲是誰惱
亂於我甚爲欺誑爲是人耶是非人乎入定
觀察知是魔王說偈報言
色像非自作　亦非他所造　衆緣起而有
緣離則散滅　譬如植種子　因地而生長
陰界諸入等　和合是色像　因苦故生長
因苦故散壞　斷除一切愛　滅諸無明闇
逮得於盡滅　安住無漏法　以是故當知
波旬墮負處
爾時波旬而作是念此比丘尼善知我心憂
愁悔恨慙愧還宮
如是我聞一時佛在舍衛國祇樹給孤獨園
爾時毗闍耶比丘尼從王園精舍著衣持鉢
入城乞食食訖洗鉢收攝坐具至得眼林坐
一樹下住於天住爾時魔王而作是念沙門

瞿曇在舍衛國祇樹給孤獨園王園精舍毗闍耶比丘尼著衣持鉢入城乞食食訖洗鉢收攝坐具至得眼林坐一樹下住於天住我當爲其而作擾亂作是念已化爲摩納往詣其所而說偈言

汝今極盛壯　我年亦復少　五欲共歡娛
放意而受樂　何以獨坐此　而不與我俱

時比丘尼聞是偈已而作是念此爲是誰來惱於我甚爲欺詐爲是人耶是非人乎入定觀察知是魔王說偈報言

作樂縱歌舞　及餘五欲樂　盡迴用與汝
非我之所宜　人間一切樂　并及天五欲
盡迴用與汝　都非我所宜　我斷一切愛
滅諸無明闇　逮得於盡滅　安住無漏法
以是故當知　波旬墮負處

爾時波旬而作是念此比丘尼善知我心憂愁悔恨慚愧還宮

如是我聞一時佛在舍衛國祇樹給孤獨園爾時有一比丘尼名曰折羅於其晨朝著衣持鉢入城乞食食訖洗鉢收攝坐具入得眼林在一樹下正身端坐入於天住爾時魔王作是念言沙門瞿曇在舍衛國祇樹給孤獨園中有一比丘尼名曰折羅於其晨朝著衣持鉢入城乞食食訖洗鉢收攝坐具入得眼林中在一樹下坐入於天住我今當往而作擾亂爾時魔王作是念已化摩納形往至其所而語之言阿利耶欲生何處比丘尼言如我今者都無生處爾時摩納即說偈言

有生必得樂　生便受五欲　汝受誰教勑
言不用復生

折羅比丘尼說偈報言

生者必有死　衆苦所纏縛　一切苦應斷
是以不求生　具眼牟尼尊　說斯眞諦法
苦因生於苦　皆應捨離之　修聖八正道
安隱趣涅槃　世尊教導我　我樂是教法
我證知彼法　是故不樂生　斷除一切愛
滅諸無明闇　逮得於滅盡　安住無漏法
以是故當知　波旬墮負處

爾時波旬而作是念此比丘尼善知我心憂愁悔恨慙愧還宮

如是我聞一時佛在舍衛國祇樹給孤獨園爾時憂波折羅比丘尼住王園精舍於其晨朝著衣持鉢入舍衛城乞食乞食已洗鉢洗足攝持坐具詣得眼林在一樹下正身端坐入於天住爾時魔王作是念言今瞿曇沙門在舍衛國祇樹給孤獨園王園精舍有比丘尼名曰優波折羅於其晨朝著衣持鉢入舍衛城乞食食訖洗足收攝坐具詣得眼林在一樹下正身端坐入於天住我今當往而作壞亂作是念已化作摩納即往其所問比丘尼言阿利耶欲何處受身比丘尼荅曰我都無受身處爾時摩納即說偈言

忉利及燄摩　兜率與化樂　他化自在天
是處極快樂　汝應願樂彼　受於勝妙事

優波折羅比丘尼復說偈言

忉利及燄摩　兜率與化樂　他化自在天
諸處雖受樂　不離於我見　必爲魔所縛
世間皆動搖　彼亦歸還謝　無有諸凡夫
離縛之境界　世間皆熾然　世間皆煙出
離於動揺者　我樂如此處　斷除一切愛

滅諸無明闇　逮得於滅盡　安住無漏法
以是故當知　波旬墮負處
爾時魔王而作此念此比丘尼善知我心憂愁悔恨慙愧還宮

如是我聞一時佛在舍衛國祇樹給孤獨園爾時王園精舍有一比丘尼名曰動頭於其晨朝著衣持鉢入城乞食乞食已洗鉢洗足攝持坐具詣得眼林在一樹下正身端坐入於天住爾時魔王作是念言瞿曇沙門在舍衛城祇樹給孤獨園有一比丘尼名曰動頭於其晨朝著衣持鉢入舍衛城乞食乞食訖洗鉢洗足收攝坐具入得眼林中在一樹下正身端坐入於天住我今欲往而壞亂之作是念已化作摩納往詣其所語比丘尼言九十六種道汝樂何道比丘尼答言此道我都不樂爾時波旬即說偈言

受誰教剃髮　自號比丘尼　不欲樂外道
汝爲甚愚癡

動頭比丘尼復說偈言

此外諸異道　悉爲邪見縛　種種諸見縛
終竟墮魔網　釋種大世尊　無比之丈夫
一切種中勝　降魔坐道場　悉過一切上
諸事皆解脫　能調盡有邊　彼佛教於我
是我之世尊　我樂彼教法　我今知彼已
盡除諸結漏　斷除一切愛　滅諸無明闇
逮得於滅盡　安住無漏法　以是故當知
波旬墮負處

爾時波旬而作是念此比丘尼善知我心憂愁悔恨慙愧還宮

曠野素彌　捜瞿曇彌　蓮華石室及與毗羅

毗闍折羅　優波折羅

第十名動頭

無趣仙人　汝今喪子　華敷於上　衆生誰造

汝上壯年　欲生何處　何處受身

別譯雜阿含經卷第六

音釋

憚（徒案切畏也忌難也）瀑駛（瀑蒲報切急也駛爽士切疾也）羈縶（羈居宜切馬絡頭也縶占諳切縛也）蹋蹔（蹋徒合切踐也蹔七艷切坑也）剝（北角切）戟（居逆切枝兵也戈戟也雙枝為戟單枝為戈）歔欷（歔朽居切欷欣衣切歔欷謂悲泣氣咽而抽息也）鼻嚟（梵語比丘名也嚟郎奚切）

別譯雜阿含經卷第七

失譯人名附秦録

如是我聞一時佛在薩婆國竭闍池岸爾時世尊月十五日在僧前坐說戒當於是夜月初出時婆耆奢在彼衆中作是念言我今欲以月爲喻讚歎於佛作是念已從座而起合掌向佛言世尊我今欲有所說唯願善逝垂哀聽許佛告婆耆奢聽汝所說尊者婆耆奢即說偈言

猶如盛滿月　無雲處空中　光明照世界
一切皆樂見　釋迦牟尼尊　世間大導師
端嚴甚殊特　名聞悉充滿　月出白蓮榮
日現紅蓮敷　從佛受化者　譬如華敷榮
開彼宿善根　悉令見道跡

時婆耆奢說此偈已歡喜踊躍還于所止

如是我聞一時佛在舍衛國祇樹給孤獨園爾時世尊與無央數大衆圍繞而爲說法爾時尊者憍陳如適從餘處來詣佛所頂禮佛足在一面坐時尊者婆耆奢亦在會中作是念言我今欲在佛前以偈讚憍陳如作是念已從座而起白佛言世尊唯願聽我少有所讚佛告婆耆奢隨汝所說尊者婆耆奢即說偈言

上座比丘憍陳如　安處實語住利樂
常樂空閑寂靜處　聲聞所求佛教法
悉皆逮得不放逸　有大威德具三明
知心差別諸善根　如來長子憍陳如
歸命稽首禮世尊

時婆耆奢說此偈已歡喜踊躍還于所止

如是我聞一時佛在舍衛國祇樹給孤獨園

爾時尊者舍利弗在講堂中爲衆説法言音滿足能使聽者心意喜樂言詞正直聞者開解心無所爲所説辯了諸比丘衆至心聽受聽者悦豫尊重恭敬至心意念等同歡喜聽受其法爾時尊者婆耆奢在於會中心作是念我欲以偈讚舍利弗作是念已即整衣服從座而起合掌白舍利弗言唯願尊者聽我所説爾時尊者告婆耆奢言若有所説恣聽汝意即説偈言

善哉舍利弗　明知道非道　爲諸比丘僧
略廣而宣説　此優婆室駛　出於微妙音
聞者皆悦豫　出聲和雅妙　可樂甚可愛
大衆聽無猒

時婆耆奢説此偈已歡喜踊躍還于所止

如是我聞一時佛在王舍城住龍山側與大比丘衆五百人俱皆是阿羅漢諸漏已盡所作已辦捨於重擔盡諸有結心得解脱爾時尊者目連觀察時座五百比丘皆離愛欲爾時世尊在衆僧前敷座而坐當於爾時月半説戒時尊者婆耆奢亦在衆中而作是念我今在於佛僧之前欲有讚説即從座起整其衣服合掌向佛而作是言唯願世尊聽我所説佛言婆耆奢隨汝所説爾時尊者婆耆奢即説偈言

無上之商主　在於龍山側　智慧能撫慰
五百比丘僧　目連神足者　觀察五百心
知此諸比丘　咸斷欲結使　一切皆具足
牟尼大聖尊　能度於苦岸　世間最後身
我今歸命禮　瞿曇之本師

如是我聞一時佛在王舍城迦蘭陀竹林夏

坐安居爾時世尊與大比丘衆五百人俱皆是阿羅漢諸漏已盡所作已辦捨於重擔盡諸有結正智心得解脱唯除一人如來記彼現身盡漏於七月十五日自恣時到佛於僧前敷座而坐爾時世尊告諸比丘汝等當知我是婆羅門於般涅槃受最後身無上良醫拔於毒箭汝等皆是我子悉從於我心口而生是我法子從法化生我今欲說自恣我身口意無過失不爾時尊者舍利弗在衆中坐從座而起整其衣服合掌向佛白言世尊如佛所說我是婆羅門於般涅槃受最後身無上良醫拔於毒箭汝等皆是我子悉從於我心口而生是我法子從法化生我等不見如來身口有少過失何以故世尊能使不調者調不寂滅者使得寂滅苦惱之者能使得安隱未入涅槃者使得涅槃如來是知道者是示道者是說道者是導道者將來弟子相續不絕世尊教法次第修道恒相教習隨順正法常應擁護親愛善法我等不見世尊若身口意有少過失舍利弗言世尊自恣說我若身口意有所闕短垂哀教勅佛告舍利弗我不見汝有少過失何以故汝舍利弗堅持淨戒多聞少欲知足遠離憒閙樂於閑靜有精進具足定心智慧疾智捷智展轉智有大智種別智唯除如來諸餘智慧無能及汝深遠之智成就實智示教利喜心無嫉妬見他有能示教利喜隨喜讚歎若爲四衆比丘比丘尼優婆塞優婆夷說諸法無有疲猒是故汝今若身口意無有少過舍利弗白佛言世尊頗見是五百比丘於身口意有少過不佛告

舍利弗我不見五百比丘於身口意有少過失何以故是五百比丘皆是阿羅漢諸漏已盡所作已辦捨於重擔逮得已利盡諸有結正智心得解脫以是義故我不見是五百比丘若身口意有少過失舍利弗復白佛言世尊終不譏彼小闕亦不見五百比丘若身口意有少過失世尊此五百比丘幾具三明幾得俱解脫幾得慧解脫佛言此比丘衆中九十比丘具於三明有百八十得俱解脫其餘之者盡慧解脫舍利弗言此五百人離諸塵垢無有腐敗悉皆貞實爾時婆耆奢在彼衆中而作是念佛今自恣我今欲說讃自恣偈婆耆奢合掌向佛白佛言世尊唯願聽我所說佛言婆耆奢隨汝所說婆耆奢即說偈言

此十五日清淨朝　五百比丘共同處
皆悉斷於結使縛　盡於後有之大仙
誠心親近淨世尊　悉得解脫離後有
斷於生死所作辦　諸漏已盡滅掉悔
除貪憍慢斷有結　拔愛毒箭滅愛有
人中師子離諸取　盡諸有結滅怖畏
如似轉輪大聖王　羣臣翼從而圍遶
遊行大地至巨海　譬如鬬戰得大勝
無上商主弟子衆　悉具三明滅於死
斯等皆是佛真子　離諸垢穢純清淨
如日親友今敬禮

如是我聞一時佛在舍衞國祇樹給孤獨園爾時尊者婆耆奢在空靜處將欲檢心繫念思惟卒起異想生不喜樂即自覺知我於今者便失善利夫出家者名爲難得若有是心不名難得我今便爲退失善心得于惡心今

當說心多諸過惡說猒患偈時彼尊者即說偈言

棄捨樂諸著　及不樂著者　捨衣貪嗜覺
不造煩惱枝　欲枝下垂布　衆生樂緣者
能斷於欲枝　是名爲比丘　不垂下著欲
無林名比丘　第六意出覺　然此欲覺者
世間所樂著　若得出覺意　能離非結著
不樂於勝欲　樂出麤惡言　不名爲比丘
樂嗜於受身　因見聞意識　想著生五根
能離欲想著　不受塗汙辱　是名得解脫
大地及虛空　世間有色處　悉皆歸散壞
一切同盡滅　知見是事已　行法已決定
諸處不生受　質直不諂僞　雖求念存身
爲有所利益　若能如是者　同彼入涅槃

如是我聞一時佛在舍衛國祇樹給孤獨園

爾時尊者婆耆奢與阿難俱著衣持鉢入城乞食見一女人年在盛壯容貌端正便起欲想爾時婆耆奢自知覺極自呵責我今名爲不得出家之利我之壽命極爲難得若生是心名爲不善寧捨壽命不作欲想我於今者不名出家何以故見於盛壯端正女人即起愛心若生此心非我所宜即向阿難而說偈言

爲欲結所勝　燋然於我心　唯願爲我說
除欲善方便

爾時阿難即說偈言

起於顚倒想　能燋然其心　淨想能生欲
應修不淨觀　獨處而坐禪　速滅於貪欲
莫數受燋然　常觀察諸行　無常無有樂
并及無我法　安心念此身　多猒惡生死

修習正智慧　除七慢結使　若知斷慢已
苦則有邊際

如是我聞一時佛在舍衛國祇樹給孤獨園時有長者請佛及僧施設大會爾時世尊與諸大衆圍遶至彼大長者家時彼尊者婆耆奢於僧直次守于僧坊當於爾時有多女人詣彼僧坊時女人中有一端正美色之者時婆耆奢覩斯事已爲色壞心生於欲想復自思念我今妄想失於大利斯於非利人身難得命終亦然若生是心名爲不善寧捨壽命不作欲想我於今者不名出家何以故見於少壯端正女人不自制心便生欲想我今當說猒惡之患即說偈言

我今捨俗累　住於出家法　無明欲所逐
將失本善心　如牛食他苗　甘味無制者
五欲亦如是　貪嗜無慚恥　若不禁制者
必害善法苗　譬如刹利子　具習諸技藝
設有善射術　具滿一千人　如是刹利子
戰鬬力勝彼　比丘念具足　如彼刹利子
常持智慧力　斷滅於欲覺　既除欲覺已
快樂常寂滅　我親佛前聞　二種之親友
趣向涅槃道　是我心所樂　我修不放逸
處林住空寂　我熟讃於心　是名立正法
後必趣於死　若得涅槃時　當知是惡心
云何能見我

如是我聞一時佛在舍衛國祇樹給孤獨園爾時尊者婆耆奢於有德者謙順柔輭諸比丘所心生憍慢尋自覺知呵責於己我極失利都無饒益人身難得出家難遇我既得之不能謹慎輕於出家輕於壽命以己智能輕

懱於彼謙順柔輭有德比丘我今當說猒惡慢心即說偈言

汝悉捨諸慢　不應自貢高　莫以慢自退
後悔無所及　一切諸衆生　皆爲慢所害
爲害墮地獄　是故我今者　不應恃才辯
而生憍慢心　若遠憍慢者　能捨諸障蓋
淨心懷恭敬　獲得於三明　謙卑如是者
名得念比丘　憍陳如舍利　龍勝及自恣
不樂及欲結　出離及憍慢

如是我聞一時佛在舍衛國祇樹給孤獨園爾時尊者婆耆奢獨處閑靜善能修已勤行精進終不放逸住如是地逮得三明時尊者婆耆奢作是念我今獨處閑靜逮得三明我欲讚己所得三明即說偈言

我昔如荒醉　經歷諸城邑　遊行得值佛
即蒙大福利　瞿曇大慈悲　爲我說正法
我聞正法已　即得清淨信　雖離出家者
世間大導師　導化無不普　男女及長幼
中年及老病　佛是日親友　能不善方所
衆生無明盲　將導示其門　云何名爲門
所謂四眞諦　從因則生苦　從苦得出家
見於八正道　拔出諸衆生　安隱處涅槃
我修不放逸　林野空寂處　獲得於三明
作佛教已訖

如是我聞一時佛在舍衛國祇樹給孤獨園爾時佛告諸比丘我今欲演說四句偈法汝等至心諦聽諦聽我今當說云何名爲四句義法

善說最爲上　仙聖之所說　愛語非麤語
是名爲第二　實語非妄語　是名爲第三

說法不非法　是名爲第四　是名演四句
四句之偈義
爾時婆耆奢在衆會中而作是念佛今演於
四句之法我今欲於一句以一偈讚爾時婆
耆奢即從座起合掌向佛白佛言世尊我今
婆耆奢欲有所說唯願聽許佛告之言恣聽
汝說爾時婆耆奢即說偈言
諸有所說不惱已　亦不害他名善說
常當愛語令他喜　亦不造作諸過惡
從諸佛口有所說　必得安隱趣涅槃
能斷諸苦讚善說　實語甘露最無上
實語應語得大利　安立實說善丈夫
如是我聞一時佛在舍衛國祇樹給孤獨園
爾時佛告諸比丘世有良醫能治四病應爲
王師何謂爲四一善能知病二能知病所從
起三者病生已善知治愈四者已差之患令
更不生能如是者名世良醫佛亦成就四種
之法如來至眞等正覺無上良醫亦拔衆生
四種毒箭云何爲四所謂是苦是苦集是苦
滅是苦滅道佛告比丘生老病死憂悲苦惱
如此毒箭非是世間醫所能知生苦因緣及
能斷生苦亦不知老病死憂悲苦惱因緣及
能斷除唯有如來至眞等正覺無上良醫知
生苦因緣及以斷苦乃至知老病死憂悲苦
惱知其因緣及以斷除是以如來善能拔出
四種毒箭故得稱爲無上良醫爾時尊者婆
耆奢在彼會坐作是念言我今當讚如來所
說拔四毒箭喻法即從座起合掌向佛而說
偈言
我今歸命佛　愍於羣生類　最上第一尊

能拔出毒箭　世有四種醫　能治四種病
所謂療身疾　嬰兒眼毒箭　如來治眼疾
過於彼世醫　能以智慧錍　抉無明眼膜
如來治身患　過於彼世醫　世醫所療者
唯能治四大　如來善分別　六界十八界
以此法能治　三毒身重病　如來善分別
六界十八界　以此法能治　三毒身重病
能治嬰愚病　最勝無上尊　故我今敬禮
瞿曇之大師　醫王名迦留　多施人湯藥
復有一明醫　名爲婆吁盧　瞻吡及耆婆
如是醫王等　皆能療衆病　是等四種師
治者必得差　雖差病還發　亦復不免死
如來無上醫　所可療治者　拔毒盡苦際
畢竟離生死　終更不受苦　無量億那由
阿僧祇衆生　佛治令盡苦　畢竟不還發
我今白大衆　諸賢在會者　甘露不死藥
咸當至心服　諸人應受信　最上治目者
療身拔毒箭　諸醫無與等　是故宜至心
歸命瞿曇等

如是我聞一時佛在王舍城迦蘭陀竹林爾時尼瞿陀劫波比丘住彼第一曠野林中而此野林中復有一林時此比丘於彼遇病尊者婆耆奢供給彼病尼瞿陀劫波比丘因此病故即入涅槃爾時尊者婆耆奢耶旬供養和尚尼瞿陀劫波已漸次遊行至王舍城迦蘭陀竹林時婆耆奢於其晨朝著衣持鉢入王舍城乞食乞食食已洗鉢收攝坐具往詣佛所整其衣服合掌向佛說偈問曰

我今欲問佛　無量之解慧　現在斷疑惑
於曠野城中　比丘入涅槃　生來有福德

守攝身口意　兼有大名聞　尼瞿陀劫賓
佛爲作是名　佛爲婆羅門　立如是名字

如是我聞一時佛在舍衛國祇樹給孤獨園爾時諸大聲聞耆舊之等於佛左右各造菴窟於其中住時憍陳如頗發耆賢跋滯摩訶南耶舍那毗摩羅牛呞尊者舍利弗摩訶目連摩訶迦葉摩訶俱絺羅摩訶劫賓那尊者阿那律尊者難陀迦尊者鉗比羅耶舍賒羅俱毗呵富那拘毗羅拘婆尼泥迦他毗羅如是等輩及諸餘大聲聞各於草菴諸窟中住於月十五日布薩爾時如來於衆僧前敷座而坐尊者婆耆奢亦在會中即從座起叉手合掌白佛言聽我所說佛言我今恣汝所說爾時婆耆奢即說偈言

諸大比丘等　必乾竭欲愛　棄捨諸積聚
勇悍無怖畏　知時如節量　不貪嗜五欲
離一切垢穢　深心有黠慧　有如斯事故
名爲大比丘

如是我聞一時佛在舍衛國祇樹給孤獨園爾時尊者婆耆奢來至毗舍佉鹿子母講堂中遇病困篤爾時富匿於彼瞻病時尊者婆耆奢告富匿言汝可往詣於世尊所如我婆耆奢頂禮世尊足下問訊世尊少病少惱起居輕利無諸苦不爾時富匿受尊者教往詣佛所頂禮佛足在一面坐合掌白佛言世尊婆耆奢比丘在毗舍佉講堂中病疹困篤而語我言往世尊所稱我名字頂禮佛足問訊世尊少病少惱起居輕利無諸苦不爾時富匿復白佛言此婆耆奢或因困疾即入涅槃唯願世尊屈意往彼如來默然受富匿語爾

時富匿即還詣尊者婆耆奢所白言如上我問訊已復啓世尊婆耆奢或困困病入于涅槃世尊默然聽受我語爾時世尊從禪定起即往毗舍佉講堂婆耆奢所時婆耆奢遥見佛來自力欲起佛告之曰不須汝起爾時世尊别敷座坐告婆耆奢汝今身體苦痛爲可忍不能飲食不時婆耆奢白言此痛轉增無有瘳損今我所患譬如力士捉儜人髮總摵揉捺我患頭痛亦復如是又如大力殺牛之人以刀刺腹割其腸肚我患腹痛亦復如是又如瘦人爲有力者强捉火炙身體燋然我苦體痛亦復如是我於今日欲入涅槃我於最後欲讚於佛佛告之曰隨汝所說即説偈言（本元少偈）

本如酒醉　四句讚　龍脇拔毒箭

尼瞿陀劫賓入涅槃　讚大聲聞

婆耆奢滅盡

別譯雜阿含經卷第七

音釋

憍陳如（梵語也此云火器尊者姓也其先事火因而命族）錍（博爲切正作鎞邊迷切捺器也）扶（於決切剔也）膜（慕各切肉閒胲膜也）牛呞（呞書之切牛呞尊者之名即梵云憍梵波提也）疹（丑刃切熱病也）瘳（丑鳩切疾瘉也）摵（莫結切捽也手拔也）揉捺（揉爾由切以手挺也捺奴曷切手按也）

別譯雜阿含經卷第八

失譯人名附秦録

如是我聞一時佛在舍衛國祇樹給孤獨園時有一天光色倍常於其夜中來詣佛所禮佛足已在一面坐時此天光甚爲熾盛普照祇洹悉皆大明爾時此天却坐一面而説偈言

住阿練若處　寂滅修梵行　日常食一食
顔色極和悦

爾時世尊復説偈言

不愁念過去　亦不求未來　現在正智食
裁欲爲存身　欲於未來世　追念過去事
六情皆怡悦　是以顔色和　如新生茅葦
剪之置日中　凡夫自燋乾　其事亦如是

天復説偈讚言

往昔已曾見　婆羅門涅槃　久捨於嫌畏
能度世間愛

爾時此天説此偈已歡喜還宮

如是我聞一時佛在舍衛國祇樹給孤獨園時有一天光色倍常於其夜中來詣佛所禮佛足已在一面坐時此天光甚爲熾盛普照祇洹悉皆大明爾時此天却坐一面而説偈言

諸有憍慢人　終不可調習　詐現修禪定
放逸在空林　由是放逸故　不能度死岸

爾時世尊復説偈言

捨慢常入定　別想盡知法　一切處解脫
不放逸空林　由不放逸故　能度彼死岸

天讚偈言

往昔已曾見　婆羅門涅槃　怖畏久棄捨

能度世間愛

爾時此天說此偈已歡喜還宫

如是我聞一時佛在舍衛國祇樹給孤獨園

時有一天光色倍常於其夜中來詣佛所禮

佛足已在一面坐時此天光甚爲熾盛普照

祇洹悉皆大明爾時此天却坐一面而說偈

言

云何於晝夜　福業常增長　如法而持戒

何人趣天道

爾時世尊復說偈言

種植園苑林　洪流置橋船　曠野造好井

要路造客舍　是人於日夜　福業常增長

正法淨持戒　如是趣天道

天讚偈言

往昔已曾見　婆羅門涅槃　嫌怖久棄捨

能度世間愛

爾時此天說此偈已歡喜還宫

如是我聞一時佛在舍衛國祇樹給孤獨園

時有一天光色倍常於其夜中來詣佛所時

此天光甚爲熾盛遍照祇洹悉皆大明爾時

此天却坐一面而說偈言

云何得大力　并獲於妙色　施何得安樂

何緣得淨眼　云何一切施　願爲我說之

爾時世尊以偈答曰

施飲食得力　施衣得盛色　施乘得安樂

燈明得淨目　屋宅一切施　如法教弟子

能作如是施　是名施甘露

天讚偈言

往昔已曾見　婆羅門涅槃　嫌怖久棄捨

能度世間愛

爾時此天說此偈已歡喜還宮

如是我聞一時佛在舍衛國祇樹給孤獨園時有一天光色倍常於其夜中來詣佛所威光熾盛遍照祇洹悉皆大明爾時此天禮佛足已却坐一面而說偈言

世間及天人　飲食生歡喜　世間都無有
飲食不生喜

爾時世尊復說偈言

若有能信施　使心極清淨　今世若後世
飲食福隨逐

爾時此天聞佛所說白佛言世尊實爲希有善說斯偈復白佛言世尊我憶過去有一人王名曰遲緩然彼國王於四城門施於飲食城中及市亦施飲食時王夫人白於王言王今作福願聽我等助王爲福王聞其言以城東門所施之食迴與夫人王之太子亦白父言父母修福我亦樂修王聞其言以城南門所施之食迴與太子輔相後來啓白王言王今修善夫人太子皆修福業唯願聽我助修福業王聞其言以城西門所施之食迴與輔相時有諸臣復白王言夫人太子及以輔相咸修福德我等今者亦樂助修王聞其言即以北門所施之食迴與諸臣時國中人復白王言夫人太子輔相咸修福德願聽我等助修福業王聞其言復以布施迴與人民時典施人白於王言王之所有於四城門及以布施悉皆迴與夫人太子輔國大臣國中人民斷於王施兼竭庫藏王即答言先所與者已爾與盡自今已後他方小國所可貢獻半入庫藏半用修福世尊我念爾時長夜修福我

於長夜獲得勝報常懷喜樂所受福報無有窮盡不見邊際如我所受得大果報乃知世尊善說斯偈時遲緩天子聞佛所說歡喜踊躍頂禮佛足還于天宮

如是我聞一時佛在舍衛國祇樹給孤獨園時有一天光色倍常於其夜中來詣佛所甚爲熾盛遍照祇洹却在一面而說偈言

如遠至他國　誰爲可親者　於其居家中
復以誰爲親　於其資財中　復以誰爲友
若至後世時　復以誰爲親

爾時世尊說偈答曰

若遠至他國　行伴名爲親　於自居家中
慈母最爲親　於生財利所　眷屬乃爲友
能修功德者　是名後世親

天讚偈言

往昔已曾見　婆羅門涅槃　嫌怖久棄捨
能度世間愛

爾時此天聞佛所說歡喜而去

如是我聞一時佛在舍衛國祇樹給孤獨園時有一天光色倍常於其夜中來詣佛所威光顯赫普照祇洹悉皆大明却坐一面而說偈言

人生壽不定　日日趣死徑　無常所侵奪
壽命甚短促　老來侵壯色　無有救護者
恐怖畏向死　作福得趣樂

爾時世尊以偈答言

人生壽不定　日日趣死徑　無常所侵奪
壽命甚短促　老來侵壯色　無有救護者
恐怖畏向死　欲得寂滅樂　應捨世五欲
不宜深生著

天讚偈言

往昔已曾見　婆羅門涅槃　嫌怖久捨棄

能度世間愛

時此天子聞佛所說歡喜而去

如是我聞一時佛在舍衛國祇樹給孤獨園時有一天光色倍常於其夜中來詣佛所威光顯赫遍照祇洹悉皆大明却坐一面而說偈言

四時不暫停　命亦日夜盡　壯年不久住

恐怖死來至　爲於涅槃故　應當勤修福

爾時世尊以偈答言

四時不暫停　命亦日夜盡　壯年不久住

恐怖死來至　見於死生苦　而生大怖畏

捨世五欲樂　當求於寂滅

天讚偈言

往昔已曾見　婆羅門涅槃　嫌怖久捨棄

能度世間愛

爾時此天聞佛所說歡喜而去

如是我聞一時佛在舍衛國祇樹給孤獨園爾時夜中有一天子光色倍常來詣佛所威光顯赫遍于祇洹悉皆大明却在一面而說偈言

當思於何法　應棄捨何法　修行何勝事

成就何等事　能度駛流水　得名爲比丘

爾時世尊以偈答言

能斷於五蓋　棄捨於五欲　增上修五根

成就五分法　能度駛流水　得名爲比丘

天讚偈言

往昔已曾見　婆羅門涅槃　嫌怖久棄捨

能度世間愛

爾時此天聞佛所說歡喜而去

如是我聞一時佛在舍衛國祇樹給孤獨園

時有一天光色倍常於其夜中來詣佛所威

光顯照遍于祇洹赫然大明却坐一面而說

偈言

誰於睡名寤　誰於寤名睡　云何染塵垢

云何得清淨

佛以偈答言

若持五戒者　雖睡名爲寤　若造五惡者

雖寤名爲睡　若爲五蓋覆　名爲染塵垢

無學五分身　清淨離塵垢

天復說偈讚言

往昔已曾見　婆羅門涅槃　嫌怖久棄捨

能度世間愛

爾時此天聞佛所說歡喜而去

阿練若憍慢　修福日夜增　云何得大力

何物生歡喜　遠去强親逼　日夜有損減

思惟及睡寤

如是我聞一時佛在舍衛國祇樹給孤獨園

爾時有一天光色倍常於其夜中來詣佛所

威光顯赫照于祇洹赫然大明却坐一面而

說偈言

若人有子孫　則便生歡喜　財寶及六畜

有則皆歡喜　若人受身時　亦復生歡喜

若無有身者　則無歡悅心

爾時世尊以偈答言

若人有子孫　則能生憂惱　財寶及六畜

斯是苦惱本　若復受身者　則爲憂惱患

若不受身者　則名寂滅樂

天復說偈讚言

往昔已曾見　婆羅門涅槃　嫌怖久棄捨
能度世間愛
爾時此天聞佛所說歡喜而去
如是我聞一時佛在舍衛國祇樹給孤獨園時有一天光色倍常於其夜中來至佛所威光顯照遍于祇洹悉皆大明却坐一面而說偈言
云何義勝利　誰爲最親友　衆生依何等
而得自濟活　修造何事務　而能得聚斂
爾時世尊以偈答言
種田爲義利　妻爲最親友　衆生依熟苗
而得自濟活　若能勤作者　斯業勝聚斂
爾時天復說偈讚言
往昔已曾見　婆羅門涅槃　嫌怖久棄捨
能度世間愛
爾時此天說此偈已歡喜而去
如是我聞一時佛在舍衛國祇樹給孤獨園時有一天光色倍常於其中夜來詣佛所威光顯照遍于祇洹悉皆大明却坐一面而說偈言
愛中子第一　財中牛第一　明中日第一
淵中海第一
爾時世尊以偈答言
所愛無過身　能教第一財　慧爲第一明
雨爲第一淵
爾時天復說偈讚言
往昔已曾見　婆羅門涅槃　嫌怖久棄捨
能度世間愛
爾時此天說此偈已歡喜而去
如是我聞一時佛在舍衛國祇樹給孤獨園

時有一天光色倍常於其夜中來詣佛所威光顯照遍于祇洹赫然大明却坐一面而說偈言

於其二足中　刹利最爲勝　於彼四足中
牛最爲勝者　若於娶妻中　童女爲最勝
於諸兒息中　長子爲最勝

爾時世尊以偈答曰

兩足最勝正覺是　四足中勝善乘是
娶妻中勝貞女是　兒子中勝孝者是

爾時天復說偈讚言

往昔已曾見　婆羅門涅槃　嫌怖久棄捨
能度世間愛

爾時此天說此偈已歡喜而去

如是我聞一時佛在舍衛國祇樹給孤獨園

時有一天光色倍常於其中夜來詣佛所威光顯照遍于祇洹赫然大明却坐一面而說偈言

何物生爲勝　何物入地勝　種子何者勝
擲種誰爲勝

時有天子先身從種田中得因以爲名焉以偈答曰

苗稼生爲勝　子入地第一　擁護於耕牛
兒擲種爲勝

爾時彼天語此天言我不問汝我欲問佛復以偈問佛

何物生爲勝　何物入地勝　種子何者勝
擲種誰爲勝

爾時世尊以偈答言

明生最勝苗　無明滅爲勝　親近供養佛
擲種僧最勝

爾時天復以偈讚言
往昔已曾見　婆羅門涅槃　嫌怖久棄捨
能度世間愛
爾時此天說此偈已歡喜而去
如是我聞一時佛在舍衛國祇樹給孤獨園時有一天光色倍常於其夜中來詣佛所威光顯照遍于祇洹赫然大明却坐一面而說偈言
云何世間生　云何得和合　幾受世間有
何物苦世間
爾時世尊以偈答言
六愛生世間　六觸能和合　六受能得有
六情生諸苦
爾時天復以偈讚言
往昔已曾見　婆羅門涅槃　嫌怖久棄捨
能度世間愛
爾時此天說此偈已歡喜而去
如是我聞一時佛在舍衛國祇樹給孤獨園時有一天光色倍常於其夜中來詣佛所威光顯照遍于祇洹赫然大明却坐一面而說偈言
云何劫世間　云何名苦惱　云何是一法
世間得自在
爾時世尊以偈答曰
意劫將諸趣　意苦惱世間　意明爲一法
世間得自在
爾時天復以偈讚言
往昔已曾見　婆羅門涅槃　嫌怖久棄捨
能度世間愛
爾時此天說此偈已歡喜而去

如是我聞一時佛在舍衛國祇樹給孤獨園時有一天光色倍常於其夜中來詣佛所威光顯照遍于祇洹赫然大明却坐一面而說偈言

何物縛世間　云何得解脫　斷於何等法
得至於涅槃

爾時世尊以偈答曰

欲縛於世間　捨欲得解脫　能斷於愛縛
是名得涅槃

爾時天復以偈讚言

往昔已曾見　婆羅門涅槃　嫌怖久棄捨
能度世間愛

爾時此天說此偈已歡喜而去

如是我聞一時佛在舍衛國祇樹給孤獨園時有一天光色倍常於其夜中來詣佛所威光普照遍于祇洹赫然大明却坐一面而說偈言

何物覆世間　何物能圍遶　何物縛衆生
云何世間住

爾時世尊以偈答曰

老能覆世間　死能爲圍遶　愛縛於衆生
如法住世間

爾時天復以偈讚言

往昔已曾見　婆羅門涅槃　嫌怖久棄捨
能度世間愛

爾時此天說此偈已歡喜而去

如是我聞一時佛在舍衛國祇樹給孤獨園時有一天光色倍常於其夜中來詣佛所威光普照遍于祇洹赫然大明却坐一面而說偈言

何物迷世間　何物和合有　何物汙衆生
云何豎於幢
爾時世尊以偈答曰
無明迷世間　愛著和合有　瞋汙染衆生
我慢豎爲幢
天復以偈問言
何誰無蓋障　何誰斷於愛　誰出於汙染
誰能倒大幢
爾時世尊以偈答曰
如來無蓋障　正智得解脫　彼無有蓋障
能盡於愛結　出離於塵垢　傾於我慢幢
爾時天復以偈讚言
往昔已曾見　婆羅門涅槃　嫌怖久棄捨
能度世間愛
爾時此天說此偈已歡喜而去

如是我聞一時佛在舍衛國祇樹給孤獨園時有一天光色倍常於其夜中來詣佛所威光普照遍于祇洹赫然大明却坐一面而說偈言

人財何者勝　修行何善行　能得快樂報
味中何最勝　云何諸壽中　壽命得最勝
爾時世尊以偈答曰
於諸財物中　信財第一勝　如法修善行
能獲快樂報　於諸滋味中　實語爲第一
於諸壽命中　慧命爲最勝
爾時天復以偈讚言
往昔已曾見　婆羅門涅槃　嫌怖久棄捨
能度世間愛
爾時此天說此偈已歡喜而去

如是我聞一時佛在舍衛國祇樹給孤獨園

時有一天光色倍常於其夜中來詣佛所威光普照遍于祇洹赫然大明却坐一面而說偈言

人於生死中　何者是二伴　誰爲教授者　歸向涅槃道　比丘樂何法　而斷於結縛

爾時世尊以偈答曰

於諸生死中　信爲第二伴　智慧如教授　能樂涅槃者　斷諸結使縛　是則名比丘

爾時天復以偈讚言

往昔已曾見　婆羅門涅槃　嫌怖久棄捨　能度世間愛

爾時此天說此偈已歡喜而去

如是我聞一時佛在舍衛國祇樹給孤獨園時有一天光色倍常於其夜中來詣佛所威光普照遍于祇洹赫然大明却坐一面而說偈言

何善能至老　何善最安住　何寶爲第一　何物賊不劫

爾時世尊以偈答曰

持戒善至老　信最爲安住　智慧人寶勝　福財賊不劫

爾時天復以偈讚言

往昔已曾見　婆羅門涅槃　嫌怖久棄捨　能度世間愛

爾時此天說此偈已歡喜而去

如是我聞一時佛在舍衛國祇樹給孤獨園時有一天光色倍常於其夜中來詣佛所威光普照遍于祇洹赫然大明却坐一面而說偈言

衆生誰所生　云何常馳求　云何於生死

流轉不解脫
爾時世尊以偈答曰
愛生於衆生　意馳於諸塵　一切有命類
輪轉於生死　恒受於諸苦　云何得解脫
爾時天復以偈讚言
往昔已曾見　婆羅門涅槃　嫌怖久棄捨
能度世間愛
爾時此天說此偈已歡喜而去
如是我聞一時佛在舍衛國祇樹給孤獨園
時有一天光色倍常於其夜中來詣佛所威
光普照遍于祇洹赫然大明却坐一面而說
偈言
衆生誰所生　云何常馳求　於生死輪轉
何者爲怖畏
爾時世尊以偈答曰
衆生從愛生　心意馳不停　衆生處生死
苦爲大怖畏
爾時天復以偈讚言
往昔已曾見　婆羅門涅槃　嫌怖久棄捨
能度世間愛
爾時此天說此偈已歡喜而去
如是我聞一時佛在舍衛國祇樹給孤獨園
時有一天光色倍常於其夜中來詣佛所威
光普照遍于祇洹赫然大明却坐一面而說
偈言
衆生誰所生　云何常馳求　生死常輪轉
何者大怖畏
爾時世尊以偈答曰
愛能生衆生　意識馳諸塵　衆生處生死
業爲大怖畏

爾時天復以偈讚言
往昔已曾見　婆羅門涅槃　嫌怖久棄捨
能度世間愛
爾時此天説此偈已歡喜而去
如是我聞一時佛在舍衛國祇樹給孤獨園
時有一天光色倍常於其夜中來詣佛所威
光普照遍于祇洹赫然大明却坐一面而説
偈言
云何名非道　何物日夜逝　梵行誰爲垢
誰惱害世間　云何名澡浴　而能不用水
唯願佛世尊　爲我分別説
爾時世尊以偈答曰
欲名爲非道　人命日夜逝　女爲梵行垢
亦惱害世間　專修梵行者　潔淨勝彼水
爾時天復以偈讚言
往昔已曾見　婆羅門涅槃　嫌怖久棄捨
能度世間愛
爾時此天説此偈已歡喜而去
如是我聞一時佛在舍衛國祇樹給孤獨園
時有一天光色倍常於其夜中來詣佛所威
光普照遍于祇洹赫然大明却坐一面而説
偈言
何物爲第一　諸物中最勝　云何在處處
而得於最上　有何一種法　於世間自在
爾時世尊以偈答曰
諸於世物中　四陰名最勝　善於彼處處
皆得爲最上　四陰名一法　於世間自在
爾時天復以偈讚言
往昔已曾見　婆羅門涅槃　嫌怖久棄捨
能度世間愛

爾時此天說此偈已歡喜而去
如是我聞一時佛在舍衛國祇樹給孤獨園
時有一天光色倍常於其夜中來詣佛所威
光普照遍于祇洹赫然大明却坐一面而說
偈言
偈爲何者初　云何爲分別　偈何所依止
偈以何爲體
爾時世尊以偈答曰
偈以欲爲初　字爲偈分段　偈依止於名
文章以爲體
爾時天復以偈讃言
往昔已曾見　婆羅門涅槃　嫌怖久棄捨
能度世間愛
爾時此天說此偈已歡喜而去
如是我聞一時佛在舍衛國祇樹給孤獨園
時有一天光色倍常於其夜中來詣佛所威
光普照遍于祇洹赫然大明却坐一面而說
偈言
以何知王車　云何知於火　云何分別國
云何知女人
爾時世尊以偈答曰
以幢知王車　以煙知有火　以主知有國
以夫別女人
爾時此天以偈讃言
往昔已曾見　婆羅門涅槃　嫌怖久棄捨
能度世間愛
爾時此天說此偈已歡喜而去
信財及第二　持戒善至老　偈爲何者初
三種生世間　非道最上勝
別車爲第十

別譯雜阿含經卷第八

別譯雜阿含經卷第九

失譯人名附秦錄

如是我聞一時佛在舍衛國祇樹給孤獨園時有一天光色倍常來詣佛所身光顯照遍于祇洹赫然大明却坐一面而說偈言

不生歡喜園　終不能得樂　是三十三天
名稱滿世間　常是彼天人　之所居住處

爾時世尊以偈答曰

汝如小嬰愚　非爾智所及　如斯之妙法
乃是羅漢語　諸行斯無常　是生滅之法
其生滅滅已　寂滅乃爲樂

天復以偈讚言

往昔已曾見　婆羅門涅槃　嫌怖久捨離
能度世間愛

爾時此天說此偈已歡喜還宮

如是我聞一時佛在舍衛國祇樹給孤獨園時有一天光色倍常來詣佛所身光顯照遍于祇洹赫然大明却坐一面而說偈言

能捨於家業　斷諸一切法　常教授於他
不名善沙門

爾時世尊以偈答曰

夜叉汝當知　若諸種姓中　有遭苦難者
諸有有智人　不應不愍彼　善逝以大悲
安慰而教導　羅漢法應爾

大復以偈讚言

往昔已曾見　婆羅門涅槃　嫌怖久捨離
能度世間愛

爾時此天說此偈已歡喜還宮

如是我聞一時佛在舍衛國祇樹給孤獨園時有一天光色倍常來詣佛所身光顯照遍

于祇洹赫然大明却坐一面而說偈言

若有賢善人　能具修慚愧　譬如彼良馬
不爲儱悷惡

爾時世尊以偈答曰

一切世間人　少能修慚愧　能遠離諸惡
猶彼調乘馬

天復以偈讚言

往昔已曾見　婆羅門涅槃　嫌怖久捨離
能度世間愛

爾時此天說此偈已歡喜還宮

如是我聞一時佛在舍衛國祇樹給孤獨園時有一天光色倍常來詣佛所身光顯照遍于祇洹赫然大明却坐一面而說偈言

不善知已法　好欲習他教　是名睡不寤
有時必得寤

爾時世尊以偈答曰

既善知已法　不喜習他教　漏盡阿羅漢
棄惡就正法

天復以偈讚言

往昔已曾見　婆羅門涅槃　嫌怖久捨離
能度世間愛

爾時此天說此偈已歡喜還宮

如是我聞一時佛在舍衛國祇樹給孤獨園時有一天光色倍常來詣佛所身光顯照遍于祇洹赫然大明却坐一面而說偈言

不善調於法　依止於異見　是名睡不寤
有時或得寤

爾時世尊以偈答曰

於法善調順　不依止邪見　度愛之彼岸
佛知已涅槃

天復以偈讚言
往昔已曾見　婆羅門涅槃　嫌怖久捨離
能度世間愛
爾時此天說此偈已歡喜還宮
如是我聞一時佛在舍衛國祇樹給孤獨園
時有一天光色倍常來詣佛所身光顯照遍
于祇洹赫然大明却坐一面而說偈言
比丘得羅漢　盡諸有漏法　如是滅結者
住於最後身　僞說言是我　僞說言非我
爾時世尊以偈答曰
比丘得羅漢　盡諸有漏法　如斯滅結者
住於最後身　內心終不著　我及以非我
隨順世俗故　亦說我非我
天復以偈讚言
往昔已曾見　婆羅門涅槃　嫌怖久捨離
能度世間愛
爾時此天說此偈已歡喜還宮
如是我聞一時佛在舍衛國祇樹給孤獨園
爾時羅睺羅阿修羅王手障於月時月天子
極大驚怖身毛爲竪往詣佛所頂禮佛足即
說偈言
如來大精進　我今歸命禮　能於一切處
悉皆得解脫　今遭大艱難　願作我歸依
世間之善逝　應供阿羅漢　我今來歸依
如來愍世間　使彼羅睺羅　自然放捨我
爾時世尊說偈答曰
月處虛空中　能滅一切闇　有大光明照
清白悉明了　月是世明燈　羅睺應速放
羅睺聞偈已　心中懷戰慄　流汗如沐浴
即速放彼月

時跋羅蒲盧旃見阿修羅王速疾放月即說偈言

汝何故驚懼　速疾放於月　身汗如沐浴
掉動如病者

時阿修羅復說偈言

我聞佛說偈　若不放月者　頭當破七分
終不見安樂

時跋羅蒲盧旃復說偈言

佛出未曾有　見者得安隱　阿修聞說偈
即時放於月

如是我聞一時佛在舍衛國祇樹給孤獨園時有一天光色倍常來詣佛所身光顯照遍于祇洹赫然大明却坐一面而說偈言

汝手爲有杻　及有絆桁械　不處於牢獄
乃至繫閉不

爾時世尊以偈答曰

我都無手杻　及以諸桁械　羇絆繫閉等
一切皆永滅　夜叉汝當知　我脱如是事

天復以偈問曰

云何名爲杻　云何是桁械　云何是羇絆
云何爲繫閉

佛復以偈答曰

母即名爲杻　婦名爲桁械　子名爲羇絆
愛名爲繫閉　我無母之杻　亦無妻桁械
無有子羇絆　復無愛繫閉

天復說偈言

善哉得無杻　亦無有桁械　善哉無羇絆
無繫閉亦善

天復以偈讚言

往昔已曾見　婆羅門涅槃　嫌怖久捨離

能度世間愛

爾時此天說此偈已歡喜還宮

如是我聞一時佛在釋翅鵂羅脾大斯聚落爾時世尊剃除鬚髮未久之間晨朝早起正身端坐以衣覆頭時彼鵂羅脾大斯聚落之中有一天神來至佛所而問佛言汝憂愁耶佛言我無所失何故憂愁天神復言汝歡喜耶佛答之曰我無所得何故歡喜復言沙門汝不憂愁不歡喜耶佛言誠如所言天即說偈言

比丘汝云何　得無煩惱耶　汝無少歡喜
獨坐於林野　是處難忍樂　而汝於今者
不爲不忍樂　之所覆蔽障

爾時世尊以偈答曰

我都無煩惱　安住得解脫　亦無有歡喜
不樂所不亂　天神應當知　是故能獨住

天神復以偈問言

比丘汝今者　何故無煩惱　云何無歡喜
而獨住林野　不爲彼不樂　之所覆蔽障

爾時世尊以偈答曰

歡喜即煩惱　煩惱即歡喜　我無喜煩惱
天神應當知

天神復說偈言

比丘快善哉　而無諸煩惱　亦無有歡喜
無歡喜善哉　善哉處閑獨　不樂所不亂

天神復以偈讚言

往昔已曾見　婆羅門涅槃　嫌怖久捨離
能度世間愛

爾時此天說此偈已歡喜還宮

如是我聞一時佛在舍衛國祇樹給孤獨園

時有一天光色倍常來詣佛所身光顯照遍于祇洹赫然大明却坐一面而說偈言

端坐百年鍐　頭上亦火然　應勤思方便
而斷於欲結

爾時世尊以偈答曰

端坐百年鍐　頭上亦火然　念覺之比丘
應勤思方便　而斷於邊見　及以吾我見

天復以偈讚言

往昔已曾見　婆羅門涅槃　嫌怖久棄捨
能度世間愛

爾時此天說是偈已歡喜還宮

如是我聞一時佛在舍衛國祇樹給孤獨園

時有一天光色倍常於其夜中來詣佛所威光普照遍于祇洹赫然大明却坐一面而說偈言

天女侍左右　毗舍闍充滿　愚癡黑闇林
云何得過去

爾時世尊以偈答曰

正直名爲道　無畏名方便　無聲名快樂
能覆善覺觀　慙愧爲拘靷　念爲諸翼從
智慧爲善乘　正見爲引導　男子若女人
能乘是乘者　必捨棄名色　離欲斷生死

天復以偈讚言

往昔已曾見　婆羅門涅槃　嫌怖久捨離
能度世間愛

爾時此天說此偈已歡喜還宮

如是我聞一時佛在舍衛國祇樹給孤獨園

時有一天光色倍常於其夜中來詣佛所威光普照遍于祇洹赫然大明却坐一面而說偈言

九門四輪轉　內盛滿重銅　深淤泥之中
云何而得出
爾時世尊以偈答曰
斷於喜愛結　及以欲貪惡　拔於愛根本
然後安隱出
天復以偈讚言
往昔已曾見　婆羅門涅槃　嫌怖久捨離
能度世間愛
爾時此天說此偈已歡喜還宮
如是我聞一時佛在舍衛國祇樹給孤獨園時有一天光色倍常於其夜中來詣佛所威光普照遍于祇洹赫然大明却坐一面而說偈言
云何外髻髮　內亦有髻髮　世界俱髻髮
我今問瞿曇　云何令髻髮　作於不髻髮

爾時世尊以偈答曰
堅持立禁戒　修心及智慧　勤行於精進
具念名比丘　速能令髻髮　作於不髻髮
天復以偈讚言
往昔已曾見　婆羅門涅槃　嫌布久棄捨
能度世間愛
爾時此天說此偈已歡喜還宮
如是我聞一時佛在舍衛國祇樹給孤獨園時有一天光色倍常於其夜中來詣佛所威光普照遍于祇洹赫然大明却坐一面而說偈言
出家甚爲難　極難難可見　愚者作沙門
多有諸事難　怖畏懈怠者　常無歡喜見
云何而得行　於彼沙門法　不能禁其心
數生不歡喜　想欲得自在　云何而除滅

爾時世尊以偈答曰

比丘覆惡覺　譬如龜藏六　比丘無所依
亦不惱害彼　比丘入涅槃　都無有譏論

天復以偈讚言

往昔已曾見　婆羅門涅槃　嫌怖久棄捨
能度世間愛

爾時此天說此偈已歡喜還宮

如是我聞一時佛在舍衛國祇樹給孤獨園時有一天光色倍常於其夜中來詣佛所威光普照遍于祇洹赫然大明却坐一面而說偈言

睡眠肰顰伸　顰伸而不樂　飲食不調適
并心下狹劣　五事來覆障　不得見聖道

爾時世尊以偈答曰

若人睡臥肰　顰伸而不樂　飲食不調適
并其心下劣　精進捨五事　後必見聖道

天復以偈讚言

往昔已曾見　婆羅門涅槃　嫌怖久棄捨
能度世間愛

爾時此天說此偈已歡喜還宮

如是我聞一時佛在舍衛國祇樹給孤獨園時有一天光色倍常於其夜中來詣佛所威光普照遍于祇洹赫然大明却坐一面而說偈言

池水云何竭　有何流還返　世間之苦樂
何處都消盡

爾時世尊以偈答曰

眼耳與鼻舌　并及於身意　名色都消盡
如是池枯竭　盡於諸結業　世間之苦樂
於斯盡無餘　亦無有還返

天復以偈讚言

往昔已曾見　婆羅門涅槃　嫌怖久棄捨

能度世間愛

爾時此天說此偈已歡喜還宮

如是我聞一時佛在舍衛國祇樹給孤獨園時有一天光色倍常於其夜中來詣佛所威光普照遍于祇洹赫然大明却坐一面而說偈言

牟尼之世雄　猶如伊尼延　少食不耆味

寂然處林坐　我今有少疑　欲問於瞿曇

苦從誰出要　云何解脫苦　苦於何處盡

願爲決所疑

爾時世尊以偈答曰

世間有五欲　意第六顯現　除斷於喜欲

遠離一切苦　是名苦出要　亦名苦解脫

斯處名盡滅　是事汝當知

天復以偈讚言

往昔已曾見　婆羅門涅槃　嫌怖久捨棄

能度世間愛

爾時此天說此偈已歡喜還宮

如是我聞一時佛在舍衛國祇樹給孤獨園時有一天光色倍常於其夜中來詣佛所威光普照遍于祇洹赫然大明却坐一面而說偈言

都無所攀緣　又無安足處　甚深洪流中

誰能不沉沒　誰有勤精進　能度瀑駛流

爾時世尊以偈答曰

淨持於禁戒　修智及禪定　觀察內身念

難度而得度　得離於欲結　出過色有使

盡於歡喜有　如是能履深　而不爲沒溺

能度瀑駛流

天復以偈讚言

往昔已曾見　婆羅門涅槃　嫌怖久棄捨
能度世間愛

爾時此天說此偈已歡喜還宮

如是我聞一時佛在舍衛國祇樹給孤獨園時有一天光色倍常赫然大明遍于祇洹來詣佛所頂禮足已在一面坐問言瞿曇汝今能知一切衆生所著所縛及知一切衆生得解脫者弁淨解脫不爾時世尊即告天曰我實盡知一切之所縛著及得解脫盡解脫淨解脫者天復問言瞿曇云何能知一切衆生之所縛著得解脫盡解脫淨解脫耶佛復告言我盡觀見有汝天當知今我之心得善解脫得解脫故能知衆生之所縛著得解脫盡解脫淨解脫亦悉知之天即讚言善哉善哉瞿曇知縛著乃至能知得淨解脫天復以偈讚言

往昔已曾見　婆羅門涅槃　嫌怖久棄捨
能度世間愛

爾時此天說此偈已歡喜還宮

如是我聞一時佛在舍衛國祇樹給孤獨園時有一天光色倍常於其夜中來詣佛所威光顯照遍于祇洹晃然大明却坐一面而問佛言瞿曇汝爲能度瀑駛流耶爾時世尊答言實爾天言瞿曇如此駛流深廣無際傍無攀緣中無安足而能得度甚爲奇特佛言實爾天復問曰瞿曇汝今云何於此駛流無可攀挽無安足處而能得度佛答天曰若我懈怠必爲沉没若爲沉没必爲所漂若我精進

必不沉沒若不沉沒不爲所漂我於如是大洪流中無有攀挽無安足處而能得度此大駛流天即讚言善哉善哉比丘於此駛流無所攀挽而能得度甚爲希有

天復以偈讚言

我昔已曾見　婆羅門涅槃　久捨於嫌怖
能度世間愛

爾時此天說此偈已歡喜還宮

牟鋑及天女　四轉輪髻髮　睡猒極難盡
伊尼延駛流　無縛著解脫　而能得濟度

如是我聞一時佛在舍衛國祇樹給孤獨園時有一天光色倍常來詣佛所身光顯照遍于祇洹赫然大明却坐一面而說偈言

世間常驚懼　衆生恒憂惱　未得財封利
及已得之者　於得不得中　能無喜懼心
如斯之等事　唯願爲我說

爾時世尊以偈答曰

若有智慧者　苦行攝諸根　棄捨一切務
除如此等人　更無出生死　若不捨諸務
常處於生死　驚畏而怖迮　憂愁等諸患
苦惱所纏逼　若捨於一切　能除上諸患
則離於生死　憂怖等諸惡

天復以偈讚言

往昔已曾見　婆羅門涅槃　嫌怖久棄捨
能度世間愛

爾時此天說此偈已歡喜還宮

如是我聞一時佛在舍衛國祇樹給孤獨園時有一天光色倍常於其夜中來詣佛所威光普照遍于祇洹赫然大明却坐一面而說偈言

誰得色最勝 誰秉和合逝 當於其處住
習學何事業 是何等種類 而能供養天

爾時世尊以偈答曰

持戒有智慧 善能修己者 念禪不放逸
除去四熱惱 正法意解脫 如此得上色
美妙獲最勝 和合斯秉道 應形彼處住
習學於善法 若有如是人 名知供養天

天復以偈讚言

往昔已曾見 婆羅門涅槃 嫌怖久棄捨
能度世間愛

爾時此天說此偈已歡喜還宮

如是我聞一時佛在舍衛國祇樹給孤獨園
時有一天光色倍常於其夜中來詣佛所威
光普照遍于祇洹赫然大明却坐一面而說
偈言

羅吒國商估 財產極巨富 各各相貪利
貪求無猒足 爲財產鬬諍 愛欲結流漂
如斯之等類 誰能捨欲愛

爾時世尊以偈答曰

棄捨衆緣務 妻子及六畜 一切所翫愛
除去欲貪癡 捨欲而出家 此能斷欲結
永捨於一切 漂没及諍訟

爾時天復以偈讚言

往昔已曾見 婆羅門涅槃 嫌怖久棄捨
能度世間愛

爾時此天說此偈已歡喜還宮

如是我聞一時佛在舍衛國祇樹給孤獨園
爾時佛告諸比丘於往昔時俱薩羅國有五
百乘車而以爲伴行到曠野險難之處無有
水草有五百賊尋逐其車規欲劫掠時有天

神住曠野中知賊欲劫而作是念我今當往詣彼車所我當問之彼若能答當爲救護設有不通我當放捨思惟是已尋即來到行客車前身光遍照五百乘車盡皆大明即便以偈問商估言

誰於寤者名爲睡　誰於睡者名爲寤
誰能解達如斯義　宜知是時應答我

時商估中有優婆塞於三寶所深得淨信歸佛法僧於佛法僧得了決定無有狐疑又於四諦亦無疑心已得見諦獲於初果晨朝早起正身端坐繫念在前高聲誦經誦法句偈及波羅經種種經偈彼優婆塞說偈答言

我於寤者名爲睡　我於睡者名爲寤
我知斯事悉明了　是故今者以偈答

爾時天神以偈問言

汝今云何作是言　我於寤者名爲睡
我於睡者名爲寤　云何知此而答我

優婆塞以偈答言

斷除貪欲瞋恚癡　諸漏已盡阿羅漢
彼稱爲寤我名睡　不知苦集及滅道
我於彼睡名爲寤　天神汝今應當知

天神復說偈問言

善哉於寤名爲睡　汝能善解答我問
久來不見法兄弟　今得相見大歡悅
今爾衆伴爲汝故　一切安隱得歸還

佛說是已諸比丘聞佛所說歡喜奉行

如是我聞一時佛在舍衛國祇樹給孤獨園爾時佛告諸比丘乃往古昔輸波羅城有優婆塞所居住處諸優婆塞咸共集會於其堂上呵欲之過欲現外形如露白骨又如肉段

衆鳥競逐欲如糞毒亦螫亦汙又如火坑亦如疥人向火痒痛逾增其疾又如向風執炬逆走若不放捨必爲所燒亦如夢幻又如假借亦如樹果又如矛戟欲爲不淨穢惡充滿如食不消噦臭可惡雖復共集種種言說呵欲之過然其還家各自放逸時優婆塞所集堂神而作是念諸優婆塞集會此堂說欲過患及其還家嗜欲滋甚不名清淨不依法行我今爲彼作諸觸惱令其覺悟作是念已時彼堂神於優婆塞集會之時即說偈言

優婆塞集論　說欲是無常　汝等還自爲
欲流所沉沒　譬如深淤泥　老牛墜在中
如今我觀察　優婆塞衆多　多聞持禁戒
唯說一欲過　言欲是無常　但空有是言
實無棄欲心　貪著男女相　貪著名非法
汝等宜捨棄　於佛教法中　應如法修行

爾時堂神說如是偈諸優婆塞聞是偈已皆悉解悟猒惡於欲剃除鬚髮信家非家出家學道勤行精進修戒定慧悉皆獲得阿羅漢果佛說是已諸比丘聞佛所說歡喜奉行

如是我聞一時佛在王舍城迦蘭陀竹林時須達多長者有少因緣從舍衛國至王舍城詣護彌長者家見其家中竟夜不睡破薪然火辦諸供具安置高座敷諸牀㮇須達多長者見是事已作是思惟今此長者施設供具爲欲結婚歡樂宴會爲欲屈彼頻婆娑羅王及大臣乎復更思念若請國王及以官屬婚姻宴會而此長者不應躬身而自栖栖執於勞苦然火作食必有勝人不審是誰我今當問思惟是已即以所念問於長者時護彌長

者即答之曰我亦不爲婚姻歡會亦不屈請頻婆娑羅王及大臣等而爲此會我於明日將欲請佛及比丘僧故設斯供須達多長者初聞佛名身毛爲豎驚喜問言云何名佛護彌答言釋種出家剃除鬚髮成於無上正真之道號曰爲佛須達多又問云何名僧長者答曰若刹利子剃除鬚髮隨佛出家婆羅門種居士種首陀羅種如此之等信家非家隨佛出家是名爲僧我於今者請佛及僧須達多問言今日如來爲可見不護彌答言如來近在迦蘭陀竹林爾今小待佛當自來受我供養時須達多內心踊躍思覩世尊便小睡眠眠已尋寤天猶未曉意謂平旦即便早起趣於城門然彼城門初夜後夜二時常閉時須達多既至門下見城門開謂天已曉即出門外欲詣佛所先以念佛故有光明來照其身到城外已見一天祀即時遶祀恭敬禮拜還復黑闇心自念言天大黑闇若人非人或能害我當還入城時尸婆天神放光照曜乃至祇洹悉皆大明天神即語須達多言汝可前進不宜退還爾時天神即說偈言

假使百疋馬　載滿衆珍寶　并及百金人
以持用布施　如是展轉施　遍滿閻浮提
如是功德聚　以用爲一分　不如有一人
發心向佛所　舉足行一步　十六分中一
假使雪山中　所有大力象　其數足滿百
金寶莊校身　其體甚姝大　其行極迅疾
暴逸倍有力　滿載諸雜寶　以此用布施
不如向佛所　一步之功德　十六分中一
假使斂摩耆　所出之寶女　顏容甚端嚴

其數足滿百　瓔珞以嚴身　眞金爲首飾
頭著寶珠瓔　此以用布施　所得之功德
不如向佛所　舉足行一步　十六分中一
是故我勸爾　於此莫退還

時須達多即問之曰汝是誰耶天即答言我是汝昔日親舊善身摩納於舍利弗大目連所臨終之時生歡喜心命終生天得爲北方天王毗沙門子我於如來弟子所發心隨喜尚獲此福況復佛也時須達多復自念言今此天神稱讚乃爾以此量之必知彼人功德尊勝爾時世尊露地經行須達多長者即詣佛所初見世尊不知禮敬輒前直坐時彼天神化作婆羅門來至佛所遶佛三帀頂禮恭敬然後就坐時須達多既見之已方効於彼禮敬而坐問訊不審聖體安樂以不爾時世尊以偈答言

一切事安樂　婆羅門涅槃　無爲欲所汙
解脫於諸有　心斷諸欲求　心除熱惱病
其心得清淨　寂滅安隱眠

爾時世尊即將長者須達多入於房中敷座而坐時須達多禮佛足已在一面坐佛爲種種說法示教利喜施論戒論生天之論欲爲不淨出要爲樂佛知須達多心意專正踊躍歡喜佛爲說四眞諦即於座上見四眞諦如新淨氎易受染色須達多易悟亦復如是見法證法斷八十億洞然之結得須陀洹即從座起整衣服禮佛足已白佛言世尊我名須達多我以布施貧乏之故諸人稱爲給孤獨氏佛言汝是何國人出生何種族須達白言我所出生舍衛國唯願世尊往詣彼國我當

終身施設供養佛告須達多彼國爲有僧坊以不須達多白佛言世尊但往於彼我當營造使諸比丘來往於彼爾時如來默然受請時須達多聞佛所說并受其請頂禮佛足歡喜而去

如是我聞一時佛在舍衛國祇樹給孤獨園爾時須達多長者遇病困篤於時世尊聞其病甚即於晨朝著衣持鉢往詣其家須達多長者遥見佛來動身欲起佛告長者不須汝起爾時世尊別敷座坐佛告長者汝所患苦爲可忍不醫療有降不至增乎長者白佛今所患苦甚爲難忍所受痛苦遂漸增長苦痛逼切甚可患猒譬如力人以繩繫於弱劣者頭總摵掣頓揉捺其頭我患首疾亦復如是譬如屠家以彼利刀而開牛腹撓攪五內我患腹痛亦復如是譬如二大力士捉彼羸瘦極患之人向火拷炙我患身體煩熱苦痛亦復如是佛告長者汝於今者應於佛所生不壞信法僧及戒亦當如是長者白言如佛所說四不壞信我亦具得佛告長者依四不壞爾今次應修於六念汝當念佛諸功德憶佛十號如來應供正遍知明行足善逝世間解無上士調御丈夫天人師佛世尊是名念佛云何念法如來所說勝妙之法等同慶善現在得利及獲得證離諸熱惱不擇時節能向善趣現在開示乃至智者自知是名念法云何念僧常當憶念僧之德行如來聖僧得向具足應病授藥正真向道所行次第不越限度能隨於佛所行之法須陀洹果向須陀洹斯陀含果向斯陀含阿那含果向阿那含阿

羅漢果向阿羅漢是名如來聲聞僧具足戒定慧解脫解脫知見爲他所請如是等僧宜應敬禮合掌向之是名念僧云何念戒自念所行滿足之戒白淨戒不瑕戒不缺戒不穿漏戒純淨戒無垢穢戒不求財物戒智者所樂戒無可譏嫌戒次應自念是名念戒云何念施已所行施我得善利應離慳貪行於布施心無所著悉能放捨若施之時手自授與心常樂施無有厭倦捨心具足若有乞索常爲開分是名念施云何念天常當護心念六欲天念須陀洹斯陀含生彼六天須達多白佛言世尊如佛所說六念之法我已具修須達多白佛唯願世尊在此中食佛默受請曰時既到須達多長者爲於如來設衆餚饌種種備具清淨香潔設是供已合掌向佛而作是言世尊出世難可值遇佛爲長者種種說法示教利喜從座而去須達多長者於佛去後尋於其夜身壞命終得生天上既生天上尋還佛所須達多天子光色倍常照于祇洹悉皆大明頂禮佛足在一面坐而說偈言

此令猶故是　祇洹之園林　仙聖所住處
林池甚閑靜　法主居其中　我今生喜樂
信戒定慧業　正命能使淨　若能修如是
向來之上行　非種姓財富　能得獲斯事
智慧舍利弗　寂然持禁戒　空處樂恬靜
最勝無倫匹

佛告天曰如是如是爾時世尊即說偈言

信戒定慧業　正命能使淨　非種姓財富
能獲如斯事　智慧舍利弗　寂滅能持戒
空處樂恬靜　最上無倫匹

須達多天子聞佛所說歡喜頂禮於座上没還於天宮

爾時世尊於天未曉入講堂中敷座而坐告諸比丘向有一天光色倍常來詣我所其光暉曜普照祇洹悉皆大明禮我足已却坐一面而說斯偈

此今猶故是　祇洹之園林　仙聖所住處
林池甚閑靜　法王居其中　我今生悅樂
信戒定慧業　正命能使淨　若能修如是
向來之上事　非種姓財富　能獲如斯事
智慧舍利弗　寂然持禁戒　空處樂恬靜
最勝無倫匹

爾時尊者阿難在如來後聞天說偈即白佛言此必是須達多長者得生天上是故還來讚舍利弗佛言如是如是彼須達多生天上來至我所說如斯偈爾時阿難及諸比丘聞佛所說歡喜奉行

如是我聞一時佛在曠野國第一林中時首長者身遇困疾爾時世尊聞其患已後日晨朝著衣持鉢往詣其家時首長者遥見佛來動身欲起佛告長者不須汝起佛即慰問汝其患苦爲可忍不醫療有降不至增耶長者白佛今我患苦極爲難忍所受痛劇遂漸增長苦痛逼切甚可猒患譬如有力之人以手總摵無力者頭揉捺牽掣我患頭痛亦復如是譬如屠者以彼利刀撓攪牛腹腸胃寸絶我患腹痛亦復如是譬如二大力人捉一羸病向火拷炙身體焦爛患體熱痛亦復如是佛告長者汝今應於佛所生不壞信法僧及戒亦當如是長者白佛如佛所說四不壞信

我已具得佛告長者依於如是四不壞信應修六念長者白佛如此六念我已具修時首長者即白佛言唯願世尊在此中食佛默然受請日時已到彼首長者爲於如來設衆餚饍種種備具清淨香潔設是供已尋便奉施合掌向佛而作是言世尊出世難可值遇佛爲長者種種說法示教利喜從座而去時首長者如來去後尋於其夜身壞命終生無熱天旣生天已即作此念我於今者應往佛所作是念已尋來佛所光色倍常照于祇洹悉皆大明頂禮佛已却坐一面身淋入地譬如酥油佛告天子汝可化爲麤身當作住想時首天子受佛勅已即便化作欲界麤形不復淋沒佛告首天子言汝行幾法不生猒足身壞命終生無熱天首天白佛我行三法心無猒足故得生天見佛聽法供養衆僧無猒足故命終得生無熱天上時首天子即說偈言

我樂常見佛　不捨於聽法　供養比丘僧
受持賢聖法　調伏貪嫉心　得生無熱天

時首天子說是偈已歡喜頂禮即從座沒還於天宮

如是我聞一時佛在舍衛國祇樹給孤獨園時有一天來至佛所光色倍常威光暉曜遍照祇洹悉皆大明却坐一面而說偈言

七比丘解脫　生於無煩天　盡於善愛有
度世間愛著　誰使度駛流　而此駛流者
死極得自在　甚難可得度　誰救死羂弶
出過天境界

爾時世尊以偈答言

優毗羅建陀　第三弗羯羅　跋直羯提婆

婆睺提毗紐　如是等比丘　盡度於駛流
能度死自在　盡斷生死羂　出過於天界
言說極深遠　難識難可解　所說無不善
汝是何天耶　來問我此事
爾時此天以偈答曰
我不還此有　名爲無煩天　是故我盡知
七比丘解脫　斷棄於愛有　度世之縛結
我生天先緣　今日當具說　梵行盡於漏
迦葉優婆塞　瓦師養父母　遠離於五欲
迦葉及父母　愛答摩納等　彼是我親友
我亦與彼昵　淨身守口意　盡住最後身
如是諸大人　我共爲善伴
爾時世尊復答天曰如是如是實如所說
瓦師如爾言　本毗婆陵伽　難提婆瓦師
迦葉優婆塞　孝事於父母　梵行盡於漏
彼與我親友　我亦爲彼親　如是諸大人
本日相親近　善修身口意　住於最後身
爾時彼天聞佛所說歡喜頂禮而去
常驚恐顏色　羅吒國估客　輸波羅須達
須達多生天　首長者生天　又有無煩天

別譯雜阿含經卷第九

音釋

儱悷（儱力董切悷郎計切儱悷多惡不調也）慄（力質切戰也）桁（胡郎切大械曰桁）鋑（七丸切鑽也）駛（踈士切疾也）挽（無遠切引也）勡（匹照切）掠（力灼切勡掠劫奪也）噦（於月切嘔也）嗜（常利切樂也）搣（民烈切捽也）捺（奴曷切按也）羂弶（羂古泫切弶其亮切）

別譯雜阿含經卷第十

失譯人名附秦錄

如是我聞一時佛在王舍城耆尼山中有一天女名求迦尼娑本是波純提女光色倍常於其夜中來詣佛所威光暉曜普照此山悉皆大明頂禮佛足在一面坐即說偈言

口意宜修善　不應作諸惡　身不以小惡
加害於世間　觀欲空無實　修於念覺意
設自不樂苦　莫作損減業

爾時世尊讃天女曰善哉善哉如汝所說

口意宜修善　不應作衆惡　身不以小惡
加害於世間　觀欲空無實　修於念覺意
若不自樂苦　莫作損減業

時波純提女聞佛所說歡喜頂禮即於座沒還于天宫

如是我聞一時佛在舍衛國祇樹給孤獨園爾時阿難告諸比丘我今欲演四句之法咸當善受至心諦聽憶持莫忘云何名爲演四句法

口意宜修善　不應作諸惡　身不以小惡
加害於世間　觀欲空無實　修於念覺意
若自不樂苦　莫作損減業

時有一婆羅門去阿難不遠聞說斯偈即便思惟如此偈義義味深遠非是人作必是非人之所宣說當往問佛作是念已時婆羅門即詣佛所問訊已訖在一面坐白佛言瞿曇我從阿難聞説此偈如我思惟此偈句義非人所作佛告婆羅門實爾實爾實是非人之所宣說非人所造我於往時在王舍城耆尼山中求迦尼娑天女來詣我所頂禮我已在

一面坐即說斯偈而斯偈者實非人說時婆羅門聞佛所說歡喜而去

如是我聞一時佛在王舍城者尼山中時求迦尼娑天本是波純提女身光晃曜猶如電光淳誠至信歸依三寶來詣佛所在一面坐以此光明普照此山悉皆洞然求迦尼娑天女即說偈言

我今以種種　讚詠佛法僧　今但略宣說
隨意所樂足　口意宜修善　不應造衆惡
身不以小過　加害於世間　觀欲性相空
修於念覺意　若自不樂苦　莫作損減業

爾時世尊告天女言如是如是如汝所說求迦尼娑天女聞佛說已歡喜頂禮於此處沒還于天宮

如是我聞一時佛在毗舍離比獼猴彼岸精舍之中時波純提天女拙羅天女光色倍常往詣佛所頂禮佛足在一面坐時此二天女放大光明遍照獼猴及毗舍離悉皆大明時拙羅天女即說偈言

世尊婆伽婆　無上等正覺　在於毗舍離
住於大林中　求迦尼娑天　并及於拙羅
波純提女等　稽首尊足下　我往昔曾聞
能善稱說法　牟尼世尊者　今現在演說
諸有生譏毀　如斯深法者　是則名愚癡
後必墮惡趣　有能讚聖法　成就具於念
是名有智者　後必生善處

時求迦尼娑天女復說偈言

口意宜修善　不應造衆惡　身不以小惡
加害於世間　觀欲性相空　修於念覺意
若自不樂苦　莫作損減業

爾時世尊告天女言如是如是如汝所説時
天女等聞佛説已歡喜而去
如是我聞一時佛在舍衛國祇樹給孤獨園
時有一天於其夜中來詣佛所威光大明遍
照祇洹頂禮既已退坐一面而説偈言
不觸者勿觸　觸者必還報　以如是事故
不應妄有觸　若非津濟處　不應作度意
爾時世尊以偈答曰
可瞋而不瞋　清淨無結使　若欲惡加彼
惡便來及已　如逆風揚土　塵來自坌身
欲以瞋加彼　彼受必還報　是二並名惡
兩俱不脱患　若瞋不加報　能伏於大怨
爾時天復以偈讚言
往昔已曾見　婆羅門涅槃　久棄捨嫌怖
能度世間愛
爾時此天説此偈已歡喜而去
如是我聞一時佛在舍衛國祇樹給孤獨園
時有一天光顏熾盛容色殊常來詣佛所頂
禮佛足在一面坐而説偈言
嬰愚少智者　造於諸惡業　爲已自作怨
後受大苦報
爾時世尊以偈答曰
所作業不善　作已自燒煑　愚癡造衆惡
受報悲啼哭
天復以偈讚言
往昔已曾見　婆羅門涅槃　久棄捨嫌怖
能度世間愛
爾時此天説此偈已歡喜頂禮還于天宫
如是我聞一時佛在舍衛國祇樹給孤獨園
時有一天威容光赫顏色殊常來詣佛所既

頂禮已退坐一面而說偈言
不以言說故　得名爲沙門　此實趣向道
成就堅履跡　若有勇健者　能深修禪定
獲得於解脫　壞於魔結縛　作及不作業
二俱稱實說　詐僞無誠信　智者所棄捐
已身實無德　虛讚已自驕　詐僞虛誑說
世間之大賊
爾時世尊以偈答曰
不顯已功德　不知他心行　知已復涅槃
能度世間愛
爾時此天聞佛偈已而白佛言我於今者實
有罪過唯願聽我誠心懺悔時佛默然天復
說偈言
今我說罪悔　汝不受我悔　懷惡心不善
不捨於怨嫌

世尊以偈復答天曰
說罪言懺悔　內心實不滅　云何除嫌隙
云何如得善
天又說偈重問曰
人誰無愆過　人誰無誤失　阿誰離愚癡
阿誰常具念
爾時世尊以偈答曰
如來婆伽婆　正智得解脫　彼無諸愆過
亦復無得失　彼已離愚癡　能具於正念
天復以偈讚言
我昔已曾見　婆羅門涅槃　久棄捨嫌怖
能度世間愛
爾時此天說此偈已歡喜而去
如是我聞一時佛在王舍城迦蘭陀竹林爾
時提婆達多友瞿迦梨往詣佛所在一面立

佛告瞿迦梨汝於舍利弗有緣莫生嫌想舍利弗目連淨修梵行心意柔輭汝莫生嫌長夜受諸苦惱瞿迦梨言我信佛語我隨於佛然舍利弗目連實有惡欲惡欲於彼實得自在彼隨惡欲佛復告瞿迦梨汝今勿於彼二人所生嫌恨心如是至三而瞿迦梨雖聞佛言惡心不改捨佛而去去佛不遠身生惡瘡初如芥子須臾之頃猶如豆許復漸長大如毗梨菓身體爛潰膿血流出身壞命終墮大蓮華地獄時有三天光色倍常於其夜中來至佛所頂禮佛足在一面立第一天白佛言世尊瞿迦梨是夜命終第二天言墮大蓮華地獄第三天即說偈言

夫人生世 斧在口中 由其惡言 自斬其身
應讚而毀 應毀而讚 口出綺語 後受苦殃
綺語奪財 是故小過 謗佛賢聖 是名大患
受苦長遠 具滿百千 入尼羅浮 及三十六
入阿浮陀 乃至墮彼 五阿浮陀 誹謗賢聖
口意造惡 入斯地獄

時彼三天禮佛足已還於天宮爾時佛告諸比丘汝等欲聞彼阿浮陀地獄壽命長短以不比丘白言願為我說我等聞已信受憶持爾時世尊告諸比丘二十佉利胡麻得波羅棕滿溢一車有長壽天足滿百年取其一粒如是胡麻一切都澌此阿浮陀地獄所得壽命猶故未盡此二十阿浮陀骶成一尼羅浮陀二十尼羅浮陀骶一呵吒吒二十呵吒吒骶一睺睺二十睺睺骶一蓮華地獄二十蓮華地獄骶一大蓮華地獄瞿迦梨比丘以謗舍利弗目連故墮是大蓮華地獄中佛告諸

比丘被燒燋柱尚不應謗況情識類佛說是
已諸比丘聞佛所說歡喜奉行
如是我聞一時佛在舍衛國祇樹給孤獨園
時有一天光色倍常威顏晃曜遍照祇洹來
詣佛所頂禮退坐一面而說偈言
云何輕賤他　及不輕賤他　爲他所輕賤
以何爲首目　我今問如來　大仙爲我說
爾時世尊以偈答曰
善知不輕賤　不知名輕賤　樂法名恭敬
慢法名不恭　不近善知識　是名不敬首
樂行於非法　親友生怨嫉　與怨爲親友
是爲不敬首　如有婦女人　履行不貞良
好與姧婬通　作於無理行　男子違禮度
其義亦復然　如是等名爲　輕賤之元首
斗秤欺誑人　巧僞不均平　苟且懷貪利
是名輕賤首　博弈相侵欺　損喪錢財盡
如是等名爲　輕賤之首目　嗜睡著美味
早眠而晚起　懈怠於事務　而復喜瞋恚
如斯之等人　亦名輕賤首　耳璫及環釧
攀蓋錦履屣　貧窮自嚴飾　是名輕賤首
財物既尠少　愛著情愈濃　雖生刹利種
冀求得王位　如是愚癡人　是名輕賤首
財寶基業大　多眷屬親友　自身於美味
不分施與他　受他好飲食　及得財寶利
彼來至已家　都無報答心　乃至不與食
是名輕賤首　父母年朽邁　衰老既至已
自食於甘美　終不知供養　如斯之等人
是名輕賤首　父母及兄弟　親屬幷姊妹
打罵出惡言　是名輕賤首　沙門婆羅門
中時來至家　不請不施食　是名輕賤首

沙門婆羅門　及貧窮乞匄　罵辱不施與
是名輕賤首　謗佛及聲聞　出家在家人
爲此非法事　是名輕賤首　實非是羅漢
自稱是羅漢　天人婆羅門　沙門中大賊
若爲如是者　是名輕賤首　如斯之等類
爲他所輕賤　世間可輕賤　我悉知見之
宜應遠捨離　如怖畏險道

天復以偈讚言

我昔已曾見　婆羅門涅槃　久棄捨嫌怖
能度世間愛

爾時此天說此偈已歡喜而去

如是我聞一時佛在舍衛國祇樹給孤獨園時有一天顏容暉赫光色甚明遍于祇洹來詣佛所頂禮足已退坐一面而說偈言

誰名爲敬順　誰名爲陵邈　誰爲嬰愚戲
如小兒弄土

爾時世尊以偈答曰

男子若敬順　女人必陵邈　男子若陵邈
女人必敬順　女人嬰愚戲　如小兒弄土

天復以偈讚言

我昔已曾見　婆羅門涅槃　久棄捨嫌怖
能度世間愛

爾時此天說此偈已歡喜還宮

如是我聞一時佛在舍衛國祇樹給孤獨園時有一天身光晃曜猶如電光遍照祇洹赫然甚明來詣佛所頂禮足已退坐一面而說偈言

覺觀意欲來　遮止應遮止　一切盡遮止
不造生死塵

爾時世尊以偈答曰

覺觀意欲來　遮止應遮止　不應一切遮
但遮惡覺觀　惡意應遮止　遮止能遮止
若能如是者　不爲生死遮
天復以偈讚言
我昔已曾見　婆羅門涅槃　久棄捨嫌怖
能度世間愛
爾時此天說此偈已歡喜還宮
如是我聞一時佛在舍衛國祇樹給孤獨園
時有一天身光晃曜遍照祇洹來詣佛所禮
佛足已退坐一面而說偈言
云何得名稱　云何得財業　云何得稱譽
云何得親友
爾時世尊以偈答曰
持戒得名稱　布施得財寶　實語得稱譽
普施衆皆親

天復以偈讚言
我昔已曾見　婆羅門涅槃　久棄捨嫌怖
能度世間愛
爾時此天說此偈已歡喜還宮
如是我聞一時佛在舍衛國祇樹給孤獨園
時有一天光顔晃曜赫然甚明遍于祇洹來
詣佛所頂禮佛足退坐一面而說偈言
云何生爲人　知見極明了　集諸財寶利
多少義云何
爾時世尊以偈答曰
先學衆技能　次集諸財寶　集財爲四分
一分供衣食　二分營作事　一分俟匱乏
種田是初業　商估是爲次　蕃息養牛群
羔羊并六畜　復有諸子息　各爲取妻婦
出女并姊妹　及六畜家法　調和得利樂

不和得苦惱　作事令終訖　終不中休廢
智者善思惟　深知於得失　善解作不作
財寶來趣已　如河歸大海　勤修於事業
如蜂採衆華　日日常增長　晝夜聚財業
如彼蜂增長　財不寄老朽　不與邊遠人
惡人作鄙業　勢力勝已者　終不以財寶
與如是等人　與財爲親厚　債索時忿諍
恠哉財義利　失財失親友　但如法聚財
不應作非法　丈夫如法作　端嚴極熾盛
既能自衣食　又復惠施人　調適不失度
命終得生天

天復以偈讚言

我昔已曾見　婆羅門涅槃　久棄捨嫌怖
以度世間愛

爾時此天說此偈已歡喜還宮

如是我聞一時佛在舍衛國祇樹給孤獨園爾時佛告諸比丘乃往古昔俱薩羅國有一善彈琴人名俱㲉羅涉路而行時有六天女各乘宮殿陵虛而行天等出宮語此人言舅可爲我彈奏清琴我當歌儛時彈琴人覩其容貌光明異常生希有想問言姊妹作何功德得生斯處爾先爲我說其先因我當爲爾彈奏清琴天女答曰汝今但當爲我彈琴我於歌中自說往緣時俱㲉羅於六天前即鼓琴時第一天女而說偈言

諸能以上衣　用施於他人　人中生尊勝
處天如我今　身如真金聚　光色甚喜悅
天女有數百　我爲最尊勝　施於所愛物
其福勝如是

第二天女復說偈言

若以諸上味　餚饍飲食施　生人爲男女
男女中最勝　若生於天上　猶如我今日
以捨所愛故　隨意受快樂　汝觀我宮殿
乘虛自在行　身如眞金聚　光顔甚殊妙
天女有數百　我爲最尊勝　施上味飲食
獲勝報如是
第三天女復説偈言
若以勝妙香　布施而修福　生人得尊勝
處天如我身　以捨所愛故　隨意受快樂
汝觀我宮殿　乘空自在行　身如眞金聚
光顔甚殊妙　天女有數百　我爲最尊勝
以施勝香故　獲報得如是
第四天女復説偈言
我本人中時　孝事難舅姑　罵詈麤惡言
我悉能忍受　是故於今者　獲得此天身
以能孝順故　隨意受快樂　汝觀我宮殿
乘空自在行　身如眞金聚　光顔甚殊妙
天女有百數　我爲最尊勝　以能孝事故
獲勝報如是
第五天女復説偈言
我於先身時　屬人爲婢使　奉侍於大家
隨順不瞋戾　精勤不懈怠　早起而晩臥
若於大家所　得少飲食時　分施於沙門
及與婆羅門　是故得天身　隨意受快樂
汝觀我宮殿　乘空自在行　身如眞金聚
光顔甚殊妙　天女數百中　我最爲尊勝
處賤修福田　獲勝報如是
第六天女復説偈言
我於先身時　得見於比丘　及以比丘尼
生大歡喜心　彼教我精勤　得聞彼説法

一日受齋法　是故今生天　隨意受快樂
汝觀我宮殿　乘空自在行　身如眞金色
光顏甚殊妙　天女數百中　我爲最尊勝
汝今且觀我　以用善教故　獲勝報如是
時彈琴者復說偈言
我今極善行　可樂薩羅林　我今見天女
晃曜如電光　見聞如是事　還歸造功德
爾時比丘聞佛所說歡喜奉行
如是我聞一時佛在舍衛國祇樹給孤獨園
時有一天光色倍常來詣佛所頂禮佛足在
一面坐是天威德光明熾盛普照祇洹悉皆
大明彼天爾時即說偈言
云何起必壞　云何遮不生　云何捨所畏
云何成法樂
爾時世尊以偈答曰

瞋恚起時滅　貪欲生必遮　棄無明無畏
證滅最爲樂　棄恚捨貪欲　出於諸結使
不著於色名　觀諸法空林　欲爲生死根
欲能生諸苦　斷欲得解脫　諸苦亦復然
苦得解脫故　苦本亦解脫　嬰愚無智人
放逸不觀苦　是故沒苦海　纏縛無窮已
智者檢亂心　不宜著諸欲　夫爲放逸行
能壞禪定樂　是故應攝想　勿得著欲染
譬如巨富者　守護其珍寶
爾時天復以偈讚言
往昔已曾見　婆羅門涅槃　嫌怖已棄捨
能度世間愛
爾時此天說此偈已歡喜而去
如是我聞一時佛在舍衛國祇樹給孤獨園
爾時有一天光色倍常來至佛所頂禮佛足

在一面坐是天威德光明熾盛普照祇洹悉
皆大明彼天爾時即說偈言
雖到於五塵　不名爲貪欲　思想生染著
乃名爲貪欲　欲能縛世間　健者得解脫
爾時世尊以偈答曰
欲性本無常　斷滅則悟道　著欲生繫縛
永不得解脫　若以信爲伴　不信莫由起
名稱轉增長　壽終得生天　若復斷除欲
不數數受有　不還來生死　永入於涅槃
知身空無我　觀名色不堅　不著於名色
從是而解脫　亦不見解脫　及以非解脫
哀愍利群生　廣饒益一切
天復以偈讚言
往昔已曾見　婆羅門涅槃　嫌怖久捨離
能度世間愛
爾時此天說此偈已歡喜而去
如是我聞一時佛在舍衛國祇樹給孤獨園
爾時有天光明倍常來至佛所頭面禮佛在
一面坐而說偈言
應共誰止住　復應親近誰　從誰所受法
得利不生惡
爾時世尊以偈答曰
應共善人住　親近於善者　從彼人受法
得利不生惡　應共善人住　親近於善者
從彼人受法　智者得利樂　應共善人住
親近於善者　從彼人受法　智者得名譽
親近於善者　從彼人受法　智者得解慧
是故應共住　親近於善者　從彼人受法
親族中尊勝　能離於憂愁　於一切苦中
而能得解脫　遠離諸惡趣　能斷一切縛

純受上妙樂　得近於涅槃
天復以偈讚言
往昔已曾見　婆羅門涅槃　嫌怖久棄捨
能度世間愛
爾時此天說此偈已歡喜而去
如是我聞一時佛在舍衛國祇樹給孤獨園
爾時有天光明倍常普照祇洹悉皆大明來
詣佛所頂禮佛足却坐一面而說偈言
貪悋貧窮苦　皆由不惠施　若欲求福德
智者應施與
爾時世尊以偈答曰
可怖莫過貧　貧乏恒飢渴　恐貧不布施
不施畏甚大　今世若後世　飢窮苦難計
若得少能施　得多亦能施　生時得快樂
壽終得生天　難施而能施　是名難作業
嬰愚不知解　諸佛賢聖法　愚智俱命終
生處各別異　愚者墮地獄　受於種種苦
智者生人天　乃可得解脫　貧窮捃拾活
以用養妻子　淨心割少施　其福無有量
設百千大祠　供養於一切　不及貧布施
十六分中一　大祠有鞭打　侵掠他財寶
種種苦惱人　以成大祠業　以惡聚財寶
衆皆不歡悅　如是不淨施　及以小淨施
受報有好醜　不可以相比　如法聚財物
終不非法求　得財捨用施　正直而施與
具戒修禪定　正直者受取　福聚布四方
猶如大海水
天復以偈讚言
往昔已曾見　婆羅門涅槃　嫌怖久捨離
能度世間愛

爾時此天説此偈已歡喜而去

如是我聞一時佛在王舍城毗婆山側七葉窟中時佛為佉陀羅刺脚極為苦痛如來默受雖復苦痛無所請求爾時有八天子顏容端正來詣佛所中有一天言沙門瞿曇實是丈夫人中師子雖受苦痛不捨念覺心無惱異若復有人於瞿曇大師子所生誹謗者當知是人甚大愚癡第二天亦作是説瞿曇沙門丈夫龍象雖受苦痛不捨念覺心無惱異若復有人於瞿曇龍象所生誹謗者當知是人甚大愚癡第三天復作是言沙門瞿曇如善乘牛第四天復作是言沙門瞿曇如善乘馬第五天復作是言沙門瞿曇猶如牛王第六天復作是言沙門瞿曇無上丈夫第七天復作是言沙門瞿曇人中蓮華第八天復作是言沙門瞿曇猶如分陀利觀彼禪寂極為善定終不矜高亦不卑下止故解脱解脱故止時第八天即説偈言

非彼清淨心　假使滿百千　通達五比施
為於戒取縛　没溺愛欲海　不能度彼岸

爾時八天説此偈已頂禮佛足還其所止

垂下及遮止　名稱及技能　彈琴并棄捨
種別善丈夫　慳貪不惠施　八天為第十

別譯雜阿含經卷第十

音釋

僁 去乾切過也　潰 胡對切決也　膿 奴冬切　觝 都禮切　尠 息淺切少也　匃 古太切　蕃 符袁切息也　覔 奴侯切　悋 良刃切慳也　捃 舉蘊切拾也

別譯雜阿含經卷第十一

失譯人名附秦録

如是我聞一時佛在舍衛國祇樹給孤獨園
時有一天顏色殊常來詣佛所赫然大明頂
禮佛足在一面坐而說偈言
譬如彼大地　廣大無有邊　又亦如巨海
甚深無涯際　須彌極高峻　無以能踰及
誰如那羅延　男子中無比
爾時世尊以偈答曰
無物廣於愛　深大不過瞋　憍慢高須彌
唯有佛世尊　於諸男子中　最勝無倫匹
天復以偈讚言
往昔已曾見　婆羅門涅槃　嫌怖久捨離
能度世間愛
爾時此天說此偈已歡喜還宮

如是我聞一時佛在舍衛國祇樹給孤獨園
時有一天於其中夜來詣佛所威光照曜赫
然甚明頂禮佛足在一面坐而說偈言
何物火不燒　旋嵐不能壞　劫盡大洪水
一切浸爛壞　何物於彼所　而得不爛潰
男子若女人　所有諸財寶　以何方便故
王賊不能侵　是何堅牢藏　無能毀壞者
爾時世尊以偈答曰
福聚火不燒　旋嵐不吹壞　劫盡洪水浸
不能令腐朽　男女有福聚　王賊不能侵
福是堅牢藏　無能侵毀者
天復以偈讚言
往昔已曾見　婆羅門涅槃　嫌怖久捨離
能度世間愛
爾時此天說此偈已歡喜而去

如是我聞一時佛在舍衛國祇樹給孤獨園
時有一天於其夜中來詣佛所威光照曜赫
然大明頂禮佛足却坐一面而說偈言
誰能具曠路　涉道之資粮　以何因緣故
賊所不能劫　設復逢姧惡　云何得守護
云何被劫奪　而生大歡喜　云何常親近
智者生欣悅
爾時世尊以偈答言
信爲遠資粮　福聚非賊劫　賊劫戒遮殺
沙門劫生喜　數親近沙門　智者生欣悅
天復以偈讚言
往昔已曾見　婆羅門涅槃　嫌怖久捨離
能度世間愛
爾時此天說此偈已歡喜還宮
如是我聞一時佛在舍衛國祇樹給孤獨園
時有一天光色倍常於其夜中來詣佛所威
光赫然悉皆大明頂禮佛足却坐一面而說
偈言
樂者所思念　稱意所獲得　一切諸樂中
欲樂最爲勝
爾時世尊以偈答曰
樂者無思念　苦者有願求　若人捨思願
是爲最爲勝
天復以偈讚言
往昔已曾見　婆羅門涅槃　嫌怖久捨離
能度世間愛
爾時此天說此偈已歡喜還宮
如是我聞一時佛在舍衛國祇樹給孤獨園
時有一天光顏殊特赫然大明來詣佛所頂
禮佛足退坐一面而說偈言

佛爲天人師　於諸物中勝　能知一切法
利益諸世間　一切諸難中　何物最爲難
唯願大仙尊　爲我分別說
爾時世尊以偈答曰
於他得自在　忍彼觸惱難　貧窮能布施
危厄持戒難　盛年處榮貴　捨欲出家難
天復以偈讚言
往昔已曾見　婆羅門涅槃　嫌怖久捨離
能度世間愛
爾時此天說此偈已歡喜還宫
如是我聞一時佛在舍衛國祇樹給孤獨園
時有一天來詣佛所威光晃曜赫然大明頂
禮佛足退坐一面而說偈言
車爲云何生　誰將車所至　車去爲遠近
車去何損減

爾時世尊以偈答曰
從業出生車　心將轉運去　去至因盡處
因盡則滅壞
天復以偈讚言
往昔已曾見　婆羅門涅槃　嫌怖久捨離
能度世間愛
爾時此天說此偈已歡喜還宫
如是我聞一時佛在舍衛國祇樹給孤獨園
時有一天光色倍常來詣佛所身光晃曜遍
照祇洹悉皆大明時此天子却坐一面白佛
言世尊須多蜜奢鋸咃女生子佛言斯是不
善非是善也
爾時此天即說偈言
子生世言樂　生子極欣慶　父母漸老朽
何故說不善

爾時世尊以偈答曰

我知生子者　必有愛別離　陰聚和合苦
此都非是子　是名與諸苦　嬰愚謂爲樂
是故我說言　生子爲不善　不善作善緣
不愛作愛緣　苦作於樂緣　放逸所極熟

天復以偈讚言

往昔已曾見　婆羅門涅槃　嫌怖久捨離
能度世間愛

爾時此天說此偈已歡喜還宮

如是我聞一時佛在舍衛國祇樹給孤獨園時有一天光顏暉曜威色倍常赫然大明來詣祇洹頂禮佛足在一面坐而說偈言

云何自思筭　不爲煩惱覆　云何復名爲
永離於衆數

爾時世尊以偈答曰

若善筭計者　三漏不流轉　名色永已滅
彼名離衆處　總數不覆藏　已去於總數

天復以偈讚言

往昔已曾見　婆羅門涅槃　嫌怖久捨離
能度世間愛

爾時此天說此偈已歡喜還宮

如是我聞一時佛在舍衛國祇樹給孤獨園時有一天光色暉曜赫然大明來詣祇洹頂禮佛足退坐一面而說偈言

何物重於地　何物高於空　何物疾於風
何物多草木

爾時世尊以偈答曰

持戒重於地　憍慢高於空　心念疾於風
亂想多草木

天復以偈讚言

往昔已曾見　婆羅門涅槃　嫌怖久捨離
能度世間愛

爾時此天説此偈已歡喜還宫

如是我聞一時佛在舍衛國祇樹給孤獨園時有一天威顔晃曜光色殊常來詣祇洹赫然甚明頂禮佛足退坐一面而説偈言

修行何戒行　復作何威儀　有何功德力
造作何業行　具足何等法　得生於天上
願世尊悲愍　爲我開顯説

爾時世尊以偈答言

我今爲汝説　汝當至心聽　諸欲生天者
先當斷殺生　善修持禁戒　守攝於諸根
不害有生類　便得生天上　不盗他財物
彼與樂受取　斷於姧盗心　便得生天上
不姧他婦女　度邪婬彼岸　自足已妻色
便得生天上　爲利自己身　亦用利于彼
并爲財利故　遠離諸放逸　實語不虚妄
便往生天上　除去於兩舌　不鬬亂彼此
樂出和合語　以此因縁故　便得生天上
斷於麁獷惡言　譏刺觸惱故　吐辭皆柔輭
聞者生欣悦　以是業縁故　得生于天上
除斷于綺語　不談無益事　知時如説法
便得生天上　若聚落曠野　不生貪利想
於他財物所　不起愚癡心　便得生天上
慈心不害物　不挾怨憎心　向於羣生類
心無怒害想　便得生天上　信業及果報
能修信施者　二事俱生信　具足得正見
便得生天上　如斯衆善法　白淨十業道
悉能修行者　必得生天上

天復以偈讚言

往昔已曾見　婆羅門涅槃　久捨於嫌怖
能度世間愛
爾時此天說此偈已歡喜還宮
大地火不燒　誰賫粮所願　其能及車乘
鋸質女算數　何重弁十善
如是我聞一時佛在舍衛國祇樹給孤獨園
爾時有一天子名曰因陀羅光色倍常於其夜中來詣佛所身光暉曜遍照祇洹赫然大明頂禮佛足退坐一面而說偈言
云何不知壽　云何覺了壽　云何貪著壽
云何繫縛壽
爾時世尊以偈答曰
色不能知壽　行不覺了壽　貪著已身壽
愛壽爲繫縛
時因陀羅天子復說偈言
如佛之所說　色非壽命者　云何共意識
而得成身聚
世尊復以偈答曰
識依歌羅羅　歌羅羅最初　歌羅羅生胞
從胞生肉段　肉段生堅鞕　從鞕生五胞
從胞生髮爪　由是生五根　男女相別異
遷變不暫住　以是因緣故　云何有壽命
時彼天子聞佛所說歡喜頂禮還于天宮
如是我聞一時佛在舍衛國祇樹給孤獨園
時有天子名曰釋迦光色倍常於其夜中來詣佛所身光暉曜遍照祇洹赫然大明頂禮佛足却一面坐而說偈言
斷於一切結　常捨衆事務　若有教授他
不名著沙門
爾時世尊以偈答曰

夜叉應當知　諸種苦惱逼　智者宜悲愍
說法而教導　不應放捨彼　墜墮於苦道
羅漢懷慈慧　救拔無過咎

時釋迦天子聞佛所說歡喜頂禮還于天宮

如是我聞一時佛在舍衛國祇樹給孤獨園
時有天子名曰最勝長者神光暉赫照遍祇洹頂禮佛足却坐一面而說偈言

常學說善偈　親近敬沙門　恒樂空靜處
寂定於諸根

爾時世尊以偈答曰

常學說善偈　親近敬沙門　恒樂空靜處
寂定於心意

爾時最勝長者天子聞佛所說歡喜頂禮還于天宮

如是我聞一時佛在舍衛國祇樹給孤獨園
時有天子名曰尸毗威光顯曜顏色殊常遍于祇洹赫然大明頂禮佛足却坐一面而說偈言

應共誰住止　宜與誰和合　於誰得正法
獲勝無過患

爾時世尊以偈答曰

應共賢聖住　宜與賢和合　從賢諮正法
獲勝無愆過

時尸毗天子聞佛所說歡喜頂禮還于天宮

如是我聞一時佛在舍衛國祇樹給孤獨園
爾時有天子名月自在威光顯照遍于祇洹頂禮佛足却坐一面而說偈言

修禪至盡處　食草雜鹿戒　成就於棄樂
逮得於四禪

爾時世尊以偈答曰

雖復修彼禪　猶在生死網　能具正念者
獨處心憺怕　遠離於生死　如鵠出網羅
時月自在天子聞佛所說歡喜頂禮還于天
宮
如是我聞一時佛在舍衛國祇樹給孤獨園
時有天子名曰毗紐威光炳曜赫然大明來
詣祇洹頂禮佛足却坐一面而說偈言
諸親近佛者　無不得歡喜　咸令一切人
樂於如法教　能令修學者　獲得不放逸
爾時世尊以偈答曰
此法善教戒　知時不放逸　於魔得自在
魔不得其便
時毗紐天子聞佛所說歡喜頂禮還于天宮
如是我聞一時佛在舍衛國祇樹給孤獨園
時有一天子名般闍羅光色暉曜赫然甚明
威儀庠序來詣佛所頂禮佛足退坐一面而
說偈言
在家纏衆務　出家甚寬博　牟尼由專靜
從禪出覺了　廓然而大悟　開發顯大智
爾時世尊以偈答曰
雖處衆緣務　亦能獲得法　能具念力者
由能專定故　唯有明智人　逮證於涅槃
時般闍羅天子聞佛所說歡喜頂禮還于天
宮
如是我聞一時佛在舍衛國祇樹給孤獨園
時有天子名須尸摩與其眷屬五百人俱來
詣佛所頂禮佛足在一面坐爾時世尊告阿
難言世若有人能稱實說彼當應言舍利弗
比丘持戒多聞少欲知足樂於閑靜精勤修
定有大念力成就智慧速疾智利智善知出

要深解出乘滿足實智阿難白佛言世尊誠如聖教若稱實說彼應當言舍利弗比丘持戒多聞最爲第一乃至成就實智時諸天子聞於如來及與阿難讚舍利弗天之容貌轉復端嚴其身光曜倍更殊常遍照祇洹赫然大明時須尸摩天子顏貌威光轉熾盛已合掌向佛而說偈言

舍利弗多聞　咸稱爲大智　持戒善調順

世尊所稱歎

世尊以偈答曰

舍利弗多聞　咸稱爲大智　持戒善調順

世尊所稱歎　得無生寂滅　破魔住後身

時須尸摩聞佛所說歡喜頂禮還于天宫

如是我聞一時佛在舍衛國祇樹給孤獨園時有天子名曰赤馬光色倍常來詣佛所頂禮佛足却坐一面白佛言世尊當於何處而能得有不生老死不没不出衆生盡處如是邊際爲可知不爾時世尊告赤馬天子言不生老死既不終没亦不出生無有人能行至邊際亦無有能往詣於彼盡其崖限時赤馬天子白佛言世尊世尊所說甚善希有不生老死乃至無能得其邊際所以者何念我過去曾爲仙人號名赤馬斷於欲結得世五通神力駿疾過於日月舉足一趠能度大海而作是念我今神力駿疾如是我當行盡衆生邊際我於爾時志欲專求衆生邊故心意怱怱都無閑暇唯除洗手并飲食時及大小便於百年中竟不能得衆生邊際而便命終以是故知如來善説不生老死不出不没欲往於彼知其邊際都無是處佛告赤馬天曰如

是如是若有了生老死不出不没衆生邊際實無是處若欲知者衆生邊際即是涅槃若盡苦際是即名爲得其邊際爾時世尊即說偈言

雖有是神力　終無有能得　行盡衆生邊
若不得邊際　何能盡苦際　是故我牟尼
得名善知世　唯有勝智人　能曉了邊際
梵行已得立　正知衆生邊　度邊之彼岸

時赤馬天子聞佛所說歡喜頂禮還于天宮

如是我聞一時佛在王舍城迦蘭陀竹林當子爾時有六天子本是外道六師徒黨一名難勝二名自在三名顯現四名決勝五名時起六名輕弄此六天子咸於其夜來詣佛所在一面坐斯諸天光倍勝於常遍照祇洹赫然大明爾時難勝即說偈言

可譏毀比丘　四時自禁制　見聞其住已
是人離諸惡

自在天子復說偈言

苦行可譏毀　攝檢於己身　斷惡口忿諍
苦樂同世尊　於其法主所　不造作衆惡

顯現天子復說偈言

斬截及傷害　祠祀火燒等　皆無善惡報
迦葉之所說

決勝天子復說偈言

尼揵若提子　當說如是言　長夜修苦行
除斷於妄語　離羅漢不遠　墮於世尊數

爾時世尊以偈答曰

從令令汝等　獨已若多衆　我觀皆鄙穢
悉同於死屍　云何以野干　同彼師子王
汝尊裸形衆　極惡喜妄語　如斯外道等

彼去羅漢遠
時有天子復說偈言
作彼苦行者　深爲可譏毀　雖處於閑靜
徒爲勞苦事　願當擁護彼　爲其作教導
必趣於色有　生梵世歡喜
爾時世尊復以偈答
世界所有色　此處及他處　并在虛空中
有大光明者　如是等一切　悉入魔羂弶
譬如捕魚師　以網掩衆魚
又有一天復說偈言
說有及欲過　并諸癡幻惡　一切悉斷除
讚歎斷欲結　應向彼禮拜　供養以稱讚
所以如是者　彼即世尊故
有一天子復說偈言
說有及瞋過　并諸癡幻惡　一切悉斷除
讚歎斷瞋結　應向彼禮拜　供養以稱讚
所以如是者　彼即世尊故
時一天子復說偈言
說有及癡過　并諸癡幻惡　一切悉斷除
讚歎斷癡者
時一天子復說偈言
說有憍慢過　并諸慢幻惡　一切悉斷除
讚歎斷憍慢
時一天子復說偈言
說有諸見過　并諸見幻惡　一切悉斷除
讚歎斷見者
時一天子復說偈言
說有愛著過　并諸愛幻惡　一切悉斷除
讚歎斷愛者
有一天子復說偈言

王舍城諸山　毗富羅最上　大地諸山中
雪山王最上　四方諸世界　上下及四維
一切天人中　如來最爲尊

時諸天子聞佛所說各說偈已歡喜頂禮還于天宮

因陀羅問壽　斷於一切結　說善稱長者
尸毗闍共住　速疾問邊際　婆睺諮大喜
大喜毗紐問　般闍羅揵持

須尸摩問第一有外道問諸見

如是我聞一時佛在舍衛國祇樹給孤獨園

時有天子名曰摩佉來詣佛所光色熾盛赫然大明禮佛足已却住一面而說偈言

害誰安隱眠　害誰不憂愁　滅何等一法
爲聖所稱讚

爾時世尊以偈答曰

害瞋安隱眠　害瞋得無憂　瞋恚之毒根
雜親傷害人　滅是等一法　賢聖所稱歎

爾時摩佉聞佛所說歡喜頂禮還于天宮

如是我聞一時佛在舍衛國祇樹給孤獨園

時有天子名曰彌佉來詣佛所威光顯曜赫然大明頂禮佛足已却坐一面而說偈言

云何於世間　顯發於照明　何者是無上
第一之照明　如是甚深義　願佛爲我說

爾時世尊以偈答曰

於一切世間　凡有三照明　云何三照明
所謂日月火　能於晝夜中　處處爲照明
天上及人間　唯佛無上明

時彌佉天子聞佛所說歡喜頂禮還于天宮

如是我聞一時佛在舍衛國祇樹給孤獨園

時有天子名曇摩尸來詣佛所威光暉赫遍

于祇洹却坐一面而説偈言
婆羅門今者　斷三有欲結　不願求諸有
意爲何所作
爾時世尊以偈答曰
婆羅門無作　念作已終訖　涉水足盡底
以至于彼岸　若足不盡底　不能到彼岸
手足必運動　是名有所作　以此爲方喻
以明無作義　曇摩汝當知　已盡於諸漏
住於最後身　諸有愛欲過　一切悉斷除
超度生死海
爾時曇摩天子聞佛所説歡喜頂禮還于天
宮
如是我聞一時佛在舍衛國祇樹給孤獨園
時有天子名多羅健陀來詣佛所光色暉赫
明徧祇洹却坐一面而説偈言
斷除於幾法　棄捨於幾法　增進修幾法
比丘成幾法　凡修除幾法　得度於駛流
爾時世尊以偈答曰
除五欲受陰　棄捨於五蓋　增進修五根
成就五分身　如是之比丘　超度生死海
爾時多羅健陀天子聞佛所説歡喜頂禮還
于天宮
如是我聞一時佛在舍衛國祇樹給孤獨園
時有天子名曰迦默來詣佛所光色暉赫明
照祇洹禮佛足已却坐一面而白佛言世尊
云何名爲難爲難作
爾時世尊以偈答曰
學者爲難作　具足於戒定　得離衆緣務
恬靜而快樂
爾時迦默天子復白佛言誠如聖教默靜爲

難爾時世尊復以偈答
迦默汝今者　難得而欲得　晝夜修定意
必能安靜默
時迦默復白佛言心意難定世尊復以偈答
定攝擾亂心　決定根難住　壞於死羂網
能獲於聖智
迦默復白佛言深險道阻難何由得濟度世
尊復以偈答
非聖必墮險　顛墜莫由過　賢聖履險道
安隱從中度
爾時迦默聞佛所說歡喜頂禮還于天宮
如是我聞一時佛在舍衛國祇樹給孤獨園
時有天子名曰迦默來詣佛所光明赫然遍
照祇洹禮佛足已却住一面而說偈言
貪欲及瞋恚　以何爲根本　樂不樂恐怖
爲是而誰耶　嬰孩捉母乳　意覺從何生
爾時世尊以偈答曰
從愛至我心　如尼拘陀樹　根鬚從土生
然後入于地　各各於異處　愛著生於欲
亦如摩樓多　纏縛覆林木　若知其根本
夜叉當捨離　能度生死海　度更不愛有
時迦默天子聞佛所說歡喜頂禮還于天宮
如是我聞一時佛在舍衛國祇樹給孤獨園
時有天子名曰栴檀來詣佛所光顏熾盛明
照祇洹却坐一面而說偈言
我今問瞿曇　種別大利智　除去諸障蔽
知見悉明了　止住於何處　爲習何法教
於後世不畏　得善之果報
爾時世尊以偈答曰
除棄口意惡　身不行非善　若處於居家

布施如流水　信心數受戒　攝念分財與
天當住此處　習學如上事　若能勤心行
後世都無畏
時梅檀天子聞佛所說歡喜頂禮還于天宮
如是我聞一時佛在舍衛國祇樹給孤獨園
時有天子名曰梅檀來詣佛所光顏熾盛明
照祇洹却坐一面而說偈言
云何度駛流　晝夜恒精勤　如此駛流中
濤波甚暴急　無有攀挽處　亦無安足地
誰能處深流　而不爲漂没
爾時世尊以偈答曰
一切戒完具　定慧充其心　思惟内身念
此能度難處　除去於欲想　度有結使流
盡於喜愛有　處深不沉没
時梅檀天子聞佛所說歡喜頂禮還于天宮

如是我聞一時佛在舍衛國祇樹給孤獨園
時有天子名曰迦葉身光倍常來詣佛所所
出光明遍照祇洹却坐一面而白佛言比丘
我今欲說比丘勝利佛告迦葉恣汝所說
爾時迦葉即說偈言
比丘能具念　心得善解脱　諸欲有所求
逮得無垢處　能知於世間　有垢及無垢
捨離一切有　亦無有蓄積　是名爲比丘
有勝利功德
時迦葉天子說此偈已歡喜頂禮還于天宮
如是我聞一時佛在舍衛國祇樹給孤獨園
時有天子名曰迦葉光色倍常即於其夜來
詣佛所身光顯照遍于祇洹却坐一面白佛
言比丘比丘大德我今亦復欲說比丘所得
功德佛言迦葉隨汝意說迦葉即說偈言

比丘能具念　心得善解脫　願求得涅槃
已知於世間　解有及非有　深知諸法空
是名為比丘　離有獲涅槃

時迦葉天子說此偈已歡喜頂禮還于天宮

摩佉問所害　彌佉諮照明　曇摩誦應作
多羅詢所斷　極難及伏藏　迦默決二疑
實知及度流　栴檀之所說　無垢有非有
斯兩迦葉說此中章次因陀羅夜叉與上因陀羅天子所說不異以其繁重故闕而不傳次章釋迦夜叉與上釋迦天子不別亦闕而不書

別譯雜阿含經卷第十一

音釋

挾胡頰切懷也　鞕魚孟切堅也　趠敕教切趠越也　裸郎果切赤體也

別譯雜阿含經卷第十二 同卷第十三

失譯人名附秦錄

如是我聞一時佛遊摩竭提國將欲向彼崛默夜叉宮中時崛默夜叉往詣佛所頂禮佛足在一面坐白佛言世尊唯願如來及比丘僧於今日夜在我宮宿爾時世尊默然許之時崛默夜叉爲欲安置佛徒衆故即時化作五百宮殿牀敷卧具悉皆備足又復化作五百火爐中火熾然都無烟氣請佛詣宮奉以上房五百比丘以次取房爾時如來入房坐已崛默夜叉在一面立而說偈言

得正憶念樂　憶念正亦樂　志念常不忘
正念得安眠　正念得賢樂　不害不杖捶
不勝亦不貪　於一切衆生　普皆生慈愍
離一切怨憎　斯乃爲大樂　更無有過者

時崛默夜叉說此偈已歡喜頂禮而還

如是我聞一時佛在白山爾時尊者象護爲佛侍者於時世尊夜中經行天降微雨電光晃曜時天帝釋即便化作瑠璃寶堂以覆佛上作是事已來詣佛所頂禮佛足如來經行猶未休止時彼國人若小兒啼泣不時止者輙以薄俱羅鬼而以恐之然諸佛常法師不入室弟子不得在前入房而先眠睡爾時象護作是心念今夜既久世尊不睡我當作薄俱羅鬼恐其令眠作斯念已尋便返被俱執至經行道頭而語佛言沙門沙門薄俱羅鬼來爾時佛告象護汝甚愚癡以薄俱羅鬼恐怖於我汝寧不知如來久斷驚懼毛竪一切畏耶時釋提桓因見聞是已白佛言世尊佛法之中亦有如是出家人也佛告天帝憍尸

迦瞿曇種姓極爲寬廓多所容納如是之人不久亦當得清淨法爾時世尊即說偈言

若於自已法　具行婆羅門　到于彼岸者
盡諸結有漏　若於自已法　具行婆羅門
名到于彼岸　觀諸受滅沒　若於自已法
具行婆羅門　到于彼岸者　觀因之盡沒
若於自已法　具行婆羅門　能度彼岸者
觀結使寂滅　若於自已法　具行婆羅門
度于彼岸者　觀生老病死　若於自已法
具行婆羅門　度于彼岸者　能度毗舍闍
薄俱羅彼岸

爾時帝釋聞佛所說歡喜頂禮還于天宮爾時尊者阿那律從佛遊行至彼摩竭提國鬼子母宮時阿那律中夜早起正身端坐誦法句偈及波羅延大德之偈又復高聲誦習其義及脩多羅等時鬼子母所愛小子字賔伽羅啼泣墮淚時鬼子母慰撫子言道人誦經汝莫啼泣即說偈言

汝賔伽羅止爾聲　聽道人誦法句偈
聽是偈已陰破戒　獲得清淨能守禁
汝賔伽羅止爾聲　聽道人誦法句偈
聽是偈已得不殺　汝賔伽羅止爾聲
聽道人誦法句偈　聽是偈已得實語
汝賔伽羅止爾聲　聽道人誦法句偈
聽是偈已離鬼胎　是故汝應止啼聲

如是我聞一時佛在摩竭提國富那婆修夜叉母宮佛於其夜在彼宮宿其子夜叉婆修及女憂怛羅夜中啼泣其母爾時慰撫男女欲令不啼即說偈言

富那婆脩　及憂怛羅　汝等今者　宜止啼聲

佛之世雄　所說法要使我得聞　非父非母
能脫苦惱　唯有世尊　善巧說法　能令聞者
永離諸苦　一切衆生　隨於欲流　沒生死海
我欲聽法　斷斯欲流　富那婆修　及憂怛羅
是故汝等　宜應默然
時富那婆修即說偈言
我今隨母教　更不出音聲　小妹憂怛羅
爾今亦默然　願聽彼沙門　說於微妙法
佛於摩竭提　人中最爲上　廣爲諸衆生
演說斷苦法　說苦能生善　說苦出要道
說賢聖八道　安隱趣涅槃　善哉聞沙門
所說法之要
母以偈答
汝是知見者　所說稱我心　汝善讚歎彼
世間之導師　以汝等默故　今我見四諦
憂怛羅後時　亦當見四諦

如是我聞一時佛遊摩竭提國至摩尼行夜叉宮時摩尼行夜叉共諸夜叉不在己宮集於餘處有一女人持好香華并齎美酒來至於此夜叉宮中爾時世尊處彼宮坐諸根寂定時此女人見於如來在宮中坐顏色悅豫志意湛然諸根寂定得上調心譬如金樓見斯事已即生此念我於今者便爲現見摩尼行夜叉時此女人前禮佛足而說偈言

汝實應供養　請與我所願　使汝得賢善
此摩竭提人　咸從汝求願　此常稱其心
能與福慶祐　汝今稱我願　令我現在樂
來世得生天
爾時世尊以偈答曰
汝慎莫放逸　而生於憍慢　常當樂信戒

汝當自化度　請求摩尼行　彼將何所爲
未若汝自修　生天之業緣

時彼女人聞斯偈已復作是念彼必不是摩尼夜叉乃是瞿曇沙門即此女人尋以香華酒瓶屏於一處頂禮佛足合掌向佛而說偈言

云何能獲得　現樂後生天　趣向於何事
能得受快樂　當作何業行　我今問瞿曇
云何今得樂　命終得生天

爾時世尊以偈答曰

施與調諸根　能生於快樂　正見賢善俱
親近於沙門　正命自活者　何用生於彼
三十三天中　彼即苦羅網　汝除於欲愛
至心聽我說　我今當爲汝　說無塵垢法
汝諸夜叉衆　善哉聽甘露

爾時世尊即爲說法示教利喜如諸佛法說施論戒論生天之論欲爲不淨出世爲要佛知其心志意調順爲說四諦苦集滅道女人意聽聞法信悟如新淨氎易受染色即於座上見四聖諦法知法逮得於法盡法崖底斷於疑網度疑彼岸不隨於他即起禮佛合掌而言世尊我已得出我已得出我盡形壽歸依三寶成就不殺時此女人聞法歡喜頂禮而去

如是我聞一時佛遊摩竭提國至箭毛夜叉宮於夜止宿時箭毛夜叉與諸夜叉餘處聚會不在宮中時箭毛同伴其名爲炙此炙夜叉見佛在於箭毛舍中詣箭毛夜叉所而語之言汝得大利如來至真等正覺今在汝宮於中止宿箭毛夜叉言彼云何在我宮宿時

夜叉復語之言彼雖人類實是如來至眞等正覺箭毛復言我今還宮足自別知爲是如來至眞等正覺爲非是耶箭毛夜叉聚會既訖尋還巳宮以身欲觸佛佛身轉遠即問佛言沙門今者爲驚懼耶佛言我不畏汝觸極惡箭毛復言沙門我今問難汝若解釋甚善無量若不答我當破汝心令熱沸血從面而出又拔汝膞擲置婆耆河岸佛言我不見世間若天魔梵沙門婆羅門有能令我心意顛倒破我之心面出沸血能拔我膞擲置于彼婆耆岸者爾時箭毛即說偈言

貪欲瞋恚　以何爲本　樂及不樂　怖畏毛竪
爲是何耶　彼意覺者　住在何處　嬰孩小人
云何生便　知捉於乳

爾時世尊以偈答曰

愛從以我生　如尼拘陀樹　欲愛隨所著
亦如摩樓多　纏縛尼拘樹　夜叉應當知
若知其根本　必能捨棄離　知彼根本者
能度生死海　度於有駛流　更不受後有

時箭毛夜叉聞佛所說心開意解歡喜踊躍即受三歸

如是我聞一時佛在舍衛國祇樹給孤獨園爾時優婆夷有一男兒受持八戒於戒有缺以犯戒故鬼著而狂時優婆夷即說偈言

十四十五日　及以月八日　如來神足月
清淨持八戒　修行不缺減　鬼神不擾亂
我從羅漢所　得聞如是事

時有夜叉而說偈言

十四十五日　及以月八日　神足月齋日
持戒不毀缺　具受八支齋　鬼神不擾亂

汝於羅漢所　所聞皆稱實　我今必當放
夜叉作是語　毀戒鬼擾亂　若有所毀缺
現在鬼神惱　將來獲惡果　受戒如執刀
急緩俱能傷　智者須善捉　得中則無害
不持法沙門　後受地獄苦　如彼拙用刀
必傷於其手　善捉者不傷　能護沙門法
後必得涅槃　夜叉捉兒竟　捉已尋復放
時彼優婆夷　即語其子言　汝今當聽我
夜叉之所說　諸有遲緩業　梵行不清淨
邪命并諂曲　彼不成大果　譬如拙用刀
必自傷害手　善持沙門法　後必近涅槃
如似善捉刀　不自傷其手

爾時優婆夷爲子種種說是法已其子尋即生於猒惡既猒惡已便求出家剃除鬚髮即著法服年少出家不能深樂出家之法以不樂故便還歸家時優婆夷遥見子來舉手大歎而說偈言

舍既被燒　烟炎熾盛　善出諸物　何以復來
而欲入火　舍既焚燒　烟炎熾盛　何緣復來
欲被燒害

爾時其子復說偈言

一切世人死　必應愁號哭　現在若不見
亦復應啼泣　毋今以何故　如彼餓鬼哭

其毋復說偈言

汝以先捨欲　出家爲沙門　汝今欲還家
恐爲魔所縛　我今以是故　是以哭於汝

時優婆夷如是種種訶責其子使生猒惡爾時其子即向阿練若處精勤修道晝夜不廢獲阿羅漢

如是我聞一時佛遊摩竭提國往至於彼曠

野夜叉所住之宮於夜止宿時彼夜叉與諸夜叉餘處會聚不在已宮時有夜叉名曰驢駒見於如來在曠野宮宿即詣於彼曠野鬼所而語之言汝獲大利如來至真等正覺在汝宮宿曠野答言彼人云何在我宮宿時驢駒夜叉復語之言雖是人類實是如來至真等正覺曠野復言汝審真實是如來至真等正覺為非是耶爾時曠野聚會已訖還于已宮既見佛已而作是言出去沙門如來爾時以彼住處故隨語出復語佛言沙門還入佛斷我慢復隨語入第二第三語佛出入佛悉隨之第四亦言沙門出去佛言汝已三請我於今者不為汝出曠野鬼言我欲問難汝若解釋當聽汝坐若不答我當令汝心意倒錯又破汝心使熱沸血從面而出挽汝之髆擲置婆耆河岸佛言不見世間若天若魔若梵沙門婆羅門有能以我如汝語者汝欲問者隨汝所問時曠野鬼即說偈言

一切財寶中　何者最為勝　修行何善行
能招於樂報　於諸美味中　何者最為勝
於諸壽命中　何者壽命勝

爾時世尊以偈答曰

於諸人中財　信財第一勝　修行於法者
能得於快樂　實語最美味　智慧壽命勝

時曠野夜叉復說偈言

誰度於駛流　誰度於大海　誰能捨離苦
誰得於清淨

爾時世尊以偈答曰

信能度駛流　不放逸度海　精進能離苦
智慧能清淨

曠野夜叉復說偈言

云何能得信　云何能得財　云何得名稱
云何得善友

爾時世尊復以偈答

阿羅漢得信　行法得涅槃　慎行所應作
精勤能聚財　實語名遠聞　廣施得親友
汝可廣請問　沙門婆羅門　誰邊得實語
離我誰有法　九十六種道　汝觀察諦問
誰法有不害　能具調順者

爾時曠野鬼復說偈言

何須更問彼　沙門婆羅門　大精進顯示
善分別說法　我今念汝恩　由汝示我故
令我今得見　無上大商主　我從於今日
隨順行來處　城邑及聚落　常當歸命佛
顯示於正法

時曠野夜叉聞佛所說歡喜踊躍歸依三寶并受禁戒為佛弟子

如是我聞一時佛在王舍城迦蘭陀竹林爾時王園精舍有比丘尼名曰毗梨秦言雄也時彼國人一切共為俱窓頭星會七日七夜歡娛聚集無有延請比丘尼者時有夜叉於彼毗梨比丘尼所生信敬心知諸國人都無請者於里巷中說斯偈言

王舍城諸人　一切咸醉眠　毗梨比丘尼
寂然入善定　行者實是雄　成就於雄法
而此比丘尼　善能修諸根　永離於塵垢
寂滅到涅槃　如斯大德人　宜勤加供養
汝等今云何　都無請命者

時彼城中諸優婆塞聞是偈已各持衣服及諸餚饍而來施與彼比丘尼于時夜叉見諸

人等各各供養復說偈言

毗[口*梨]比丘尼　斷除一切結　優婆塞有智
能施於彼食　以施彼食故　得大福增長
毗[口*梨]比丘尼　斷一切結使　優婆塞有智
能施毗[口*梨]衣　以施彼衣故　得大福增長

如是我聞一時佛在王舍城迦蘭陀竹林時王園精舍有比丘尼名曰白淨爾時國人一切共作俱審頭星會七日七夜歡娛聚集無有請彼比丘尼者時有夜叉於白淨比丘尼所生信敬心知諸國人都無請者於里巷中說斯偈言

王舍城諸人　一切皆醉眠　不請比丘尼
修於諸根人　白淨白淨法　比丘尼善定
永離於塵垢　寂滅到涅槃　如斯大德人
宜勤加供養　汝等今云何　都無命請者

時彼城中諸人聞是偈已各持衣食施比丘尼于時夜叉見得衣食復說偈言

白淨比丘尼　斷除於愛結　優婆塞有智
能施彼衣食　以施彼食故　獲於無量福
白淨比丘尼　斷除於慳貪　優婆塞有智
能施於彼衣　以施彼衣故　獲於無量福

如是我聞一時佛在王舍城迦蘭陀竹林時二夜叉一名七岳二名雪山此二夜叉共爲親友而作誓言若汝宮中有妙寶出當語於我若我宮中有妙寶出亦當語汝時雪山夜叉宮中有千葉蓮華大如車輪紺瑠璃莖金剛爲鬚雪山夜叉覩斯事已即便遣使語彼七岳言我宮中有是異物汝可來觀爾時七岳夜叉聞是語已即作心念如來世尊近在不遠可便詣雪山夜叉所言我當必詣彼往

看寶華作是念已即復遣使言我此中有如來至眞等正覺在此現形汝宮雖有如是寶華爲何所益爾時雪山夜叉聞其使語侍從五百夜叉往詣于彼七岳夜叉所止宮中雪山夜叉向於七岳而說偈言

十五日夜月　圓足極淨明　聞命將徒衆
今故來相造　應當親近誰　誰是汝羅漢

七岳夜叉說偈答言

如來世所尊　王舍城最上　說於四諦法
斷除一切苦　說苦從因生　能生苦名集
賢聖八正道　趣向於寂滅　彼是我羅漢
汝當親近之

雪山夜叉復說偈言

普於群生類　若有慈等心　於愛不愛覺
爲得自在不

七岳夜叉復說偈言

心意極調柔　於諸群萌類　了知一切法
爲世大導師　於愛不愛覺　心皆得因在

雪山夜叉復說偈言

若能眞實語　終不虛妄言　慈愍衆生類
除斷於殺生　遠離於放逸　於禪而不空

七岳夜叉復說偈言

終不虛妄語　遠離於殺害　常捨諸放逸
佛無不定時

雪山夜叉復說偈言

若不著於欲　心無諸擾亂　爲有法眼耶
盡於愚癡不　能捨諸煩惱　得於解脫不

七岳夜叉復以偈答

超出欲淤泥　心淨無擾亂　法眼甚清徹
得盡於愚癡　永捨衆結使　獲得於解脫

雪山夜叉復說偈言

誰無別離惱　誰能不綺語　誰見物不貪
誰不生想見

七岳夜叉復以偈答

又斷愛別苦　未曾無義言　除捨貪欲心
永無邪見想

雪山夜叉復說偈言

頗具於諸明　戒行清淨不　為能盡諸漏
不受後有耶

七岳夜叉復說偈言

明行悉具足　持戒行清淨　又斷諸結漏
永不受後有

雪山夜叉復說偈言

如來三業中　頗具衆善行　汝今得遵行
讚歎真實法

七岳夜叉復以偈答

如來身口意　具足衆善行　明達悉充備
我讚真實法

雪山夜叉復說偈言

牟尼天世雄　蹲如伊梨延　少食不著味
仙聖處林禪　我等可共往　禮敬瞿曇尊

爾時七岳夜叉共雪山等將千夜叉同時俱往既到佛所各整衣服合掌敬禮而說偈言

婆伽婆世雄　佛陀兩足尊　諸天所不知
具眼悉明了

爾時雪山七岳等說此偈已在一面坐雪山夜叉以偈問佛

云何苦出要　云何捨離苦　世尊為我說
苦於何處盡

爾時世尊以偈答曰

五欲意第六　於此處離欲　解脫於諸苦
斯是苦出要　如斯解脫苦　即於苦處滅
汝今問於我　爲汝如是說
雪山夜叉復以偈問
云何池流迴　何處無安立　苦樂於何處
滅盡無有餘
爾時世尊以偈答曰
眼耳鼻舌身　意根爲第六　此處池流迴
此無安立處　名色不起轉　此處得盡滅
雪山夜叉復以偈問
云何世間生　云何得和聚　幾爲世間受
幾事爲苦求
爾時世尊以偈答曰
世間從六生　因六得和集　從六生於受
六事恒苦求
雪山夜叉復以偈問
云何修善法　晝夜不懈怠　云何度駛流
無有安足處　亦無所攀緣　處深不沉沒
爾時世尊以偈答曰
一切戒無犯　智慧具禪定　思惟衆過患
具足於念力　此能度難度　遠離欲和合
捨諸有結使　盡於歡喜有　如是人名爲
處深不沉沒
雪山夜叉復以偈問
誰度於駛流　孰能越大海　誰能捨於苦
云何得清淨
爾時世尊以偈答曰
信能度駛流　不放逸越海　精進能捨苦
智慧能使淨　汝詣諸沙門　及諸婆羅門
各各種別問　誰有知法者　誰能說實捨

離我誰能說

雪山夜叉復以偈問

我今聞佛說　疑網皆已除　何須種別問
沙門婆羅門　世雄善顯示　具實分別說
七岳恩深重　能使我得見　無上大導師
我今所至處　城邑及聚落　在在并處處
日夜常歸依　如來三佛陀　法中之正法
一千諸夜叉　心各懷踊躍　皆合掌向佛
咸求爲弟子　歸依佛世尊

如是我聞一時佛在王舍城迦蘭陀竹林爾時尊者舍利弗大目揵連在靈鷲山時舍利弗新剃髮竟晨朝早起正身端坐以衣覆頭當于彼時有二夜叉一名爲害二名復害爾時復害見舍利弗語爲害言我於今者欲以拳打剃頭沙門爲害答言而此比丘有大神德汝勿爲此長夜受苦第二第三亦如是諫復害故欲以拳打舍利弗以不用其所諫曉故乃至以身躬自抱捉爾時復害惡心熾盛雖聞他諫乃至抱捉都無從順即以拳打舍利弗頭既打之已復害夜叉語爲害言今打比丘便爲燒煮於我汝今應當救拔於我作是語時地自開裂現身陷入無間地獄爾時尊者大目揵連去舍利弗坐處不遠坐一樹下尋聞打於舍利弗聲往詣尊者舍利弗所而語之言不能堪忍受如是苦將無驚怖散壞身耶舍利弗言我身忍受都無苦痛亦不散壞尊者即讚歎言實有神德假令復害以手打彼耆闍崛山猶當碎壞而舍利弗都無異相斯二尊者作是語時爾時世尊晝在房坐以淨天耳遙聞其言即說偈言

正心如大山　安住無動揺　諸所可染著
染不染著法　遠離於愛樂　所謂愛樂者
即是塵欲法　若來加惱觸　不報惱觸者
是名不惱觸　若如是修心　終不受於苦
爾時比丘聞佛所說歡喜奉行
因陀羅釋迦堀摩白山賓迦富羅那婆修曼
遮尼羅箭毛受齋曠野及雄淨七岳幷雪山
害及於無害是名第十
別譯雜阿含經卷第十二

別譯雜阿含經卷第十三

失譯人名附秦錄

佛在王舍城迦蘭陀竹林爾時世尊告諸比丘汝等皆當勤修善行漸漸增長如月初生時有比丘初始受戒漸修慚愧善持威儀往返人間柔和恭順不爲很戾能制身心如明眼人避深空井及山峻岸比丘亦爾如月初生漸漸增長善行日新佛復告諸比丘令此會中迦葉比丘勤修善行如月初生漸漸增長漸修慚愧往返人間能制身心柔和恭順終不很戾如明眼人能避深井遠離峻谷迦葉比丘亦復如是佛告比丘何等比丘與法相應堪至諸家時諸比丘白佛言世尊如來則是諸法根本諸法之導法所依憑善哉世尊願爲我等敷演斯義我等聞已至心受持佛復告諸比丘諦聽諦聽至心憶念若有比丘無所染著不愛縛家不生增減心無嫌恨亦不嫉妬見他利養心生歡喜見他施彼亦不忿恨於修福者咸皆隨喜又不自讚已有德行諸所言說恒爲一切見餘比丘同至他家終不譏毀於自他所心無高下若諸比丘能修善心如向所說乃名隨順如法周旋往返人間爾時世尊於虛空中而自運手告諸比丘今我此手不著於空不縛於空無有嫌隙亦無瞋恚此手寧有縛著增減以不諸比丘即白佛言世尊此空中手無縛無著無有增減佛告比丘如是如是若有比丘心無縛著如空運手乃可出入往返諸家不生增減不生懊惱亦不嫉妬見他利養心生歡喜見他布施不與於已亦不忿恨於修福者普皆

隨喜乃至心無高下佛告比丘迦葉比丘亦復如是往返人間心無縛著乃至心無高下佛復空中第二運手告諸比丘如上所說乃至迦葉比丘亦復如是佛告比丘云何比丘出入諸家爲人說法云何得名清淨說法云何名爲不清淨說法時諸比丘白佛言世尊如來則是諸法根本法之所導法所依憑善哉世尊願爲敷演我等聞已至心受持佛告諸比丘諦聽諦聽至心憶念若有比丘爲人說法作如是念我爲彼人而說於法當令彼人信敬於我能多與我飲食衣服病瘦醫藥若作是說者是名不淨若有比丘爲人說法欲令聽者證解佛法除現在苦離諸熱惱不擇時節導示善趣爲其顯現乃至能令智者自知不從他教離於生老病死憂悲苦惱能令聽者聞其所說如法修行爲令聽者於長夜中得法得義得利得安如是說者名爲清淨慈悲之說憐愍利益欲使正法得久住故如是說法名爲清淨是故比丘應作是念爲人說法當作是學第三亦如上說迦葉比丘能如是說爲令聽者證解佛法乃至欲令正法得久住故憐愍利益作如是說是名清淨稱可佛法時諸比丘聞佛所說歡喜奉行

如是我聞一時佛在舍衛國祇樹給孤獨園爾時佛告諸比丘若有比丘將欲往詣於檀越家先作是念若有所施當速與我勿令遲晚至心施我莫不至誠願使多得勿令寡少與我精細勿得麤澀若作是念決定意者往檀越家檀越雖與不至心施不恭敬與雖施飲食不令豐足與其麤澀不與精細設有施

與遲緩不速而此比丘不稱意故羞恥愁憂生損減心而此比丘應作是念至檀越舍彼非我家云何而得稱遂其心何故生念欲令檀越速施不遲乃至精細不用麤澀若作是念設無所得心不悔恨離於增減無有怨嫌設彼檀越少有所施不至心與遲晚不速乃至與麤不與精細如是比丘心不嫌恨亦不愧恥心無增減迦葉比丘作如是心至檀越所斯非己家云何而得自稱其意望彼至心速施不遲乃至精細莫得麤澀迦葉比丘作如是念至檀越家雖不得施都無慙恥心不損減是故比丘應作是心至於他家不應生念速施於我乃至精細是故汝等當作是學如迦葉比丘往檀越家時諸比丘聞佛所說歡喜奉行

如是我聞一時佛在舍衛國祇樹給孤獨園爾時尊者摩訶迦葉在彼舍衛舊園林中毗舍佉講堂時尊者摩訶迦葉即於其夜從定而起從定起已往詣佛所頂禮佛足在一面坐佛告迦葉汝當教授諸比丘等指道教詔禪定之法爲說法要何以故我恒教授是比丘等汝亦應爾我常爲諸比丘說於法要汝亦應爾迦葉白佛是諸比丘不能受語難可教授佛告迦葉汝於今者以何因緣不爲說法迦葉復白佛言今二比丘一是阿難共行弟子名曰離荼二是目連弟子名阿毗浮是二弟子互諍勝負各自稱言我知見勝我所說勝互共相引欲決知見及以言說爲我說妙爲汝說妙爲我句義具足爲汝句義具足爾時阿難侍於世尊以扇扇佛爾時阿難語

迦葉言止止尊者聽我懺悔如此比丘新入佛法愚無智慧未有所解尊者迦葉語阿難言止爾阿難汝莫僧中作偏黨語爾時世尊告一比丘汝可往喚彼二比丘時彼比丘奉教往喚語二比丘言世尊喚汝時二比丘承佛勑命即往詣佛所頂禮佛足在一面立爾時世尊告二比丘汝等二人實作是語我讀誦多我所知多我所說言句偈不闕欲決勝負爲有是不時二比丘白佛言實爾世尊佛復告言汝若解我所說修多羅祇夜授記說偈優陀那尼陀那伊帝目多伽本生毗佛略未曾有優波提舍本事是十二部汝若讀誦令通利者是等經中爲有勝負以不時二比丘白佛言世尊是十二部實無是說佛復告二比丘言說十二部經爲欲除滅諍訟勝負汝今云何作如是說汝等愚人作如是解我豈可有如是說耶若生諍訟此非佛法又復不應出家之法我佛法中終不如是我勝汝負乃至我所說法句義具足汝之所說句義不足如是諍訟實非我說汝二比丘如斯之事汝應作不時二比丘即禮佛足白佛言我等聞佛所說自知有過實如嬰愚無所知解作不應作所作不善乃共相決種種勝負實有是過唯願世尊憐愍我故聽許懺悔佛言知汝誠心慇重懺悔汝實嬰愚無所知解所作不善不如佛教非出家法乃諍勝負各云多知乃至我所言說句義具足汝不具足如是勝負實不應作吾今受汝誠心懺悔使汝善法增長無有退失何以故若能至心實知有罪然後懺悔後莫復作如是懺者善法增

長無有退失諸比丘聞佛所說歡喜頂禮而
去
如是我聞一時佛在舍衛國祇樹給孤獨園
爾時尊者摩訶迦葉住舊園林毗舍佉講堂
中時尊者迦葉於日没時從禪定起往至佛
所禮佛足已在一面坐佛告迦葉汝可教授
諸比丘等當爲說法所以者何我恒教授汝
亦應爾我常爲諸比丘說法汝亦應爾迦葉
白佛是諸比丘難可教授不能受語佛告迦
葉汝於今者見何因緣而不爲說迦葉對曰
若不信者退失善法便生懈怠無有慙愧愚
癡無智貪著他物有恚害心睡蓋所覆掉動
不停於法疑惑深著我見具於煩惱垢汙之
心喜瞋失念心無暫定有如是等種種不善
惡法決定具有如斯等人尚無少善況復增
進善法無有退失若復有人具於信心不退
善法精進不倦能修慙愧有智之人具行善
法無有貪想遠離瞋嫌除睡眠蓋心不掉動
無有疑惑不著身見心淨無染不喜瞋恚能
住心念具於禪定善法不退若有具上種種
善法我尚不說彼人善法停住況不增長如
斯等人於日夜中善法增長佛告迦葉如是
如是如汝所說若不信者退失善法乃至如
斯等人尚無少善況復增長若復有人具信
心者不退善法乃至我尚不說彼人善法停
住況不增長時諸比丘聞佛所說歡喜奉行
如是我聞一時佛在舍衛國祇樹給孤獨園
爾時尊者摩訶迦葉住舊園林毗舍佉講堂
時尊者迦葉於日没時從禪定起往詣佛所
頂禮佛足在一面坐佛告迦葉汝可教授諸

比丘等爲其說法所以者何我常教授汝亦應爾我恒爲彼而說法要汝亦應爾迦葉白佛言世尊是諸比丘不能受語難可教授佛告迦葉汝以何故而不教授爲其說法迦葉對曰世尊是法根本是法之導法所依憑善哉世尊願爲敷演我聞語已至心受持佛告迦葉汝今善聽受持憶念吾當爲汝分別解說迦葉白佛唯然世尊願樂欲聞佛告迦葉昔有比丘自修阿練若行讚歎修阿練若行者自行乞食著糞掃衣讚歎乞食著糞掃衣者少欲知足常樂空閑寂靜之處勤修精進心不馳散恒樂禪定自盡諸漏讚盡漏者以是之故一切比丘咸來親近而問訊之而此比丘語諸來者善來比丘可就此坐汝名爲何是誰弟子履行賢良應沙門法夫出家者宜應如汝作於沙門若見汝者學汝所爲不久必當獲於己利新學比丘覩斯事已而作是念彼有比丘共相恭敬我今亦當習學其行自修阿練若行讚歎修阿練若行者自行乞食著糞掃衣讚歎乞食著糞掃衣者少欲知足常樂空閑寂靜之處勤修精進心不馳散恒樂禪定自盡諸漏讚盡漏者以是之故一切比丘咸來親近安慰問訊而此比丘語諸來者善來比丘可就此坐汝名爲何是誰弟子履行賢良應沙門法出家之人宜應如汝作於沙門若見汝者學汝所爲不久必當獲己義利諸新學者若生是念長夜利益得義得樂名自濟拔能令正法得久住世是人進趣終不退沒佛告迦葉若有比丘生則有福初始出家多得利養衣服湯藥牀敷卧具

四事豐饒復有比丘見是比丘親近談語安慰問訊時此比丘語彼比丘汝名何等是誰弟子生則有福多得利養衣服湯藥牀敷卧具四事豐饒若有比丘親近汝者四事不乏若有新學比丘覩斯事已應作是念彼有生福比丘共相恭敬我今亦當修如是行衣服卧具飲食湯藥四事供養亦常豐饒若新學比丘作如是意學如是事已是名長夜衰耗都無利益及以利樂非沙門法受諸苦惱名自輕毀梵行不立没于淤泥爲惡所欺具於結使數受諸有名生熱惱獲得苦報必當受於生老病死時大迦葉及諸比丘聞佛所說歡喜奉行

如是我聞一時佛在舍衛國祇樹給孤獨園爾時尊者摩訶迦葉住舊園林毗舍佉講堂時大迦葉於日没時從禪定起往至佛所頂禮佛足却坐一面爾時世尊告迦葉言汝今朽老年既衰邁著此商那糞掃衲衣垢膩厚重汝今還可詣於僧中食於僧食檀越施衣裁割壞色而以著之迦葉白佛言世尊而此衲衣是我乆服我亦讃歎著衲衣者云何可捨佛告迦葉汝見著衲衣者有何義利長夜服翫自行阿練若行讃歎阿練若行者自行乞食讃歎乞食者迦葉白佛言世尊我見衲衣者有二種利於現在世安樂而住未來之世爲諸比丘作照明法爲後世人之所習學後世人輩當發是意昔佛在世大德比丘乆修梵行喜樂佛法深達法式少欲知足自行阿練若行讃歎阿練行者著糞掃衣讃歎著彼糞掃衣者次行乞食讃歎乞食者未來世

人多生此心欣慕斯法爲彼救拔義利安樂佛讚迦葉善哉善哉汝若作如是於長夜中憐愍世間利益弘多爲作救拔義利安樂若有沙門及婆羅門毀頭陀者是等即爲毀呰於我若有讚歎頭陀功德是等即爲讚歎於我所以者何我以種種因緣無數方便讚歎頭陀所得功德安立頭陀讚歎頭陀諸行中勝汝從今日已後常應自行阿練若行讚歎能行阿練若行者時大迦葉及諸比丘聞佛所說歡喜奉行

如是我聞一時佛在舍衛國祇樹給孤獨園爾時尊者摩訶迦葉在於邊遠草敷而住衣被弊壞染色變脫鬚髮亦長來詣佛所爾時世尊大衆圍遶而爲說法時諸比丘見迦葉已皆生是念彼尊者不知出家所有威儀衣色變壞鬚髮亦長威儀不具爾時世尊知諸比丘心之所念爲欲令彼生欽尚故遥見迦葉即語之言善來迦葉尋分半座命令共坐我當思惟汝先出家我後出家是故命汝與爾分坐摩訶迦葉聞斯教已即懷惶悚便起合掌頂禮佛足白佛言世尊是我大師我是弟子云何與師同共同坐第二第三亦作是言佛告迦葉實如汝言我是汝師汝是弟子即命迦葉汝可於彼所應坐處於中而坐時尊者迦葉即奉佛教敷座而坐爾時世尊爲欲令彼諸比丘等益增猒惡自訶責故爲欲讚歎摩訶迦葉得道尊重與佛齊故告諸比丘我修離欲之定入于初禪作意思惟迦葉比丘亦欲離惡不善有覺有觀入于初禪亦復晝夜欲入初禪二禪三禪及第四禪亦復

如是我若發心欲入慈心無嫌怨心無惱心遍廣心善修無量於其東方作如是心南西北方四維上下亦作是心我於晝夜欲修是心摩訶迦葉亦復如是欲入慈心無嫌怨心無惱心遍廣心善修無量於其東方作如是心南西北方四維上下亦作是心我若修於悲喜捨心我於晝夜常入此心摩訶迦葉亦復如是於晝夜中常入此心我欲滅除惱壞袪於色想除若干想入無邊虛空亦欲晝夜常入此定識處不用處非想非非想處亦復如是我亦欲入神通等定能以一身作無量身以無量身還作一身我欲觀察諸方上下入于石壁無有障礙猶如虛空坐卧空中如彼鴈王履地如水履水如地身至梵天手捫日月若我晝夜欲修是定迦葉比丘亦復如是欲入於彼神通等定能以一身作無量身以無量身還爲一身觀察四方四維上下能以此身入于石壁無有障礙猶如虛空坐卧空中如彼鴈王履地如水履水如地身至梵天手捫日月亦欲晝夜常入此定天眼天耳及他心智宿命漏盡亦復如是爾時世尊於彼無量大衆之中稱讚迦葉功德尊重如是種種與已齊等時諸比丘聞佛所說歡喜奉行

別譯雜阿含經卷第十三

音釋

膊　伯各切肩膊也

別譯雜阿含經卷第十四 第十五同卷

失譯人名附秦録

如是我聞一時佛在王舍城耆闍崛山迦蘭陀竹林爾時尊者摩訶迦葉尊者阿難在耆闍崛山中于時阿難食時已到語尊者摩訶迦葉言大德食時已到可共乞食於是摩訶迦葉著衣持鉢與阿難出耆闍崛山入王舍城乞食阿難語摩訶迦葉言日時猶早我欲至彼比丘尼精舍觀諸比丘尼等所行法式迦葉答言可爾即時共詣比丘尼精舍爾時諸比丘尼遥見二尊者來即敷牀座既敷座已白二尊者可就此坐時二尊者即就其座諸比丘尼既見坐已稽首禮足在一面立爾時摩訶迦葉爲比丘尼種種說法示教利喜於彼衆中有比丘尼名偷羅難陀聞說法要心不甘樂即出惡言今者云何長老迦葉在阿難前爲比丘尼而說法要如賣針人至針師門求欲賣針終不可售今者迦葉亦復如是云何乃在阿難前而說於法作是語已默然而住時摩訶迦葉以淨天耳聞其所言語長老阿難汝見是偷羅難陀比丘尼心不喜悦出麤言不是時阿難語迦葉言彼說何事迦葉答言彼作是說云何迦葉在阿難比提醯牟尼之前而說法要以汝同彼針師之子以我名爲賣針之人尊者阿難語迦葉言止止尊者攖愚少智不足具責唯願大德聽其懺悔迦葉即語長老阿難言如來世尊多陀阿伽度阿羅呵三藐三佛陀爲教導故引彼月喻日新增長能具慚愧離於無慙忍于駡辱禁制身心往返人間爲道於我爲說於汝

同彼月耶阿難答言如來世雄實不說我同於彼月迦葉復言唯願佛世尊多陀阿伽度阿羅呵三藐三佛陀等正覺知者說我同彼月初生時日新增長能具慚愧離於無慚忍于罵辱禁制身心往返諸家阿難白言實爾尊者迦葉語阿難言如來世尊於無量百千大衆之前稱我名字言是大德有慚愧人智慧深遠喻似於已佛告比丘我今離於欲惡不善有覺有觀喜樂一心入於初禪晝夜常在如是定中迦葉比丘亦常離於欲惡不善有覺有觀喜樂一心入於初禪晝夜恒在如是定中阿難答言實爾迦葉二三四禪慈悲喜捨及四禪定三明六通亦復如是爾時尊者摩訶迦葉於比丘尼大衆之前作師子吼已從座而起即還所止

爾時如來將欲涅槃尊者阿難摩訶迦葉在耆闍崛山時世飢儉乞食難得於是尊者阿難將諸新學比丘向于南山聚落新學比丘之中有諸年少樂著嬉戲躭嗜飲食不攝諸根無有威儀初夜後夜不勤行道讀誦經典左脇著地自恣睡眠既違彼已諸比丘中三十餘人罷道還俗以是之故徒衆減少遊行已竟還至於彼王舍大城耆闍崛山收攝衣鉢洗手足已往詣尊者大迦葉所禮尊者足在一面坐時大迦葉告阿難曰汝從何來徒衆減少阿難答言我往至彼南山聚落弟子之中三十餘人昔日盡是童眞出家罷道還俗以是事故徒衆減少摩訶迦葉語阿難言如來何故制別衆食而聽三人共一處食如是之意爲欲擁護於諸人故使不損減復爲

制伏惡欲比丘斷除於人多眷屬故稱僧名字多有所求減損諸家破壞衆僧使作二部故令如法比丘不得供養衣服飲食非法比丘多獲利養惡欲比丘既得供養與淨行者而共諍訟汝以何故於饑饉世將彼新學年少比丘以爲徒衆而此比丘樂著嬉戲貪嗜飲食諸根馳散無有威儀貪嗜睡眠無有猒足初夜後夜不勤行道讀誦經典云何而與如是徒衆遊行至彼南山聚落既達彼已三十餘人昔日盡是童子出家罷道還俗汝於今者徒衆破壞汝今無智猶如小兒阿難答言我已年邁云何而言猶如小兒迦葉復言我非無故稱汝名字以爲小兒今世饑饉乞匃難得而汝云何多將人衆遊行至彼南山聚落汝弟子中有諸年少樂著嬉戲貪嗜飲食諸根馳散無有威儀貪好睡眠無有猒足初夜後夜不勤行道讀誦經典使三十餘人休道還俗如是所作豈非同彼小兒者乎

爾時帝舍難陀比丘尼聞大迦葉呵責尊者阿難比丘作小兒行心中不悅生大憂惱即出麤言此大迦葉本是外道而今云何毀呰阿難比提醯牟尼作小兒行是時迦葉以淨天耳聞比丘尼出斯麤言毀罵已已於是迦葉告阿難曰帝舍難陀比丘尼心中不悅生大苦惱發是惡言斯大迦葉本外道師云何毀呰尊者阿難比提醯牟尼作小兒行即時阿難語迦葉曰此比丘尼稚小無智猶如嬰孩唯願大德聽其懺悔摩訶迦葉語阿難言我出家時作是要誓世間若有阿羅漢者我當歸依自出家來未有異趣唯依如來無上

至眞等正覺我先在俗未出家時觀諸世間生老病死憂悲愁惱衆苦聚集如是之事競來逼切我於爾時猒家迫迮無有可處樂出家法能離塵垢觀於在家衆事憒閙猶如入於鉤棘之林鉤斵刺牽傷毀形服難可得出在家亦爾緣務纏縛沒於欲泥不得修於清淨梵行晝夜思惟不見一法能勝於彼剃除鬚髮被服法衣棄捨家業信心出家欲出家時選擇家中最下衣裳得一弊衣其價猶直十萬兩金即便取之爲僧伽梨先所居業一切悉捨眷屬親戚亦悉捨離復作是念世間若有阿羅漢者我當歸依隨其出家時彼王舍大城中間有羅羅健陀羅羅乹陀中間有多子塔我時於彼遇值世尊端嚴殊妙諸根寂定心意憺怕得於無上調伏之心相好光飾如眞金樓我既見已心中踊躍即作是念我昔推求出世之師今所見者眞是我之婆伽婆阿羅呵三藐三佛陀也作是念已心不散亂專念觀佛更整衣服右遶三帀胡跪合掌白佛言佛是我世尊我是佛弟子如是三說佛亦復言如是迦葉我是汝世尊汝是我弟子亦復三說佛告迦葉世間若有聲聞弟子都無至心實非世尊而言世尊實非羅漢而言羅漢非一切智言一切智如是之人頭當破壞作於七分我於今日實是知者實是見者實是羅漢而言羅漢實等正覺言等正覺我所敷演實有因緣非無因緣而說法要實有乘出非無乘出實有對治非無對治實有精進非不精進能斷結漏非不能斷迦葉汝今應作是學諸有所聽是善法義應當至

心受持莫忘尊重憶念捨於亂心宜應專意觀五受陰增長損減常應觀彼六入生滅安心住於四念處中修七覺意轉令增廣證八解脫繫念隨身未曾放捨增長慚愧爾時如來爲我種種分別法要示教利喜我於爾時尋隨佛後未曾捨離每作是念佛若坐者我當以此僧伽梨價直十萬兩金者與如來敷之佛知我心之所念故出道而住我疾摺衣以敷座處白佛言世尊願就此座佛即坐上既坐上已語迦葉言此衣輕輭迦葉白佛實爾世尊唯願世尊憐愍我故當受此衣佛告迦葉汝能受我商那納衣不迦葉答言我能受之

爾時如來即授迦葉所著大衣我於是時自從佛手受是商那糞掃之衣佛授我已即便起去我隨佛後遶佛三帀爲佛作禮即還所止我於八日學得三果至第九日盡諸有漏得阿羅漢阿難當知若有人能正實說者應當言我是佛長子從佛口生從法化生持佛法家禪定解脫諸三昧門中出入無礙譬如轉輪聖王所有長子未受王位五欲自恣我於今者亦復如是是佛長子從佛口生從法化生持佛法家禪定解脫諸三昧門出入無礙如轉輪王所有象寶甚爲高大持一多羅樹葉覆其身體欲令不現可得爾耶阿難即言如是樹葉終不能覆彼大象身尊者迦葉語阿難言彼猶易覆無有人能障覆於我六通之者若有人於如意通中生疑惑者我悉能爲演說其義令得明了天耳通知他心通宿命通生死智通漏盡通若復有人於此通

中生疑惑者我亦能為演說其義使得明了阿難答曰我於長夜每敬尊者心生淨信時二尊者作是說已歡喜而去

如是我聞一時佛在王舍城耆闍崛山迦蘭陀竹林爾時尊者舍利弗及大迦葉俱在彼山時彼國中有諸異見六師徒黨來詣尊者舍利弗所問訊已訖在一面坐而作是言如來世尊頗說於我死此生彼如是說不舍利弗答言如斯之事佛所不說外道六師復作是言若如是者說於我身在此間耶更不生耶舍利弗言如斯之事佛亦不說外道復言我於此死亦生於彼亦不生彼如是說耶舍利弗言佛亦不說外道言我死之後非生非不生耶舍利弗言佛亦不說外道復言我先問汝死此生彼乃至非生非不生悉不見答汝若名為宿舊出家應廣解義為我分別今者觀汝不能答我便是童蒙無智愚人時彼外道作是語已即從座起還其所止爾時尊者摩訶迦葉去舍利弗不遠外道去後舍利弗即詣於彼大迦葉所以外道問向迦葉說如來何故如是四問默然不答何以故不能相似比類而答於彼我昔曾聞有人問佛於此死已受後有不佛默然不答又問死後不受有耶佛亦不答又問我此死已亦受後有亦不受耶佛亦不答又問我死之後非受於有非不受有耶佛亦不答尊者迦葉語舍利弗言如來寧可說色滅已生於後有乃至非生非不生世尊於彼色所盡處正智解脫然都無有死此生彼死此不生彼亦生亦不生非生非不生是故不答如斯之義甚深廣大

無量無邊無有算數乃至盡滅受想乃至識死此生彼乃至非生非不生亦復如是此是動轉此是憍慢此是放逸此是有爲造作之業此是愛結此愛生彼愛不生彼亦愛生彼亦不生彼愛非生彼非不生彼如是愛盡得善解脫愛盡生彼有亦無也不生彼有亦無也生彼不生彼亦無也非不有生彼非不無生彼亦無也此義甚深廣大無邊無有算數至於盡滅大德舍利弗當知以是因緣故如來於問中而不正答死此生彼此死不生彼亦生彼亦不生彼非生非不生此二大人互相讚美各還所止

如是我聞一時佛在舍衛國祇樹給孤獨園爾時尊者摩訶迦葉住舍衛國西園林中毗舍佉講堂彼大迦葉於日沒時從禪定起往詣佛所頂禮佛足在一面坐而白佛言世尊以何因緣如來初始制戒之時極爲尠少修行者多今日何故制戒轉增履行者少佛告迦葉如是如是衆生命濁結使濁衆生濁劫濁見濁衆生轉惡正法亦末是故如來爲諸弟子多制禁戒少有比丘能順佛語受持禁戒諸衆生等漸漸退沒譬如金寶漸漸損減乃至相似金出如來正法亦復如是漸漸損滅像法乃出像法出故正法滅沒迦葉當知譬如海中所有船舫多載衆寶船必沈沒如來教法亦復如是以漸滅沒如來正法不因地沒亦非水火風之所壞若我法中生於惡欲行惡威儀成就衆惡法言非法非法言法非是比丘說言比丘犯說非犯非犯說犯輕罪說重重罪說輕如斯之事出於世者皆由

像法句味相似令佛正法漸漸滅沒迦葉當知有五因緣能令法滅一切咸共忘失章句善法退轉何等爲五不恭敬佛不尊重佛不供養佛不能至心歸命於佛然復依止佛法而住不敬法不尊重法不供養法於正法中不能至心然依法住不恭敬戒不尊重戒不供養戒不能至心持所受戒然依戒住不恭敬教授不尊重教授不供養教授不能至心向教授者以不恭敬尊重供養亦不至心向教授故然復依此教授而住於同梵行佛所讚者不恭敬不尊重不供養不能至心禮拜問訊然猶依彼而得安住迦葉以此上來五因緣故能令正法漸漸滅沒衰退忘失迦葉復有五因緣故能令正法久住於世不沒不退不忘不失何等爲五恭敬世尊尊重於佛供養於佛常能至心歸依於佛於法於戒及以教授同梵行者亦應供養恭敬尊重至心向之以此五種善因緣故能使正法久住於世不沒不退不忘不失以是義故應當恭敬佛法教法同梵行者諸比丘等聞佛所說歡喜奉行

月喻施與　負勝無住　佛爲根本
極老納衣重　是時衆減少　外道法損壞

别譯雜阿含經卷第十四

別譯雜阿含經卷第十五

失譯人名附秦錄

爾時世尊在王舍城迦蘭陁竹林時彼城中有妓人主號曰動髮往詣佛所到佛所已頭面禮足却坐一面而作是言瞿曇我於昔者曾從宿舊極老妓人邊聞於妓場上施設戲具百千萬人皆來觀看彈琴作倡鼓樂絃歌種種戲笑所作訖已命終之後生光照天如是所說爲實爲虛佛告之曰止止汝今莫問是事時彼妓主第二第三亦如是問佛悉不答爾時如來語妓主言我今問汝隨汝意答若有妓人於妓場上施設戲具彈琴作倡鼓樂絃歌以是事故百千種人皆悉來集如此諸人本爲愛欲瞋恚愚癡之所纏縛復更造作放逸之事豈不增其貪恚癡耶譬如有人爲繩所縛以水澆之逾增其急如是諸人先爲三毒之所纏縛復更於彼妓場之上作倡妓樂唯當增其三毒熾盛如是妓主汝爲斯事命終得生光照天者無有是處若有人計於妓場上作衆妓樂命終生於光照天者我說是人名爲邪見邪見之果生於二處若墮地獄或墮畜生佛說是已時彼妓主悲泣墮淚佛告妓主以是因緣故汝三請我不爲汝說爾時妓主白佛言世尊我今不以聞佛語故而便涕泣我愍如斯諸妓人等嬰愚無智所作不善彼於長夜作如是見於未來世當受大苦常被欺誑爲人所輕若有妓人作如是言於妓場上作倡妓樂命終生彼光照天者如是之言名大妄語若以此業生光照天無有是處世尊我從今日更不造彼如是惡

業佛即告言汝今眞實於未來世必生善處爾時妓主及諸比丘聞佛所說歡喜奉行

如是我聞一時佛在王舍城迦蘭陀竹林時彼城中有善鬬將爲聚落主往詣佛所頂禮佛足問訊已訖在一面坐白佛言世尊我於昔者曾從宿舊耆老邊聞若欲戰時要當莊嚴所持器仗牢自防護勇猛直進無有怯弱能破前敵傷殺物命使餘軍衆皆悉退散作是事已命終得生箭莊嚴天彼時鬬將作如是問佛告之曰止不須說汝於今者所問義趣甚爲不善第二第三亦如是問佛復告言汝已慇懃三問於我汝若能受當爲汝說諸有戰者牢自莊嚴善知鬬術最爲陣首勇猛前進如是戰將豈不作意方便欲得傷害彼諸軍衆作是念言云何當繫縛於彼傷害於彼令其壞盡寧可不生如是念耶戰將汝於衆生所起三邪惡業何等名爲三邪惡業所謂即是身口意也若以如是三不善業身壞命終得生天者無有是處戰將汝今若如是見者即是邪見邪見之業必生二處或在地獄或墮畜生爾時鬬將聞佛語已悲泣流淚佛復告曰我以是故三請不說今爲汝說何故涕泣時彼鬬將白佛言世尊我不爲聞是說故而生悲惱憐愍諸鬬戰者長夜愚闇嬰孩無智所作不善常爲此事於未來世當受大苦如是惡業而實不得生於天中若以此業而生彼箭莊嚴天者實無是處世尊我從今更不作於如是邪見佛即讚言善哉善哉汝所說者甚爲希有爾時鬬將聞佛所說頂禮還去

如是我聞一時佛在王舍城迦蘭陀竹林爾時善調馬師聚落主往詣佛所頂禮佛足在一面坐佛告調馬師曰以幾因緣令馬得調馬師言瞿曇以三事故能令馬調一者一向須輭二者一向須麤三者亦輭亦麤佛語之言若斯三事不能調者復當云何馬師對曰打令命絶馬師即言瞿曇汝爲無上調御之師調丈夫時以幾事調佛言我亦以三事調御一須輭語二者麤語三者不輭不麤而得調伏云何名爲一向須輭如佛告比丘汝若修三業善者獲善果報此是天此是人是名一向以輭而得調伏云何名麤如說三惡道此是身口意業造惡果報云何名爲亦麤而輭身口意有諸善業得生人天此是身口意善所獲果報亦說身口意有諸惡業當墮三塗斯亦身口意所獲果報是則名爲亦麤亦輭而調衆生馬師白佛若以此三不調伏者當云何調佛告之曰與其切言若不調者深加毀害馬師對曰今汝沙門常說不殺云何言害佛言馬師如是如是言如來者實不應殺所不應作如來世尊以此三事用調衆生若不調者終不與語亦不教詔亦不指授佛告馬師於汝意云何如來若不教授設不與語設不指授如是者則名毀害是眞毀害馬師對曰實爾瞿曇如來若當不與其語不教授法實成毀害甚於世害馬師復言瞿曇我自今後當斷毀害更不造惡佛即讚言馬師如汝所說實爲眞正爾時馬師聞佛所說歡喜頂禮而去

如是我聞一時佛在王舍城迦蘭陀竹林時

聚落主名曰惡性往詣佛所頂禮佛足在一面坐即白佛言世尊如世有人無所修習惱觸於他作惱觸語是故諸人咸稱其人名爲極惡佛告聚落主設有一人惱觸於彼作惱害語出惱語故設令他瞋以是之故名爲惡性不修正見正業正語正命正念正方便正志正定不修正定故惱觸於彼以惱觸故極生瞋忿以瞋忿故出瞋忿語出瞋語故名爲惡性時村主言希有瞿曇實如所言以惱觸故實名惡性我以不修正見故爲彼觸惱以惱觸故稱我惡性一切世人咸皆稱我以爲惡性從是已來名爲惡性村主復言瞿曇云何得不惱觸無惱觸故得無惱語佛告聚落主雖復爲彼之所惱觸不惱於他雖復爲彼之所惱語而不惱語以惱于彼雖爲他惱不生心惱以不惱故世人咸稱能忍善者亦復於彼生忍善想若如是者能修正見修正見故正業正語正命正志正方便正定正念修正定故爲他所觸而不生惱不生惱故名爲忍善村主言希有瞿曇所説甚善實如所言我以不修正見故爲他所惱爲他惱故出惱觸言是以世人稱我惡性皆生惡想故名惡性不修八正道故爲他所觸出惱觸語遂至瞋忿有是想故世人稱我以爲惡性村主言瞿曇我從今後如是惡性卒暴我慢兇險我當捨棄佛讚之曰汝若如是實爲甚善時彼村主聞佛所説歡喜頂禮而去

爾時有聚落主名如意珠頂髮往詣佛所頂禮佛足在一面坐即白佛言世尊我於往日在王宮殿與諸輔相共一處坐群臣眷屬詳

議講論所謂作沙門者爲得捉於錢寶以不得捉金不時彼衆中有一人言縱令捉者竟有何過應當得捉有一人言不應得捉沙門釋子不捉金寶世尊如是二語爲得名爲稱法而說爲不稱說若作斯語非爲毀佛非過言耶爲是佛說爲非是乎佛告聚落主若作是說斯名謗我不稱說名爲過說然我所說實不同彼何以故爲比丘者沙門釋子法不應捉金等錢寶若捉金等錢寶非彼沙門釋子之法佛之教法轉勝端嚴佛如是說爲比丘者不應捉於金等錢寶設有捉者非沙門法村主言我於彼時於大衆中亦作是說沙門釋子實不應捉金等錢寶若有捉者宜應自恣放逸五欲時彼村主聞佛所說頂禮而去當於爾時阿難比丘侍立佛側以扇扇佛

告阿難曰汝可召諸比丘依此王舍城而依止者盡集講堂爾時阿難奉佛教已如佛所命勑諸比丘盡集講堂時諸比丘各來集已阿難詣佛頂禮佛足在一面坐白佛言世尊諸比丘僧依王舍城迦蘭陀竹林者皆來集在講堂之中唯願世尊宜知是時爾時世尊即往講堂於衆僧前敷座而坐佛告比丘有如意珠頂髮聚落主來至我所頂禮我已而作是言我於往日在王宮殿與諸輔相共議講論沙門之法爲應捉持金等錢寶爲不捉耶時彼衆中有一人言假令沙門捉持錢寶及金銀等有何過咎但捉無苦復有人言沙門之法法不應捉金等錢寶如斯二人其語不同此二人言何者稱法我即答言沙門釋子不應捉持金等錢寶時聚落主而作是言

我於昔時於彼衆中亦作是語如斯沙門得捉金等及以錢寶亦應恣令受於五欲時彼村主聞我所說歡喜而去佛告諸比丘汝等當知彼如意珠頂髮聚落主於衆人前作師子吼言沙門法不應受取金銀錢寶汝諸比丘從今已後若有所須欲捉之者當作草木及捉糞想寧捉糞穢不捉寶物時諸比丘聞佛所說歡喜頂禮而去

如是我聞一時佛在瞻婆國竭城祇池岸時聚落主號王頂髮來詣佛所頂禮尊足在一面坐佛告之曰此世間中多有衆生依二種法一貪欲樂二名習於無益身事非聖之法徒受無益損減習於欲樂是名下賤繫累之法受欲樂者凡有三種云何爲三一者聚非法財殘物害命自樂已身而爲已身作正樂因此亦不名供養父母亦不名與妻子及其僮僕亦非親友知識眷屬輔弼已者亦復不名爲供養供給沙門婆羅門諸福田等若如是者不修上道不作樂因不得樂報是名第一欲樂設受欲樂或時如法或不如法或爲殘害或不殘害以樂已身安樂父母妻子僮僕親友眷屬輔弼已者悉皆供養供給與正安樂然不施與沙門婆羅門及諸福田亦復不修正道不作樂因不求樂報不作生天因緣是名第二欲樂佛復告聚落主若有集於財果如法而聚不爲殘害以如法故不造殘惡故能自已身正受其樂亦名正理供養父母及與妻子僮僕親友眷屬輔成已者皆名正與安樂正事給養時時供養沙門婆羅門修立福田修於上道種於樂因求樂果報作

生天因緣是名第三受於欲樂我今爲諸受欲樂者皆悉同説設受欲樂我説下賤設受欲樂我説爲中設受欲樂我説爲上何者下賤非法聚財又不非法聚財自樂已身而爲已身作正樂因此亦不供養亦不名與妻子僮僕親友眷屬亦不隨時供養沙門婆羅門諸福田等不修上道不作樂因不得樂報不作生天因緣是名爲下何等名中設受欲樂或時如法或不如法或爲殘害以自樂身亦復安樂父母妻子僮僕親屬乃至不作生天因緣是名爲中云何名上所説如法聚財不作殘害身正受樂正理供養父母及與妻子僮僕親友乃至能作生天因緣是名爲上何等無益三種苦身所謂苦非聖法無有義利若有苦身心已變壞初犯禁戒身心内外一切俱熱追念此事無時暫離現在之世不離煩熱終不能得過人之法是名初無益苦身法若復有人雖不犯戒心亦不變然復稱於身心二業内外俱適修學是事現在之世不離煩惱終不能得過人之法是名第二無益苦身復次若更有人雖不犯戒心不變異然復稱於身心二業内外俱適修念此事現在之世不離惱熱有少增進過人之法或得少智或得見法或少禪定是名第三無益苦身聚落主我亦不説無益苦行都爲一種有一名行名爲下品復有苦行名爲中品又有苦行名爲上品云何名下初毀戒時心已變壞身心内外一切俱熱追念此事無時暫離於現在世不離煩惱終不能得過人之法是名爲下云何名中若復有人雖不犯戒心亦不

變然復稱於身心二業內外俱適修學此事於現在世不離惱熱亦不能得過人之法是名為中云何名上若更有人雖不犯戒心不變異然復稱於身心二業內外俱適修學此事於今現在不能求斷一切煩惱有少增進過人之法或得少智或得見法或觸禪樂是名為上為聚落主除是二邊趣向於道所謂三種欲樂及以三種無益苦身趣向中道何等名為捨於三種欲樂之事及以三種無益苦身向中道耶聚落主貪染欲樂惱害自身亦惱害他自他俱害現集諸惡於當來世亦集諸惡以此因緣心煩悲擾受諸苦惱設盡欲結亦無自苦亦不苦他亦復無有自他之苦現在之世不集諸苦於未來世亦復不集一切衆苦以是義故得現法樂離衆惱熱不擇時節得近涅槃於現在世能得道果智者自知明了無滯不隨他教是名初中道聚落主復有中道離於惱熱不擇時節得近涅槃智者自知不隨他教所謂正見正語正業正命正定正方便正志正念是名第二中道說是法時王頂髮聚落主遠塵離垢得法眼淨爾時王頂髮聚落主知法見法得法度疑彼岸離於疑惑不隨他教不受異見於佛法中得自在辯即從座起整衣服合掌向佛白佛言世尊我於今日已得出過歸依於佛亦復歸依法僧三寶我持優婆塞戒從今盡壽歸依三寶爾時王頂髮聚落主聞佛所說歡喜踊躍頂禮而去

爾時世尊遊行於末牢村邑漸次至於優樓頻螺聚落在鸜鵒間無菓林中時驢姓聚落

主遥聞世尊遊末牢邑至優樓頻螺聚落鸚鵾閻無菓林作是思惟我聞世尊瞿曇所說之法能滅現在一切苦習我亦欲滅現在一切苦習宜應詣彼聽斯妙法彼或爲我說於盡滅苦習之道時彼驢姓思惟是已即出聚落往世尊所頂禮佛足在一面坐白佛言世尊我聞如來所說之法能滅衆生現在苦習善哉世尊垂哀矜愍願爲敷演現在能滅苦習之義爾時世尊即告之曰我若爲汝說於過去曾更無量衆苦滅苦滅苦習法汝或時信或不信或樂不樂我今亦欲爲汝說於未來無量衆苦滅苦習法而汝或信或不信或樂不樂佛復告曰我於今者即於此處爲汝說於滅苦習法汝當諦聽至心受持諸有衆生起小苦處而此苦中種種差别是等衆苦因欲而生皆習於欲欲爲根本欲爲因緣時聚落主復白佛言善哉世尊今我根鈍不解略說唯願垂愍廣演斯義令我開悟佛復告言今我問汝隨所樂答此優樓頻螺聚落中所有民衆假設有人盡繫縛之加諸罵辱皆悉斬戮汝頗於中生苦惱不聚落主言雖復憂慘不必一向生大苦惱復白佛言世尊此優樓頻螺聚落之中是我愛者則能生我憂悲苦惱心不悦豫非我愛者非我所欲非我所念於斯等邊我則無有憂悲苦惱佛告之曰聚落主是故當知一切種種苦惱之生皆由於欲悉因於欲欲爲根本佛復告言聚落主於汝意云何若汝子未生未依於毋未見聞時頗於彼所有欲親昵愛念心不對曰無也佛復告言汝子依毋而生長已汝若見時

頗生欲親愛念以不對曰實爾佛言汝子依毋生已漸大設當敗壞王賊刼奪若如是者汝生苦惱憂悲念不聚落主曰若遭是事當于爾時我心愁毒若死若近死況復不生憂悲苦惱佛復告言是故當知一切種種苦惱之生皆因於欲悉從欲生欲爲根本聚落主言希有世尊所説甚善巧爲方喻復白佛言我子設當在于遠處遣使往看使若還遲我與其毋心意不安怪使遲晚我子將不平安耶佛言聚落主是故當知衆生苦惱種種憂悲皆因於欲由欲而生欲爲根本假設四愛敗壞變異便生四種憂悲苦惱若三亦皆生於憂悲苦惱若有一愛便生一憂悲苦惱若無愛者是則無有憂悲苦惱離於塵垢如池蓮華不著于水説是法時驢姓聚落主遠離塵垢得法眼淨見法得法知法度疑離惑不從他心不趣異道於佛教法獲得辯力即從座起整衣服合掌白佛而作是言世尊我已出離歸依三寶從今日夜爲優婆塞盡我形壽生清淨信聞佛所説歡喜頂禮而去諸比丘聞佛所説歡喜奉行

爾時世尊與千二百五十大比丘僧千優婆塞五百乞兒而自圍遶遊行摩竭提國從一聚落至一聚落從城至城乃至到彼那羅徒陀城賣氎園林於中止住時閉口姓聚落主是尼乹陀弟子聞佛在摩竭提遊乃至是中到此園林作是念言我當往白師尼乹陀然後往詣瞿曇邊時閉口姓即往尼乹陀所頂禮其足在一面坐時尼乹陀即告之言汝能以二種論難瞿曇不如兩鐍鉤釣取於魚既

不得吐又不得咽斯二種論亦復如是能令於彼不得吐咽聚落主言唯願教我我當往問何等二論能令瞿曇不得吐咽尼乾陀言汝詣彼所如我辭曰汝今瞿曇頗欲利益諸家不若不利益與諸凡愚有何差別若言利益汝今云何將千二百比丘千優婆塞五百乞兒從一聚落至一聚落從城至城破壞諸家所經之處為汝踐蹈摧壞傷毀如雹害禾是名破壞非為利益爾時閉口受其教已詣賣氎林往至佛所粗相問訊在一面坐即白佛言瞿曇汝今寧可不欲增長利益於諸家耶汝豈不常讚歎增長利益者乎佛告之曰我於長夜恒欲增長利益之法時聚落主而作是言汝若利益何故今者於饑饉世與千二百比丘千優婆塞五百乞兒俱從一聚落至一聚落從城至城破壞諸家斯非增長利益之法所為損減如雹害禾汝壞人民亦復如是佛告之曰我憶九十一劫已來無有一家以熟食施而致損減汝今且觀一切諸家多饒財寶眷屬僮僕象馬牛羊是富基業有不從施而得者不盡從施我獲斯果報有八因緣能壞諸家若為王賊所侵為火所燒大水所漂失所伏藏生於惡子不解生業威逼用財惡子無理用於財貨一切世人皆云八事能破居家我今更說第九之破言第九者所謂無常離是九種外言沙門瞿曇能破諸家無有是處若棄如是九種因緣言沙門瞿曇能破諸家不增長者無有是處不捨是語不捨是欲如斯等人猶如拍毱必墮地獄時閉口姓聚落主聞是語已心生驚怖憂惱默

惡身毛爲竪起禮佛足歸命於佛而作是言我今誠心向佛懺悔我甚愚癡猶如嬰兒所作不善今於佛前虛妄不實下賤妄語唯願哀愍聽我懺悔佛告之曰知汝至心汝實知罪實如愚癡猶如嬰兒所作不善汝於如來阿羅訶作大虛妄鄙賤之業今自知罪誠心懺悔善法增長惡事退滅我今愍汝受汝懺悔令汝善法增長常不退失時閉口姓聚落主聞佛所說歡喜頂禮而去

如是我聞一時佛在那羅乾陀城賣氈林中爾時閉口姓聚落主而作是念我今欲見沙門瞿曇不見我師尼乾陀者不得往彼即時往詣尼乾陀所頂禮其足在一面坐時尼乾陀即告之曰今我教汝作二種難令彼瞿曇既不得吐又不得咽閉口姓即問之曰阿闍梨以何二難能令瞿曇不得吐咽復告之曰汝當往詣彼瞿曇所作如是言汝可不爲利益安樂一切衆生汝亦讚歎利益安樂一切衆生之法若言不爲利益安樂一切衆生與世凡愚有何差別若言我欲利益安樂衆生何不一切等同說法云何而有不爲說者時聚落主受其教已往詣佛所粗相問訊在一面坐即白佛言汝實不欲利益安樂諸衆生耶豈不常讚如是法乎佛告之曰我於長夜常欲利益一切衆生亦恒讚歎如是之法閉口姓言若如是者何不爲諸衆生等同說法有不說者佛告之曰我今問汝隨所樂答譬如世人有三種田有一上田良美沃壤極爲上好第二田者適處其中好第三田者曠野邊遠沙鹵鹹惡有諸田夫先於何田而下種

子閉口姓言爲利益者先種良田望獲大利佛告之言若良田盡次種何田閉口姓言次種中者種中田已次種下田亦復擲子亦望後時少有所獲佛告之曰欲知上田如我弟子諸比丘比丘尼我爲說法初中後善成於已利句義微妙滿足利益具足清白顯發梵行彼比丘比丘尼聽我法已依止我住歸依於我依憑於我我爲舟主而濟渡之我爲開眼令得視瞻住於安樂彼等聞已各作是言佛爲我說我等咸當盡心修行使於我等長夜利益得義得樂彼中田者如我弟子優婆塞優婆夷我爲說法初中後善成就已利句義微妙滿足利益具足清白顯發梵行彼優婆塞優婆夷聽我法已依止於我歸依於我依憑於我我爲舟主而濟渡之我爲開眼令得視瞻住於安樂彼等聞已各作是言佛爲我說我等咸當至心修行使於我等長夜利益得義得樂欲知下田沙鹵惡者如諸外道我亦爲說初中後善乃至顯發梵行彼諸外道各能聽受隨其所樂乃至一句解其義趣亦爲彼等於長夜中救濟利益得義得樂時閉口姓聞佛所說而作是言希有瞿曇善說美喻佛告之曰爲成斯義更說譬喻如世人有三種盆有一水盆堅完不損無有孔裂亦無滲漏其第二盆亦完不破無有孔裂少有滲漏第三盆者亦破亦漏彼人注水應先何器對曰先於不破漏者完器滿已注第二器其第二器雖完不破然小滲漏佛復告言滿是盆已更注何處其第三盆雖復漏破亦應注水爲未漏間暫得用故其第一盆喻我弟

子諸比丘比丘尼我爲說法乃至令其得義得樂其第二盆喻我弟子諸優婆塞優婆夷我爲說法乃至得義得樂其第三盆喻諸外道我爲說法若少聽受乃至令其得義得樂時閉口姓聚落主聞佛所說心生驚怖憂愁猒惡身毛爲豎起禮佛足而作是言我今誠心向佛懺悔我甚愚癡猶如嬰兒所作不善面於佛前虛妄不實下賤妄語唯願哀愍聽我懺悔佛告之曰知汝至心汝實知罪實知愚癡猶如嬰兒所作不善汝於如來阿羅訶所虛妄下賤作斯妄語汝今知罪誠心懺悔善法日增惡事退滅令我愍汝受汝懺悔令汝善法增長常不退失時閉口姓聚落主聞佛所說歡喜奉行頂禮而去

如是我聞一時佛住那羅健陀城賣氈林中爾時結集論者聚落主作是思惟我今不應往見尼乾當到佛所作是念已尋往詣佛問訊已訖在一面坐爾時佛告結集論者聚落主彼尼乾陀若提之子爲諸弟子說何等法時聚落主白佛言世尊彼尼乾陀常作是說若作殺業隨殺時多必墮惡趣入于地獄偷盜邪婬及妄語等亦復如是隨作時多必墮地獄爾時世尊告聚落主若如尼乾之所說者衆生都無墜墮惡趣入于地獄所以者何如尼乾說若作殺業隨殺時多必墮惡趣入于地獄偷盜邪婬及妄語等亦如是者一切衆生殺生時少不殺時多若以時多入地獄者殺生時少不殺時多是故不應墮惡趣中入于地獄偷盜邪婬及妄語等亦復如是隨作業時少不作時多悉皆不應墜墮惡趣入

于地獄佛復告聚落主如汝說者都無有人入於地獄時聚落主即白佛言實爾瞿曇佛復告聚落主世間若有教導者出能善思量有慧分別在思量地以巳言辯才是凡夫地爲諸弟子說如是法若殺生者盡墮惡道入于地獄隨作業時多以是多業牽入地獄盜竊邪婬并妄語時亦復如是隨作業時多墮於惡趣入于地獄其諸弟子專心信樂彼師所說至心受持作如是言我教導主知彼前境見彼所見此諸弟子復有弟子而語之言我教導主作如是說若有殺生時隨殺時多墮於惡趣入于地獄彼諸弟子作是念言我先殺生必墮地獄偷盜邪婬及妄語時必墮惡道入於地獄因此作見即得是見是名邪見不捨是見不解疑惑不悔所作惡業之因而猶常作如是惡業心不肯改不能滿足心所解脱亦不滿足慧解脱亦不滿足以心解脱慧解脱不滿足故誹謗賢聖謗賢聖故即是邪見佛復告聚落主設有一人作是邪見墮在惡道入於地獄一切衆生皆有因緣染汙心垢以是緣故一切衆生得業結使設有佛出如來應正遍知阿羅訶三藐三佛陀佛以種種因緣訶於殺生偷盜邪婬及妄語等亦復如是兼讚歎彼勝法有決定信解復白佛言我之世尊眞實知見種種說法令我得與弟子說如是法種種因緣訶責殺生讚歎不殺生種種因緣讚不妄語不邪婬不偷盜我於昔時巳曾殺生偷盜邪婬及妄語等我以此因緣常自悔責雖自悔責而得名爲不作罪業是故深自悔責如是惡業以懺悔故

皆除疑悔增長善業更不殺生偷盜邪婬及妄語等悔責先造後更不作種種惡業以是之故心得滿足而獲解脱亦能滿足慧解脱心慧滿足故不謗賢聖不謗賢聖故便得正見佛告聚落主以能修於正見緣故身壞命終得向善趣生于天上以能懺悔正見之故能淨一切衆生之心亦能淨於衆生結業煩惱罪垢賢聖弟子得聞此事即時修學若時及時分時分中間中間晝夜已過如是時中爲殺時多不殺時多以義推之殺生時少不殺時多我於彼時故作殺生我實不善所作非理我從今後更不復殺我於一切更不生嫌更不生恨亦不生嫉深生歡喜生歡喜故深生愛樂生愛樂故深得猗樂深猗樂故得受於樂以受樂故其心得定賢聖弟子心得定故得與慈俱與慈俱故無怨嫌恨得於無嫉其心廣大志趣弘博無量無邊善修慈故於彼東方一切衆生都無怨嫌南西北方四維上下亦復如是於一切世界普生慈心作是意解當修立如是善心於善中住爾時世尊取地少土置於爪上問造論姓聚落主言大地土多爪上土多聚落主言爪上之土極爲尠少不可方喻大地之土百分千分千億分不得比喻共相校量佛告聚落主所有罪業如爪上土大地之土算數譬喻不能量度聚落主言如是如是惡業校量可知如是少業不能牽人令墮惡道亦不能住亦不可計夫行慈者所得功德如大地土殺生之罪如爪上土悲之功德如大地土偷盜之罪如爪上土喜之功德如大地土邪婬之罪如爪上

土捨之功德如大地土妄語之罪如爪上土如來分別如是法時造論姓聚落主聞佛所說遠塵離垢得法眼淨得法證法見法知法得法邊際度諸疑惑不隨他信尋得巳辦即起離座整衣合掌白佛言世尊我巳得度我巳得度今歸依佛歸依法僧爲優婆塞盡其形命信心清淨聚落主復白佛言世尊譬如爲利養故於作惡罵日日轉惡尚失巳財況復得利我亦如是爲得利故親近愚癡不善尼乾我以狂惑親近於彼供養恭敬我於彼所不得善利爲其所陷將墮地獄世尊拔我得離惡趣今重歸佛法僧我盡形壽爲優婆塞我先於彼愚癡尼乾所有信心愛念恭敬悉皆捨棄我今第三亦重歸依佛法僧寶盡我形壽爲優婆塞不生不信時造論姓聚落主聞佛所說歡喜頂禮而去

動揺及鬪諍　調馬與惡性　頂髮弁牟尼
王髮及驢性　餓饉與種田　說何論爲十

別譯雜阿含經卷第十五

音釋

迫迮（迫博陌切窘也迮側青切逼也）斲（竹角切摘也）昵（泥質切近也）鑐（息余切鎖鑐也）沃壤（沃烏酷切潤澤也壤如兩切柔土也）鹵（郎古切确薄地也）

別譯雜阿含經卷第十六

失譯人名附秦録

如是我聞一時佛在舍衛國祇樹給孤獨園

爾時世尊告諸比丘世有三種不調之馬一切世人現悉知之或有馬行步駿疾然無好色是則名爲乘不具足或復有馬行步不駿疾雖有好色是亦名爲乘不具足或有良馬行步駿疾然有好色是則名爲乘得具足人亦三種如彼三種不調之馬此三種人於佛教法現所知見何等爲三有人駿疾具足色及可乘然不具足或復有人駿疾具足顔色具足乘不具足或復有人駿疾顔色及以可乘悉皆具足何者是駿疾具足色不具足乘不具足如法中人如實知苦如實知苦集如實知苦滅如實知向盡苦道如是知見已斷於三結所謂身見戒取疑斷此三結得須陀洹不墮惡趣於道決定乃至人天七生盡于苦際是名駿疾具足云何色不具足若有問難阿毗曇毗尼不能善通於深問難不能了達句味相順不能稱說不能如理而爲具說是名色不具足云何名乘不具足少於福德所生之處無有福德不得利養衣服飲食卧具湯藥是名乘不具足是名駿疾具足色不具足乘不具足云何駿疾具足顔色具足乘不具足何者駿疾具足如法中人如實知苦如實知集如實知苦滅如實知苦滅道知見是已斷於三結所謂身見戒取疑斷三結已得須陀洹不墮惡趣於道決定乃至七生人天盡於苦際是名駿疾具足云何名色具足若有問難阿毗曇毗尼能善解說句味相應

稱理顯說是名色得具足云何名爲乘不具足少於福德不能生便有大福德不得利養衣服飲食卧具湯藥是名駿疾及色得于具足乘不具足云何名爲駿疾色乘悉皆具足何等駿疾如此法中如實知苦如實知苦集如實知苦滅如實知苦滅道既知見已斷於三結得須陀洹七生人天不隨惡趣是名駿疾具足云何色得具足若有問難阿毗曇毗尼能爲通釋句味相順稱理顯說是名色得具足云何名爲乘得具足若多福德生便有福能得利養衣服飲食卧具湯藥是名乘得具足是名第三駿疾色乘悉皆具足諸比丘聞佛所說歡喜奉行

如是我聞一時佛在舍衛國祇樹給孤獨園爾時佛告諸比丘世有三馬良善調順或有馬駿疾具足色乘不具或復有馬駿疾及色二俱具足乘不具足或復有馬三事具足人亦三差如彼三馬是三種人佛教法中現所知見或有駿疾具足色乘不具足有人具足於二不具足一有人三事具足何者具足於一不具於二如佛法中如實知苦如實知苦集如實知苦滅如實知苦滅道斷五下分結得阿那含是人不還不隨惡趣云何色不具足若有問難阿毗曇毗尼不能解釋句味順理不能稱說是名色不具足云何名爲乘不具足少於福德不能生便有大福德不得利養衣服飲食卧具湯藥是名乘不具足云何第二二事具足一不具足是人於佛法中見四真諦乃至斷五下分結得那含若有問難阿毗曇毗尼能爲解演說餘如上說一不具

足亦如上說是名第二具足於二不具足一云何第三三事具足是人於佛法中如實知已見四眞諦已得阿那含乃至多有福德獲於利養是名第三三事具足時諸比丘聞佛所說歡喜奉行

如是我聞一時佛在舍衛國祇樹給孤獨園爾時佛告諸比丘譬如世間善乘之馬凡有三種人亦如是有三種人其第一者駿疾色乘悉皆具足若有人於佛法中如實知見四眞諦已斷於三漏所謂欲漏有漏無明漏解脫知見具足盡諸有結心得自在生死已盡梵行已立所作已辦不受後有得阿羅漢是名駿疾具足餘如上說云何第二二事具足一不具足於佛法中如實知見四眞諦已乃至得阿羅漢善通問難餘如上說云何第三三事具足是人於佛法中如實知見四眞諦已乃至有福德能得利養是名三事具足佛說是已時諸比丘聞佛所說歡喜奉行

如是我聞一時佛在舍衛國祇樹給孤獨園爾時佛告諸比丘如是三種善調乘馬應爲王者及王子乘何等三種所謂駿疾具足色具足乘具足三種比丘如彼三馬若比丘具足三事宜應禮拜供養合掌讚歎是名三事具足云何色具足具持禁戒於波羅提木叉善能護持往返出入具諸威儀於小罪中不生大怖堅持禁戒無有毀損是名色具足云何力具足惡法未生能令不生惡法已生方便令滅善法未生方便令生善法已生方便令增廣是名力具足云何駿疾具足若佛法中如實知見四眞諦已是名駿疾具足佛說

是已諸比丘聞佛所說歡喜奉行

如是我聞一時佛在舍衛國祇樹給孤獨園爾時佛告諸比丘有四良馬王者應乘何等爲四善調駿疾能忍善住不鬬比丘如是成就四種當應歸依供養禮拜合掌恭敬於世間中無上福田何等爲四所謂善調駿疾能令善住不鬬佛說是已諸比丘聞佛所說歡喜奉行

如是我聞一時佛在舍衛國祇樹給孤獨園爾時世尊告諸比丘有四種馬賢人應乘是世間所有何等爲四其第一者見舉鞭影即便驚悚隨御者意其第二者鞭觸身毛即便驚悚稱御者意其第三者鞭觸身肉然後乃驚隨御者意其第四者鞭徹肉骨然後乃驚稱御者意丈夫之乘亦有四種何等爲四其第一者聞他聚落若男若女爲病所惱極爲困篤展轉欲死聞是語已於世俗法深知猒惡以猒惡故至心修善是名丈夫調順之乘如見鞭影稱御者意其第二者見於己身聚落之中若男若女有得重病遂至困篤即便命終覩斯事已深生猒患以猒患故至心修善是名丈夫調順之乘如觸身毛稱御者意其第三者雖復見於己聚落中有病死者不生猒惡見於己身所有親族輔弼已者遇病困篤遂至命終然後乃能於世間法生猒惡心以猒惡故勤修善行是名丈夫調順之乘如觸毛肉稱御者意其第四者雖復見之所有親族輔弼已者遇病喪亡而猶不生猒惡之心若身自病極爲困篤受大苦惱情甚不樂然後乃生猒惡之心以猒惡故修諸善行

是名丈夫善調之乘如見鞭觸肉骨隨御者意時諸比丘聞佛所說歡喜奉行

如是我聞一時佛在舍衛國祇樹給孤獨園爾時世尊告諸比丘馬有八種過世間所知現在可見何等爲八一者乘馬之人控轡乘策將即遠路而彼惡馬嚙銜跳躑頓絶羈靭破碎乘具傷毀形體是名馬過其第二者御者乘之不肯前進而比惡馬騰踊叵制破碎乘具其第三者御者乘之不肯著路但踰坑塹其第四者若乘之時不肯前進反更却行其第五者都不畏於御乘之人鞭策之痛其第六者御馬之人以鞭策之方便距地二足雙立其第七者御馬之人意欲馳驟反更卧地不肯進路其第八者御馬之人意欲令行而反停住於佛法中修學丈夫亦有如是八種過患何等爲八若比丘同梵行者有見聞疑事覺觸已身即語彼言汝於今者稚小無智不善不了汝今應當覺觸餘人云何乃欲覺觸於我汝自有過反舉他事如是之人猶第一馬其第二者見他比丘有見聞疑罪同梵行者即便語彼有罪人言汝於今者犯如是罪時有罪人復語彼言汝今自犯如是之罪若懺悔者然後乃可糺舉我罪如是之人猶第二馬所有過失其第三者若有比丘作見聞疑罪爲他所舉便作異語隨於愛瞋及以怖癡心生忿怒如是之人猶第三馬所有過失其第四者若有比丘亦復作於見聞疑罪爲他所舉即便語彼舉事人言我都不憶犯如是罪當知此人同第四馬所有過失其第五者若有比丘亦復犯於見聞疑罪同梵

行者而來舉之時犯罪人即攝衣鉢隨意而去其心都無畏忌衆僧及舉事者當知斯人同第五馬所有過失其第六者若有比丘亦復犯於見聞疑罪同梵行者而舉其事時犯罪人即便於彼高處而坐與諸長老比丘諍論道理舉手大喚作如是言汝等諸人悉皆自犯見聞疑罪而更說我犯如是罪當知斯人同第六馬所有過患其第七者若有比丘亦復犯於見聞疑罪清淨比丘糺舉其事彼有罪人默然而住亦復不言有罪無罪惱亂衆僧當知斯人同第七馬所作過失其第八者若有比丘亦復犯於見聞疑罪清淨比丘發舉其事彼犯罪人即便捨戒退失善根罷道還俗既休道已在寺門邊住立一面語諸比丘我今還俗爲滿汝等所願以不汝今歡喜極快樂不當知是人同第八馬所有過惡

諸比丘聞佛所說歡喜奉行

如是我聞一時佛在舍衛國祇樹給孤獨園

爾時世尊告諸比丘有八種馬爲賢者所乘所言賢者轉輪聖王何等爲八賢乘所生是名第一賢馬之相其第二者極爲調善終不惱觸其餘凡馬是名第二賢馬之相其第三馬所食之草不擇好惡悉盡無遺是亦名爲賢馬乘相其第四者諸穢惡物生不淨相大小便處終不於中止住眠卧是名第四具賢馬相其第五者能示御者惡馬之過能教御者治於惡馬所有疾態是亦名爲賢馬之相其第六者能忍重擔而不求輕恒作是念我常見於餘馬擔時當爲代之是名第六賢乘馬相其第七者常在道中初不越逸道雖微

滅明了知之是名第七賢馬之相其第八者病雖困篤乃至臨終力用不異是名第八賢乘馬相丈夫賢乘亦有八事何等爲八其第一者若有比丘善持禁戒具足威儀往返人間無所毀犯設誤犯於微小罪者心生大畏持所受戒猶如瞎者護餘一目當知是人同彼初馬生賢乘處其第二者若有比丘具足善法終不惱觸同梵行者共住安樂如水乳合當知是人同第二馬生於賢處其第三者復有比丘受飲食時不擇好惡悉食無餘當知斯人同第三馬生於賢處其第四者若有比丘見諸惡法不清淨者心生猒惡悉皆遠離三業不善訶責惡法鄙陋下賤當知是人同第四馬生於賢處其第五者若有比丘既犯罪已親於佛前陳已過罪亦復於彼梵行所說自發瑕疵當知是人同第五馬生於賢處其第六者若有比丘具足學戒見同梵行諸比丘等於戒有犯心每念言我當修學令無所毀當知斯人同第六馬生於賢處其第七者若有比丘行八正道不行邪徑當知此人同第七馬不行非道生於賢處其第八者若有比丘病雖困篤乃至欲死精勤無懈志性堅固不可轉動恒欲進求諸勝妙法心無疲倦當知是人同第八馬至死盡力生於賢處佛教法中能得眞實佛說是已諸比丘聞佛所說歡喜奉行

如是我聞一時佛在那提迦國瓮寔迦精舍爾時世尊告大迦旃延定意莫亂當如善乘調攝諸根勿同惡馬諸根馳散猶如惡馬繫之櫪上唯念水草餘無所知若不得食斷絕

羂絆亦如有人多與欲結相應以貪欲故多有慊恨之心多起欲覺以有欲覺生諸惱害種種惡覺由斯而生以是事故不知出要終不能識欲之體相若復有人躭好睡眠以常眠故多起亂想種種煩惱從之生長以是義故不知出要對治之法若復有人多生掉悔以其常生掉悔心故於諸法相不能分明當知掉悔爲散亂因以是因緣不知出要對治之法若復有人多生疑心以疑心故於諸法中猶豫不了以斯義故不知出要對治之法如善乘馬繫之櫪上其心都不思於水草不絕羂絆譬如有人心無欲結但有淨想以不染著是欲想故亦復不生掉悔疑等睡眠之蓋以其不生五蓋之心因緣力故便知出要對治之法比丘如是不依於彼地水火風亦復不依四無色定而生諸禪不依此世不依他世亦復不依日月星辰不依見聞不依識識不依智知不依推求心識境界亦不依止覺知獲得無所依止禪若有比丘不依如是諸地禪法得深定故釋提桓因三十三天及諸梵衆皆悉合掌恭敬尊重歸依是人我等今者不知當依何法則而得禪定爾時尊者薄迦梨在佛後立以扇扇佛即白佛言世尊云何比丘修諸禪定不依四大及四無色乃至不依覺觀之想若如是者諸比丘等云何而得如是禪定釋提桓因及諸大衆合掌恭敬尊重讚歎得斯定者而作是言此善男子丈夫中上依止何事而修諸禪佛告薄迦梨若有比丘深修禪定觀彼大地悉皆虛僞都不見有眞實地相水火風種及四無色此世

他世日月星辰識知見聞推求覺觀心意境界及以於彼智不及處亦復如是皆悉虛僞無有實法但以假號因緣和合有種種名觀斯空寂不見有法及以非法爾時世尊即說偈言

汝今薄迦梨　應當如是知　習於坐禪法
觀察無所有　天主憍尸迦　及三十三天
世界根本主　大梵天王等　合掌恭敬禮
稽首人中尊　咸皆稱斯言　南無善丈夫
我等不知汝　依憑何法則　而得是深定
諸人所不了

說斯法時大迦旃延遠塵離垢得法眼淨薄迦梨比丘煩惱永滅不受後生盡諸有結時諸比丘聞佛所說歡喜奉行

惡馬調順馬　賢乘三及四　鞭影并調乘
有過八種惡　迦旃延離垢　十事悉皆竟

如是我聞一時佛在迦毗羅衛國尼拘陀林時釋摩男往詣佛所頂禮佛足在一面坐而白佛言世尊云何名爲優婆塞義唯願如來爲我敷演佛告釋摩男在家白衣歸依三寳以是義故名優婆塞汝即其人時釋摩男復白佛言世尊云何名優婆塞信佛告釋摩男於如來所深生信心安住信中終不爲彼沙門婆羅門若天若魔若梵若人不信所壞是名優婆塞信時釋摩男復白佛言云何優婆塞戒佛告釋摩男不殺不盜不婬不欺及不飲酒等是名優婆塞戒又問云何施具足佛告釋摩男優婆塞法應捨慳貪一切衆生皆悉爲彼貪嫉所覆以是義故應離慳貪及嫉妬意生放捨心躬自施與無有疲猒是名施

具足又問云何智慧具足佛告釋摩男優婆塞如實知苦如實知苦集如實知苦滅如實知苦滅道知此四諦決定明了是名慧具足佛說是已諸比丘聞佛所說歡喜奉行

如是我聞一時佛在迦毗羅衛國尼拘陁林時釋摩男與五百優婆塞往詣佛所頂禮佛足在一面坐白佛言世尊如佛所說優婆塞義在家白衣具丈夫志歸命三寶自言我是優婆塞者云何而得須陀洹果乃至阿那含耶佛告釋摩男斷除三結身見戒取及疑網等斷三結已成須陀洹更不復受三塗之身於無上道生決定信人天七返盡諸苦際入於涅槃是名優婆塞得須陀洹又問云何而得斯陀含果佛告摩訶男斷三結已薄婬怒癡名斯陀含又問云何而得阿那含果佛告摩訶男若能斷三結及五下分成阿那含時摩訶男及五百優婆塞聞斯法已心生歡喜而白佛言世尊甚爲希有諸在家者獲此勝利一切咸應作優婆塞時摩訶男及諸優婆塞作是語已禮佛而退諸比丘等聞佛所說歡喜奉行

如是我聞一時佛在迦毗羅衛國尼拘陁林時釋摩男往詣佛所修敬已畢在一面坐而白佛言世尊云何名優婆塞具丈夫志廣說如上復當云何滿足諸行佛告摩訶男優婆塞雖具足信未具禁戒是名有信不具於戒欲求具足信戒之者當勤方便求使具足是名信戒滿足優婆塞佛復告摩訶男優婆塞雖具信戒捨不具足爲具足故勤修方便令得具足時摩訶男白佛言世尊我於今者具

信戒捨具足三支佛告摩訶男雖具三事然不數往僧坊精舍以是因緣名不具足應勤方便數往塔寺時摩訶男言諸優婆塞我今應當具足信戒及以捨心詣於塔寺佛告摩訶男若能具足信戒捨心數詣塔寺親近衆僧是名具足佛告摩訶男雖復具足如上四事若不聽法名不具足摩訶男言我能聽法佛復告摩訶男雖能聽經若不受持亦名不具雖能受持不解其義亦名不具雖解義趣而未能得如説修行亦名不具若能具足信戒捨心數往塔寺聽法受持解其義趣如説修行是則爲滿足之行摩訶男雖復具足信戒捨心數詣塔寺親近衆僧然猶未能專心聽法是亦名爲行不具足以斯義故應當方便專心聽法雖能聽法若不受持亦名不具

是故應當受持正法雖能受持若不解義亦名不具是故應當解其言趣雖解義趣若復不能如説修行亦名不具是故應當如説修行若能具足信心持戒及捨心等數往僧坊專心聽法受持莫忘解其義趣信戒捨心往詣塔寺聽受經法受持不忘解其義趣若復不能如説修行是亦名爲不具足也摩訶男優婆塞以信心故則能持戒以持戒故能具捨心具捨心故能往詣僧坊往詣僧坊故能專心聽法專心聽法故則能受持能受持故解其義趣解其義趣能如説修行能如説修行故勤作方便能令滿足時摩訶男復白佛言世尊云何優婆塞具足幾支自利未利於他佛告摩訶男具足八支能自利益未利於他何等爲八優婆塞自已有信不能教他自

持淨戒不能教人令持禁戒自修於捨不能教人令行布施自往詣塔寺親近比丘不能教人往詣塔寺親近比丘自能聽法不能教人令聽正法自能受持不能教人受持自能解義不能教人令解其義自能如說修行不教他人如說修行是名具足八支唯能自利不能利他時摩訶男復白佛言具足幾法能自利益亦利於他佛告之曰若能具足十六支者如是之人能自他利自生信心教人令信自行受持教人受持自行捨心亦復教人令行捨心身自往詣僧坊塔寺亦復教人往詣僧坊塔寺親近比丘自能聽法亦復教人令聽正法自能受持亦復教人令受持法自解義趣亦復教人解其義味自如說行亦復教人如說修行若能具足十六支者此則名爲自利利他如斯之人若在剎利衆若婆羅門衆若居士衆若沙門衆隨所至處能爲此衆作大照明猶如日光除諸闇冥當知是人甚爲希有佛說是已釋摩男禮佛而退時諸比丘聞佛所說歡喜奉行

如是我聞一時佛在迦毗羅衛國尼拘陀林爾時釋摩男往詣佛所頂禮佛足却坐一面而白佛言世尊此迦毗羅人民熾盛安隱豐樂我常在中每自思惟若有狂象奔車逸馬狂走之人來觸於我我於爾時或當忘失念佛之心或復忘失念法僧心復自念言若當忘失三寶心者命終之時當生何處入何趣中受何果報佛告之曰汝當爾時勿生怖畏命終之後生於善處不墮惡趣不受惡報譬如大樹初生長時恒常東靡若有斫伐當向

何方然後墜落當知此樹心東向倒汝亦如是長夜修善若墮惡趣受惡報者無有是處時釋摩男聞佛所說頂禮佛足還其所止時諸比丘聞佛所說歡喜奉行

如是我聞一時佛在迦毗羅衛國尼拘陁林爾時釋摩男往詣佛所頂禮佛足在一面坐而白佛言世尊若有比丘在於學地所作未辦當欲求進阿羅漢果入於涅槃云何比丘修習幾法盡諸有漏心得無漏心得解脫慧得解脫於現在世獲其果證得無漏戒決定自知我生已盡梵行已立所作已辦不受後有佛告摩訶男若有比丘在於學地未得無學意恒進求欲得涅槃常修六念譬如有人身體羸瘦欲食美饍爲自樂故諸比丘等亦復如是爲得涅槃修於六念何等爲六一者念於如來應供正遍知明行足善逝世間解無上士調御丈夫天人師佛世尊當于爾時無有貪欲瞋恚愚癡唯有清淨質直之心以直心故得法得義得親近佛心生歡喜以歡喜故身得猗樂以身樂故其心得定以得定故怨家及已親族於此二人無怨憎想心常平等住法流水入於定心修念佛心趣向涅槃是名念佛二者念法所謂法者即是如來所有功德十力無畏必趣涅槃應當至心觀察是法智者自知聖弟子者應修念法爾時離於貪欲瞋恚愚癡唯有清淨質直之心以直心故得義得法以親近法心生歡喜以歡喜故身得猗樂得猗樂故其心得定以得定故於怨憎所其心平等無有愛瞋住法流水入於定心修念法觀趣向涅槃是名念法三

者念僧所謂僧者如來弟子得無漏法能爲世間作良福田何等名爲良福田耶有向須陀洹有得須陀洹已有向斯陀含有得斯陀含有向阿那含有得阿那含有向阿羅漢有得阿羅漢是則名爲良祐福田具戒定慧解脫解脫知見應當合掌恭敬其人以念僧故得法得義得親近僧心生歡喜生歡喜故乃得快樂得快樂故其心得定以得定故於怨憎所其心平等無有貪欲瞋恚愚癡唯有清淨質直之心住法流水入於定心修念僧觀趣向涅槃是名念僧云何念戒所謂不壞戒不缺戒不雜戒無垢戒離恐懼戒非戒盜戒清淨戒具善戒念如是等諸禁戒時即得離於貪欲瞋恚愚癡邪見離諸惡故得法得義得親近戒心生歡喜以心喜故乃得快樂心快樂故其心得定以得定故於怨憎所其心平等清淨質直住法流水入於定心修念戒想是名念戒云何念施念已所施獲得善利一切世間爲慳嫉所覆我於今者得離如是慳貪之垢住捨心中於一切物心無悋惜持用布施既布施已我心應喜猶如大祠分已財物捨與他人若能如是修施心者於現世中得法得義得親近施無有貪欲瞋恚愚癡唯有清淨質直之心應生歡喜以歡喜故身得快樂身快樂故其心得定以心定故於怨憎所心無高下住法流水入於定心修念施想是名念施云何念天所謂四天王三十三天睒摩天兜率天化樂天他化自在天此諸天等若當信心因緣力故生彼天者我亦有信戒施聞慧亦復如是以此功德生天上者

我亦見有如是功德當生彼天念如斯天以念天故離於貪欲瞋恚愚癡唯有清淨質直之心於現世中得法得義得親近天心生歡喜心歡喜故身得快樂得快樂故其心得定以心定故於怨憎所心無高下住法流水入於定心修念天想是名念天摩訶男若有比丘住於學地所作未辦常欲進求阿羅漢果入於涅槃應當至心修是六念以能修習斷六念故盡諸有漏心得解脫慧得解脫於現在世獲其證果即得證已作是唱言我生已盡梵行已立所作已辦不受後有時摩訶男及諸比丘聞佛所說歡喜奉行

爾時世尊在迦毗羅衛國尼拘陀林夏坐安居爾時衆多比丘於夏欲末在講堂中爲佛縫衣諸比丘等縫衣已訖作是思惟我等於今縫衣已竟當逐佛遊行時釋摩男聞諸比丘縫衣已訖欲隨佛遊行聞斯語已即往佛所稽首禮足在一面坐而白佛言世尊我今身心甚爲重鈍迷於諸方雖復聽法心不甘樂所以者何我聞諸比丘等縫衣已竟當隨佛遊行即生念言何時當復還見世尊及以修心諸比丘等佛告之曰我及比丘雖去餘處汝若恒欲見於如來及比丘者應以法眼至心觀察常修五事何等爲五所謂以具信故能隨順教非是無信能隨順教持淨戒故能隨順教非是毀禁能順教也以多聞故能隨順教非以少聞能隨順教非以慳恪能行布施以捨心故能行布施非以愚癡能修智慧以慧心故能識法相是故摩訶男若欲見佛及比丘者恒應修習如是五事并六念法

若如是者我及比丘便常在前所謂僧者名爲和合時摩訶男聞佛所說歡喜禮足而去

如是我聞一時佛在迦毗羅衛國尼拘陀園林中爾時摩訶男釋往詣佛所頂禮佛足在一面坐白佛言世尊如我解佛所說之義獲定心故而得解脫若如是者爲先得定後解脫耶爲先解脫後得定耶定與解脫爲俱時耶所未曾得所未曾行過去未來所未曾生現在亦無爾時世尊默然不答第二第三亦如是問如來默然悉皆不答時尊者阿難侍如來側以扇扇佛于時阿難作是念今釋摩訶男以此甚深之義諮問世尊世尊今者所患始除氣力尚微未堪說法我當爲彼略說少法令其還去時尊者阿難作是念已即語釋摩男如來所說說於學戒亦說於彼無學之戒說於學定亦說於彼無學之定說於學慧亦說於彼無學之慧說學解脫亦說於彼無學解脫時摩訶男白阿難言云何如來說於學戒及無學戒學定無學定學慧無學慧學解脫無學解脫如來聖衆住戒持波羅提木叉具足威儀正行所行於小罪中心生大怖具持禁戒是則名爲持戒具足猒於欲惡及諸不善離生喜樂入于初禪乃至入第四禪是名爲禪如實知苦如實知苦集如實知苦滅如實知苦滅道如是知見斷五下分結身見戒盜疑欲愛瞋恚彼斷五下分結便得化生即於彼處而得涅槃名阿那含更不還來至此欲界是則名爲學戒學定學慧解脫復次更於異時盡諸有漏得於無漏心得解脫慧得解脫現法取證逮得無生自知生死

已盡梵行已立所作已辦不復受有當于爾時得無學戒無學定無學慧無學解脫摩訶男以是緣故佛說於學及以無學時摩訶男聞其所說歡喜頂禮而去時摩訶男既去不遠佛告阿難此迦毗羅衛國諸比丘等頗共諸釋講論如是深遠義不阿難白佛此迦毗羅衛諸比丘等每與諸釋共論如是甚深之義佛告阿難迦毗羅衛比丘與諸釋等獲大善利能解如是聖賢慧眼諸比丘聞佛所說歡喜奉行

如是我聞一時佛在迦毗羅衛國尼拘陀園林中時麤手釋往詣摩訶男所語摩訶男言如來說須陀洹有幾不壞信摩訶男釋答言如來所說須陀洹人有四支不壞信所謂於佛不壞信於法不壞信於僧不壞信聖所受戒得不壞信麤手釋言汝今不應說言如來說四不壞信所以者何如來唯說三不壞信所謂於三寶所得不壞信第二第三亦作是說摩訶男亦作是答汝莫說言三不壞信如是二人紛紜各競所見不能得定往詣佛所頂禮佛足在一面坐請決所疑時摩訶男白言世尊彼麤手釋來至我所作是言如來爲說幾不壞信我即答言如來說於四不壞信所謂三寶聖所受戒麤手釋言如來唯說三不壞信云何言四所謂三寶第二第三亦作是說第二第三我亦答言如來說四實不說三彼之所說我不能解我之所說彼亦不解時麤手釋即從座起白佛言世尊假設佛不教我僧不教我比丘尼優婆塞優婆夷若天若魔若梵此諸人等都不教我向於佛者我

亦一心迴向於佛法僧亦然佛告摩訶男言麤手釋作如是語汝云何答摩訶男白佛言世尊若如是者我更無答異於佛法更無善處離於佛法更無眞處無異處善無異處眞佛復告摩訶男汝從今日應如是解具足四事名不壞信所謂於佛法僧聖所受戒麤手釋以不解故作如是語即聞佛說即得解了時摩訶男及麤手釋聞佛所說歡喜頂禮而去

爾時佛在迦毗羅衛國尼拘陀園林中當爾之時彼國諸釋集講論處既集坐已於其中間各共談論語摩訶男言無有前後汝意謂誰以爲後耶麤手釋者如來記彼得須陀洹於人天中七生七死得盡苦際彼麤手釋毀犯禁戒飲彼酒漿佛尚記言得須陀洹若如是者有何前後復語摩訶男言汝可往詣於世尊所問如斯義時摩訶男釋尋如其言即往佛所頂禮佛足在一面坐白佛言世尊迦毗羅釋集講論處於其中間作如是論語我言誰爲前後時麤手釋其命已終如來記彼得須陀洹於人天中七生七死得盡苦際彼麤手釋毀犯禁戒飲放逸漿若記彼得須陀洹當知是則無有前後佛告之曰皆稱我爲善逝世尊作是語者亦名善逝稱善逝故生善逝心賢聖弟子生正直見稱言善逝復次摩訶男如來弟子一向歸佛亦復歸依法僧三寶得疾智利智猒離智道智不墮地獄餓鬼畜生及餘惡趣得八解脫獲於身證具八解脫住於具戒以智慧見盡於諸漏是則名爲得俱解脫阿羅漢也復次摩訶男賢聖弟

子亦如上說慧解脱阿羅漢不得八解脱復次摩訶男一向歸佛餘如上說身證阿那含成就八解脱未盡諸漏復次摩訶男一向歸佛餘如上說不墮地獄餓鬼畜生不墮惡趣如來教法彼隨順不逆是名見到復次摩訶男賢聖弟子一向歸依佛餘如上說佛所教法彼隨順解脱是名信解脱復次摩訶男若信佛語欣尚翫習忍樂五法所謂信精進念定慧是名賢聖弟子不墮三塗是名堅法復次賢聖弟子信受佛語然有限量忍樂五法如上所說是名賢聖弟子不墮三塗是名堅信摩訶男我今若說娑羅樹林能解義味無有是處假使解義我亦記彼得須陀洹以是義故麤手釋我當不記彼釋得須陀洹所以者何彼麤手釋不犯性重犯於遮戒臨命終時悔責所作以悔責故戒得完具得須陀洹人少有所犯悔責完具何故不記彼麤手釋得須陀洹摩訶男釋聞佛所說歡喜頂禮而去

云何優婆塞　得果一切行　自輕及住處
十一與十二　解脱并舍羅　麤手爲第十

別譯雜阿含經卷第十六

音釋

駿須閏切疾也　悚息拱切懼也　控苦貢切引也　攣控攣彼義切馬韁也　跳躑跳他弔切躍也躑直炙切　塹七豔切坑也　馳驟馳直離切驟鉏祐切馳驟馬疾行也　櫪郎擊切馬槽也　猗於其切輕安也

別譯雜阿含經卷第十七 第十八同卷

失譯人名附秦錄

爾時世尊在毗舍離獼猴池岸大講堂中時有四十波利蛇迦比丘皆阿練若著糞掃衣盡行乞食悉在學地未離欲法咸至佛所頂禮佛足在一面坐爾時世尊作是念此諸比丘皆阿練若著糞掃衣盡行乞食悉是學人未斷欲結吾當爲彼如應說法令諸比丘不起于座心得解悟盡諸結漏佛告之曰比丘當知生死長遠無有邊際無有能知其根原者一切衆生皆爲無明之所覆蓋愛結所使纏繫其頸生死長途流轉無窮過去億苦無能知者譬如恒河流入四海我今問汝汝處生死所出血多爲恒河多時諸比丘白佛言世尊如我解佛所說義者我處生死身所出血多彼恒河四大海水佛告諸比丘善哉善哉汝從往世所受象身爲他截鼻截耳或時截足鐵鉤斲頭及以斬項所出之血無量無邊又受牛馬騾驢駱駝猪雞犬豕種種禽獸如受雜形截其羽翼及其項足身所出血是諸禽獸各被割截所出之血不可計量復告諸比丘色爲是常是無常乎諸比丘白佛言世尊色是無常佛復問言色若無常爲當是苦爲非苦乎比丘對曰無常故苦佛復告言若無常苦是敗壞法於此法中賢聖弟子計有我及我所不比丘對曰不也世尊佛復告曰受想行識爲是常耶爲無常乎比丘對曰斯皆無常佛復問言若是無常爲是苦耶爲非苦耶比丘對曰無常故苦佛又問言若無常苦是敗壞法賢聖弟子寧計是中我我所

不比丘對曰不也世尊佛告比丘善哉善哉色是無常無常故即無我若無有我則無我所如是知實正慧觀察受想行識亦復如是是故比丘若有是色乃至少時過去未來現在若内若外若近若遠此盡無我及以我所如是稱實正見所見若受想若行若識若多若少若内若外若近若遠過去未來現在都無有我亦無我所如實知見賢聖弟子見是事已即名多聞於色猒惡受想行識亦生猒惡以猒惡故則得離欲得離欲故則得解脱得解脱故則解脱知見若得解脱知見即知我生已盡梵行已立所作已辦更不受有佛說是時四十波利蛇迦比丘不受後有心得解脱時諸比丘聞佛所說歡喜奉行

如是我聞一時佛在舍衞國祇樹給孤獨園爾時佛告諸比丘汝等當知生死長遠無有邊際無有能知其根原者一切衆生皆為無明之所覆蓋愛結纏縛流轉生死無有窮已過去億苦無能知者譬如恒河流注四海復告比丘生死長遠於昔過去受形已來憂悲哭泣所出目淚為多為恒河多時諸比丘白佛言世尊如我解佛所說義者生死長遠目所出淚踰彼恒河亦多四海佛告比丘善哉善哉所集目淚實多四海誠如汝言過去來世父母棄背伯叔兄弟姊妹兒子宗親眷屬悉皆死喪及失錢財象馬牛羊或受鞭打或被傷割侵毀形體乃至繫閉如斯衆苦悲惱流淚不可稱計譬如暴流漂衆草木聚沫塞路愛之聚沫遮賢聖道雨滴受身數受地獄餓鬼畜生及餘惡趣佛問比丘色為是常是

無常乎比丘對曰色是無常佛復問言色若無常爲當是苦爲非苦耶比丘對曰無常故苦佛告比丘若無常苦是敗壞法於斯法中賢聖弟子寧計有我及我所不比丘對曰不也世尊佛又問言受想行識爲是常耶是無常乎比丘對曰斯皆無常佛又問言若是無常爲是苦耶爲非苦乎比丘對曰無常故苦又問若無常苦是敗壞法賢聖弟子寧計是中我我所不比丘對曰不也世尊佛告比丘善哉善哉色是無常無常故苦苦即無我若無有我則無我所如是知實正慧觀察受想行識亦復如是是故比丘若有是色乃至少許過去未來現在若內若外若近若遠此盡無我及以我所如是稱實正見所見若受想行識若多若少若內若外若遠若近過去未來現在都無有我亦無我所如實知見賢聖弟子見是事已即名聞於色解脱受想行識亦得解脱憂悲苦惱一切解脱佛說是已諸比丘聞佛所說歡喜奉行

如是我聞一時佛在舍衛國祇樹給孤獨園

爾時佛告諸比丘言生死長遠無有邊際無有能知其根原者一切衆生皆爲無明之所覆蓋愛結纏縛流轉生死無有窮已過去億苦無能知者復告比丘譬如恒河流注四海於昔過去生死曠遠飲於母乳比恒河水何者爲多比丘白佛如我解佛所說義者過去久遠所飲母乳多彼恒河及四海水受形已來無量無邊或受象馬駝驢牛羊鹿等種種畜獸所飲母乳不可稱計譬如暴流漂諸草木合成聚沫妨塞途路愛之聚沫亦復如是

能遮聖道餘如上說

如是我聞一時佛在舍衛國祇樹給孤獨園爾時佛告諸比丘生死長遠無有邊際無有能知其根原者一切衆生皆爲無明之所覆蓋愛所纏縛流轉生死無有窮已過去億苦無能知者假設有人斬截天下大地草木悉以爲籌盡此諸籌欲數過去無量世來所生之母亦不能盡其邊際假設斬於大地草木悉皆以爲四指之籌欲算過去所生之父終不能得知其邊際復告比丘生死長遠邊不可得餘如上說汝諸比丘當作是學斷於生死斷於諸有更不受有時諸比丘聞佛所說歡喜奉行

如是我聞一時佛在舍衛國祇樹給孤獨園爾時佛告諸比丘生死長遠無有邊際無有能知其根原者一切衆生皆爲無明之所覆蓋愛所纏縛流轉生死無有窮已過去億劫恒受衆苦一切無有能得知者復告比丘假設有人丸大地土猶如豆粒以此豆粒欲數過去所受生母盡此地土亦不能得盡其邊際餘如上說是故汝等應作是學學斷後有勤求方便斷於後有佛說是已諸比丘聞佛所說歡喜奉行

如是我聞一時佛在舍衛國祇樹給孤獨園爾時佛告諸比丘生死長遠無有邊際無有能知其根原者一切衆生皆爲無明之所覆蓋愛所纏縛流轉生死無有窮已過去億數所受衆苦一切無有能得知者佛告比丘汝觀世間喜樂之衆受上樂者汝等決定應作是念我從過去以來受如此樂數受斯樂亦

皆敗失如是生死長遠餘如上說汝等今者當作是學勤修方便斷於後有諸比丘聞佛所說歡喜奉行

如是我聞一時佛在舍衛國祇樹給孤獨園爾時佛告諸比丘生死長遠餘如上說若見衆生受極苦毒憂愁懊惱當作是念我從昔來無量劫中亦受如是無量苦惱生死長遠餘如上說汝等比丘當作是學應勤方便斷於後有莫作起有因緣諸比丘聞佛所說歡喜奉行

如是我聞一時佛在舍衛國祇樹給孤獨園爾時佛告諸比丘生死長遠餘如上說汝等比丘若見有人心生驚怖身毛爲竪當知前身曾作怨害是故生死長遠餘如上說汝等比丘應作是學當勤方便斷於後有諸比丘聞佛所說歡喜奉行

如是我聞一時佛在舍衛國祇樹給孤獨園爾時佛告諸比丘生死長遠餘如上說若見衆生自然愛樂起於欲心心極親愛汝等當知先身之時必爲父母兄弟妻子或作和尚阿闍梨師長所尊是故當知生死長遠餘如上說汝等比丘當作是學勤修方便斷於後有莫作生有因緣諸比丘聞佛所說歡喜奉行

如是我聞一時佛在舍衛國祇樹給孤獨園時有一婆羅門往詣佛所問訊世尊在一面坐白佛言世尊未來當有幾佛出世佛答之言未來當有恒河沙諸佛出現於世時婆羅門聞佛所說作是念我當於未來佛所修梵行迴還不遠復作是念我竟不問過去之世

幾佛出世作是念已還至佛所白佛言世尊過去之世幾佛出世佛答之曰過去有無量恒河沙諸佛已出於世時婆羅門復作是念過去未來諸佛出世我不值遇今得值佛云何空過我當於佛法中出家學道即起合掌白佛言世尊唯願慈愍聽我出家於佛法中修行梵行佛即聽許尋得出家既出家已獨處閑靜精勤修集斷於生死得阿羅漢佛說是已諸比丘聞佛所說歡喜奉行

如是我聞一時佛在王舍城毗富羅山足佛告諸比丘若有一人於一劫中流轉受生收其白骨若不毀壞積以爲聚如毗富羅山賢聖弟子隨時聞如實知苦聖諦如實知苦集知苦滅知趣苦滅道如是知見已斷於三結所謂身見戒取疑名須陀洹不墮惡趣決定菩提趣於涅槃極至七生七死得盡苦際說是事已復說偈言

一人一劫中　流轉受生死　積骨以爲聚
集之在一處　使不毀敗壞　猶如毗富羅
若觀四真諦　正智所鑒察　說苦因從生
苦滅八聖道　安隱趣涅槃　流轉生死輪
任運過七生　得盡於苦際

時諸比丘聞佛所說歡喜奉行頂禮而去

血淚及母乳　土丸如豆粒　恐怖及彼愛
恒沙及骨聚

如是我聞一時佛在舍衛國祇樹給孤獨園爾時世尊告諸比丘生死長遠亦如上說爾時衆中有一比丘從座而起整衣服合掌向佛白佛言世尊劫爲久近佛告比丘吾可爲汝敷演而說恐汝不解比丘白佛頗可方喻

使我得知佛告比丘吾今爲汝說其方喻諦聽善思佛言比丘譬如以鐵爲城縱廣正等高一由旬設盛芥子滿中流溢假設有人百年之中取一芥子城中芥子可得都盡劫之邊際不可得知復告比丘劫之長遠其喻如是如斯長劫百千億萬乃至百千億萬苦惱無量無邊麤惡痛苦意所不喜猶如聚沫雨滴受身數受地獄餓鬼畜生惡趣之中人中惡趣是故應斷後有宜勤方便遠離諸有汝等比丘當作是學諸比丘聞佛所說歡喜奉行

如是我聞一時佛在舍衛國祇樹給孤獨園爾時佛告諸比丘生死長遠餘如上說於彼衆中有一比丘即從座起偏袒右肩胡跪合掌白佛言世尊劫爲久近佛告比丘可爲汝說汝不能解比丘白佛爲可作方喻以不佛言可作方喻佛告比丘如有破石無有孔穴共同一體縱廣高下滿一由旬假使有人以細羅縠衣或芻摩細㲲或以細氎百年一拂令其壞盡劫猶未盡是故我說劫之長遠邊際難得劫之久近其喻如是如是長劫數百數千數萬數千億萬衆生於斯長劫之中受大苦惱麤澀痛苦意所不喜如似聚沫雨滴所受數受地獄餓鬼畜生入於惡趣是故汝等當斷後有勤修行道離於諸有因緣應作是學諸比丘聞佛所說歡喜奉行

如是我聞一時佛在舍衛國祇樹給孤獨園爾時衆中有一比丘從座而起整衣服長跪合掌白佛言世尊從昔已來多少劫過佛告比丘吾可說之汝不能解比丘白佛可作方

喻說不佛言可作方喻假設有人年滿百歲於一日中晨起日中及日暮三時各憶百千劫事如是日日憶念滿足百年猶不能得過去劫數邊際劫數長遠亦復如是衆生於是長遠劫中受衆苦極麤澀痛苦心不生喜數受地獄餓鬼畜生入於惡趣是故比丘應斷後有勤修方便絕離諸有汝等比丘應作是學時諸比丘聞佛所說歡喜奉行

如是我聞一時佛在舍衛國祇樹給孤獨園

爾時佛告諸比丘生死長遠餘如上說乃至過去億數之劫不可得知於此大地無有不是汝等故身生處死處復告比丘生死長遠邊際難知汝等比丘應勤方便斷離諸有諸比丘聞佛所說歡喜奉行

如是我聞一時佛在舍衛國祇樹給孤獨園

爾時佛告諸比丘生死長遠乃至如上所說復告比丘此世間中無有一人不作汝父母兄弟姊妹妻子眷屬及以和上阿闍黎所尊之者此世間中無一衆生不殺害汝為汝怨者亦復無有一衆生等汝不食其肉血之者亦復無有一衆生等不食於汝身肉之者如是無始生死餘如上說是故比丘應勤方便斷離諸有當作斯學佛說是已諸比丘聞佛所說歡喜奉行

如是我聞一時佛在舍衛國祇樹給孤獨園

爾時佛告諸比丘譬如天雨既至於地即便生泡速生速滅生死之法速生速滅亦復如是無始生死長遠若斯是故比丘應勤方便斷離諸有當作是學佛說是已諸比丘聞佛所說歡喜奉行

如是我聞一時佛在舍衛國祇樹給孤獨園爾時佛告諸比丘生死長遠如上所說復告比丘天雨窋緻如縛掃篲東西南北及以四維間無空處東方無量世界衆生熾盛安樂無量世界悉皆碎壞無量世界衆生滿中無量世界悉皆空虛無有衆生在中居止南西北方四維上下亦復如是生死無始餘如上說是故比丘當勤方便斷離諸有應作是學諸比丘聞佛所說歡喜奉行

如是我聞一時佛在舍衛國祇樹給孤獨園爾時佛告諸比丘生死長遠如上所說乃至無始生死亦如上說復告比丘譬如擲杖或根著地或頭著地或墮不淨穢惡之處或復墮於清淨之處一切衆生亦復如是爲無明所覆或生天上及在人中或墮地獄餓鬼畜生或復墮於阿修羅有以是義故生死長遠廣說如上是故比丘當斷諸有應如是學諸比丘聞佛所說歡喜奉行

如是我聞一時佛在舍衛國祇樹給孤獨園爾時佛告諸比丘譬如五輻車輪其有力者旋轉速疾一切衆生亦復如是爲無明覆輪轉五道所謂人天地獄餓鬼及以畜生如是無始生死是故比丘當斷諸有應作善法諸比丘聞佛所說歡喜奉行

如是我聞一時佛在王舍城毗富羅山下爾時世尊告諸比丘諸行無常是生滅法無有住時不可保信是壞敗法以是義故汝諸比丘於諸行所應知止足生猒惡想離於愛欲而求解脫復告比丘此毗富羅山往昔之時名曰婆耆半闍爾時此城名帝彌羅彼時人

民壽四萬歲諸人民等欲上此山經於四日然後乃能至彼山頂時世有佛號迦孫如來應供正遍知明行足善逝世間解無上士調御丈夫天人師佛世尊爲諸弟子而說法要初中後善其義深遠其語巧妙純一無雜具足清白梵行之相比丘當知爾時婆耆半闍山相於今已滅人民盡死是佛世尊入涅槃後人壽轉減以是義故諸行無常是生滅法無有住時不可保信是壞敗法是故比丘於諸行所應知止足生猒惡想離於愛欲而求解脫復告比丘乃往昔時此山名曰朋迦于時此城名阿毗迦時彼世人壽三萬歲此諸衆生若欲上山經於三日便得往還時世有佛世尊號迦那含牟尼如來應供正遍知明行足善逝世間解無上士調御丈夫天人師佛世尊爾時如來普爲大衆演說法要所演說者初中後善其義深遠其語巧妙具足清淨顯發梵行之相比丘當知彼佛世尊入涅槃後人民轉減于時山相於今已滅人民死盡是故比丘諸行無常是變易法不可恃怙會歸磨滅汝等應當於諸行所宜知止足生猒惡想離於愛欲而求解脫佛復告諸比丘乃往古昔此山名曰善邊爾時國土名曰赤馬于時人民壽二萬歲當爾之時有佛出世號曰迦葉如來應供正遍知明行足善逝世間解無上士調御丈夫天人師佛世尊廣爲大衆敷演分別諸法祕奧其所說者初中後善其義深遠其語巧妙純一無雜具足清白梵行之相比丘當知善邊山名於今已滅人皆終歿彼佛世尊入般涅槃人命轉減以是

義故諸行無常是變易法無有住時不可恃怙會歸磨滅是故宜應於諸行所生厭足猒惡之想離於愛欲而求解脫此山今復名毗富羅而斯國土名摩竭提是中衆生壽命百年或增或減此諸衆生若欲上山須臾之頃即便往還我釋迦文出現於世十號具足爲衆演說無量經典其所說者初中後善其義深遠其語巧妙純一無雜具足清白梵行之相復告比丘此山名字并及國人不久亦當悉皆滅盡我亦不久當入涅槃以是義故諸行無常是變易法無有住時不可恃怙會歸磨滅是故比丘宜應至心於諸行所生止足想猒惡之心離於愛欲而求解脫爾時世尊即說偈言

婆耆半闍帝彌羅　阿毗迦羅朋伽迦
善邊之山赤馬國　毗富羅山摩竭提
諸山悉滅人亦終　佛入涅槃壽命滅

以是義故諸行無常是生滅法生滅滅已寂滅爲樂時諸比丘聞佛所說歡喜奉行

城山過去無地方所衆生無不是麤雨滴雨如縛掃篲擲杖還轉輪毗富羅

別譯雜阿含經卷第十七

別譯雜阿含經卷第十八

失譯人名附秦錄

如是我聞一時佛住王舍城迦蘭陀竹林爾時犢子梵志往詣佛所慰問如來在一面坐白佛言世尊我有少疑將欲請問汝若多聞願垂聽察佛告犢子若有所疑隨汝所聞犢子問曰身之與我爲是一耶佛言如此之事我所不答又問身我異耶佛言如此之事我亦不答犢子復言今我問汝我身一耶汝不見答身我異耶汝復不答如斯等問尚不見答云何而能記諸弟子死此生彼天人之中汝若記彼死此生彼寧可不是身留於此我往於彼五道之中若如斯者身之與我則爲別異佛告梵志我說有取記彼受生若無取者則無受生復次犢子譬如彼火有取則然若無取者火則不然犢子言瞿曇我亦見火無取而然佛告犢子汝見何火無取而然犢子復言譬如見大火甚爲熾盛猛風絶燄離火見然佛告犢子如此絶燄亦復有取犢子言離火見然以何爲取佛言如斯絶燄因風而然以風取故燄得暫停以風力故絶燄可見犢子言瞿曇火尚可爾人則不然所以者何身死於此意生於彼於其中間誰爲其取佛言當於爾時以愛爲取愛取因緣衆生受生一切世間皆樂於取一切皆爲取所愛樂一切悉皆以取爲因衆生見取則生歡喜一切衆生皆入于取如來阿羅呵以無取故而得成於無上正覺犢子言我於今者大有所作欲還所止佛言梵志宜知是時爾時犢子聞佛所說歡喜奉行

如是我聞一時佛在王舍城迦蘭陀竹林爾時犢子梵志往詣尊者大目連所既到彼已問訊尊者在一面坐爾時犢子梵志問目連曰何因緣故若沙門婆羅門來問於佛死此生彼乃至非生非不生默然不答其餘沙門婆羅門若見有人來問難者隨意爲説我昔曾問沙門瞿曇死此生彼默不見答死此不生彼死此亦生彼亦不生彼非生彼非不生彼悉不見答如斯之義其餘沙門婆羅門皆悉答之沙門瞿曇爲何事故默然不答目連對曰其餘沙門婆羅門不知色從因生不知色滅不知色味不知色過不知色出要以不能解如是義故著色我生彼色我不生彼著色我亦生彼亦不生彼著色我非生彼非不生彼受想行識亦復如是如來如實知色從因生色從因滅知色味知色過知色出要如來如實知故色生彼心無取著乃至色非生非不生亦不取著受想行識亦復如是如斯之義甚深無量無有邊際非算數所知無有方處亦無去來寂滅無相爾時犢子梵志聞尊者目連所説歡喜奉行

如是我聞一時佛住王舍城迦蘭陀竹林爾時犢子梵志往詣佛所問訊佛已在一面坐白佛言世尊以何因緣諸餘沙門及婆羅門若有所問皆稱順答説我死此生彼我死此不生彼我死此亦生彼亦不生彼我非生彼非非生彼犢子復言瞿曇如斯之難何故不能稱順而答佛告之曰諸餘沙門婆羅門不知色從因生不知色滅不知色過不知色味不知色出要以不能知色從因生乃至不知

色出要故而於色我死此生彼死此不生彼死此亦生彼亦不生彼非生彼非非生彼悉皆取著受想行識亦復如是復告犢子如來不爾知色因知色滅知色味知色過知色出要如實知之如來如實能知色因色滅色過色味色出要能知色我死此生彼乃至非生非非生彼悉皆不著受想行識亦復如是佛告犢子是故此義甚深廣大無量無邊非算數所及復告犢子以是因緣諸餘沙門婆羅門等不達義趣隨問強答若問如來我色生彼不生彼亦生彼亦不生彼非生彼非非生彼以無義理置而不答我巳生彼乃至非生非非生悉皆不答犢子言希有瞿曇汝及弟子義與義句及與句味所說之事等無差別犢子復言我於異時至沙門目揵連所我於爾時以此句味問彼目連彼以此義句味而答於我瞿曇汝今所可宣說與彼無異是故我今稱爲希有如此教法昔所未有亦未曾說義理相順善答斯問犢子梵志聞佛所說歡喜而去爾時尊者僧提迦旃延在那提城群寔迦所住之處爾時犢子梵志以緣事故往詣彼城既至彼已營事已訖即便往彼尊者僧提迦旃延所相問訊已在一面坐白尊者言我有所疑欲相諮問汝若閑裕聽我所問願爲解說尊者告言犢子我聽汝問然後乃知犢子問言以何緣故諸餘沙門婆羅門有人來問死此生彼死此不生彼乃至非生彼非非生彼悉皆能答沙門瞿曇爲以此問色死此生彼乃至非生彼非非生彼無義理故置不答乎尊者告言我今問汝隨汝所解

而答於我於汝意云何若因若緣若行若根本若行所從生若色若無色若有想若無想以此因以此緣以此行以此根本以此行所從生無餘寂滅無想盡處若如是等無有因緣無行無相及盡滅法如來寧可說死此生彼乃至說非生彼非非生彼耶犢子言迦旃延如是因如是緣如是行如是根本如是行所從生是色是無色是想是無想此等諸法皆至無餘盡滅無想滅盡是等諸法無有因緣如來云何而當說之犢子聞已心懷歡喜問尊者言汝為佛弟子從來久近尊者答言我為佛弟子始過三年犢子言迦旃延汝獲大利能於衆中身口智慧辯才如是於少時中能具斯事實為希有犢子言我今緣事欲還所止尊者言宜知是時犢子梵志聞尊者語歡喜而去

如是我聞一時佛在王舍城迦蘭陀竹林爾時犢子梵志往詣佛所問訊佛已却坐一面白佛言世尊我有少疑今欲諮問若有閑裕願為解說佛言隨意問難犢子言以何緣故諸餘沙門婆羅門等有人來問死此生彼乃至非生彼非非生彼悉皆能答沙門瞿曇以斯問死此生彼乃至非生彼非非生彼無義理故置而不答佛告犢子吾今問汝隨汝所解而答於我於汝意云何若因若緣若行若根本若行所從生若色若無色若有想若無想以此因以此緣以此行以此根本以此行所從生無餘寂滅無想盡處若如是等無有因緣無行無想及盡滅法我寧於此無因緣等盡滅法中說死此生彼乃至說非生彼非

非生彼耶犢子復白佛言如是因如是緣如是行如是根本如是行所從生是色是無色是想是無想斯等諸法皆至無餘盡滅無想滅處如是諸法無有因緣吾當云何而能答之爾時犢子聞佛所說心生歡喜而作是言希有瞿曇汝及弟子說義句味等無差別犢子復言我於異日以少緣事曾至于彼那提城群寔迦所住之處問沙門僧提迦旃延如斯之事彼以此義而答於我然義句味及其文字與今所說等無有異都無錯謬是故我今稱爲希有如此教法昔所未有亦未曾說義理相順善答斯問犢子梵志聞佛所說歡喜而去

如是我聞一時佛在王舍城靈鷲山迦蘭陀竹林彼時犢子梵志往詣佛所問訊佛已在一面坐白佛言瞿曇一切衆生爲有我不佛默然不答又問爲無我耶佛亦不答爾時犢子作是念我曾數問沙門瞿曇如是之義默不見答爾時阿難侍如來側以扇扇佛彼時阿難聞其語已即白佛言世尊何故犢子所問默然不答若不答者犢子當言我問如來都不見答增邪見耶佛告阿難於先昔彼問一切諸法若有我者吾可答彼犢子所問吾於昔時寧可不於一切經說無我耶以無我故答彼所問則違道理所以者何一切諸法皆無我故云何以我而答於彼若然者將更增彼昔來愚惑復次阿難若說有我即墮常見若說無我即墮斷見如來說法捨離二邊會於中道以此諸法壞故不常續故不斷不常不斷因是有是因是生故彼則得生若因

不生則彼不生是故因於無明則有行生因行故有識因識故有名色因名色故有六入因六入故有觸因觸故有受因受故有愛因愛故有取因取故有有因有故有生因生故有老死憂悲苦惱衆苦聚集因是故有果滅無明滅則行滅行滅則識滅識滅則名色滅名色滅則六入滅六入滅則觸滅觸滅則受滅受滅則愛滅愛滅則取滅取滅則有滅有滅則生滅生滅則老死憂悲苦惱衆苦聚集滅盡則大苦聚滅佛說是已諸比丘聞佛所說歡喜奉行

如是我聞一時佛在王舍城迦蘭陀竹林爾時犢子梵志往詣佛所問訊佛已在一面坐問佛言瞿曇汝頗作是見作是論世界是常唯我解了餘人不知作是說不佛告犢子我不作是見不作是說唯我能知餘人不解犢子又問汝若不作如是說者一切世界悉無常耶佛告犢子我亦不作如是說言世界無常唯我能知餘人不解犢子又問汝頗復作如是論言世界亦常無常唯我能知餘人不解作是說耶佛告犢子我亦不作如是說言一切世界亦常無常唯我獨了餘人不知犢子又問汝頗復作如是說言一切世界非常非無常非非常非非無常唯我能解餘人不了作是說耶佛告犢子我亦不作如是說言一切世界非常非無常非非常非非無常唯我能知餘人不解犢子復問世界有邊世界無邊亦有邊亦無邊非有邊非無邊非非有邊非非無邊身即是命命即是身身異命異衆生神我死此生彼爲有爲無亦有亦無非

有非無非非有非非無瞿曇汝今作是說耶佛告犢子我不作是見不作是論說言世界有邊無邊乃至非非有非非無犢子復言瞿曇汝今於斯法中見何過患不取一見佛告犢子我亦不言世界是常唯此事實餘皆愚闇彼見結障彼見所行及所觀處彼見塵埃垢穢不淨見結與苦俱能爲害能與憂惱能令行人受鬱蒸熱生諸憂患若與見結相應即是嬰愚亦名無聞亦名凡夫能令生死迴流增長復告犢子世間常無常亦常無常非常非無常世界有邊及以無邊亦有邊亦無邊非有邊非無邊衆生神我死此生彼若有若無亦有亦無非有非無非非有非非無若有人計斯見者名爲嬰愚亦名無聞亦名凡夫增長生死煩惱垢汙能令行人受鬱蒸熱生諸憂患無有安樂以是義故我於此見無所執著犢子又問汝若不計如是見者汝今所計爲是何見佛告犢子如來世尊於久遠來諸有見者悉皆除捨都無諸見雖有所見心無取著所謂見苦聖諦見苦集諦見苦滅諦見至苦滅道諦我悉明了知見是已視一切法皆是貪愛諸煩惱結是我我所名見取著亦名憍慢如斯之法是可患猒是故皆應當斷除之既斷除已獲得涅槃寂滅清淨始是正解脱諸比丘等若更受身於三有者無有是處犢子言瞿曇汝於今者見何因緣說無生處佛告犢子我還問汝隨汝意答譬如有人於汝目前然大火聚汝知是火然不知此火聚在汝前滅汝知滅不若復有人來問汝言此火滅已爲至東方南西北方乃至下

方亦復如是斯諸方中爲至何處若如是者當云何答犢子言瞿曇若人問我當如實答若有草木及牛馬糞此火與薪相得便然不滅草木牛糞若都盡者此火則滅不至方所佛告犢子如是如是若言色是如來受想行識是如來者無有是處何以故如來已斷如斯色故受想行識亦復如是皆悉已斷譬如有人斷多羅樹斷已不生如來亦爾斷五陰已不復受生寂滅無想是無生法犢子言瞿曇我於今者樂說譬喻唯願聽說佛告之曰隨汝意說犢子即言譬如去於城邑聚落不遠平博之處有娑羅林是娑羅林已百千年枝葉悉墮唯貞實在汝今瞿曇亦復如是已斷一切煩惱結縛四倒邪惑皆悉滅盡唯有堅固眞法身在瞿曇當知我今緣務將欲還歸佛言宜知是時犢子梵志聞佛所說歡喜而去

如是我聞一時佛在王舍城迦蘭陀竹林爾時犢子梵志來詣佛所問言瞿曇若有愚癡起如是見作斯論言世間是常唯此事實餘則無實乃至我不生彼非非生彼佛告犢子不知色者作是見作是論說言世間色悉皆是常自執此見以爲眞實謂諸餘者以爲虛妄常無常亦常亦無常非常非非常世間有邊無邊非有邊非無邊非非有邊非非無邊身一神一身異神異我死此生彼死此不生彼我死此亦生彼亦不生彼我死此非生彼非非生彼受想行識亦復如是犢子言瞿曇若有智者不取是見不取是論亦復不應起如此見作如斯論言世界是常此見爲是餘

見爲非佛告犢子若能知色解其性相如斯等人不起是見不作是論言世界常無常亦常亦無常非常非非常見亦復如是世界有邊無邊亦有邊亦無邊非有邊非非有邊亦復如是身一命一身異命異我死此生彼死此不生彼亦生彼亦不生彼非生彼非非生彼亦復如是受想行識亦如上說若了知識解其性相如斯等人不起是見不作是論言識是常此見爲是餘見爲非識爲無常亦常亦無常非常非非常見亦復如是識有邊無邊亦有邊亦無邊非有邊非非有邊亦復如是身一命一身異命異我死此生彼死此不生彼亦生彼亦不生彼非生彼非不生彼亦復如是不知者如知者說見者不見者如知者說解不解亦如上說通徹不通徹亦如上說有相無相亦如上說其義深淺亦如上說寐寤不寐寤亦如上說犢子梵志聞佛所說歡喜而去

如是我聞一時佛在王舍城爾時犢子梵志往詣佛所問訊佛已在一面坐白佛言瞿曇我有少疑若蒙聽察乃敢發問佛默然不答第二第三亦如是問第二第三佛亦默然犢子言瞿曇我於長夜與汝親厚我有少問唯願答我佛作是念犢子梵志長夜已來禀性質直無有諂僞諸有所問皆求解故不爲惱亂吾當聽之若阿毗曇毗尼隨其所問佛告犢子恣汝所問諸有所疑無得疑難犢子白佛言瞿曇一切世間有不善不佛答言有又問頗有善不佛答言有犢子言瞿曇願爲我說善不善法令我解了佛告犢子吾能多種

說善不善今當爲汝略說其要復告犢子欲爲不善離欲爲善瞋恚愚癡是名不善離瞋恚癡是名爲善殺生不善離殺爲善偷盜邪婬妄語惡口兩舌綺語貪恚邪見是名不善離如是等正見爲善吾爲汝說三種不善三種善十種不善十種善復告犢子若我弟子解此三種善不善及十種善不善如實能知便能盡欲瞋恚愚癡亦能永盡貪欲諸惡都滅無餘能盡貪欲愚癡故諸欲漏都盡以盡漏故成就無漏心得解脱慧得解脱於現法中自身解了證知得法自知生盡梵行已立所作已辦更不受有犢子白佛頗有一比丘於佛教法成就無漏心得解脱慧得解脱於現法中自身解了證知得法自知生盡梵行已立所作已辦更不受有爲有是不佛告犢子得是法者不但一二及以三四乃至五百多有比丘心得解脱慧得解脱於現法中自身取證犢子復問佛教法中頗有一比丘尼心得解脱慧得解脱不佛告犢子我教法中比丘尼等得斯法者非一二三乃至五百其數衆多犢子又問除彼比丘及比丘尼頗有一優婆塞度疑彼岸以不佛告犢子我佛法中諸優婆塞度疑彼岸非一二三乃至五百其數衆多斷五下分結成阿那含不還欲界犢子又問除比丘比丘尼修梵行者除優婆塞頗有一優婆夷除於疑悔度疑彼岸不佛告犢子我佛法中得斯法者非一二三乃至五百其數衆多斷五下分結成阿那含不還欲界犢子梵志復白佛言置比丘比丘尼并優婆塞優婆夷修梵行者是佛法中頗有優

婆塞獨在居家受五欲樂度疑彼岸不佛告犢子是佛法中非一二三乃至五百其數衆多如斯等人乃與男女群居逼迮共住香華瓔珞著細縟衣用好栴檀衆妙雜香以塗其身受畜金銀種種珍寶奴婢僮僕其數衆多處斯憒鬧逼隘之中能斷三結得須陀洹決定必至於三菩提盡諸苦際極鈍根者任運七生不生三惡人天流轉自然得盡諸苦邊際犢子又問且置比丘比丘尼優婆塞優婆夷修梵行者又置優婆塞在欲得須陀洹頗有女人在佛教法作優婆夷在於欲中度疑彼岸者不佛告犢子我佛法中諸優婆夷在欲度疑非一二三乃至五百其數衆多諸優婆夷雖處居家如優婆塞斷於三結得須陀洹犢子言瞿曇汝於菩提已得正覺設當修梵行比丘比丘尼優婆塞優婆夷處欲優婆塞處欲優婆夷若如是等不具道行便爲支不滿足犢子言瞿曇汝今既得成等正覺得果比丘比丘尼修梵行優婆塞優婆夷處欲優婆塞處欲優婆夷悉獲果證於佛教法是名具足犢子復言瞿曇我今樂說譬喻願聽我說佛告之曰隨汝意說譬如天降大雨隨下水流注于大海汝之教法亦復如是男女長幼及以衰老蒙佛法雨於長夜中盡趣涅槃善哉瞿曇善哉妙法善哉能入佛教法者犢子言我今相問設得出家修梵行者爲乆近成佛告犢子若有外道異學於佛法中求出家者先剃其鬚髮滿足四月於衆僧中心意調濡然後受戒不必盡爾亦隨人心犢子梵志聞佛語已心生喜樂若蒙出家得受戒

者假說四年我尚爲之況四月也佛告犢子吾先爲汝說二種人不必一切悉皆如是犢子言瞿曇先者實作是說佛告比丘汝等今者與彼犢子剃髮受戒爾時比丘受佛勑已即剃其髮并與受戒如比丘法尊者犢子精勤修道於半月中具於學地知法到法見法覺法既得學果知已解已得證法已尊者犢子作是念我今應詣佛所作是念已即往佛所頂禮佛足在一面立白佛言世尊我於學地都證知已唯願世尊重爲我說令我聞法心得解脫佛告犢子汝若速求心得解脫應修二法當學二法增廣二法言二法者所謂智定若能如是修習增廣是則名爲知種種界通達諸界知無數界佛告犢子比丘若欲離欲惡不善者有覺有觀入於初禪如是比丘應修二法定及智慧乃至四禪慈悲喜捨空處識處不用處非想非非想處亦復如是犢子欲得須陀洹斯陀含阿那含者悉皆應學如是二法欲學身通欲知他心智欲知宿命欲得天眼耳欲得漏盡智應修二法增廣二法知種種界通達諸界知無數界尊者犢子聞佛所說歡喜頂禮而去大悲如來種種因緣教導犢子受佛教已於閑靜處獨坐精勤心不放逸常處禪定所以族姓子剃除鬚髮正欲爲修無上梵行故於現法中自身取證我生已盡梵行已立所作已辦更不受有時衆多比丘往至佛所爾時尊者犢子見諸比丘即問之言汝等欲何所至比丘答言我等將詣佛所親近供養犢子比丘語諸比丘言汝等今者往至佛所因以我語問訊世尊

起居輕利少病少惱弁可爲我白世尊言犢子比丘已報佛恩爲法供養順佛所行時衆多比丘往至佛所禮佛足已在一面坐白佛言世尊尊者犢子比丘稽首世尊足下問訊世尊起居輕利少病少惱犢子比丘又作是言爲我白佛我已修行隨順佛說世尊所行我已具得佛告比丘先汝有天來至我所言犢子比丘已得羅漢我已先知天在後道汝等今者復在天後爾時世尊記彼犢子已成羅漢佛說是已諸比丘聞佛所說歡喜奉行

身命及目連　希有迦旃延　未曾有有我
見及於愚癡　犢子所出家

別譯雜阿含經卷第十八

音釋

氎徒協切細毛布也　緻眞利切密也　篲徐醉切掃帚也　輻方六切車輻也　揵渠焉切　鬱蒸鬱紆勿切蒸諸仍切鬱蒸熱氣也　寐寤寐明祕切卧也寤五故切覺也　濡如朱切沾濡也

別譯雜阿含經卷第十九 第二十同卷

失譯人名附秦錄

如是我聞一時佛住王舍城時有梵志厥名優陂來詣佛所問訊佛已在一面坐即問佛言瞿曇一切世界爲有邊耶爲無邊耶佛告優陂如斯等問吾初不答優陂言瞿曇我問世界有邊無邊悉不見答若然者汝常說法解釋問難爲何所答佛告優陂吾於諸法悉善知已爲聲聞弟子分別正道蠲除衆苦盡其邊際優陂言瞿曇汝於諸法悉善知已爲聲聞弟子說于正道蠲除衆苦盡其邊際若如是者汝所得道爲一切人盡行是道爲有多少而行斯道爾時如來默然不答第二第三亦如是問如來默然悉不加報爾時阿難執扇侍佛以扇扇佛聞彼優陂所諮已即語之言汝後所問與前無異是以世尊默不答汝我且爲汝說一方喻譬如邊守有城牆壁牢實欄楯窻牖悉皆堅固街巷里陌官府市肆周障布置不相干錯而此城中唯有一門時守門人聰明智慧有大念力善能分別客舊諸人識者聽入不識則遮時城中人欲有出者不知出要周帀遍觀更無孔穴唯此一門乃從求出而此守門智慧之人雖不具知城中種類然知其中將出城者皆由此門如是優陂如來亦爾雖不具悉思惟分別然知出入皆由此門如來亦然知過去苦現在未來苦之邊際皆由斯道得盡於苦優陂梵志聞阿難所說歡喜而去

如是我聞一時佛住王舍城迦蘭陀竹林爾時尊者富那在靈鷲山多諸異學外道梵志

來至其所問訊尊者富那在一面坐白尊者富那言我等皆聞沙門瞿曇説衆生斷更不受生此事云何尊者答曰如我解佛所説義者佛終不説衆生死已更不復有死此生彼佛實不見衆生之相所以者何凡夫妄想以有慢故言有衆生如來斷慢讚歎斷慢故無衆生想時諸外道聞尊者説不生歡喜亦不嫌毁即便還歸其去未久富那即便往詣佛所到佛所已頂禮佛足在一面立以諸外道所問具白世尊是諸外道皆言世尊説衆生斷更不受生此事云何我即答言如我解佛所説義者佛終不説衆生死已更不復有死此生彼佛實不見衆生之相所以者何凡夫妄想以有慢故起於衆生如來慢斷讚歎斷慢是故不起於衆生想富那復言我爲外道

作如是説將不違佛所説教法致於謗毁生增減耶爲同世尊之所宣説爲當異耶爲如法説爲不如法爲似法説不似法説不爲同佛法者所譏訶耶佛告富那汝説眞實非爲毁謗不增不減如我所説等無差別是如法説非非法説無有同佛法者能譏訶汝何以故從本已來一切皆爲我慢所害衆生煩惱皆因我慢而得生長喜樂我慢不知我慢以不知故譬如循環不知端緒亦如亂織莫知其首亦如麻緼亦如軍衆被破壞時擾攘亂走衆生於何擾亂不定此世他世流馳不止生死流轉不能得出復告富那如是我慢一切衆生無盡盡滅無相至於盡滅悉皆散壞若知如是於人世界天世界魔世界梵世界沙門婆羅門天人大衆之中長夜得義救拔

得樂時諸比丘聞佛所說歡喜奉行

如是我聞一時佛在王舍城迦蘭陀竹林爾時尊者阿難於是夜中詣多跋河脫其衣裳置于岸上入河澡浴著一浴衣即出于水待自身乾時有外道名俱迦那提往至彼河尊者阿難聞彼行聲及謦欬聲外道亦聞尊者之聲外道問言汝爲是誰阿難答言我是沙門沙門甚多汝今爲是何等沙門阿難答言我是釋子外道言我欲問難汝若閑暇聽我所問阿難答言欲問便問聽已當知外道問言我死此生彼以不阿難言如來不說又問我死此不生彼亦生亦不生非生非非生彼不阿難又言如斯等問佛悉不答外道言我令問汝死此生彼乃至非生非非生悉不見答汝寧不知如此事乎阿難言如是之事我悉知見非不知見外道言汝所知見爲何謂也阿難答言我所知見見彼處所見衆生行乃至知見彼所從生知見結業舉動所作見煩惱結如墨聚集無聞凡愚與見結相應順於未來長處生死我所知見其事如是豈可謂爲不知見乎外道俱迦那即問之曰汝名何等阿難答言我名阿難外道復言善哉善哉大師弟子我今乃至共相談論而不知汝乃是阿難我若知汝終不能得共相抗對時彼外道聞阿難所說歡喜而去

如是我聞一時佛在舍衛國祇樹給孤獨園爾時長者須達多好欲詣佛親近供養復作是念我若往彼日時故早如來猶未從禪定起我今應先至彼外道所住之處即往其所既至彼已共相慰問在一面坐異學外道問

須達言汝可爲我説彼沙門瞿曇爲作何見須達答言如來所説我不能及其所知見在吾分外外道言汝若不知佛之所見頗復能知比丘見不須達答言如斯之事我亦不知外道復言汝若如是竟何所見若少所見請問其説須達復言汝當先説汝之所見然後我當自説所見爾時外道語須達言我所見者衆生之類是常是實餘皆妄語復有外道語須達言我之所見一切無常唯此爲實餘皆妄語又復有言亦常無常非常非無常唯此爲是餘皆妄語世界有邊世界無邊亦有邊亦無邊非有邊非無邊身即是命命即是身身異命異衆生神我死此生彼死此不生彼死此亦生彼亦不生彼如是長者我所見者死此非生彼非不生彼時諸外道各各自説已所見已語須達言仁者當説須達答言如我所見一切衆生悉是有爲從諸因緣和合而有言因緣者即是業也若假因緣和合有者即是無常無常即苦苦即無我以是義故我於諸見心無存著汝諸外道作如是言一切諸法常唯此爲實餘皆妄語如此計者乃是衆苦之根本也以貪著斯諸邪見者與苦相應能忍大苦於生死中受無窮苦皆由計有世界是常乃至死後非生於彼非不生彼如斯諸見實是有爲業集因縁之所和合以此推之當知無常無常即苦苦即無我復有外道語須達言長者衆生若是業集因緣和合而有悉皆無常無常即苦苦即無我若如是者汝今亦復作諸苦本與苦相應於生死中受無窮苦須達答言我先已説一切諸

見心無所著是故我今亦復不著如斯之見時彼外道讚須達言如是長者汝今應當作如是說爾時須達於彼外道異見衆中作師子吼令諸外道邪見之心皆悉息已往詣佛所頂禮佛足在一面坐以已所共外道談論向如來說佛即讚言善哉應當如是摧諸外道令墮負處應熾盛正法之論佛說是已諸比丘聞佛所說歡喜奉行

如是我聞一時佛在王舍城迦蘭陀竹林爾時長爪梵志往詣佛所在一面坐而作是言如我今者於一切法悉不忍受佛告長爪梵志汝於諸法悉不忍者見是忍不長爪復言如此之見我亦不忍佛告長爪梵志汝若不忍如是見者何故而言我於諸法悉皆不忍誰爲汝出不忍之語佛復告火性汝若知若見不忍是見即斷是見已棄是見譬如有人既嘔吐已若如是者於餘見中即不次第便爲不取便是不生長爪梵志復作是念汝所言我已斷是見已棄是見譬如人吐便於諸見無有次第不取不生佛告長爪若如是者多有衆生同汝所見亦復如是論者諸有異道沙門婆羅門若捨是見更不受異見是名少智極爲尠薄亦名愚癡梵志當知世間衆生皆依三見初言我忍一切第二言一切不忍第三言我少忍少不忍賢聖弟子觀察初見能起貪欲瞋恚愚癡常爲如是三毒纏縛不得遠離能生患害能生結使不得解脫喜樂於欲守護縛著是名爲忍若不忍者能生貪欲瞋恚愚癡常爲如斯三毒所纏不能遠離獲得解脫喜樂於欲常爲愛取守護縛著

是名不忍若見少忍少不忍亦復如是忍如上忍中說不忍如上不忍中說賢聖弟子若說言忍便爲與彼二見共諍若言不忍亦復與彼二見共諍若言少忍少不忍亦與二見共諍以已所見違於他故便起諍論若起諍論必相毀害以共諍論生毀害故以見是過生諸諍論故便棄是見不受餘見以見義故能斷是見棄離是見猶如人吐於諸見中無有次第不取不生賢聖弟子若言忍及以不忍少忍少不忍亦有是過如是梵志此色顯現四大所成賢聖弟子見是身無常既見無常便能離欲見此身滅即便捨離若見身無常便離身欲便離身愛離身窟宅除身決定想梵志當知受身有三種苦受樂受不苦不樂受如此三受以何爲因云何爲習因何而生從何處出以觸爲因因觸生習習從觸生因觸所生若觸滅則受滅離熱得涼譬如日沒身邊命邊受身邊時知是身邊受命邊時知是命邊如實而知無有錯謬賢聖弟子若受樂受知身必壞若受苦受不苦不樂受知身必壞若受樂受非和合受苦受不苦不樂受亦復如是云何名爲與受不和合所謂貪欲瞋恚愚癡不與生老病死而共和合憂悲苦惱衆苦聚集爾時尊者舍利弗出家半月侍如來側以扇扇佛于時如來爲說斷漏離欲之法時舍利弗如是觀察諸法無常即便離欲證成棄捨諸見無生漏盡心得解脱長爪梵志於諸法中得法眼淨如上所說既得信心即白佛言唯願世尊聽我出家爾時如來即聽出家既出家已勤修精進得阿羅漢

道如是我聞一時佛在王舍城須摩竭陀池
岸爾時奢羅浮梵志在大衆中而作是言我
知釋子所說教法我所知見勝彼釋子當于
爾時有衆多比丘入城乞食見奢羅浮梵志
在彼池岸聞其所說作如是言我知釋子所
有法教我所知者出過於彼時諸比丘聞此
語已還至僧坊收攝衣鉢洗手足已往詣佛
所頂禮佛足在一面坐白佛言世尊我等今
日入城乞食食訖還歸於其中路經須摩竭
陀池彼池岸上有一梵志名奢羅浮在大衆
中唱如是言我知釋子所有教法我所知者
出過於彼善哉世尊唯願當往彼池岸爾時
如來默然許之與諸比丘前後圍遶往詣於
彼須摩竭陀池時奢羅浮遥見佛來即從座
起敷置高座尋白佛言可就此坐佛即便就
座坐已而告之曰汝實作是言我知釋子所
有法教我所知者出過於彼如是說不時彼
梵志默然而住佛復告曰何故默然而不答
我汝若解者隨汝意說若不解者吾當爲汝
分別宣說令汝具足汝今若能具足說者吾
助爾喜梵志當知世若有人說言如來非阿
羅訶三藐三佛陀者如是說者我稱善哉當
問彼言汝以何事說言如來非阿羅訶三藐
三佛陀此衆生等於理不決不能正答更說
世間其餘談論以諸雜語間錯其中憍慢矜
高生毀害心以不能答如斯問故默然而住
慙愧低頭失於機辯奢羅浮汝今亦爾設復
有人作如是言沙門瞿曇能善顯示是有過
法如是說者我亦稱善當問於彼以何智知
如斯之事彼不能答更說其餘世間談論錯

亂其中辭窮理屈慙愧低頭默然而住失於機辯亦如汝今無有異也若復說言沙門瞿曇所有弟子無善迴向不具持戒我亦稱善而問於彼汝以何法驗知斯事彼不能答更說世間其餘談論錯亂其中辭窮理屈慙愧低頭默然而住失於機辯汝今亦爾當于爾時耆羅浮同梵行者語耆羅浮汝今何故默然不答汝昔日時恒於大衆多人之中而言我所知見出過瞿曇所有教法汝今宜問沙門瞿曇云何乃使沙門瞿曇反問於汝詰汝使說作如是言汝所說者若能具足吾助爾喜稱慶善哉如其不具吾當爲汝分別宣示令得具足時耆羅浮聞斯語已亦復默然無所陳說爾時世尊在須摩竭陀池岸作師子吼已即從座起還王舍城佛去不久彼諸同行種種訶責作如是言汝於今者如截角牛在屏處吼汝亦如是於閑靜處作師子吼於沙門瞿曇前默然無所說亦如童女欲作男子聲然不能作還爲女聲汝亦如是欲學瞿曇作師子吼而不能成亦如雌野干欲作師子吼然其出聲故作野干終不能成師子之聲諸同行者如是種種訶責耆羅浮已各四散去

如是我聞一時佛在王舍城迦蘭陀竹林時有梵志名曰重巢居在於彼須摩竭陀池岸上於彼衆中作是唱言我所說偈若有人能具足分別顯示其義我當爲其而作弟子時諸比丘食時已到著衣持鉢入王舍城次第乞食乞食已訖即便還歸於其中路經須摩竭陀岸聞彼梵志作是語已即還僧坊收攝

衣鉢洗手足已往詣佛所頂禮佛足在一面坐白佛言世尊須摩竭陀池岸有重巢梵志作如是語我所說偈若有人能具足分別顯示其義我當爲彼而作弟子唯願世尊往至彼池爾時如來黙然許之與諸比丘前後圍遶往詣彼池爾時重巢梵志遥見佛來即從座起敷置高座語佛言瞿曇可就此座于時如來即就其座而告之曰聞汝自言我所作偈若有人能具足分別顯示其義我當爲彼而作弟子爲有是不梵志對曰實爾瞿曇佛復告曰汝所作偈今當爲我誦其章句吾當爲汝分別解說爾時重巢梵志復敷高牀而坐其上自說偈言

若是比丘　釋種子者　應當如法　清淨活命
不宜惱害　於諸衆生　宜應遠離　不善諸法
守意清淨　護所受戒　如是調伏　隨順定智

爾時世尊以偈答曰

若稱如是外　隨順而履行　於善丈夫中
汝得爲最勝　比丘處閑靜　清淨自調順
不惱害衆生　遠離一切惡　如是調伏者
隨順於定智　柔和善軟心　身口不造惡
能攝三業者　亦名順定智　爲世福田故
持鉢詣家乞　檢心修念處　謙下處卑劣
除欲棄貪求　故獲無所畏

爾時重巢梵志聞斯偈已即生念言沙門瞿曇實知我心我今宜應歸依三寶作是念已即白佛言唯願如來聽我出家佛即聽許出家爲道受具足戒便成沙門精勤修習斷諸煩惱得阿羅漢諸比丘聞佛所說歡喜奉行

如是我聞一時佛在王舍城迦蘭陀竹林中

當於是時摩竭提國諸外道輩相與聚集須摩竭陀池上作斯論言此是婆羅門諦此是婆羅門諦爾時如來在于精舍以禪淨天耳聞其所說即從定覺往詣於彼須摩竭陀池上諸婆羅門遥見佛來悉從座起爲佛敷座白佛就坐佛即就坐而告之曰汝等聚集作何談論諸婆羅門各白佛言瞿曇當知我等今日共相聚集作是說言此是婆羅門諦此是婆羅門諦佛告之曰如是如是我昔求道初成正覺已證知竟取要言之一切世間不過三諦吾當分別何等爲三所謂一切不殺此語是實非虚妄說此事若實應勤精進於諸衆生恒生慈心此是婆羅門初諦我知是已廣爲人說復次婆羅門一切苦集是生滅法如斯之言眞實不虚此事若實應勤精進於其中間常宜修心作生滅相應如是住是名婆羅門第二諦我以知此生滅相故成等正覺常爲衆生說如是法復次婆羅門第三諦者離我我所眞實無我若離如是三法相者便能遠離一切諸惡此事若實應勤精進求離衆惡應如是住佛說是已衆多外道聞佛所說黙然而住爾時世尊而作是念斯愚癡人常爲諸魔之所覆蔽是大衆中乃至無有一人能信斯語立志學想修持梵行于時如來作斯念已從座起去佛去不久爾時須摩竭陀池神而說偈言

譬如畫水欲求跡　下種鹵地求苗稼
如以芳香熏臭穢　水浸注陂求輭弱
吹彼鐵杵求妙聲　如於盛冬求野馬
彼諸外道亦如是　雖聞妙法不信受

爾時諸婆羅門聞此池神說是偈已競隨佛後求索出家佛即聽許既出家已精勤修道得阿羅漢果佛說是已諸比丘聞佛所說歡喜奉行

爾時尊者阿難在拘睒彌國瞿師羅園時有梵志名曰闡陀詣阿難所問訊已訖在一面坐而作是言汝以何事於彼沙門瞿曇法中出家學道阿難答言我今為欲斷惡生善以是義故於佛法中出家學道梵志次復言斷何等惡阿難答言我今欲為斷除貪欲瞋恚愚癡梵志復言汝等亦知斷除貪欲瞋恚愚癡耶阿難答曰唯佛法中有斷如是貪欲瞋恚愚癡之法禁制身心梵志又言如此貪欲瞋恚愚癡有何過患汝等法中禁制之耶阿難對曰欲愛染著能生惱亂於現在世增長諸惡憂悲苦惱由之而生未來世中亦復如是瞋恚所著愚癡所著能壞自心亦壞他心自他俱惱於現在世增長諸惡未來世中亦復如是增長諸惡復次若有染著此貪欲者能令眾生盲無慧眼貪欲因緣能令智慧微弱損減諸善不趣涅槃不得三明及六神通離菩提道如貪欲瞋恚愚癡亦復如是我等見斯貪欲瞋恚愚癡有如是過患以是義故禁斷貪欲瞋恚愚癡梵志又問頗復有道修集增廣能斷貪欲瞋恚愚癡耶阿難答言有八聖道所謂正見正語正業正命正方便正定正念正志能斷貪欲瞋恚愚癡趣向涅槃梵志復言如斯之道極為甚善修集增廣能斷貪欲瞋恚愚癡阿難當知我今緣務極為猥多今欲還歸阿難告曰宜知是時梵志聞

阿難所說歡喜而去

如是我聞一時佛在舍衛國祇樹給孤獨園爾時尊者舍利弗往詣佛所頂禮佛足在一面坐于時如來爲舍利弗種種說法示教利喜已默然而住時舍利弗見佛默然即從座起頂禮佛足還其所止未到所住處道逢梵志名曰優陟問舍利弗從何處來舍利弗言梵志當知我於今日詣世尊所聽法來還優陟復言汝今故未離於教法猶如嬰兒未離乳耶舍利弗言我今聽法無有猒足不同嬰兒何以故嬰兒轉大則離母乳

優陟復言我已久離聽法教戒舍利弗言如汝法中雖復教戒無有義利行於非道不名乗出不至菩提是壞敗法無有一法可恃怙者汝之師尊非是如來阿羅訶三藐三佛陀汝今宜應速疾離彼邪師教法譬如弊牛志性輕躁好爲觝突加復少乳所生犢子其形甚小數數離母隨意放逸如汝師尊無義教法亦復如是志性輕躁所有教法無有義利所有弟子稚小無智遠離其師隨意放逸各自說言我已離於教戒之法如來法中有義教戒有善乗出趣向菩提不爲邪見之所破壞有諸善法而可恃怙我之世尊是如來多陀阿伽度阿羅訶三藐三佛陀諸弟子等隨逐不捨猶如善牛志性不輕不爲觝突加復多乳其犢身體日日長大隨逐其母終不捨離優陟梵志讚舍利弗善哉善哉汝獲善利所受教戒是出世法趣向菩提有善乗出至於涅槃不可沮壞有所依憑汝師世尊是如來阿羅訶三藐三佛陀作是語已各還所止

如是我聞一時佛在舍衛國祇樹給孤獨園時有梵志名曰優陟往詣佛所問訊已訖在一面坐而作是言瞿曇於昔日時諸外道等相與聚集彼大講堂作種種論沙門瞿曇在於閑靜修攝其心智慧辯才我於是時亦共論議作如是言此相應此不相應譬如老牛加復無目我等亦爾所有教法甚爲鄙陋盲無慧眼沙門瞿曇有大智慧在於閑靜修攝其心瞿曇汝今云何教諸弟子佛告之曰我佛法中童男童女共相聚會娛歡讌會隨喜舞戲是名相應譬如有人年過八十頭白面皺牙齒墮落然猶歌舞作木牛馬作於琵琶箜篌箏笛亦作小車及蹹毱戲如斯老人作如是事名不相應其有見者當名此人爲作智人爲作癡人梵志對曰如是之人名爲嬰愚無有智慧佛告之曰我佛法中相應相順如童子戲梵志當知聖賢法中如童子戲優陟白佛云何比丘修集善法佛告之曰比丘之法應當遠離諸惡不善修諸善法不調伏者爲調伏故應勤修集不得定者爲得定故應勤修集不解脱者爲解脱故應勤修集所未斷者爲令斷故應勤修集所未知者爲令知故應勤修集所不修者爲欲修故應勤修集所未得者爲欲得故應勤修集梵志白佛言世尊何等不調欲令調故應勤修集佛言眼不調乃至意不調爲令調故應勤修集梵志言何等不解脱欲令解脱應勤修集佛言心不解脱爲令解脱應勤修集梵志言何等爲斷惡應勤修集佛言斷欲無明與愛故應勤修集梵志言何等不知爲知故應勤修集

佛言未知名色爲令知故應勤修集梵志言何等不修爲修故應勤修集佛言未修定慧不得八道應勤修集梵志白佛比丘之行甚爲眞實我今事多欲還歸家佛告之曰宜知是時優陟梵志即從座起還其所止

如是我聞一時佛在王舍城迦蘭陀竹林爾時國中有一梵志名曰尸蒭往詣佛所問訊已訖在一面坐而作是言瞿曇所言學者云何名學佛告之曰學故名學梵志又問云何學故名爲學也佛言時時修學增上戒故名之爲學時時修學增上心故名之爲學時時修學增上智故名之爲學梵志復言瞿曇若有阿羅漢盡諸有漏所作已辦捨於重擔逮得已利心得自在無復煩惱正智得解脫時當何所學佛言若有羅漢盡諸煩惱正見心得解脫當于爾時貪欲瞋恚及以愚癡一切悉斷無有遺餘是名無學若彼羅漢盡於貪欲瞋恚愚癡更不造作身口意惡無所進求以是義故名爲無學爾時尸蒭梵志聞佛所說歡喜而去

如是我聞一時佛在王舍城迦蘭陀竹林爾時尸蒭梵志往詣佛所問訊已訖在一面坐而作是言瞿曇若有婆羅門作是說隨所作業悉是過去本所作因於現在世所作諸業能增過去不善之因現在之世若不造業則能破壞生死之橋四流永絕更不流轉以業盡故苦亦得盡苦盡則苦邊際盡瞿曇此事云何佛告尸蒭如汝所言彼諸沙門婆羅門等作如是說隨所造業悉是過去本業因緣乃至盡苦邊際若如是者以何因緣於現在

世而有種種風冷病等四大增損若如是者爲自所作爲他所作尸蓟白佛他之所作佛告尸蓟云何自己所作常拔鬚髮或舉手立不在牀坐或復蹲坐以之爲業或復坐卧於棘刺之上或編椽坐卧或坐卧灰土或牛屎塗地於其中坐卧或翹一足隨日而轉㡧夏之月五熱炙身或食菜或食稗子或食舍樓伽或食糟或食油滓或食牛糞或日三事火或於冬節凍冰襯體有如是等無量苦身法是自己所作云何名爲從他作苦爲他手足及以刀杖瓦石打擲如是等苦是則名爲從他得苦一切世人四大增損或爲風冷而起是患如是患等現所見事云何彼諸婆羅門等若作是見言以此故能盡苦際即是自作過咎如是等法一切世人皆共知之彼自虛

說以五因緣故能令身心受諸苦惱何等爲五所謂貪欲瞋恚掉悔疑如斯五法能令衆生現在之世身心苦惱復有五因緣故於現在世能令身心常得快樂不受苦惱何等爲五所謂能斷貪欲之心則於現在能令身心受法快樂何以故以有貪欲瞋恚掉悔故能令衆生受諸苦惱若能斷除則受快樂無有憂患是故應當斷除如是貪欲瞋恚掉悔若斷除者無熱無惱不待時節當得解脫必趣涅槃尸蓟是名現在所得法復有現前所得法所謂正見正語正業正命正方便正志正念正定說是法時尸蓟梵志遠塵離垢於諸法中得法眼淨既得道已即整衣服合掌向佛而白佛言世尊唯願如來慈哀憐愍聽我出家如來即聽出家既出家已於空靜處懃

懃精進得阿羅漢

如是我聞一時佛在那羅健陀賣氎聚落菴婆羅林時聚落中有一梵志名那利婆力在彼村住其年衰邁已百二十彼聚落中所住人民咸謂是人真阿羅漢悉共恭敬而供養之然斯梵志有一親友福盡命終得生天上爾時此天作是思惟我今若勸是那利婆力詣佛所者必不信受我今當教脫能信我作是念已即往於彼老梵志所威光談熾遍照其人所住之處即至彼已語梵志言云何於已實是怨家詐現親相云何於自親友視之如已云何說斷云何無熱惱汝今應當心中默念不應發言若有能解如斯義者當往其所而求出家淨修梵行爾時此天作是語已即復不現於是那利婆力梵志聞斯語已即往於彼富蘭那迦葉所心中默念如斯問難云何於已實是怨家詐現親相云何於自善親友所視之如已云何說斷云何無熱惱然富蘭那迦葉尚不能知彼心所念況能答之復往刪闍耶毗羅胝子所亦作如是心中所問乃至尼揵陀若提子所亦復如是作心中難彼若提子尚不能知是念況復能答爾時那利婆力梵志遍至六師悉不能知如斯之難若不能答我今何為於其法中出家修道不如還俗受五欲樂我今家業甚為豐饒寧在家居布施作福復作是念我當往詣沙門瞿曇所作是念已即往佛所於其中路復作是念沙門瞿曇年少出家而富蘭那六師之徒悉是耆舊宿德之人尚不能知況彼沙門瞿曇既是年少出家未久學日又淺而當能

解如斯之義作是念時於其中路迴車欲還復更思惟我昔曾從耆舊宿德老梵志所聞如是說出家之人年雖幼稚不應輕懱何以故年雖幼稚有大神通及大智慧作是念已即往佛所至佛所已恭敬問訊在一面坐心中默念如是四難云何於已實是怨家詐現親相云何於自善親友所視之如已云何說斷云何無熱惱爾時世尊知彼梵志心之所念即說偈言

屏處極毀罵　百千種誹謗　面前而讚歎
言是善好人　實能辯諸事　詐僞而不實
智者應當知　此是怨詐親　出言詐親善
所作無利益　知者應當知　此是怨詐親
云何於親友　愛重如已身　不應於親友
伺覔其過失　親友心願同　相念常不忘
如是之親友　不爲他沮壞　應當恒敬念
愛重如已身　何故說於斷　斷能生喜樂
亦能得勝利　至於寂滅所　能修於勝果
丈夫向正道　以是義故斷　云何得無熱
得於寂靜味　獲得大智慧　爾時得無熱
遠離於諸惡　入法歡喜味　是名爲無熱

爾時梵志聞是偈已即整衣服而白佛言唯願世尊聽我出家于時如來即聽出家既出家已精勤修道得阿羅漢

須跋陀羅者如集偈頌中說

優陟分匿俱迦那　須達長爪耆羅浮
重巢三諦及闡陀　二不留得尸蔔根
尸蔔那羅婆力迦　須跋陀羅第十五

別譯雜阿含經卷第十九

別譯雜阿含經卷第二十

失譯人名附秦録

爾時衆多比丘在俱薩羅園竹林中夏坐安居彼園林中有天神住天神愁念而作是言今僧自恣月十五日已復欲去更有天神即問之言汝今何故愁憂如是即說偈言

天神汝今者　何以懷愁憂　淨戒諸比丘
今日當自恣　得遇如是事　宜應自欣悅
彼林天神以偈答言
我亦知彼等　今日當自恣　非是無慚愧
同諸外道等　斯等皆精勤　具有慙愧者
收撿衣鉢已　自恣各散去　比丘既散已
此林空無人　更無所聞見　是故我愁憂

時諸比丘既自恣已各散出林還其所止爾時天神見其四散心懷憂慘即說偈言

諸比丘去已　但見遊居處　牟尼諸弟子
多聞有知見　善能具分別　種種清淨說
如斯持法人　今者安所詣

時餘天神復說偈言

此諸比丘等　四散道不同　有向摩竭提
或有詣跋耆　亦復有向彼　毗舍離國者
此阿練若處　集會諸比丘　譬如野馬鹿
栖止無恒所　此諸比丘等　捨棄於緣務
常求空閑處　靜坐得安樂

有一比丘從俱薩羅國詣俱薩羅林於中止住晝日睡眠時彼林中有天神作是念言今此比丘處林而睡甚非所宜非沙門法汙辱此林我於今者當寤寤之作是念已即往其所謦欬彈指而說偈言

咄比丘汝起　無得著睡眠　如是睡眠者

竟有何義利　身遭極重病　云何而安眠
毒箭中汝心　求拔云何眠　汝既能出家
捨離衆縁務　當滿本願求　勿爲睡所覆
亹亹無覺了　失於昔所願　欲體性無常
掉動不停住　眴息不可保　凡夫愚惑著
汝今已出家　離於在家縛　云何離縛已
而復樂眠睡　若未斷愛欲　其心未解脫
未得最上智　不具斯事者　不名爲出家
云何安睡眠　欲稱出家法　應當勤精進
晝夜不懈倦　堅固求涅槃　所求既未獲
出家爲何眠　慧識袪無明　盡於諸漏結
善調於心行　獲最後邊身　能具如上事
乃可安眠睡

爾時復有一比丘亦住於彼俱薩羅林晝入房坐起於惡覺依於貪嗜時林天神知彼比丘起於惡覺依於貪嗜不能稱可出家法式是不善士處此林中起於惡覺我於今者當覺悟之作是念已即往其所而說偈言

比丘怖惡欲　故來處此林　形雖坐林間
心意出林表　馳騁逐外塵　起于慈覺觀
若滅諸欲著　然後得解脫　既得解脫已
乃爾知快樂　汝應捨不樂　安心樂此法
我今覺悟汝　令汝還得念　欲如惡焦山
煎迫諸善法　惡焦無猒足　難可得小離
勿貪於欲樂　坌汙已淨心　如鳥爲塵坌
奮翮振塵穢　比丘亦如是　禪思去塵勞
塵垢來染心　正念能除捨　愛欲即塵垢
非謂外埃土　欲覺及瞋癡　謂之爲塵勞
攝心有智者　爾乃能除去

爾時復有一比丘亦住於彼俱薩羅林晝入

房坐而於欲所起清淨想彼林天神知其所念爲覺悟故即說偈言

汝思欲淨想　欲覺之所吞　捨欲不淨心
安取欲淨想　比丘汝今者　處林獨閑坐
應念佛法僧　及已所受戒　多獲歡喜心
便知苦邊際

爾時復有一比丘遊俱薩羅國上一林中於其日中盛熱之時心生不樂時此比丘即說偈言

日中既盛熱　林木甚鬱蒸　衆禽以熱故
各自停不飛　布穀厲其聲　我聞生驚懼

彼林天神聞此偈已即說偈言

日中盛熱時　衆鳥皆停住　布穀厲聲鳴
汝應生快樂　不應生怖懼　此處當畏誰

爾時尊者阿那律遊俱薩羅國止住一林時阿那律天上本妻來至此林禮尊者足在一面坐即說偈言

汝昔天上時　善巧奏琴樂　又復能歌舞
縱意受快樂　汝當發心願　還向本宮殿
處三十三天　彼天豐諸欲　天女恒翼從
極樂甚可樂

尊者阿那律說偈答曰

天女極爲苦　依止於身見　諸樂生天者
一切無不苦　我不受後有　更不生彼天
天女汝當知　我盡於生死

爾時復有一比丘在俱薩羅國止一林住晝夜誦習精勤修道得阿羅漢已得阿羅漢止不誦習彼時天神而說偈言

汝常誦法句　精勤不休癈　今何故默然
都無所誦習

比丘說偈答言
我先求法句　未得離欲結　吾今既離欲
法句義已成　我今已知見　不墮於諸道
所期得出要　何用文字爲　世間諸所有
一切聞見事　悉皆都捨離　不受於後有
爾時復有一比丘在俱薩羅國依止彼林眼視不明請醫占之醫語之言比丘若能齅蓮華香眼還得明彼比丘即信其言又語之曰我於何處得斯蓮華醫即答言汝若欲得蓮華香者當詣蓮華池所時彼比丘即用其言至彼池所端坐齅香爾時天神見其如是即說偈言
池中所生華　香氣甚馝馥　汝都不見主
云何偷華香　而汝於今者　眞實得名盜
大仙汝何故　而盜於彼香

比丘說偈答言
天神汝當知　蓮華生池中　我不傷根莖
亦不偷盜取　但遠齅香氣　以何因緣故
名爲偷香者　我不受此語
天神復說偈言
池中有香華　不問其主取　檀越不施與
世人名爲盜　大仙汝偷香　一向成盜罪
時有一人來入此池以鎌芟截蓮華根葉重負而去比丘見已復說偈言
斯人入池中　斬拔華根子　狼藉而踐蹈
重擔而齎歸　何故不遮彼　語言汝盜取
天神說偈答言
彼人入池者　恒作於惡業　譬如乳兒母
而著於黑衣　雖有諸涎唾　都不見汙辱
汝如白淨衣　易受其點汙　是故止制汝

不能遮于彼　惡人如衣黑　造惡不識訶
鮮白上有點　猶如蠅脚等　世人皆共見
設諸賢智人　有少微細過　其喻亦如是
珂貝上黑點　人皆遠見之　若斷結使者
諸業皆潔淨　有如毛髮惡　人見如丘山

比丘復說偈言

天今利益我　爲欲拔濟故　隨所見我處
數數覺悟我

天神說偈答言

汝不以錢財　而用市我得　人不被他國
虜掠見擒獲　損益汝自知　誰逐汝覺悟
汝今應自忖　諸有損益事

爾時尊者十力迦葉在俱薩羅國栖泥窟中有一獵師名連迦去尊者不遠施鹿罥弶爾時尊者憐愍獵師爲其說法彼不解法尊者迦葉指端出光獵師雖見亦不猒離如此惡事但自思念鹿來入罥爲不入罥爾時栖泥窟神而說偈言

獵師處深山　少智盲無目　非時有所說
徒自失其言　假令汝十指　一時都出光
終不能令彼　得見於四諦　彼都無智故
造作諸非法　不樂及睡眠　猒離到淨想
安住闍利那　誦習華迦葉

爾時跋耆子遊俱薩羅國住止彼林時彼國人一切皆作拘寄提大會七日七夜爾時跋耆子見是事已心小退壞即說偈言

我在榛樹間　譬如彼棄木　我今如棄木
獨處寓空林　今日到滿月　誰苦劇於我

爾時天神知其所念說偈問言

汝今處空林　云何似棄木　地獄羨切利

天慕汝亦然

爾時有一比丘在俱薩羅止住彼林修持禁戒已爲滿足更不求勝時彼天神即說偈言

不應以持戒　多聞及禪定　住於空閑處
未盡諸漏結　不應作是事　用智自損減
遠離凡夫法　逮得菩提樂

爾時俱薩羅國有一比丘號曰龍與住止彼林好樂家法晨入聚落日暮乃還爾時天神作是念言此年少比丘親近憒閙朝往暮還我於今者爲作覺悟即說偈言

去時何太早　迴還何逼暮　瞻形觀相貌
如似在家者　數數常往返　苦樂同世俗
龍與汝當知　宜應自思量　勿貪著居家
以損清淨行　汝今愼勿爲　無自在所牽

爾時復有衆多比丘在俱薩羅國止住彼林衆多比丘掉動不停少於慙耻輕躁佷戾識念不定心意慞惶諸根馳散爾時天神作是念比丘之法不應如是斯甚不善我當爲其說覺悟偈即說偈言

瞿曇諸弟子　正命用自活　乞食及住時
常思於無常　於行住坐卧　亦復思無常
已自難將養　佷戾心馳散　譬如世俗人
食訖皆睡眠　棄於自己舍　親近著他家
如爲人所迫　强逼作沙門　無實無信心
亦不求出家　强著僧伽梨　如老牛駕犂

爾時諸比丘即答之言今者汝欲譏我等耶天復說偈答言

我不覔種姓　亦不稱名字　我今敬禮僧
譏毁作過者　若能住精進　我今亦禮足

爾時憍薩羅國有一比丘林中止住與一長

者共爲親友是時長者有一兒婦年少端正時此比丘少共語言衆人皆謗謂爲非法是時比丘聞是語已心中懊惱欲向林中而自刑戮天神念言彼比丘者實無過患於此林中若自刑害甚爲非理我當令其使得覺悟時此天神即便化作彼兒婦形至比丘所比丘見已即向化婦而說偈言

如市在四衢　甚爲寬博處　惟有染汙語
三四人衆中　親近生誹謗　汝知是事已
宜應速疾去　勿得此間住

時化天神復說偈言

出家應忍受　譏毀誹謗言　謗語是不實
不宜生愁惱　空聲不著已　但是虛妄言
自省無過咎　不應生惱苦　聞謗而恐畏
云何處深林　譬如彼野鹿　終身行不立
能忍諸音聲　善惡上中下　有識之行人
成就具正行　不以他語故　得名賊牟尼
汝今自審已　既無諸過咎　賢聖及諸天
亦知汝無過

時化天神說是偈已即於其處隱沒不現彼時比丘晝夜精勤心不懈息斷除煩惱得成羅漢

別譯雜阿含經卷第二十

音釋

緼(於忿切枲也)　嘔(五后切吐也)　詰(若吉切問也)　陂(波爲切澤也)　睒(失冉切)　犢(徒谷切牛子也)　讌(於甸切合飲也)　毱(居六切皮毛之丸也)　蹲(徂尊切踞也)　稗(蒲拜切草似穀者)　滓(側氏切澱也)　翮(下革切勁羽也)　芟(所咸切刈也)　榛(側詵切木名)

雜阿含經

失譯人名附吳魏二録

清刻龍藏佛說法變相圖

雜阿含經

失譯人名附吳魏二錄

聞如是一時佛在拘薩國多比丘俱行往竹中一竹中止行上隟中栢樹間在時佃家婆羅門姓爲蒲盧一竹外多犂者共會飯能五百犂是時佛念日尚早今居前一竹中行到佃家多犂者飯時會佛便至佃家飯會處佃家見佛從來已見爲說如是我爲自犂自種已自犂自種爲食卿具譚行者可犂可種已犂已種當食佛報佃家說如是我亦犂亦種已犂已種食佃家報佛如是雖佛說如是我爲犂爲種已犂已種食我不見卿種具若牛若槅若轅若杈斵但言佃家種從後說絕我不見種具說種具令我知種佛報信爲種行爲水慧爲牛慙爲犂心爲斵意爲金身守口

守食爲聾至誠治不止爲竟精進不舍槁行
行爲安隱行不復還已行無有憂如是已種
從是致甘露如是種一切從苦得脫便佃家
滿器飯至佛上真佛能佃實佛大佃願取我
飯哀故佛報說如是已說經故不可食行者
自知是法已問佛說經常法如是增法不必
從是望道但結盡疑索意止是飯食飲供養
祠如是地入與中大福婆羅門復白佛令我
爲是食與誰佛報如是無有世間若天若魔
若梵若沙門一切令是飯食不能得消但佛
亦得道者持是飯行至無有蟲水便投中若
空地無有草掘埋婆羅門已受佛言便行無
有蟲水投中已投中烟出燃沸大沸作聲譬
喻如揣鐵赤葉鐵一日在火燒便投水便熱
出氣出沸大沸有聲如是已婆羅門持飯著
水中便烟出然沸大沸作聲婆羅門驚怖毛
起便持頭面著佛足作禮言我可從佛得作
沙門離惡受教戒從佛受行佛言可淨行道
已從是婆羅門從佛受教戒竟佛法到得不
著道佛說如是

聞如是一時佛在舍衛國祇樹給孤獨園是
時生聞婆羅門到佛已到爲問佛起居一處
坐已一處坐生聞爲佛說如是聞佛說是但
應與我布施不可與奇布施與我布施大福
與奇布施不大福但與我弟子布施與我弟
子布施與我弟子布施大福與奇弟子布施
不大福若如是說者爲如是爲與我布施莫
與與我弟子布施爲大福設如是說者爲不
罵佛不論議爲是佛言不如說不爲法說不
不犯法不爲無有得長短不佛告婆羅門若

人說佛說如是但與我布施莫與奇與我弟子布施莫與奇與我弟子布施大福與奇弟子布施福少如是言不如言爲說我論議亦不如言亦非法諸有法論議何以故我不說如是爲與我布施莫與奇至如上說若有說如是便壞三倒道布施家壞福受者壞德亦自壞意若有盪釜亦盪盂器人持至園中棄園中意生若園中蟲從食令蟲身安隱從是活從是因緣我說能致福何復問與人我但說與持戒者福大不持戒者福少婆羅門報佛我亦說如是持戒者福大不持戒者福少一切應與布施隨可意不持戒者少福持戒者福大若黑白亦赤黃亦所行孔雀牛鴿亦爾所是身案本從生態力從聚善惡從出但案行莫視色人亦如是所有身生亦道人亦城中人佃家亦擔死人種是爲各有身從是生持戒者能得度世與是爲大福癡不及者不聞難受與是少福莫事不知者但事知者多慧道弟子道弟子多信有枝根本有因緣從因緣上天有因緣從因緣墮惡道有因緣從因緣度世如是皆從因緣便生聞婆羅門從座起持頭面著佛足下從今爲歸佛持戒

佛說如是

聞如是一時佛在舍衛國祇樹給孤獨園有陳隅闍壯年婆羅門至佛所已至與佛共相問已問一處坐已坐爲問佛如是持何等分別觀惡人佛報言譬喻惡人如月復問佛若人欲分別慧人持何等觀譬喻慧人如月復問佛何等爲不慧人如月譬喻二十九日月明亦減色亦減方亦減見亦減在在中夜過

爲滅行有時月爲一切索盡不復現如月盡時愚癡亦如是爲從所得道者聞經教戒慧信已得不奉行不受聽不著心捨離教不著行便信滅戒滅聞滅施滅慧滅中夜過亡是婆羅門有一時令所愚人者一切盡一切不現所得好法譬如月盡時二十九日如是見愚癡者譬喻月復問佛欲知慧者行說譬喻月十五日明亦增方亦增見亦增復一時爲月一切增具止十五日時亦如是慧者所道德言如法行便得信從得信聽事著意不捨離所教合聚便得增信增戒增聞增施增慧增高敢言便中夜增滿亦有一時增所是智慧者一切行得具足所行淨教戒譬喻月十五日明月時至明慧人見如是婆羅門譬喻月從移說絕辭譬如月明在中行一切天下星宿從明所勝信聞者亦爾能布施無有慳難捨世間一切爲從布施明譬如雷鳴雲電俱多含水灑地信聞者亦如是能布施無有慳便從飲食滿設說復與便有名聞聲如天雨墮便多福沱與者得如雨珍寶穀名聞亦德天上已有德行後世在天上便陝喝闍從座起持頭面著佛足禮從今受佛教戒行佛說如是

聞如是一時佛在舍衛國祇樹給孤獨園佛告比丘一時佛在優墮羅國河名尼然在邊尼拘類樹適得道時自念人行道一挈令行者從憂懣苦不可意能得度滅亦致正法何等爲正法爲四意止何等爲四意止若比丘身身觀止行自意知從世間癡不可意能離外身身身相觀止内身外身身身相觀止行

自意知從世間癡不可意能離痛意法亦如是若行者從四意離便從行法離已從行法離便從行道離已從行道離便離甘露離甘露已便不得度生老死憂惱亦不得離苦亦不得要若行者有四意止能度便能受得道者行已能受得道者行便能得道已得道便能滅老病死憂惱便能得度苦亦得要梵便知我所念譬如健人伸臂屈復伸梵如是從天上止我前已止便說我如是如佛念如佛言道一挈令得清淨令得離憂懣苦不可意能得度滅能致正法能致四意止身身觀止行自意知從世間癡不可意離外身身身相觀止內身外身身身相觀止行自意知從世間癡不可意能離痛意法亦如是若行者從四意離便從法行離已從法行離便從行道離已從行道離便離甘露已離甘露便不得離生老死憂惱亦不得離苦亦不得苦要是爲知是行方便　鴈足在水中一挈　令佛說我正行　但受是言當爲使自計　爲一挈生死憂要　出道教爲哀故　已上頭得度世亦從是　令度後度亦從是　是本清淨無爲　亦從是生老死盡　從若干法受依行　是道眼者說　佛說如是

聞如是一時佛在舍衛國祇樹給孤獨園是時自梵自明夜亦明梵往至佛在時佛火神足行在時自梵念是尚早至佛見今佛亦火神足行令我今居前到俱披犁比丘調達部便自梵至俱披犂比丘調達部已到爲告俱披犂調達部如是俱披犂俱披犂爲持好意向舍利弗目揵連比丘亦餘慧行道者俱披

犂調達部便言卿爲誰梵言我爲梵俱披犂調達部報言佛說卿阿那含不梵言是俱披犂調達部報言何因緣得來到是間便梵思惟念是何以無有悲意便自梵說是絶　不可量欲量　爲是故世間少慧　不可量欲作量　如是世間自覆蓋　便梵行至佛已到爲佛足下禮一處止已一處止自梵爲佛說是我爲自光明夜亦已明爲至佛已至是時火神足行我便思惟念尚早至見佛我已到見佛火神足我便念令我居前行俱披犂比丘調達部我爲便至俱披犂比丘調達部已至俱披犂比丘調達部我便告俱披犂俱披犂持好心向舍利弗目揵連比丘亦同道行者便言卿爲誰我言梵便報我佛說卿阿那含不我言是便報若何因緣得來到是我便思惟念咄是何以無有悲意　不可量欲量　是故世間少慧　不可量說量　世間人意計我自知

佛便說俱披犂調達部破戲亦噎是時說是絶　不可量欲量　故世間難得慧　不可量說量　從是世間自覆蓋　佛說如是

聞如是一時佛在舍衛國祇樹給孤獨園佛告比丘治生有三方便未致利能致已致不減何等爲三是間比丘有治生者晨念多方便盡力向治生日中亦爾晡時亦爾求多方便盡力索令有利比丘治生三法亦如是未得好法能得致已得好法不減何等爲三是間諸比丘有比丘晨時多受道思念意不離日中晡時亦爾多合定意受行意不離能多增道佛說如是

聞如是一時佛在王舍國竹園烏隊在是時有婆羅門名爲不信重在王舍國居便不信重念如是是俱譚沙門王舍國止竹園隊令我今行至俱譚沙門俱譚沙門所說經我當爲一切却語不信便不信重從王舍國出到佛所是時佛爲非一百衆會周帀坐徧說法經佛見不信重從遠欲來已見便止不說經不信重已到佛問訊一處坐已一處坐不信重爲佛說是勸佛說經我欲聞佛報言婆羅門不信重　重是法不應　亦不解言者

亦彼意亂者　亦悉欲諍者　若爲意離諍

喜意亦諍　能合恚諍　如是者能解法

語便不信重從座起頭面著佛足下禮已覺已覺爲愚爲癡爲不曉爲不工爲持惡意來向如來無所著如有覺欲却語不欲信從令自悔過本守自歸佛自歸法自歸比丘僧守本佛說如是

聞如是一時佛在舍衛國祇樹給孤獨園是時佛告舍利弗我亦倉卒說弟子法我亦具說但爲難得解者舍利弗便白佛倉卒說亦可弟子法具說亦可弟子法會有解者佛便告舍利弗當學如是身識俱外一切思想我是我所憍慢使便不復有所意解所慧解自見法自解自知得行是身識俱外一切思想是我是我所憍慢使不復有若舍利弗比丘是身識俱亦外思想一切是我是我所憍慢使便不復有所意解得慧解見法慧行自見自知求行止是名爲舍利弗比丘無所著漏索盡至學度世我爲是故說是言從後說

絕　度世說不致　壞欲欲思想　意不可

俱爾 亦除曉睡瞋 亦還結疑 觀意除
淨 本起思惟法 已說度世慧 亦說壞
癡 佛說如是

聞如是一時佛在舍衛國祇樹給孤獨園是時佛告諸比丘是身有肌膚髓血生肉含滿屎尿自視身見何等好常有九孔惡病常不淨常洗可足懃常與怨家合爲至老死亦與病俱何以不厭身會當墮會當敗以棄莽地中不復任用爲狐狼所噉何以見不懃誰說貪婬如佛言少可多自心觀是如屠盂屠机爲骨聚如然火如毒藥癰爲撓癡人喜爲喜不自知何不畏羅網貪婬爲癡哉錢穀金銀牛馬奴婢人爲命故求命在呼吸本命亦自少極壽百餘歲亦苦合觀是誰爲可者如時過去便命稍少命日俱盡如疾河水如日月盡命疾是過去人命去不復還如是爲不可得人死時命去設使若千財索天琦物亦一切有死時對來亦不樂亦不可猒亦不可樂亦不可自樂無餘但自善作無有餘所自作善所自然若以知見死當有何等人可隨貪婬設使久壽設使亡去會當死何以意索俱樂何以故不念靜極意愛兒兒已死啼哭不過十日已十日便忘之愛兒婦亦爾爲家室親屬知識亦爾以苦生致財物死時人會棄自愛身命在索棄亂亦入土下但爲陰去生熟墮人如樹果實已見如是有爲人意墮中天下一切萬物一人得不自足若得一分當那得自猒無有數世五樂自樂徧之當爲何等益人已逢苦索受罪人意爲是有所益不欲受靜索爲蚖自身如少多亦爾如多少亦

爾如病爲大小亦苦如骨無有肉狗得齩之不猒如是欲狗習是亦難得巳得當多畏之是習所不久人亦墮惡如人見夢巳寤不復得貪婬亦如是劇夢如夢爲有樂如果虵如鉤肌肉如樹葉實實少未多亡爲增結爲惡作本道家常不用是人在天上舍樂亦天上色樹亦在端正如苑園亦得天上玉女巳得人不猒天上五樂令當那得天下猒爲取二百骨百骨百二十段爲筋纏爲九孔常漏爲九十三種爲百病極爲肉血和爲生革肌爲中寒熱風爲屎尿爲千蟲皆從身起中亦有千孔亦有劇爲親巳壞他爲從是不淨出從鼻中洟出從口涎唾出從腋下流汗出從孔處屎尿出如是皆從身出劇塚間死人誠可惡劇舍後可惡劇爲所有不淨種爲從是本來如金塗餘爲衣故香粉脂澤赤絮紺黛爲癡人見是是亂意如畫瓶如坑覆以草人所抱愛後會悔比丘跪拜受教如是

聞如是一時佛在舍衛國祇樹給孤獨園佛告比丘比丘聽受教佛便說是比丘人有四因緣貪愛有輕重從是離道比丘譬一人有四婦第一婦爲夫所重坐起行步動作卧息未曾相離沐浴莊飾飯食五樂常先與之寒暑飢渴摩順護視隨其所欲未曾與諍第二婦者坐起言談常在左右得之者喜不得者憂或致老病或致鬬訟第三婦者時共會現數相存問苦甘恣意窮困瘦極便相患猒或相遠離適相思念第四婦者主給使令趣走作務諸劇難苦輙往應之而不問亦不與語希於護視不在意中此四婦夫一旦有死事

當遠從去便呼第一婦汝當隨我去第一婦報言我不隨卿壻言我重愛無有比大小多少常順汝旨養育護汝不失汝意爲那不相隨婦言卿雖愛重我我終不能相隨夫便恨去呼第二婦汝當隨我去第二婦報言卿所重愛第一婦尚不隨卿我亦終不相隨壻言我始求汝時勤苦不可言觸寒逢暑忍飢忍渴又更水火縣官盜賊與人共諍儽儽咋咋乃得汝耳爲那不相隨婦言卿自貪利强求及我我不求卿何爲持勤苦相語耶夫便恨去復呼第三婦汝當隨我去第三婦報言我受卿恩施送卿至城外終不能遠行到卿所至處夫自恨如去還與第四婦共議言我當離是國界汝隨我去第四婦報言我本去離父母來給卿使死生苦樂當隨卿所到此夫不能得可意所重三婦自隨但得苦醜不可意者俱去耳佛言上頭所譬喻說一人者是人意神第一婦者是爲人之身也人好愛其身過於第一婦至命盡死意神隨逐罪福當獨遠去身强在地不肯隨去佛言比丘不隨四行不得度脫何等爲四一者憂苦二者習欲三者盡空四者消滅諸惡道要有八行至誠在四諦第二婦者是人之財產得之者喜不得者愁至命盡時財寶續在世間亦不自隨去空坐之愁苦第三婦者謂父母妻子兄弟五親知識奴婢以生時恩愛轉相思慕至於命盡啼哭而送之到城外塜間便棄死人各自還歸憂思不過十日便共飲食捐忘死人第四婦者是人意天下無有自愛守護意者皆放心恣意貪欲瞋恚不信正道身死當

墮惡道或入地獄或爲畜生或爲餓鬼皆快意所致也比丘爲道當自端心正意當去愚癡之心無愚癡之行悉不行惡不行惡不受殃不受其殃不生不生亦不老不老亦不病不病亦不死不死便得無爲泥洹道佛說如是比丘受歡喜

聞如是一時佛在王舍國雞山中佛便告比丘人居世間一劫中生死取其骨藏之不腐不消不滅積之與須彌山等人或有百劫生死者或千劫生死者尚未能得阿羅漢道泥洹佛告比丘人一劫中合會其骨與須彌山等我故現其本因緣比丘若曹皆當拔其本根去離本根用是故不復生死不復生死便得度世泥洹道佛說如是

聞如是一時佛在舍衛國行在祇樹須達園佛便語比丘比丘應唯然受佛語佛便說色比丘念本起苦念非常壞去諦觀已比丘色能諦觀若能知色本念若能知色非常壞若能知諦觀便色愛爲去已色愛壞便愛貪亦壞已愛貪壞便意脫我爲說如是痛癢思想生死識爲比丘念本亦念識非常亦當諦觀若比丘能已到諦觀愛棄已愛盡便愛貪盡便脫生死得道佛說如是

聞如是一時佛在舍衛國祇樹給孤獨園佛便告比丘我爲若說惡從何所起亦說善從何所起比丘聽念著意比丘應唯然惡意爲何等所色過去未來今貪起自恚畏癡一切見惡意是名爲所惡痛癢亦爾思想亦爾生死亦爾識亦爾如是名爲從所起惡善意爲何等色過去未來今無有見是起無有恚無

有畏無有癡無有一切嬈惡意如是名爲善意如是名爲痛癢思想生死識佛言我所説善惡意如是

聞如是一時佛在舍衛國祇樹給孤獨園佛便告比丘有四意止何等爲四在有比丘内身身觀止盡力令知意不忘出從癡爲癡天下憂外身身觀止盡力令知意不忘出從癡爲癡天下憂内外身身觀止盡力令知意不忘出從癡爲癡天下憂内痛癢痛癢想觀止盡力令知意不忘出從癡爲天下憂外痛癢痛癢想觀止盡力令知意不忘出從癡爲天下憂内外痛癢痛癢想觀止盡力令知意不忘出從癡爲天下憂内意意想觀止盡力令知意不忘出從癡爲天下憂外意意意相觀止盡力令知意不忘出從癡爲天下憂内外意意意相觀止盡力令知意不忘出從癡爲天下憂内正法法法相觀止盡力令知意不忘出從癡爲天下憂外正法法法相觀止盡力令知意不忘出從癡爲天下憂内外正法法法相觀止盡力令知意不忘出從癡爲天下憂佛説如是四意止佛弟子當爲受行精進爲得道

聞如是一時佛在舍衛國祇樹給孤獨園佛便告比丘有是比丘一法爲一法相行相念多作爲身得息爲意所念所待能止無有餘但念黠行法念俱行何等一法爲一法相習安般守意若比丘安般守意爲習爲念爲多住便身得息意亦所念所待便止無有但黠念法行滿具行是爲比丘所一法爲一法相便相行相多爲身得息爲意相念相待便止

無有餘但黠行法念增滿行若比丘是一法比丘能行能使能念能多作得隨道佛說如是

聞如是一時佛在舍衛國祇樹給孤獨園佛便告比丘有二力得上頭道何等爲二力謂曉制力謂意護力何等爲曉制力者是間有道真弟子爲是學身惡行爲得惡福今世後世我身行惡我當自身犯亦爲嬈他人所無所道人所同道亦爲犯戒十方人亦說我惡我亦隨不吉語言我亦身敗便墮地獄中是爲身惡行謂惡福今世惡如是後世亦惡如是便身惡棄爲身好念淨除身致不犯如是身犯行心犯行是名爲曉制力何等爲行念力者若所守致若自守歸若所止念行力謂行之自到爲念到求如是名爲念行力道說之如是比丘歡喜起作禮

聞如是一時佛在舍衛國行在祇樹給孤獨園佛便告比丘有三力何等三力一者信力二者精進力三者黠力信力爲何等在有道弟子爲佛道無有能壞意得佛恩行止說佛如是語如諦無所著諦覺黠要行樂天下父如是到佛棄惡到黠行或是名爲信力精進力爲何等在有比丘已生惡意斷故求欲行求爲精進爲受正意未生惡意不便起未生善意爲求生已法意爲止不忘不減日增日多行念滿欲生求受精進制意出是名精進力黠力爲何等若有比丘是苦集如諦知是集苦是苦集是苦盡是苦要受是名爲慧力佛告比丘比丘已聞受行如說

聞如是一時佛在舍衛國行在祇樹給孤獨

園佛便告比丘有四力何等爲四力一者意力二者精進力三者不犯力四者守力意力爲何等若有比丘知善惡濁如至誠知亦知犯亦知不犯亦知可行亦知不可行亦知非亦知增亦知白亦知黑亦知從得濁如諦知是名爲意力精進力爲何等在有比丘在有濁所惡說所犯說所不可說所黑說不用進人說如是輩爲棄之若所爲濁好說不犯說可習說可說白說所道說如是輩濁爲行爲貪欲爲行爲精進爲受意爲制意是名爲精進力不犯力爲何等在有比丘爲不犯身受行止爲不犯口爲不犯心受行止是名爲不犯身守力爲何等謂四輩何等爲四輩一爲攝二爲布施三爲相哀四爲相助善行是名爲守力佛說如是

聞如是一時佛在舍衛國祇樹給孤獨園佛便告比丘人有五力令女人欺男子何爲五力一者色二者端正三者多男兄弟四者家豪五者多財産何等爲色謂女人不良已不良便不欲治生當瞋恚不欲持家是女人自謂端正無比自謂多男兄弟强自謂豪貴家自謂多財産如是女人爲不良若有女人貞良無有女色大貞便爲持兩善教已受兩善教便欲治産不欲瞋恚便欲秉持家如是者不用端正故爲是人但心爲人耳不用多男兄弟强不用家豪貴自貢高不用多財産意適等耳便爲受教已教善持之不懈便欲治生心和不欲瞋恚便不棄家事便欲治生憂持家如是爲貞良女人意佛說如是

聞如是一時佛在舍衛國祇樹給孤獨園佛

告諸比丘比丘諸不聞者不聞俱相類相聚相應相可多聞者多聞相類相聚相應相可慳者慳俱相類相聚相應相可布施者布施俱相類相聚相應相可黠者黠俱相類相聚相應相可癡者癡俱相類相聚相應相可多欲者多欲俱相類相聚相應相可少欲者少欲俱相類相應相可相聚難持者難持俱相類相聚相應相可易持者易持俱相類相聚相應相可難給者難給俱相類相聚相應相可易給者易給俱相類相聚相應相可不足者不足俱相類相聚相應相可足者足俱相類相聚相應相可不守者不守俱相類相聚相應相可守者守俱相類相聚相應相可佛說比丘如是黠人當分別是因緣可行者當爲行不可行者當爲莫行

聞如是一時佛在舍衛國祇樹給孤獨園佛告比丘天上釋爲故世在人中有七願爲如到命爲如求就爲所從本故爲釋何等爲七到命要當爲父母孝到命要當爲見老爲禮當爲不出口麤言當爲隨意法語言當爲至命要不怒讒妄語當爲至命要至誠語至誠喜至誠止常信不欺天下當爲至命要天下慳我當爲意中不隨慳家中行布施施手常與所求名好布施布施等分爲是釋天王故世在人中爲是七願說爲至命要具行就爲從是本釋釋得從後說絶　爲孝父母　姓中有老人禮　不麤說　隨意說　讒妄言棄　從慳自出諦　不怒喜行言　爲是故能得上天在所人欲行是當爲天上禮如是

佛說如是

聞如是一時佛在舍衛國行在祇樹給孤獨園佛便以爪甲頭取土已取便告比丘比丘知是云何何等爲多爪頭上何如地土多比丘可便報佛爪甲上土少不可比地土無有比亦非百倍亦非千倍亦非萬億亦非億倍亦無有數亦無有數喻亦無聚亦不可說譬喻是地土甚多佛便告比丘如是人所不知智黠眼行如地土如是人所爲智黠眼行如爪上土如是人所爲智黠眼行如是可學智黠眼行無有過黠生當爲自活如是比丘欲行道者可學佛說如是

聞如是一時佛在舍衛國祇樹給孤獨園佛便告比丘身爲無有反復身不念恩若有小痛因作病舉身并痛常隨意所欲得眼與好色耳與好聲鼻與好香舌與美味身與細輭養身如是捨人壞敗身不欲度人何以故不盡隨戒法但作罪佛便告比丘過世有王名爲大華欲死時說言咄當用身作何等養護百歲盡力如是一死事來身便壞敗如是身爲無有反復便知是爲若當用爲視養有劇如怨家身自求罪已得小痛便見憂態常與最好五樂久視之會當老病死比丘可念而不忘是已知是當行教人佛教如是

聞如是一時佛在舍衛國行在祇樹給孤獨園佛便告比丘師子畜生王從自處出已自處出便欠已欠便視便四面觀便三反師子聲行便所意至處便行已見有山河中深疾過使難度便師子在從是邊河自止便度邊作識觀意念從是下到識處出已便下若師子王所識直不得出便復還復度不得復

還常欲得識處出至死師子王不止不行不置所識不得故亦如是所有癡人不諦受所學問便爲人聚行說到人牽出所癡人亦不置癡態行亦不欲所不諦受經所要若如是便黠人可覺是是我當爲學經力力行我當爲學問力我當爲精觀行力我當爲不放師子王死態難出覺少人欲爲道當學如是佛說如是

聞如是一時佛在王舍國講堂中在時名爲阿遬輪子婆羅門至佛已至爲麤惡口惡罵佛劇罵訶止佛便爲婆羅門阿遬輪子說經譬喻若人無有惡爲持惡口說向清白行無有惡癡人從是致殃譬如人逆向風末塵來坌即時婆羅門阿遬輪子爲持頭面著足曰知過受悔如癡如愚如不解如不了名爲愚癡者爲度世者持弊惡口還不數諫爲佛當爲愚癡人故受悔過從今自守不復犯佛報言已婆羅門悔過如愚如癡如不解不了爲罵如來惡喙已見復悔自說自守後不敢犯是道行中望增道不減若已見自悔過自現不匿現守本不復犯婆羅門便自歸佛說如是

聞如是一時佛在王舍國時有婆羅門名爲不侵行者至佛所與佛談一時坐已一處坐不侵行者向佛說如是我名爲不侵佛報言如名意亦爾爾乃婆羅門應不侵從後說絕

若身不侵者　口善意亦然　如是名不侵
無所侵爲奇

即不侵行者從坐起持頭面著佛足下從今持教戒不復犯五戒佛說如是佛說七處三

觀經

聞如是一時佛在舍衛國祇樹給孤獨園佛便呼比丘七處爲知三處爲觀疾爲在道法脫結無有結意脫從黠得法已見法自證道受生盡行道意作可作不復來還佛問比丘何等爲七處善爲知是間比丘色如本諦知亦知色習亦知色盡亦知色滅度行亦知色味亦知色苦亦知色出要亦至誠如是痛癢思想生死識如本知識習識盡識盡受行本知亦知識味亦知識苦亦知識出要亦知識本至誠何等爲色如諦如所色爲四本亦在四大亦爲在四大蚖所色本如是如本知何等色習如本知愛習爲色習如是色習爲知何等爲色盡如至誠知愛盡爲色盡如是色盡爲至誠知何等爲色行盡如至誠知若是色爲是八行諦見到諦定爲八如是色盡受行如至誠知本何等爲知色味如至誠知所色欲生喜生欲生如是色爲味如至誠知何等爲色惱如至誠知所色不非常苦轉法如是爲色惱如至誠知何等爲色要如至誠知所色欲貪能解能棄欲能度欲如是爲色知要如至誠何等爲痛癢能知六痛癢眼栽痛癢耳鼻舌身意栽痛癢如是爲知痛癢何等爲痛癢習栽習爲痛癢習如是習爲痛癢習何等爲痛癢盡知栽盡爲痛癢盡知如是爲痛癢盡知何等爲痛癢受行若受八行諦見到諦定意爲八如是痛癢如盡受行爲道何等爲痛癢味識是爲痛癢求來可求喜如是爲痛癢識味爲知何等爲痛癢惱識所痛癢爲不非敗苦轉法意如是爲痛癢惱識何等

爲痛癢要所痛癢欲能活爲愛貪能度如是爲痛癢要識如諦知何等爲思想識爲身六思想眼裁思想耳鼻舌身意裁思想如是是六識思想何等爲思想習識裁習爲思想習如是爲思想習識何等爲思想盡識盡爲思想盡識如是爲思想盡識何等爲思想盡受行識是爲八行識識意見到諦定意爲八如是盡思想受行識何等爲思想味識所爲思想因緣生樂得意喜如是思想味識何等爲思想惱識所爲思想不常盡苦轉法如是爲思想惱識何等爲思想要識所思想欲能解欲貪能斷欲貪能自度如是爲思想要識何等爲生死識爲六身生死識眼裁生死識耳鼻舌身意裁行如是爲生死識何等爲生死習裁習爲生死習識何等爲生死盡識裁盡爲生死盡識何等爲生死欲盡愛行識爲是八行識諦見至諦定爲八如是爲生死欲滅受行識何等爲生死味識所爲生死因緣生樂喜意如是爲生死味識何等爲生死惱識所有生死不常盡苦轉法如是爲生死惱識何等爲生死要識所爲生死欲貪避欲貪能斷欲貪能度如是爲生死要識何等爲識身六衰識眼裁識耳鼻舌身意如是爲識識何等爲識習命字習爲識習如是習爲識何等爲識盡受行爲識命字盡識如是爲盡識何等爲識盡受行爲識八行諦見至諦定爲八如是爲識盡欲受行如諦識何等爲識味知所識因緣故生樂生喜意如是味生爲味識知何等爲識惱識所識爲盡爲苦爲轉如是識惱識何等要識所識欲貪能治欲貪能斷

能度如是爲要識如是比丘七處爲覺知何等爲七色習盡道味苦要是五陰各有七事何等爲三觀識亦有七事得五陰成六事觀身爲一色觀五陰二觀六衰三故言三觀比丘能曉七處亦能三觀不久行隨道斷結無有結意脫黠會見要一證受止已斷生死竟行所作竟不復來還墮生死得道佛說如是比丘歡喜受

雜阿含經

音釋

陬 將侯切陜隅也 槅 音革 杈 初加切 斵 竹角切 揣 度官切與摶同 隟陽 隟息浪切陽渠踼切 汔 許訖切 懣 莫困切心鬱也 嚏 都計切 齩 五巧切齧也 儇 許緣切慧利也 咋 側革切大聲也 遬 桑谷切 坌 蒲悶切塵坋也 喙 許穢切口也 焱 以冉切火華也

長阿含十報法經

後漢三藏法師安世高譯

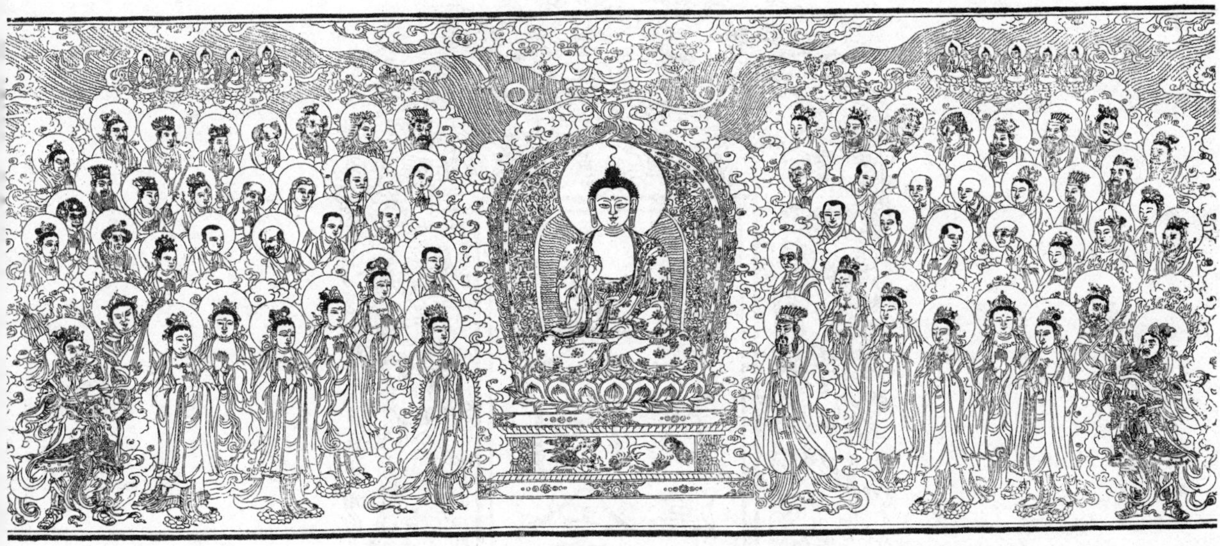

清刻龍藏佛說法變相圖

長阿含十報法經卷上（上下同卷）

後漢三藏法師安世高譯

聞如是佛在舍衛國祇樹給孤獨園是時賢
者舍利曰請諸比丘聽說法上亦好中亦好
如竟亦好有慧有巧最具淨除至竟說行聽
從一增至十法聽向意著意聽說如言諸比
丘從賢者舍利曰請願欲聞舍利曰便說從
一增起至十法皆聚成無爲從苦得要出一
切惱滅

第一一法行者竟無爲但守行第二一法可
思惟意不離身第三一法可識世間麤細第
四一法可棄憍慢第五一法可著意本觀第
六一法多作本觀第七一法難受不中止定
第八一法可成令意止第九一法當知一切
人在食第十一法當證令意莫疑是行者十

法是不非是不異有諦如有不惑不倒是如有持慧意觀

第一兩法行者竟無爲當有意亦當念第二兩法可增行止亦觀第三兩法當知名字第四兩法可捨癡亦世間愛第五兩法當除不愧不慙第六兩法難定兩法不當爾爾第七兩法當知當不爾爾第八兩法可求盡黠不復生黠第九兩法可識人本何因緣在世間得苦亦當知何因緣得度世第十兩法當自證慧亦解脱是爲行者二十法是不非是不異有證如有不惑不倒是如有持慧意觀

第一三法行者竟無爲事慧者亦聞法經亦當觀本第二三法當思惟欲念定不欲但念亦不欲亦不念第三三法可識欲有色有不色有第四三法可捨欲愛色愛不色愛第五三法可捨本三惡貪欲惡瞋恚惡愚癡惡第六三法可增無有貪欲本無有瞋恚本無有愚癡本第七三法難受相定相定止相定起相第八三法可作三活向空不願不想第九三法可識三痛樂痛亦不樂痛不苦痛第十三法自證慧不復學從本來亦往生爾無所應除是爲行者三十法是不非是不異有諦如有不惑不倒是如是有持慧意觀

第一四法行者竟無爲天人輪好郡居依慧人自直願宿命有本第二四法增行四意止自觀身觀内外身觀莫離意知著意離世間癡惱痛癢意法亦如觀身法第三四法可識四飯摶飯樂飯念飯識飯第四四法可捨四癢欲癢意生是癢戒願癢受身癢第五四法可滅四失戒失意是失行失業失第六四法

可增四成戒成意是成行成業成第七四法難知四諦苦諦集諦盡受滅苦諦第八四法令有四點苦點集點盡點道點第九四法可識四相識少識多識無有量無所有不用識知多知無有量知無所有不用智知第十四法自證一法身當知二法意當知三法眼當知四法慧當知是爲行者四十法是不非是不異有諦如有不惑不倒是如有持慧意觀第一五法行者竟無爲五種斷意何等五道弟子有道信有根著本無有能壞者忍辱亦仙人若天若魔若梵亦餘世間耶亦無有匿無有態眞直如有身行意著道慧同行身亦少病安善如應持腹行身不大寒不大熱無有恚時和令消飲食啖令身安調發精進行有膽精進方便堅得好法意不捨方便寧肌筋骨血幹盡精進不得中止要當得所行行慧從起滅慧得道者要不猒行直滅苦是五種斷意第二五法可增行德者五種定行道弟子是身自守得喜樂澆漬身行可身一切無有一處不到喜樂從自守樂譬慧浴者亦慧浴弟子弟子持器若杅若釜澡豆水漬已漬和使澡豆著膩內外著膩不復散從漬膩故道行者亦如是是身自守愛生樂漬和相近相著身一切無有不著從自守喜樂道弟子是五種定是上頭行亦有道弟子是身已定喜樂澆漬身行可身一處無有不到從定喜樂譬阪頭泉水池亦不從上來亦不從東亦不從南亦不從西亦不從北但從泉多水潤生徧泉水爲泉澆漬無有一處不到水冷水道弟子行如是是身定喜樂澆漬身行可

徧身一切無有不到從定喜樂道弟子是五種定是爲第二行亦有道弟子是身不著愛著樂相連至到相促相可徧一切身到不喜樂譬如蓮華水中生水中長至根至莖至葉一切從冷水徧澆漬徧行道弟子身亦如是從無有愛樂澆漬可一切身徧從無有愛樂道弟子是五種定是爲第三行亦有道弟子是身淨意已除受行成行身中無有一處不到從淨意除意譬如四姓亦四姓子白氎若八丈九丈人頭足徧裹身徧無有不到從白氎淨氎如是道弟子是身淨意除意已有行一切身無有不到已覆淨意除意道弟子是五種定是爲第四行亦有道弟子受身觀諦已熟念熟居熟受譬如住人觀坐人坐人觀卧人道弟子行如是受行相思惟熟受以熟受熟念熟事熟受道弟子是五種定是爲第五行第三五法當知五種一爲色受種二爲痛受種三爲想受種四爲行受種五爲識受種第四五法當捨五蓋一爲愛欲蓋二爲瞋恚蓋三爲睡眠蓋四爲戲樂蓋五爲悔疑蓋第五五法可當減五心意釘若學者不信道疑不下不可不受如是心意一釘爲未捨不受道法教戒故亦如有學者在道散名聞慧者同學者持惡口向喙勤意離嬈侵若有道名聞者慧者同學者持惡口向喙勤意離嬈侵如是是爲五心意釘未捨第六五法當增道五根一爲信根二爲精進根三爲意根四爲定根五爲慧根第七五法難受五行得要出若道弟子熟受道不念愛欲意不著欲意不可欲意不止欲意不度欲意縮意惡意不

起意不用意却意織不用惡譬如雞毛并筋入火便縮皺不得伸如是見道弟子行堅意不念愛欲便不用愛欲便不可愛欲意不墮愛欲意便縮意便縮意不起便出念道欲行已出意生意堅意不意止意解意不縮意不惡意起意無所礙無所用意安隱爲意行故孰行故若復生從愛欲因緣結惱憂念爲已從是解止不著得離不復從是因緣痛癢行如是行者從欲得度瞋恚不瞋恚侵不侵色不色若道弟子堅意不復念身已堅意不念身便不欲身不可身不住身意不墮愛欲便惡意起譬道弟子如雞毛筋入火便縮便皺不得伸道弟子亦如是已見堅不復念身意不可身意不著身意不度意縮意惡意不起自守生止惡可惡念無爲欲度身念度身爲無爲意勸意可意止意度意不縮意不惡意便伸念無所礙無所用意隱止從行孰行故若從身因緣生罪惱憂緣生罪惱憂已從是解止不著度不復從是因緣更痛道弟子如是從身得要出第八五法令生起道五慧定道德者無所著無所供從是一慧内自生是定恒人不能致慧者可如是二慧内起生是定從一向致得猗得道行如是三慧内起生是定見致樂行受亦好如是四慧内起生是定從是定自在坐自在起如是五慧内起生第九五法當知五解脱若學者道説經從道聞亦慧人説從慧人聞亦同學者聞已如説聞知法義行已解法便解義已解義便受已受便喜已喜身樂已樂便意定定意如有知如有見已如知見便却不用已不用便不著

已不著如便得解脫是行者一解脫已行者得住未正意得正意未定意得定意未解結得解結未得無爲便致無爲或時佛亦不說經慧者同學者亦不說經但如聞如受竟便自諷讀是行者二解脫或時佛亦不說經慧者同學者亦不說經但如聞法如受法具說學者是行者三解脫或時佛不說經學者但如聞如受法獨一處計念若如聞如受法具諷讀便如應解如法解是行者四解脫或時不如聞不如受亦不計念但從行取一定相熟受熟念熟行已受定相熟受熟念熟行熟隨便如法便如應解便如法解已如應解已如法解便可生已可生便哀生已哀生便身樂便身知樂已樂意便止便如有知有見便悔已悔便不欲已不欲便得解脫是行者五解脫若道行者得是止得是行意未得止便止意未定便定結未盡便盡未得度世無爲便得度世無爲第十五法自證知一不學陰二不學戒三不學定四不學慧五不學度世解脫是學者五十法是不非是不異有諦如有不惑不倒是如有持慧意觀

第一六法者竟無爲不共取重等身行止在佛慧同學者是法不共取重從是得愛從是得敬可意已得愛已得敬行聚合不諍訟一向行定致忍等口言等心行所有戒行不犯不穿不缺不藏不失爲有道者可具足行如是輩行戒者我亦戒者當應比共慧者同學者所求道要猒者但行直滅苦如是輩我亦如是輩應比共慧者同學者是法不共取重亦若所有利法致從法得一切所得在隨器

中如是利當爲同學共無有獨匿是法不共取重爲從是愛得敬得可意已得愛已得敬已得可意已得行得合得聚不諍不訟一心得定從是致忍第二六法護行六共居眼見色亦不喜亦不惡但觀行意正知耳鼻口身意法觀亦不喜亦不瞋但觀止意不忘第三六法可識六內入眼內入耳鼻口身意內入第四六法可捨六愛眼更愛耳鼻口身意更愛第五六法可減六不恭敬一爲不恭敬佛二爲不恭敬法三爲不恭敬同學者四爲不恭敬戒五爲惡口六爲惡知識第六六法可增六恭敬一爲恭敬佛二爲恭敬法三爲恭敬同學者四爲恭敬戒五爲好口六爲善知識第七六法難受六行度世若有言我有等意定心已行已有復言我意中瞋恚未解便可報言莫說是何以故無有是已等心定意已行已作已有寧當有瞋恚耶無有是何以故有等心定意爲除瞋恚故二爲若行者言我有慈意定心已作已行已有但有殺意不除可報不如言何以故已慈心定意已行已作已有寧當有殺意耶無有是何以故已有慈意定心爲無有殺意三爲若學者我有喜心等定意已行已作已有但意不止不可報言莫說是何以故無有是已有等意定心已行已增已有寧不定不可耶無有是何以故等意定心爲除不可不定故四爲若學者言我有觀定意已行已作已有但愛欲瞋恚未除可報言莫說是何以故已有觀定意便無有愛欲瞋恚五爲若行者言我無有疑但意不能可報言莫說是何以故解要無有疑故

六爲若行者言已得定意已足但意往念識可報不如言無有是亦不應是念得定意無所念已足復意行念識無有是何以故意已得度者不應復念第八六法當令有六念一爲念佛二爲念法三爲念同學者四爲念戒五爲念與六爲念天第九六法當知六無有量一爲見無有量二爲聞無有量三爲利無有量四爲戒無有量五爲事無有量六爲念無有量第十六法證自知六知一神足二徹聽三知人意四知本從來五知往生何所六知結盡是行者六十法是不非是不異有諦如有不惑不倒是如有持慧意觀

第一七法行者竟無爲七寶一爲信寶二爲戒寶三爲愧寶四爲慚寶五爲聞寶六爲施寶七爲慧寶第二七法可行七覺意一爲意覺意二爲分別法覺意三爲精進覺意四爲可覺意五爲猗覺意六爲定覺意七爲護覺意第三七法當知七有一爲不可有二爲畜生有三爲餓鬼有四爲人有五爲天有六爲行有七爲中有第四七法可捨七結一爲愛欲結二爲不可結三爲樂有結四爲自憍慢結五爲邪結六爲癡結七爲疑結第五七法可滅惡人七法一爲不信二爲無有愧三爲無有慚四爲無有精進五爲忘意六爲不定意七爲無有慧第六七法增慧七慧者法一爲信二爲愧三爲慚四爲發精進五爲守意六爲定七爲慧第七七法難受知七識止處有色身異身異相譬如或人中或天上是爲一識止處有色若干身一想譬如天上天名爲梵上頭有是爲二識止處有在色處一身

一想譬如天名爲自明是爲三識止處有無有色處行者一切從色度滅念念無有量行止譬如天名爲空是爲四識止處有無有色處行者一切從空得度行識無有量止譬如天名爲識是爲五識止處有不在色行者無有想亦不離想譬如天名爲無有想是爲七識止處第八七法行令有定意一爲直見二爲直念三爲直語四爲直法五爲直業六爲直方七爲直意第九七法當知七現恩一爲若道行者意在佛信入道根生住無有能壞若沙門若婆羅門若天若魔若梵亦餘世間行者二爲持戒守律攝戒出入成畏死罪持戒學戒三爲有好知識有好同居有好自歸四爲獨居不二共牽行牽身牽意五爲持精進行堅精進行不捨道法方便六爲意計寧身肌筋骨血幹壞但當所應行者發精進七爲有膽者堅行者不捨方便者道法行應得已未得精進不得中止守意行最意持行自久行久說意不忘七、爲念慧行知生滅得慧意是爲七現恩第十七法當令有證一有法二有解三知時四知足五知身六知衆七知人前後是行者七十法是不非是不異有諦如有不惑不倒是知有持慧意觀

長阿含十報法經卷上

長阿含十報法經卷下

後漢三藏法師安世高譯

第一八法行者爲增本行未得慧法八因緣何等八一爲若行者依受教戒行亦依慧者同學者是本行未得慧便得慧是爲一法因緣已依佛亦餘慧者同學者得時時聞微法經是增本行不得本慧便得本慧是爲二法因緣已聞法却身却意從是本行因緣不得慧便得慧是爲三法因緣已聞法精進行從是增本行但得慧便得慧是爲四法因緣守意行盡力自久作久說欲念得念是增行不得慧便得慧是爲五法因緣受語亦如受法行是增行不得慧便得慧是爲六法因緣樂法樂行斅說經是增行不得慧便得慧是爲七法因緣知五陰增減見行若是色若是色習若從是色得滅是痛癢思想生死識是識是從是識得度是增本行未得慧便得慧是爲八法因緣第二八法可行得道者八種道一爲直見二爲直念三爲直語四爲直法五爲直業六爲直方便七爲直意八爲直定第三八法當知八世間法一爲利二爲不利三爲名聞四爲不名聞五爲論議六爲稱譽七爲樂八爲不樂第四八法可捨一爲不直見二爲不直念三爲不直語四爲不直法五爲不直業六爲不直方便七爲不直意八爲不直定第五八法可減八曹曹不精進道行者若在郡在縣在聚亦餘處依行清朝起著衣持應器入郡縣求食意計當得多可意噉食已行不得多可噉食便念今日自不得多可意噉食身羸不能坐當傾卧便傾卧不復求

度世方便未得當得未解當解當自知不自知是爲一曹曹種不精進道行者若在郡在縣在聚亦餘處依行清朝起著衣持應器入郡縣求食意計當多可意噉食自得多可噉食自意念我爲朝得多可噉食便自念朝得多可噉食爲我身重不能行不能坐令我傾卧便卧無有度世方便所應得不得所應解無解所應自知不自知是爲二曹曹種或有時行者或時應出行道便意生我爲應出行道我不能出行道不能受教戒行令我傾卧不復求度世方便當得未得當解未解當自知未自知是爲三曹曹種或時行者晝日行道意計朝行道來念身羸不能坐行令我傾卧便傾卧無有度世方便當得不得當解不解當自知證不自知證是爲四曹曹種或時行者應好行便計我應好行我不能行不能奉受教戒令我須臾間傾卧便傾卧不求度世方便應及者不及應解者不解應自知證不自知證是爲五曹曹種或時行者計我朝以行道已身羸不能坐令我傾卧已傾卧不求度世方便應得不得應解不解應自知證不自知證是爲六曹曹種或時行者已得病苦便念我已苦得病身羸不能行不能坐令我傾卧便傾卧無有度世方便當得不得當解不解當自知證不自知證是爲七曹曹種或時行者適從病起不久便念我爲適從病起身羸不能行坐令我傾卧便傾卧不求度世方便當得不得當解不解當自知證不自知證是爲八曹曹種第六八法行增道八精進方便道行者若在郡在縣在聚亦餘處衣

行清朝起著衣持應器入郡縣求食意計當得多可噉食不得多可噉食自意計我朝不得多可噉食身輕能行坐令我作方便未得令得未解令解未自知令自知是爲一精進方便或時行者若在郡在縣在聚亦餘處依行清朝起著衣持應器入郡縣求食意計當得多可噉食便得多可噉食便念已朝得多可噉食身有力能前坐行令我求方便未得當得未解當解未自知當自知是爲二精進方便或時行者當出行意生我爲應出身不能行亦不能受教戒行令我教勑求方便爲自作道方便未得者致得未解者致解未自知致自知是爲三精進方便或時行者已行道生我已行道來不能自行道不能奉事教戒令我閉所犯令有方便未得當得未解當解未自知當自知是爲四精進方便或時行者應行便念我不能作行成教或令我居前求方便便前行方便未得當得未解當解未自知當自知是爲五精進方便或時行者盡行便念我已盡行不能復行成教戒令我能得閉所犯便求方便所犯閉未得當得未解當解未自知當自知是爲六精進方便或時行者身有病苦極便念我有病苦極有時從是病死念我須臾間求方便行未得當得未解當解未自知當自知是爲七精進方便或時行者適從病起不久便念身適從病起恐畏病復來令我居前求方便行便居前求方便行未得得未解解未自知當自知是爲八精進方便第七八法難受八解脫或時行者中想色外觀色若少好醜所色自在知自在

見意想亦如有是爲一解脫或時行道者內思色外見色是爲二解脫或時行者淨解脫身知受行是爲三解脫一切度色滅恚若干念不念無有要空受空行是爲四解脫一切度空無有要識受行一切度識無所識有不用受行是爲五解脫一切度無所有不用無有想亦非無有想受行是爲六解脫一切度無有想亦不無有想行是爲七解脫滅想思身知受行是爲八解脫第八八法令有八大人念何等爲八一爲念道法少欲者非多欲者二爲道法足者不足者無有道法 三爲道法受行者不受行者無有道法四爲道法精進者不精進者無有道法五爲道法守意者不守意者無有道法六爲道法定意者不定意者無有道法七爲道法智慧者不智慧者無有道法八爲道法無有家樂無有家不樂共居有家樂共居無有道法是爲八大人念第九八法當知八法知爲何等內想色外見色少端正不端正得攝色知自在亦自在見意念計是爲一自在內念色外見色見色不啻在所行自在知自在見如是想是爲二自在內無有色想外見色少端正不端正所色在所行自在知自在見如是想有是爲三自在內不念色外見色不啻端正不端正所色在所行自在知自在見如是想是爲四自在內念色想外見色青青色青明青見譬如華名爲郁者青青色青明青見如是內色想外見色青青色青明青見如是想是爲五自在內知色想外見色色黃黃明黃見譬如迦尼華最明色衣黃黃色黃明黃見如是內色想

外見色黃黃色黃明黃見如是想是爲六自
在內色想外見色赤赤色赤明赤見譬如絳
色華亦最色絳衣赤赤色赤明赤見如是行
者內色想外見色赤赤色赤明赤見如是色
在所行自在知自在見如是想是爲七自在
內色想外見色白白色白明白見譬如明星
亦最成白衣白白色白明白見如是行者內
色想外見色白白色白明白見如是色在所
行自在知自在見有如是想是爲八自在第
十八法時知當自知八無有著行者力無所
著行者愛欲見譬如火如是見知如是見見
令愛欲念愛往使慧意不復著不著者是爲
一力四意止行已足無所著者是爲二力四
意斷行已足是爲三力四禪足行已具足是
爲四力五根行已足是爲五力五力行已足
是爲六力七覺意行足是爲七力八行行已
足是爲八力是爲行者八十法是不非是不
異有諦如有不惑不倒是如有持慧意觀
第一九法行者多行九意喜何等爲九一爲
聞法喜二爲念喜三爲喜喜四爲樂喜五爲
受猗喜六爲安喜七爲定喜八爲止喜九爲
離喜第二九法精進致淨何等爲九一爲精
進度致淨二爲意度致淨三爲見度致淨四
爲疑度致淨五爲道道致淨六爲慧見如淨
七爲見慧愛斷度致淨八爲斷種九爲度世
第三九法當知九神止處何等爲九有色象
神止處若干身若干想非一譬名爲人亦一
輩天是爲一神止處有色神止處若干身非
一一想譬天名爲梵意命上頭致是爲二神
止處有色神止處一身若干想譬天名爲樂

明是為三神止處有色神止處一身一想譬天名為徧淨是為四神止處有色神止處不受想不更想譬天名為無有想是為五神明止處有無有色神止處一切度色滅恚不可不念若干身無有量空受行譬天名為空慧是為六神明止處有不色神止處一切竟度空無有量識慧行意止譬天名為識慧行是為七神明止處有不在色神止處一切從識慧竟度無所有慧受行度譬天名為無所念慧是為八神明止處有無有色神止處一切從無所欲慧竟度無有思想亦不得離思想受竟止譬天名為無有思想亦不離思想是為九神明止處第四九法當拔九結何等九一愛欲為一結瞋恚為二結憍慢為三結癡為四結邪見為五結疑為六結貪為七結嫉為八結慳為九結第五九法當滅九惱本何等為九若行者有欲施惡施令不安施令侵亦念餘惡若行者向念是從是生惱是為一惱若行者已有作惡已施惡已不安已侵亦餘惡已施若行者向念是從是生惱是為二惱若行者後復欲施惡欲施令不安欲施侵欲施餘惡若行者向念是從是生惱是為三惱若行者有親厚有欲施行者親厚惡欲施惡欲施不安欲施侵欲餘惡若行者向念是從是復生惱是為四惱若行者有親厚有者已施惡已施不安已施侵已施餘惡若行者向念是從是生惱是為五惱若行者有親厚後復欲施行者親厚惡欲施不安欲施侵欲施餘惡若行者向念是從是生惱是為六惱若行者有恐不相便有者助行者恐不相便

欲施安欲解侵不欲令有餘惡若行者向念不可是從是生惱是爲七惱若行者有恐不相便有者欲助行者不相便已施安已解侵不欲令有餘惡若行者向念不可是生從是生惱是爲八惱若行者有恐不相便有者爲行者恐不相便已助已安已解侵亦餘惡若行者向念不可是令不相便者令安從是生惱是爲九惱第六九法當思惟除九意惱何等九或時行者是爲我令亡令我他有令我無有樂令我不安隱已施我惡持是惡惱意向若行者向念是是爲一或時行者是爲我令我亡令我有他令我無有樂令我不安隱見作我惡持是惡惱意向若行者向念是是爲二或時行者是爲我令亡令我有他令我無有樂令我不安隱會作我惡持是惡惱意

向若行者向念是是爲三或時行者有時是意生所我有親厚令亡令有他令無有樂令不安隱已施惡持是惡惱意向若行者向念是是爲四或時行者有時是意生所我有親厚令亡令有他令無有樂令不安隱爲見作惡持是惡惱意向若行者向念是是爲五或時行者有時是意生所我有親厚令亡令有他令無有樂令不安隱爲會作惡持是惡惱意向若行者向念是是爲六或有時行者有是意生所我不相便所我念惡念令不安隱念令不吉爲令我怨有利令安令樂令安隱已作持是惱意向若行者向念是是爲七或有時行者有是意生所我不相便所我念惡念令不安隱念令不吉爲令我怨有利令安令樂令安隱見作持是惱意向若行者向念

是是爲八或有時行者有是意生所我不相
便所我念惡念令不安隱念令不吉爲令我
怨有利令安令樂令安隱欲作持是惱意向
若行者向念是是爲九第七九法難受九依
住何等九若行者得信依住能捨惡受好是
爲一依住若行者意著行捨不欲行是爲二
依住若行者起精進捨不起精進是爲三依
住若行者閑處自守捨不守是爲四依住若
行者能堪依住如是依得住已得正校計是
爲五依住若行者捨一法是爲六依住已捨
一法便曉一法是爲七依住已曉一法便受
一法是爲八依住已受一法便行一法是九
依住第八九法起苞九次定何等九意止初
禪爲一定從一次二禪竟爲二定從二次三
禪竟爲三定從三次四禪竟爲四定從四次

禪竟空定爲五定從空次竟度識爲六定從
識次竟度無有欲爲七定從無有欲次竟度
無有思想爲八定從無有思想次竟度滅爲
九定第九九法當知九不應時人不得行第
九行不滿何等爲九一或時人在地獄罪未
竟不令應得道二或時在畜生罪未竟不令
應得道三或時在餓鬼罪未竟不令應得道
四或時在長壽天福未竟不令應得道五或
時在不知法義處無有說者不能得受不令
應得道六或時在聾不能聞不能受不令應
得道七或時在瘖不能受不能諷說不令應
得道八或時在聞不能受不令應得道九或
時未得明者無有開意說經不令應得道第
十九法自證知無滅何等爲九一滅名字苦
二滅六入三更受滅四痛滅五愛滅六受滅

七有求滅八生滅九老死滅是爲行者九十法是不非是不異有諦如有不惑不倒是如有持慧意觀

第一十法多增道能守法者有救法者何等爲十一者若有道弟子從如來受隨信本生立無有能壞者若沙門若婆羅門若天若魔若梵亦餘世間二爲淨戒行攝守律能曉行處隨畏見罪見如教戒學三爲有慧知識有慧相隨有慧相致四爲獨坐思惟行牽兩制制身制意五爲受精進行有膽有力盡行不捨方便淨法六爲意守居最意微妙隨爲遠所作所說能念能得意七爲慧行從生滅慧隨得道者要却無有疑但作令壞苦滅八爲受好語如好法言隨行九爲喜聞法喜聞法行但樂數說法十爲所有同學者共事能作精進身助是爲十救法從後縛束信戒慧獨坐思惟行者精進意慧受好言欲說經身事如等不止是名爲救第二十法可作十種直何等爲直一爲直見行者便邪見行得消亦從邪見因緣非一若干弊惡行生能得消亦從直見因緣非一若干好法致從行具行二爲直思惟計消邪計亦從邪計因緣非一若干弊惡行生能得消亦從直思惟計因緣非一若干好法致從行具行三爲直言消邪言亦從邪言因緣非一若干弊惡行生能得消亦從直言因緣非一若干好法致從行具行四爲直行消邪行亦從邪行因緣非一若干弊惡行生能得消亦從直行因緣非一若干好法致從行具行五爲直業消邪業亦從邪業因緣非一若干弊惡行生能得消亦從直

業因緣非一若干好法致從行具行六爲直方便消邪方便亦從邪方便因緣非一若干弊惡行生能得消亦從直方便因緣非一若干好法致從行具行七爲直念消邪念亦從邪念因緣非一若干弊惡行生能得消亦從直念因緣非一若干好法致從行具行八爲直定消邪定亦從邪定因緣非一若干弊惡行生能得消亦從直定因緣非一若干好法致從行具行九爲直度消邪度亦從邪度因緣非一若干弊惡行生能得消亦從直度因緣非一若干好法致從行具行十爲直慧消邪慧亦從邪慧因緣非一若干弊惡行生能得消亦從直慧因緣非一若干好法得足具行第三十法當了知十內外色入何等爲十一爲眼入二爲色入三爲耳入四爲聲入五爲鼻入六爲香入七爲舌入八爲味入九爲身入十爲麤細入第四十法可捨十內外蓋何等爲十一爲內欲蓋二爲外欲蓋具足從是無有慧亦無有解亦不致無爲度世三爲恚四爲恚相設恚設恚相是亦蓋具足從是不致慧亦不致解亦不致無爲度世五爲睡六爲瞋設睡是亦蓋設瞋是亦蓋具足從是不致慧亦不致解亦不致無爲度世七爲惱八爲疑設惱是亦蓋設疑是亦蓋具足從是不致慧亦不致解亦不致無爲度世九爲或淨法中疑十爲或惡法中疑設淨法中疑是亦蓋設惡法中疑是亦蓋具足從是不致慧亦不致解亦不致無爲度世第五十法可令減十事惡行何等爲十一爲殺二爲盜三爲犯色四爲兩舌五爲妄語六爲麤語

七爲綺語八爲癡九爲瞋十爲邪意第六十法行令多十淨行何等爲十一爲離殺從殺止二爲離盜從盜止三爲離色從色止四爲離兩舌從兩舌止五爲離妄語從妄語止六爲離麤語從麤語止七爲離綺語從綺語止八爲離癡從癡止九爲離瞋從瞋止十爲離邪意從邪意止第七十法難受了十德道居何等爲十一爲已捨五種二爲六正道德三爲守一四爲依四五爲自解不復待解六爲已捨求七爲所求已清淨八爲身行已止九爲口語已行止十爲意行已止意最度慧最度行具足名爲最人第八十法令竟十普定何等爲十一爲在比丘爲地普上下徧不二無有量二爲在行者比丘爲水普上下徧不二無有量三爲在行者比丘爲火普上下徧不二無有量四爲在行者比丘爲風普上下徧不二無有量五爲在行者比丘爲青普上下徧不二無有量六爲在行者比丘爲黃普上下徧不二無有量七爲在行者比丘爲赤普上下徧不二無有量八爲在行者比丘爲白普上下徧不二無有量九爲在行者比丘爲空普上下徧不二無有量十爲在行者比丘爲識普上下徧不二無有量第九十法佛十力何謂爲十一者佛爲處處如有知當爾不爾處不處如有知從慧行得自知是爲一力二者佛爲過去未來現在行罪處本種殃如有知是爲二力三者佛爲一切在處受行如有自更慧行得知是見爲三力四者佛爲棄解定行亦定知從是縛亦知從是解亦知從是起如有知爲是四力五者佛爲如心願

他家他人如有知是爲五力六者佛爲雜種無有量種天下行如是有知是爲六力七者佛爲他家他根具不具如有知是爲七力八者佛爲無有量分别本上頭至更自念如有知是爲八力九者佛爲天眼已淨過度人間見人往來死生如有知是爲九力十者佛爲已縛結盡無有使縛結意已解脱從慧爲行脱見法自慧證更知受止盡生竟行所行已足不復往來世間已度世如有知是爲十力

第十十法自證知十足學不復學何等爲十一爲直見已足不復學直見二者直思惟計已足不復學直思惟計三者直言已足不復學直言四者直行已足不復學直行五者直業已足不復學直業六者直方便已足不復學直方便七者直念已足不復學直念八者直定已足不復學直定九者直得度世已足不復學直得度世十者直慧已足不復學直慧是爲學行者百法法百說是不非是不異有諦如有不惑不倒是如有持慧意觀

所上說學者聽說法上說亦淨中說亦淨已竟要說亦淨有利有好足具淨竟行已見是名爲十報法如應是上說爲是故說舍利曰已說竟諸受著心蒙恩

長阿含十報法經卷下

音釋

澆 古堯切沃也 杅 雲俱切浴器也 漬 疾二切浸也 膩 女利切肥也 縮 所六切歛也 瞑 莫迴切閉目也

起世因本經

隋三藏法師達摩笈多等譯

清刻龍藏佛說法變相圖

起世因本經卷第一

隋三藏法師達摩笈多等譯

閻浮洲品第一

如是我聞一時婆伽婆在舍婆提城迦利羅石室時諸比丘食後皆集常說法堂一時坐已各各生念便共議言是諸長老未曾有也今此世間衆生所居國土天地云何成立云何散壞云何壞已而復成立云何立已而得安住爾時世尊獨在靜室天耳徹聽清淨過人聞諸比丘食後皆集常說法堂共作如是希有言論世尊聞已晡時出禪從石室起往法堂上在諸比丘大衆之前依常敷座儼然端坐於是世尊知而故問汝等比丘於此集坐向來議論有何所說時諸比丘同白佛言大德世尊我等比丘於此法堂食後共集大

衆評議作如是言是諸長老未曾有也云何世間如是成立云何世間如是散壞云何世間壞已復立云何世間立已安住大德世尊我等向來集坐言論正議斯事爾時佛告諸比丘言善哉善哉汝諸比丘乃能如是如法信行諸善男子汝以信故捨家出家汝等若能共集一處作如是等如法語者不可思議汝等比丘若集坐時應當修此二種法行各爲已業不生怠慢所謂論說法義及聖默然若能爾者汝等當聽如來所說如是之義世間成立世間散壞世間壞已而復成立世間立已而得安住時諸比丘同白佛言大德世尊今正是時修伽多今正是時若佛世尊爲諸比丘說此義者我諸比丘聞世尊說當如是持爾時佛告諸比丘言汝等比丘諦聽諦聽善思念之我當爲汝次第演說時諸比丘同白佛言唯然世尊願樂欲聞佛言比丘如一日月所行之處照四天下如是等類四天世界有千日月所照之處此則名爲一千世界諸比丘千世界中千月千日千須彌山王四千小洲四千大洲四千小海四千大海四千龍種姓四千大龍種姓四千金翅鳥種姓四千大金翅鳥種姓四千惡道處種姓四千大惡道處種姓四千小王四千大王七千種種大樹八千種種大山十千種種大泥犁千閻摩王千閻浮洲千瞿陁尼千弗婆提千鬱單越千四天王天千三十三天千夜摩天千兜率陀天千化樂天千他化自在天千摩羅天千梵世天諸比丘於梵世中有一梵王威力最强無能降伏統攝千梵自在王領云我

能作能化能幻云我如父於諸事中自作如是憍大語已即生我慢如來不爾所以者何一切世間各隨業力現起成立諸比丘此千世界猶如周羅（此言髻）名小千世界諸比丘爾所周羅一千世界是名第二中千世界諸比丘如此第二中千世界以爲一數復滿千界是名三千大千世界諸比丘此三千大千世界同時成立同時成已而復散壞同時壞已而復還立同時立已而得安住如是世界周徧燒已名爲散壞周徧起已名爲成立周徧住已名爲安住是爲無畏一佛刹土衆生所居諸比丘今此大地厚四十八萬由旬周闊無量如是大地住於水上水住風上風依虛空諸比丘此大地下所有水聚厚六十萬由旬周闊無量彼水聚下所有風聚厚三十六萬由旬周闊無量諸比丘此大海水最極深處深八萬四千由旬周闊無量諸比丘須彌山王下入海水八萬四千由旬上出海水亦八萬四千由旬須彌山王其底平正下根連住大金輪上諸比丘須彌山王在大海中下狹上闊漸漸寬大端正不曲大身牢固住妙殊特最勝可觀四寶合成所謂金銀瑠璃玻瓈須彌山上生種種樹其樹鬱茂出種種香其香遠熏徧滿諸山多衆聖賢最大威德勝妙天神之所住止諸比丘須彌山王上分有峯四面挺出曲臨海上各高七百由旬殊妙可愛七寶合成所謂金銀瑠璃玻瓈真珠硨磲碼碯之所莊校諸比丘須彌山下別有三級諸神住處其最下級縱廣正等六十由旬七重牆院七重欄楯七重鈴網復有七重多

羅行樹周帀圍遶端嚴可愛其樹皆以金銀瑠璃玻瓈赤珠硨磲碼碯七寶所成一一牆院各有四門於一一門有諸壘堞重閣輦軒却敵樓櫓臺殿房廊苑囿池沼具足莊嚴一一池中並出妙華散衆香氣有諸樹林種種莖葉種種華果悉皆具足亦出種種殊妙香氣復有諸鳥各出妙音鳴聲間雜和雅清暢其第一級縱廣正等四十由旬七重牆院七重欄楯七重鈴網多羅行樹亦有七重周帀齊平端嚴可愛亦爲七寶金銀瑠璃玻瓈赤珠硨磲碼碯之所校飾所有莊嚴門觀樓閣臺殿園池果樹衆鳥皆悉具足其最上級縱廣正等二十由旬七重牆院乃至諸鳥各出妙音莫不具足諸比丘於下級中有夜叉住名曰鉢手第二級中有夜叉住名曰持鬘於上級中有夜叉住名曰常醉諸比丘須彌山半高四萬二千由旬有四大天王所居宮殿須彌山上有三十三天宮殿帝釋所居三十三天已上一倍有夜摩諸天所居宮殿夜摩天上又更一倍有兜率陀天所居宮殿兜率天上又更一倍有化樂諸天所居宮殿化樂天上又更一倍有他化自在諸天宮殿他化天上又更一倍有梵身諸天所居宮殿他化天上梵身天下於其中間有魔羅波旬諸天宮殿倍梵身上有光音天倍光音上有徧淨天倍徧淨上有廣果天倍廣果上有不麤天廣果天上不麤天下其間別有諸天宮殿所居之處名無想衆生倍不麤上有不惱天倍不惱上有善見天倍善見上有善現天倍善現上有阿迦尼吒諸天宮殿諸比丘阿迦尼

吒已上更有諸天名無邊空處無邊識處無所有處非想非非想處此等皆名諸天住處諸比丘如是處所如是界分衆生居住是諸衆生若來若去若生若滅邊際所極此世界中所有衆生有生老死墮在如是生道中住至此不過是名娑婆世界無畏剎土諸餘十方一切世界亦復如是諸比丘須彌山王北面有洲名鬱單越其地縱廣十千由旬四方正等彼洲人面還似地形諸比丘須彌山王東面有洲名弗婆提其地縱廣九千由旬圓如滿月彼洲人面還似地形諸比丘須彌山王西面有洲名瞿陀尼其地縱廣八千由旬形如半月彼洲人面還似地形諸比丘須彌山王南面有洲名閻浮提其地縱廣七千由旬北闊南狹如婆羅門車其中人面還似地

形諸比丘須彌山王北面天金所成照鬱單越洲東面天銀所成照弗婆提洲西面天玻瓈所成照瞿陀尼洲南面天青瑠璃所成照閻浮提洲諸比丘鬱單越洲有一大樹名菴婆羅其本縱廣有七由旬下入於地二十一由旬高百由旬枝葉垂覆五十由旬諸比丘弗婆提洲有一大樹名迦曇婆其本縱廣亦七由旬下入於地二十一由旬高百由旬枝葉垂覆五十由旬諸比丘瞿陀尼洲有一大樹名鎮頭迦其本縱廣亦七由旬乃至枝葉垂覆五十由旬於彼樹下有一石牛高一由旬以此因緣名瞿陀尼（此言牛貨）諸比丘此閻浮洲有一大樹名曰閻浮其本縱廣亦七由旬乃至枝葉垂覆五十由旬於此樹下有閻浮那檀金聚高二十由旬以此勝金出閻浮樹

下是故名爲閻浮那檀閻浮那檀金者因此得名諸比丘諸龍金翅所居之處有一大樹名曰拘吒賒摩利其本縱廣亦七由旬乃至枝葉垂覆五十由旬諸比丘阿脩羅處有一大樹名善晝華其本縱廣亦七由旬乃至枝葉垂覆五十由旬諸比丘三十三天有一大樹名曰天遊其本縱廣亦七由旬下入於地二十一由旬高百由旬枝葉垂覆五十由旬諸比丘須彌山下次復有山名佉提羅高四萬二千由旬上闊亦爾端嚴可愛七寶合成所謂金銀瑠璃玻瓈赤珠硨磲碼碯諸比丘其須彌山佉提羅山二山之間闊八萬四千由旬周帀無量優鉢羅華鉢頭摩華拘牟陀華奔荼利迦華等諸妙香物徧覆水上諸比丘佉提羅外有山名曰伊沙陀羅高二萬一千由旬上闊亦爾端嚴可愛乃至碼碯等七寶所成佉提羅山伊沙陀羅二山之間闊四萬二千由旬周帀無量優鉢羅華鉢頭摩華拘牟陀華奔荼利迦華等諸妙香物徧覆水上伊沙陀羅山外有山名曰遊乾陀羅高一萬二千由旬上闊亦爾端嚴可愛乃至碼碯等七寶所成伊沙陀羅遊乾陀羅二山之間闊二萬一千由旬周帀無量優鉢羅華鉢頭摩華拘牟陀華奔荼利迦華等諸妙香物徧覆諸水遊乾陀羅山外有山名曰善見高六千由旬上闊亦爾端嚴可愛乃至碼碯等七寶所成遊乾陀羅與善見山中間相去一萬二千由旬周帀無量優鉢羅華鉢頭摩華拘牟陀華奔荼利迦華等諸妙香物徧覆諸水善見山外有山名曰馬半頭高三千由旬上

闊亦爾端嚴可愛乃至碼碯等七寶所成其善見山與馬半頭二山之間闊六千由旬周帀無量優鉢羅華鉢頭摩華拘牟陀華奔茶利迦華等諸妙香物徧諸水上馬半頭外有山名曰尼民陀羅高一千二百由旬上闊亦爾端嚴可愛乃至碼碯等七寶所成其馬半頭尼民陀羅二山之間闊二千四百由旬周帀無量優鉢羅華鉢頭摩華拘牟陀華奔荼利迦華等諸妙香物徧覆於水尼民陀羅山外有山名毗那耶迦高六百由旬上闊亦爾端嚴可愛乃至碼碯等七寶所成尼民陀羅毗那耶迦二山之間闊一千二百由旬周帀無量四種雜華乃至諸妙香物徧覆諸水毗那耶迦山外有山名斫迦羅（此言輪圍即是鐵圍山也）高三百由旬上闊亦爾端嚴可愛乃至碼碯等七寶所成毗那耶迦及斫迦羅二山之間闊六百由旬周帀無量四種雜華及諸妙香物徧覆於水去斫迦羅山其間不遠亦有空地青草徧布即是大海於大海北有大樹王名曰閻浮樹身周圍有七由旬根下入地二十一由旬高百由旬乃至枝葉四面垂覆五十由旬邊有空地青草徧布次有菴婆羅樹林閻浮樹林多羅樹林那多樹林亦各縱廣五十由旬間有空地生諸青草次有男名樹林女名樹林刪陀那林眞陀那林亦各縱廣五十由旬邊有空地青草彌覆次有訶梨勒果林鞞醯勒果林阿摩勒果林菴婆羅多迦果林亦各縱廣五十由旬邊有空地青草彌覆次有可殊羅樹林毗羅果林婆那娑果林石榴果林亦各縱廣五十由旬邊有空地青草

彌覆次有烏勃樹林柰樹林甘蔗林細竹林大竹林亦各縱廣五十由旬邊有空地青草彌覆次有荻林葦林割羅林大割羅林迦奢文陀林亦各縱廣五十由旬邊有空地青草彌覆次有阿提目多迦華林瞻波華林波吒羅華林薔薇華林亦各縱廣五十由旬邊有空地青草徧覆復有諸池優鉢羅華鉢頭摩華拘牟陀華奔茶利迦華等彌覆池上復有諸池毒蛇充满亦各縱廣五十由旬間有空地青草徧覆次復有海名烏禪那迦闊十二由旬其水清冷味甚甘美輕輭澄淨七重砌壘七寶間錯七重欄楯七重鈴網外有七重多羅行樹周帀圍遶殊妙端嚴以碼碯等七寶裝飾周徧四方有諸階道悉皆端嚴亦以金銀瑠璃玻瓈赤珠硨磲碼碯等之所合成

復有無量優鉢羅華鉢頭摩華拘牟陀華奔茶利迦華等徧覆水上其華火色即現火光有金色者即現金光有青色者即現青光有赤色者即現赤光有白色者即現白光婆無陀色現婆無陀光華如車輪根如車軸其根出汁色白如乳味甘若蜜諸比丘烏禪那迦海中有轉輪聖王所行之道亦闊十二由旬閻浮提中轉輪聖王出現世時此中海道自然涌現與水齊平諸比丘次烏禪那迦海有山名曰烏承伽羅諸比丘此烏承伽羅山莊嚴端正殊妙可觀一切樹一切葉一切華一切果一切香種種草種種鳥獸但是世間所出之物於彼山中無不悉備諸比丘烏承伽羅山如是端正殊妙可觀汝等應當善持此也諸比丘次復有山名曰金脇於此山中有

八萬窟有八萬龍象在中居住並皆白色如拘牟陀華七支拄地悉有神通乘空而行其頂赤色似因陀羅瞿波迦蟲六牙具足其牙鈷利雜色金填諸比丘過金脇已即有雪山高五百由旬闊厚亦爾其山殊妙四寶所成謂金銀瑠璃玻瓈其山四面有四金峯挺出山外各高二十由旬復有高峯衆寶間雜逈然秀出高百由旬於山頂上有池名曰阿耨達多阿耨達多龍王在中居住其池縱廣五十由旬其水涼冷味甘輕美清淨不濁七重塼壘七重板砌七重欄楯七重鈴網周帀圍遶端嚴殊妙乃至碼碯等七寶所成復有諸華優鉢羅華鉢頭摩華拘牟陀華奔荼利迦華其華雜色青黃赤白大如車輪下有藕根麤如車軸汁白如乳味甘如蜜諸比丘此阿耨達多池中有阿耨達多龍王宮其殿五柱殊妙可愛阿耨達多龍王與其眷屬在中遊戲受天五欲快樂自在諸比丘阿耨達多池東有恒伽河從象口出與五百河俱流入東海阿耨達多池南有辛頭河從牛口出與五百河俱流入南海阿耨達多池西有博叉河從馬口出與五百河俱流入西海阿耨達多池北有斯陀河從師子口出與五百河俱流入北海諸比丘以何因緣此龍名爲阿耨達多諸比丘有三因緣何等爲三諸比丘閻浮洲中有諸龍住處惟除阿耨達多龍王其餘諸龍受快樂時便有熱沙墮其身上諸龍爾時即失天形現蛇形相諸龍時時受斯等苦阿耨達多龍王無如此事是名第一因緣諸比丘閻浮洲中除阿耨達多龍王其餘諸龍

遊戲樂時有熱風來吹其身體即失天形現蛇形相有如是苦阿耨達多龍王無如此事是名第二因緣諸比丘閻浮洲中所有諸龍遊戲樂時金翅鳥王飛入其宫諸龍旣見金翅鳥王心生恐怖以恐怖故即失天形現蛇形相具受衆苦阿耨達多龍王無如此事若金翅鳥王生如是心我今欲入阿耨達多龍王宫内彼金翅鳥以報劣故即自受苦永不能入阿耨達多龍王宫殿諸比丘此是第三因緣是故說名阿耨達多諸比丘雪山南面不遠有城名毗舍離毗舍離北有七黑山七黑山北復有香山於香山中有無量無邊緊那羅住常有歌舞音樂之聲其山多有種種諸樹其樹各出種種香熏大威德神之所居止諸比丘彼香山中有二寶窟一名雜色二名善雜色殊妙可愛乃至碼碯七寶所成各皆縱廣五十由旬柔軟滑澤觸之猶若迦旃連提迦衣諸比丘有一乾闥婆王名無比喻與五百緊那羅女在雜色善雜色二窟中住具受五欲娛樂遊戲行住坐起諸比丘二窟之北有大娑羅樹王名爲善住别有八千娑羅樹林周帀圍遶彼善住娑羅林下有一龍象亦名善住遊止其中色甚鮮白如拘牟陀華七支拄地騰空而行頂骨隆高如因陀羅瞿波迦蟲其頭赤色具足六牙其牙銛利金沙廁塡復有八千諸餘龍象以爲眷屬其色悉白如拘牟陀華七支拄地乃至悉以金塡其牙於善住娑羅林北爲善住大龍象王出生一池名曼陀吉尼縱廣正等五十由旬其水涼冷甘美澄清無諸濁穢乃至藕根大如

車軸破之汁出色白如乳味甘若蜜諸比丘曼陀吉尼池側周帀更有八千諸池四面圍遶一一皆如曼陀吉尼無有異也諸比丘其善住龍象王意若欲入曼陀吉尼池中遊戲之時即念八千龍象眷屬時彼八千諸龍象等亦起是心善住象王心念我等今者當往善住王處諸象到已皆在善住龍象王前低頭而立爾時善住大龍象王知諸象集即便發引向曼陀吉尼池八千龍象前後圍遶隨從而行善住象王從容安步諸龍象中有持白蓋覆其上者有以鼻持白摩尼拂拂其背者有諸樂神歌舞作倡在前引導爾時善住大龍象王到已便入曼陀吉尼池出没洗浴歡娛遊戲縱心適意受諸快樂中有龍象澆其鼻者或有龍象摩其牙者或有龍象揩其耳者或有龍象灌其頭者或有龍象淋其背者或有龍象摩其脇者或有龍象洗其髀者或有龍象洗其足者或有龍象浴其尾者或有龍象拔取藕根淨洗鼻擎內其口者或有龍象拔優鉢羅華鉢頭摩華拘牟陀華奔荼利迦華等繫於善住象王頭者爾時善住大龍象王於曼陀吉尼池中恣意洗浴遊戲歡娛自在受樂啦諸龍象所奉藕根頭上莊飾優鉢羅等種種雜華是事訖已從彼池出上岸停住八千龍象然後散入八千池中隨意洗浴遊戲自在受快樂已各食藕根食竟亦以優鉢羅等種種雜華繫其頭上用自莊飾復共集會善住王所四面圍遶恭敬而住爾時善住大龍象王與彼八千諸龍象等前後導從還詣善住娑羅樹林所象王行時諸龍

象等或擎白蓋或執白拂隨從如前諸神作樂導引亦爾爾時善住大龍象王到善住娑羅大林已在樹王下隨意卧起受諸安樂八千龍象亦各詣彼八千樹下行住卧起自在安樂於彼林中有娑羅樹其本或復周圍六尋有娑羅樹其本或復周圍七尋八尋九尋十尋有娑羅樹其本周圍十二尋者惟此善住娑羅樹王其本周圍十有六尋彼八千娑羅樹林之中若有萎黃及所落葉即有風來吹令外出不穢其林八千龍象所有便利穢汙之物有諸夜义隨掃擲棄諸比丘閻浮提中有轉輪聖王出現世時八千象中一最小者日日晨旦至輪王前供給承事調善象寶因此得名彼善住大龍象王每十五日晨旦往詣天帝釋所在前住立承奉驅使諸比丘善住象王有此神通有此威德雖復生於象畜之中然是龍輩乃有如是大威神力汝等比丘應當念持

鬱單越洲品第二之一

諸比丘鬱單越洲有無量山彼諸山中有種種樹其樹鬱茂出種種香其香普熏徧彼洲處生種種草皆紺青色右旋宛轉如孔雀毛香氣猶如婆師迦華觸之柔軟如迦旃連提迦衣長齊四指下足則偃舉足還復別有種種雜色果樹樹有種種莖葉華果出種種香其香普熏種種諸鳥各各自鳴其聲和雅其音微妙彼諸山中有種種河百道流散平順向下漸漸安行不緩不急無有波浪其岸不深平淺易涉其水清澄衆華覆上闊半由旬水流徧滿諸河兩岸有種種林隨水而生枝

葉映覆種種香華種種雜果青草彌布衆鳥和鳴又彼河岸有諸妙船雜色莊嚴殊妙可愛並是金銀瑠璃玻瓈赤珠硨磲碼碯等七寶所成諸比丘鬱單越洲其地平正無諸荆棘深邃稠林坑坎屏廁糞穢不淨礓石瓦礫純是金銀不寒不熱時節調和地常潤澤青草彌覆諸雜林樹枝葉恒榮華果成就諸比丘鬱單越洲復有樹林名曰安住其樹皆高六拘盧奢（一拘盧奢五里）葉密重布次第相接如草覆屋雨滴不漏彼諸人等樹下居住有諸香樹亦高六拘盧奢或復有高五拘盧奢四三二一拘盧奢者其最小樹高半拘盧奢悉有種種枝葉華果此諸樹上隨心流出種種香氣復有劫波娑樹亦高六拘盧奢乃至五四三二一拘盧奢如是最小半拘盧奢悉有種種枝葉華果從其果邊自然而出種種雜衣懸置樹間復有種種瓔珞之樹其樹亦高六拘盧奢乃至五四三二一拘盧奢者如是最小半拘盧奢悉有種種枝葉華果從其果邊隨心流出種種瓔珞懸垂而住復有鬘樹其樹亦高六拘盧奢乃至五四三二一拘盧奢者如是最小半拘盧奢亦有種種枝葉華果從其果邊隨心而出種種鬘形懸著於樹復有器樹其樹亦高六拘盧奢乃至五四三二一拘盧奢者如是最小半拘盧奢亦有種種枝葉華果從其果邊隨心而出種種器形懸著於樹復有種種衆雜果樹其樹亦高六拘盧奢乃至五四三二一拘盧奢如是最小半拘盧奢皆有種種枝葉華果從其樹枝隨心而出種種衆果在於樹上又有樂樹其樹亦

高六拘盧奢乃至五四三二一拘盧奢者如是最小半拘盧奢亦有種種枝葉華果從其果邊隨心而出種種樂器懸在樹間其地又有自然秔米不藉耕種鮮潔白淨無有皮糩欲熟食時别有諸果名曰敦持用作鎗釜燒以火珠不假薪炭自然出焰隨意所欲熟諸飲食食既熟已珠焰乃息諸比丘鬱單越洲周帀四面有四池水其池皆名阿耨達多並各縱廣五十由旬其水凉冷柔輭甘輕香潔不濁七重塼壘七重板砌七重欄楯周帀圍遶七重鈴網周帀懸垂復有七重多羅行樹四面周圍雜色可愛金銀瑠璃玻瓈赤珠硨磲碼碯等七寶所成於池四方各有階道一一階道亦七寶成雜色綺錯復有諸華優鉢羅華鉢頭摩華拘牟陀華奔茶利迦華等青黄赤白及縹碧色一一華量大如車輪香氣氛氲微妙最勝復有諸藕大如車軸破之汁出其色如乳食之甘美其味如蜜諸比丘阿耨達多池之四面有四大河闊一由旬雜華彌覆其水平順直流無曲不急不緩無有波浪奔逸衝擊其岸不高平淺易入諸河兩岸有種種林交柯映覆出衆妙香有種種草生於其側色青柔輭宛轉右旋略説乃至高齊四指下足隨下舉足還復亦有諸鳥出種種聲於河兩岸又有諸船雜色可樂乃至硨磲碼碯等七寶之所合成觸之柔輭如迦旃隣提迦衣諸比丘鬱單越洲恒於半夜從阿耨達多四池之中起大密雲周帀徧布鬱單越洲及諸山海悉彌覆已然後乃雨八功德水如聲牛乳頃雨深四指當下之處即沒地中

更不傍流還於半夜雨止雲除虛空清淨從海起風吹此甘澤清涼柔輭觸之安樂潤彼鬱單越洲普令調適肥膩滋濃如巧鬘師及鬘師弟子作鬘既成以水灑散彼鬘被灑光澤鮮明諸比丘鬱單越洲其地恒潤恍澤光膩亦復如是常如有人以酥油塗諸比丘鬱單越洲復有一池名曰善現其池縱廣一百由旬涼冷柔輭清淨無濁七寶塼砌乃至藕根味甘如蜜諸比丘善現池東復有一苑亦名善現其苑縱廣一百由旬七重欄楯七重鈴網多羅行樹亦有七重周帀圍遶雜色可樂乃至悉是硨磲碼碯七寶所成一一方面各有諸門於一一門悉有却敵雜色可樂亦是金銀瑠璃珊瑚赤珠硨磲碼碯等七寶所成諸比丘彼善現苑平正端嚴無諸荆棘丘陵坑坎礓石瓦礫及屏廁等諸雜穢物惟多金銀種種異寶節氣調和不寒不熱常有泉流四面彌滿樹葉敷榮華果成就有種種香隨風芬馥復有種種異類衆鳥常出妙聲和雅清暢有草青色右旋宛轉柔輭細滑如孔雀毛香氣皆似婆利師華觸之如觸迦旃隣提迦衣以足蹈之隨足上下復有諸樹其樹各有種種根莖華葉果實咸出衆香普熏彼地諸比丘善現苑中亦有樹林名爲安住樹並舉高六拘盧奢葉密重布雨滴不下更相鱗次如草覆舍諸人於下居住止宿復有香樹劫波娑樹瓔樹鬘樹器樹果樹又有自然秔米熟飯清淨美妙諸比丘彼善現苑無我無主亦無守護鬱單越人欲入此苑自在遊戲受諸樂時於其四門隨意所趣入彼苑已

遊戲澡浴恣情受樂欲去即去欲留即留隨心自在諸比丘爲鬱單越人故於善現池南復有一苑名曰普賢其苑縱廣一百由旬七重欄楯周帀圍遶乃至熱飯清淨美妙諸比丘此普賢苑亦無守護鬱單越人若欲須入普賢苑中澡浴遊戲受快樂時從其四門隨意而入入已澡浴遊戲受樂既受樂已欲去即去欲留即留諸比丘爲鬱單越人故善現池西復有一苑名曰善華其苑縱廣一百由旬七重欄楯周帀圍遶略說乃至如善現苑等無有異亦復無有守護之者鬱單越人若欲須入善華苑中澡浴遊戲受快樂時從其四門隨意而入入已澡浴遊戲受樂既受樂已欲去即去欲留即留諸比丘爲鬱單越人故於善現池北復有一苑名曰喜樂縱廣正等一百由旬乃至無有守護之者鬱單越人若欲須入喜樂苑中澡浴遊戲受快樂時從其四門隨意而入入已澡浴遊戲受樂既受樂已欲去即去欲留即留略說如前善現苑等諸比丘爲鬱單越人故於善現池東接善現苑其間有河名易入道漸次下流無有波浪不緩不急雜華徧覆闊二由旬半諸比丘易入道河於兩岸上有種種樹枝葉映覆出種種香普熏其處生種種草略說乃至觸之柔輭如迦旃隣提迦衣髙齊四指以足蹈之隨足上下或舉或伏又有種種雜色果樹枝葉華果悉皆具足亦有種種香氣普熏種種異鳥各各和鳴其河兩岸有諸妙船雜色可樂七寶所成金銀瑠璃玻瓈赤珠硨磲碼碯等莊嚴校飾諸比丘爲鬱單越人故於善現

池南有一大河名曰善體漸次下流略說皆如易入道河此處所有種種樹林與彼無異乃至諸船雜色所成柔輭猶若迦旃隣提迦衣諸比丘於善現池西爲鬱單越人故有一大河名曰等車乃至略說漸次而下諸比丘於善現池北爲鬱單越人故有一大河名曰威主漸次而下略說乃至兩岸有船七寶莊飾柔輭猶若迦旃隣提迦衣此中有鬱陀那偈

善現普賢等　善華及喜樂　易入并善體
等車威主河

諸比丘鬱單越人若欲入彼易入道河善體等車威主等河澡浴遊戲受諸樂時即皆至彼河之兩岸脫其衣裳置於岸側各坐諸船乘至水中澡浴身體遊戲受樂既澡浴已隨有何人在前出者即取上衣著已而去亦不求覓所服本衣何以故鬱單越人無我我所無守護故是諸人等又復往詣衆香樹下到樹下已其樹自然低枝垂屈爲彼諸人出衆妙香令其自手攀擥得及彼人於樹取種種香用塗身已復各往詣劫波娑樹到已其樹亦復如前低枝垂下出種種衣令彼諸人手所擥及彼人於樹復取種種上妙衣服著已而去轉更往詣瓔珞樹下既到彼已瓔珞樹枝亦皆垂屈爲彼諸人流出種種上妙瓔珞手所擥及彼人於樹牽取種種瓔珞之具繫著身已更轉往詣諸鬘樹下既到樹已鬘樹自然爲彼諸人垂枝下曲流出種種上妙寶鬘令彼人等手所擥及便於樹枝取諸妙鬘繫頭上已轉更往詣諸器物樹既到樹已器

樹自然枝亦垂下令其手及隨意所欲取彼器已持詣果樹時彼果樹亦爲諸人枝垂下曲出生種種勝妙甘果令手擥及彼人於樹隨心所欲取其熟果適意食之於中或有搦取其汁器盛而飲食飲既訖乃復往詣音樂樹林到彼林已爲諸人故音樂樹枝亦皆垂下爲出種種音樂之器手所擥及彼人於樹各隨所須取衆樂器其形殊妙其音和雅取已抱持東西遊戲欲彈則彈欲舞則舞欲歌則歌隨情所樂受種種樂其事訖已各隨所好或去或留

起世因本經卷第一

音釋

翅 式利切 周羅 梵語也此云髻 欄楯 欄洛干切楯食閏切欄檻也 壘堞 壘力軌切堞徒協切城上垣也 阿迦尼吒 梵語也此云質礙究竟吒陟駕切 鞞 駢迷切 醯 呼雞切 銛 息廉切利也 廁填 廁初吏切閒也填徒年切塞也 澆 古堯切灌也 揩 口皆切抆也 淋 力尋切沃也 坎 苦感切陷也 礓 居良切 礫 郎擊切小石也 糩 苦外切麤糠也 鎗 楚耕切與鐺同有足釜也 𤛓 古候切取牛乳 擥 魯敢切取也 搦 女角切按也

起世因本經卷第二

隋三藏法師達摩笈多等譯

鬱單越洲品第二之二

諸比丘鬱單越人髮紺青色長齊八指人皆一類一形一色無別形色可知其異諸比丘鬱單越人悉有衣服無有裸形及半露者親踈平等無所適莫齒皆齊密不缺不踈美妙淨潔色白如珂鮮明可愛諸比丘鬱單越人若有飢渴須飲食時便自收取不耕不種自然秔米清淨鮮白無有糠糩取已盛置敦持果中復取火珠置敦持下衆生福力火珠應時忽然出焰飲食熟已焰還自滅彼人得飯欲食之時施設器物就座而坐爾時若有四方人來欲共同食即爲諸人具設飯食飯終不盡乃至食人坐食未竟所設之飯器常盈滿彼人食此無有糠糩自然秔米成熟飯時清淨香美衆味備具不須羹臛其飯形色猶若諸天酥陀之味又如華叢潔白鮮明彼人食已身分充盈無減無缺湛然不改無老無變是食乃至資益彼人色力安辯無不具足諸比丘鬱單越人若於女人生染著時隨心所愛迴目覯視彼女知情即來隨逐其人將行至於樹下所將之女若是此人母姨姊妹親戚類者樹枝如本不爲下垂其葉應時萎黃枯落不相覆苫不出華果亦不爲出牀敷卧具若非母姨姊妹等者樹即低枝垂條覆蔭柯葉鬱茂華果鮮榮亦爲彼人出百千種牀敷卧具便共相將入於樹下隨意所爲歡娛受樂諸比丘鬱單越人住於母胎惟經七日至第八日即便産生其母産訖隨所生子

若男若女皆將置於四衢道中捨之而去於彼道上東西南北行人往來見此男女心生憐念爲養育故各以手指內其口中於彼指端自然流出上妙甘乳飲彼男女令得全活如是飲乳經於七日彼諸男女還自成就一色類身與彼舊人形量無異男還逐男女還逐女各依伴侶相隨而去諸比丘欝單越人壽命一定無有中夭命若終時皆得上生何因緣故欝單越人得此定壽命終已後皆復上生諸比丘世或有人專事殺生偷盜邪婬妄言兩舌惡口綺語貪瞋邪見以是因緣身壞命終墜墮惡道生地獄中或復有人不曾殺生不盜他物不行邪婬不妄言不兩舌不惡口不綺語不貪不瞋亦不邪見以是因緣身壞命終趣向善道生人天中何因緣故向下生者以其殺生邪見等故何因緣故向上生者以不殺生正見等故或復有人作如是念我於今者應行十善以是因緣我身壞時當得往生欝單越中彼處生已住壽千年不增不減彼人既作如是願已行十善業身壞得生欝單越中即於彼處復得定壽滿足千年不增不減諸比丘以此因緣欝單越人得定壽命諸比丘何因緣故皆得上生諸比丘閻浮洲人以於他邊受十善業是故命終即得往生欝單越界欝單越人以其舊有具十善業欝單越中如法行故身壞命終皆當上生諸天善處諸比丘以此因緣欝單越人上生勝處諸比丘欝單越人命行終盡捨壽之時無有一人憂戀悲哭惟共舁置四衢道中捨之而去諸比丘欝單越中有如是法若有

衆生壽命盡時即有一鳥名憂承伽摩此言高逝從大山中疾飛而至銜死人髮將其屍骸擲置餘方洲渚之上何以故鬱單越人業行清淨樂淨潔故樂意喜故不令風吹臭穢之氣來至其所諸比丘鬱單越人大小便利將下之時爲彼人故地即開裂便利畢已地合如故何以故鬱單越人樂淨潔故樂意喜故復次彼處有何因緣而得說名鬱單越洲諸比丘彼鬱單越洲於四天下中比餘三洲最上最妙最高最勝故說彼洲爲鬱單越也鬱單越正音鬱怛羅究溜此言高上作謂高上於餘方也

轉輪王品第三

諸比丘閻浮洲内轉輪聖王出現世時此閻浮洲自然具有七種瑞寶轉輪王身復有四種神通德力何者七寶一金輪寶二白象寶三紺馬寶四神珠寶五玉女寶六主藏臣寶七兵將寶是爲七寶諸比丘云何名爲轉輪聖王輪寶具足諸比丘轉輪聖王出閻浮洲以水灌頂作刹利主於十五日月盛圓滿受齋之晨洗沐清淨不擣白氎以爲衣服解髮垂下飾以摩尼及諸瓔珞在樓閣上親屬群臣前後圍遶是時王前有金輪寶忽然來應輪徑七肘千輻轂輞衆相滿足自然成就非工匠造爾時灌頂刹利轉輪聖王即作是念我昔曾聞有如是說若灌頂刹利王於十五日月盛圓滿受齋之晨洗沐清淨身著不擣白氎之衣服諸瓔珞在樓閣上親屬羣臣前後圍遶是時王前忽然而有天金輪寶千輻轂輞衆相滿足自然來應非工匠成輪徑七肘内外金色得是瑞時彼則成就轉輪王德

我今得此亦應定是轉輪聖王爾時灌頂刹利轉輪聖王意欲試彼天輪寶故勑令嚴備四種力兵所謂象兵馬兵車兵步兵四種力兵既嚴備已王即往詣天金輪所偏露右髆在金輪前右膝著地申其右手捫摸輪寶作如是言汝天輪寶我身定是轉輪王者未降伏處爲我降伏彼天輪寶應聲即轉爲欲降伏未伏者故諸比丘是時灌頂刹利王既見輪寶如是轉已即命嚴駕行向東方於是輪寶及四種兵一時皆從諸比丘於輪寶前復有四大天身引導而行彼天輪寶所到諸方住止之處轉輪聖王及四種兵悉於彼處停住止宿爾時東方一切國土所有諸王各取金器盛滿銀粟又取銀器盛滿金粟既辦具已皆共持詣轉輪王前啓言大王善來善來

令此奉獻是天王物東方人民豐樂安隱無所怖畏民戸殷多甚可愛樂惟願大天垂哀納受憐愍臣等細小諸王臣等今日承奉天王一心無二爾時輪王告諸王曰汝等誠心能如是者汝當各各於自境界如法治化攝養羣生莫令國内有不如法所以者何汝等若有令我國内非法惡事顯現流行我當治汝罪無所捨令教汝等自斷殺生教人不殺不與勿取邪婬妄語乃至邪見皆不應爲汝等若能斷於殺生教人不殺不與勿取不行邪婬實語正見者我即信知汝等諸王合國降伏爾時東方諸國王等聞轉輪王如是誠勑一時皆受十善業行受已遵承各於國土如法治化轉輪聖王自在力故所向之處輪寶隨行如是聖王天金輪寶降伏東方一切

國已盡東海岸周徧遊行然後迴旋次第巡歷南方西方乃至北方依於古昔轉輪聖王所行之道引導而去轉輪聖王及四種兵次第行時其前復有四大天身先輪寶行若此輪寶所住之處隨其方面轉輪聖王及四種兵即皆停宿爾時北方一切國土所有諸王亦各齎持天真金器盛滿銀粟天真銀器盛滿金粟俱共來詣轉輪王所到已長跪作如是言善哉天來善哉天來我等北方棠天王力人民熾盛豐樂安隱無諸怖畏甚可愛樂願天留此施行治化臣等隨順無敢二心時轉輪王勑諸王言若能爾者汝等各於自境治化一依教命莫令國界有不如法所以者何若令我境有非法人及諸惡行我當治汝又復汝等莫自殺生教人莫殺不與勿取邪婬妄語乃至邪見汝等皆斷若離殺生乃至自他修行正見能如是者我當信知汝等國土已善降伏爾時諸王同聲共啓轉輪王言如天誠勑臣等奉行爾時北方諸國王等聞轉輪王如是誠勑各各遵受十善業行受已奉持皆令如法各於國土依律治化轉輪聖王自在力故所行之處輪寶隨逐此金輪寶如是次第降伏北方盡北方海際所有諸國既周遍已還來本處爾時輪寶乃於閻浮提中選擇最上威德形勝極妙之地當於其上東西經度闊七由旬南北規畫十二由旬如是規度爲界分已爾時諸天即於其夜從空來下爲轉輪王造立宮殿應時成就既成就已妙色端嚴四寶莊校所謂天金天銀玻瓈瑠璃此金輪寶爲聖王故當宮内門於上空

中巍然停住如輪在軸不搖不動轉輪聖王當於是時生大歡喜踴躍無量作如是念我今已得金輪寶耶諸比丘轉輪聖王有如是等天金輪寶自然具足諸比丘轉輪聖王復有何等白色象寶應當具足諸比丘是轉輪王於日初分坐正殿時即當王前出生象寶名烏逋沙他(此言潔齋)形體勝妙其色純白如拘物頭華七支拄地有大神力騰空而行頭色紅赤如因陀羅瞿波迦蟲具有六牙並皆銛利一一牙上具足莊嚴雜色廁填猶如金粟轉輪聖王見象寶已作如是念白象雖現未知調時堪受諸事成賢乘不爾時象寶一日之間即善調伏一切事中悉堪駕馭猶如餘象無量千歲極調伏已端嚴賢善適意隨順如是如是此白象寶於一日中暫受調伏堪任衆事亦復如是時轉輪王爲試象故於其晨朝日初出時乘此象寶周迴巡歷徧諸海岸盡大地際旣周徧已是轉輪王還至本宮乃進小食以是因緣彼王爾時內心自慶歡喜踴躍爲我故生如此象寶諸比丘轉輪聖王有如是等白色象寶自然具足諸比丘何等名爲轉輪聖王馬寶具足諸比丘是轉輪王日初分時坐正殿上即於王前出紺馬寶名婆羅訶(此言長毛)色青體潤毛尾悅澤頭黑駿披有神通力騰空而行時轉輪王見馬寶已作如是念此馬雖現未知調時堪受諸事可得爲我作善乘不是時馬寶一日之中即善調伏堪受諸事猶如餘馬無量千歲極調熟已賢善閑習如是如是調此馬時一日之內堪任受行一切諸事亦復如是時轉輪王欲

試馬故於其晨朝日初出時乘此馬寶周歷大地還至本宮轉輪聖王乃始進食以是因緣生大歡喜踊躍無量我今已得紺馬之寶諸比丘轉輪聖王有如是等馬寶具足諸比丘何等名爲轉輪聖王珠寶具足諸比丘轉輪聖王有摩尼寶毗瑠璃色具足八楞非工匠造端嚴特妙自然流出清淨光明時轉輪王見珠寶已作如是念此摩尼寶衆相滿足我今應當懸置宮內令現光明時轉輪王爲欲試此摩尼寶故嚴備四兵所謂象兵馬兵車兵步兵具四兵已即於夜半天降微雨重雲黑闇電光出時轉輪聖王取此珠寶懸置幢上出遊苑中何以故意欲遊觀驗珠德故諸比丘此摩尼寶在高幢上普照四方及四種兵悉皆明了光明周徧如日照世爾時彼地所有一切婆羅門居士等皆謂天明日光已出並即驚起作諸事業以是因緣轉輪聖王受大歡喜踊躍無量念言此寶爲我出生諸比丘轉輪聖王有如是等珠寶具足諸比丘何等名爲轉輪聖王女寶具足諸比丘轉輪王世出生女寶不麤不細不長不短不白不黑最勝最妙進止姝妍色貌具足令人見之樂觀無厭又此女寶熱時身涼寒時身暖於其體上出妙香氣猶若栴檀口中恒出優鉢羅香爲輪王故晚卧早起勤謹恭敬凡有所作無失王心此女意中尚無惡念況其身口而有過失以是因緣轉輪聖王受大歡喜踊躍無量心自念言此已爲我生女寶耶諸比丘轉輪聖王有如是等女寶具足諸比丘何等名爲轉輪聖王主藏臣寶威力具足諸

比丘轉輪王出世生主藏臣寶大富饒財多有功德報得天眼洞見地中有主無主一切伏藏皆爲其眼之所鑒識若水若陸若遠若近於中所有珍奇寶物此主藏臣皆爲作護如法守視不令毀失無主之物應時收取擬爲輪王資須受用爾時藏臣即自往詣轉輪王所到已啓言大聖天王若天所須資財寶物惟願勿憂臣力能辦天所用者皆令具足時轉輪王爲欲驗試主藏臣寶乘船入水中流而住勑藏臣曰汝藏臣來我須財寶宜速備具宜速備具藏臣啓言惟願大天假臣須臾待船至岸當於水側收取財寶以供天用王告藏臣我今不須岸上財物但當於此爲我辦之藏臣啓言謹奉天勑不敢有違爾時藏臣受王勑已偏袒右臂右膝著船手撓大水指如蟹螯撮聚金銀滿諸器內即於船上持用奉獻啓言大王此諸金銀皆是天寶天以此物供給於王以爲財用時轉輪王告藏臣言我不須財但試汝耳時主藏臣聞王語已還收金銀置於水內以是因緣轉輪聖王受大歡喜踊躍無量心自念言我今已得藏臣寶耶諸比丘轉輪聖王有如是等藏臣具足諸比丘何等名爲轉輪聖王主兵臣寶威力具足諸比丘由轉輪王福德力故自然出生兵將之寶巧智多能善諸謀策洞識軍機神慧成就轉輪聖王所須兵力悉能備具欲走即走欲行即行欲散即散欲集即集爾時兵將便自往詣轉輪王所到已啓言王若須兵教習驅役惟願勿慮臣當爲王教習兵馬皆令如心調柔隨順時轉輪王爲欲試此主

兵寶故便勅所司嚴備四兵所謂象兵馬兵車兵步兵王知四兵悉嚴備已告將寶言汝兵將來當善爲我總領四兵教令隨順善走善行善集善散如法勿違時兵將寶聞轉輪王如是勅已啓言大王謹奉天勅臣不敢違便總四兵莊嚴器仗教走教行教集教散如王所勅欲走即走欲行即行欲集即集欲散即散隨意自在以是因緣轉輪聖王生大歡喜踊躍無量心自念言我今已得主兵將寶諸比丘轉輪聖王有如是等主兵將寶威力具足諸比丘若有如是七寶現者然後得名轉輪聖王諸比丘何等名爲轉輪聖王四種自在神通具足諸比丘轉輪聖王壽命長遠久住在世於一切時一切世間無有人類能得如是安隱久住與轉輪王壽命等者是則名爲轉輪聖王第一壽命神通具足復次諸比丘轉輪聖王所受身體少病少惱衆相具足其腹平滿不小不大寒熱冷暖隨時調適進止輕便食飲消化安隱快樂於一切時一切世間無有餘人世間受生少病少惱能如是者是則名爲轉輪聖王第二身力神通具足復次諸比丘轉輪聖王報生形貌端正殊特常爲世間樂觀無厭色身清淨具足莊嚴最勝最妙無有倫匹於一切時一切世間人中受生無有如是端正殊特爲諸世間樂觀無厭如轉輪王形相備者是則名爲轉輪聖王第三色貌神通具足復次諸比丘轉輪聖王業力因緣有大福報世間種種資產豐饒珍奇衆寶無不具足於一切時一切世間人中受生無有如是富樂自在資財服玩衆妙

寶物充溢府庫比輪王者是則名爲轉輪聖王第四果報神通具足諸比丘若具如是四種神通無鈌減者然後得名轉輪聖王諸比丘又此福德轉輪聖王爲諸人民之所愛敬心常喜樂如子愛父又諸人民亦得輪王之所憐念意恒慈育如父愛子諸比丘轉輪聖王或於一時乘大寶車出宫遊觀歷諸勝地爰及林苑當於是時一切人民悉得面見轉輪聖王皆大歡喜咸共同聲告馭者曰汝善馭者惟願持轡從容徐行勿令速疾所以者何汝若持車徐徐緩進則令我等多時得見轉輪聖王爾時輪王聞此語已亦復如是勑馭者言汝善馭者徐徐緩步慎勿速疾所以者何汝若持車安詳漸進則亦令我多時遊歷周徧觀視一切人民諸比丘時諸民衆見輪王已各各自持所有寶物車前胡跪奉獻輪王啓言大王民等今者以此奉天此物屬天願天受取隨意所用何以故如此寶物惟應天用故諸比丘轉輪聖王出現世時此閻浮洲清淨平正無有荆棘及諸稠林丘墟坑坎廁溷雜穢臭處不淨礓石瓦礫沙鹵等物悉皆無有金銀七寶自然具足不寒不熱節候均調諸比丘又轉輪王出現世時此閻浮洲自然安置八萬城邑皆悉快樂無諸怖畏人民熾盛穀食豐饒聚落殷多甚可愛樂諸比丘又轉輪王出現世時此閻浮洲王所治處聚落城邑比屋連村雞飛相到人民安樂不可思議諸比丘又轉輪王出現世時此閻浮洲常於夜半從阿那婆達多池中興大雲氣徧閻浮洲及諸山海應時雨注亦徧閻浮

如犛牛乳間雨深四指其水甘美具八功德下處即没更不傍流浸潤地中水滂不現至夜後分雲霧消除有清涼風從大海出吹其潤澤流散閻浮人民觸之皆受安樂又彼甘澤潤漬此洲普使肥良鮮明光膩譬如世間善作鬘師鬘師弟子造鬘既成以水灑散令其悦澤華色光鮮此亦如是又轉輪王出現世時此閻浮洲一切土地自然沃壤鬱茂滋液譬如有人以酥油塗物其地肥美膏腴津潤亦復如是諸比丘轉輪聖王既出現已住世久遠經無量年於此時間亦復雜受人中苦觸譬如細軟丈夫其體柔弱食美食已運動施爲受少疲觸乃得消化如是如是彼轉輪王處世久遠於生死中受少苦觸亦復如是諸比丘轉輪聖王壽命終時捨此身已必生天上與三十三天同處共住諸比丘轉輪聖王當命終時爲供養輪王故於虛空中自然普雨優鉢羅華鉢頭摩華拘物頭華分陀利華等種種香華亦雨天沉水末多伽羅末栴檀香末及天曼陀羅等種種諸華復有天樂其音微妙不鼓自鳴亦有諸天歌讚之聲在虛空中爲供養此轉輪王身作福利故諸比丘爾時女寶主藏臣寶主兵將寶等則以種種淨妙香湯洗輪王身香汁洗已先用劫波娑氎襯身褁之然後乃以不擣氎衣於上重褁次復更以殊妙細氎足五百段就二氎上次第纏之褁纏畢已又取金棺滿盛酥油持輪王身置之棺内又以銀槨盛此金棺内銀槨已從上下釘令其牢固又復集聚一切香木積成大積然後闍毗轉輪王身既闍毗

已收其灰骨於四衢道中爲轉輪王作蘇偷婆（此言大聚舊云塔者訛略也）高一由旬闊半由旬雜色莊校四寶所成所謂金銀瑠璃玻瓈其蘇偷婆四院周匝五十由旬七重垣牆七重欄楯略說如上乃至衆鳥各各自鳴時彼女寶及主藏主兵寶等爲轉輪王作蘇偷婆既成就已然後施設上妙供具諸來求者種種供給所謂須食與食須飲與飲須乘與乘須衣與衣須財與財須寶與寶盡給施之悉令滿足諸比丘轉輪聖王命終已後始經七日輪寶象寶馬寶珠寶皆即自然隱没不現女寶主藏主兵將等悉亦命終四種寶城稍稍改變還爲塼土所有人民亦皆隨時漸次減少諸比丘一切諸行有爲無常如是遷改無有常住破壞離散不得自在是磨滅法暫須臾間非久停住諸比丘應當捨於有爲諸行應當遠離應當厭惡應當速求解脫之道

地獄品第四之一

諸比丘於四大洲八萬小洲諸餘大山及須彌山王之外別有一山名斫迦羅（前代舊譯云鐵圍山）高六百八十萬由旬縱廣亦六百八十萬由旬彌密牢固金剛所成難可破壞諸比丘此鐵圍外復有一重大鐵圍山高廣正等如前由旬兩山之間極大黑闇無有光明日月有如是大威神大力大德不能照彼令見光明諸比丘於兩山間有八大地獄何等爲八所謂活大地獄黑大地獄合大地獄叫喚大地獄大叫喚大地獄熱惱大地獄大熱惱大地獄阿毗至大地獄諸比丘此八大地獄各各復有十六小地獄周帀圍遶而爲眷屬是十

六獄悉皆縱廣五百由旬何等十六所謂黑雲沙地獄糞屎泥地獄五叉地獄飢餓地獄燋渴地獄膿血地獄一銅釜地獄多銅釜地獄鐵磑地獄函量地獄雞地獄灰河地獄斫截地獄劒葉地獄狐狼地獄寒冰地獄諸比丘何因緣故名活大地獄諸比丘此活大地獄所有衆生生者有者出者住者手指自然皆有鐵爪長而銛利悉若鋒鋩彼諸衆生既相見已心意濁亂心濁亂故各以鐵爪自斵其身令皆破裂或自擘身擘已復擘乃至大擘裂已復裂乃至大裂割已復割乃至大割諸比丘彼諸衆生自割裂已作如是知我今已傷我今已死以業報故即於是時復有冷風來吹其身須臾復生肌體皮肉筋骨血體生已還活既得活已業力因緣復起東西更相謂言汝諸衆生願欲得活活已勝耶諸比丘當知此中少分說故名爲活耳然於其中更有別業受極重苦痛惱逼迫楚毒難堪乃至先世或於人身或非人身所起所造惡不善業未盡未滅未除未轉未少分現未全分現於其中間命報未盡求死不得復次諸比丘活大地獄所有衆生生者有者乃至住者手指復生純鐵刀子半鐵刀子極長銛利各各相看心意濁亂既濁亂已乃至各各斵裂擘割破截而死冷風來吹須臾還活諸比丘如是如是少分說故名爲活耳諸比丘復有別業而於其中極受苦惱苦未畢故求死不得乃至往昔或於人身或非人身所作所造惡不善業未盡未滅未除未離如是一切次第具受復次諸比丘活大地獄所有衆生於

無量時苦報盡已從此獄出東西馳走更求餘處屋舍室宅求救護處求歸依處如是求時以罪業故即自往入黑雲沙小地獄中其獄縱廣五百由旬既入獄已上虚空中起大黑雲雨諸飛沙其焰熾然極大猛熱墮於地獄衆生身上至皮燒皮至肉燒肉至筋燒筋至骨燒骨至髓燒髓出大煙焰洞徹熾然受極苦惱以其苦報未畢盡故求死不得乃至往昔人非人身所作所造惡不善業不滅不除不轉不變不離不失次第而受經無量時諸比丘彼諸衆生如是受苦經無量時已從黑雲沙地獄出更復馳走求屋求宅求救求覆求歸依處如是求時又復自入熱糞屎泥小地獄中其獄亦廣五百由旬罪人入已自咽已下在糞泥中其糞熱沸煙焰俱出燒彼罪人手足耳鼻頭目身體一時燋然乃至往昔若人非人所起所造惡不善業未盡未滅未除未轉不離不失次第而受復次諸比丘於糞屎小地獄中有諸鐵蟲名爲針口在糞泥中鑽諸衆生一切身分悉令穿破先鑽其皮既破皮已次鑽其肉既破肉已次鑽其筋既破筋已次鑽其骨既破骨已住於髓中食諸衆生一切精髓令其徧身受嚴劇苦然彼壽命亦未終畢乃至是人惡不善業未滅未盡如是次第具足受之諸比丘彼地獄中諸衆生等於無量時受苦痛已從糞屎泥小地獄出又復奔走求室求宅求護求洲求歸依處爾時即入五叉小地獄中其獄亦廣五百由旬彼諸罪人入此獄已時守獄卒執取罪人高舉撲之置於熾然熱鐵地上煙焰洞起

罪人在中悶絶仰卧獄卒乃以兩熱鐵釘釘其二脚熱焰熾然又以二釘釘其兩手焰亦熾然於髖輪中下一鐵釘焰轉猛熾獄卒於是復以五叉磔其五體極受苦毒乃至彼處壽命未終惡業未盡往昔所造人非人身一切惡業於此獄中次第而受諸比丘彼諸衆生受此苦痛經無量時從於五叉小地獄出還復馳走求救求室求洲求依求覆求護即更來詣飢餓地獄其獄亦廣五百由旬罪人入已時守獄卒遥見彼人從外而來即前問言汝等今者來至此中有何所欲彼諸衆生皆共答言仁者我等飢餓時守獄卒即執罪人撲置熾然熱鐵地上爾時罪人悶絶仰卧使以鐵鉗磔開其口取熱鐵丸擲置口中彼人脣口應時燒然既燒脣已即燒其舌既燒舌已即燒其齶既燒齶已即燒其咽既燒咽已即燒其心既燒心已即燒其胷既燒胷已即燒其腸既燒腸已即燒其胃既燒胃已經過小腸從下部出其丸猛熱尚赤如初彼諸衆生當於是時極受苦毒命亦未終略説乃至若人非人先世所作如是次第此地獄中種種具受諸比丘彼諸衆生於無量時受是苦已從此飢餓小地獄出復更馳走略説如前求守護處然後來詣燋渴地獄其獄亦廣五百由旬入地獄已時守獄卒遥見彼人從外而來即前問言汝等今者何所求須罪人答言仁者我今甚渴時守獄卒即捉罪人撲置熾然熱鐵地上在猛焰中仰卧悶絶便取鐵鉗磔開其口鎔赤銅汁灌其口中彼諸衆生脣口應時悉皆燋爛脣口爛已次燒其舌

如是燒齶燒喉燒心燒胃燒腸燒胃直過小腸從下部出彼諸衆生各於是時受極重苦受極重痛其苦特異難可思議然後壽命未終未盡略說如前乃至若人非人所造惡業未滅未離如是次第具足受之

起世因本經卷第二

音釋

裸郎果切赤體也　臛盧郭切肉羹也　苫詩廉切蓋也　舁羊朱切兩手對舉也　轂輞轂古祿切車轂也輞文兩切車輞也　髆補各切肩髆也　捫摸捫莫奔切撫也摸慕各切　嶷魚力切山貌　駕馭馭牛倨切駕馭猶操制也　騣祖叢切馬鬣也　撓女巧切擾也　⿱敖骨五勞切璽大足也　撮倉括切兩指撮取也　⿱䜌口彼義切馬轡也　溷胡困切圂也　鹵郎古切鹹地也　漬疾智切浸潤也　襯初覲切近身衣也　擣都皓切手椎也　積子智切聚也　磑五對切磨也　鋒鋩鋒數容切鋩武方切　⿰國爪居縛切爪持也　擘博阿切釽也　齋徂奚切與臍同　磔陟革切張伸也　鉗巨壇切　齶五各切齒根肉也

起世因本經卷第三

隋三藏法師達摩笈多等譯

地獄品第四之二

復次諸比丘彼地獄中諸衆生等經無量時受極苦已然後從此五百由旬燋渴獄出奔走如前略說乃至求救護處即復往詣膿血地獄其獄亦廣五百由旬膿血徧滿深至咽喉悉皆熱沸地獄衆生入其中已東西南北交横馳走彼諸衆生如是走時燒手燒足燒耳燒鼻手足耳鼻既被燒已一切肢節皆亦燒然其身肢節被燒然時諸罪人等受大苦惱嚴酷重切不可思議乃至人非人身所造所作惡不善業未畢已來命亦不盡復次諸比丘膿血地獄復有諸蟲名最猛勝此諸蟲等爲彼地獄受罪衆生大作惱害從身外入先破其皮既破皮已次破其肉既破肉已次破其筋既破筋已次破其骨既破骨已拔出其髓隨而食之彼諸衆生當於是時受極重苦乃至若人非人所造所作惡不善業未盡未滅壽命不盡皆悉具受復次諸比丘膿血地獄所有衆生飢渴逼急或時以手掬取如是熱沸膿血置於口中置口中已彼人脣口應時燒然燒脣口時即燒其齶既燒齶已即燒其喉如是燒胷燒心燒腸燒胃既燒胃已直過小腸從下分出彼諸衆生於此地獄受如是等嚴切重苦命報未終乃至未盡人非人身曾所造作惡不善業如是次第具足受之復次諸比丘彼地獄中諸衆生等經無量時受極苦已然後從此五百由旬膿血獄出如前馳走乃至追求救護之處即復來入一

銅釜獄其獄亦廣五百由旬罪人入已獄卒見之即前捉取擲置釜内頭皆向下脚皆在上是諸衆生在湯中時地獄猛火極相煎迫逐沸上時亦煎亦煑逐沸下時亦煎亦煑在中間時亦煎亦煑交横往來隨轉動時亦煎亦煑湯沫覆時亦煎亦煑若見不見一切時煑譬如世間或煑小豆大豆豌豆置之釜内著水令滿下然大火於是涌沸湯豆和合浮向上時亦煎亦煑沉向下時亦煎亦煑住於中時亦煎亦煑交横動時亦煎亦煑爲沫覆時亦煎亦煑若見不見一切時煑諸比丘如是如是一銅釜獄其中守卒取彼罪人以頭向下以脚向上擲置銅釜在釜中時地獄猛火之所煎逼熱沸既盛罪人逐沸或上或下隨煑隨煎略説乃至若見不見一切時煑亦

復如是彼諸衆生於此獄中受嚴劇苦乃至往昔人非人身所作惡業如是次第於此地獄具足而受諸比丘彼地獄中諸衆生等經無量時受此苦已從一銅釜五百由旬小地獄出奔走如前乃至欲求救護之處爾時即入衆多銅釜小地獄中其獄亦廣五百由旬罪人入已時守獄者即來執之捉取罪人以脚向上以頭向下擲銅釜中地獄猛火熾然煎逼湯沸上時亦煎亦煑湯沸下時亦煎亦煑在中間時亦煎亦煑縱横掩覆若見不見一切煎煑譬如煑豆以火煎逼涌沸上時亦煎亦煑略説乃至若見不見一切煎煑諸比丘如是如是此多銅釜五百由旬小地獄中諸衆生等爲守獄卒捉其兩脚倒竪其身以頭向下擲銅釜内彼人于時被地獄火之所

煎逼或上或下縱橫轉動略說乃至若見不見一切煎煑亦復如是諸比丘此多銅釜五百由旬小地獄中諸衆生等又爲獄卒以其鐵爪漉取罪人從釜至釜次第煑之從此釜出詣餘釜時膿血皮肉縱橫流散於是皆盡惟餘骸骨罪人爾時受極重苦仍未命終乃至若人非人一切身中所作惡業不盡不滅於此獄中一切悉受諸比丘彼地獄中諸衆生等經無量時受此苦已從多銅釜五百由旬小地獄出馳走如前乃至欲求救護之處爾時即入鐵磑地獄其獄亦廣五百由旬既入中已時守獄卒即前捉取受罪衆生仰撲置於鐵砧之上熾然猛焰一時洞然於是罪人悶絶仰卧時守獄卒更取大石從上壓之壓已復壓因更研之研已復研遂成碎末成碎末已又更重末末已復末轉成細末取其細末又更研之研已復研於是乃成末中之末最微細末當於爾時罪人身體膏血腦髓一邊橫流微細骨末猶尚存在而於其間命報未終一切時中受極重苦乃至人非人身所作惡業未失未滅如是次第具足受之諸比丘彼地獄中諸衆生等經無量時受此苦已乃從鐵磑五百由旬小地獄出馳走如前欲求室宅欲求歸依覆護之處爾時即入函量地獄其獄亦廣五百由旬既入中已時守獄卒執取罪人付以鐵函令其量火其函猛熱光焰熾然地獄罪人量彼火時燒手燒脚燒耳燒鼻燒諸肢節乃至徧燒一切身分於被燒時此諸罪人受極重苦受重痛苦然其壽命未得終盡乃至往昔若人非人一切身

中有所造作惡不善業不滅不沒不離不失如是次第具足受之諸比丘彼地獄中所有衆生經無量時受此苦已得從函量五百由旬小地獄出馳走如前求室求覆求救求洲求歸依處爾時即入雞小地獄其獄亦廣五百由旬彼地獄中純生諸雞徧滿彼獄其雞身分乃至膝脛一切猛熱光焰熾然是諸衆生處在其中東西馳走足蹈熱焰四向顧望無處可依大火熾然燒手燒脚燒耳燒鼻如是次第燒諸肢節大小身分一時洞然罪人爾時受極重苦痛切荼毒然於其處命報未終乃至人非人身所造惡業未滅未盡如是次第一切具受諸比丘彼地獄中諸衆生等經無量時受此苦已得從如是雞地獄出馳走如前乃至欲求救護之處爾時即入灰河地獄其獄亦廣五百由旬諸比丘時彼灰河流注漂疾波浪騰涌其聲吼震灰水沸溢彌盈兩岸罪人入已隨流出沒灰河之底悉是鐵刺其鋒銛利皆若新磨於河兩岸復有刀林森竦稠密極可怖畏刀林之中復有諸狗其形⿰犭垔黑皮毛垢汙又甚可畏岸上復有衆多獄卒守彼地獄又其兩岸別生無量奢摩羅樹其樹多刺並皆銛長其鋒若磨爾時地獄諸衆生等既入河中欲趣彼岸當於是時便爲大波之所淪沒遂至河底即爲河中所有鐵刺仰刺其身舉體周徧不得移動罪人在中受大重苦受嚴毒苦受之既久方得浮出從沸灰河渡至彼岸既上岸已復入刀林其林甚闊枝莖稠密經歷林間冒突利刃處處經過去去不已割手割脚割耳割鼻割肢

割節徧割身體無處不破爾時彼人受荼毒苦受極重苦乃至未盡人非人身往昔所作一切惡業命亦未終於此林中皆悉受之復次諸比丘灰河兩岸諸守獄者見彼罪人即前問言汝等今者欲得何物時彼罪人同聲荅言我等甚飢我等甚飢時守獄者即捉罪人撲置地上其地猛熱光焰熾然罪人在中悶絕仰卧又以鐵鉗開張其口持熱鐵丸置其口內應時燒烙彼諸衆生脣口燋破略說乃至從咽喉下徑至小腸直過無礙彼人爾時受嚴切苦受極重苦命亦未終乃至未盡往昔所作人非人身惡不善業即於此中具足皆受復次諸比丘又此灰河兩岸之上所有諸狗其身黧黑垢汙可畏嘊喍嘷吠出大惡聲噉彼地獄衆生身分舉體肢節所有肌

肉段段齧食不令遺餘彼人在中受嚴切苦乃至受於最極重苦未得命終乃至未盡惡不善業往昔人身及非人身有所作者一切具受諸比丘彼地獄中諸衆生等旣爲如是熱沸灰河之所逼切又復困於銛利鐵刺刀刃稠林諸守獄者黧黑垢汙惡狗之類種種危急無處隱藏乃復走上奢摩羅樹彼樹枝莖純是鐵刺其鋒銛利皆若新磨頭悉向下劖刺其身欲下樹時是諸鐵刺頭則向上彼諸衆生在奢摩羅樹上時復有諸烏名爲鐵觜飛來樹上啄彼罪人先啄其頭破陷頂骨唼食其腦彼人爾時受極重苦受痛切苦不堪忍故即還墮落沸灰河中彼人於是還爲波浪之所漂沒直至河底至河底已復爲鐵刺之所劖刺旣被刺已鐵刺徧身不能復去

還於其中受極重苦大猛酷苦不能堪忍困苦多時力極得起從灰河渡走趣此岸到此岸已復入刀林入刀林時復爲刀刃割其身體割手割脚乃至徧割一切肢節復於其中具足受苦命亦未終略說乃至從於往昔人非人身所作惡業未滅未盡次第悉受復次諸比丘灰河此岸諸守獄者既見地獄受罪衆生從彼岸來即前問言汝等今者何爲遠來欲得何物彼諸衆生各各答言我等渴乏時守獄者即復捉取彼諸衆生撲置熾然熱鐵地上推令仰卧於仰卧時彼人身上火焰洞起便以鐵鉗開張其口鎔赤銅汁灌其口中時彼地獄諸衆生等既飲銅汁即燒脣口乃至小腸直過無礙從下部出彼人爾時受極重苦乃至壽命未盡未滅彼於過去人非人身所作惡業未滅盡者悉皆受之復次諸比丘彼地獄中諸衆生等受此罪報經無量時苦惱長遠乃有風來名爲和合吹彼地獄諸衆生等至於岸邊如是次第乃得從彼灰河獄出出已馳走乃至求於救護之處爾時即入斫截地獄其獄亦廣五百由旬罪人入已其守獄者即取罪人撲置熾然熱鐵地上乃至推令仰卧於地執大鐵鈇熾然猛熱炎赫可畏斫彼地獄受罪衆生斫手斫脚幷斫手脚斫耳斫鼻幷斫耳鼻斫肢斫節幷斫肢節如是次第舉身皆斫彼諸衆生當於爾時受極重苦命亦未終乃至未盡惡不善業人非人身所造作者如是次第一切具受復次諸比丘彼地獄中諸衆生等經無量時受此苦已得從斫截小地獄出出已馳走求歸依

處乃至求室求宅求覆求洲求救護處爾時即入劒葉地獄其獄亦廣五百由旬入其中已惡業果故忽有風來吹諸鐵葉猶如利劒從空而墮割截罪人一切身分所謂截手截脚并截手脚截耳截鼻并截耳鼻截肢截節并截肢節爾時罪人受極重苦受嚴切苦命亦未終略說如上乃至人非人身所作惡業未滅未盡於此地獄一切具受復次諸比丘又彼劒葉小地獄中諸衆生等惡業果故有鐵觜烏忽然飛來在彼衆生兩髆之上足蹈其髆翅覆其頭便以鐵嘴啄彼罪人兩眼之睛口銜而去爾時罪人受極重苦痛惱嚴切不可思議然其壽命亦未終盡略說如上乃至人非人身所作惡業如是次第一切悉受復次諸比丘彼地獄中諸衆生等經無量時受此苦已乃從劒葉小地獄出出已馳走次求室宅求覆求洲求歸依處求救護處爾時復入狐狼地獄亦廣五百由旬是諸衆生入此獄已惡業果故於地獄中出生狐狼嚴熾猛惡嘊喍號吼所出音聲甚可怖畏齩齧地獄諸衆生身所有肌肉及諸筋脈脚蹋口掣臠臠食之爾時罪人受極重苦痛惱酸切命亦未終略說如前人非人身所作惡業如是次第皆於其中一切具受復次諸比丘彼地獄中諸衆生等經無量時受此苦已得從狐狼小地獄出出已馳走乃至求室求宅求覆求洲求救護處求歸依處爾時復入寒氷地獄其獄亦廣五百由旬是諸罪人入彼獄已惡業果故忽有冷風從四面來吹大寒氣麁麁澀嚴毒觸彼地獄衆生身分隨觸著處皮即

破裂皮破裂已次破其肉破裂肉已次破其筋破裂筋已次破其骨破裂骨已次破其髓破裂髓時彼諸衆生受極重苦最嚴切苦乃至大苦不可堪耐便於彼中壽命終盡是爲第一活大地獄及餘十六諸小地獄復次諸比丘第二黑繩大地獄者亦有十六五百由旬諸小地獄而相圍遶從黑雲沙乃至最後第十六者名寒氷獄爲一眷屬諸比丘如是地獄有何因緣名爲黑繩大地獄也諸比丘於彼黑繩大地獄中所有衆生生者有者出者住者以其往昔不善之業得果報故於虚空中忽然出生麤大黑繩熾然猛熱譬如黑雲從空中出黤黮充塞下接於地如是如是於彼黑繩大地獄中所有衆生以其宿世不善之業得果報故從虚空中出大黑繩熾然猛熱亦復如是此諸黑繩墮在地獄衆生身上墮身上時即燒罪人一切身分先燒其皮既燒皮已次燒其肉既燒肉已次燒其筋既燒筋已次燒其骨於燒骨時徹至其髓髓即流出爲火所然骨髓然時出大猛焰爾時罪人受嚴切苦受極重苦以罪業故命亦未終乃至往昔人非人身所有造作惡不善業未滅未變未除未畢於此獄中一切悉受復次諸比丘又彼黑繩大地獄中所有衆生生者有者住者化者以其宿世不善果故諸守獄者執取罪人撲置熾然熱鐵地上光焰猛盛舉身燋熱推令仰卧以熱鐵繩處處拼度拼度訖已以熱鐵鈇熾然赫弈交横而斫彼地獄中衆生身分或作二分或作三分四分五分乃至十分或二十分或五十分或復百分

譬如世間善巧木匠若木匠弟子取諸材木安置平地便用黑繩縱横拼度拼度既訖即以利鈇隨而破之或作二分或作三分四分五分乃至十分或二十分或復百分如是如是諸比丘於彼黑繩大地獄中所有衆生亦復如是諸守獄者執取罪人撲置熾然熱鐵地上推令仰卧以黑鐵繩拼度開解即以鐵鈇斫破其身作諸分段亦復如是爾時罪人乃至痛惱酸切受極重苦命亦未終若未盡彼人非人身往昔所造不善諸業於此獄中一切具受復次諸比丘又彼黑繩大地獄中所有衆生有者化者乃至住者諸守獄卒執取彼人撲置熾然熱鐵地上乃至推令仰卧於地以黑鐵繩拼度其身既拼度已又以鐵鋸熾然猛熱依所拼處鋸解其身鋸已復鋸乃至大鋸次更破之破已復破乃至大破或割或截既割截已復更割截極細割截譬如世間善巧鋸師若鋸師弟子取諸材木安置平地即以黑繩縱横拼度訖已便以利鋸隨而鋸之鋸已復鋸乃至大鋸次復細破破已復破乃至大破又更割截既割截已復重割截極細割截如是如是諸比丘於彼黑繩大地獄中所有衆生生者有者乃至住者諸守獄卒執取彼人撲置熾然熱鐵地上乃至推令仰卧於地以黑鐵繩拼度開解即以鐵鋸熾然猛焰鋸解其身鋸已復鋸乃至大鋸破已復破乃至大破割已復割乃至大割截已復截乃至大截彼人爾時乃至具受極嚴重苦命亦未終略說如上乃至人非人身所作惡業於中備受復次諸比丘又彼黑繩

大地獄中所有衆生生者有者乃至住者諸守獄卒以大鐵椎熾然猛熱光焰暉赫付諸罪人令其各各自相椎打於相打時燒手燒脚徧燒手脚燒耳燒鼻徧燒耳鼻燒肢燒節徧燒肢節彼人爾時乃至受於極嚴重苦命亦未終略說如上乃至往昔人非人身所作之業一切具受復次諸比丘又彼黑繩大地獄中所有衆生生者有者乃至住者惡業果故於虚空中有大黑繩從空而出煙焰熾然極大猛熱乃至墮在地獄衆生身分之上黑繩著時隨即絞縛罪人身體絞已復絞乃至大絞縛已復縛乃至大縛既絞縛已復有風來吹令開解繩開解時彼諸衆生身皮皆剥皮既剥已肉亦隨剥肉既剥已次抽其筋乃至破骨筋骨破已吹其精髓隨風而去罪人爾時乃至受於極嚴重苦命亦未終略說如上乃至未盡惡不善業如是次第一切具受復次諸比丘彼地獄中所有衆生經無量時受長遠苦乃從黑繩大地獄出出已馳走乃至求室求宅求覆求洲求歸依處求救護處爾時復入黑雲沙獄其獄縱廣五百由旬罪人入已略說如上乃至次第入第十六寒冰地獄入諸獄已乃至命終受種種苦復次諸比丘合大地獄亦有十六諸小地獄並皆縱廣五百由旬自相圍遶從黑雲沙略說乃至最後名爲寒冰地獄諸比丘有何因緣彼大地獄說名爲合諸比丘彼地獄中所有衆生生者有者出者化者乃至住者由彼衆生惡業果故有兩大山名白羊口熾然猛熱光焰炎赫爾時獄卒驅逼罪人入此山内入山間

已兩山遂合更互相突更互相打更互相磨時彼二山如是共合相突相打相揩磨已還住本處譬如毗佉嵬與囉毗佉嵬（此二是閃電名）相合相突相打相磨彼既相合相突相打磨已各還本處如是如是諸比丘彼之二山相合相突相打相磨極揩磨已各還本處亦復如是彼地獄中所有衆生被山合突打磨之時身體一切膿血流迸惟碎骨在彼人爾時乃至受於極嚴重苦命亦未終略說如上次第皆受當如是知復次諸比丘又彼衆合大地獄中所有衆生生者住者其守獄卒取彼地獄諸衆生等撲置熾然大熱鐵上其焰猛盛暉赫可畏推令仰卧更取大鐵亦甚猛熾以覆其上猶如世間磑磨之法如是磨之磨已復磨又更大磨末已復末又更大末研已復研又更細研遂成塵末既作塵已又復細塵如是展轉成極微塵作塵末時一切身分皆爲膿血流迸出盡惟有骨塵猶在彼處爾時彼人乃至受於極嚴重苦命亦未終略說如上次第應知復次諸比丘又彼衆合大地獄中所有衆生生者有者乃至住者其守獄卒取彼衆生撲置猛熱大鐵槽中其槽熾然一向炎赫置槽中已猶如世間壓諸甘蔗及胡麻法如是壓時壓已復壓遂至大壓既被壓已惟見膿血流在一邊所有骸骨皆爲末滓罪人爾時乃至受於極嚴重苦略說如上命亦未終隨其所作一切具受復次諸比丘又彼衆合大地獄中所有衆生生者有者乃至住者其守獄卒取彼衆生擲鐵臼中其臼熾然猛焰赫弈又執鐵杵亦甚猛熾擣彼罪人

擣已復擣乃至大擣研已復研乃至大研既擣研已遂成碎末如是等末末已復末更爲微末於研末時惟見膿血一畔滂流一邊猶有碎骨末在爾時罪人乃至受極嚴切重苦略說如上乃至爾時命亦未終具受衆苦復次諸比丘又彼衆合大地獄中所有衆生生者有者乃至住者爾時於上虛空之中有大鐵象自然出生熾然猛壯乃至光焰一向赫弈以其兩脚蹋彼地獄諸衆生身從頭至足次第蹋之先蹋髑髏後蹋餘處蹋已復蹋乃至大蹋於象蹋時彼地獄中衆生身分膿血迸流散在諸處惟有碎骨獨在一邊爾時罪人受大重苦略說如上命亦未終如是次第於中具受復次諸比丘又彼衆合大地獄中諸衆生等經無量時受長遠苦此苦畢已乃從衆合大地獄出出已一向馳奔而走乃至求於救護之處爾時復入彼黑雲沙五百由旬小地獄中入已復入諸餘小獄如是乃至寒冰地獄具足受苦復次諸比丘又更入於叫喚地獄此地獄中亦有十六五百由旬諸小地獄以爲眷屬從黑雲沙乃至最後寒冰地獄諸比丘如是地獄有何因緣名爲叫喚諸比丘如是叫喚大地獄中所有衆生生者有者乃至住者其守獄卒一時驅逼是諸衆生令入鐵城其城熾然熱鐵猛焰光甚炎赫爾時罪人在鐵城中乃至受於極嚴重苦衆苦逼切不堪忍故恒常叫喚是故名爲叫喚地獄又彼獄中以鐵爲屋房室輦輿亦皆是鐵樓觀園池一切皆是猛熱炭火熾然光耀上下洞徹獄卒馳逐受罪衆生令入其中諸

苦逼切不可忍耐即便叫喚是故名爲叫喚地獄罪人在中受大重苦略說如上命亦未終若未盡彼惡不善業如是次第具足而受諸比丘彼地獄中諸衆生等受苦長遠經無量時乃得從此叫喚獄出出已馳走略說如前乃至求於救護之處即復往詣黑雲沙等五百由旬諸小地獄入已如前具受諸罪略說乃至最後方入寒冰地獄具受衆苦乃得命終復次諸比丘彼大叫喚大地獄中亦有十六諸小地獄以爲眷屬皆悉縱廣五百由旬從黑雲沙乃至最後寒冰地獄諸比丘如是地獄有何因緣而得名爲大叫喚也諸比丘彼大叫喚大地獄中所有衆生生者有者乃至住者諸守獄卒取彼衆生亦皆擲置鐵城之中熾然大熱乃至上下光焰猛徹罪人在中受極重苦衆惱逼切不堪忍故遂大叫喚以是因緣名彼地獄爲大叫喚彼地獄中亦以熱鐵爲屋宇房舍薭閣樓觀悉皆是鐵炭火熾然充滿炎赫罪人在中受極重苦略說如前命亦未盡如是次第具足受之諸比丘又彼地獄諸衆生等受長遠苦經無量時乃得從此大叫喚大地獄出出已馳走乃至略說求救護處於是復詣黑雲沙等小地獄中入已受苦乃至最後寒冰地獄具受衆苦乃得命終復次諸比丘於彼熱惱大地獄中亦有十六諸小地獄以爲眷屬其獄各各如前縱廣五百由旬從黑雲沙乃至最後寒冰地獄諸比丘如是地獄有何因緣名爲熱惱大地獄也諸比丘於此熱惱大地獄中所有衆生生者有者乃至住者諸守獄卒取彼衆

生擲置熾然熱鐵鑊中頭皆向下脚皆向上騰波沸涌一向猛熱罪人於中被煎被煑極受熱惱是故名爲熱惱地獄又彼獄中多諸鐵釜鐵甕鐵瓮鐵坑鐵鑊鐵鼎及諸鐵鏊並皆熾然一向猛熱罪人在中被燒被煑是故名爲熱惱地獄於此地獄中乃至受於極嚴重苦命亦未終未盡彼人惡不善業如是次第一切悉受諸比丘彼地獄中諸衆生等經無量時受長遠苦乃從熱惱大地獄出出已乃至馳奔而走欲求救護歸依之處爾時復入黑雲沙等小地獄中略說乃至寒冰地獄具受衆苦乃得命終復次諸比丘彼大熱惱大地獄中亦有十六諸小地獄各各縱廣五百由旬從黑雲沙小地獄爲始乃至最後寒冰地獄諸比丘如是地獄有何因緣名大熱惱大地獄也諸比丘彼大熱惱大地獄中諸衆生等生者有者乃至住者諸守獄卒取彼衆生以頭向下以脚向上倒擲釜中其釜猛熱湯火俱熾衝擊罪人隨沸上下當於是時受極熱惱極大熱惱大大熱惱是故名爲大熱惱獄又彼獄中所有鐵甕鐵瓮鐵鑊鐵鼎鐵鐺亦皆熾然極大猛熱又以罪人擲置其中罪人爾時爲地獄火或煑或煎受諸苦惱惱已復惱極大逼惱是故名爲最熾猛熱極惱地獄罪人於中受極重苦略說如前乃至命終如是次第具受衆苦諸比丘彼地獄中諸衆生等經無量時長遠道中受諸苦已乃從如是熾然猛盛極大熱惱大地獄出出已馳走乃至略說欲求救護歸依之處於是復詣黑雲沙等小地獄中乃至最後寒冰地獄

命若未盡受諸苦惱次第如前

起世因本經卷第三

音釋

豌 烏丸切豆名　沫 莫割切水沫也　漉 盧谷切濾也　竦 息拱切上也　⿰牛垔 烏閒切黑色也　烙 盧各切燒也　嘊喍 嘊五佳切喍士佳切嘊喍犬鬭貌　嘷吠 嘷胡刀切吠符廢切嘷吠犬鳴也　齧 五結切噬也　劖 鋤銜切鑱也　觜 即委切鳥喙也　唼 子答切入口也　鈇 匪父切與斧同　⿰齒齊 在詣切沒齒也　臠 力兗切臠切肉也　黤黮 黤烏感切黮吐敢切黤黮黑也　拼度 拼伯耕切彈也度徒落切量也　鋸 居御切　絞 古巧功纏縛也　剝 北角切割也　迸 北諍切涌也　滓 側氏切澱也　甕 烏貢切罌也　瓨 下江切長頸罌也　鏉 五到切燒器也　鐺 丑耕切有足釜也

起世因本經卷第四

隋三藏法師達摩笈多等譯

地獄品第四之三

復次諸比丘彼阿毗至大地獄中亦有十六諸小地獄而爲眷屬以自圍遶其獄各廣五百由旬初黑雲沙乃至最後寒冰地獄諸比丘如是地獄有何因緣名阿毗至也諸比丘此阿毗至大地獄中所有衆生生者有者出者住者是諸衆生惡業果故自然出生諸守獄卒各以兩手執彼地獄諸衆生身撲置熾然熱鐵地上火焰直上一向猛盛覆面於地便持利刀從脚踝上破出其筋手捉挽之乃至項筋皆相連引貫徹心髓痛苦難論如是挽已令駕鐵車馳奔而走其車甚熱光焰熾然一向猛盛將其經歷無量由旬所行之處純是洞然熱鐵險道去已復去隨獄卒意無暫時停欲向何方稱意即去隨所去處隨所到處獄卒挽之未曾捨離如是去時隨所經歷銷鑠罪人身諸肉血無復遺餘以是因緣受嚴切苦極重劇苦意不喜苦命亦未終乃至未盡惡不善業未滅未散未變未移若於往昔人非人身所作來者一切悉受復次諸比丘此阿毗至大地獄中所有衆生生者有者化者住者以其不善業果報故從於東方有大火聚忽爾出生熾然赤色極大猛焰一向炎赫如是次第南西北方四維上下各各皆有極大火聚熾然出生光焰炎赫罪人爾時以此四方諸大火聚之所圍遶漸漸逼近觸其身故受諸痛苦乃至受於大嚴切苦命亦未終略說如上於彼獄中一切具受復次

諸比丘此阿毗至大地獄中諸衆生等生者有者乃至住者惡業果故從於東壁出大光焰直射西壁到已而住從於西壁出大光焰直射東壁到已而住從於南壁出大光焰直射北壁從於北壁出大光焰直射南壁從下射上自上射下縱横相接上下交射熱光赫弈騰焰相衝爾時獄卒以諸罪人擲置六種大火聚内是諸罪人乃至受於極嚴切苦命亦未終略說乃至彼不善業未畢未盡於其中間具足而受復次諸比丘此阿毗至大地獄中諸衆生等生者有者乃至住者惡業果故經無量時受長遠苦爾時即見地獄東門忽然自開是諸衆生既聞開聲復見門開便走趣之走已復走大速疾走各言我等至彼處已決應得脫我等今者若到彼處應大吉祥彼諸衆生如是走時走復走時速疾走時其身轉更熾然光焰譬如世間有力壯夫將大火炬逆風而走而彼火炬更復轉然焰熾猛盛如是如是彼諸衆生如是走時速疾走時身諸肢節轉復熾然舉足之時肉血離散下足之時肉血還生又彼衆生如是奔走欲近門時罪業力故門還自閉罪人爾時於彼獄中熾然光焰熱鐵地上悶絶倒卧覆面而踣既覆倒已即燒其皮既燒皮已次燒其肉既燒肉已次燒其筋既燒筋已次燒其骨既燒骨已徹至其髓徹至髓時惟見烟出出已復出烟遂大出罪人於中乃至次第受極嚴苦命亦未終略說如前未盡彼人惡不善業乃至往昔人非人身所作來者於中具受復次諸比丘此阿毗至大地獄中諸衆生等生

者有者乃至住者以諸不善業果報故經無量時長遠道中受諸苦已地獄四門還復更開於門開時彼地獄中諸衆生等聞聲見開向門而走走已復走乃至大走作如是念我等今者當於此處必應得脫我等於今定當訖了彼人如是大馳走時其身轉復熾然猛烈譬如壯夫執乾草炬逆風而走彼炬既然轉復熾盛如是如是彼諸衆生走已復走乃至大走如是走時彼人身分轉更熾然欲舉足時肉血俱散欲下足時肉血還生及到獄門其門還閉彼諸衆生於此熾然熱鐵地上一向馳走既不得出其心悶亂覆面倒地既倒地已徧燒身皮既燒皮已次燒其肉既燒肉已復燒其骨乃至徹髓烟焰洞然其烟熢㶿其焰炎赫烟焰相雜熱惱復倍彼人於中

受極嚴苦略說如前乃至壽命未得終盡惡不善業未滅未離未變未散乃至往昔人非人身所造作者一切悉受復次諸比丘此阿毗至大地獄中所有衆生乃至住者以不善業果報力故爲地獄火熾然燒之爾時眼所見色皆是意所不喜有意喜者皆不現前非意所好不可愛色不善之色而恒逼惱耳所聞聲鼻所聞香舌所知味身所覺觸意所念法皆是心意所不喜者非意所喜非可愛法恒來現前凡有境界皆是不善彼人於中以是因緣恒受極重麤澀苦惱其色惡故其觸亦然乃至壽命未得終盡惡不善業未没未滅若於往昔人非人身有所造作一切惡業悉皆具受復次諸比丘有何因緣阿毗至獄名阿毗至也諸比丘此阿毗至大地獄中於

一切時無有須臾暫受安樂乃至得如一彈指頃是故名此大地獄者爲阿毗至如是次第具足受苦諸比丘此大地獄諸衆生等經無量時受長遠苦乃至得從此阿毗至大地獄出出已馳走走已復走乃至大走欲求屋宅求覆求洲求歸依處求救護處爾時復入黑雲沙等五百由旬諸小地獄入已乃至略說最後到第十六寒氷地獄具受衆苦然後乃於彼處命終此中世尊說如是偈

若人身口意造業　作已入於惡道中
如是當生活地獄　最爲可畏毛竪處
經歷無數千億歲　死已須臾還復活
怨讎各各相報對　由此衆生更相殺
若於父母起惡心　或佛菩薩聲聞衆
此等皆墮黑繩獄　其處受苦極嚴熾
教他正行令邪曲　見人爲善必破壞
此等亦墮黑繩獄　兩舌惡口多妄語
樂作三種重惡業　不修三種善根芽
此等癡人必當入　合大地獄久受苦
或殺羊馬及諸牛　種種雜獸雞猪等
并殺諸餘蟲蟻類　彼人當墮合地獄
世間怖畏相多種　以此逼迫惱衆生
當墮磓山地獄中　受於搥壓舂擣苦
貪欲恚癡結使故　迴轉正理令別異
判是作非乖法律　彼爲刀劒輪所傷
倚恃强勢劫奪他　有力無力皆悉取
若作如是諸逼惱　當爲鐵象所蹴蹋
若樂殺害諸衆生　身手血塗心嚴惡
常行如是不淨業　彼等當生叫喚處
種種觸惱衆生故　於叫喚獄被燒煮

其中復有大叫喚　此由諂曲姧猾心
諸見稠林所覆蔽　愛網彌密所沉淪
常行如是最下業　彼則墮於大叫喚
若至如是大叫喚　熾然鐵城毛竪處
其中鐵堂及鐵屋　諸來入者悉燒然
若作世間諸事業　恒多惱亂諸衆生
彼等當生熱惱獄　於無量時受熱惱
世間沙門婆羅門　父母尊長諸耆舊
若恒觸惱令不喜　彼等皆墮熱惱獄
生天淨業不樂修　所愛至親常遠離
喜作如是諸事者　彼人當入熱惱獄
惡向沙門婆羅門　并諸善人父母等
或復害於餘尊者　彼墮熱惱常熾然
恒多造作諸惡業　不曾發起一善心
是人直趣阿毗獄　當受無量衆苦惱
若說正法爲非法　說諸非法爲正法
旣無增益於善事　彼人當入阿毗獄
活及黑繩此兩獄　合會叫喚等爲五
熱惱大熱共成七　阿毗至獄爲第八
此八名爲大地獄　嚴熾苦切難忍受
惡業之人所作故　其中小獄有十六

爾時世尊說此偈已告諸比丘作如是言汝諸比丘應當知彼世界中間別更復有十地獄處何等爲十所謂頞浮陀地獄泥羅浮陀地獄阿呼地獄呼呼婆地獄阿吒吒地獄搔揵提迦地獄優鉢羅地獄波頭摩地獄奔荼梨地獄拘牟陀地獄諸比丘於彼中間有如是等十種地獄諸比丘何因何緣頞浮陀地獄名頞浮陀也諸比丘頞浮陀獄諸衆生等所有身形猶如泡沫是故名爲頞浮陀也復

次於中有何因緣泥羅浮陀地獄名泥羅浮陀也諸比丘彼泥羅浮陀地獄中諸衆生等所有身形譬如肉段是故名爲泥羅浮陀復次於中何因何緣阿呼地獄名爲阿呼諸比丘阿呼地獄諸衆生等受嚴切苦逼迫之時吽喚而言阿呼阿呼甚大苦也是故名爲阿呼地獄復次於中何因何緣呼呼婆獄名呼呼婆也諸比丘彼呼呼婆地獄中諸衆生等爲彼地獄極苦逼時吽喚而言呼呼婆呼呼婆是故名爲呼呼婆也復次於中何因何緣阿吒吒獄名阿吒吒也諸比丘彼阿吒吒地獄中諸衆生等以極苦惱逼切其身但得唱言阿吒吒阿吒吒然其舌聲不能出口是故名爲阿吒吒也復次於中何因何緣搔揵提迦名搔揵提迦也諸比丘搔揵提迦地獄之中猛火焰色如搔揵提迦華是故名爲搔揵提迦復次於中何因何緣優鉢羅獄名優鉢羅也諸比丘彼優鉢羅地獄之中猛火焰色如優鉢羅華是故名爲優鉢羅也復次於中何因何緣拘牟陀獄名拘牟陀也諸比丘彼拘牟陀地獄之中猛火焰色如拘牟陀華是故名爲拘牟陀也復次於中何因何緣奔荼梨迦獄名奔荼梨迦也諸比丘奔荼梨迦地獄之中猛火焰色如奔荼梨迦華是故名爲奔荼梨迦復次於中何因何緣波頭摩獄名波頭摩也諸比丘彼波頭摩地獄之中猛火焰色如波頭摩華是故名爲波頭摩也諸比丘如憍薩羅國斛量如是胡麻滿二十斛高盛不槩而於其間有一丈夫滿百年已取一胡麻如是次第滿百年已復取一粒擲置餘

處諸比丘如是擲彼憍薩羅國滿二十斛胡麻盡已爾所時節頞浮陀獄我說其壽猶未畢盡且以此數略而計之如是二十頞浮陀壽爲一泥羅浮陀壽二十泥羅浮陀壽爲一阿呼壽二十阿呼呼壽爲一呼呼婆壽二十呼呼婆壽爲一阿吒吒壽二十阿吒吒壽爲一搔揵提迦壽二十搔揵提迦壽爲一優鉢羅壽二十優鉢羅壽爲一拘牟陀壽二十拘牟陀壽爲一奔荼梨迦壽二十奔荼梨迦壽爲一波頭摩壽二十波頭摩壽爲一中劫諸比丘波頭摩地獄所住之處若諸衆生離其處所一百由旬便爲彼獄火焰所及若離五十由旬所住衆生爲彼火熏皆盲無眼若離二十五由旬所住衆生身之肉血燋然破散諸比丘瞿迦梨比丘爲於舍利弗目揵連所起誹謗心濁惡心故死後即生波頭摩獄生彼處已從其口中出大熱焰長餘十肘於其舌上自然而有五百鐵犁恒常耕之諸比丘我於餘處未曾見有如是色類自損害也所謂於梵行人邊生垢濁心故損惱心故毒惡心故不利益心故無慈心故無淨心故諸比丘是故汝等應於一切梵行人所起慈身口意業如我所見晝夜起慈身口意者常受安樂是故汝等一切比丘皆當如我所見所說應於晝夜常起慈心汝等常當如是習學爾時世尊說此伽他

世間諸人在世時　舌上自然生斤鈇
所謂口說諸毒惡　還自衰損害其身
應讚歎者不稱譽　不應讚者反談美
如是名爲口中諍　以此諍故無樂受

若人博戲得資財　是爲世間微諍事
於淨行人起濁心　是名口中大鬬諍
如是三十六百千　泥羅浮陀地獄數
五頞浮陀諸地獄　及墮波頭摩獄中
以毀聖人致如是　由口意業作惡故

諸比丘世界中間復有諸風名曰熱惱諸比丘彼等諸風若來至此四洲界者此四洲界所有衆生生者住者一切身分悉皆散壞消滅無餘譬如葦荻若被刈已不得水灌皆當乾壞無有遺餘如是如是諸比丘世界中間所有諸風名熱惱者若來至此四洲界時此四洲界所有衆生一時皆悉乾壞無餘亦復如是但以内鐵圍山大鐵圍山二山所障是故彼風不來到此諸比丘彼鐵圍山大鐵圍山能作如是最大利益爲此四洲四世界中諸衆生等作依止業復次諸比丘世界中間所有諸風吹彼地獄燒煮衆生身肉脂髓種種不淨臭穢之氣甚可畏惡諸比丘其風若來至此四洲世界中者四洲世界所有衆生乃至住者一切盲冥無復眼目以其臭氣極猛盛故然由鐵圍及大鐵圍二山爲障遮礙彼故不來至此諸比丘彼内鐵圍及大鐵圍二種大山乃能爲此四洲世界諸衆生等造作如是最大利益成諸衆生依止業故復次諸比丘世界中間更有大風名僧伽多諸比丘彼風若來至此世界則此世界四種大洲及八萬四千諸餘小洲幷餘大山須彌山王悉能吹舉去地或高一俱盧奢舉已能令分散破壞乃至二三四五六七俱盧奢旣擎舉已悉能令其星散破壞乃至擎舉高一由旬

星散破壞亦如前説如是二三四五六七由旬擎舉破壞悉令分散乃至一百由旬既擎舉已分散破壞二三四五六七百由旬既擎舉已分散破壞亦復如前乃至一千由旬二三四五六七千由旬擎舉之已分散破壞諸比丘譬如壯夫手把麥䴬把已高舉末令粉碎於虛空中分散棄擲令無遺餘如是如是諸比丘彼世界中間最大猛風名僧伽多其風若來至此四洲爾時此界四種大洲及八萬四千諸餘小洲一切諸山幷須彌山王悉能高舉至一俱盧奢分散破壞略説如前乃至舉高七千由旬分散破壞亦復如是諸比丘但由内鐵圍山大鐵圍山二山障故不來至此諸比丘彼内鐵圍山大鐵圍山二山威德有大利益乃能如是爲此四洲四世界中諸衆生等作依止業復次諸比丘當閻浮洲南二鐵圍山外有閻魔王宫殿住處縱廣正等六千由旬七重牆壁七重欄楯七重鈴網其外七重多羅行樹周帀圍遶雜色可觀七寶所成所謂金銀瑠璃玻瓈赤珠硨磲碼碯等之所成就於其四方各有諸門一一諸門皆有却敵樓櫓臺殿園苑華池是諸華池及園苑内有種種樹其樹各有種種衆葉種種妙華種種美果彌滿徧布種種諸香隨風遠熏種種衆鳥各各和鳴復次諸比丘彼閻魔王以其惡業不善果故於夜三時及晝三時自然而有赤鎔銅汁在前出生當於是時其王宫殿即變爲鐵於先所有五欲功德在目前者皆沒不現若在宫内即於宫内如是出生時閻魔王見此事已怖畏不安諸毛皆竪

即便出外若在宮外即復於外如是出生時閻魔王心生怖畏顫動不安身有諸毛一時皆竪即走入內時守獄者取閻魔王髙舉撲之置熱鐵地上其地熾然極大猛盛光焰炎赫撲令卧已即以鐵鉗開張其口以鎔銅汁瀉置口中時閻魔王被燒脣口燒脣口已次燒其舌既燒舌已復燒咽喉燒咽喉已復燒大腸及小腸等次第燋然從下而出當於爾時彼閻魔王作如是念一切衆生以於往昔身作惡行口作惡行意作惡行是故彼等皆受如是種種異色無量苦惱心不喜事如地獄中諸衆生等令我此身幷餘衆生與閻魔王同作業者亦復如是嗚呼願我從今捨此身已更得身時俱於人間相逢受生令我爾時於如來法中當得信解得信解已我於彼處復當更得信解具足剃除鬚髮著袈裟衣得正信解從家出家我於爾時既出家已和合不久便於善男子爲可事故得正信解從家出家無上梵行所盡之處現見法中自得通證具足證已願我當言我今生死已盡梵行已立所應作者皆已作訖更不復於後世受生諸比丘彼閻魔王復於是時發如是等熏習善念即於爾時彼閻魔王所住宮殿還成七寶種種出生猶如諸天五欲功德現前具足爾時閻魔王復作是念一切衆生以身善行口意善行便得快樂惟願彼等各各皆受如是安樂譬如空居諸夜叉輩所謂我身及餘閻魔王諸有衆生同集業者諸比丘有三天使在於世間何等爲三所謂老病死也諸比丘有一種人以自放逸身行惡行口行

惡行意行惡行如是等人身口及意皆行於惡以此因緣身壞命終趣於惡道生地獄中諸守獄者應時即來驅彼衆生至閻魔王前白言天王此等衆生昔在人間縱逸自在不善和合恣身口意行於惡行以其身口及意行惡行故今來生此惟願天王善教示之善訶責之時閻魔王問罪人言汝善丈夫昔在人間第一天使善教示汝善訶責汝豈得不見彼初天使出現生耶答言大天我實不見時閻魔王重復告言丈夫汝豈不見昔在世間爲人身時或作婦女或作丈夫衰老相現摩訶羅時齒落髮白皮膚緩皺黑黶徧體狀若胡麻膞傴背曲行步跛蹇足不依身左右傾側頸細皮寬兩邊垂緩猶若牛頷脣口乾枯喉舌燥澀身體屈弱氣力綿微喘息出聲猶如挽鋸向前欲倒恃杖而行盛年衰損血肉消竭羸瘦尫弱趣來世路舉動沉滯無復壯形乃至身心恒常顫掉一切肢節疲懈難攝汝見之不彼人答言大天我實見之時閻魔王復告之言汝愚癡人無有智慧昔日既見如是相貌云何不作如是思惟我今此身亦有是法亦有是事我亦未離如是等法我今具有如是老法未得遠離我當於身口意亦可造作微妙善業使我當有長夜利益安樂之報爾時彼人復答言大天我實不作如是思惟何以故以心縱蕩行放逸故時閻魔王又更告言汝愚癡人若如是者汝自懈怠行放逸故不修身口及意善業以是因緣汝當長夜得大苦惱無有安樂是故汝當具足受此放逸之罪得如是等惡業果報亦如諸

餘放逸衆生所受罪報又汝諸人此之苦報惡業果者非汝母作非汝父作非兄弟作非姊妹作非國王作非諸天作亦非往昔先人所作是汝自身作此惡業今還聚集受此報也爾時閻魔王具以如是第一天使善加教示訶責彼已復以第二天使善教示之善訶責之告言諸人汝豈不見第二天使世間出也答言大天我實不見王復告言汝豈不見昔在世間作人身時若婦女身若丈夫身四大和合忽爾乖違病苦所侵纏綿困篤或卧小牀或卧大牀以自糞尿汙穢於身宛轉其中不得自在眠卧起坐仰人扶侍洗拭抱持與飲與食一切須人汝見之不彼人答言大天我實見之王復告言癡人汝見如是若巧智者云何不作如是思惟我今亦有如是之法我今亦有如是之事我亦未離如是患法我亦自有如是患事既未免脱應自覺知我今亦可作諸善業若身若口若意善業令我當來長夜得於大利益事大安樂事彼人答言不也大天我實不作如是思惟以懈怠心行放逸故王復告言癡人汝今既是行放逸者懶惰懈怠不作善業若身若口若意善業汝何能得長夜利益及安樂報是故汝當修行善事若行放逸隨放逸故汝此惡業非父母作非兄弟作非姊妹作非王非天亦非往昔先人所作非諸沙門及婆羅門等之所造作此之惡業汝既自作汝還自受此果報也時閻魔王次以如是第二天使善加教示訶責彼已更以第三天使善教示之善訶責之語言汝愚癡人汝昔人間作人身時豈可不

見第三天使世間出耶答言大天我實不見時閻魔王復告之言汝愚癡人在世間時豈復不見若婦女身若丈夫身隨時命終置於牀上以雜色衣而蒙覆之將出聚落又作種種斗帳軒蓋周帀莊嚴眷屬圍遶絕棄瓔珞舉手散髮灰土坌頭極大悲惱號咷哭泣或言嗚呼或言多多或言養育舉聲大叫槌胷哀慟種種語言酸哽楚切汝悉見不答言大天我實見之時閻魔王復告之言癡人汝昔既見如此等事何不自作如是思惟我今亦有如是之法我身亦有如是之事我既未脫如是事者我亦有死亦有死法未得免離我今宜可作諸善業若身若口若意善業爲我長夜得大利益得安樂故爾時彼人答言大天我實不作如是思惟何以故以放逸故時閻魔王復告之言癡人汝今既是放逸行者以放逸故不作善業亦不爲汝長夜利益長夜安樂故聚集其餘身口意善是故汝今有如是事謂放逸行以放逸故汝自造此惡不善業汝此惡業非父母作非兄弟作非姊妹作非王非天亦非往昔先人所作又非沙門婆羅門作汝此惡業是汝自作自聚集故得此果報汝還自受時閻魔王具足以此第三天使教示訶責彼諸罪人訶責訖已勑令將去時守獄者即執罪人兩足兩臂以頭向下以足向上遥擲置於諸地獄中爾時世尊說此偈言

衆生造作惡業已　死後墮於惡趣中
時閻魔王見彼來　以悲愍心而訶責
汝昔在於人間時　可不見於老病死

此是天使來告示　云何放逸不覺知
縱身口意染諸塵　不行施戒自調伏
如此云何名有識　而不造作利益因
爾時如法閻魔王　作是訶責罪人已
彼人喘息心驚怖　舉身顫掉白王言
我昔由隨惡朋友　聞諸善法心不喜
貪欲瞋恚所纏覆　不作自利故損身
王言汝不修善因　惟造種種諸惡業
癡人今日當得果　受彼業故來地獄
如此一切諸惡業　非父非母之所作
亦非沙門婆羅門　又非國王諸天造
此但是汝自所作　諸惡業種不淨故
自既作此諸惡業　今當分受此惡果
彼王以是三天使　次第教示訶責已
於是獄主閻魔王　棄捨罪人令將去

閻魔世中居住者　即前執取諸罪人
牽將趣於地獄所　極大可畏毛竪處
四邊相向有四門　四方四維皆齊整
周迴院牆悉是鐵　四面復以鐵為欄
熾然熱鐵以為地　光焰猛盛煙火合
遥見可畏心破裂　嚴熾炎赫不可向
猶如一百由旬内　大火熾然悉彌滿
其中所燒衆生類　皆由往昔作惡因
被三天使之所訶　而心放逸無覺察
彼等於今長夜悔　皆由往昔下劣心
諸有智慧衆生等　若見天使來開導
應當精勤莫放逸　此聖法王善巧説
既見聞已當驚恐　諸有生死窮盡處
一切無過於涅槃　種種患盡無有餘
至彼安隱則快樂　如是見法得寂滅

所謂已度諸恐怖　自然清淨得涅槃

起世因本經卷第四

音釋

踝胡瓦切足骨也　挽無遠切引也　鑠書藥切銷也　踣蒲北切仆也　熢焞熢薄紅切焞蒲沒切熢焞烟起貌　搥舂搥直追切擊也舂書容切擣也　蹴蹋蹴子六切蹋也蹋徒合切踐也　豻猾豻古閑切詐也猾戶八切狡也　頞烏割切　槩古代切平斗斛之木也　刈牛例切割也　䴬與職切麥䴬也　顫之膳切四支寒掉也　黶於減切黑痕也　膊伯各切肩膊也　傴委羽切不伸也　跛蹇跛補火切蹇居偃切跛蹇足偏廢行不正也　頶戶吾切牛領下垂皮也　喘昌兗切疾息也　尩烏光切弱也　拭賞職切措也

起世因本經卷第五

隋三藏法師達摩笈多等譯

諸龍金翅鳥品第五

復次諸比丘一切龍類有四種生何等爲四一者卵生二者胎生三者濕生四者化生此等名爲四生龍也諸比丘金翅鳥類亦四種生所謂卵生胎生濕生化生此名四生諸比丘大海水下有娑伽羅龍王宮殿縱廣正等八萬由旬七重垣牆七重欄楯周帀莊嚴七重珠網寶鈴間錯復有七重多羅行樹扶踈蔭映周迴圍遶妙色可觀衆寶莊校所謂金銀瑠璃玻瓈赤珠硨磲碼碯等七寶所成於其四方各有諸門一一諸門並有重閣樓觀却敵復有園苑及諸泉池園池之內各各皆有衆雜華草行伍相當復有諸樹種種枝葉種種華果種種妙香隨風遠熏種種諸鳥和鳴清亮諸比丘須彌山王佉低羅山二山中間復有難陀優波難陀二大龍王宮殿住處其處縱廣六千由旬七重垣牆七重欄楯略說如上乃至衆鳥各各和鳴諸比丘大海之北爲諸龍王及一切金翅鳥王故生一大樹名曰居吒奢摩離（此言鹿聚）其樹根本周七由旬下入地中二十由旬其身出高一百由旬枝葉徧覆五十由旬樹外園苑縱廣正等五百由旬七重牆壍乃至衆鳥各各和鳴略說如上諸比丘居吒奢摩離大樹東面有卵生龍及卵生金翅鳥等宮殿住處其宮縱廣各六百由旬七重垣牆乃至衆鳥各各和鳴略說如上居吒奢摩離大樹南面有胎生龍及胎生金翅鳥等宮殿住處亦各縱廣六百由旬

七重垣牆乃至衆鳥各各和鳴略說如上居吒奢摩離大樹西面有濕生龍及濕生金翅鳥等宮殿住處亦各縱廣六百由旬七重垣牆乃至衆鳥各各和鳴略說如上居吒奢摩離大樹北面有化生龍及化生金翅鳥等宮殿住處亦各縱廣六百由旬七重垣牆乃至衆鳥各各和鳴略說如上諸比丘彼卵生金翅鳥王若欲搏取卵生龍時便即飛往居吒奢摩離大樹東枝之上觀大海已乃便飛下以其兩翅扇大海水令水自開二百由旬即於其中銜卵生龍將出海外隨意而食諸比丘卵生金翅鳥王惟能取得卵生龍等隨意食之則不能取胎生濕生化生龍等諸比丘胎生金翅鳥王若欲搏取卵生龍者即便飛往居吒奢摩離大樹東枝之上下觀大海亦以兩翅扇大海水令水自開二百由旬因而銜取卵生諸龍將出海外隨意而食又胎生金翅鳥王若欲搏取胎生龍者即便飛往居吒奢摩離大樹南枝之上下觀大海以其兩翅扇大海水水爲之開四百由旬遂於其中銜胎生龍將出海外隨意而食諸比丘此胎生金翅鳥王惟能取得卵生諸龍及胎生龍隨其所用則不能取濕生化生二種龍也諸比丘濕生金翅鳥王若欲搏取卵生龍時即便飛往居吒奢摩離大樹東枝之上以其兩翅扇大海水水爲之開二百由旬開已銜取卵生諸龍隨意而食又濕生金翅鳥王若欲搏取胎生龍時即便飛往居吒奢摩離大樹南枝之上以其兩翅扇大海水水爲之開四百由旬開已銜取胎生諸龍隨意所用又濕

生金翅鳥王若欲搏取濕生龍者即便飛往居吒奢摩離大樹西枝之上以其兩翅扇大海水水爲之開八百由旬即便銜取濕生諸龍隨意而食諸比丘諸濕生金翅鳥王惟能取得卵生胎生濕生龍等恣其所用隨意而食則不能取化生諸龍諸比丘其化生金翅鳥王若欲搏取卵生龍者即時飛往居吒奢摩離大樹東枝之上以其兩翅扇大海水水爲之開二百由旬即便銜取卵生諸龍隨意而食又此化生金翅鳥王若欲搏取胎生龍者即時飛往居吒奢摩離大樹南枝之上以翅扇海水爲之開四百由旬海既開已化生鳥王即便銜取胎生諸龍隨意而食又此化生金翅鳥王若欲搏取濕生龍者即便飛往居吒奢摩離大樹西枝之上以翅扇海水爲之開八百由旬即時銜取濕生諸龍隨意而食又此化生金翅鳥王若欲搏取化生龍者即復飛往居吒奢摩離大樹北枝之上下觀大海便以兩翅飛扇大海水爲之開一千六百由旬即便銜取化生諸龍隨意而食諸比丘彼諸龍等悉皆爲此金翅鳥王之所食噉諸比丘别有諸龍金翅鳥王所不能取謂娑伽羅龍王未曾爲彼金翅鳥王之所驚動復有難陀龍王優波難陀龍王此二龍王亦不爲彼金翅鳥王之所能取復有提頭賴吒龍王阿那婆達多龍王金翅鳥王亦不能取諸比丘其餘龍王亦有不爲金翅鳥王搏取食者謂摩多車迦龍王德叉迦龍王羯勒拏橋多摩迦龍王熾婆陀弗知黎迦龍王商居波陀迦龍王甘婆羅龍王阿濕婆多羅龍王等

諸比丘更有餘龍於其住處境界之中亦復不爲諸金翅鳥之所食噉諸比丘此等衆生有何因緣在如是趣生於龍中諸比丘有諸衆生熏修龍因受持龍戒發起龍心分別龍意作是業已爲彼因緣所成熟故生在龍中復有衆生熏修金翅鳥因受持金翅鳥戒發起金翅鳥心分別金翅鳥意以是因緣身壞命盡生在如是金翅鳥中復有衆生熏修野獸因受持野獸戒發起野獸心習行野獸業分別野獸意以如是等種種熏修諸獸戒因發起行業成就心意衆因緣故身壞命盡即生如是諸雜獸中復有衆生熏修牛因牛戒牛業牛心牛意略說如前乃至分別以是緣故生於牛中復有衆生熏修雞因雞戒雞業雞心雞意略說如前乃至分別以是因緣生於雞中復有衆生修鵄鵂因受鵄鵂戒發鵄鵂心行鵄鵂業分別鵄鵂意以是熏修鵄鵂之業受鵄鵂戒起鵄鵂心分別鵄鵂意故捨此身已生鵄鵂中諸比丘復有衆生熏修月戒或修日戒星宿戒大人戒或有熏修默然戒或有熏修大力天戒或有熏修大丈夫戒或有熏修入水戒或有熏修供養日戒或有熏修事行火戒或修苦行諸穢濁處旣熏修已作如是念願我所修此等諸戒謂月戒日戒星辰戒默然戒大力天戒大丈夫戒水戒火戒苦行穢濁如是等戒令我因此當得作天或得天報發如是等邪思惟願諸比丘此諸丈夫福伽羅等起邪願者我今當說彼所趣向必生二處若生地獄若生畜生諸比丘或有一種沙門婆羅門等作如是見作如是

言我及世間常此事實餘虛妄復有一種沙門婆羅門等作如是見作如是言我及世間無常此事實餘虛妄復有一種沙門婆羅門作如是見作如是言我及世間亦常無常此事實餘虛妄復有一種沙門婆羅門作如是見作如是言我及世間非常非無常此事實餘虛妄諸比丘或有一種沙門婆羅門等作如是見作如是言我及世間有邊此事實餘虛妄復有一種沙門婆羅門等作如是見作如是言我及世間無邊此事實餘虛妄復有一種沙門婆羅門等作如是見作如是言我及世間亦有邊亦無邊此事實餘虛妄復有一種沙門婆羅門等作如是見作如是言我及世間非有邊非無邊此事實餘虛妄諸比丘或有一種沙門婆羅門等作如是見作如是言命即是身此事實餘虛妄復有一種沙門婆羅門等作如是見作如是言命異身異此事實餘虛妄復有一種沙門婆羅門等作如是見作如是言有命有身此事實餘虛妄復有一種沙門婆羅門等作如是見作如是言無命無身此事實餘虛妄復有一種沙門婆羅門等作如是見作如是言如來死後有有此事實餘虛妄復有一種沙門婆羅門等作如是見作如是言如來死後無有此事實餘虛妄復有一種沙門婆羅門等作如是見作如是言如來死後亦有有亦無有此事實餘虛妄復有一種沙門婆羅門等作如是見作如是言如來死後非有有非無有此事實餘虛妄諸比丘是中所有沙門婆羅門等作如是見如是說言我及世間常此事實餘虛

妄者彼諸沙門婆羅門等於諸行中當有我見當有世見離諸行中當有我見當有世見以是義故彼等作如是見作如是說我及世間常此事實餘虛妄諸比丘是中所有沙門婆羅門等作如是見如是說言我及世間無常此事實餘虛妄者彼諸沙門婆羅門等於諸行中當有無我見無世間見離諸行中當有無我見無世間見以是義故彼等作如是說我及世間無常此事實餘虛妄諸比丘是中所有沙門婆羅門等作如是見作如是說言我及世間亦常無常此是實餘虛妄者彼諸沙門婆羅門等於諸行中當有我見及世間見離諸行中當有我見及世間見以是義故彼等作如是說我及世間亦常無常此事實餘虛妄諸比丘是中所有沙門婆羅門等作如是見如是說言我及世間非常非非常此事實餘虛妄者彼諸沙門婆羅門等於諸行中當有我見及世間見離諸行中當有我見及世間見是故彼等作是說言我及世間非常非非常此事實餘虛妄諸比丘是中所有沙門婆羅門等作如是見如是說言我及世間有邊此事實餘虛妄者彼諸沙門婆羅門等作如是說命有邊人有邊從初託胎在母腹中名命死後殯埋名人上人從初出生受身四種七反墮落七度流轉七走七行成就命及入命聚是故彼等作如是說我及世間有邊此事實餘虛妄諸比丘是中所有沙門婆羅門等作如是見如是說言我及世間無邊此事實餘虛妄者彼諸沙門婆羅門等作如是說命無有邊人無有邊從初託胎在

母腹中名命死後殯埋名人上人從初出生受身四種七反墮落七度流轉七走七行成就命及入命聚是故彼等作如是說我及世間無邊此事實餘虛妄諸比丘是中所有沙門婆羅門等作如是見作如是說言我及世間亦有邊亦無邊此事實餘虛妄者彼諸沙門婆羅門等作如是說命亦有邊亦無邊是人從初託胎在母腹中死後殯埋上人從初受身四種七反墮落七度流轉七走七行成就命及入命聚是故彼等作如是說我及世間亦有邊亦無邊此事實餘虛妄諸比丘是中所有沙門婆羅門等作如是見作如是說言我及世間非有邊非無邊此事實餘虛妄者彼諸沙門婆羅門等作如是說世間非有邊非無邊從初受身四種七反墮落七度流轉七走七行已成就命及入命聚是故彼等作如是言我及世間非有邊非無邊此事實餘虛妄諸比丘是中所有沙門婆羅門等作如是見作如是說言命即是身此事實餘虛妄者彼諸沙門婆羅門等於身中見有我及見有命於餘身中亦見有我及見有命是故彼等作如是言即命是身此事實餘虛妄諸比丘是中所有沙門婆羅門等作如是見作如是說言命異身異此事實餘虛妄者彼諸沙門婆羅門等於身中見有我及見有命於餘身中亦見有我及見有命是故彼等作如是言命異身異此事實餘虛妄諸比丘是中所有沙門婆羅門等作如是見作如是說言有命有身此事實餘虛妄者彼諸沙門婆羅門等於身中見有我及有命於餘身中亦見

有我及見有命是故彼等作如是言有命有身此事實餘虛妄諸比丘是中所有沙門婆羅門等作如是見作如是說言非命非身此事實餘虛妄者彼諸沙門婆羅門等於身中不見有我不見有命於餘身中亦不見有我不見有命是故彼等作如是言非命非身此事實餘虛妄諸比丘是中所有沙門婆羅門等作如是見作如是說言如來死後有有此事實餘虛妄者彼諸沙門婆羅門等於世作如是見從壽命當至壽命亦當趣向流轉是故彼等作如是言如是死後有有此事實餘虛妄諸比丘是中所有沙門婆羅門等作如是見如是說言如來死後無有此事實餘虛妄者彼諸沙門婆羅門等於世作如是見此有壽命至彼後有壽命即斷是故彼等作如是言如來死後無有此事實餘虛妄諸比丘是中所有沙門婆羅門等作如是見如是說言如來死後亦有有亦無有此事實餘虛妄者彼諸沙門婆羅門等於世作如是見此處命斷往至彼處趣向流轉是故彼等作如是言如來死後亦有有亦無有此事實餘虛妄諸比丘是中所有沙門婆羅門等作如是見如是說言如來死後非有有非無有此事實餘虛妄者彼諸沙門婆羅門等於世作如是見人於此處命斷壞已移至彼處命亦斷壞是故彼等作如是言如來死後非有有非無有此事實餘虛妄爾時佛告諸比丘言諸比丘我念往昔有一國王名曰鏡面彼鏡面王曾於一時意欲觀諸生盲以爲戲樂即便宣勑普告國內生盲丈夫皆令集會既集會已

語彼群盲作如是言汝等生盲頗亦能知象之形相其狀云何彼諸生盲同聲答言天王我等生盲實不能知象之形相王復告言汝等先來既未識象今者欲知象形相不時彼群盲復同答言天王我實未識若蒙王恩我等或當知象形相時鏡面王即時降勑喚一象師而告之言卿可速往我象廐內取一象來置於我前示諸盲人時調象師受王勑已即將象來置王殿前語衆盲言此即是象時諸盲人各各以手摩觸其象爾時象師復語衆盲汝觸象已以實報王時衆盲人有觸鼻者有觸牙者有觸耳者有觸頭項背脇尾脚諸身分者時王問言諸生盲輩汝等已知象形相耶諸生盲人同答王言天王我等已知象之形相爾時彼王即復問言汝等諸盲若知象者象爲何相時群盲中有觸鼻者即白王言天王象形如繩觸其牙者答言天王象形如橛觸其耳者答言天王象形如箕觸其頭者答言天王象形如甕觸其項者答言天王象如屋栿觸其背者答言天王象如屋脊觸其脇者答言天王象形如簞觸其髀者答言天王象形如樹觸其脚者答言天王象形如臼觸其尾者答言天王象如掃箒時衆盲人各各答言天王象形如是天王象形如是作是白已時王即告衆盲人言汝亦不知是象非象況能得知象之形相時彼衆盲各各自執共相諍鬭各各以手自遮其面互相謯競互相呰毀各言已是時鏡面王見彼衆盲如是諍競大笑歡樂王於彼時即說偈言

是等群盲生無目　横於此事互相諍

曾無有人教語之　云何能知象身分
諸比丘如是如是世間所有諸沙門婆羅門
等亦復如是既不能知如實苦聖諦苦集聖
諦苦滅聖諦苦滅道聖諦既不實知當知彼
等方應長夜共生諍鬭流轉生死互相呰毀
互相罵辱既生諍鬭執競不休各各以手自
遮其面如彼群盲共相惱亂於中有偈

若不能知苦聖諦　亦復不知苦集因
所有世間諸苦法　此苦滅盡無餘處
於中是道尚不知　況知滅苦所行行
如是其心未解脫　未得智慧解脫處
彼既不能諦了觀　但知趣向生老死
未得免離諸魔縛　豈能到於無有處

諸比丘若有沙門婆羅門等能知如實苦聖
諦苦集苦滅苦滅道聖諦如實知者應當如
是隨順修學彼等長夜和合共行各各歡喜
無有諍競同趣一學猶如水乳共相和合一
處同住示現教師所說聖法安樂處住此中
說偈

若能知是諸有苦　及有所生諸苦因
既知一切悉皆苦　應合盡滅無有餘
若知此滅由於道　便到苦滅所得處
即能具足心解脫　及得智慧解脫處
則能到於諸有邊　如是不至生老死
長得免脫於魔網　永離世間諸有處

阿修羅品第六之一

爾時佛告諸比丘言比丘須彌山王東面去
山過千由旬大海之下有鞞摩質多羅阿脩
羅王國土住處其處縱廣八萬由旬七重城
壁周帀圍遶七重欄楯普遍莊嚴乃至七重

金銀鈴網周圍校飾外有七重多羅行樹雜色可觀皆是七寶所共合成謂金銀瑠璃玻瓈赤珠硨磲碼碯一一城壁高百由旬厚五十由旬城壁四面各各相去五百由旬則置一門其門並高三十由旬闊十二由旬於一一門悉有種種却敵樓櫓園苑陂池諸園苑中各各皆有種種果樹其樹各有種種葉種種華種種果其果各有種種異香其氣遠熏復有種種雜類衆鳥各各和鳴出種種聲其音哀雅諸比丘彼阿脩羅大城之中爲鞞摩質多羅阿修羅王別立宫殿其宫名曰設摩婆帝宫城縱廣一萬由旬七重城壁並是七寶之所合成高百由旬厚五十由旬於城四面各各相去五百由旬便置一門諸門並高三十由旬闊十二由旬其一一門亦有樓櫓却敵臺閣園苑陂池諸華沼等復有種種衆雜果樹其樹各有種種葉種種華種種果種種香其香普熏有種種鳥各各和鳴出種種聲其音哀雅諸比丘設摩婆帝城内正處中央爲鞞摩質多羅阿脩羅王置集會處名曰七頭其處縱廣五百由旬七重欄楯周圍校飾亦有七重金銀鈴網其外七重多羅行樹四方圍遶雜色莊嚴甚可愛樂悉是金銀玻瓈珊瑚赤珠硨磲碼碯七寶所成其處四面各有諸門一一諸門樓櫓却敵亦是七寶之所合成雜色間錯令人樂觀其地皆是紺青瑠璃柔輭細滑觸之猶如迦旃隣提迦衣諸比丘彼阿脩羅七頭會處當中自然有一寶柱高二十由旬於寶柱下爲鞞摩質多羅阿脩羅王安立寶座高一由旬方半由旬硨磲

碼碯七寶所成雜色間錯甚可愛樂柔輭細滑觸之猶如迦旃隣提迦衣其座兩邊各有十六小阿脩羅所坐之處亦以七寶之所成就所謂金銀乃至碼碯雜色可觀柔輭細滑觸之猶如迦旃隣提迦衣諸比丘彼阿脩羅七頭會處東面有鞞摩質多羅阿脩羅王宮其處縱廣一千由旬七重垣牆七重欄楯七重鈴網外有七重多羅行樹四面周帀莊嚴圍遶雜色間錯甚可愛樂亦是七寶之所成就所謂金銀瑠璃玻瓈赤珠硨磲碼碯於四方面各有諸門一一諸門皆有樓櫓却敵臺閣園苑陂池諸華沼等復有諸樹其樹各有種種葉種種華種種果種種香其香普熏有種種鳥各各和鳴出種種聲其音哀雅諸比丘彼阿脩羅七頭會處南西北方各有宮殿

皆是諸小阿脩羅王所住之處其處縱廣或九百由旬或八百七百六百五百四百三百二百由旬其最小者猶尚縱廣一百由旬七重垣牆略說乃至種種衆鳥各各和鳴復次諸比丘彼阿脩羅七頭會處四面復有一切最小阿脩羅等所住宮殿其處縱廣或九十由旬或八十七十六十五十四十三十二十由旬最極小者猶尚縱廣十二由旬七重垣牆略說乃至有種種鳥各各和鳴諸比丘彼阿脩羅七頭會處東面有鞞摩質多羅阿脩羅王苑名娑羅林其林縱廣一千由旬七重垣牆七重欄楯七重鈴網皆碼碯等七寶所成於四方面各有諸門一一諸門樓櫓却敵雜色可觀亦是七寶之所成就所謂金銀乃至碼碯諸比丘彼阿脩羅七頭會處南面復

有鞞摩質多羅阿脩羅王苑名奢摩梨林其林縱廣亦千由旬七重垣牆七重欄楯七重鈴網並碼碯等七寶所成於四方面各有諸門一一諸門皆有樓櫓雜色可觀亦爲七寶之所成就所謂金銀乃至碼碯諸比丘彼阿脩羅七頭會處北面亦有鞞摩質多羅阿脩羅王苑名難陀那林其林縱廣亦千由旬七重垣牆七重欄楯七重鈴網皆碼碯等七寶所成於四方面各有諸門一一諸門並皆具有樓櫓却敵雜色可觀乃至悉是硨磲碼碯諸珍寶物之所成就然此諸門惟無臺閣自餘莊嚴與前同等諸比丘其娑羅林奢摩梨林二林之間鞞摩質多羅阿脩羅王有一大池名曰難陀其池縱廣五百由旬水甚涼冷澄潔輕美常不渾濁七種寶塼厠填間錯七重板砌七重欄楯七重鈴網周帀懸垂其外七重多羅行樹四面圍遶雜色可觀皆碼碯等七寶所成於四方面各有階道雜色間錯令人樂觀亦爲七寶之所成就復有諸華遍生池中所謂優鉢羅華鉢頭摩華究牟陀華奔茶利華形如火者火色火光形如金者金色金光其形青者青色青光其形赤者赤色赤光其形白者白色白光其形緑者緑色緑光圓如車輪其華光明照一由旬香氣所熏亦一由旬池中又出無量藕根大如車軸割之汁出色白如乳其味甘美猶如上蜜諸比丘其俱毗陀羅及難陀那二林中間鞞摩質多羅阿脩羅王有一大樹名蘇質怛邏波吒羅其本周圍滿七由旬根下入地二十一由旬其身上出高百由旬枝葉蔭覆五十由旬

其院周迴五百由旬其外亦有七重垣牆略說乃至周帀圍遶雜色可觀及硨磲碼碯等七寶所成於四方面亦有諸門並皆七寶之所成就一一諸門亦有樓櫓却敵略說乃至種種衆鳥各各和鳴

起世因本經卷第五

音釋

鵄鵂（鵄赤脂切鴟鴞也鵂許尤切鵂鶹也）廐（居祐切馬舍也）橛（其月切杙也）栿（房六切梁也）簞（都寒切小筐也）箒（之九切篲也）諠（況袁切譁也）呰（將几切口毀也）